mtb

Mit Herz und Krone

MIRA® TASCHENBUCH
Band 20073

FSC
MIX
Papier
FSC® C014496

2. Auflage: November 2017

Titel der amerikanischen Originalausgaben:

Affaire Royale

Erschienen bei: Silhouette Books, Toronto

The Runaway Princess

Erschienen bei: Silhouette Books, Toronto

Ruling Passions

Erschienen bei: Silhouette Books, Toronto

Published by arrangement with
Harlequin Books S.A.

Umschlaggestaltung: büropecher, Köln
Umschlagabbildung: Africa Studio / Shutterstock
Redaktion: Maya Gause
Satz: GGP Media GmbH, Pößneck
Printed in Germany
Dieses Buch wurde auf FSC®-zertifiziertem Papier gedruckt.
ISBN 978-3-95649-755-1

www.mira-taschenbuch.de

Nora Roberts

Eine königliche Affäre

Roman

Aus dem Amerikanischen von
Roy Gottwald

mtb

1. Kapitel

Sie hatte vergessen, warum sie so rannte. Sie wusste nur, dass sie nicht anhalten durfte. Denn wenn sie stehen blieb, war sie verloren. In diesem Rennen gab es nur zwei Plätze – den ersten und den letzten.

Abstand. Ihr einziger Gedanke war weiterrennen, vorwärtskommen, damit die Entfernung zwischen ihr und … dem, wo sie gewesen war, groß genug sein würde.

Sie war durchnässt bis auf die Haut. Der Regen strömte auf sie herab, aber sie erschrak nicht mehr bei jedem Donnerschlag, und sie zuckte nicht mehr bei jedem grellen Blitz zusammen. Sie fürchtete nicht die Dunkelheit. Wovor sie eigentlich Angst hatte, wusste sie selbst nicht mehr genau; doch sie war von ihrer Angst geradezu besessen. Dieses Gefühl ließ sie weiter den Straßenrand entlangstolpern, obwohl sie völlig erschöpft war. Wie sehr sehnte sie sich danach, an einem warmen, trockenen Ort zur Ruhe zu kommen.

Sie hatte keine Ahnung, wo sie sich befand. Sie wusste nicht, wo sie gewesen war. Sie erinnerte sich weder an die hohen, im Winde schaukelnden Bäume noch an das Tosen des nahen Meeres. Kaum nahm sie den Duft der regennassen Blumen wahr, die sie auf ihrer Flucht zertrat.

Sie weinte, ohne sich dessen bewusst zu sein. Ihre Sinne waren völlig benommen, und sie fühlte sich unsicher auf den Beinen. Es wäre ein Leichtes gewesen, einfach unter einem der Bäume Schutz zu suchen und aufzugeben. Aber irgendetwas trieb sie weiter. Dieses Etwas war jedoch nicht allein die Angst, nicht allein ihre Verwirrung. Es war eine innere Kraft, die sie über das Menschenmögliche hinaustrieb. Sie würde nicht dorthin zurückkehren, woher sie kam. Es blieb ihr keine andere Wahl, als vorwärts zu laufen.

Sie hatte keine Vorstellung, ob sie eine Meile oder zehn hinter sich gebracht hatte. Der Regen und ihre Tränen machten sie blind. Die Lichter hatten sie beinahe schon erfasst, ehe sie sie überhaupt wahrnahm.

Wie ein von Scheinwerfern geblendetes Tier blieb sie voller Panik auf der Stelle stehen. Jetzt hatten sie sie gefunden. Sie hatten sie verfolgt. Sie.

Eine Hupe kreischte auf, Räder quietschten. Völlig erschöpft brach sie schließlich bewusstlos auf der Straße zusammen.

„Sie kommt zu sich."

„Dem Himmel sei Dank."

„Bitte treten Sie einen Moment zurück und lassen Sie mich die Frau untersuchen. Sie könnte wieder das Bewusstsein verlieren!"

Wie durch schwebende Nebel vernahm sie die Stimmen. Hohl und aus der Ferne. Angst überkam sie erneut. Selbst in ihrem halb bewusstlosen Zustand hielt sie den Atem an. Sie war nicht entkommen, doch sie wollte sich ihre Furcht nicht anmerken lassen. Das versprach sie sich.

Als sie weiter zu Bewusstsein kam, ballte sie ihre Hände fest und energisch zu Fäusten. Der Druck ihrer Finger gab ihr ein wenig das Gefühl von Selbstsicherheit und Kontrolle.

Langsam öffnete sie die Augen. Die Nebel rissen auf, wallten zurück und verschwanden dann langsam. Als sie in das Gesicht starrte, das über sie gebeugt war, schwand auch ihre Furcht.

Es war ein ihr unbekanntes Gesicht. Er gehörte nicht zu ihnen. Das hätte sie bestimmt gewusst. Ihr Vertrauen wankte einen Moment lang, aber sie verhielt sich ruhig. Es war ein rundes, angenehmes Gesicht mit einem gestutzten lockigen weißen Bart. Der glatte, kahle Kopf stand dazu in auffallendem Kontrast. Der Blick aus den müden Augen war scharf, aber nicht unfreundlich. Schließlich ergriff der Mann ihre Hand. Sie wehrte sich nicht.

„Meine Liebe", sagte er mit angenehmer, dunkler Stimme. Zärtlich streichelte er ihre Finger, bis ihre Hand sich entspannte. „Sie sind jetzt in Sicherheit."

Sie spürte, wie er ihren Puls maß, und sie sah ihm weiter in die Augen.

In Sicherheit.

Immer noch auf der Hut, wandte sie ihren Blick von ihm ab. Krankenhaus.

Obwohl das Zimmer fast elegant und recht groß war, wusste sie, dass sie sich in einem Krankenhaus befand. Der starke Geruch von Blumen und Antiseptika erfüllte den Raum. Und dann sah sie den Mann, der direkt an der Seite ihres Bettes stand.

Er hatte eine militärisch aufrechte Haltung und war makellos gekleidet. Graue Strähnen durchzogen sein Haar, das dennoch dunkel und voll war. Er hatte ein schmales, aristokratisches Gesicht. Dieses Gesicht ist ernst, dachte sie, aber bleich, sehr bleich, besonders gegen die Schatten unter seinen Augen. Trotz der Haltung und der perfekten Kleidung machte er den Eindruck, als hätte er seit Tagen nicht geschlafen.

„Mein Liebes." Seine Stimme zitterte, als er sich zu ihr hinabbeugte, um ihre freie Hand zu ergreifen. Er wirkte tief besorgt und presste ihre Finger an seine Lippen. Sie hatte den Eindruck, als bebe diese starke, feste Hand ein wenig. „Jetzt haben wir dich wieder, mein Liebes. Du bist wieder da."

Sie zog ihre Hand nicht zurück, sondern ließ sie matt in der seinen liegen und betrachtete erneut sein Gesicht. „Wer sind Sie?"

Der Mann fuhr entsetzt zurück. Mit Tränen in den Augen starrte er sie an. „Wer …"

„Sie ist sehr schwach." Freundlich unterbrach der Arzt ihn.

Sie sah, wie er seine Hand auf den Arm des Mannes legte, ob mit einer einhaltenden oder tröstenden Geste, konnte sie nicht beurteilen. „Sie hat viel durchgemacht. Eine anfängliche Verwirrung ist da ganz natürlich."

Aus dem Liegen beobachtete sie den Arzt, der dem anderen Mann bedeutungsvolle Blicke zuwarf. Plötzlich spürte sie bohrende Übelkeit im Magen, und ihr wurde bewusst, dass sie im Warmen und Trockenen war. Sie fühlte sich warm, trocken und leer. In ihrem Inneren herrschte eine große Leere. Als sie wieder sprach, klang ihre Stimme überraschend kräftig.

„Ich weiß nicht, wo ich bin." Unter der Hand des Arztes beschleunigte sich ihr Puls kurz, beruhigte sich jedoch gleich. „Ich weiß nicht, wer ich bin."

„Sie haben Schlimmes durchlitten, meine Liebe." Der Doktor sprach beruhigend auf sie ein, doch seine Gedanken wirbelten durcheinander. Wir brauchen einen Spezialisten, dachte er. Wenn sie nicht innerhalb der nächsten vierundzwanzig Stunden ihr Gedächtnis wiederfindet, dann brauchen wir einen ausgezeichneten Spezialisten.

„Du erinnerst dich an nichts?“ Der andere Mann hatte sich bei ihren Worten aufgerichtet. Jetzt sah er in seiner gefassten Haltung direkt auf sie herunter.

Verwirrt und bemüht, ihre Furcht zu unterdrücken, versuchte sie, sich aufzusetzen, doch der Arzt sprach beschwichtigend auf sie ein und drückte sie wieder zurück in die Kissen.

Sie erinnerte sich ... Sie rannte, der Sturm, die Dunkelheit. Vor ihr tauchten Lichter auf. Fest schloss sie die Augen und bemühte sich um Haltung. Als sie die Augen wieder öffnete, klang ihre Stimme zwar immer noch fest, aber seltsam hohl. „Ich weiß nicht, wer ich bin. Bitte sagen Sie es mir.“

„Erst wenn Sie sich noch ein wenig mehr ausgeruht haben“, begann der Doktor. Der andere Mann unterbrach ihn mit einem stechenden Blick. Sie schaute kurz zu ihm hin und bemerkte, dass dieser Blick arrogant und zugleich befehlsgewohnt war.

„Du bist meine Tochter“, erklärte er. Wieder nahm er ihre Hand und hielt sie fest. Sogar das leichte Zittern war nicht mehr da. „Du bist Prinzessin Gabriella de Cordina.“

Ist das ein Albtraum oder ein Märchen? fragte sie sich und starrte zu ihm hinauf. Mein Vater? Prinzessin? Cordina ... Ihr war, als erkenne sie den Namen, und sie klammerte sich daran. Aber was bedeuteten diese Worte über die adelige Herkunft?

Sie konnte mit diesen Informationen nichts anfangen und sah ihm weiter ins Gesicht. Dieser Mann würde nicht lügen. Sein Gesicht war ausdruckslos, doch seine Augen spiegelten so viel innere Bewegung wider, dass sie sich selbst ohne Erinnerungsvermögen zu ihm hingezogen fühlte.

„Wenn ich eine Prinzessin bin“, begann sie, und die spröde Zurückhaltung ihres Tonfalls verletzte ihn offensichtlich, was an seinem Mienenspiel zu erkennen war. „Sind Sie dann ein König?“

Fast hätte er gelächelt. Vielleicht hatte der Schock ihre Erinnerung durcheinandergebracht, aber sie war noch immer seine Brie. „Cordina ist ein Fürstentum. Ich bin Fürst Armand. Du bist mein ältestes Kind und hast zwei Brüder, Alexander und Bennett!"

Vater und Brüder. Eine Familie, Wurzeln. Nichts rührte sich in ihr. „Und meine Mutter?"

Diesmal war sein Ausdruck leicht zu deuten: Trauer. „Sie starb, als du zwanzig Jahre alt warst. Seit damals bist du die erste Dame des Staates, die ihre Pflichten zusammen mit deinen eigenen wahrgenommen hat. Brie." Sein Tonfall war jetzt weniger förmlich. „Wir nennen dich ‚Brie'." Er drehte ihre Hand um, sodass die Traube aus Saphiren und Diamanten an ihrem Finger sie anstrahlte. „Ich habe dir das hier zu deinem einundzwanzigsten Geburtstag geschenkt, vor fast vier Jahren!"

Sie betrachtete den Ring und die starke, schöne Hand, die ihre eigene hielt. Sie erinnerte sich an nichts, und doch empfand sie Vertrauen. Erneut sah sie ihn an und brachte ein kleines Lächeln zustande. „Sie haben einen ausgezeichneten Geschmack, Eure Hoheit."

Er lächelte, aber sie hatte den Eindruck, als wäre er den Tränen gefährlich nahe. So nahe wie sie selbst. „Bitte", begann sie um ihrer beider willen, „ich bin sehr müde."

„Ja, wirklich." Der Arzt streichelte ihre Hand, so wie er es seit dem Tag ihrer Geburt getan hatte. Das wusste sie allerdings nicht. „Jetzt ist Ruhe die beste Medizin."

Widerstrebend ließ Fürst Armand die Hand seiner Tochter los. „Ich bleibe in der Nähe."

Ihre Kräfte schwanden wieder. „Vielen Dank." Sie hörte die Tür ins Schloss fallen, spürte jedoch die Nähe des Doktors. „Bin ich wirklich eine Prinzessin, wie er behauptet?"

„Niemand weiß das besser als ich." Er strich ihr voller Zuneigung über die Wange. „Ich habe Sie zur Welt gebracht, im Juli vor fünfundzwanzig Jahren. Sie müssen jetzt ruhen, Eure Hoheit, nur ausruhen."

Fürst Armand ging mit schnellem, energischem Schritt den Korridor hinunter. Ein Mitglied der fürstlichen Garde folgte ihm mit zwei Metern Abstand.

Er wollte allein sein. Wie sehr sehnte er sich nach fünf Minuten Alleinsein in einem abgeschiedenen Raum. Dort konnte er etwas von der inneren Spannung loswerden, etwas von den Gefühlen, die ihn überwältigten. Beinahe hätte er seine Tochter, seinen Schatz, verloren. Und jetzt, da er sie wiederhatte, betrachtete sie ihn wie einen Fremden.

Wenn er herausfände, wer ... Armand schob den Gedanken beiseite. Das konnte warten, sagte er sich.

In dem geräumigen, sonnendurchfluteten Aufenthaltsraum befanden sich drei weitere fürstliche Gardisten und verschiedene Mitglieder des Polizeihauptquartiers von Cordina. Alexander, sein Sohn und Thronerbe, schritt rauchend auf und ab. Er hatte die attraktive Erscheinung seines Vaters und dessen militärische Haltung. Allerdings fehlte ihm noch die Selbstkontrolle des Fürsten.

Er ist wie ein Vulkan, dachte Armand und betrachtete den dreiundzwanzigjährigen Prinzen. Er kocht und brodelt, bricht aber noch nicht aus.

Auf dem gemütlichen pastellfarbenen Sofa lag Bennett. Mit seinen zwanzig Jahren war er drauf und dran, der neueste Playboy-Prinz zu werden. Obwohl er ein dunkler Typ wie sein Vater war, hatte er das Aussehen von seiner hinreißend schönen Mutter geerbt. Manchmal ruhelos und viel zu oft indiskret, verfügte er doch über eine unermüdliche Anteilnahme und Freundlichkeit, die ihn bei seinen Untertanen sowie bei der Presse beliebt machten. Und ebenso bei der weiblichen Bevölkerung Europas, dachte Armand trocken.

Neben Bennett saß ein Amerikaner, der sich auf Armands Bitte hin dort eingefunden hatte. Beide Prinzen waren viel zu sehr mit ihren eigenen Gedanken beschäftigt, um die Anwesenheit ihres Vaters zu bemerken. Dem Amerikaner dagegen entging nichts. Aus diesem Grunde hatte Armand ihn zu sich rufen lassen.

Reeve MacGee blieb eine Weile ruhig sitzen und musterte den Fürsten. Er hält sich gut, dachte Reeve, aber ich habe auch nichts anderes erwartet.

Der Amerikaner hatte das Staatsoberhaupt von Cordina nur wenige Male getroffen, aber sein Vater war in Oxford mit Fürst Armand zusammen gewesen. Aus der Zeit stammte die Freundschaft, die so viele Jahre und die größte Entfernung überdauert hatte.

Armand wurde der Herrscher des kleinen malerischen Staates an der Mittelmeerküste. Reeves Vater wurde Diplomat. Obwohl er selbst auch in politischen Kreisen aufgewachsen war, hatte Reeve für sich selbst eine Karriere gewählt, die sich mehr hinter den Kulissen abspielte.

Nach zehn Jahren Beschäftigung beim Geheimdienst hatte Reeve eine Kehrtwendung gemacht und ein eigenes Unternehmen gestartet. In seinem Leben war der Zeitpunkt gekommen, wo er es leid war, den Anordnungen anderer Leute zu folgen. Seine eigenen Regeln waren zwar oftmals noch viel strikter, noch unbeugsamer, aber es waren wenigstens seine eigenen. Die Erfahrungen, die er bei der Mordkommission und später bei einer Sondereinheit gemacht hatte, waren ihm sehr nützlich. Vor allem hatte er gelernt, zuerst seinem eigenen Instinkt zu vertrauen.

Er war in eine reiche Familie geboren worden. Durch seine eigenen Begabungen hatte er den Reichtum noch vermehrt. Früher hatte er seinen Beruf als Einkommensquelle und aufregende Tätigkeit angesehen. Doch jetzt arbeitete Reeve nicht mehr länger des Geldes wegen. Er nahm nur wenige Aufträge an, und dann stets ausgesuchte Fälle. Wenn und wirklich nur wenn ihn eine Sache interessierte, akzeptierte er den Klienten.

Für die Außenwelt und oft genug auch für sich selbst war er jedoch nichts weiter als ein Farmer, und in diesem Bereich ohnehin ein Neuling. Vor weniger als einem Jahr hatte er sich eine Farm gekauft mit der Überlegung und dem Traum, sich dorthin einmal zurückziehen zu können. Das war für Reeve die Lösung. Zehn Jahre zwischen Gut und Böse, zwischen Gesetz und Unrecht, und das Tag für Tag, waren genug für ihn.

Er sagte sich, er habe seine Pflicht erfüllt, und schied aus dem Geheimdienst aus. Ein Privatdetektiv konnte seine Klienten auswählen oder ablehnen. Er konnte nach seinen eigenen Vorstellungen arbeiten und selber seine Honorare festlegen. Sollte eine Aufgabe ihn in Gefahr bringen, dann konnte er damit auf seine eigene Weise fertig werden.

Bereits im Jahr zuvor hatte er weniger und weniger Privataufträge angenommen. So zog er sich langsam aus dem Geschäft zurück. Wenn er Gewissensbisse hatte, dann wusste niemand davon außer ihm selbst. Die Farm bot ihm Abwechslung. Dort konnte er ein grundlegend anderes Leben führen. Eines Tages sollte sie sein ganzer Lebensinhalt werden, das hatte er sich vorgenommen.

Reeve sah eher wie ein Soldat als wie ein Farmer aus. Nach Armands Eintreten stand er auf. Dabei bewegte sich sein großer, kräftiger Körper geschmeidig, Muskel für Muskel. Über dem einfarbigen Hemd und den modischen Bundfaltenhosen trug er ein gut sitzendes Leinenjackett. Er brachte es stets fertig, seine Anzüge entweder formell oder bequem wirken zu lassen, je nachdem, was die Situation erforderte.

Er gehörte zu den Männern, deren Kleidung, gleich wie elegant sie auch war, immer hinter der Wirkung der Person zurückblieb. Zuerst zog sein Gesicht die Aufmerksamkeit auf sich, vielleicht des ebenmäßig guten Aussehens wegen, das er von seinen schottisch-irischen Vorfahren geerbt hatte. Durch häufigen Aufenthalt an der frischen Luft hatte er eine gebräunte Haut, obwohl er als Typ eher hellhäutiger war. Der perfekte Haarschnitt konnte nicht verhindern, dass ihm ständig eine widerspenstige Locke ins Gesicht fiel, und um seine Lippen spielte ein Lächeln.

Reeve hatte eine athletische Figur, und seine Augen strahlten in dem klaren Blau, das man oft bei den Iren findet. Wenn er wollte, bezauberte er mit seinem strahlenden Blick die Menschen um ihn ebenso, wie er sie damit einschüchtern konnte.

Seine Haltung war nicht ganz so straff wie die des Fürsten, eher auf eine lässige Weise amerikanisch. „Eure Hoheit."

Bei Reeves Worten sprangen sowohl Alexander als auch Bennett auf. „Brie?", riefen sie wie aus einem Mund. Bennett war sofort an der Seite seines Vaters, Alexander drückte seine Zigarette in einem Aschenbecher aus. Reeve sah, wie sie dabei in viele Krümel zerbröckelte.

„Sie war bei Bewusstsein", berichtete Armand knapp. „Ich konnte mit ihr sprechen."

„Wie geht es ihr?" Bennett sah seinen Vater besorgt mit dunklen Augen an. „Wann können wir sie endlich sehen?"

„Sie ist sehr müde", sagte Armand und berührte dabei flüchtig den Arm seines Sohnes. „Vielleicht morgen."

Alexander blieb weiterhin am Fenster stehen. „Weiß sie, wer …“, wollte er aufgebracht wissen.

„Das kann warten“, unterbrach ihn sein Vater.

Alexander hätte am liebsten weitergesprochen, aber er war zu gut erzogen. Er kannte die Regeln, die mit seinem Titel verbunden waren. „Wir werden sie bald nach Hause holen“, sagte er leise, und es klang fast wie eine Drohung. Rasch sah er hinüber zu den Gardisten und Polizeibeamten. Gabriella mochte hier geschützt sein, aber er wollte sie wieder daheim haben.

„So schnell wie möglich.“

„Vielleicht ist sie noch erschöpft“, begann Bennett, „aber bald wird sie ein bekanntes Gesicht sehen wollen. Alex und ich könnten hier warten.“

Ein bekanntes Gesicht. Armand sah an seinem Sohn vorbei zum Fenster hinaus. Für Brie gab es keine vertrauten Gesichter. Er würde es seinen Söhnen später erklären, wenn sie unter sich waren. Im Augenblick musste er die Rolle des Herrschers zu Ende spielen.

„Ihr könnt gehen!“ Seine Worte richteten sich an Alexander und Bennett. „Morgen wird sie sich weiter erholt haben. Jetzt muss ich mit Reeve sprechen.“ Er entließ seine Kinder ohne Geste. Da sie zögerten, hob er gebieterisch eine Braue.

„Hat sie Schmerzen?“, wollte Alexander wissen.

Armands Blick wurde weicher. „Nein. Das verspreche ich dir. Du wirst es bald selbst feststellen können“, setzte er hinzu, da Alexander eine unzufriedene Miene machte. „Gabriella ist stark!“ Seine wenigen Worte waren voller Stolz.

Alexander grüßte mit einem Kopfnicken. Was ihm noch am Herzen lag, würde er in einem privaten Augenblick äußern. In Begleitung seines Bruders verließ er den Raum, gefolgt von den Gardisten.

Armand sah seinen Söhnen nach, dann wandte er sich an Reeve. „Bitte“, begann er und zeigte mit einer Geste zur Tür. „Gehen wir für einen Augenblick in Dr. Francos Büro!“ Er ging den Korridor entlang, als bemerkte er die Wachtposten nicht. Reeve dagegen war sich ihrer Anwesenheit und der Anspannung, die von ihnen ausging, sehr wohl bewusst. Die Entführung eines Mitgliedes der fürstlichen

Familie lässt die Leute nervös werden, dachte er. Armand öffnete eine Tür, wartete, bis Reeve eingetreten war, und schloss sie dann hinter ihm.

„Bitte, nehmen Sie Platz", forderte er ihn auf. „Ich ziehe es vor zu stehen."

Armand griff in seine Tasche und zog ein Etui hervor, dem er eine Zigarette entnahm, eine von zehn, die er sich am Tag gestattete. Ehe er sie anzünden konnte, hatte Reeve ihm schweigend Feuer gegeben.

„Ich bin Ihnen dankbar, dass Sie gekommen sind, Reeve. Ich hatte bis jetzt noch keine Gelegenheit Ihnen zu sagen, wie sehr ich es zu schätzen weiß."

„Es besteht kein Anlass, mir dafür zu danken, Eure Hoheit. Bis jetzt habe ich noch nichts getan."

Armand atmete den Rauch aus. Jetzt, vor dem Sohn seines Freundes, konnte er sich ein wenig gehen lassen. „Sie denken, ich bin zu hart zu meinen Söhnen."

„Ich denke, Sie kennen Ihre Söhne besser als ich."

Armand lachte kurz auf und setzte sich dann. „Sie haben das diplomatische Talent Ihres Vaters geerbt."

„Manchmal."

„Sie besitzen auch, wenn ich es richtig zu beurteilen vermag, seinen klaren und scharfen Verstand."

Reeve überlegte, ob sein Vater den Vergleich schätzen würde, und lächelte. „Vielen Dank, Eure Hoheit."

„Bitte, wenn wir allein sind, nennen Sie mich Armand." Zum ersten Mal, seit seine Tochter das Bewusstsein wiedererlangt hatte, gab er seinen Gefühlen nach. Mit einer Hand massierte er sich die Stirn direkt über den Augenbrauen. Die Kopfschmerzen, die er schon seit einigen Stunden hatte, konnte er nun nicht mehr ignorieren. „Ich glaube, ich muss die Freundschaft zu Ihrem Vater durch Sie in Anspruch nehmen, Reeve. Aufgrund der Liebe zu meiner Tochter bin ich davon überzeugt, keine andere Wahl zu haben!"

Reeve maß sein Gegenüber aufmerksam. Jetzt sah man mehr als nur königliche Haltung. Man sah den Vater, der sich verzweifelt um Beherrschung bemühte. Still nahm Reeve sich ebenfalls eine Zigarette, zündete sie an und ließ Armand ein paar Augenblicke Zeit. „Erzählen Sie mir."

„Sie erinnert sich an nichts."

„Sie kann sich nicht erinnern, wer sie entführt hat?" Mit einem düsteren Blick sah Reeve zu Boden. „Hat sie die Kerle überhaupt gesehen?"

„Sie erinnert sich an nichts", wiederholte Armand und hob dabei den Kopf. „Nicht einmal an ihren eigenen Namen."

Jetzt begriff Reeve die Schwierigkeit der Situation. Er nickte. Seine Miene verriet nicht im Mindesten, was in ihm vorging.

„Ich kann mir denken, dass ein zeitweiliger Gedächtnisverlust normal ist, nach all dem, was sie durchgemacht hat. Was sagt der Arzt?"

„Ich werde nachher mit dem Arzt sprechen!" Die Anspannung der letzten sechs Tage machte ihm deutlich zu schaffen, aber Armand bewahrte dennoch Haltung. „Sie sind gekommen, Reeve, weil ich Sie gebeten habe. Aber Sie haben mich bis jetzt noch nicht gefragt, warum!"

„Nein!"

„Als amerikanischer Staatsbürger sind Sie mir in nichts verpflichtet."

„Nein", sagte Reeve erneut.

Armand musterte den Amerikaner. Wie sein Vater, dachte er. Und wie seinem Vater konnte man Reeve MacGee Vertrauen schenken. Diesem Mann wollte er anvertrauen, was ihm das Liebste auf der Welt war. „In meiner Stellung muss man ständig mit einer Gefahr rechnen."

„Jeder Herrscher muss damit leben."

„Ja, und durch ihre Herkunft zwangsläufig auch die Kinder der Herrscher." Er sah eine Weile auf seine Hände und den kostbaren Siegelring.

Armand war durch Geburt ein Fürst, aber er war auch ein Vater. Leider konnte er nicht wählen, was für ihn die größte Bedeutung hatte. Er war als Regent geboren, aufgewachsen und erzogen worden. So gab es für ihn in erster Linie die Verantwortung seinem Volk gegenüber.

„Natürlich haben meine Kinder ihren eigenen persönlichen

Schutz." Mit beherrschtem Zorn drückte er seine Zigarette aus. „Es hat allerdings den Anschein, als sei dieser Schutz unzureichend. Gabriella zeigt sich oft unduldsam bei der notwendigen Anwesenheit von Sicherheitsbeamten. Ihr Privatleben betreffend hat sie ihren eigenen Kopf. Vielleicht habe ich sie verzogen. Wir sind ein friedliches Land, Reeve. Die Bewohner von Cordina lieben ihre fürstliche Familie. Wenn meine Tochter von Zeit zu Zeit mal ihren Leibwächtern entschlüpft ist, dann habe ich kein großes Aufheben darum gemacht."

„Konnte es auf diese Weise jetzt zu der Entführung kommen?"

„Sie wollte aufs Land fahren. Das tut sie manchmal. Die Verpflichtungen aufgrund ihrer Stellung sind zahlreich. Gabriella braucht ab und zu etwas Ablenkung und ein gewisses Maß an Zerstreuung. Bis vor sechs Tagen schien es immer eine harmlose Sache, deshalb gestattete ich es auch."

Dem Ton nach zu urteilen, beherrscht Armand seine Familie wie sein Volk, gerecht, aber kühl, dachte Reeve. „Bis vor sechs Tagen", wiederholte er, „als Ihre Tochter entführt wurde."

Armand nickte ruhig. Es ging jetzt um Tatsachen, mit denen man sich auseinandersetzen musste, Gefühle waren hier unangebracht. „Bis wir absolut sicher sind, wer Gabriella entführt hat und warum, kann ihr ein solches Vergnügen nicht mehr gestattet werden. Ich würde der Palastgarde mein Leben anvertrauen, doch nicht mehr das meiner Tochter."

Reeve machte seine Zigarette aus. Die Absicht war klar und deutlich. „Ich bin nicht mehr beim Geheimdienst, Armand."

„Sie haben ein eigenes Unternehmen. Wie ich höre, sind Sie eine Art Experte auf dem Gebiet des Terrorismus."

„In meinem Heimatland", erklärte Reeve. „Hier in Cordina habe ich keine Zulassung. Im Laufe der Jahre hatte ich allerdings Gelegenheit, gute Kontakte zu schaffen. Ich könnte Ihnen die Namen einiger ausgezeichneter Leute vermitteln …"

„Ich suche einen Mann, dem ich das Leben meiner Tochter anvertrauen kann", unterbrach Armand ihn. Er sagte das mit ruhiger Stimme, der drohende Unterton war jedoch unüberhörbar. „Einen Mann, von dem ich sicher sein kann, dass er ebenso objektiv bleibt, wie ich es sein muss. Einen Mann, der über die Erfahrungen verfügt, eine möglicherweise hochexplosive Lage mit Feingefühl zu handhaben. Ich habe Ihre Laufbahn aufmerksam verfolgt." Als Reeve ihn verblüfft ansah, lächelte Armand ihn noch einmal an. „Ich verfüge über ausgezeichnete Beziehungen in Washington. Sie haben einen tadellosen Ruf, Reeve. Ihr Vater kann stolz auf Sie sein."

Reeve fühlte sich unwohl, als der Name seines Vaters fiel. Diese Verbindung war für seinen Geschmack zu persönlich. Sie würde es ihm nur erschweren, anzunehmen und objektiv zu bleiben oder dankend und ohne Schuldbewusstsein abzulehnen. „Ich weiß ihr Vertrauen zu schätzen. Ich bin jedoch kein Polizist, kein Leibwächter. Ich bin jetzt Farmer!"

Armands Ausdruck blieb ernst, doch Reeve entging das amüsierte Flackern im Blick des Fürsten nicht. „Ja, so wurde mir berichtet. Wenn es Ihnen recht ist, belassen wir es dabei. Doch ich habe Sorgen, große Sorgen. Ich werde Sie jetzt allerdings nicht drängen." Armand wusste, wann er zu fordern oder sich zurückzuziehen hatte.

„Überdenken Sie bitte das, was ich Ihnen gesagt habe. Vielleicht könnten wir morgen noch einmal miteinander sprechen, und Sie können selbst mit Gabriella reden. In der Zwischenzeit fühlen Sie sich bitte als unser Gast."

Der Fürst erhob sich und betrachtete damit das Gespräch als beendet. „Mein Wagen wird Sie in den Palast zurückbringen."

2. Kapitel

Das Sonnenlicht des späten Vormittags flimmerte im Raum. Reeve betrachtete das Strahlenmuster auf dem Fußboden. Er hatte bei einem privaten Frühstück in der Suite des Fürsten ein weiteres Gespräch mit Armand geführt. Dabei war ihm die ruhige Entschlossenheit und das Herrschaftsbewusstsein des Fürsten nur zu präsent gewesen. Er war mit solchen Menschen aufgewachsen.

Leise vor sich hin fluchend sah Reeve hinaus auf die Bergkette, die Cordina so malerisch umgab.

Warum zum Teufel war er hier? Sein Land lag Tausende von Meilen entfernt und wartete darauf, von ihm bestellt zu werden. Stattdessen befand er sich in diesem Märchenland, wo die Luft verführerisch sanft und das Meer so nahe und so blau war. Er hätte nie hierherkommen dürfen.

Als Armand vor Kurzem mit ihm Kontakt aufgenommen hatte, hätte er bedauernd abwinken sollen. Als er dann von seinem Vater gebeten worden war, der Bitte des Fürsten nachzukommen, hätte Reeve ihm erklären müssen, dass seine Felder bestellt werden mussten.

Aber er hatte es nicht getan. Mit einem Seufzer gestand Reeve sich den Grund ein. Sein Vater hatte so wenig von ihm verlangt und ihm so viel gegeben. Die Freundschaft, die den Botschafter Francis MacGee und Ihre Königliche Hoheit Fürst Armand von Cordina miteinander verband, war stark und lebendig. Armand war sogar zur Beerdigung von Reeves Mutter in die Staaten geflogen. Er konnte nicht einfach vergessen, wie viel diese Geste seinem Vater bedeutet hatte.

Und auch die Prinzessin war ihm nicht aus dem Sinn gegangen. Er starrte weiter hinaus auf die Berge. Die junge Frau schlief hinter ihm in einem Krankenhausbett, bleich, verletzbar, zerbrechlich. Reeve erinnerte sich, wie er zehn Jahre zuvor seine Eltern auf eine Reise nach Cordina begleitet hatte.

Damals hatte man ihren sechzehnten Geburtstag gefeiert. Er selbst war Anfang zwanzig gewesen und auf dem besten Weg, beim Geheimdienst Karriere zu machen. Er hatte nie an Märchen geglaubt, doch als Figur aus einem Traum war ihm die Prinzessin Gabriella erschienen.

Er konnte sich noch immer an ihren Anblick erinnern. Sie trug einen Traum aus weißer Seide, perlenbestickt und mit einer atemberaubend schmalen Taille, von der Volantkaskaden herabfielen, die über und über mit hellgrünen Ornamenten und Edelsteinen geschmückt waren. Die Frische ihres Kleides unterstrich noch das gesunde, jugendliche Aussehen der Prinzessin. In ihrem vollen kastanienbraunen Haar trug sie ein kleines Diadem aus Diamanten, das feurig darin blinkte und blitzte. Gabriellas zierliches Gesicht zeigte eine sanfte Röte, und ihr Mund war voll und vielversprechend. Doch vor allem ihre Augen … An sie erinnerte sich Reeve am besten. Diese Augen unter den dunklen, geschwungenen Brauen und mit den langen seidigen Wimpern leuchteten wie Topase.

Beinahe widerstrebend drehte Reeve sich jetzt um, um sie anzusehen.

Gabriella war vielleicht sogar noch feiner, seit sie sich vom Mädchen zur Frau entwickelt hatte. Der Schnitt ihrer Wangenknochen verlieh der Prinzessin Würde. Ihre Haut war bleich, als sei alles jugendliche Leben aus ihr gewichen. Das Haar war noch immer voll, aber es war jetzt streng nach hinten gekämmt, sodass das zierliche Gesicht noch verletzlicher wirkte. Sie hatte ihre Schönheit nicht verloren und wirkte so zerbrechlich, dass man beinahe Angst hatte, sie auch nur zu berühren.

Ein Arm lag schräg über dem Körper, und Reeve konnte das Feuer der Diamanten und Saphire an ihrer gepflegten Hand sehen. Ihre Fingernägel waren jedoch kurz und unregelmäßig, als wären sie abgebrochen. Der Abdruck von Fesseln zeigte sich noch immer an ihrem Handgelenk. Damals hatte sie dort – so erinnerte er sich – einen Perlenreif getragen.

Diese Erinnerungen ließen in Reeve Zorn aufkommen. Eine Woche war inzwischen seit ihrer Entführung verstrichen und zwei Tage, seit das junge Paar sie ohnmächtig am Straßenrand aufgefunden hatte.

Niemand wusste jedoch genau, was sie durchgemacht hatte. Er erinnerte sich des Duftes ihres Parfüms vor zehn Jahren; und jetzt wusste sie nicht einmal mehr ihren eigenen Namen.

Armand ist sehr klug, dachte Reeve bitter, ja sogar gerissen gewesen, darauf zu bestehen, dass ich Gabriella selbst besuche. Er fragte sich, wie er sich jetzt verhalten sollte. Er wollte ein eigenes, neues Leben beginnen, so hatte er sich entschieden. Ein Mann, vor dem ein Neuanfang lag, hatte nicht die Zeit, sich mit den Problemen anderer Leute zu befassen. Es war doch sein Wunsch gewesen, genau dem zu entfliehen.

Bei seinen Überlegungen runzelte er die Stirn, und so sah Gabriella ihn, als sie die Augen öffnete. Sie blickte in sein ernstes, sorgenvolles Gesicht, sah die funkelnden blauen Augen und den zusammengekniffenen Mund und erstarrte.

Ist das ein Traum oder die Wirklichkeit? schoss es ihr durch den Kopf. Das Krankenhaus. Sie sah nur kurz zur Seite, um sich zu vergewissern, dass sie sich noch immer dort befand. Mit den Fingern krallte sie sich ängstlich ans Laken, aber ihre Stimme klang fest.

„Wer sind Sie?“

Was immer sich in den letzten Jahren oder in der vergangenen Woche verändert haben mochte, ihre Augen waren dieselben geblieben. Bernsteinfarben, unergründlich, faszinierend. Reeve behielt die Hände in den Taschen. „Ich bin Reeve MacGee, ein Freund Ihres Vaters!“

Gabriella entspannte sich ein wenig. Sie erinnerte sich an den Mann mit dem müden Blick und mit der militärischen Haltung, der ihr gesagt hatte, er sei ihr Vater. Welch ruhelose, enttäuschende Nacht hatte sie in dem Bemühen verbracht, den kleinsten Erinnerungsfetzen zu finden. „Kennen Sie mich?“

„Wir haben uns vor vielen Jahren einmal gesehen, Eure Hoheit.“ Der Blick der Augen, die ihn damals bei dem jungen Mädchen und jetzt bei dieser Frau so fasziniert hatten, war unsicher. Sie braucht etwas, dachte er. Sie sucht etwas, an das sie sich klammern kann. „Es war an Ihrem sechzehnten Geburtstag. Sie sahen hinreißend aus!“

„Sie sind Amerikaner, Reeve MacGee?“

Er zögerte einen Moment, musterte sie eindringlich. „Ja. Woher wissen Sie das?“

„Ihr Akzent.“ Aus dem Blick der Prinzessin sprach die Verwirrung, in der sie sich befand. Fast konnte er erkennen, wie sie sich an diesem dünnen Faden festzuhalten schien. „Ich kann es Ihrem Tonfall entnehmen. Ich bin dort gewesen … Ich bin doch dort gewesen?“

„Ja, Eure Hoheit.“

Er weiß es, dachte sie. Er wusste davon, aber sie konnte nur raten. „Nichts.“ Tränen traten ihr in die Augen, aber sie hielt sie zurück. Sie war unverkennbar die Tochter ihres Vaters. „Können Sie sich vorstellen“, begann sie mit gefasster Stimme, „was es heißt, ohne jede Erinnerung aufzuwachen? Mein Leben besteht aus lauter leeren Seiten. Ich muss darauf warten, dass andere Menschen sie für mich ausfüllen. Bitte helfen Sie mir. Was ist mit mir geschehen?“

„Eure Hoheit …“

„Müssen Sie mich so anreden?“, wollte Gabriella wissen.

Dieses kurze Aufflackern ihres ungeduldigen Wesens belustigte ihn. Er war bemüht, nicht zu lächeln. „Nein“, sagte er schlicht und setzte sich bequem auf die Bettkante. „Wie möchten Sie denn angesprochen werden?“

„Mit meinem Namen.“ Verärgert sah sie auf die Bandage an ihrem Handgelenk. Das muss schnell verschwinden, fand sie. Mühsam gelang es ihr, sich aufzusetzen. „Man hat mir gesagt, ich hieße Gabriella.“

„Ihre Familie und Ihre Freunde nennen Sie Brie.“

Sie dachte einen Augenblick nach, um die Verbindung zwischen den Namen zu finden. Aber die Seiten blieben leer. Nun gut. „Erzählen Sie mir bitte, was mit mir passiert ist.“

„Wir kennen bis jetzt noch keine Einzelheiten.“

„Aber das müssen Sie“, verlangte sie und beobachtete Reeve dabei. „Selbst wenn Ihnen nicht alles bekannt ist, werden Sie doch wenigstens ein paar Informationen haben. Ich möchte sie hören.“

Reeve betrachtete sie. Gabriella wirkte matt, aber unter der Schwäche spürte er ihren starken Willen. Hier musste er ansetzen. „Am vergangenen Sonntag haben sie nachmittags einen Ausflug aufs Land unternommen. Am darauf folgenden Tag hat man Ihren Wagen verlassen aufgefunden. Dann kamen Anrufe mit Lösegeldforderungen. Angeblich hatte man Sie entführt und hielt Sie in Gewahrsam.“

Er erläuterte nicht näher, welcher Art die Drohungen gewesen waren oder was geschehen sollte, wenn man die Forderungen nicht erfüllt hätte. Ebenso wenig erklärte er, dass die Bedingungen von horrenden Lösegeldforderungen bis hin zur Freilassung bestimmter Gefangener gereicht hatten.

„Entführt!" Gabriella griff spontan nach seiner Hand. Vor ihren Augen tauchten schattenhaft Bilder auf. Ein kleines, finsteres Zimmer. Der Geruch von Brennöl und Most. Sie erinnerte sich an Übelkeit und Kopfschmerzen. Alle Ängste kamen wieder zurück, doch nichts sonst.

„Ich kann mich nicht klar entsinnen", murmelte sie. „Irgendwie spüre ich, dass es stimmt, aber da ist dieser Schleier, den ich nicht zerreißen kann."

„Ich bin kein Arzt." Reeve sagte das in knappem Tonfall. Ihr Kampf, wieder zu sich zurückzufinden, berührte ihn viel zu sehr. „Ich bin jedoch dafür, die Dinge nicht zu überstürzen. Sie werden sich schon erinnern, wenn der richtige Zeitpunkt dafür gekommen ist."

„Das ist leicht gesagt." Gabriella ließ seine Hand los. „Jemand hat mich meines Lebens beraubt, Mr. MacGee. Welche Rolle spielen Sie in dieser Sache?", fragte sie plötzlich ganz direkt. „Waren wir ein Paar?"

Reeve musste schmunzeln. Sie ging gewiss nicht wie die Katze um den heißen Brei herum, aber sie schien von der Vorstellung auch nicht sonderlich angetan zu sein, wie er sich halb belustigt eingestand. Ohne um Erlaubnis zu bitten, zündete er sich eine Zigarette an.

„Nein", antwortete er und bot ihr eine an. Sie nahm an, da sie nicht einmal wusste, ob sie rauchte oder nicht. „Wie gesagt, Sie waren sechzehn, als wir uns damals begegneten. Unsere Väter sind alte Studienfreunde, sie wären bestimmt nicht damit einverstanden gewesen, wenn ich Sie verführt hätte."

„Ach so." Gabriella atmete den Rauch ein, nachdem Reeve ihr Feuer gegeben hatte. Der Qualm brannte ihr in der Kehle, füllte ihre Lungen, und hastig blies sie ihn wieder aus. In der gleichen, unbewusst vornehmen Art, in der sie die Zigarette entgegengenommen hatte, löschte sie sie wieder. „Warum sind Sie dann hier?"

„Ihr Vater hat mich gebeten, zu kommen. Er ist um Ihre Sicherheit besorgt.“

Gabriella warf einen Blick auf den Ring an ihrem Finger. Prachtvoll, dachte sie. Dann sah sie auf ihre Fingernägel und war entsetzt. Unmöglich, dachte sie. Warum trug sie einen solchen Ring und pflegte nicht einmal ihre Hände? Wieder flackerten kurz Erinnerungen auf. Brie versuchte angestrengt, sich zu konzentrieren, aber es war sofort wieder vorbei.

„Was bedeutet es für Sie“, fuhr sie fort und bemerkte nicht, dass Reeve jede ihrer Regungen beobachtete, „dass mein Vater so um meine Sicherheit besorgt ist?“

„Ich habe viel Erfahrung auf diesem Gebiet. Fürst Armand hat mich gebeten, auf Sie aufzupassen.“

Erneut runzelte Gabriella die Stirn. Wieder tat sie es auf diese ruhige, gedankenverlorene Art, von der sie nicht wusste, dass es eine ihrer Angewohnheiten war. „Ein Leibwächter?“ Bei ihr klang es ebenso ungeduldig wie bei ihrem Vater. „Ich glaube kaum, dass mir das gefallen wird!“

Diese so geradeheraus erfolgte Ablehnung ließ Reeve einen anderen Ton anschlagen. Er hatte seine freie Zeit geopfert, war um die halbe Welt gereist, und ihr passte der Gedanke einfach nicht. „Sie werden feststellen, Eure Hoheit, dass selbst eine Prinzessin Dinge tun muss, die sie nicht schätzt. Sie sollten sich also lieber damit abfinden.“

Gabriella sah ihn distanziert an. So, wie sie es immer tat, wenn ihr Temperament mit ihr durchzugehen drohte. „Ich glaube nicht, Mr. MacGee. Ich bin absolut sicher, dass ich es nicht hinnehmen werde, dauernd irgendjemand um mich herum zu haben. Sobald ich nach Hause komme …“ Sie hielt inne, denn auch von ihrem Zuhause hatte sie keine Vorstellung. „Sobald ich nach Hause komme“, wiederholte sie, „werde ich eine andere Lösung dafür finden. Sagen Sie bitte meinem Vater, dass ich Ihr freundliches Angebot abgelehnt habe.“

„Nicht Ihnen habe ich das Angebot gemacht, Eure Hoheit, sondern Ihrem Vater.“ Reeve stand langsam auf. Bei dieser Gelegenheit konnte Gabriella sehen, dass er schon allein seiner Größe wegen sehr beeindruckend war. Weder seine gute Figur noch die teure Kleidung hatten diese Wirkung. Es war vielmehr seine Ausstrahlung. Wenn er beschlossen hatte, sich jemandem in den Weg zu stellen, dann konnte man nicht mehr an ihm vorbei. Davon war sie überzeugt.

Er vermittelte ihr ein Gefühl der Unsicherheit. Sie wusste nicht, warum. Aus diesem Grunde wollte sie ihn nicht tagtäglich um sich haben. Zurzeit war ihr Leben ohnehin schon ein großer Wirrwarr, auch ohne einen Reeve MacGee.

Sie hatte ihn gefragt, ob sie ein Liebespaar gewesen waren. Dieser Gedanke war sowohl erregend als auch beängstigend. Bei seiner Verneinung fühlte sie jedoch plötzlich die gleiche Leere, die schon zwei Tage in ihrem Innern herrschte. Vielleicht bin ich eine gefühlsarme Person? überlegte Gabriella. Vielleicht ist aber das Leben auf diese Weise auch einfacher.

„Man sagte mir, dass ich fünfundzwanzig Jahre alt bin, Mr. MacGee."

„Müssen Sie mich so anreden?", entgegnete er, wählte dabei in voller Absicht denselben Tonfall wie sie zuvor und bemerkte ihr flüchtiges Lächeln.

„Ich bin erwachsen", fuhr sie fort. „Ich treffe meine eigenen Entscheidungen für mein Leben."

„Da Sie ein Mitglied der fürstlichen Familie Cordinas sind, werden einige dieser Entscheidungen nicht von Ihnen allein getroffen." Reeve ging zur Tür, öffnete sie und ließ seine Hand auf dem Griff ruhen. „Ich habe Wichtigeres zu tun, Gabriella, als hier bei Ihnen zu sitzen." Auch er lächelte schnell, wenngleich etwas verlegen. „Doch selbst gewöhnliche Sterbliche haben nicht immer die Wahl."

Sie wartete, bis er die Tür hinter sich geschlossen hatte, und setzte sich dann auf. Ihr wurde schwindlig. Einen Moment lang wünschte sie sich, wieder zurückzusinken und darauf zu warten, dass jemand ihr zu Hilfe und zum Schutz kam. Doch sie wollte es auch nicht mehr länger hinnehmen, im Krankenhaus festgehalten zu sein. Also stieg sie aus dem Bett und wartete darauf, dass das Schwindelgefühl sie verließ. Dann ging sie sehr langsam und ruhig auf den Spiegel an der gegenüberliegenden Wand zu.

Diese Konfrontation hatte sie bisher vermieden. Da sie sich in nichts an ihr Aussehen erinnern konnte, waren ihr Tausende von

Möglichkeiten durch den Kopf geschossen. Wer war sie? Aber wie konnte sie anfangen, sich daran zu erinnern, wenn sie nicht einmal die Farbe ihrer Augen kannte. Tief atmete sie durch, stellte sich vor den Spiegel und sah hinein.

Viel zu dünn, stellte sie als Erstes fest. Viel zu bleich. Aber wenigstens bin ich nicht hässlich, ging es ihr dann erleichtert durch den Sinn. Ihre Augen hatten eine sehr eigenwillige Farbe, aber sie standen wenigstens nicht schief oder traten gar hervor.

Sie fuhr sich mit einer Hand übers Gesicht. Dünn, dachte sie erneut, delikat und ängstlich. In ihrem Spiegelbild sah sie nichts, was ihrem Vater ähnlich gewesen wäre. Aus seinem Gesicht sprach Stärke. In ihrem eigenen stand nur Zerbrechlichkeit und tiefe Verletzlichkeit.

„Wer bist du?“, fragte sich Gabriella und drückte ihre Handfläche gegen das Spiegelglas. Was bist du?

Plötzlich verachtete sie sich. Sie überließ sich ihrer Verzweiflung und begann zu weinen.

Gabriella schwor sich, dass ihr so etwas nicht noch einmal passieren würde. Sie war so von ihren Gefühlen überwältigt gewesen, dass sie haltlos in Schluchzen ausgebrochen war, bis sie keine Tränen mehr gehabt hatte. Zur Beruhigung nahm sie eine heiße, wohltuende Dusche. Als sie damit fertig war, hatte sie einen Entschluss gefasst. Von jetzt an wollte sie sich mutig mit allen aufkommenden Bildern auseinandersetzen. Wenn sie eine Antwort auf ihre Fragen finden wollte, war das die einzige Möglichkeit.

Alles der Reihe nach. Gabriella zog den Morgenmantel über, den sie im Schrank gefunden hatte. Ein dicker, molliger grüner Mantel. An den Rändern war er ein wenig abgestoßen. Vielleicht mein Lieblingsstück, dachte sie und schmiegte sich in den kuscheligen Mantel. Ansonsten war im Schrank nichts mehr gewesen. Entschlossen drückte Gabriella auf die Klingel und wartete auf die Schwester.

„Ich möchte meine Kleider haben“, erklärte sie bei deren Erscheinen.

„Eure Hoheit, Sie sollten nicht …“

„Ich werde, falls nötig, mit dem Arzt sprechen. Ich brauche einen Friseur, Kosmetika und passende Garderobe!" Mit einer befehlenden Geste, die ihre Nervosität überspielen sollte, wies sie die Schwester an. „Ich werde heute früh nach Hause zurückkehren."

Man argumentierte nicht mit Fürstentöchtern. Die Schwester entschuldigte sich höflich und ging sofort, den Doktor zu benachrichtigen.

„Nun, was soll das alles bedeuten?" Der Arzt eilte in das Zimmer. Er strahlte Wärme, gute Laune und Geduld aus. „Eure Hoheit, Sie sollten noch nicht aufstehen."

Es war an der Zeit, ihre Möglichkeiten auszuprobieren. „Dr. Franco, ich schätze Ihre Fähigkeiten und Ihre Freundlichkeit. Aber ich gehe heute nach Hause zurück."

„Nach Hause. Meine liebe Gabriella." Eindringlich sah er sie an, als er auf sie zutrat.

„Nein." Sie schüttelte den Kopf, damit verneinte sie seine unausgesprochene Frage.

„Ich kann mich nicht erinnern."

Dr. Franco nickte.

„Ich habe eben mit Dr. Kijinsky gesprochen. Er hat auf diesem Gebiet wesentlich mehr Erfahrung als ich. Heute Nachmittag ..."

„Ich werde diesen Dr. Kijinsky empfangen, aber nicht heute Nachmittag." Sie steckte die Hände in die Taschen ihres Mantels und berührte plötzlich einen langen, schmalen Gegenstand. Gabriella zog ihn hervor und hatte eine Haarnadel in der Hand. Fest hielt Brie sie mit der Hand umschlossen, als könnte sie dadurch Erinnerungen heraufbeschwören. „Ich muss diese Lage auf meine eigene Art in den Griff bekommen. Vielleicht werde ich mich erinnern, wenn ich wieder in vertrauter Umgebung bin. Gestern, nachdem mein ... Vater gegangen war, haben Sie mir versichert, dass dieser Gedächtnisverlust nur vorübergehend sei und dass ich außer Ermüdungserscheinungen und einem Schock sonst keinen weiteren Schaden genommen habe. Wenn dem so ist, dann kann ich ebenso gut zu Hause ruhen und mich dort erholen."

„Aber hier können wir uns wesentlich besser um Sie kümmern."

Gabriella lächelte. „Ich möchte aber nicht, dass man sich um mich kümmert, Dr. Franco. Ich möchte nach Hause", sagte sie entschlossen.

„Wahrscheinlich erinnert sich niemand von euch daran, dass Gabriella genau diese Worte benutzte, nachdem man ihr die Mandeln entfernt hatte."

Armand stand im Türrahmen und betrachtete seine zierliche Tochter, die dem bulligen Dr. Franco so fest widersprach. Er trat zu den beiden und streckte ihr die Hand entgegen. Es schmerzte den Fürsten, dass sie einen Moment zögerte, die Hand zu ergreifen.

„Ihre Hoheit wird nach Hause zurückkehren", sagte er, an den Arzt gewandt, ohne ihn anzusehen. Ehe Gabriella etwas dazu sagen konnte, fuhr er fort: „Dr. Franco, Sie werden mir Anweisungen für die Behandlung der Prinzessin geben. Wenn die junge Dame ihnen nicht Folge leisten sollte, dann kommt sie wieder hierher zurück. Ich werde deine Sachen richten lassen."

„Vielen Dank", sagte Gabriella, unterließ es jedoch, das Wort „Vater" hinzuzufügen. Beiden fiel das auf.

Eine Stunde später verließ Gabriella de Cordina das Krankenhaus. Das Kleid in den frischen, zarten Frühlingstönen, das sie jetzt trug, gefiel ihr sehr. Als sie in das helle Sonnenlicht hinaustrat, waren ihre Wangen gerötet. Die Schatten unter ihren Augen waren verschwunden. Sie trug ihr Haar offen, sodass es ihr auf die Schultern fiel. Ein dezenter Geruch französischen Parfüms umwehte sie.

An die wartende Limousine konnte sie sich nicht mehr erinnern, auch nicht an das Gesicht des Fahrers, der sie anlächelte, als er ihr die Tür öffnete. Sie stieg ein, setzte sich und schwieg, bis ihr Vater ihr gegenüber Platz genommen hatte.

„Du siehst kräftiger aus, Brie."

So vieles wäre zu sagen gewesen, doch nichts fiel ihr ein. Allerdings beruhigte sie die Anwesenheit ihres Vaters. In ihrem Blick lagen unzählige Fragen. „Ich weiß, ich spreche Französisch ebenso fließend wie Englisch. Ich denke nämlich abwechselnd in beiden Sprachen", fing sie an. „Ich weiß, wie Rosen duften. Ich weiß auch, in welche Richtung ich zu sehen habe, um die Sonne über dem Meer aufgehen zu sehen, und wo sie versinkt. Ich weiß aber nicht, ob ich ein freundlicher oder ein eingebildeter Mensch bin. Ich erinnere mich nicht einmal an die Tapeten in meinem eigenen Zimmer. Ich weiß nicht, ob ich mit meinem Leben etwas Rechtes angefangen oder ob ich es nur vertan habe!“

Es versetzte Armand einen Stich, sie so vor sich sitzen zu sehen, bemüht, ihm eine Erklärung dafür zu geben, warum sie ihm die schuldige Zuneigung nicht geben konnte. „Ich könnte es dir beantworten“, sagte er leise.

„Aber du willst es nicht.“ Sie nickte ihm zu, ebenso gefasst wie er.

„Ich glaube, wenn du die Antwort selbst findest, hast du mehr davon.“

„Vielleicht.“ Sie sah auf ihre Handtasche aus Schlangenleder und strich mit der Hand darüber. „Ich habe bereits entdeckt, dass ich ungeduldig bin.“ Ein flüchtiges Lächeln huschte über sein Gesicht, und Gabriella fühlte sich zu ihm hingezogen. Auch sie lächelte. „Dann hast du den Anfang gemacht“, stellte er glücklich fest.

„Und damit sollte ich wohl auch zufrieden sein.“

„Meine liebe Gabriella, ich mache mir darüber keine Illusionen, dass du leider für einen längeren Zeitraum damit zufrieden sein musst.“

Sie sah zum Fenster hinaus, während sie die lange, kurvenreiche Strecke bergauf fuhren. Es gab viele Bäume hier, auch Palmen, deren Wedel im Winde flatterten. Sie entdeckte einen grauen, zerklüfteten Felsen, in dessen Spalten wilde Blumen ein karges Leben fristeten. Unter ihnen lag das Meer, tief, still und endlos blau.

Wenn sie vor sich auf die Straße schaute, hatte sie die Stadt mit ihren weiß-bunten Häusern im Blick, die wie ein Vogelnest am Felsen klebten. Alles sah sehr alt, aber auch sehr sauber aus.

Keine Wolkenkratzer, keine Hektik. Tief in ihrem Inneren wusste Gabriella, dass sie schon an Orten gewesen war, wo das Leben schneller pulsierte und die Häuser in den Himmel ragten. Aber dies hier war ihr Zuhause.

„Du willst mir nichts von mir erzählen!“ Wieder sah sie Armand an; ihr Blick war fest und ihre Stimme sicher. „Dann erzähle mir wenigstens von Cordina.“

Diese Bitte freute ihn. Gabriella bemerkte es an seinem leichten Schmunzeln. „Wir sind eine alte Familie", antwortete er, und Stolz lag in seiner Stimme. „Die Bissets – so lautet unser Familienname – leben und regieren hier seit dem siebzehnten Jahrhundert. Vorher war Cordina von vielen Völkern besetzt, den Spaniern, Mauren, wieder den Spaniern, schließlich den Franzosen. Wir haben einen Hafen, und unsere Lage hier am Mittelmeer ist sehr bedeutend. Im Jahre 1657 wurde ein anderer Armand Bisset Fürst von Cordina. Seitdem haben die Bissets regiert, und solange es einen männlichen Erben gibt, wird Cordina auch in unseren Händen bleiben. Der Titel kann nämlich nicht auf eine Tochter übertragen werden."

Gabriella überlegte einen Moment und lehnte den Kopf zurück. „Persönlich kann ich dafür nur dankbar sein, aber als politischen Grundsatz finde ich es überholt."

„Das hast du früher schon gesagt", murmelte Armand.

„Haben die Bissets gut regiert?"

Es sieht ihr ähnlich, diese Frage zu stellen, dachte er. Obwohl sie sich an nichts erinnerte. Ihren scharfen Verstand hatte sie nicht verloren und ebenso wenig ihre rege Anteilnahme. „Cordina lebt in Frieden", erklärte er sachlich. „Wir sind Mitglied der Vereinten Nationen. Der Herrscher bin ich, an meiner Seite ist der Staatsminister Loubet. Es gibt einen Kronrat, der drei Mal pro Jahr zusammentritt. Bei Abschluss von internationalen Verträgen muss ich ihn konsultieren. Alle Gesetze müssen vom Nationalrat, der gewählt wird, gebilligt werden."

„Gibt es Frauen in der Regierung?"

Mit einem Finger strich Armand sich über sein Kinn. „Du hast dein Interesse an der Politik nicht eingebüßt. Ja, es gibt Frauen", antwortete er. „Du wärst allerdings mit dem Prozentsatz nicht zufrieden, obwohl Cordina eigentlich ein fortschrittliches Land ist."

„Fortschrittlich ist wahrscheinlich ein relativer Begriff!"

„Vielleicht." Armand lächelte; offensichtlich war diese Debatte etwas Gewohntes. „Der Handel zu Wasser ist natürlich unsere größte Industrie, aber der Tourismus kommt gleich danach. Wir verfügen hier über eine herrliche Landschaft, Kultur und ein beneidenswertes

Klima. Außerdem sind wir gerecht", erklärte er weiter. „Unser Land ist klein, aber nicht unbedeutend. Wir regieren gut."

Gabriella nahm seine Erläuterungen ohne weitere Fragen zur Kenntnis. Selbst wenn sie noch weitere hätte stellen wollen, so hätte sie sie beim Anblick des Palastes vergessen.

3. Kapitel

Wie es sich gehörte, stand der Palast auf der Spitze des höchsten Felsens von Cordina. Seine Vorderfront war zum Meer hin gerichtet.

Gabriella hatte das undeutliche Gefühl, alles schon einmal gesehen zu haben. Es war wie in einem Traum.

Der Palast war aus weißen Quadern errichtet, und die ganze Anlage war ein Durcheinander von Verteidigungsbauten, Brustwehren und Türmen. Er war als Wohn- und Verteidigungsbau angelegt und nie zerstört worden. Trutzig und Frieden verheißend bewachte er die Stadt.

An der offenen Toreinfahrt standen Wachen. In ihren adretten roten Uniformen machten sie einen eindrucksvollen, aber doch operettenhaften Eindruck. Gabriella musste unwillkürlich an Reeve MacGee denken.

„Dein Freund, Mr. MacGee, hat sich mit mir unterhalten." Sie wandte den Blick vom Palast ab. Es schien ihre Art zu sein, zuerst die geschäftlichen Dinge in Betracht zu ziehen. „Er sagte mir, du habest um seine Unterstützung gebeten. Ich weiß deine Besorgnis zu schätzen, aber ich finde den Gedanken, jetzt einen weiteren Fremden in meinem Leben zu haben, nicht besonders angenehm."

„Reeve ist der Sohn meines längsten und engsten Freundes. Er ist kein Fremder." Ich ebenso wenig, dachte Armand bitter, aber er wollte nicht ungeduldig werden.

„Für mich ist er das. Seinen eigenen Worten nach sind wir uns nur ein Mal, vor fast zehn Jahren, begegnet. Selbst wenn ich mich an ihn erinnern könnte, wäre er doch ein Fremder!"

Armand hatte stets ihre klare, logische Denkweise bewundert sowie ihren Eigensinn, wenn ihr etwas nicht passte.

„Er war Mitglied des amerikanischen Geheimdienstes und ist mit der Art von Sicherheitsmaßnahmen vertraut, die wir jetzt brauchen."

Gabriella dachte an die Wachen am Tor und die Männer, die in dem ihnen folgenden Auto saßen. „Gibt es nicht genügend Wachen?"

Armand wartete, bis der Fahrer vor dem Eingang angehalten hatte. „Wenn wir ausreichend Schutz hätten, wäre dies alles hier nicht notwendig." Er stieg als Erster aus dem Wagen und drehte sich um, um seiner Tochter behilflich zu sein. „Herzlich willkommen daheim, Gabriella!"

Sie ließ ihre Hand in seiner liegen. Noch zögerte sie, den Palast zu betreten. Armand spürte das und wartete.

Dann nahm sie den Geruch der Blumen wahr – Jasmin, Vanille, Gewürze und die Rosen, die im Hof blühten. Das Gras hatte eine taufrische Farbe, und die Mauern waren blendend weiß. Früher einmal musste dort eine Zugbrücke gewesen sein, dessen war sie sich sicher. Jetzt befand sich am Ende der geschwungenen Steinstufen ein Rundbogentor aus Mahagoni. Klares und getöntes Glas blinkte in der Sonne, so wie man es sich von Palästen vorstellte. Auf dem höchsten Turm flatterte eine Fahne im Wind. Sie war schneeweiß mit einem feurig-roten Querstreifen.

Langsam glitt ihr Blick über das Gebäude. Es zog sie an und schien sie willkommen zu heißen. Dieses Gefühl des Friedens bildete sie sich nicht ein. Das war ebenso die Wirklichkeit wie die Furcht, die sie vor noch nicht allzu langer Zeit empfunden hatte. Sie hatte jedoch keine Ahnung, welches der blinkenden Fenster zu ihrem Zimmer gehörte. Sie würde es herausfinden. Nur Mut! sagte sie sich und machte einen Schritt nach vorn.

In diesem Moment wurde die hohe Tür weit aufgerissen. Ein junger Mann mit dunklem dichtem Haar und der Statur eines Tänzers stürzte heraus. „Brie!" Dann war er bei ihr und umarmte sie stürmisch. Ihm haftete ein angenehmer Geruch nach Pferden an. „Ich bin gerade aus den Ställen gekommen, als Alex mir sagte, du seist hierher unterwegs."

Gabriella spürte die Zuneigung, die der junge Mann ihr entgegenbrachte, und drehte sich hilflos nach ihrem Vater um.

„Deine Schwester braucht Ruhe, Bennett."

„Natürlich. Hier ist sie besser aufgehoben." Er grinste fröhlich, trat zurück, ließ ihre Hand jedoch nicht los. Er sieht so jugendlich, so schön und so glücklich aus, dachte Gabriella. Als er ihr ins Gesicht schaute, wurde sein Ausdruck plötzlich ernst. „Du kannst dich immer noch nicht erinnern?“

Sie wollte ihm die Hände entgegenstrecken, er schien eine solche Geste zu brauchen. Aber alles, wozu sie sich in der Lage fühlte, war ein Händedruck. „Es tut mir leid.“

Bennett öffnete den Mund, schloss ihn wieder und umschlang dann ihre Taille mit seinem Arm. „Unsinn.“ Seine Stimme klang aufmunternd, und er führte sie mit Bedacht zwischen sich und ihren Vater.

„Du wirst dich schon schnell wieder erinnern, jetzt, wo du wieder bei uns bist. Alex und ich dachten schon, wir müssten bis heute Nachmittag warten, um dich im Krankenhaus besuchen zu können. Aber so ist es viel besser.“

Sorgsam geleitete er sie durch die Tür und sprach dabei schnell auf sie ein. Sie war überzeugt, er machte das nur, um ihrer beider Verlegenheit zu überspielen. Sie traten in eine hohe Halle, deren Decke mit Fresken geschmückt war. Vor Gabriella lag eine elegant geschwungene Treppe, die zu etwas führte, das sie bis jetzt noch nicht kannte.

Auf einer Konsole stand eine hohe, glänzende Vase. Sie erkannte sofort, dass sie aus der Ming-Periode stammte, ebenso wie sie die Konsole als aus der Zeit Ludwig XIV. einordnete. Dinge konnte sie also identifizieren und richtig einschätzen, aber sie konnte keinen Bezug zwischen ihnen und sich selbst herstellen. Durch zwei hohe Spitzbogenfenster fiel strahlendes Sonnenlicht, dennoch hatte sie das Gefühl, zu frösteln.

Panik stieg in ihr auf. Sie wollte sich umdrehen und hinausrennen, zurück in das sichere, unpersönliche Krankenzimmer. Dort wurde nicht so viel von ihr erwartet, dort hingen nicht so viele unausgesprochene Fragen in der Luft. Dort würde sie nicht von einer solch großen Welle der Liebe erfasst und müsste nicht ihrerseits diese Zuneigung erwidern.

Bennett merkte, wie sie sich versteifte, und schlang den Arm noch enger um sie. „Jetzt wird alles wieder gut werden, Brie.“

Irgendwie gelang es ihr zu lächeln. „Ja, natürlich.“

Am Ende der Halle wurde eine Tür geöffnet. Brie erkannte den Mann, der heraustrat, nur aufgrund der starken Ähnlichkeit zu ihrem Vater als ihren Bruder.

„Gabriella." Alex rannte nicht so zu ihr hin wie vorher Bennett, sondern ging langsam und beobachtend auf sie zu. Als er vor ihr stand, umschloss er mit seinen Händen ihr Gesicht. Die Begrüßung wirkte völlig natürlich, als hätte er es so viele Male in der Vergangenheit gemacht. Eine Vergangenheit, dachte Gabriella, die ich nicht mehr habe.

„Wir haben dich vermisst. Seit einer Woche hat mich niemand mehr angeschrien."

„Ich ..." Sie rang nach Worten und verstummte. Was sollte sie auch sagen? Was hatte sie zu fühlen? Sie wusste nur, dass dies alles zu viel für sie war und dass sie weit weniger darauf vorbereitet war, als sie angenommen hatte. Dann sah sie über Alex' Schulter hinweg Reeve im Türrahmen stehen.

Er war offenbar mit ihrem Bruder zusammen gewesen, hatte sich jedoch während des Wiedersehens im Hintergrund gehalten. Bei einer anderen Gelegenheit hätte sie sich wahrscheinlich geärgert, aber jetzt fand sie sein ruhiges, diskretes Verhalten sehr passend. Um Beherrschung bemüht, berührte sie die Hand ihres Bruders. „Es tut mir leid, ich bin ein wenig müde."

Sie bemerkte ein Aufblitzen in Alexanders Blick, dann trat er zurück. „Natürlich bist du das. Du solltest dich hinlegen. Ich bringe dich nach oben."

„Nein." Gabriella war bemüht, sich weniger ablehnend zu verhalten, als sie sich fühlte. „Entschuldige bitte, ich brauche etwas Zeit. Vielleicht ist Mr. MacGee so freundlich, mich zu meinen Räumen zu geleiten."

„Brie ..."

Bennetts Protest wurde sofort von Armand abgewehrt. „Reeve, Sie kennen Gabriellas Suite."

„Natürlich." Er kam auf sie zu und nahm ihren Arm. Die Berührung war völlig unpersönlich. Es kam ihm vor, als atme Gabriella erleichtert auf. „Eure Hoheit?"

Reeve führte sie die geschwungene Treppe hinauf. Auf einem Absatz verhielt sie einen Augenblick, um auf die drei Männer zurückzusehen, die ihr nachschauten. Sie fühlte sich so weit von ihnen entfernt, so getrennt. Ihre Gefühle waren ein einziges Durcheinander, sodass sie den Rest der Treppe lieber schweigend zurücklegte.

Auf dem Weg durch die breiten Korridore erkannte Gabriella nichts wieder, keinen der kostbaren Wandteppiche oder der schweren Portieren. Einmal kamen sie an einer Bediensteten vorbei, deren Augen sich mit Tränen füllten, als sie stehen blieb und grüßte.

„Wie kommt es wohl, dass man mich so gernhat?“, flüsterte Gabriella vor sich hin.

„Im Allgemeinen möchten die Menschen, dass man sie gernhat!“

Reeve ging weiter und führte sie mit einem leichten Druck auf ihren Arm weiter durch den Korridor.

„Fragen sich die Menschen im Allgemeinen denn nicht, ob sie die Zuneigung verdienen?“ Ungeduldig schüttelte Gabriella den Kopf. „Es kommt mir vor, als wäre ich in einen Körper geschlüpft. Er hat eine Vergangenheit, ich jedoch nicht. Aus diesem Körper heraus sehe ich mich um und beobachte die Reaktionen anderer Leute auf diese Hülle!“

„Sie könnten das zu Ihrem Vorteil nutzen!“

Gabriella warf ihm einen schnellen, interessierten Blick zu. „Auf welche Weise?“

„Sie haben den Vorteil, die Menschen um sie herum aufmerksam betrachten zu können, ohne dass Ihre eigenen Empfindungen diese Beobachtungen verfälschen. Vorurteilsfreie Erkenntnisse. Eine sicher sehr interessante Art, wieder zu sich zurückzufinden.“

„Jetzt sehen Sie, warum ich wollte, dass Sie mich hinaufbegleiten.“

Reeve blieb vor einer wundervoll geschnitzten Tür stehen. „Inwiefern?“

„Noch vor wenigen Minuten dachte ich, dass ich nicht noch mehr Fremde in meinem Leben ertragen könnte. Und doch … Sie haben keine starken Gefühle mir gegenüber und erwarten das auch nicht von mir. Für Sie ist es leicht, mich anzusehen und sich neutral zu verhalten.“

Reeve blickte Gabriella im Dämmerlicht des Ganges an. Einem Mann war es kaum möglich, sie anzuschauen und nur neutrale Gedanken zu haben. Doch die Situation war nicht dazu angetan, darauf hinzuweisen. „Unten haben Sie sich gefürchtet."

Gabriella hob den Kopf und sah ihm in die Augen. „Ja."

„Haben Sie sich jetzt entschlossen, mir zu vertrauen?"

„Nein." Ein schönes Lächeln lag auf ihren Lippen. Etwas von dem jungen Mädchen, das er einst mit den Diamanten im Haar kennengelernt hatte, kam wieder zum Vorschein. Zu viel des Zaubers, den er danach gefühlt hatte, kam wieder zurück. „Unter den gegebenen Umständen kann ich niemandem so leicht mein Vertrauen schenken."

Mehr noch als ihr Lächeln zog ihre innere Stärke ihn in Bann. „Was haben Sie dann beschlossen?"

Sein Äußeres sprach Gabriella an, doch seine Zuversicht beeindruckte sie noch stärker. „Ich nehme Ihre Dienste nicht als Leibwächter in Anspruch, Reeve. Doch ich bin davon überzeugt, dass Ihre Unterstützung als Fremder für mich unschätzbar sein wird. Mein Vater ist entschlossen, auf Sie in keinem Fall zu verzichten. Wir sollten deshalb vielleicht zu einem Arrangement zwischen uns beiden kommen."

„Welcher Art?"

„Ich will nicht ständig beobachtet werden. Ich bin sicher, dass ich das noch nie gemocht habe. Ich möchte Sie vielmehr als Puffer zwischen mir und …"

„… Ihrer Familie sehen?", vollendete Reeve ihren Satz.

Gabriella senkte den Blick und umklammerte ihre Handtasche. „Lassen Sie es nicht so kalt klingen!"

Reeve hätte sie jetzt gerne in den Arm genommen, aber es wäre sicherlich ein Fehler gewesen, sie in dieser Situation zu berühren. „Sie haben ein Recht auf die Zeit und den Abstand, die Sie brauchen, Gabriella", versicherte er ihr.

„Meine Familie hat auch ihre Rechte. Ich bin mir dessen sehr wohl bewusst."

Sie hob erneut den Kopf, sah jedoch an ihm vorbei. „Ist dies mein Zimmer?"

Einen Augenblick lang sah sie hilflos und verloren aus. Er wollte sie trösten, fühlte jedoch, dass sie Trost am wenigsten wünschte oder brauchte. „Ja."

„Würden Sie mich für einen Feigling halten, wenn ich nicht allein hineingehen möchte?“

Anstelle einer Antwort öffnete er die Tür und betrat auch vor ihr den Raum.

Offensichtlich liebte Gabriella Pastellfarben. Sie sah sich in dem kleinen, entzückenden Wohnzimmer mit den blassen, sonnengebleichten Farben um. Kein unnötiger Zierrat, stellte sie beruhigt fest. Der Raum war sogar ohne solche Dinge ausgesprochen weiblich eingerichtet. Sie war erleichtert darüber, dass sie es offenbar nicht nötig hatte, ihre Fraulichkeit durch übermäßigen Schnickschnack zu demonstrieren. Vielleicht würde sie sogar feststellen, dass Gabriella die sein sollte, die ihr gefiel.

Das Zimmer stand nicht voll, doch es war auch kein Platz verschenkt. Auf einer Kommode aus der Zeit der Königin Anne stand eine Vase mit frischen Blumen. Auf einem Tischchen war eine Sammlung von winzigen Flakons und Fläschchen angeordnet, die mit ihren vielen Formen und Farben zwar hübsch aussahen, aber nutzlos waren. Doch sie gefielen ihr auch.

Gabriella berührte die geschwungene Lehne eines bezaubernd zierlichen Sessels.

„Man sagte mir, Sie hätten dieses Zimmer vor drei Jahren neu eingerichtet“, merkte Reeve an. „Es ist sicher tröstlich, festzustellen, einen guten Geschmack zu haben.“

Hatte sie den Gobelinbezug für das bequeme Sofa wohl selbst ausgesucht? Sie strich mit der Hand darüber, als könne sie durch die Berührung eine Erinnerung auslösen. Ihr Blick fiel durch das Fenster auf Cordina hinunter, so wie sie sicher zahllose Male darauf herabgesehen hatte.

Sie schaute auf Gärten, auf gepflegte Rasenflächen, auf die Felsen und das Meer. Weiter hinten lag die Stadt, Häuser inmitten von Hügeln und viel Grün. Obwohl sie sie nicht sehen konnte, war sie davon überzeugt, dass im Park an der hohen Fontäne viele Kinder spielten.

„Warum nur habe ich alles vergessen?“, stieß sie plötzlich hervor. Sie drehte sich um, und Reeve bemerkte, dass aus der ruhigen, beherrschten Prinzessin eine leidenschaftliche und verzweifelte Frau geworden war. „Warum nur kommt mir nichts in den Sinn, woran ich mich so dringend erinnern möchte?“

„Vielleicht gibt es andere Dinge, an die sich zu erinnern Sie noch nicht bereit sind.“

„Ich kann es kaum glauben.“ Gabriella warf ihre Handtasche auf das Sofa und ging unruhig im Raum auf und ab. „Ich kann diese Wand zwischen mir und meinem Erinnerungsvermögen nicht ertragen.“

Abgesehen von ihrer zerbrechlichen Ausstrahlung verfügt sie über eine starke innere Kraft, dachte Reeve. „Sie müssen Geduld bewahren.“ Bei diesen Worten fragte er sich allerdings, ob er sie oder sich selbst damit beruhigen wollte.

„Geduld?“ Sie lachte auf und fuhr sich mit der Hand durchs Haar. „Warum bin ich nur so sicher, dass ich genau die nicht habe? Wenn ich einen, nur einen einzigen Stein aus dieser Wand herausbrechen könnte, würde der ganze Rest zusammenfallen, da bin ich ganz sicher. Bloß wie?“ Rastlos ging sie mit der ihr eigenen Grazie weiter auf und ab. „Sie könnten mir helfen.“

„Dafür ist Ihre Familie hier.“

„Nein.“ Selbstbewusst warf sie den Kopf in den Nacken, und ihre weiche Stimme klang befehlsgewohnt. „Meine Angehörigen kennen mich natürlich, aber ihre Empfindungen, auch die meinen, werden diese Wand viel länger bewahren, als mir lieb ist. Wenn meine Brüder mich ansehen, tut es mir weh, weil ich sie nicht kenne.“

„Aber ich kenne Sie doch auch nicht.“

„Sehr richtig.“ Die Geste, mit der sie sich jetzt ihr Haar aus dem Gesicht strich, wirkte weniger ungeduldig denn vertraut. „Sie können objektiv sein. Weil Sie nicht ständig auf meine Gefühle Rücksicht nehmen wollen, werden Sie auch weniger daran zerren. Da Sie der Bitte meines Vaters bereits zugestimmt haben … das haben Sie doch?“

Reeve dachte an seine Farm. Mit einem Stirnrunzeln steckte er die Hände in seine Taschen. „Ja.“

„Sie haben sich selbst in eine Lage gebracht, in der Sie mir ständig über die Schulter schauen. Und wo Sie nun einmal hier sind, können Sie mir ebenso gut von Nutzen sein“, schloss Gabriella.

Reeve brachte ein verlegenes Lächeln zuwege. „Es wird mir ein Vergnügen sein, Eure Hoheit.“

„Jetzt habe ich Sie verärgert." Mit einem Achselzucken ging sie auf ihn zu. „Nun, ich wäre nicht überrascht, wenn wir uns noch oft auf die Nerven gehen, ehe dies alles vorüber ist. Ihnen gegenüber will ich ehrlich sein, nicht etwa, weil ich Ihr Mitleid, sondern weil ich jemanden zum Sprechen brauche." Sie machte eine Pause. „Ich fühle mich ziemlich allein." Ein leichtes Zittern schwang in ihrer Stimme mit. Das direkte, helle Licht des Vormittags enthüllte, wie bleich sie war. „Es gibt nichts, was ich sehe oder berühre, von dem ich wüsste, dass es mir gehört. Es ist mir unmöglich, ein Jahr zurückzudenken und mich an etwas Lustiges, Trauriges oder Nettes zu erinnern. Ich kenne ja nicht einmal meinen vollen Namen."

Nun berührte er sie doch. Vielleicht hätte er das nicht tun sollen, aber er konnte sich nicht zurückhalten. Er legte Gabriella die Finger unter das Kinn und strich sacht über ihre Wange. „Eure Königliche Hoheit, Prinzessin Gabriella Madeline Justine Bisset von Cordina."

„So lang." Ihr glückte ein Lächeln, und der Druck ihrer Hand auf der seinen wurde fester.

„Sagen Sie mir, wie stehe ich zu meiner Familie?" Mit dieser Frage brach Gabriella schließlich das entstandene Schweigen.

„Gut."

„Dann helfen Sie mir, meiner Familie die Person wiederzuschenken, die sie erwartet. Helfen Sie mir, diese Person zu finden. In einer einzigen Woche habe ich fünfundzwanzig Jahre meines Lebens verloren. Ich muss wissen, warum. Das müssen Sie verstehen!"

„Das verstehe ich auch." Reeve schalt sich innerlich dafür, sie berührt zu haben. „Aber das heißt noch nicht, dass ich helfen kann."

„Sie können es. Sie können es deshalb, weil nichts sie dazu zwingt. Seien Sie nicht geduldig mit mir, sondern streng, und nicht freundlich, sondern eher hart."

Noch immer hielt er ihre Hand. „Es ist vielleicht für einen ehemaligen amerikanischen Geheimdienstler nicht sehr angemessen, Druck auf eine Prinzessin auszuüben."

Gabriella lachte. Seit zehn Jahren hörte er dieses Lachen zum ersten Mal wieder, aber er konnte sich genau daran erinnern. Im Gegensatz zu ihr war Reeve auch der gemeinsam getanzte Walzer im Zauber des Mondscheins gegenwärtig. Es war sicher nicht klug, in Cordina zu bleiben, aber er konnte nicht abreisen. Noch nicht.

Gabriellas Hand entspannte sich. „Wird in Cordina heute noch geköpft? Gewiss wenden wir doch heutzutage zivilisiertere Methoden an, um mit dem Gesindel fertig zu werden … Immunität." Mit einem Mal sah sie jung und zufrieden aus. „Ich gewähre Ihnen Immunität, Reeve MacGee. Hiermit haben Sie meine Erlaubnis, mich anzuschreien, mich auf die Probe zu stellen und sich überhaupt äußerst unbeliebt zu machen, ohne Repressalien fürchten zu müssen."

„Sind Sie gewillt, Ihr königliches Siegel darunter zu setzen?"

„Wenn mir jemand sagt, wo es sich befindet."

Die Anspannung war plötzlich von ihr gewichen. Obwohl sie bleich und matt aussah, war ihr Lächeln zauberhaft. Sie hatte jetzt eine andere Ausstrahlung. Hoffnung und Entschlossenheit sprachen aus ihrem Blick. Ich werde ihr helfen, dachte Reeve. „Ihr Wort genügt mir."

„Und mir das Ihre. Danke."

Reeve führte ihre Hand, die er noch immer hielt, an seine Lippen. Er wusste, diese Geste müsste für sie eigentlich etwas völlig Selbstverständliches sein. Doch als seine Lippen flüchtig ihre Hand berührten, bemerkte er ein kurzes Aufflackern in ihren Augen. Prinzessin oder nicht, sie war eine Frau. Reeve erkannte ihre Erregung. Vorsichtig ließ er ihre Hand los.

„Ich werde Sie jetzt ruhen lassen. Der Name Ihres Mädchens ist übrigens Bernadette. Falls Sie sie nicht früher brauchen, wird sie eine Stunde vor dem Abendessen zu Ihnen kommen."

Gabriella ließ ihren Arm sinken, als gehörte er nicht zu ihr. „Ich weiß es sehr zu schätzen, was Sie für mich tun."

„Das wird wahrscheinlich nicht immer der Fall sein." Reeve ging zur Tür. Dort erst hielt er die Entfernung für angemessen, um sich noch einmal umzudrehen. Er sah Gabriella am Fenster stehen. Das Licht fiel durch die Scheiben, vergoldete ihr Haar und ließ ihre Haut sanft schimmern. „Es ist genug für heute, Gabriella", ermahnte er sie leise. „Wir können morgen damit beginnen, den Stein aus der Mauer zu brechen."

4. Kapitel

Gabriella wollte eigentlich nicht schlafen, sondern einfach nur nachdenken. Noch immer war sie so erschlagen und verwirrt wie vordem im Krankenhaus.

„So!"

Beim Klang dieser einen, ungehaltenen Silbe fuhr Gabriella erschreckt hoch. In einem hohen Lehnstuhl vor ihrem Bett saß ihr eine alte Frau gegenüber. Ihr graues Haar war zu einem festen Knoten zusammengebunden. Sie hatte ein pergamentenes Gesicht, dünnhäutig, ein wenig gelblich und voller Falten. Aus kleinen dunklen Augen sah sie Gabriella an, und ihr alterswelker Mund wirkte noch immer entschlossen. Sie trug ein würdiges, glattes schwarzes Kleid, feste schwarze Schuhe und seltsamerweise am Hals eine Kamee an einem Samtband.

Da Gabriella auf keine Erinnerungen zurückgreifen konnte, ließ sie sich von ihrem Instinkt leiten. Reeve hatte ihr geraten, vorurteilsfrei zu beobachten. Dieser Rat schien ihr sehr klug. Entschlossen blickte sie die alte Frau an. „Hallo", sagte sie in gelassenem Ton.

„So ist es recht", sagte die alte Frau mit einem slawisch klingenden Akzent. „Du kommst nach Hause, nachdem ich eine Woche lang vor Angst krank war, und findest es nicht einmal nötig, mich zu begrüßen."

„Es tut mir leid." Die Entschuldigung ging Gabriella so selbstverständlich über die Lippen, dass sie lächeln musste.

„Man hat mir diesen Unsinn erzählt, du könntest dich an nichts erinnern. Unfug!" Sie hob eine Hand und klopfte damit auf die Armlehne des Stuhles. „Meine Gabriella soll sich angeblich nicht an ihre eigene Nanny erinnern!"

Gabriella betrachtete die alte Frau, aber sie konnte keinen Funken Verbindung zu ihr entdecken. Noch war der Zeitpunkt nicht gekommen. „Ich erinnere mich wirklich nicht", sagte sie leise. „Ich erinnere mich an gar nichts."

Nanny hatte in ihrem dreiundsiebzigjährigen Leben eine Menge Kinder aufgezogen und eines ihrer eigenen begraben. So war sie nicht so leicht aus der Fassung zu bringen. Nach einem Moment des Schweigens stand sie auf. Sie hatte ein faltiges Gesicht und verknöcherte Hände, aber sie erhob sich noch mit der Leichtigkeit und dem Schwung der Jugend. Dann neigte die Frau sich zu Gabriella herunter, und die Prinzessin sah eine schmale Frau in Schwarz vor sich, an deren Gürtel ein Rosenkranz baumelte.

„Ich bin Carlotta Baryshnova, die Kinderfrau deiner Tante, Lady Honoria Bruebeck, und deiner Mutter, Lady Elisabeth Bruebeck. Als deine Mutter Prinzessin Elisabeth von Cordina wurde, habe ich sie begleitet, um auch ihre Kinder großzuziehen. Ich habe dich gewickelt, dir deine aufgeschlagenen Knie verbunden und dir die Nase geputzt. Und wenn du heiratest, werde ich das Gleiche auch für deine Kinder tun."

„Aha." Gabriella lächelte. Sie hatte den Eindruck, dass die Frau eher ärgerlich als verwirrt war. Ich habe mich noch nicht einmal lächeln gesehen, schoss es ihr in diesem Augenblick durch den Kopf. Sie müsste noch einmal vor den Spiegel treten. „Und war ich ein artiges Kind?"

„Na ja." Der Ton konnte alles Mögliche bedeuten, aber Gabriella hatte dennoch ein positives Gefühl. „Manchmal schlimmer, manchmal besser als deine Brüder. Und die waren immer sehr anstrengend." Die Frau kam näher an Gabriella heran und musterte sie mit ihren kurzsichtigen Augen. „Du hast nicht gut geschlafen", stellte sie barsch fest. „Kein Wunder. Heute Abend bringe ich dir deine heiße Milch."

Gabriella wandte den Kopf. „Trinke ich sie gern?"

„Nein. Doch du wirst sie trinken. Jetzt lasse ich dir dein Bad ein. Die ständige Aufregung und die vielen Ärzte strengen dich zu sehr an. Ich habe dieser albernen Bernadette gesagt, dass ich mich heute Abend selbst um dich kümmern würde. Was hast du denn mit deinen Fingern gemacht?", fragte sie plötzlich entsetzt und zog eine Hand zu sich hin. Sie begutachtete beide Seiten. „Erst eine Woche ist verstrichen, und nun sieh dir deine Nägel an. Schlimmer als bei einem Küchenmädchen. Stumpf und abgebrochen, und das trotz des vielen Geldes, das du für die Maniküre ausgibst", wetterte sie.

„Lass deine Sekretärin mit den verkniffenen Lippen für dich einen Termin machen. Und für dein Haar gleich mit", fügte Nanny im Befehlston dazu und strich Gabriella über den Kopf. „Es schickt sich nicht für eine Prinzessin, mit kaputten Fingernägeln und struppeligen Haaren herumzulaufen. Wirklich nicht", schimpfte sie weiter und ging dann in das Nebenzimmer. „Wirklich nicht, in der Tat."

Gabriella stand auf und ließ ihr Nachthemd über die Schultern gleiten. Sie fühlte ihre Intimsphäre im Bad durch die schimpfende und emsige Frau keineswegs gestört. Sie zog ihr Höschen aus und ließ sich von der Frau in eine kurze seidene Robe helfen.

„Steck dein Haar hoch", ordnete Nanny an. „Ich werde sehen, was ich nach dem Bad damit machen kann." Da Gabriella zögerte, ging sie zu der Frisierkommode und öffnete ein kleines emailliertes Döschen, in dem Haarklammern lagen. „Hier, nimm", sagte sie mit jetzt liebevoller Stimme. „Dein Haar ist so dicht wie das deiner Mutter. Du wirst eine Menge Nadeln brauchen." Dann brachte sie Gabriella leise vor sich hin murmelnd ins Badezimmer.

Gabriella zog den Morgenrock aus und stieg in das marmorne Bad. Das heiße Wasser tat ihr gut. Genau das hatte ihr gefehlt, um den bevorstehenden Abend gut überstehen zu können.

Ihre Gedanken kreisten plötzlich um Reeve MacGee. Er schien sie gut zu kennen, obwohl er kein sehr enger Freund war, wie sie sich erinnerte. Er lebte sein eigenes Leben in Amerika. Er hatte ihr bestätigt, dass sie dort gewesen war. Flüchtige Eindrücke kamen ihr in den Sinn. Hohe Bauten aus Glas und Marmor und endlose formelle Diners. Ja, und ein Fluss mit grasgrünen Ufern, auf dem reger Schiffsverkehr herrschte. Gabriella stellte fest, dass die Anstrengung, sich an selbst so unbedeutende Nebensächlichkeiten zu erinnern, sie stark ermüdete.

Konzentriere dich auf seine Person, ermahnte sie sich. Wenn er ihr irgendwie behilflich sein konnte, dann musste sie sich bemühen, ihn zu verstehen. Er sieht sehr gut aus, dachte sie, und macht einen äußerst beherrschten Eindruck.

Sie war jedoch nicht sicher, was sich hinter dem Äußeren verbarg. Er schien jemand zu sein, der unbarmherzig und entschlossen sein konnte. Jemand, der seine Entscheidungen stets auf eigene Faust traf. Gut, dachte Gabriella, genau das brauche ich jetzt.

Ihr fiel die Erregung ein, die sie bei Reeves Handkuss gespürt hatte. Eine kurze, heftige, verwirrende Erregung. Sie fragte sich, was sie wohl empfinden würde, wenn er sie berühren, seine Hände gegen ihren Körper pressen oder mit den Fingerspitzen ihre Haut streicheln würde. Sie spürte, wie erneut Erregung sie überkam, tat jedoch nichts, um dieses herrliche Gefühl zu unterdrücken.

War sie eine Frau, nach der ein Mann Verlangen verspüren würde? Gabriella erhob sich aus dem Bad. Das Wasser perlte an ihr herab. Reeve hatte recht hinsichtlich der möglichen Vorteile ihrer Lage. Sie konnte beobachten, welche Reaktionen sie bei anderen auslöste. Heute Abend würde sie es ausprobieren.

Gabriella stieg am Arm ihres Vaters die lange Treppe hinab. Er hatte ihr gesagt, man würde den Cocktail im kleinen Salon nehmen. Allerdings hatte er ihr nicht gestanden, dass er sie nur deshalb abgeholt hatte, weil er fürchtete, dass sie den Weg dorthin nicht kannte. Am Fuß der Treppe küsste er ihr die Hand. Diese Geste war ähnlich wie vorher bei Reeve, aber sie löste bei Gabriella nur ein Lächeln und keine Erregung aus.

„Du siehst wundervoll aus, Brie."

„Danke. Bei der Auswahl der Kleider in meinem Zimmer wäre es allerdings auch schwierig, nicht so auszusehen."

Armand schmunzelte amüsiert. „Du hast oft genug gesagt, schöne Kleider seien dein einziges Laster."

„Und, sind sie das?"

Hinter ihrer hingeworfenen Frage spürte er den Wunsch nach Wissen, und erneut küsste er ihre Hand. „Ich bin immer nur stolz auf dich gewesen." Er zog ihre Hand unter seinen Arm und schritt mit ihr den Gang hinunter.

Reeve fiel eine gewisse Spannung zwischen seinem Sohn Alexander und seinem Staatsminister Loubet auf. Diese Atmosphäre äußerte sich in formeller Höflichkeit. Sobald Alexander auf den Thron gekommen sein würde, befände sich Loubet sicher nicht mehr an seiner Seite.

Er ließ einen Moment seinen Blick auf Alexander ruhen. Der junge Prinz war sehr verschlossen. Er hatte noch nicht die Selbstbeherrschung seines Vaters. Was immer in ihm vorgehen mochte, es trat niemals an die Oberfläche. Alexander behielt stets seine Gefühle für sich, zumindest in der Öffentlichkeit. Ganz anders als Bennett, stellte Reeve fest, und sah zu dem anderen Prinzen hin.

Bennett hatte es sich in einem Sessel bequem gemacht und lauschte der Unterhaltung nur mit halbem Ohr. Er verspürte sichtlich keinen Drang, Worte auf ihre Wichtigkeit und Bedeutung hin zu prüfen, wie es sein Bruder tat. Reeve fand es interessant, Bennetts lebensfrohe Einstellung zu beobachten.

Auch Gabriella fand sein Interesse. Reeve konnte noch nicht einschätzen, ob das Mädchen von damals sich jetzt zu einer ernsten Natur wie ihr erster Bruder entwickelt hatte oder zu einem fröhlichen Wesen wie ihr zweiter. Vielleicht war sie aber auch völlig anders. Nach den zwei kurzen Gesprächen mit ihr war er neugierig, das herauszufinden.

Er fühlte sich jedenfalls von ihr sehr angezogen. Mehr noch, er spürte Verlangen nach ihr. Jedes Mal, wenn er sie sah. Ihre bernsteinfarbenen Augen faszinierten ihn. Ich muss vor diesen Augen auf der Hut sein, sagte er sich. Im Übrigen war sie vielleicht eine Frau, die man berühren, verführen oder sogar ins Bett bekommen konnte, aber sie war auch eine Prinzessin. Eine Prinzessin aus Fleisch und Blut, dachte Reeve, und nicht eine der unterkühlten Märchenfeen.

Er drehte sich um und schaute zu ihr hinüber. Sie stand dort wie eine Mischung aus beidem. Ihr Kopf war erhoben, als betrete sie eine Bühne und nicht einen Salon. Perlen schimmerten an ihren Ohren, Diamanten funkelten an ihrem Hals und in ihrem Haar, das sie aus dem Gesicht gekämmt hatte. Der sanftgrüne Ton ihres Kleides unterstrich ihre Wirkung und passte gut zu der Farbe ihrer Haut. Gabriellas ganze Haltung entsprach ihrer Stellung. Sie klammerte sich nicht an ihren Vater. Dabei hätte es Reeve nicht gewundert, wenn sie den Wunsch verspürt hätte, sich an jemandem festzuhalten. Sie wirkte jedoch vorbereitet, bereit, allem standzuhalten. Und, so stellte er zufrieden fest, sie beobachtete ihre Umgebung.

„Eure Hoheit."

Gabriella wartete ruhig, bis Loubet den Raum durchquert hatte und sich vor ihr verbeugte. Er war älter als Reeve, aber jünger als ihr

Vater. Einige graue Strähnen durchzogen sein blondes Haar, und in seinem Gesicht entdeckte sie ein paar Falten. Er verbreitet einen angenehmen Duft, dachte sie und musste über ihre Art zu denken lächeln. Den linken Fuß zog er leicht nach, doch er verbeugte sich sehr galant und hatte ein reizendes Lächeln für sie.

„Es freut mich, Sie wieder daheim zu sehen."

Gabriella empfand nichts bei seinem Händedruck, nichts, als ihre Blicke sich trafen und er sie freundlich betrachtete. „Vielen Dank."

„Monsieur Loubet und ich hatten heute Abend Geschäftliches zu besprechen." Ihr Vater gab ihr gekonnt das Stichwort. „Leider ist es ihm unmöglich, uns beim Essen Gesellschaft zu leisten."

„Geschäft geht vor Vergnügen, Monsieur Loubet", erklärte Gabriella ebenso gekonnt.

„Es freut mich wirklich, Sie wieder hier zu sehen, Eure Hoheit!"

Gabriella bemerkte den kurzen Blick, den der Minister und ihr Vater wechselten. Aber sie konnte ihn nicht deuten.

„Da sich die Angelegenheit um mich dreht, haben Sie vielleicht die Freundlichkeit, Ihre Ergebnisse bei einem Glas zu erläutern."

Als sie den Raum durchquerte, bemerkte sie Reeves zustimmendes Kopfnicken. Die leichte Anspannung in ihrem Magen schien sich zu lösen. „Bitte, meine Herren, nehmen Sie doch Platz", forderte sie mit einer einladenden Geste auf.

Während ein Diener die Getränke reichte, sagte Alexander plötzlich: „Wir sollten Gabriella nicht damit belasten."

„Die Probleme Ihrer Familie sind auch Cordinas Probleme, Eure Hoheit", antwortete Loubet freundlich, aber ohne innere Anteilnahme. „Prinzessin Gabriellas Zustand geht sowohl ihre Familie als auch die Regierung etwas an. Ich fürchte sehr, dass ihr zeitweiliger Gedächtnisverlust sofort von der Presse ausgeschlachtet wird, falls auch nur die kleinste Information nach außen dringt. Momentan sind wir gerade bemüht, unser Volk nach der Entführung zu beruhigen. Mein einziger Wunsch ist es jetzt, dass für die Bevölkerung und Prinzessin Gabriella Ruhe einkehrt."

„Loubet hat recht, Alexander", warf Armand sachlich ein, aber Gabriella hörte den liebevollen Unterton heraus.

„In der Theorie. Aber wir haben bereits Fremde in die Sache hineingezogen", bemerkte Alexander mit einem abweisenden Blick auf Reeve. „Gabriella braucht Ruhe und Pflege. Wer immer dafür verantwortlich ist …" Seine Finger krampften sich um den Stiel seines Glases. „Wer immer für die Entführung verantwortlich ist, wird es teuer bezahlen."

„Alexander", sagte Gabriella und legte ihm mit einer ihr eigenen Geste, deren sie sich selbst allerdings nicht bewusst war, die Hand auf den Arm. „Ich muss mich erst erinnern an das, was geschehen ist. Vorher können wir niemand dafür zur Rechenschaft ziehen."

„Wenn der Zeitpunkt gekommen ist, wirst du dich schon erinnern. In der Zwischenzeit …"

„In der Zwischenzeit", unterbrach ihn sein Vater, „muss Brie in jeder nur denkbaren Weise geschützt werden. Und nach reiflicher Überlegung bin ich mit Loubet zu dem Schluss gekommen, dass ein Teil dieses Schutzes dadurch erreicht wird, die Nachricht um den Gedächtnisverlust nicht in die Öffentlichkeit dringen zu lassen. Wenn den Entführern bekannt werden sollte, dass wir von dir nichts erfahren haben, dann könnten sie auf den Gedanken kommen, dich zum Schweigen zu bringen, ehe du deine Erinnerung wiedergewinnst." Armand hatte sich an Gabriella gewandt.

Gabriella griff nach ihrem Glas und nahm ruhig einen Schluck. Doch Reeve bemerkte, dass ihre Augen alles andere als ruhig dreinblickten.

„Wie können wir es verbergen?"

„Mit Verlaub, Eure Hoheit", begann Loubet nach einem Blick auf Armand, ehe er sich an Gabriella wandte, „bis Sie wieder vollkommen hergestellt sind, halten wir es für das Beste, dass Sie zu Hause bleiben, bei den Menschen, die unser größtes Vertrauen genießen. Es ist ein Leichtes, Ihre öffentlichen Auftritte zu verschieben oder ganz abzusagen. Die Entführung, die Aufregungen und der damit verbundene Schock genügen allein schon als Erklärung. Der Arzt der Sie behandelt, steht auf der Seite Ihres Vaters. Wir müssen nicht befürchten, dass durch ihn Meldungen über Ihren Gesundheitszustand bekannt werden, die wir nicht gebilligt haben."

Brie setzte ihr Glas auf den Tisch zurück. „Nein."

„Ich bitte um …"

„Nein“, wiederholte sie ruhig. Ihr Blick ging zu Fürst Armand. „Ich werde hier nicht wie eine Gefangene leben. Ich wurde lange genug gefangen gehalten. Wenn ich Verpflichtungen habe, werde ich sie auch erfüllen.“ Bennett strahlte seine Schwester an und prostete ihr mit seinem Glas zu.

„Eure Hoheit, Sie müssen verstehen, wie kompliziert und gefährlich das sein wird. Und sei es auch nur deshalb, weil die Polizei erst herausfinden muss, wer die Entführer sind.“

„Das heißt, dass ich eingeschlossen und festgehalten werden soll.“ Gabriella schüttelte den Kopf. „Und das lehne ich entschieden ab.“

„Gabriella, unsere Pflichten sind uns nicht immer angenehm.“ Ihr Vater drückte seine Zigarette aus.

„Vielleicht nicht. Im Moment kann ich leider nicht aus Erfahrung sprechen.“ Sie sah auf ihre Hände, auf den ihr inzwischen vertrauten Ring hinab. „Wer immer mich entführt hat, ist noch in Freiheit. Ich will gewiss nicht, dass die Kidnapper damit durchkommen. Monsieur Loubet … Sie kennen mich doch, nicht wahr?“

„Eure Hoheit, seit Ihrer Kindheit.“

„Würden Sie mich als eine einigermaßen vernünftige Person bezeichnen?“

„Mehr als nur das“, antwortete Loubet.

„Dann bin ich davon überzeugt, dass ich mit ein wenig Hilfe meinen Willen und Sie Ihren haben könnten. Man wird, wenn das so am besten ist, den Gedächtnisverlust verschweigen, und ich muss dennoch nicht ständig in meinen Räumen bleiben!“

Armand schien etwas sagen zu wollen, lehnte sich jedoch stumm zurück. Ein flüchtiges Lächeln spielte um seine Lippen. Meine Tochter, dachte er zufrieden, hat sich nicht verändert.

„Eure Hoheit, es wäre mir ein persönliches Vergnügen, Ihnen zu helfen, aber …“

„Vielen Dank, Loubet, aber Mr. MacGee hat sich schon dazu bereit erklärt.“ Ihre Stimme klang freundlich, aber entschlossen. „Was ich wissen muss, um nach außen hin Prinzessin Gabriella zu sein, wird er mir sagen.“

Sie spürte Alexanders erneuten Widerstand, Neugier von Armand und kaum unterdrückten Ärger von Loubets Seite. Auch Reeve bemerkte diese Reaktionen.

„Die Prinzessin und ich haben ein privates Abkommen getroffen.“ Amüsiert beobachtete er das Verhalten der Umsitzenden. „Sie ist der Ansicht, dass die Gesellschaft eines Fremden bestimmte Vorteile für sie habe.“

„Wir sprechen später darüber“, erklärte Armand und stand auf. Obwohl seine Worte nicht abrupt klangen, wirkten sie doch so endgültig wie die seiner Tochter. „Ich bedauere, dass Ihre Termine Ihnen nicht die Möglichkeit lassen, mit uns zu speisen, Loubet. Wir werden unsere Angelegenheit morgen früh weiterbesprechen.“

„Ja, Eure Hoheit.“

Man verabschiedete sich höflich voneinander, und Loubet war damit entlassen. Gabriella sah ihm nachdenklich hinterher. „Er macht einen ehrlichen und loyalen Eindruck. Mag ich ihn?“

Lächelnd ergriff der Regent ihre Hand. „Darüber hast du dich nie besonders geäußert. Er führt sein Amt gut.“

„Und ist ein grenzenloser Langweiler“, verkündete Bennett wenig charmant, indem er sich erhob. „Lass uns essen.“ Er hakte Gabriella unter und zog sie an sich. „Wir speisen heute vom Allerfeinsten, um deine Rückkehr zu feiern. Wenn du willst, kannst du ein halbes Dutzend Austern essen.“

„Mag ich denn Austern?“

„Du bist ganz wild danach“, antwortete er schelmisch und führte sie in das Speisezimmer.

„Nun ja, es war unterhaltsam, festzustellen, dass Bennett zu Scherzen aufgelegt ist“, sagte Gabriella zwei Stunden später, als sie mit Reeve hinaus auf die Terrasse trat.

„Fanden Sie es auch amüsant, festzustellen, dass Sie einen Scherz vertragen können?“

„Eigentlich schon. Ich habe außerdem gelernt, dass ich Austern verabscheue und einen Charakter habe, der Vergeltung verlangt. Ich werde es ihm schon heimzahlen, mich dazu gebracht zu haben, eine dieser schrecklichen Dinger herunterzuschlucken. In der Zwischenzeit …“ Sie wandte sich um und lehnte sich an die steinerne Balustrade. „Ich sehe, dass ich Sie in eine wenig angenehme Situation gebracht habe, Reeve. Das lag nicht in meiner Absicht, aber nun, da es so ist, will ich Sie auch gar nicht daraus befreien, muss ich gestehen."

„Ich werde schon damit fertig werden, wie ich es für richtig halte."

Wieder lächelte Gabriella, und plötzlich ging ihr Lächeln in ein herzliches Lachen über. „Ja", rief sie aus, „das sieht Ihnen ähnlich. Vielleicht fühle ich mich deshalb in Ihrer Nähe so wohl. Heute Abend habe ich übrigens Ihren Rat befolgt. Er war ausgezeichnet!" Alle Ängste waren von ihr abgefallen, und es war bedeutend leichter, mit der momentanen Anspannung Reeve gegenüber fertig zu werden.

„Welcher war das?" Reeve folgte ihren Gedankensprüngen nicht gleich.

„Zu beobachten. Ich habe einen guten Vater. Er nimmt seine Aufgaben nicht auf die leichte Schulter, und die Aufregungen der letzten Woche lasten schwer auf ihm. Die Diener behandeln ihn mit großem Respekt, aber furchtlos. Bestimmt ist er ein gerechter Mensch. Sind Sie derselben Ansicht?"

Das Mondlicht fiel sanft auf ihr Haar und ließ den Perlenreif wie Tränen schimmern. „Ja", bestätigte er leise.

„Alexander ist ... Mir fehlt das richtige Wort." Mit einem Kopfschütteln sah sie hoch zum Himmel, und Reeve fiel ihr graziler, schmaler Hals auf. „Besessen, würde ich sagen. Er hat die Intensität eines viel älteren Mannes. Vielleicht braucht er das. Offenbar mag er Sie nicht besonders." Sie wandte ihm ihr Gesicht wieder zu, und sein Blick blieb auf ihren vollen Lippen hängen.

„Nein."

„Das stört Sie nicht?"

„Ich kann nicht von jedem erwarten, dass er mich mag."

„Ich wünschte, ich hätte Ihr Selbstvertrauen", flüsterte sie.

„In jedem Fall habe ich leider noch zu der Abneigung beigetragen, die er vielleicht bereits für Sie hatte. Als ich heute Abend sagte, dass ich gern in Ihrer Begleitung in den Garten gehen würde, habe ich ihn verärgert. Sein Familiensinn ist sehr stark ausgeprägt."

„Seiner Ansicht nach trägt er die Verantwortung für Sie", entgegnete Reeve. Sein Tonfall klang gelassen.

„Er wird seine Meinung ändern müssen. Bennett und er sind so verschieden. Bennett wirkt völlig sorglos. Vielleicht liegt es an seinem Alter oder daran, dass er der jüngste Sohn ist. Dennoch hat er mich beobachtet, als könnte ich jeden Moment stolpern und er müsste mich dann auffangen. Was halten Sie von Loubet?"

„Ich kenne ihn nicht."

„Ich ebenso wenig", meinte Gabriella trocken. „Aber Ihre Meinung?"

„Auch er nimmt sein Amt sehr ernst."

Gabriella fand, dass diese Antwort weder eine Ausflucht noch eine richtige Stellungnahme war. „Sie sind ein sehr sachlicher Mensch, Reeve, nicht wahr? Ist das ein amerikanischer Charakterzug?"

„Ich nehme Nebensächlichkeiten halt nicht so ernst. Auch Sie machen einen äußerst sachlichen Eindruck."

„Wirklich?" Nachdenklich verzog sie den Mund. „Vielleicht stimmt das, aber vielleicht bin ich das jetzt nur aus der Notwendigkeit heraus. Ich kann mir keine Aufregungen leisten, oder?"

Die Anstrengungen des Abends waren größer, als sie zugeben möchte, überlegte Reeve, als Gabriella sich abwandte und mit den Händen auf die Brüstung stützte. Sie war müde, aber er verstand ihren Widerwillen gut. Sie wollte noch nicht hineingehen, da sie dort mit ihren Fragen allein bleiben würde.

„Gabriella, haben Sie darüber nachgedacht, sich ein paar Tage freizunehmen und zu verreisen?" Sie hob den Kopf. Er fühlte ihren Ärger und legte ihr die Hand auf die Schulter. „Nicht weglaufen, sondern verreisen. Das wäre nur menschlich."

„Ich kann es mir nicht leisten, menschlich zu sein, bis ich weiß, wer ich bin."

„Ihr Arzt meint, der Gedächtnisverlust sei vorübergehend."

„Was heißt vorübergehend?", verlangte sie zu wissen. „Eine Woche, einen Monat, ein Jahr? Das reicht nicht, Reeve. Ich will nicht einfach nur herumsitzen und darauf warten, dass mir alles wieder einfällt. Im Krankenhaus hatte ich Träume." Einen Augenblick lang schloss sie die Augen, atmete tief durch und fuhr dann fort: „In diesen Träumen war ich hellwach und doch benommen. Ich konnte mich nicht bewegen. Es war finster, und ich war nicht in der Lage, mich zu rühren. Da waren Laute. Ich konnte Stimmen hören, und ich kämpfte darum, sie zu verstehen oder sie zu erkennen, aber ich fürchtete mich. Im Traum war ich zu Tode erschrocken, und als ich dann aufwachte, war ich es auch."

Heftig zog Reeve an seiner Zigarette. Brie hatte das alles ohne Gefühlsregung erzählt, und das bedeutete eine Menge. „Sie waren unter Drogeneinfluss", erklärte er sachlich.

Sehr langsam wandte sich Gabriella zu ihm um. Im Dämmerlicht wirkten ihre Augen noch strahlender. „Woher wissen Sie das?"

„Die Ärzte mussten Ihren Magen auspumpen. Dem Zustand nach zu urteilen, in dem Sie sich befanden, hatte man Ihnen offenbar Drogen eingegeben. Selbst wenn Ihr Erinnerungsvermögen wieder zurückkommt, ist es möglich, dass Sie sich an nichts entsinnen können, was während der Woche Ihrer Gefangenschaft geschehen ist. Das sollten Sie besser wissen."

„Ja, das werde ich." Sie kniff die Lippen zusammen. Erst als sie sicher war, dass ihre Stimme wieder einen festen Klang hatte, sprach sie weiter. „Ich werde mich daran erinnern. Wie viel wissen Sie noch?"

„Nicht sehr viel mehr."

„Erzählen Sie es mir, erzählen Sie mir alles."

Reeve schnippte seine Zigarette über die Brüstung hinweg ins Dunkle. „Nun gut. Sie wurden irgendwann am Sonntag entführt. Niemand kennt den genauen Zeitpunkt, da Sie allein waren. Am Sonntagabend nahm Alexander dann den ersten Anruf entgegen."

„Alexander?"

„Ja, er arbeitet gewöhnlich an Sonntagabenden in seinem Büro. Dort hat er einen direkten Telefonanschluss, wie jeder der königlichen Familie, in seinen Räumen. Es war ein kurzes Gespräch. Die Entführer teilten lediglich mit, dass sie Sie in ihren Besitz gebracht hätten und Sie so lange festhielten, bis die Forderungen erfüllt seien. Zu dem Zeitpunkt aber wurden noch keine Bedingungen gestellt."

„Und wo hat man mich gefangen gehalten?" Im Dunkeln, das ist das Einzige, woran ich mich entsinne, dachte sie. „Was unternahm Alex dann?"

„Er ging umgehend zu Ihrem Vater. Die Suche nach Ihnen wurde sofort eingeleitet. Am Montag fand man morgens Ihr Auto verlassen auf einer Straße vor, ungefähr vierzig Meilen von der Stadt entfernt. Und zwar in der Nähe eines kleinen Grundstückes, das Ihnen gehört. Wie ich vernahm, haben Sie die Gewohnheit, manchmal dort hinauszufahren, um allein zu sein. Am Montagnachmittag wurde dann die erste Forderung mitgeteilt. Dabei ging es um Lösegeld. Es stand außer Zweifel, dass diese Bedingung erfüllt würde, doch noch ehe man dafür die Vorkehrungen treffen konnte, kam der nächste Anruf. Darin wurde die Bedingung gestellt, vier Gefangene im Austausch für Sie freizulassen."

„Und das komplizierte die Lage."

„Zwei von ihnen sind wegen Spionage zum Tode verurteilt", fuhr Reeve fort, während Brie ihm schweigend weiter zuhörte. „Dadurch wurde die Angelegenheit Ihrem Vater aus der Hand genommen. Geld war eine Sache, aber Gefangene freizulassen, war ganz etwas anderes. Die Verhandlungen waren noch im Gange, als Sie am Straßenrand gefunden wurden."

„Ich werde dorthin zurückkehren", sagte Gabriella, „wo man meinen Wagen gefunden hat, und auch dorthin, wo ich entdeckt wurde."

„Jetzt noch nicht. Ich habe Ihnen meine Hilfe zugesichert, aber es soll auf meine Art geschehen."

Sie sah ihn scharf an. „Und die wäre?"

„Meine Art", antwortete Reeve einfach. „Sobald ich davon überzeugt bin, dass Sie kräftig genug sind, werde ich Sie dorthin bringen. Bis dahin gehen wir alles gemächlich an."

„Wenn ich nicht einverstanden bin?"

„Dann könnte Ihr Vater Loubets Plan in ernstere Erwägungen ziehen."

„Somit könnte ich nirgendwohin."

„Ganz recht."

„Ich wusste, dass Sie ein schwieriger Mensch sind, Reeve." Gabriella machte einige Schritte von ihm weg und stand dann im Mondlicht. „Ich habe keine echte Wahl, und das passt mir nicht. Die Freiheit meiner eigenen Entscheidung scheint mir das Wichtigste im Leben. Ich frage mich, wann ich wieder dazu in der Lage sein werde. Nachdem ich mich morgen mit meiner Sekretärin getroffen haben werde …"

„Smithers", half ihr Reeve nach. „Janet Smithers."

„Welch unattraktiver Name", meinte Gabriella. „Ich werde morgen früh mein Tagespensum mit dieser Janet Smithers durcharbeiten. Danach möchte ich es mit Ihnen durchgehen. Ich will meine Aufgaben wahrnehmen, gleich welcher Natur sie auch sind." Mit einem Schulterzucken wechselte Gabriella plötzlich das Thema. „Heute Abend, als ich vor dem Essen in der Badewanne lag, habe ich mir ein paar Gedanken gemacht. Übrigens über Sie."

Langsam steckte Reeve die Hände in die Taschen. „Über mich?"

„Ich habe versucht, Sie zu analysieren. In mancher Hinsicht ist es mir gelungen, in anderer wieder nicht. Wenn ich über große Erfahrungen mit Männern verfügt haben sollte, so sind sie mir wie alles andere abhandengekommen!"

Ohne jede Verlegenheit ging sie wieder zu Reeve hinüber. „Ich habe mich gefragt, ob ich diesen Teil meines Wesens wieder entdecken würde, wenn ich Sie küsse oder wenn Sie mich umarmen."

Reeve richtete sich auf und sah sie verblüfft an. „Zählt das ebenfalls zu meinen Aufgaben, Eure Hoheit?"

Ärger blitzte in ihren Augen auf. „Es ist mir gleich, wie Sie es sehen."

„Aber mir vielleicht nicht."

„Finden Sie mich unattraktiv?" Kokett verzog sie den Mund. Wenn sie eine Frau war, die einfallsreiche, blumige Komplimente gewohnt war, so würde er sie gewiss nicht machen. Schon aus Trotz nicht. „Nicht unattraktiv."

Sie überlegte, warum die Antwort fast wie eine Beleidigung wirkte. „Nun gut, gibt es in Ihrem Leben eine Frau, an die Sie gebunden sind? Kämen Sie sich treulos vor, wenn Sie mich küssten?"

Reeve blieb ruhig stehen, das amüsierte Lächeln noch immer auf den Lippen. „Ich habe keine Verpflichtungen, Eure Hoheit."

„Warum titulieren Sie mich jetzt plötzlich wieder so?", verlangte Gabriella zu wissen. „Nur um mich zu ärgern?"

„Ja."

Zorn stieg in ihr hoch, doch dann brach sie in Lachen aus. „Es funktioniert."

„Es ist schon spät. Ich begleite Sie nach oben!" Reeve wechselte das Thema und zog mit einer freundlichen Geste ihre Hand an sich.

„Sie finden mich nicht unattraktiv, Sie haben keine Bindungen", fuhr Gabriella beharrlich fort und ging zaudernd neben ihm her. „Warum geben Sie mir dann keinen Kuss und sind mir behilflich? Das haben Sie mir versprochen."

Reeve blieb stehen und sah auf sie herunter. Gabriella reichte ihm gerade bis zum Kinn. Sie legte den Kopf zurück und blickte ihm direkt in die Augen. „Ich habe Ihrem Vater versprochen, jede Aufregung von Ihnen fernzuhalten", fuhr er fort.

„Sie haben mir zugesichert, mir bei der Suche nach mir selbst zu helfen. Aber vielleicht hat Ihr Wort keine Bedeutung", sagte sie leichthin. „Vielleicht sind Sie auch ein Mann, dem es keinen Spaß macht, eine Frau zu küssen."

Gabriella hatte nur zwei weitere Schritte machen können, da hielt Reeve sie auch schon am Arm fest. „Treiben Sie etwa Ihr Spiel mit mir?"

Sie lächelte. „Eigentlich nicht."

Reeve nickte, dann zog er sie in seine Arme. „Ich ebenso wenig."

Er küsste sie auf die Lippen, leidenschaftslos, unbeteiligt. Er verstand ihr Motiv, ihre Beweggründe, aber es war ihm völlig klar, dass er sich da auf etwas einließ, was er besser nicht tun sollte. Hatte er sich nicht selbst gefragt, wie dieser herrlich weiche, geschwungene Mund sich bei einem Kuss anfühlte? Hatte er sich nicht auch vorgestellt, wie sich der schlanke, zerbrechliche Körper in seine Arme schmiegen würde? Aber er war hier, um einen Auftrag auszuführen, und so etwas hatte er nie auf die leichte Schulter genommen. Deshalb war sein Kuss so unbeteiligt.

Das blieb jedoch nur einen Augenblick lang so.

Gabriella war weich, zierlich, zauberhaft. Er musste sie beschützen. Sie war warm, verführerisch, erregend. Er musste sie besitzen.

Sie hatte ihre Augen weit geöffnet. Reeve legte seine Hand unter ihr Kinn und erwiderte ihren erwartungsvollen Blick. Er vergaß jede Hemmung und küsste sie mit Verlangen.

Ihre Zungen berührten sich, zunächst tastend, forschend, neugierig. Gabriella schlang ihre Arme auffordernd um seinen Hals, sodass ihre Körper sich sehnsüchtig aneinanderpressen konnten.

Gabriella wusste plötzlich, was kommen würde. Im Innersten

regten sich Erinnerungen an frühere Küsse. Und doch war es anders. Sie gab sich Reeves Kuss hin, als hätte sie nie etwas Ähnliches erlebt. Alles war neu für sie, frisch, aufregend und erregend. Selbst die schwachsten Erinnerungen verblassten in diesem Sturm der Gefühle, und sie verspürte ein ihr völlig unbekanntes, elementares Verlangen, das schmerzte und forderte.

Er bedeckte ihr Gesicht mit Küssen, voller Begehren und Sehnsucht. Fordernd drängte er sich an sie, flüsterte ihren Namen.

War dies das erste Mal, oder hatte es früher ähnliche Erlebnisse gegeben? Hatte sie sich zuvor schon einmal einer solchen aufflammenden Leidenschaft hingegeben? Was hatte es ihr damals bedeutet? Nichts – oder alles, wie jetzt?

Verwirrt zog sie sich von Reeve zurück. Welche Frau schenkte einem Mann ihr Herz, ohne ihn richtig zu kennen? Zweifel begannen sich in ihr zu regen. „Reeve, ich bin nicht sicher, ob es mir geholfen hat."

Reeve hatte ihren Gefühlsumschwung bemerkt. Noch einmal wollte er sie umarmen, sie nahe an sich spüren, aber die Zweifel begannen auch an ihm zu nagen und ließen ihn zögern. Wie viele andere Männer hatte es vor ihm gegeben?

Er reichte Gabriella die Hand und sagte in sachlichem Tonfall: „Wir sollten beide eine Nacht darüber schlafen."

Doch unbeteiligt konnte er in Zukunft bestimmt nicht mehr sein.

5. Kapitel

Gabriella kam sich wie eine Betrügerin vor. Sie saß in ihrem elegant eingerichteten Büro nur deshalb, weil Reeve sie dorthin gebracht hatte. Um acht Uhr hatte er an ihre Tür geklopft und nichts weiter gesagt als: „Sind Sie fertig?"

Nach einem kurzen, schweigsamen Gang durch verschiedene Korridore waren sie in diesem Raum im dritten Stock des Ostflügels angekommen. Im Gegensatz zu ihm war sie recht nervös gewesen. Als Erstes hatte Gabriella sich in dem Zimmer umgesehen. Es war nicht sehr groß, aber dennoch hell und hatte eine praktische Einrichtung in sehr geschäftsmäßigem Stil, der ihr gefiel. Ein schwerer Schreibtisch aus Mahagoni stand in der Mitte des Raumes, ordentlich aufgeräumt. Zwei Gobelinstühle mit orientalisch anmutenden Mustern flankierten ihn, überall standen kostbare Porzellanvasen mit frischen Blumen, deren Farben offensichtlich auf die Pastelltöne der Wandbespannungen abgestimmt waren.

Gabriella nahm eine Blüte in die Hand und spielte damit.

„Hier arbeite ich also." Gabriella betrachtete den dicken ledergebundenen Terminkalender auf ihrem Schreibtisch. Wenn sie ihn öffnete, würde sie mit den Verabredungen für Gala-Empfänge, mit den Einladungen zum Tee und den vielen Einkäufen fertig werden? „Was habe ich denn genau zu tun?"

Die Frage klang fordernd und bittend zugleich.

Reeve war bestens vorbereitet. Während Gabriella am vergangenen Nachmittag geschlafen hatte, war er ihren Terminkalender durchgegangen, hatte einen Blick in ihre Post geworfen und sogar ihr Tagebuch gelesen. Es gab jetzt sehr wenig, was er nicht von Ihrer Königlichen Hoheit, der Prinzessin Gabriella de Cordina, wusste. Die Gabriella Bisset lag jedoch nicht so offen vor ihm.

Er hatte eine Stunde mit ihrer Sekretärin, eine weitere mit dem Majordomus des Palastes verbracht und hatte ein kurzes, vorsichtiges

Gespräch mit der ehemaligen Kinderfrau geführt, in dem er den durch Generationen entwickelten Mutterinstinkt der alten Frau behutsam beruhigen musste. Die gewonnenen Informationen ließen das Bild der Prinzessin Gabriella klarer werden und machten Gabriella Bisset für ihn nur noch reizvoller.

„Sie haben eine Reihe von Aufgaben", begann Reeve sachlich und trat auf den Schreibtisch zu. „Einige sind alltägliche Pflichten, andere tragen offiziellen Charakter."

„Aufgaben?", fragte sie nach. Reeve strich sanft über ihre Hand, mit der sie ihren Terminkalender hielt. Sofort fielen Gabriella die Ereignisse der vergangenen Nacht wieder ein, die Erregung und das Verlangen, das sie verspürt hatte. Einen Moment lang ließ sie ihre Hand so liegen.

Wieder spürte Reeve seine Sympathie für Gabriella, er konnte es nicht leugnen. Die Hand unter der seinen war ruhig, Gabriellas Stimme hatte einen festen Klang, doch in ihrem Blick las er die Verwirrung und die Selbstzweifel, die sie quälten. „Setzen Sie sich, Brie."

Die Zärtlichkeit, mit der er zu ihr sprach, ließ sie zögern. War eine Frau vor einem Mann, der so voller Zuneigung sprach, sicher? Langsam entzog sie ihm ihre Hand und ließ sich auf einem der gepolsterten Stühle nieder. „Also gut, wird das jetzt meine erste Nachhilfestunde?"

„Sie können es so sehen." Reeve setzte sich auf die Schreibtischkante, sodass er sich in sicherer Entfernung von Brie befand und ihr gerade ins Gesicht sehen konnte. „Erzählen Sie mir, was Ihnen einfällt, wenn Sie von sich als Prinzessin denken?"

„Wollen Sie mich analysieren?"

Reeve schlug die Beine übereinander. „Das ist eine einfache Frage. Geben Sie mir darauf eine einfache Antwort."

Gabriella lächelte und schien sich zu entspannen. „An Märchenprinzen, gläserne Schuhe und gute Feen." Sie streichelte leicht mit der Rosenblüte über ihre Wange und sah an Reeve vorbei auf die Sonnenkringel, die dem Fußboden ein lustiges Muster gaben. „Diener in prachtvollen Uniformen, Kutschen mit Sitzen aus weißem Satin, hübsche Silberkrönchen und rauschende Gewänder. Und Menschenmengen … Menschenmengen", wiederholte sie und blickte starr hinaus in das Sonnenlicht, „die unter dem Fenster jubeln. Die Sonne sticht in den Augen, sodass man kaum richtig sehen kann, aber man hört das Volk. Man winkt. Ein starker Rosenduft liegt in der Luft. Ein Meer von Menschen, die lauter und lauter rufen, eine fröhliche Welle herzlicher Zuneigung." Plötzlich verstummte Gabriella und ließ die Rose auf ihren Schoß sinken.

Ihre Hand hatte zu zittern begonnen, Reeve bemerkte es, kurz bevor sie die Blume fallen ließ. „Ist das alles Einbildung oder Erinnerung?", forschte er.

„Ich …" Wie konnte sie ihm das erklären? Sie hörte noch immer die Jubelrufe und nahm den Duft der Rosen wahr, aber sie konnte sich nicht genau daran erinnern. Sie spürte förmlich, wie ihr die Sonne in den Augen wehtat, aber sie konnte einfach nicht an das Fenster treten. „Nur Eindrücke", sagte sie daher nach einem kurzen Schweigen. „Sie kommen und gehen, aber sie bleiben nie."

„Zwingen Sie sich nicht."

Gabriella fuhr herum. „Ich will …"

„Ich weiß, was Sie wollen." Reeves Stimme klang ruhig, fast sorglos. Gabriellas Miene zeigte einen Anflug von Verärgerung. Er wusste jedoch damit umzugehen und hob den Terminkalender hoch, ohne ihn zu öffnen. „Ich werde Ihnen einen ganz normalen Arbeitstag Ihrer königlichen Hoheit, der Prinzessin Gabriella de Cordina, beschreiben."

„Und woher kennen Sie den Tagesablauf?"

Reeve wog das Buch in seiner Hand und warf ihr einen Blick zu. „Es ist meine Pflicht, mich zu informieren. Sie stehen immer um halb acht auf und frühstücken in Ihrem Zimmer. Von halb neun bis zehn Uhr besprechen Sie sich mit dem Palastmanager."

„Régisseur." Brie runzelte die Stirn. „Man nennt ihn Régisseur, nicht Manager."

Reeve äußerte sich nicht dazu und ließ Gabriella Zeit, herauszufinden, warum dieser Ausdruck ihr so geläufig war. Dann fuhr er fort: „Sie bestimmen die tägliche Speisenfolge. Ist kein offizielles Diner angesetzt, so wird mittags die Hauptmahlzeit eingenommen. Diese Pflichten haben Sie nach dem Tode Ihrer Mutter übernommen."

„Ich verstehe!" Sie erwartete eigentlich, den Schmerz des Verlustes zu spüren, doch nichts regte sich in ihr.

„Fahren Sie fort."

„In der folgenden halben Stunde erledigen Sie hier in Ihrem Büro die offizielle Korrespondenz mit Ihrer Sekretärin. Im Allgemeinen diktieren Sie ihr die Antworten und unterzeichnen die Briefe dann später."

„Wie lange arbeitet sie schon bei mir?", fragte Gabriella plötzlich. „Diese Janet Smithers?"

„Nicht ganz ein Jahr. Ihre frühere Sekretärin bekam ihr erstes Kind und schied aus."

„Bin ich …" Gabriella suchte nach der passenden Formulierung. „Habe ich ein gutes Verhältnis zu ihr?"

Reeve sah auf. „Niemand hat mir etwas Gegenteiliges berichtet."

Unwillig schüttelte Gabriella den Kopf. Wie sollte sie einem Mann erklären, dass sie wissen wollte, wie sie zu ihrer Sekretärin von Frau zu Frau stand? Wie sollte sie ihm klarmachen, dass ihr daran gelegen war, zu wissen, ob sie eine enge Freundschaft zu einer Frau hatte, die in der Lage war, den durch Männer geprägten Horizont am Hofe zu durchbrechen? Vielleicht war dies etwas, was sie für sich selbst ausfindig machen musste. „Bitte, berichten Sie weiter", forderte sie ihn auf.

„Wenn Zeit genug ist, kümmern Sie sich während dieser halben Stunde auch um Ihre Privatkorrespondenz. Andernfalls bleiben diese Briefe bis abends liegen", fuhr Reeve fort.

Das alles erschien Gabriella langweilig, aber Pflichten waren ja oft langweilig. „Worin besteht die offizielle Korrespondenz?"

„Sie sind die Präsidentin der Gesellschaft zur Hilfe für behinderte Kinder. Sie ist Cordinas größte karitative Organisation. Außerdem repräsentieren Sie das Internationale Rote Kreuz. Weiterhin haben Sie sich sehr für das Museum der Schönen Künste engagiert, das zur Erinnerung an Ihre Mutter errichtet wurde. Es ist Ihre Aufgabe, den Schriftwechsel mit den Gattinnen der Staatsoberhäupter zu führen, sich in verschiedenen Ausschüssen zu betätigen, Einladungen anzunehmen oder abzulehnen und vor allem die Gastgeberin bei offiziellen Anlässen zu sein. Die Politik und die Regierungsgeschäfte liegen in den Händen Ihres Vaters, teilweise jedoch auch bei Alexander!"

„Ich bin also mehr für die weiblichen Aspekte der Verpflichtungen verantwortlich?"

Reeve musste plötzlich lächeln. Dieses Lachen war sehr sympathisch, fand Gabriella. „Nach einem Blick auf Ihren Zeitplan würde ich das nicht so sagen."

„Bis jetzt besteht er doch nur daraus, Briefe zu beantworten", antwortete sie belustigt.

„An drei Tagen in der Woche arbeiten Sie in der Zentrale der Gesellschaft zur Hilfe behinderter Kinder. Wenn Sie mich fragen, ich möchte den Berg an Briefen nicht erledigen müssen. Seit eineinhalb Jahren bestürmen Sie den Nationalrat um eine Etaterhöhung für das Museum der Schönen Künste. Im letzten Jahr haben Sie für das Rote Kreuz fünfzehn Länder bereist und waren unter anderem zehn Tage in Äthiopien. WORLD MAGAZINE hat eine zehnseitige Reportage darüber gebracht. Ich werde Ihnen von dem Artikel eine Kopie beschaffen."

Gabriella griff erneut nach der Rose, dann stand sie auf. „Mache ich meine Arbeit gut?", verlangte sie zu wissen. „Weiß ich, weshalb ich sie tue, oder bin ich nur eine Art Aushängeschild?"

Reeve nahm sich eine Zigarette. „Beides. Eine schöne junge Prinzessin zieht natürlich die Aufmerksamkeit auf sich, vor allem die der Presse. Sie lebt mit dem öffentlichen Interesse und ist deshalb gut in der Lage, finanzielle Unterstützung für karitative Zwecke zu erbitten. Eine kluge junge Frau weiß diese Stellung zu nutzen und ihr Geschick einzusetzen. Ihrem Tagebuch zufolge …"

„Sie haben mein Tagebuch gelesen?"

Reeve überraschte die Mischung aus Zorn und Verlegenheit, die sich in ihrem Gesicht widerspiegelte. Sie konnte doch gar nicht wissen, ob es einen Grund gab, verlegen zu sein. „Sie haben mich gebeten, Ihnen zu helfen", erinnerte er Gabriella. „Ich kann das nicht, wenn ich Sie nicht einmal kenne. Sie können jedoch beruhigt sein, Gabriella, Sie sind ein sehr diskreter Mensch, selbst in Ihrem Tagebuch."

Es hatte keinen Sinn, sich zu zieren. Reeve würde das nur genießen. „Was sagten Sie gerade?", fragte sie also möglichst gelassen.

„Ihrem Tagebuch zufolge, empfinden Sie die Reisen als anstrengend. Sie haben diese Fahrten nie sehr gern unternommen, aber Sie machen sie jedes Jahr aufs Neue, weil Sie die Notwendigkeit dafür einsehen. Gelder müssen gesammelt und Verpflichtungen wahrgenommen werden. Sie arbeiten hart, Gabriella, das kann ich Ihnen bestätigen."

„Ich muss Ihnen wohl Glauben schenken." Gabriella steckte die Rose wieder zurück in die Vase. „Und jetzt möchte ich anfangen. Wenn ich meinen Gedächtnisschwund so diskret wie möglich überspielen soll, dann benötige ich als Erstes die Namen der Leute, die ich kennen muss." Sie ging um den Schreibtisch herum, setzte sich in den Sessel und nahm einen Kugelschreiber zur Hand. „Erzählen Sie mir, was Sie wissen. Dann rufe ich diese Janet Smithers. Habe ich heute einen Termin?"

„Um ein Uhr bei der Gesellschaft zur Hilfe für behinderte Kinder."

„Sehr schön. Ich muss vorher noch eine Menge lernen."

Bevor Reeve die Prinzessin mit ihrer Sekretärin allein ließ, hatte er ihr mehr als fünfzig Namen genannt, mit den dazugehörigen Erklärungen und Hintergrundinformationen. Es wäre schon beachtlich, wenn Gabriella sich auch nur an die Hälfte erinnerte.

Hätte er die Wahl gehabt, so wäre er jetzt in sein Auto gestiegen und irgendwohin gefahren. An die See oder in die Berge, das war ihm gleich. Paläste, egal wie riesig oder schön sie waren, welche historische Faszination von ihnen auch ausgehen mochte, waren doch nur Wände, Decken und endlose Gänge. Er brauchte jetzt eigentlich den freien Himmel über sich.

Auf seinem Weg in den vierten Stock zum Büro des Fürsten blieb Reeve kurz an einem Fenster stehen und warf einen Blick auf die Stadt, die in der Morgensonne lag.

Oben klopfte er dann an die Tür und wurde umgehend eingelassen. Der Fürst saß beim Kaffee in einem Raum, der doppelt so groß wie der Gabriellas war, prachtvoller und entschieden männlicher. An der Decke waren kunstvoll gestaltete und vergoldete Stuckaturen, und in der Mitte des Raumes standen bequeme Sessel und ein massiver Eichenschreibtisch. Die Fenster waren geöffnet, und das Licht flutete über den riesigen roten Teppich.

„Gerade ist Loubet gegangen", begann Armand das Gespräch. „Haben Sie schon die Zeitung gelesen?"

„Ja." Reeve nahm dankend eine Tasse Kaffee entgegen, die der

Fürst ihm angeboten hatte, blieb jedoch stehen, da auch Armand sich nicht setzte. Er wusste das Protokoll einzuhalten. „Man ist offensichtlich sehr erleichtert darüber, dass die Prinzessin wieder in Sicherheit ist. Aber natürlich war auch zu erwarten, dass es eine Menge Mutmaßungen über die Entführung selbst geben würde."

„Und natürlich eine ordentliche Portion Kritik an Cordinas Polizei", setzte Armand hinzu. „Auch damit musste man rechnen. Doch andererseits hat diese Kritik so gut wie gar nichts in der Hand, auf das sie sich stützen kann."

Kühl neigte Reeve den Kopf. „Wirklich nichts?"

Jeder hielt dem Blick des anderen stand. „Die Polizei hat ihre Aufgaben, und Sie die Ihren. Sie sind heute Morgen bei meiner Tochter Gabriella gewesen?"

„Ja!"

„Bitte nehmen Sie Platz." Mit einer ungeduldig wirkenden Geste wies Armand auf einen Stuhl. Protokoll hin, Förmlichkeiten her, er selbst wollte stehen bleiben. „Wie geht es ihr?"

Reeve setzte sich und sah dem Fürsten zu, der mit derselben nervösen Haltung durch das Zimmer ging wie vorher seine Tochter. „Physisch gesehen erholt sie sich recht schnell. Aber was den Verlust der Erinnerung angeht, gibt es keine Fortschritte. Ihre Sekretärin unterrichtet sie momentan über verschiedene Personen. Gabriella will ihren Tageslauf von heute an wieder beibehalten."

Armand nahm einen Schluck Kaffee und setzte die Tasse dann auf den Tisch zurück. Er hatte an diesem Morgen eigentlich schon zu viel Kaffee getrunken. „Und Sie werden sie begleiten?"

Auch Reeve nippte an seinem heißen, aromatischen Kaffee. „Ich werde bei ihr sein."

„Es ist schwierig ..." Armand unterbrach sich selbst, war um Fassung bemüht. Ist es Ärger, Trauer, Hilflosigkeit? versuchte Reeve herauszufinden.

„Es ist schwierig", wiederholte der Fürst jetzt mit völlig beherrschter Stimme, „im Hintergrund zu bleiben und wenig tun zu können. Sie kamen auf meine Bitte hin, blieben auf meinen Wunsch, und jetzt bin ich tatsächlich eifersüchtig auf Sie, weil Sie das Vertrauen meiner Tochter genießen."

„Vertrauen ist sicher zu früh gesagt. Im Moment hält sie mich für nützlich."

Reeve fiel der Verdruss und die Enttäuschung in seiner Stimme auf, und er bemühte sich, ihn nicht zu deutlich werden zu lassen. „Ich kann die Prinzessin über sie selbst informieren, ohne ihr Gefühlsleben zu sehr zu beeinträchtigen."

„Wie ihre Mutter ist sie ein äußerst empfindsamer Mensch. Wenn sie liebt, dann uneingeschränkt. Dieser Wesenszug allein ist schon unschätzbar!"

Armand ließ seinen Kaffee auf dem Tisch stehen und ging hinüber an seinen Schreibtisch. Reeve war sich sicher, dass damit der persönliche Teil ihres Gespräches beendet war. Unmerklich steigerte sich seine Aufmerksamkeit.

„Gestern Abend machte mich Bennett darauf aufmerksam, dass ich Sie in eine schwierige Lage gebracht haben könnte", sagte Armand.

„In welcher Hinsicht?", fragte Reeve, äußerlich entspannt, aber innerlich sehr auf der Hut.

„Sie werden ständig an Gabriellas Seite sein, privat und in der Öffentlichkeit. Aufgrund Ihrer Position wird meine Tochter viel fotografiert. Man interessiert sich für ihr Leben. Meine Gedanken kreisten zu sehr um Gabriellas Sicherheit und ihre Genesung, als dass ich die Verwicklungen berücksichtigt hätte, die sich aus Ihrer Anwesenheit ergeben könnten."

„Sie meinen, hinsichtlich meiner Anwesenheit in Gabriellas Leben?"

Armand verzog ein wenig die Lippen: „Es erleichtert mich, nicht alles genau ausführen zu müssen. Bennett ist jung, und seine eigenen Affären werden in der internationalen Presse mit Vergnügen breitgetreten."

In Armands Ton lag eine Mischung aus Stolz und Verärgerung. Das ist das Schicksal eines Vaters, dachte Reeve amüsiert. Oft genug hatte er diese Reaktion bei seinem eigenen Vater beobachtet. „Vielleicht ist ihm dieses Problem deshalb als Erstem aufgefallen", fuhr Armand fort.

„Ich bin hier zum Schutze der Prinzessin", meinte Reeve. „Das ist doch eine sehr einfache Erklärung."

„Es ist für den Herrscher von Cordina nicht so einfach zu rechtfertigen, einen früheren Geheimdienstler, einen Amerikaner, zum Schutze seiner Tochter gerufen zu haben. Das könnte man als Kränkung ansehen. Wir sind zwar ein kleines Land, Reeve, aber ein sehr selbstbewusstes."

Reeve schwieg eine Weile und wog Armands Worte ab. „Möchten Sie, dass ich abreise?", fragte er schließlich.

„Nein."

Reeve war erleichtert. „Ich kann meine Nationalität nicht ändern, Armand."

„Nein." Die Antwort war knapp. „Es wäre allerdings möglich, Ihre Stellung derart zu ändern, dass sie die Möglichkeit hätten, eng an Gabriellas Seite zu sein, ohne dass man auf falsche Gedanken kommen könnte."

Jetzt musste auch Reeve lächeln. „Als Bewerber um ihre Hand?"

„Wieder machen Sie es mir leicht." Armand lehnte sich im Sessel zurück und betrachtete den Sohn seines Freundes.

Unter weniger komplizierten Umständen hätte er vielleicht sogar einer Verbindung zwischen seiner Tochter und Reeve zugestimmt. Es ließ sich nicht leugnen, dass er gehofft hatte, Gabriella schon zu einem früheren Zeitpunkt verheiratet zu sehen. Aus diesem Grunde hatte er sie mit Angehörigen der besten Adelshäuser Englands und Frankreichs bekannt gemacht. Nun ja, auch die MacGees hatten einen beeindruckenden Stammbaum und eine makellose Herkunft. Es wäre ihm nicht unangenehm, wenn dieser rein theoretische Vorschlag, den er jetzt unterbreitete, Wirklichkeit würde.

„Ich schlage sogar vor, noch einen Schritt weiterzugehen. Wenn Sie keine Einwände haben, dann würde ich gern Ihre Verlobung mit Gabriella bekannt geben." Armand wartete auf eine Reaktion von Reeve, eine Geste, eine Veränderung der Mimik. Reeve verharrte jedoch in rein höflichem Interesse. Armand wusste sehr zu schätzen, dass der Amerikaner seine Gedanken für sich behielt.

„Als ihr Verlobter", fuhr er fort, „können Sie stets an Bries Seite sein, ohne zu Fragen Anlass zu geben."

„Es könnte schon die Frage auftauchen, wie ich nach nur wenigen Tagen Aufenthalt in Cordina zum Verlobten der Prinzessin werden konnte."

Armand nickte und schätzte den klaren sachlichen Einwand. „Meine langjährige Verbindung zu Ihrem Vater macht das mehr als erklärlich. Gabriella reiste erst im vergangenen Jahr in Ihr Heimatland. Man könnte verlauten lassen, dass damals die Beziehung ihren Anfang nahm."

Reeve nahm sich eine Zigarette. „Verlobungen haben es so an sich, dass sie in Eheschließungen enden."

„Richtige Verlobungen schon. Doch diese wird nur zu einem bestimmten Zweck geschlossen. Wenn der Fall beendet ist, werden wir bekannt geben, dass Gabriella und Sie sich eines anderen besonnen haben. Die Verlobung wird aufgelöst, und jeder geht wieder seinen eigenen Weg. Die Presse wird sich auf die Geschichte stürzen, doch niemand wird so zu Schaden kommen."

Die Prinzessin und der Farmer, dachte Reeve und konnte sich ein ironisches Lächeln nicht verkneifen. Das konnte aufregend werden. „Selbst wenn ich zustimmen sollte, so ist doch noch jemand anderes davon betroffen."

„Gabriella wird das tun, was für sie und ihr Land das Beste ist. Die Entscheidung liegt bei Ihnen, nicht bei ihr."

Armand sprach mit der kühlen Selbstverständlichkeit einer Person, die sich ihrer Macht absolut sicher ist.

Hatte Gabriella nicht gesagt, dass es sie am meisten störte, keine eigene Entscheidung treffen zu können?, schoss es Reeve durch den Kopf. Er mochte Sympathien für die Prinzessin empfinden, aber er würde diese Entscheidung leider über ihrem Kopf hinweg treffen müssen. „Ich verstehe Ihre Beweggründe, Fürst Armand. Wir werden Ihrem Vorschlag entsprechend vorgehen."

Der Regent erhob sich. „Ich werde mit Gabriella sprechen."

Reeve konnte sich nicht vorstellen, dass sie darüber sehr erfreut sein würde. Im Grunde wünschte er nicht einmal, dass sie sich einfach einverstanden erklärte. Er empfand es als simpler für ihn, wenn sie etwas kratzbürstig und unterkühlt reagieren würde. Denn es war jener Blick des Verlorenseins, der Hilflosigkeit, der ihn so sehr an ihr faszinierte.

Kurz vor ein Uhr verließ Gabriella den Palast. Sie trug ein elegantes Chanel-Kostüm, und ihre offenen Haare wehten im Wind, sodass das

Sonnenlicht darauf zu tanzen schien. Ärgerlich wandte sie sich zu Reeve um und blitzte ihn stolz an.

Ein Geschöpf der Sonne, fiel es ihm auf, während er am Wagen auf sie wartete. Sie gehörte einfach nicht hinter Schlossmauern, sondern in die Freiheit unter diesen azurblauen Himmel.

Reeve verbeugte sich leicht, während er ihr die Wagentür öffnete. Gabriella sah ihn mit ihren flammenden Augen an. „Sie haben mich hintergangen." Wütend ließ sie sich auf den Vordersitz fallen und sah stur vor sich hin.

Reeve klimperte mit den Autoschlüsseln in seiner Tasche und ging auf die Fahrerseite hinüber. Er konnte diese Angelegenheit jetzt mit Feingefühl behandeln oder ganz nach seinem eigenen Ermessen. „Ist etwas nicht in Ordnung, Liebling?", fragte er sie schelmisch und setzte sich hinter das Steuer.

„Was fällt Ihnen ein, zu scherzen!" Zornig sah Gabriella ihn an. „Wie können Sie es wagen!"

Reeve nahm ihre Hand und hielt sie fest, obgleich Gabriella sie mit einem schnellen Ruck fortziehen wollte. „Gabriella, manche Dinge nimmt man besser nicht so schwer."

„Diese Farce. Dieser Betrug!" Ein französischer Wortschwall brach plötzlich aus ihr hervor, den er nur zum Teil verstand, dessen protestierender, wütender Unterton jedoch nicht zu überhören war.

„Erst muss ich mich mit Ihnen als Leibwächter abfinden", fuhr sie fort und wechselte übergangslos wieder ins Englische. „Wohin ich auch immer meinen Fuß setzen will, Sie sind da und schleichen um mich herum. Und jetzt dieser Vorwand, dass wir heiraten werden. Wozu das alles? Nur damit es nicht bekannt wird, dass mein Vater einen Leibwächter eingestellt hat, der weder aus Cordina noch aus Frankreich kommt. Nur damit ich ständig in Begleitung eines Mannes gesehen werden kann, ohne damit meinem Ruf zu schaden. Ha!" Mit einer schlecht gelaunten, aber dennoch beherrscht wirkenden Handbewegung unterstrich sie ihre Worte. „Es ist mein Ruf, mein Ruf!"

„Es geht ebenso um den meinen", versetzte Reeve kühl.

Bei diesen Worten drehte Gabriella sich zu ihm hin und musterte ihn hochmütig von oben bis unten. „Ich glaube, ich irre nicht in der Annahme, dass Sie schon einen Ruf haben. Und mit dem habe ich absolut nichts zu schaffen", setzte sie schnell hinzu, bevor Reeve etwas entgegnen konnte.

„Als meine Verlobte betrifft mein Ruf Sie sehr wohl." Reeve startete den Wagen und fuhr gemächlich den Berg hinunter.

„Es ist eine lächerliche Komödie."

„Zugegeben."

Diese Bestätigung brachte sie zum Schweigen. Die Tatsache, dass er mit ihr einer Meinung war, nahm ihr förmlich den Wind aus den Segeln.

„Sie finden es lächerlich, mit mir verlobt zu sein?", fragte sie nach, um sicherzugehen.

„Absolut." Die Antwort war knapp und eindeutig.

Gabriella entdeckte einen neuen Charakterzug an sich. Sie hatte eine beachtliche Portion Eitelkeit. „Und warum?"

„Normalerweise verlobe ich mich nicht mit Frauen, die ich kaum kenne. Außerdem würde ich es mir gründlichst überlegen, mich an jemanden zu binden, der eingebildet, launisch und selbstsüchtig ist."

Gabriella saß kerzengerade. Aus ihrer Handtasche holte sie eine Sonnenbrille hervor und setzte sie auf. „Dann müssen Sie doch recht zufrieden sein, dass es sich hier nur um eine Verlobung pro forma handelt, nicht wahr?"

„Ja."

Sie ließ ihre Handtasche zuschnappen. „Und auch noch von sehr kurzer Dauer."

Reeve war nicht zum Lachen zumute. Ein Mann geht nur ein bestimmtes Maß an Risiken pro Tag ein. „Je kürzer, desto besser."

„Ich werde mir alle Mühe geben, Ihnen das Leben nicht schwerer als nötig zu machen!"

Den Rest der Fahrt über hüllte Brie sich in unheilvolles Schweigen.

Die Zentrale der GHBK, der Gesellschaft zur Hilfe für behinderte Kinder, befand sich in einem alten, imposanten Gebäude. Einst war es der Palast von Bries Urgroßmutter gewesen, wie die tüchtige Janet Smithers ihr gesagt hatte.

Brie stieg aus dem Wagen und rekapitulierte in Gedanken die Anlage des Gebäudes, während sie darauf zuging. Sie verspürte ein unangenehmes Kribbeln im Magen und war dankbar, dass Reeve sie an der Hand hielt, obwohl sie sicher nicht selbst nach seiner gegriffen hätte.

Sie betraten die kühle weiße Halle. Sofort erhob sich eine Frau, die neben dem Eingang an einem Tisch gesessen hatte, und verbeugte sich vor ihr: „Eure Hoheit, ich bin froh und erleichtert, Sie wiederzusehen."

„Vielen Dank, Claudia." Gabriella zögerte nur so kurz vor dem Namen, dass es auch Reeve kaum auffiel.

„Wir haben Sie nicht erwartet, Eure Hoheit. Nach der … nach dem, was geschehen ist." Claudias Stimme schwankte.

Gabriella war ehrlich bewegt. Es war ihr jetzt wichtiger als Politik oder Vorsicht.

Sie reichte Claudia beide Hände: „Es geht mir gut, Claudia. Ich sehne mich nach Arbeit." Von dieser Frau ging eine Sympathie aus, die sie bei ihrer Sekretärin vermisst hatte. Doch ehe sie nicht die Motive dafür wusste, konnte und durfte sie dieser Freundlichkeit nicht nachgeben.

„Darf ich Ihnen Mr. MacGee vorstellen. Er … wohnt bei uns. Claudia ist seit beinahe zehn Jahren bei der GHBK, Reeve." Gabriella gab ihm genau die Information, die sie noch am selben Morgen von ihm bekommen hatte.

„Ich glaube, sie könnte die Gesellschaft ganz allein leiten. Sagen Sie, Claudia, ist überhaupt noch irgendetwas für mich zu tun übrig?"

„Der Ball steht bevor, Eure Hoheit. Und wie immer, gibt es auch jetzt Schwierigkeiten."

Der jährliche Wohltätigkeitsball, erinnerte sich Gabriella ihrer Lektion. Dieses Fest war in Cordina eine Tradition und für die GHBK die beste Gelegenheit, Mäzene zu finden. Sie als Präsidentin übernahm die Organisation, und als Prinzessin war sie auch stets Gastgeberin. In jedem Frühjahr versammelte der Ball reiche, berühmte und wichtige Persönlichkeiten in Cordina. „Was wäre der Ball ohne Komplikationen. Ich mache mich gleich an die Arbeit. Kommen Sie, Reeve, wir wollen sehen, wie nützlich Sie sein können."

Sie hatte die erste Hürde genommen! Beide gingen die Treppe hinauf, schritten ein Stück den langen Korridor entlang und betraten das zweite Zimmer der rechten Seite.

„Gut gemacht“, lobte Reeve, nachdem sie die Tür hinter sich geschlossen hatten.

Der Raum war nicht so elegant eingerichtet wie ihr privates Büro. Gabriella fragte sich, womit sie anfangen sollte. Voller Energie setzte sie sich dann an den Schreibtisch und befasste sich mit ihrer Aufgabe. Es machte ihr Spaß, und es war aufregend festzustellen, dass sie dafür sogar eine Begabung hatte.

Innerhalb von knapp zwei Stunden war es ihr gelungen, sich mit der Situation vertraut zu machen, und dann begann sie langsam und sehr systematisch, sich mit diversen Einzelheiten, Problemen und Entscheidungen auseinanderzusetzen. Die Arbeit ging ihr ganz selbstverständlich von der Hand, und am Ende dieser zwei Stunden war ihr Selbstvertrauen enorm gestärkt und ihre Stimmung glänzend.

Als sie schließlich das Büro verließ, lagen immer noch Stöße von Akten und Dokumenten auf dem Schreibtisch herum, aber es war ihre Unordnung, und Gabriella wusste, wo sie etwas zu suchen hatte.

„Das hat Spaß gemacht“, sagte Gabriella zu Reeve, als sie wieder im Wagen saßen.

„Sehr viel sogar“, fügte sie noch dazu. „Jetzt halten Sie mich vielleicht für etwas merkwürdig, oder nicht?“

„Nicht im Geringsten.“ Sie wartete, dass er den Wagen startete, doch er machte keine Anstalten. „Sie haben enorm viel in diesen paar Stunden geleistet, Brie. Aus meinem eigenen Beruf weiß ich, wie langweilig Schreibtischarbeit sein kann.“

„Aber wenn man damit etwas erreichen kann, ist sie doch alle Mühe wert, finden Sie nicht? Die GHBK ist eine wichtige Organisation, die nicht nur schöne Worte macht, sondern wirklich hilft. Denken Sie doch an die Einrichtungen im neuen Flügel für die Hüftgeschädigten, die Rollstühle, Gehhilfen. All das kostet viel Geld, und wir können es beschaffen.“ Ihr Blick fiel auf den Diamantring an ihrem Finger. „Ich habe jetzt aber kein schlechtes Gewissen mehr.“

Gabriella schwieg einen Moment, und Reeve startete endlich den Wagen. Dann sagte sie leise: „Reeve, ich möchte jetzt noch nicht in den Palast zurück. Können wir noch woandershin fahren? Ich möchte gerne an die frische Luft.“

„Aber natürlich!“ Er verstand ihren Wunsch nur zu gut. Ohne sich dessen recht bewusst zu sein, nahm er die Straße zum Meer.

Außerhalb der Stadt gab es Stellen, wo sich die Straße an der Befestigungsmauer entlangschlängelte. Abseits von Lebarre, dem Hafen Cordinas, war das Land noch frei, wild und ursprünglich. Reeve hielt neben einer Gruppe verwitterter Felsen an, bei der ein paar windschiefe Bäume standen.

Gabriella stieg aus und genoss die herrliche weite Sicht. Irgendwie erinnerte sie sich an den Geruch und den Geschmack des Meeres. Sie war sich nicht sicher, jemals vorher an dieser Stelle gewesen zu sein. Wie gut tat es, auf das Wasser zu schauen. Sie verdrängte den Wunsch, Erinnerungen heraufzuholen, und ging in Richtung der alten, trutzigen Befestigungsmauer.

Winzige Purpurblumen erkämpften sich ihren Weg durch die Steine zur Sonne. Verträumt strich Gabriella über eine Blüte. Dann kletterte sie auf die Mauer, ohne auf ihr Kostüm zu achten, und blickte hinunter.

Vor ihr lag das tiefblaue Meer. Wäre die Mauer nicht gebaut worden, so hätten die Wellen mehr und mehr vom Land weggerissen. Weiter draußen sah man große Frachter, die in Richtung Hafen fuhren, und außerdem eine Unzahl kleiner hübscher Segelboote.

„An einigen Orten fühlt man sich von Anfang an wohl. Sie sind einem vertraut. Hier geht es mir ganz stark so“, erklärte sie träumerisch.

„Sie hätten nicht am Meer aufwachsen können, ohne dass Ihnen ein Platz wie dieser entgangen wäre“, gab Reeve zurück.

Der Wind zerzauste ihr Haar und blies es ihr aus dem Gesicht. Es wirkte im Sonnenlicht wie kleine züngelnde Goldflammen. Reeve setzte sich in einiger Entfernung neben sie.

„Ich glaube, ich bin früher an einer solchen Stelle gewesen, nur um frische Luft zu haben, wenn ich dem Protokoll entgehen wollte.“ Sie seufzte leicht auf, dann schloss sie die Augen und hielt das Gesicht in den Wind. „Ich frage mich, ob ich immer so empfunden habe.“

„Fragen Sie Ihren Vater.“

Gabriella senkte den Kopf. Als ihre Blicke sich trafen, sah Reeve die Erschöpfung in ihren Augen, obwohl Brie sie so sorgfältig zu verbergen versucht hatte. Sie ist noch nicht wieder voll bei Kräften, sagte er sich. Und Verletzbarkeit gegenüber war er machtlos.

„Das ist schwierig." Zorn und Verärgerung, Spannungen und Erschöpfung waren vergessen, und sie fühlte sich wieder zu ihm hingezogen. Sie konnte mit ihm reden und ihm uneingeschränkt alles sagen, was ihr durch den Kopf ging.

„Ich möchte meinem Vater nicht wehtun. Von ihm geht eine so große Liebe und eine so starke Sorge um mich aus, dass ich unsicher bin. Ich weiß, er wartet darauf, dass ich mich an alles erinnere."

„Warten sie nicht selbst auch darauf?"

Gabriella sah schweigend auf die See hinaus.

„Brie, wollen Sie sich nicht erinnern?"

Sie sah Reeve nicht an, sondern hielt ihren Blick weiter auf das Wasser gerichtet. „Ein Teil von mir bemüht sich ganz verzweifelt darum. Aber ein anderer verdrängt jeden Ansatz, als wäre mir das alles hier zu viel. Wenn ich mich an das Gute erinnere, werde ich mich dann nicht auch an die schlechten Dinge erinnern?"

„Sie sind doch kein Feigling", wandte er ein.

„Das frage ich mich, Reeve. Ich erinnere mich daran, dass ich gerannt bin, ich erinnere mich an den Regen und den Sturm. Ich weiß, dass ich gelaufen bin, bis ich dachte, ich würde vor Erschöpfung sterben. Am stärksten erinnere ich mich an die Furcht, die so gewaltig war, dass ich lieber gestorben wäre als angehalten hätte. Ich bin nicht sicher, ob dieser furchtsame Teil meines Ichs es mir ermöglichen wird, die Erinnerung zurückzugewinnen und mich damit allem auszusetzen."

Reeve begriff sehr gut, wovon sie sprach.

„In einem Augenblick wie diesem hier wäre es so leicht, nur zu entspannen und alles hinter sich zu lassen, den Dingen einfach ihren Lauf zu geben. Wenn ich nicht die wäre, die ich bin, könnte ich das ohne Weiteres tun, und niemand würde sich darum kümmern." Gabriella strich ihr Haar zurück und genoss die Brise, die ihr Gesicht umwehte.

„Aber Sie sind, was Sie sind, eine Prinzessin."

„Ja. Ich bin jedoch davon überzeugt, dass ich fünfzig Wochen voller Verpflichtungen und Repräsentation leichter ertragen könnte, wenn ich nur zwei Wochen hätte, um auf einem Felsen zu sitzen und dem Wind zuzuhören. Mir wurde übrigens berichtet, Sie hätten selbst Grundbesitz, eine Farm, aber keine Frau. Warum?"

„Das ist allerdings eine komische Frage von der eigenen Verlobten!"

„Sie sagen das nur, um mich zu ärgern und meiner Frage auszuweichen."

„Sie haben hellseherische Fähigkeiten, Brie." Reeve sprang von der Mauer und hielt ihr die Hand hin. „Wir sollten zurückfahren."

„Ich fände es nur gerecht, wenn ich mehr über Ihr Leben wüsste, nachdem Sie so viel über meines wissen." Trotzdem reichte sie ihm die Hand. „Haben Sie je eine Frau geliebt?"

„Nein."

„Manchmal frage ich mich, ob es bei mir schon einmal so war." Gabriellas Stimme klang gedankenverloren, und sie sah noch einmal auf das Meer zurück. „Das ist der Grund, weshalb ich Sie gestern Abend dazu brachte, mich zu küssen. Ich dachte, vielleicht könnte ich mich auf diese Weise erinnern."

Reeve fiel der amüsierte Unterton ihrer Bemerkung auf, aber er war selbst gar nicht amüsiert. „Und, hat es Sie erinnert?"

„Nein. Nicht, dass man mich nicht früher schon geküsst hätte, aber mir kam kein Mann im Besonderen in den Sinn."

Flirtet Sie jetzt in voller Absicht mit mir, oder ist sie nur einfach naiv? überlegte Reeve und nahm sie fester bei der Hand. „Niemand?"

Gabriella fiel der Wechsel von Reeves Ton auf, diese gefährlich ruhige Stimme. Für eine Frau war es ratsam, vor diesem Ton auf der Hut zu sein. „Niemand. Ich glaube fast, dass für mich früher noch kein Mann von großer Bedeutung gewesen ist."

„Sie sind aber auf den Kuss eingegangen wie eine Frau, der die eigenen Wünsche ganz und gar nicht fremd sind."

Gabriella zog sich nicht zurück, obwohl er jetzt näher bei ihr war. „Vielleicht bin ich eine erfahrene Frau, wer weiß. Jedenfalls bin ich kein Kind mehr."

„Nein. Keiner von uns beiden ist es mehr", sagte Reeve und kam noch näher zu ihr hin. Sie standen sich direkt gegenüber.

Ihr Mund war weich und einladend. Sie küsste ihn wie am Abend zuvor. Nein, das Leben ist nie ganz leicht, dachte er, und zog sie fest zu sich heran. Aber es kann herrlich sein.

Gabriella gab sich ihm ganz hin. Sie waren jetzt allein, und es erschien ihr ganz natürlich, dass sie zusammen waren, Mund auf Mund, Körper an Körper. Reeve umfasste zärtlich ihren Nacken. Sie ließ ihren Kopf zurücksinken, und er spielte mit ihrem Haar. Reeves Herz schlug ebenso heftig wie ihres. Sie bemerkte seinen Puls.

So standen sie im hellen Sonnenlicht, das sie blendete. Gabriella schloss die Augen, und alles um sie herum versank. Sie streichelte seinen Rücken, spürte die festen Muskeln. Dieser Mann war Schutz und Gefahr zugleich. Sie wollte beides, jetzt, in diesem Augenblick, wo sie sich nur noch als Frau, nicht als Person von Stand fühlte.

Reeves Küsse wurden drängender. Er war sich jedoch nicht ganz sicher, ob sie wusste, was sie tat. Gabriella hatte die Augen einer Zauberin mit dem Gesicht eines Engels. Welcher Mann konnte diesem Blick und diesen zarten Zügen widerstehen? Einer Frau wie ihr konnte sich kein Mann entziehen, sie war die Versuchung in Person.

Und doch musste er vernünftig bleiben. Langsam, widerstrebend zwar, aber dennoch mit Nachdruck, schob er Gabriella von sich, wie er es auch schon am vergangenen Abend getan hatte. Sie behielt ihre Augen noch einen Moment lang geschlossen, als wollte sie diese Umarmung bis zum Letzten auskosten. Dann öffnete sie sie und sah ihn geradeheraus an. Vielleicht war ihnen beiden bewusst geworden, dass sie die Grenze noch nicht überschreiten konnten.

„Ihre Familie wird sich fragen, wo Sie sind“, flüsterte er.

Gabriella nickte und kam zurück in die Wirklichkeit. „Ja, zuerst die Pflicht, nicht wahr?“

Reeve gab ihr keine Antwort, und zusammen gingen sie zum Wagen zurück. Keiner von beiden sprach ein Wort.

6. Kapitel

„Brie! Brie, warte einen Augenblick." Gabriella drehte sich um. Bennett kam in den Garten. An seiner Seite hatte er zwei herrlich gewachsene Barsois. Er sah wie ein Stallbursche aus, die verwaschenen Jeans waren achtlos in seine Stiefel gestopft, und das Hemd war auch nicht ganz sauber. Er wirkte wie ein fröhlicher, robuster junger Mann, der Mühe hatte, seine Energie im Zaum zu halten.

„Du bist allein? Ruhe, Boris", befahl er und hielt den Hund davon ab, Bries Schuhe zu beschnuppern.

Boris und ... Natascha, dachte Gabriella. Ihr fielen Reeves Instruktionen noch rechtzeitig ein. Selbst Hunde konnte man nicht außer Acht lassen, nicht, wenn sie ein Geschenk des russischen Botschafters waren.

Bennett hatte Mühe, die Unruhe der Tiere zu zügeln. „Ich sehe dich heute Morgen das erste Mal hier draußen."

„Heute ist auch der erste Vormittag in dieser Woche, an dem ich keine Termine habe." Gabriella lächelte ein wenig unsicher darüber, ob sie sich schuldig oder erfreut fühlen sollte. Verlegen standen Bruder und Schwester einen Moment voreinander und suchten nach den richtigen Worten.

„Du hast ja deinen amerikanischen Schatten gar nicht bei dir", prustete Bennett plötzlich los und grinste Gabriella an. Sie runzelte die Stirn. „Das ist Alex' Spitzname für Reeve", fuhr er jetzt sicherer fort. „Eigentlich mag ich ihn. Ich glaube, auch Alexander schätzt ihn, sonst würde er bestimmt viel förmlicher und unterkühlter reagieren. Ihm fällt es halt nur schwer, gerade zum jetzigen Zeitpunkt einen Fremden hier zu akzeptieren."

„Man hat keinen von uns vorher gefragt, oder?"

„Nun, ich habe nichts gegen ihn. Stört es dich nicht, wenn er dauernd um dich herum ist?"

Gabriella war inzwischen seit einer Woche wieder im Palast, aber

Reeve war ihr noch ebenso fremd wie ihre eigene Familie. „Nein, allerdings manchmal …“ Sie warf einen Blick auf die prachtvollen Rabatten im Garten. „Bennett, sag mir, habe ich schon immer so stark den Wunsch gehabt, von hier fort zu sein? Jeder ist so aufmerksam, so nett zu mir, aber ich werde das Gefühl nicht los, dass ich irgendwohin müsste, wo ich Luft habe, wo ich allein bin, wo ich im Gras liegen und alles um mich herum vergessen kann.“

„Deshalb hast du doch diesen kleinen Bauernhof gekauft.“

Hastig machte sie einen Schritt auf ihn zu. „Bauernhof?“

„Ach, wir nennen ihn so, obwohl es eigentlich nur ein Stück unbebauten Landes ist. Manchmal drohst du uns damit, einmal dort ein Haus bauen zu lassen.“

Ein Bauernhaus, sann sie nach, ganz wie Reeve. „Bin ich damals auf dem Weg dorthin …“

„Ja.“ Die Hunde wurden unruhig, und Bennett ließ ihnen freien Lauf. „Ich war nicht hier, sondern in der Schule. Und wenn Vater seinen Willen bekommt, bin ich leider nächste Woche schon wieder in Oxford.“

Plötzlich fühlte Gabriella sich zu diesem Jungen, der an der Schwelle zum Mannsein stand und dem Einfluss des Vaters entgehen wollte, hingezogen. Sie hakte ihn unter und sagte impulsiv: „Bennett, mögen wir uns?“

„Welch alberne … wir mögen uns, wir sind sogar sehr gute Freunde. Du warst stets mein Fürsprecher bei Vater.“

„So? In welcher Hinsicht?“

„Nun, immer wenn ich in Schwierigkeiten war …“

„Was bei dir die Regel zu sein scheint?“

„Ja, allerdings“, bestätigte Bennett, machte aber keinen unzufriedenen Eindruck bei seinen Worten.

„Und ich?“, fragte Gabriella.

„Oh, du bist viel diskreter. Vater sagt immer, du seist das einzige seiner Kinder, das mit Vernunft gesegnet ist.“

„Du meine Güte!“ Gabriella krauste die Nase. „Und du kannst mich noch immer leiden?“

Mit einer brüderlichen Geste, die so natürlich, so herzlich war, dass ihr die Tränen in die Augen schossen, zerzauste Bennett ihr das Haar.

„Mir ist es viel lieber, dass du vernünftig bist. Mir wäre Vernunft bei mir nur im Wege!“

„Und Alexander? Wie komme ich mit ihm zurecht?“

„Oh, gut.“ Er antwortete mit der Toleranz des Jüngeren für seinen Bruder. „Er hat es von uns allen am schwersten. Er kann keinen zweiten Blick auf eine Frau werfen, ohne dass die Presse es gleich aufbläht. Alex hat Diskretion zu einer Kunst entwickelt. Man erwartet von ihm einfach, dass er alles noch besser macht als andere. Und er muss sein ständig aufbrausendes Temperament zügeln. Vom Thronerben erwartet man, dass er keine Skandale oder Szenen – weder in der Öffentlichkeit noch im Privatleben – hat.“

Bennett lächelte ihr zu, und mit einer raschen Geste zog er sie an sich und drückte ihr einen Kuss auf die Wange. „Ich vermisse dich, Brie. Hoffentlich erinnerst du dich bald.“

„Ich werde mich bemühen.“

Mehr als jeder andere verstand Bennett offensichtlich, dass man Liebe nicht erzwingen konnte. Als er sie losließ, klang seine Stimme wieder locker und unbesorgt. „Ich muss jetzt die Hunde wegbringen, ehe sie den ganzen Garten umgewühlt haben. Soll ich dich zurückbegleiten?“

„Nein, danke, ich bleibe noch einen Augenblick. Heute Nachmittag habe ich eine Anprobe für mein Kleid für den GHBK-Ball. Die wird mir nicht viel Spaß machen.“

„Du hasst solche Sachen“, sagte Bennett fröhlich. „Ich werde rechtzeitig aus Oxford für den Ball zurückkommen. Dann werde ich dir beim Tanz über die Schulter sehen und nach einem attraktiven Mädchen Ausschau halten, um es zu verführen.“

„Du hast das Zeug zu einem Casanova.“ Gabriella lachte.

„Oh, ich tue, was ich kann. Boris, Natascha, hierher!“ Bennett rief die Hunde und verließ mit ihnen den Garten.

Gabriella mochte ihn. Sie erinnerte sich zwar nicht an die gemeinsam als Bruder und Schwester verlebten zwanzig Jahre, aber sie mochte den jungen Mann, der er heute war. Langsam setzte sie ihren Spaziergang fort und betrachtete die Farbenpracht des Gartens.

In einer Mauernische, die ganz von wildem Efeu überwachsen war, stand ein Tischchen mit Stühlen, und in einem kleinen Brunnen sprang eine Fontäne himmelwärts. Dieser Platz erinnerte sie an die Stelle an der Befestigungsmauer, und sie fühlte sich wohl und geborgen.

Sobald sie allein war, gestand sie sich ein, wie schnell sie noch ermüdete. Sie setzte sich auf einen der Stühle, streckte die Beine aus und entspannte.

Sie schloss die Augen und ließ ihren Gedanken freien Lauf. Um sie herum summten die Bienen, und der starke Duft der Blumen schläferte sie ein.

Gabriella fühlte sich schläfrig und benommen. Das war nicht das entspannte und beruhigende Gefühl, weshalb sie hier aufs Land gekommen war. Immer wenn sie hier auf das kleine Stück Land hinausfuhr, dann, um der Prinzessin Gabriella ein bisschen Zeit für Brie Bisset zu stehlen.

Gabriella nahm einen weiteren Schluck Kaffee aus ihrer Thermosflasche. Er war sehr stark, wie sie ihn gern trank. Die Sonne war warm, in ihrem Licht schwirrten und tummelten sich Bienen und Insekten. Doch sie hatte nicht die Energie, so spazieren zu gehen, wie sie es wollte. Nur ein wenig die Augen schließen … Die Tasse zitterte in ihrer Hand … Sich jetzt an den Felsen lehnen können … die Augen schließen …

Und dann war es plötzlich nicht mehr länger warm und angenehm in der Sonne. Sie fröstelte, als hätten Wolken den Himmel überzogen und Regen stünde bevor. Nichts roch mehr nach frischem Gras und sommerlichen Blüten, sondern alles war feucht und stank nach Most. Ihr ganzer Körper tat ihr weh. Irgendjemand sprach, ohne dass sie es so recht wahrnahm. Gemurmel, Summen, aber nicht von Bienen. Männerstimmen.

„Sie werden die Prinzessin austauschen. Sie haben keine andere Wahl." Gewisper, Flüstern.

„Alle Spuren sind verwischt. Sie wird bis zum Morgen schlafen. Dann kümmern wir uns wieder um sie."

Und Gabriella war voller Furcht, von Panik und Ängsten ergriffen. Sie musste aufwachen. Sie musste einfach aufwachen und …

„Brie."

Mit einem erstickten Schrei fuhr sie aus dem Stuhl hoch. „Nein! Nicht! Rührt mich nicht an!"

„Ganz ruhig."

Reeve hielt sie fest und ließ sie langsam auf den Stuhl zurücksinken. Ihre Hand fühlte sich kalt an, ihr Blick war verwirrt. Wenn sie sich nicht sofort beruhigen würde, dachte er, dann müsste er sie umgehend in den Palast zurück zu Dr. Franco bringen. „Ruhig, ganz ruhig."

„Ich dachte …" Gabriella sah sich hastig um. Doch da war nur der sonnendurchflutete Garten, der Brunnen, die Bienen. Das Herz schlug ihr bis zum Hals. Sie lehnte sich zurück und atmete tief durch. „Ich muss geträumt haben."

Reeve beobachtete sie und suchte nach Anzeichen eines Schocks. Offenbar hatte sie sich jedoch unter Kontrolle. „Ich hätte Sie nicht geweckt, aber Sie machten den Eindruck, einen Albtraum zu haben."

Er setzte sich neben sie auf einen Stuhl. Er hatte sie bestimmt schon zehn Minuten lang beobachtet. Er konnte nicht leugnen, dass es ihm Vergnügen bereitet hatte, sie da sitzen zu sehen. Er erinnerte sich des frischen jungen Mädchens, das vor Jahren so vertrauensvoll, mit sich zufrieden und auf unschuldige Weise erregend gewesen war und das jetzt als Frau hingebungsvoll, aufreizend und fordernd in seinen Armen gelegen hatte. Als er sie so betrachtete, wusste er, dass er diesen Moment wiederholen wollte und dass ihm nach mehr verlangte.

Reeve lehnte sich zurück und wartete, bis Gabriella wieder regelmäßig atmete. „Erzählen Sie es mir", forderte er sie ruhig auf.

„Es gibt nicht viel zu erzählen. Es war alles zu verwirrend."

Er nahm eine Zigarette aus der Packung. „Erzählen Sie es mir trotzdem."

Gabriella sah ihn halb widerwillig, halb erschöpft an. „Ich dachte, Sie sind hier als Leibwächter, nicht als Psychiater."

„Ich bin flexibel." Er zündete sich die Zigarette an und sah sie über die Flamme hinweg an. „Und Sie?"

„Nicht sehr, fürchte ich." Gabriella stand auf. Er hatte schon bemerkt, dies war eine ihrer Angewohnheiten, wenn sie nervös wurde.

„Ich war nicht hier, sondern an irgendeinem ruhigen Ort. Dort gab es viel Gras, ich konnte es riechen, sehr stark und duftend. Ich war offenbar ganz gegen meinen Willen sehr schläfrig. Das ärgerte mich, da ich dort allein war und die Einsamkeit auskosten wollte. Also trank ich Kaffee, um munter zu bleiben."

Reeve sah sie schärfer an, ohne dass es Gabriella auffiel. „Woher hatten Sie den Kaffee?"

„Woher?" Sie runzelte die Stirn, ihr kam die Frage albern vor, da sie doch über einen Traum sprach. „Ich hatte eine Thermosflasche. Eine große rote Flasche, an der der Griff fehlte. Der Kaffee half mir nicht sehr, und ich schlief ein. Ich erinnere mich an den warmen Sonnenschein, und ich konnte – wie jetzt auch – das Summen der Bienen hören. Und dann ..." Reeve fiel auf, dass sie die Finger verkrampfte. „... dann befand ich mich nicht mehr länger dort. Es war dunkel und ein bisschen feucht. Alles roch nach Wein. Ich hörte Stimmen."

Reeves Spannung wuchs, aber er fragte mit ruhiger Stimme: „Wessen Stimme?"

„Ich weiß es nicht. Ich habe sie nicht deutlich gehört, mehr geahnt. Ich fürchtete mich so. Die Angst beherrschte mich völlig, aber ich konnte auch nicht aufwachen und den Traum verscheuchen." Sie wandte sich von Reeve ab und schlang beide Arme um ihren Körper.

„Traum oder Erinnerung?", murmelte Reeve.

Gabriella fuhr herum. Ihre Augen blitzten, und sie ballte ihre Hände zu Fäusten. „Ich weiß es nicht. Woher denn auch? Glauben Sie ernstlich, ich könnte mit dem Finger schnippen, und alle Erinnerungen wären plötzlich wieder da?" Zornig stieß sie mit dem Fuß ein paar Steinchen davon.

„Wer sagt, dass Sie mit dem Finger schnippen sollen, Brie? Niemand drängt Sie, außer Sie sich selbst."

„Ich fühle mich durch all die Freundlichkeit um mich herum gedrängt."

„Keine Sorge", meinte Reeve mit einem Schulterzucken. „Ich werde schon nicht freundlich zu Ihnen sein."

Gabriella war selbst überrascht, wie schnell der Ärger in ihr hochkam. „Sie vergreifen sich im Ton und beleidigen mich. Was fällt Ihnen ein?"

Sie war unwiderstehlich, wenn sie sich so überheblich, kalt und zornig gab. Reeve stand auf und nahm ihr Gesicht zwischen seine Hände. Vor Überraschung hielt Gabriella ganz still. „Ich kümmere mich nicht einen Deut darum, was Sie von mir denken, sofern Sie überhaupt an mich denken, Gabriella."

„Dann ist Ihr Wunsch erfüllt", versetzte sie hart. „Ich denke an Sie, aber bestimmt nicht im besten Sinne."

Langsam glitt ein Lächeln über sein Gesicht. Gabriella fühlte, wie ihre Haut prickelte und ihre Kehle trocken wurde. „Sie brauchen nur an mich zu denken", wiederholte Reeve. „Ich werde bestimmt keine Rosen streuen, wenn wir ins Bett gehen. Es wird keine Geigen geben, die Ihnen aufspielen, und auch keine seidenen Laken. Es wird nur dich und mich geben."

Gabriella rührte sich nicht. Ob aus Schock oder Erregung, konnte sie sich selbst nicht erklären. Vielleicht aus Stolz, jedenfalls hoffte sie das. „Mir scheint, Sie haben jetzt einen Psychiater nötig. Es mag sein, dass ich mich nicht erinnern kann, Reeve, aber ich bin sicher, dass ich mir meine Liebhaber bisher immer noch selbst ausgesucht habe!"

„Genau wie ich."

„Nehmen Sie Ihre Hand weg", sagte sie ruhig, mit einem arroganten Unterton, der ihre Angst überspielen sollte.

Doch Reeve zog sie noch enger an sich. „Ist das ein königlicher Befehl?"

„Halten Sie es, wie Sie wollen. Sie brauchen meine Erlaubnis, Reeve, um mich anzufassen."

Seine Lippen waren dicht an den ihren, ohne sie jedoch zu berühren. „Wenn ich dich berühren will, dann tue ich es. Ich will dich, und ich werde dich besitzen – wenn wir beide dazu bereit sein werden." Bei diesen Worten wurde sein Griff fester.

Ihre Knie begannen zu zittern, und alles schien vor ihren Augen zu verschwimmen. Wieder war es dunkel um sie herum, und das Gesicht vor ihr war ohne Konturen. Wieder roch sie den starken, schalen Weingestank. Panische Angst stieg in ihr auf. Abrupt schlug sie zu, schwankend und unsicher. „Rühr mich nicht an! Nein! Relâchez-moi, salaud …"

Ihre Stimme klang so verzweifelt und dabei gar nicht ärgerlich, dass

Reeve sie augenblicklich freigab. Sofort griff er jedoch wieder nach ihr, da Gabriella zu fallen schien. „Brie!“

Schnell half er ihr, sich wieder auf den Stuhl zurückzusetzen. Er schob ihr den Kopf zwischen die Knie, noch ehe sie sich dessen bewusst werden konnte. Obwohl er sich im Stillen verwünschte, klang seine Stimme dennoch sicher und beruhigend. „Atmen Sie tief durch, und entspannen Sie sich. Es tut mir so leid. Ich habe wirklich nicht vor, mehr von Ihnen zu verlangen, als Sie zu geben bereit sind.“

Nein, das würde er wirklich nicht von ihr verlangen. Noch immer hielt Gabriella die Augen geschlossen und bemühte sich, sich aus der Benommenheit zu lösen.

„Nein.“ Sie versuchte, ihre Hand freizubekommen, und Reeve ließ sie los. Noch immer hatte sie ein bleiches Gesicht. Als sie zu ihm aufsah, waren ihre Augen dunkel vor Angst. „Es war nicht Ihre Schuld“, brachte sie kaum hörbar hervor. „Es hatte nichts mit Ihnen zu tun. Ich erinnerte mich, glaube ich …“

Sie seufzte verzweifelt und bemühte sich um Fassung. „Es lag an etwas anderem. Eine Minute lang war ich ganz woanders. Ein Mann hielt mich fest. Ich konnte ihn nicht erkennen. Entweder war es dunkel, oder meine Erinnerungen sind blockiert. Aber er hielt mich fest, und ich wusste, wusste mit Sicherheit, dass er mich vergewaltigen wollte, weil er so betrunken war.“

Gabriella griff nach Reeves Hand und hielt sie fest. „Er stank nach Wein, und ich hatte das Gefühl, diesen Geruch jetzt wieder wahrzunehmen. Er hatte rohe Hände, war sehr kräftig und obendrein stark betrunken.“ Sie schluckte, und ein Zittern ergriff ihren Körper.

Schließlich entzog sie Reeve ihre Hand und lehnte sich auf dem Stuhl zurück. „Ich hatte ein Messer, woher, weiß ich selbst nicht. Ich hielt dieses Messer fest. Ich glaube, ich habe ihn getötet.“

Sie warf einen Blick auf ihre jetzt ruhige Hand. Dann drehte sie sie um und starrte auf ihre Handfläche. Sie war glatt und weiß. „Ich glaube ich habe ihn mit diesem Messer erstochen“, sagte sie ruhig. „Ich hatte sein Blut an meinen Händen.“

„Brie, erzählen Sie mir, an was Sie sich sonst noch erinnern.“

Bleich und erschöpft sah Gabriella ihn an. „Nichts. Ich erinnere mich nur an den üblen Geruch und den Kampf mit ihm. Ich bin nicht sicher, ob ich ihn wirklich umgebracht habe. Ich kann mich an nichts vor oder nach dem Kampf erinnern. Wenn der Mann mich tatsächlich vergewaltigt hat, so weiß ich auch das nicht mehr!“

„Sie wurden sexuell nicht missbraucht“, erklärte Reeve knapp und sachlich. „Die Ärzte haben Sie untersucht.“

Vor Erleichterung war Gabriella den Tränen nahe, aber sie konnte sie unterdrücken.

„Die Ärzte können mir jedoch nicht sagen, ob ich den Mann erstochen habe oder nicht.“

„Nein, das können nur Sie, wenn der Zeitpunkt gekommen ist.“

Gabriella reichte Reeve die Hand, und so gingen sie beide zurück durch den Garten auf die weißen, gleißenden Mauern des Palastes zu.

„Ihr Blutdruck ist normal.“ Dr. Franco legte seine Instrumente wieder in die Tasche zurück. „Auch der Puls und Ihre Gesichtsfarbe. Körperlich gesehen gibt es keine Komplikationen. Ich finde nur, dass Sie noch etwas zu dünn sind. Fünf Pfund mehr würden Ihnen nicht schaden.“

„Fünf Pfund mehr würden meine Schneiderin in Schreikrämpfe ausbrechen lassen“, antwortete Gabriella mit belustigtem Lächeln. „Sie ist von meiner augenblicklichen Figur hell begeistert.“

„Hm.“ Dr. Franco strich sich durch seinen gepflegten weißen Bart. „Sie will ja nur einen Kleiderständer, den sie mit Stoff drapieren kann. Sie müssen zunehmen, Gabriella. Nehmen Sie die von mir verschriebenen Vitamintabletten?“

„Jeden Morgen.“

„Gut, sehr gut. Aber Ihr Vater hat mir berichtet, dass Sie Ihr Arbeitspensum nicht eingeschränkt haben.“

Sofort regte sich ihr Widerspruchsgeist. „Ich arbeite viel zu gern.“

„Auch das hat sich also nicht geändert. Ich wüsste allerdings gern, wie Sie sich innerlich fühlen. Niemand, ganz besonders nicht Ihre Ärzte, nehmen Ihren Gedächtnisverlust leicht oder können sich vorstellen, was das für Sie bedeutet. Aber für Ihre Umgebung ist es noch schwerer, Ihre Lage voll zu verstehen und hinzunehmen. Schon deshalb habe ich Ihnen diese Frage gestellt.“

„Ich weiß nicht, was ich sagen soll, nicht einmal, was ich eigentlich sagen möchte."

„Gabriella, ich habe Sie zur Welt gebracht und alle Ihre Kinderkrankheiten kuriert. Ihr Körper ist mir ebenso vertraut wie die Art Ihres Denkens. Sie haben große Angst davor, den Menschen Ihrer Umgebung wehzutun."

„Ja. Ich denke ... Nein, ich fühle", korrigierte Gabriella sich selbst, „dass wir eine sehr eng verbundene Familie sind. Stimmt das?"

„Ja, das ist richtig. Zwei Wochen im Jahr sind ganz dem Familienleben gewidmet, wenn Sie in die Schweiz fahren. Sie haben mir einmal gesagt, dass Sie wegen dieser zwei Wochen die restlichen fünfzig ertragen können."

Gabriella nickte als Antwort und sagte dann plötzlich: „Erzählen Sie mir bitte, wie meine Mutter gestorben ist, Dr. Franco."

„Sie war sehr zart", antwortete der Arzt vorsichtig. „Sie hielt in Paris eine Rede für das Rote Kreuz und bekam eine Lungenentzündung mit Komplikationen, von der sie sich nicht mehr erholt hat."

Gabriella wartete darauf, eine Gefühlsregung in sich zu spüren, Schmerz und Trauer, aber sie fühlte nichts. Sie faltete die Hände und sah zu Boden. „Habe ich meine Mutter geliebt?"

„Sie war der Mittelpunkt Ihrer Familie, Halt und Herz zugleich. Sie haben sie sehr geliebt, Gabriella", antwortete er voller Mitgefühl.

Der Glaube daran, dass es einmal so war, hatte beinahe dieselbe Bedeutung für sie wie das eigentliche Empfinden selbst. „Wie lange war sie krank?"

„Sechs Monate."

Gabriella war überzeugt, dass ihre Familie sich damals völlig zurückgezogen haben musste. Jeder hatte gewiss dem anderen zur Seite gestanden. „Wir nehmen Außenstehende nicht so leicht in unseren Kreis auf, nicht wahr?"

Dr. Franco lächelte sie an. „Nein, allerdings nicht."

„Sie kennen Reeve MacGee?"

„Den Amerikaner? Nur flüchtig, aber ihr Vater hält große Stücke auf ihn!"

„Sind Sie seiner Meinung?"

„Ich bin nicht so vermessen, mit dem Fürsten Armand einer Meinung oder nicht zu sein, außer natürlich in medizinischen Belangen. Aber Ihre Verlobung hat Ihren Bruder Alexander verärgert, der sich persönlich für Ihr Wohlbefinden verantwortlich fühlt."

„Und meine Gefühle? Werden die überhaupt berücksichtigt? Diese Heimlichtuerei, dass alles mit mir in Ordnung sei, diese Farce, ich hätte eine Blitzromanze mit dem Sohn eines Freundes meines Vaters, all das geht mir gegen den Strich. Erst gestern hat man meine Verlobung öffentlich bekannt gegeben, und schon heute ist jede Zeitung voll davon. Randvoll mit Spekulationen, Meinungen, Ansichten und Klatschgeschichten. Wohin ich auch komme, werde ich mit Fragen bestürmt und nicht mehr in Ruhe gelassen. Entnervende Fragen über mein Brautkleid, wo die Zeremonie stattfinden soll, wen ich einlade oder zu meiner Brautjungfer mache. Je mehr wir versuchen, den Mantel des Schweigens über das Geschehene zu breiten, desto absurder wird die ganze Geschichte."

„Ihr Vater ist nur um Ihr Wohlergehen besorgt, Gabriella, und um das seines Volkes."

„Sind das niemals zwei verschiedene Dinge?" Ihr Ton war scharf, doch kurz darauf beruhigte sie sich. „Es tut mir leid, das war nicht richtig. Es ist halt schwierig, mit solchen Lügen zu leben. Außerdem habe ich den Eindruck, dass Täuschungen in meinem Leben zu viel Raum einnehmen. Und Reeve …" Sie brach ab, weil es sie störte, sich selbst bei dem Gedanken an ihn ertappt zu haben.

„Ist sehr attraktiv", vollendete Dr. Franco den Satz für sie.

Gabriella schenkte Dr. Franco ein vorsichtiges Lächeln. „Sie sind ein ausgezeichneter Arzt."

Dr. Franco verbeugte sich knapp. „Ich kenne meine Patienten, Eure Hoheit."

„Attraktiv ist er, aber nicht in jeder Hinsicht angenehm. Mich stört seine beherrschende Stellung sehr, besonders in der Rolle meines Verlobten. Aber ich werde meinen Part spielen. Wenn all dies zu Ende ist, dann lebt jeder wieder in seiner eigenen Welt. Ich will mein Gedächtnis wiederhaben und zurück zur Normalität finden. Das ist es, Dr. Franco, was und wie ich mich fühle."

Dr. Franco erhob sich und ging zur Tür. „Ich werde Ihrem Vater

Bericht erstatten, dass es Ihnen besser geht. Aber, Gabriella, wir alle müssen mit einem Vorwand leben."

„Das ist mir klar, Dr. Franco. Vielen Dank."

Gabriella wartete diskret, bis der Arzt die Tür hinter sich geschlossen hatte. Dann ließ sie ihrem Zorn freien Lauf. Vorwände, Lügen, Gabriella hasste sie, aber sie musste sich momentan damit abfinden.

Wütend riss sie die Zeitung aus dem Papierkorb hervor, die sie am selben Morgen dorthin befördert hatte.

PRINZESSIN GABRIELLA HEIRATET

Gabriella fluchte unbeherrscht. Auf der Titelseite prangten Bilder von ihr und Reeve. Ja, er sah sehr gut auf dem Foto aus. Aber die Presse äußerte sich über ihn mit gemischten Gefühlen. Man zeigte sich mit einem gewissen Besitzerstolz erfreut, dass eines der Kinder des Fürsten heiraten würde.

Die freundschaftlichen Bande zwischen den Bissets und MacGees zählten zu Reeves Gunsten, ebenso der exzellente Ruf seines Vaters. Aber er war dennoch Amerikaner und in den Augen der Einwohner Cordinas nicht unbedingt die ideale Wahl. Die Bilder und Beschreibungen anderer heiratsfähiger Prinzen, Barone oder Ölmagnaten, die die Zeitung abdruckte, sagten Gabriella gar nichts, obwohl sie sie offenbar alle gekannt haben musste. Bei Reeve wusste sie wenigstens, woran sie war. Nun, was ihn anging, so schien die Presse sich mit ihrem Urteil noch etwas zurückzuhalten und spekulierte stattdessen lieber über das Hochzeitsdatum.

Gabriella warf die Zeitung auf das Bett. Zumindest hatte ihr Vater sein Ziel erreicht. Die Aufmerksamkeit aller war auf die Verlobung und nicht mehr auf die Entführung gerichtet.

„Herein", rief sie, als es an der Tür klopfte, aber sie runzelte unwillig die Stirn über die Störung. Ihr Unwille verging auch nicht, als Reeve den Raum betrat.

„Kann ich nicht einmal in meinem eigenen Schlafzimmer in Ruhe gelassen werden?"

„Dr. Franco sagt, Sie erholen sich prächtig."

Absichtlich ließ Gabriella sich Zeit, umständlich auf dem Sofa am Fenster Platz zu nehmen, um sich so wieder unter Kontrolle zu bekommen. „Erstattet der Arzt etwa auch Ihnen Bericht?“

„Ich war bei Ihrem Vater.“ Reeve sah die Zeitung mit den Fotos auf ihrem Bett liegen, aber er schwieg. Es wäre auch nicht gut, zuzugeben, dass er bei diesem Anblick am Morgen ebenfalls einen beträchtlichen Schreck bekommen hatte. Es war schon ein Unterschied, sich zu einer falschen Verlobung bereit zu erklären, als die Tatsachen gedruckt vor der Nase zu haben.

„Es geht Ihnen also besser?“

„Recht gut, danke.“

Der eisig-formelle Ton der Antwort ließ ihn die Lippen aufeinander pressen. Gabriella gab offenbar keinen Zentimeter nach. Auch gut, dachte Reeve. „Wie sieht Ihr Tagesplan für morgen aus?“, fragte er sie, obwohl er sich schon längst darüber informiert hatte.

„Bis zum Nachmittag habe ich keine Zeit. Dann bin ich frei bis zum Diner mit dem Herzog und der Herzogin von Marlborough sowie Monsieur Loubet und seiner Gattin.“

Wenn Reeve ihren Ton richtig deutete, so hatte sie ebenso wenig Interesse an diesem Essen wie er selbst. Es war das erste, an dem sie als offiziell Verlobte aufzutreten hatten. „Vielleicht würden Sie gern am Nachmittag ein paar Stunden segeln gehen?“

„Segeln?“ Ein kurzes Aufblitzen in ihren Augen, und schon senkte sie die Wimpern wieder und sagte kühl: „Ist das eine Einladung oder nur eine neue Art von Kontrolle?“

„Beides. Wenn Sie das Für und Wider abwägen, Brie, werden Sie feststellen, dass Sie so jeder Verantwortung hier im Palast für ein paar Stunden entgehen können.“

„Mit Ihnen?“

„Von Verlobten erwartet man eigentlich, dass sie einen Teil ihrer Zeit auch gemeinsam verbringen“, antwortete er leichthin und legte ihr, noch ehe sie aufspringen konnte, seine Hand auf den Arm. „Sie haben darin eingewilligt“, fuhr er mit gefährlich ruhigem Ton fort. „Jetzt müssen Sie auch die Konsequenzen tragen.“

„Nur in der Öffentlichkeit.“

„Eine Frau in Ihrer Stellung hat wenig Privatleben. Und auch ich habe mit dieser Verlobung", sprach er weiter und sah sie eindringlich an, „mein Privatleben vor den Augen der Öffentlichkeit ausgebreitet." Mit diesen Worten nahm er ihre Hand.

„Wollen Sie etwa, dass ich dankbar bin? Das erscheint mir zur Zeit mehr als schwierig."

„Lassen Sie es sein." Verärgert wurde sein Griff um ihre Hand fester. „Zusammenarbeit ist völlig ausreichend."

Stolz hob sie den Kopf und sah ihn geradewegs an. „Ihre oder meine?"

Reeve neigte leicht den Kopf. „Unser beider, wie mir scheint. Wir sind ganz offiziell verlobt, ja verliebt", antwortete er und kostete jede Silbe aus.

Seine Worte machten sie unruhig. „Offiziell", gab sie zu. „Aber es ist nichts weiter als ein Vorwand."

„Oh, auch eine solche Charade hat ihre Vorteile. Und da wir gerade beim Thema sind ..." Reeve griff in seine Tasche und zog eine kleine Samtschachtel heraus. Er ließ den Deckel aufschnappen, und in den Strahlen der Sonne funkelte und blitzte ein weißer, viereckiger Diamant.

Gabriella fühlte, wie ihr das Herz bis zum Halse zu klopfen begann. „Nein."

„Ist das zu konventionell?" Reeve nahm den Ring von der Unterlage und drehte ihn im Sonnenlicht, in dem jetzt alle glühenden Farben des Steines aufglänzten. „Er steht Ihnen. Klar, kalt, elegant. An der richtigen Hand erwacht er zum Leben."

Reeve sah dabei nicht mehr auf den Ring, sondern auf Gabriella. „Geben Sie mir Ihre Hand, Brie."

Sie rührte sich nicht. „Ich werde diesen Ring nicht tragen."

Reeve ergriff ihr linkes Handgelenk und spürte ihren Puls unter seinen Fingern. Durch das Fenster fielen die Sonnenstrahlen und brachten ihr Haar noch mehr zum Glänzen. Ihre Augen blitzten ihn voller Zorn an. Und voller Leidenschaft. Keine sehr romantische Situation, dachte Reeve und steckte ihr den Ring an den Finger. Aber Romantik war ja in dieser Situation auch nicht gefragt.

„Ja, Sie werden ihn tragen." Er umschloss ihre Hand und besiegelte so die Verlobung. Noch wollte er nicht darüber nachdenken, wie schwierig es sein würde, diese Verbindung wieder aufzulösen.

„Ich reiße ihn sofort wieder herunter“, fauchte Gabriella ihn an.

„Das wäre sicher nicht klug“, versetzte Reeve in einem Ton, der nichts Gutes verhieß.

„Immer noch der gehorsame Diener meines Vaters?“, stieß Gabriella zwischen den Zähnen hervor.

„Ich glaube, das sind wir beide. Aber der Ring war meine Idee.“ Seine freie Hand legte er um ihren langen, graziösen Hals. „Und auch das hier.“

Sie hatte keine Wahl, als sich küssen zu lassen. Gabriella versteifte sich unter seinem zärtlichen Streicheln. Sie zitterte, doch gleichzeitig beruhigte diese Berührung sie auch. Und als sie ihren Widerstand aufgab, küsste er sie innig und leidenschaftlich.

Er fuhr ihr zärtlich durchs Haar, und mit der anderen Hand hielt er ihre Hand. Sie spürte allerdings einen so faszinierenden Reiz, als liebkose Reeve ihren ganzen Körper – wonach sie sich sehnte. Ein Kuss genügte nicht mehr. Tiefes Verlangen hatte von ihr Besitz ergriffen, Leidenschaft, wildes Begehren. Jetzt lag es nur an ihr, diesem Verlangen nachzugeben. Je länger Reeve sie umschlungen hielt, desto schwächer wurde ihr Widerstand.

Er hörte nicht auf, ihren Hals und ihre Schultern mit kleinen Küssen zu bedecken. Sie seufzte vor Lust. Behutsam spielte Reeve mit ihrer Unterlippe, fuhr tastend mit seiner Zunge an ihrer Oberlippe entlang.

Gabriella zitterte jetzt am ganzen Körper, und ihre Erregung übertrug sich auf Reeve. Langsam und zärtlich glitt seine Hand ihren Rücken hinab und von ihrer Hüfte wieder hoch bis zu ihrer Brust. Wie gerne hätte er sie jetzt geliebt, doch noch war es nicht so weit.

Wenn sie sich das erste Mal kompromisslos und voller Leidenschaft einander ergeben würden, dann müssten Familie, Hofstaat, ihr ganzer aristokratischer Hintergrund vergessen sein. Dann sollte es nur sie beide in einer unvergesslichen Vereinigung geben, die Gabriella nie vergessen würde.

In seinen Augen leuchtete das unerfüllte Verlangen, und ihre Haut brannte unter diesem Blick. Sie wusste, sie würde nicht mehr von ihm loskommen, weder heute noch morgen.

Es war bereits zu spät.

Sie musste sich sofort besinnen. Es kostete sie große Überwindung, doch sie löste sich von Reeve und erklärte fest: „Ich werde diesen Ring nicht tragen."

Noch ehe sie den Schmuck abstreifen konnte, nahm Reeve wieder ihre Hand.

„Und ich sagte, dass Sie ihn tragen werden. Seien Sie doch vernünftig. Entweder Sie vergessen Ihren Stolz für eine Weile, oder Sie erklären bei jedem öffentlichen Auftritt, warum Sie keinen Verlobungsring tragen."

Wütend sah Gabriella auf ihre Hand herunter. „Verdammt."

„Das klingt schon besser, wenn auch nicht ganz fein für eine Prinzessin", antwortete Reeve mit einem zustimmenden Kopfnicken. „Sie können mich verfluchen, so viel Sie wollen, Hauptsache, Sie spielen das Spiel mit. Und vergessen Sie nicht, dieser Ring öffnet Ihnen die Tür zu vielen Freiheiten, die Verlobte nun einmal haben. Morgen gehen wir segeln, und dann ist das hier schon alles vergessen. Es wird niemanden geben, für den Sie dann eine Rolle zu spielen hätten."

Nachdenklich warf Gabriella noch einen Blick auf den strahlenden Diamanten. Reeve lächelte ihr fast freundschaftlich zu. Sie erwiderte sein Lächeln. „Einverstanden", sagte sie leise.

7. Kapitel

Gabriella fühlte sich auf dem Wasser ebenso zu Hause wie auf dem Land. Es machte ihr Spaß, festzustellen, dass sie mit Leinen und Segeln umgehen konnte. Auch allein an Bord hätte sie das kleine hübsche Boot zu führen vermocht. Dafür besaß sie genügend Kraft, Kenntnisse und Energie. Das Wasser klatschte gegen den dahinschießenden Rumpf. Wie vertraut war ihr dieses Geräusch!

Segeln war eine ihrer Leidenschaften. Jeder, mit dem Reeve sich unterhalten hatte, bestätigte es, und so hatte er diesen Gedanken gefasst. Sie sollte sich auf dem Wasser entspannen können.

Beim Ablegen hatte er ihr gleich die Ruderpinne überlassen. Sie drehte das Boot jetzt leicht aus dem Wind heraus. Im Einklang mit ihr zog Reeve am Hauptsegel, um die flatternde Leinwand zu glätten. Gabriella lachte auf, als es sich im Winde zu blähen begann.

„Ist das herrlich“, rief sie. „Ich fühle mich frei und ganz locker.“

Der Wind zerzauste ihr Haar, das Boot glitt immer schneller durch die Wogen. Welch wunderbares Gefühl der Freiheit, nachdem sie so lange unter der Aufsicht anderer gestanden hatte. Endlich hatte Gabriella etwas, über das sie selbst bestimmen konnte. Die Hand an der Ruderpinne, ging sie gekonnt auf Reeves Manöver ein, um die größtmögliche Geschwindigkeit zu erzielen.

Auch das Wetter spielte bei diesem Ausflug mit. Die Sonne strahlte warm auf das Wasser herab. Gabriella klemmte sich die Pinne zwischen die Knie und zog ihr übergroßes Baumwollhemd aus. Darunter trug sie nur einen knappen Bikini. Sie wollte die Sonne und den Wind auf ihrer Haut spüren. Gekonnt lenkte sie das Boot so, dass kein anderes ihnen zu nahe kam. Sie wollte endlich allein sein, ein paar Stunden lang wie eine Privatperson leben, nicht wie eine Prinzessin.

„Ich bin früher auch schon segeln gegangen“, stellte sie fest.

Reeve setzte sich, da das Boot für den Augenblick gut im Wind lag. „Es ist Ihr Boot“, erklärte er. „Ihr Vater hat mir erzählt, dass Bennett allen anderen davonreitet, Alexander ist ein Meister im Fechten, aber Sie sind die beste Seglerin der Familie."

Nachdenklich strich Gabriella mit der Hand über die rutschige Mahagoni-Reling. „Liberté", sagte sie leise und dachte an den Namen des Bootes am Bug. „Mir scheint, ich brauche dieses Boot so wie die kleine Farm, um meine persönliche Freiheit zu genießen."

Reeve wandte sich zu ihr um. Auch er zog sein T-Shirt aus und warf es zur Seite. Er sieht so unbefangen aus, so ausgeglichen, dachte Gabriella. Seine Badehose saß äußerst knapp, aber Gabriella war nicht verlegen. Schließlich hatte sie seinen Körper schon eng an ihrem eigenen gefühlt. Sie hing dieser Erinnerung nach.

Reeve hatte einen festen, durchtrainierten Körper. Kleine Wassertropfen glitzerten auf seiner Haut. Ein gefährlicher Mann, wirklich, aber mit dieser Gefahr würde sie sich früher oder später auseinandersetzen müssen. Noch war sie allerdings vorsichtig. „Ich weiß so wenig", sagte sie leise vor sich hin, „so wenig von mir und von Ihnen."

Reeve holte eine Zigarette aus der Schachtel, die auf dem Bootssitz lag, zündete sie an und blies den Rauch genussvoll aus. Dann sah er sie an und fragte: „Was wollen Sie von mir wissen?"

Gabriella antwortete nicht sogleich, sondern hielt den Blick auf ihn gerichtet. Dieser Mann konnte sich um sich selbst kümmern und auch um andere, wenn er wollte. Dieser Mann, dessen war sie sich sicher, lebte nach seinen eigenen Gesetzen. Und wenn sie sich nicht völlig irrte, lebte er nach bereits festgesetzten Grundsätzen. Was waren seine Absichten? „Mein Vater vertraut Ihnen", stellte sie fest.

Reeve nickte und drehte das flaue Segel wieder in den Wind. „Er hat keinen Grund, es nicht zu tun."

„Nun ja, aber er kennt Ihren Vater besser als Sie selbst."

Reeve saß aufrecht. Die Arroganz ist nicht zu übersehen, dachte Gabriella, gleichgültig, wie tadellos er auch erzogen ist. Leider war diese Arroganz auch einer der interessantesten Charakterzüge an ihm.

„Vertrauen Sie mir nicht, Gabriella?" Reeve sprach absichtlich leise, drohend. Er forderte sie heraus, und beide fühlten es. Ihre Antwort verschlug ihm dann jedoch die Sprache.

„Mit meinem Leben“, erklärte sie schlicht. Dann legte sie das Boot wieder in den Wind und ließ es davonschießen.

Was sollte er darauf sagen? Ihre Worte klangen gar nicht ironisch oder spöttisch. Sie meinte das, was sie gesagt hatte, ganz ehrlich. Eigentlich sollte er stolz sein, und ihr Vertrauen würde ihm sogar seine Arbeit erleichtern.

Warum nur fühlte Reeve sich jetzt so unwohl in seiner Haut? Warum hatte er das bestimmte Gefühl, vorsichtig sein zu müssen?

Er hätte die Aufforderung des Fürsten ablehnen können, die Scheinverlobung mit Gabriella einzugehen. Die Tatsache, dass es sich dabei um die logische Lösung eines höchst delikaten Problems handelte, wurde nicht durch die Unsinnigkeit des Vorhabens aufgewogen. Und doch hatte er akzeptiert. Warum? Weil Gabriella seine Gedanken beherrschte?

„Die kleine Bucht dort drüben sieht herrlich ruhig aus“, rief Gabriella und deutete mit der Hand in die Richtung. Ohne große Eile brachten sie das Boot auf den neuen Kurs. Sie nutzte den Wind gut aus, und nachdem sie die Taue festgezurrt hatte, setzte sie sich auf die Bank und blickte über die glitzernde Wasserfläche hinweg.

„Von hier sieht Cordina wie auf einer Postkarte aus, so zusammengewürfelt und weiß-bunt, richtig hübsch. Man kann sich nicht vorstellen, dass dort etwas Schreckliches passieren könnte.“

Auch Reeve sah zur Stadt hinüber. „Aber Märchen gehen doch in der Regel nicht ohne Grausamkeiten ab, oder?“

„Sie haben recht.“ Gabriella sah zum Palast hinauf. Wie kühn er dort thronte, mächtig und doch elegant. „Wie sehr Cordina auch nach einer Märchenstadt aussehen mag, sie ist es nicht. Findet Ihr praktischer, demokratisch denkender amerikanischer Verstand unsere Schlösser, den Prunk und das Protokoll lächerlich?“

Jetzt musste Reeve schmunzeln. Gabriella erinnerte sich zwar nicht an ihre Herkunft, aber ihr Verhalten war unverkennbar aristokratisch. „Ich finde, das Land wird sehr klug regiert. Lebarre ist einer der besten Häfen der Welt. In kultureller Hinsicht steht Cordina keiner anderen Großstadt nach, und die Wirtschaft hier ist gesund.“

„Richtig. Auch ich habe meine Lektion gelernt. Aber …“ Gabriella fuhr sich mit der Zunge über die Lippen, ehe sie sich zurücklehnte und beide Arme um ihre Knie schlang. „Wussten Sie, dass es bis nach dem Zweiten Weltkrieg kein Wahlrecht für Frauen gab? Dann wurde es ihnen wie eine Gnade, nicht wie angestammtes Recht bewilligt. Auch das Familienleben ist hier noch sehr patriarchalisch orientiert. Die Frau steht hinter ihrem Mann zurück, der alle Entscheidungen trifft."

„In der Theorie oder in der Praxis?", erkundigte sich Reeve.

„In der Praxis, soweit ich es beurteilen kann. Sogar der Titel meines Vaters kann laut Verfassung nur auf einen männlichen Erben übergehen."

Reeve hörte aufmerksam zu. „Ärgert Sie das?"

Gabriella warf ihm einen eigenartigen, fragenden Blick zu. „Ja, natürlich. Nur weil ich keine Lust zum Regieren verspüre, heißt das noch lange nicht, dass ich das Gesetz billige. Mein Großvater war derjenige, der den Frauen in Cordina das Wahlrecht zugesprochen hat, und mein eigener Vater ging noch einen Schritt weiter, indem er Frauen in wichtige Regierungsämter berief. Aber die Veränderungen gehen zu langsam vor sich."

„Da kann man nichts machen."

„Sie sind von Natur aus praktisch und vor allem geduldig veranlagt. Ich nicht", fuhr Gabriella mit einem Achselzucken fort. „Wenn Veränderungen zum Besseren führen, dann sehe ich keinen Grund, warum sie so lange brauchen."

„Sie müssen die gesellschaftliche Entwicklung berücksichtigen."

„Besonders dann, wenn einige Leute viel zu sehr in den Traditionen verwurzelt sind, um die Vorteile des Fortschritts zu erkennen."

„Loubet."

Gabriella nickte ihm zustimmend zu. „Jetzt sehe ich, warum mein Vater Sie gern hier bei uns hat, Reeve."

„Wie viel wissen Sie von Loubet?"

„Ich kann lesen", antwortete Gabriella einfach, „ich kann zuhören. Das Bild, das ich von ihm habe, ist das eines sehr konservativen Mannes. Verbohrt." Sie erhob und reckte sich, sodass ihr Bikini-Höschen sich über ihren Hüften spannte. „Gewiss, auf seine Art ist er ein guter Minister, aber viel zu zurückhaltend. In meinem Tagebuch habe ich gelesen, wie sehr er mich von meiner letztjährigen Afrika-Reise abzuhalten versucht hat. Er fand, es schicke sich nicht für eine Frau. Er meint auch, es gehöre sich nicht für mich, mit dem Nationalrat über Etatfragen zu sprechen." Gabriellas Worte ließen ihre Enttäuschung erkennen. Sie lernt schnell, dachte Reeve. „Wenn man Männern wie Loubet ihren Willen ließe, dann stünden die Frauen nur am heimischen Herd und dürften Kinder in die Welt setzen", setzte sie hinzu.

„Ich war immer der Ansicht, dass dafür zwei Parteien notwendig sind."

Gabriella lächelte zu Reeve herunter, sichtlich amüsiert und gelockert. „Aber Sie sind ja auch kein Mann der Vergangenheit. Ihre Mutter war doch Richterin am Bundesgericht, oder?"

Reeves verblüffter Blick brachte Gabriella zum Lachen. „Auch ich habe meine Schularbeiten gemacht!" Sie strahlte. „Ich konnte Sie doch nicht einfach ignorieren. Sie haben Ihr Examen an der amerikanischen Universität mit summa cum laude bestanden. Und unter den augenblicklichen Umständen finde ich es besonders interessant, dass Sie in Psychologie diplomiert sind."

„Das war für den von mir angestrebten Beruf wichtig."

„Sicher. Nach zweieinhalb Jahren Polizeidienst und nach drei Auszeichnungen für besondere Tapferkeit gingen Sie zum Geheimdienst. Dann verliert sich Ihre Spur etwas, aber man hört, dass Sie Mitglied der Abteilung waren, die eine der größten Verbrecherorganisationen, die in Columbia tätig war, zerschlug. Es gibt auch Gerüchte, dass Sie auf Wunsch eines bestimmten US-Senators Mitglied seiner Sicherheitstruppe waren. Mit Ihrem Ruf, Ihrer Intelligenz und Ihrem Wissen hätten Sie leicht den Rang eines Obersten erreichen können, trotz Ihrer Jugend. Stattdessen haben Sie sich plötzlich entschlossen, aus dem Geheimdienst auszuscheiden."

„Für jemanden, der gerade noch gesagt hat, er wisse nicht viel über mich, verfügen Sie allerdings über reichlich Einzelheiten."

„Diese Fakten sagen nichts über den Menschen aus." Gabriella hangelte sich zur Steuerbordseite. „Ich will mich etwas abkühlen. Kommen Sie mit?" Noch ehe er antworten konnte, war sie ins Wasser gesprungen.

Sie benahm sich ungemein aufreizend, aber Reeve musste erst herausfinden, ob das in voller Absicht geschah. Nachdenklich stand er auf und sprang mit einem eleganten Satz hinterher.

„Wundervoll“, prustete Gabriella und schwamm träge im Wasser herum. Sie hatte schon getaucht, und jetzt klebte ihr das nasse Haar am Kopf. In diesem Licht und so feucht, wie es war, wirkte es fast kupferfarben. Auch ohne Make-up hatte sie ein bezauberndes Gesicht.

Ihn verlangte nach dieser Frau. Doch was wäre der Preis für seine Begierde?

„Wie ich höre, gehen Sie jeden Tag schwimmen“, sagte Gabriella und drehte sich auf den Rücken. „Sind Sie ein guter Schwimmer?“

Reeve hielt sich mühelos neben ihr über Wasser. „Ja.“

„Vielleicht leiste ich Ihnen einmal morgens Gesellschaft. Ich habe mich mittlerweile so weit wieder eingearbeitet, dass ich mir eine Stunde Freizeit am Tag erlauben kann. Reeve …“ Sie paddelte mit den Füßen, sodass es ein wenig spritzte. „Sie wissen, der GHBK-Ball findet in wenigen Wochen statt. Da gibt es eine Menge zu tun.“

„Ich müsste taub sein, um das nicht mitbekommen zu haben. Im großen Ballsaal wird ja beinahe jeden Tag gehämmert und geklopft.“

„Es gibt ein paar wichtige Dinge zu berücksichtigen“, sagte Gabriella leichthin. „Ich erwähne das nur, weil ich der Meinung bin, dass man von Ihnen als meinem Verlobten erwartet, den Ball mit mir zu eröffnen und im besten Sinne des Wortes Gastgeber zu sein.“

Reeve sah ihr zu, wie sie sich treiben ließ. „Ja, und?“

„Sehen Sie, bis dahin können wir unsere gesellschaftlichen Verpflichtungen auf ein Minimum beschränken. Obwohl die Entführung nicht mehr das Tagesthema ist, so liefert sie uns doch eine glänzende Entschuldigung dafür, nicht zu häufig öffentlich aufzutreten. Der Ball hingegen ist ein großes gesellschaftliches Ereignis mit vielen Gästen und noch mehr Presse. Ich frage mich, ob mein Vater sich Gedanken über den öffentlichen Druck gemacht hat, dem Sie in dieser … Stellung ausgesetzt sind.“

Reeve tauchte tiefer ins Wasser und schwamm näher zu Gabriella hin, wahrte jedoch immer noch eine gewisse Distanz dabei. „Sind Sie der Ansicht, dass ich damit nicht fertig werden kann?“

Gabriella blinzelte leicht und lachte ihm dann zu. „Ich habe keinen Zweifel daran, dass Sie perfekt mit dieser Situation umgehen können. Schließlich bewundert Alexander ja Ihren Verstand und Bennett Ihren Schneider. Sie könnten also keine besseren Voraussetzungen mitbringen."

Er war belustigt. „Nun, und?"

„Es geht einfach nur darum: Je länger dieses Theater dauert, desto mehr wird von Ihnen verlangt. Sogar dann, wenn die Verlobung wieder aufgelöst sein wird, werden Sie, vielleicht jahrelang, unter den Folgen zu leiden haben."

Reeve legte sich auf den Rücken und schloss die Augen. „Machen Sie sich darüber keine Sorgen, Brie. Ich tue es jetzt auch noch nicht!"

„Vielleicht ist gerade das der Grund, warum ich mir welche mache", beharrte sie. „Schließlich bin ich ja der Grund dafür."

„Nein", widersprach er sanft, „Ihre Entführung ist der Grund!"

Einen Moment lang schwieg sie. Schließlich hatte er ihr das von ihr erwartete Stichwort gegeben. Sie war nicht sicher, ob sie es aufgreifen sollte, aber sie fuhr trotzdem fort: „Reeve, ich will gar nicht wissen, ob Sie ein guter Geheimpolizist gewesen sind oder auch ein qualifizierter Privatdetektiv. Aber macht Ihnen Ihre Arbeit Freude?"

Diese Frage hatte ihm noch nie jemand gestellt. Er selbst hatte sich das noch nie gefragt, jedenfalls bis vor Kurzem nicht.

„Ja, meine Arbeit verschafft mir eine gewisse Genugtuung. Ich habe an meine Aufgabe beim Geheimdienst geglaubt. Und auch heute nehme ich nur dann einen Fall an, wenn ich davon überzeugt bin."

„Warum befassen Sie sich dann nicht mehr mit der Entführung als mit mir?"

Reeve schwamm so zu ihr hin, dass er ihr ins Gesicht sehen konnte. Auf diese Frage hatte er schon gewartet. „Ich bin kein Angestellter meines Landes mehr, sondern Privatdetektiv. Und außerdem – ich hätte in keiner dieser Positionen hier eine gesetzliche Grundlage."

„Ich rede nicht über Gesetze und Legalitäten, sondern über Ihre Neigung."

„Einer der bewundernswertesten und ärgerlichsten Charakterzüge an Ihnen ist Ihr Einfühlungsvermögen. Solange Ihr Vater keine andere Entscheidung fällt, bin ich Ihr offizieller Leibwächter, und nur das."

Gabriella spürte, wie er mit seinen Fingern im Wasser über ihr Haar strich. Sie spürte auch die flüchtige Berührung ihrer Beine beim Schwimmen. „Wenn ich Sie um etwas bitten würde?“

Reeve ließ seine Hand auf ihren Haaren, doch die Frage lenkte ihn ab. „Was möchten Sie, Brie?“

„Hilfe. Ich habe keine Vorstellung vom Stand der Untersuchungen und stehe mitten zwischen meinem Vater und Loubet. Beide schließen mich völlig aus, und das missfällt mir.“

„Sie möchten also, dass ich für sie Nachforschungen anstelle und Ihnen darüber berichte?“

„Ich habe überlegt, ob ich es selbst tun sollte, aber Sie sind viel erfahrener. Außerdem …“ Sie warf ihm ein bezauberndes Lächeln zu. „… kann ich ohnehin keinen Schritt ohne Sie tun.“

„Haben Eure Hoheit für mich eine andere Verwendung gefunden?“

Gabriella hob eine Braue und versuchte, trotz all der Nässe möglichst würdevoll auszusehen. „Ich habe das nicht als Beleidigung verstanden wissen wollen.“

„Nein, wahrscheinlich nicht.“ Reeve ließ sie los. Vielleicht konnten sie sich jetzt auf eine weitaus intimere Art nahe kommen?

Ein Rückzug war jetzt nach Gabriellas Einschätzung strategisch günstiger als ein Angriff. „Ich werde mich damit zufriedengeben müssen.“ Mit drei kräftigen Zügen schwamm sie zum Boot zurück und kletterte hinein. „Wollen wir den Geflügelsalat und den Wein probieren, den Nanny für uns eingepackt hat?“

Tropfend schwang Reeve sich an Deck. Das Wasser perlte von ihm ab. „Kümmert sich Nanny immer um Ihre Verpflegung?“

„Es macht ihr Spaß. Für sie sind wir immer noch ihre Kinder.“

„Nun gut. Wir sollten das Essen nicht schlecht werden lassen.“

„Aha, der Praktiker spricht wieder aus Ihnen.“ Gabriella rubbelte sich ihr Haar mit einem Handtuch trocken und ließ es dann offen auf ihre Schultern fallen. „Schön, kommen Sie mit mir in die Kabine und helfen Sie mir. Sie hat uns sogar Apfelkuchen eingepackt.“

Sie stieg in die Kajüte hinunter, und die Wassertröpfchen glitzerten auf ihrer Haut.

„Mir scheint, Sie kennen sich sehr gut auf einem Schiff aus", meinte sie, als sie unten ankamen.

„Ich bin viel mit meinem Vater gesegelt."

„Heute nicht mehr?" Gabriella holte die Weinflasche aus der Kühlbox und betrachtete sie wohlgefällig.

„In den letzten zehn Jahren hatten wir nicht mehr viel Zeit dafür. Jeder ging seiner eigenen Wege."

„Aber Sie mögen ihn?"

„Ja, ich mag ihn sehr." Reeve nahm ihr die Flasche aus der Hand und griff nach dem Korkenzieher.

„Ist er wie mein Vater? So würdig und intelligent?" Gabriella suchte nach Gläsern.

„Sehen Sie so Ihren Vater?"

„Ich denke schon." Sie wirkte jetzt ein wenig nachdenklich. Reeve goss Wein in die Gläser. „Und gütig, ja, aber sehr diszipliniert." Gabriella fühlte sich der Liebe ihres Vaters sicher, aber für ihn kamen sein Land und seine Position an erster Stelle. „Männer wie er müssen wahrscheinlich so sein. Genau wie Sie."

Er prostete ihr zu und musste dabei lächeln. „Würdig, intelligent oder gütig?"

„Diszipliniert", erwiderte Gabriella und sah ihn unsicher an. „Ich wüsste gern, was Sie denken, wenn Sie mich ansehen."

Der Wein schmeckte herb und kühl.

„Ich denke, das wissen Sie."

„Nicht ganz." Sie nahm einen weiteren Schluck und hoffte, er würde nicht bemerken, dass sie sich damit ein bisschen Mut antrinken wollte. „Ich weiß, dass Sie mit mir schlafen wollen."

Sie stand im hellen Sonnenlicht, das durch die offene Kajütentür fiel. „Ja", antwortete er direkt.

„Ich frage mich, warum." Gabriella hielt ihr Glas mit beiden Händen umschlossen. „Wollen Sie mit jeder Frau schlafen, die Sie kennenlernen?"

Unter anderen Umständen hätte er gedacht, sie kokettiere mit ihm, aber ihre Frage war so einfach gemeint, wie sie klang. „Nein."

Gabriella brachte ein Lächeln zuwege, obwohl ihr Puls schneller schlug. War dies die Art und Weise, wie man dieses Spiel spielte?

Und wollte sie dabei mitmachen? „Nun, dann die eine oder andere?"

„Nur, wenn sie bestimmte Voraussetzungen erfüllen."

„Und die wären?"

Reeve legte ihr die Hand unter das Kinn. „Wenn morgens mein erster Gedanke um sie kreist, noch ehe ich weiß, welcher Tag es ist."

„Aha." Gabriella drehte ihr Glas zwischen den Fingern, die vor Aufregung etwas feucht waren. „Und denken Sie morgens als Erstes an mich?"

„Wollen Sie ein Kompliment hören, Gabriella?"

„Nein."

Er hob ihren Kopf etwas an. Sie versteifte sich nicht und zog sich auch nicht zurück, aber wieder hatte er das Empfinden, dass sie innerlich vorbereitet war, als warte sie auf etwas.

„Was dann?"

„Verständnis. Ich kenne mich und meine Vergangenheit nicht. Ich versuche, herauszufinden, ob ich mich zu Ihnen hingezogen fühle oder nur zu dem Gedanken, mit einem Mann zusammen zu sein."

Das war deutlich genug. Nicht besonders schmeichelhaft, aber direkt. Reeve hatte es herausgefordert. Ihre Finger waren verkrampft, als er ihr das Glas aus der Hand nahm und es beiseite stellte. Das verschaffte ihm eine gewisse Genugtuung. „Und fühlen Sie sich zu mir hingezogen?"

„Wollen Sie jetzt ein Kompliment hören?"

Ein Lächeln blitzte in seinen Augen auf. Gabriella erwiderte es. „Nein." Kurz und flüchtig berührte er ihre Lippen, während sie sich in die Augen sahen. „Es sieht so aus, als wollten wir beide dasselbe."

„Vielleicht." Sie zögerte kurz, ehe sie ihm die Hände auf die Schultern legte. „Vielleicht ist es jetzt an der Zeit, herauszufinden, ob es wirklich so ist."

Genau so hatte Reeve es sich vorgestellt, weit weg vom Palast mit seinen Mauern. Nur das Wasser klatschte ruhig gegen den Rumpf des Bootes. Die Kajüte war klein und niedrig. Licht und Schatten wechselten sich darin ab. Und sie waren beide allein.

Alles das entsprach seinen Vorstellungen, und dennoch zögerte Reeve.

„Du wirkst nicht sehr überzeugt“, bemerkte Gabriella sanft und liebkoste seine Wange. Sie fühlte die Erregung in sich aufsteigen, schneller, als sie erwartet hatte. Sie merkte, dass Reeve Zweifel plagten und dass er in Gedanken nicht bei der Sache war. Das tröstete sie irgendwie, denn es wäre ihr sehr unlieb gewesen, als Einzige jetzt nervös zu sein.

„Ich komme zu dir ohne jede Vergangenheit. Lass uns jetzt in diesem Augenblick ein Mal vergessen, dass keiner von uns beiden dabei eine Zukunft hat. Lass uns zusammen sein, Reeve, heute, nur eine Stunde, einen kurzen Augenblick.“

Es sollte nur eine Sache des Augenblicks sein. So hatten es beide beschlossen. Doch für sie beide spielte diese Entscheidung keine Rolle mehr.

Sie pressten ihre Körper aneinander, hungrig suchten sich ihre Lippen. Gabriella streichelte seinen Rücken, zuerst zärtlich, dann immer erregender.

Reeves Begierde wuchs, und voller Verlangen zog er sie langsam zur Koje hinüber.

Gabriella öffnete ihre Augen und sah Reeve an. Sein Gesicht war direkt vor dem ihren. Das war das Bild, von dem sie geträumt hatte. Diesen Augenblick hatte sie sich ersehnt.

Wieder küsste sie ihn wild und hingebungsvoll. Der Kuss war süß, und je länger er dauerte, desto mehr entflammte ihr Begehren. Gabriella war wunderschön anzusehen. Sie hatte einen geschmeidigen, ebenmäßigen Körper, und ihr Anblick steigerte sein Verlangen ins Unerträgliche.

Sie stöhnte auf und drehte sich herum, sodass Reeve unter ihr lag. Seine Hände brannten auf ihrer Haut, er drückte sie an sich, und mit all seiner Leidenschaft drang er in sie ein. Das Gefühl, das sie jetzt erfüllte, hätte sie nie in Worten auszudrücken vermocht, aber eine Welle des Glücks durchströmte sie, und ihre schmalen, hellen Hände pressten sich gegen seine sonnengebräunte Haut.

Ihr ganzer Körper verlangte nach seinen Zärtlichkeiten. Beide ließen sich vom Rausch des Augenblicks forttragen, hielten sich fest umschlossen, zwei Körper in einer Bewegung.

Reeve hatte seine Erfahrungen mit der Liebe, aber eine solch bedingungslose Hingabe hatte auch er noch nicht kennengelernt. Bei jeder Bewegung stöhnte Brie auf, und ihre Erregung reizte ihn nur noch mehr. Und plötzlich waren alle Gedanken ausgeschaltet, und sie verschmolzen in einer einzigen, sich erfüllenden Leidenschaft.

Vielleicht war nur ein Augenblick verstrichen. Gabriella und Reeve hatten jedes Zeitgefühl verloren. Erschöpft lagen sie beieinander, verschwitzt und mit klopfenden Herzen. Gabriella fühlte sich überwältigt, fortgerissen.

Reeves heftiger Atem war heiß an ihrem Ohr, ihre Hand lag auf seiner Brust. Von jetzt an würde Gabriella für ihn nicht mehr dieselbe Frau sein wie vorher.

Sie blickte in das Sonnenlicht, das in die Kabine fiel. Es war noch immer dieselbe Sonne und dieselbe See, die gegen das Boot schwappte. Aber sie war nicht mehr dieselbe Gabriella. Von diesem Tag an nicht mehr.

Reeve hob den Kopf und sah in ihre dunklen Augen. Ihre Haut glühte noch immer von der gerade erlebten Leidenschaft. Ihm war klar, dass er jetzt nicht mehr so objektiv und neutral sein konnte. Stets war er der Meinung gewesen, seine Gefühle kontrollieren zu können, aber jetzt waren sie von Gabriella abhängig.

„Tut es dir leid?“

Sie drehte ein wenig den Kopf und fragte mit sicherer Stimme zurück: „Nein. Dir?“

Zärtlich fuhr Reeve mit einem Finger an ihrer Wange entlang. „Nein, warum sollte es mir leidtun, wenn jemand mir etwas so Schönes schenkt?“ Liebevoll gab er ihr einen langen Kuss. „Wie kann es mir leidtun, dich geliebt zu haben, wenn ich schon darüber nachdenke, wann wir es wieder tun werden?“

Sie verzog etwas die Lippen. Er half ihr, dass sie sich genüsslich an ihn kuscheln konnte. Noch wollte er nicht darüber nachdenken, wie er sie, sobald sie nach Cordina zurückgekehrt waren, unterstützen musste, für sie denken, für sie planen musste. Diesen Augenblick wollte er so lange wie möglich genießen.

Zufrieden schmiegte Gabriella sich an ihn und streichelte mit einer Hand seinen muskulösen Oberkörper. Dadurch fiel ihr Blick direkt auf ihren Verlobungsring. In diesem Dämmerlicht wirkte er nicht so provozierend gleißend. Er schien ganz selbstverständlich zu ihr zu gehören. Schnell schloss sie die Augen, denn dieser Ring war ja kein Teil der Wirklichkeit, nur ein Stein in einem komplizierten Spiel. Aber Reeve ist jetzt meine Wirklichkeit, dachte sie, und ließ sich von dem Gedanken forttragen.

8. Kapitel

Nichts scheint leichter zu werden, dachte Gabriella, während sie den langen Flur mit den hohen Fenstern hinunter zum Großen Ballsaal ging. Statt von Tag zu Tag einfacher zu werden, wurde ihr Leben immer komplizierter. Hatte Reeve ihr nicht gesagt, das Leben sei niemals problemlos?

Noch vor einer Woche hatte sie neben ihm in dieser kleinen Koje gelegen, schläfrig und erschöpft, bis sie sich von Neuem einander zugewandt und sich wieder geliebt hatten. Sind wir jetzt nicht ein Paar? fragte sie sich und blieb kurz an einem der Fenster stehen. Hieß es nicht, dass Liebende ganz ineinander aufgingen und nur Interesse füreinander hatten? Doch inzwischen war eine ganze Woche verstrichen. In dieser Zeit hatte Reeve sich untadelig und höflich verhalten. Sein Benehmen war sehr aufmerksam, auf seine Art sogar freundlich. Aber er hatte es vermieden, sie auch nur zu berühren.

Gabriella stützte sich auf den Fenstersims und blickte hinunter. Es war gerade der Moment der Wachablösung. Während sie der stillen, irgendwie reizvollen Prozedur zuschaute, fragte sie sich, ob Reeve vielleicht der Meinung sei, dass auch in ihrer Beziehung ein Wechsel notwendig sei. Was sollte sie tun, wenn er sie verließe?

Natürlich war ihr von Anfang an klar gewesen, dass sie sich ins Gerede bringen würde. Ihre Verlobung machte noch immer Schlagzeilen, nicht nur in Cordina und Europa, sondern sogar in den Vereinigten Staaten. Es war schlichtweg unmöglich, eine Illustrierte durchzublättern, ohne auf Berichte über dieses Thema zu stoßen.

Gabriella zuckte die Schultern. Damit konnte man fertig werden. Klatsch kam auf und wurde wieder vergessen. Gedankenverloren drehte sie den Diamantring an ihrem Finger. Wirklich, das Gerede hatte keine Bedeutung, aber Reeve dafür umso mehr.

Er würde wahrscheinlich auf seine Farm zurückkehren, zurück in sein Land und zu seinem eigenen Leben. Darüber waren sie, ihre Familie und eine Handvoll vertrauenswürdiger Leute sich lange schon im Klaren. Selbst wenn Reeve sie bitten würde, mitzugehen, würde sie ihm folgen?

Allerdings würde er mich sicherlich gar nicht erst fragen, sagte sie sich. Schließlich war sie in seinem Leben nur eine Episode. Für ihn stellte sich die Situation ja ganz anders dar.

Brie schloss die Augen und bemühte sich, wieder in die Wirklichkeit zurückzukommen. Sie musste zu träumen aufhören und sich wieder ihrer verantwortlichen Stellung besinnen. Es würde keine rauschende Hochzeit geben, kein bezauberndes weißes Hochzeitskleid mit Schleier und Schleppe, um dessen Herstellung sich alle bedeutenden Modeschöpfer reißen würden. Es gäbe keine Hochzeitstorte und keine Gardisten. Stattdessen würde alles auf einen höflichen Abschied hinauslaufen. Sie hatte kein Recht, sich eine andere Lösung herbeizusehnen. Doch genau das wünschte sie sich mehr als alles andere.

Gabriella wandte sich vom Fenster ab und machte erschrocken einen Schritt rückwärts, als sie die Gestalt im dunklen Korridor ausmachte.

„Alexander!“ Sie ließ die Hand, die sie vor Schreck auf ihr Herz gepresst hatte, sinken. „Hast du mich erschreckt!“

„Das wollte ich nicht. Du sahst so …“ Eigentlich wollte er „unglücklich und verloren“ sagen, doch dann fuhr er fort: „… nachdenklich aus.“

„Ich habe der Wachablösung zugesehen.“ Sie lächelte ihn ebenso höflich an wie jeden anderen auch, ausgenommen Reeve. Alexander spürte das irgendwie. „Sie sehen so adrett und hübsch in ihren Uniformen aus. Ich war gerade auf dem Weg in den Ballsaal, um mich zu vergewissern, dass alles in Ordnung ist. Man sollte kaum glauben, dass nur noch so wenig Zeit bleibt, bis der Ball stattfindet. Und es muss noch so entsetzlich viel getan werden. Fast alle Eingeladenen haben schon ihre Zusagen geschickt, deshalb …“

„Brie, was soll das, musst du mit mir so gezwungen höflich reden?“

Sie öffnete den Mund, sagte dann aber nichts. Er hatte es sehr passend ausgedrückt, das konnte sie nicht leugnen. „Es tut mir leid, alles ist noch so verwirrend.“

„Mir wäre es lieber, du würdest dich mir gegenüber etwas natürlicher geben." Er war sichtlich verärgert. „Bei Reeve fällt dir das doch auch nicht schwer."

Gabriellas Tonfall wurde eisig. „Ich habe mich einmal entschuldigt und sehe keine Notwendigkeit, dir eine andere Erklärung zu geben."

„Deine Entschuldigung war nicht notwendig." Mit schnellen, konzentrierten Schritten kam er zu ihr herüber.

Obwohl Alexander größer als Gabriella war, standen sie sich, wie früher schon, als gleichwertige Partner gegenüber. „Ich möchte nur, dass du deiner Familie die gleiche Aufmerksamkeit schenkst wie einem Fremden!"

Gabriella war den Vorwurf leid. Sie fing langsam an, ärgerlich zu werden. Ihre Stimme klang drohend, jeder Anflug einer Entschuldigung war geschwunden. „Ist das ein Rat oder ein Befehl?"

„Noch nie ist es jemandem gelungen, dir einen Befehl zu erteilen", versetzte Alexander wütend. Jetzt brach sein wochenlang gebändigtes Temperament mit ihm durch. „Und du hast auch noch nie einen Rat von jemand anderem angenommen. Wenn wir uns auf ein richtiges Verhalten deinerseits hätten verlassen können, dann hätten wir uns die Einladung eines Fremden gewiss ersparen können."

„Ich sehe keine Notwendigkeit, Reeve hier ins Gespräch zu bringen."

„Nein?" Alexander packte sie am Arm. „Wie steht ihr eigentlich zueinander?"

Jetzt war nicht nur Gabriellas Stimme frostig, sondern sie sah ihren Bruder auch mit einem eiskalten Blick an. „Das geht dich überhaupt nichts an."

„Meine Güte, Brie, ich bin dein Bruder."

„Das hat man mir gesagt", antwortete sie langsam und war bemüht, ihn damit nicht zu kränken. „Und auch, dass du ein paar Jahre jünger bist als ich. Ich finde es überflüssig, dir oder irgendjemandem sonst Rede und Antwort über mein Privatleben zu stehen."

„Ich bin vielleicht jünger", stieß Alexander hervor, „aber ich bin ein Mann und weiß sehr wohl, woran ein Mann denkt, wenn er dich so wie dieser Amerikaner ansieht."

„Alexander, hör endlich auf, ihn ‚diesen Amerikaner' zu nennen, als wäre er ein Mensch zweiter Klasse. Und …", sprach sie schnell weiter, ehe Alexander etwas entgegnen konnte, „wenn mir die Art und Weise, in der Reeve mich angesehen hat, nicht passen würde, dann könnte ich ihm das selber sagen. Ich bin sehr wohl in der Lage, mich um mich selbst zu kümmern."

„Wenn das so wäre, wären uns allen die Aufregungen vor ein paar Wochen erspart geblieben." Gabriella erbleichte. Offensichtlich ging der Zorn mit Alexander durch. „Entführt, gefangen gehalten und schließlich ins Krankenhaus eingeliefert. Tagelang haben wir uns gesorgt, gewartet, gehofft und tatenlos herumgesessen. Kommst du nicht selbst auf die Idee, dass wir die Hölle durchgemacht haben? Vielleicht kannst du dich nicht an uns erinnern, vielleicht haben wir im Augenblick für dich wirklich keine Bedeutung. Aber das ändert nichts an unseren Gefühlen für dich."

„Glaubst du, dieser Zustand gefällt mir?" Plötzlich traten ihr die Tränen in die Augen. Es gelang ihr nicht mehr, sie zurückzuhalten. „Du weißt ja nicht, wie sehr ich mich quäle, meine Erinnerung wiederzugewinnen. Stattdessen kritisierst und beleidigst du mich. Du drängst mich förmlich in die Ecke."

Sein Zorn legte sich, und er fühlte sich schuldig. Er hatte vergessen, welchen Eindruck sie auf ihn gemacht hatte, als sie da am Fenster stand. „Das ist meine Art", sagte er begütigend. „Du hast immer gesagt, ich übte die Regierung über Cordina aus, indem ich dich und Bennett regierte. Es tut mir leid, Brie. Ich habe dich sehr lieb. Und das wird immer so sein."

„Oh, Alexander." Sie zog ihn an sich und umarmte ihn zum ersten Mal. Er war so groß, so aufrecht. Zum ersten Mal empfand sie einen gewissen Stolz für ihn. Es fiel ihr bestimmt nicht leicht, darauf warten zu müssen, dass alles wieder in normalen Bahnen lief, aber auch für ihren Bruder war es nicht einfach. „Haben wir uns immer so gezankt?"

„Immer." Er drückte sie fest an sich und küsste sie auf das Haar. „Vater sagt stets, das liege daran, dass wir beide glauben, schon alles zu wissen."

„Nun, das kann ich von mir jetzt nicht mehr behaupten." Sie seufzte tief und machte sich von ihm los. „Bitte, sei nicht gegen Reeve,

Alex. Ich muss gestehen, dass ich das anfänglich auch war. Doch jetzt sehe ich, dass es für ihn ein großes Opfer ist, hierzubleiben und alle Schachzüge mitzumachen, obwohl er wahrscheinlich viel lieber bei sich zu Hause wäre."

„Das wird mir ziemlich schwerfallen." Alex steckte die Hände in die Taschen und sah aus dem Fenster. „Ich weiß, dass ihn niemand zwingen kann und dass das, was er für uns tut, ein großer Gefallen ist. Ich mag ihn übrigens."

Gabriella lächelte in der Erinnerung, dass auch Bennett dieselben Worte benutzt hatte. „Das dachte ich mir."

„Es geht mir nur darum, dass in eine solche Situation kein Außenstehender hineingezogen werden sollte. Es ist schlimm, aber unvermeidlich, dass schon Loubet davon betroffen ist."

„Würde es dich ärgern, wenn ich dir gestehen würde, dass es mir viel lieber ist, Reeve um mich zu haben als Loubet?"

Zum ersten Mal sah sie ein spitzbübisches Lächeln auf Alexanders Gesicht. „Ich würde sagen, du hättest den Verstand verloren, wenn es anders wäre."

„Eure Hoheit!"

Alexander und Gabriella drehten sich gleichzeitig um. Janet Smithers verbeugte sich ehrerbietig vor ihnen. „Ich bitte um Entschuldigung, Prinz Alexander, Prinzessin Gabriella."

Sie machte wie immer einen tadellos gepflegten Eindruck. Ihr Haar war sorgfältig zurückgekämmt, und sie trug ein klassisch geschnittenes graues Kostüm. Gabriella fand Janet Smithers langweilig. Gewiss war sie eine tüchtige, intelligente, flinke und unauffällige Person, aber wenn sie sich in einem Zimmer mit vier anderen Leuten aufhielte, dann würde kein Mensch sie auch nur bemerken. Diese Unscheinbarkeit ließ Gabriella einen freundlichen Ton ihr gegenüber anschlagen.

„Brauchen Sie meine Hilfe für etwas, Janet?"

„Sie hatten von einer Christina Hamilton einen Anruf, Eure Hoheit."

„Christina …" Verwirrt versuchte Gabriella, sich an die mit diesem Namen verbundenen Umstände zu erinnern.

„Du bist mit ihr zur Schule gegangen", half Alexander ihr nach und legte ihr seine Hand auf die Schulter. Wie merkwürdig, dass er sie über ihre beste Freundin zu informieren hatte. „Sie ist Amerikanerin, die Tochter eines Architekten."

„Ja, ich habe sie in – Houston besucht. Man schreibt in der Zeitung, dass sie wahrscheinlich meine Brautjungfer sein wird." Gabriella dachte an die ihr zur Verfügung gestellten Zeitungsausschnitte. Christina war eine große Frau von blendendem Aussehen, mit einer dunklen Mähne und einem boshaften Lächeln. „Sie sagten, sie habe angerufen, Janet. Hat sie eine Nachricht hinterlassen?"

„Sie bat mich, Sie zu suchen, Eure Hoheit." Janet zeigte mit keiner Miene, was sie über diese Bitte dachte. „Ich soll Ihnen ausrichten, dass sie pünktlich um elf Uhr noch einmal anrufen wird."

„Danke." Gabriella warf einen belustigten Blick auf ihre Uhr. Sie hatte noch eine Viertelstunde Zeit. „Nun gut, ich werde besser in mein Zimmer gehen. Janet, wenn es Ihnen nichts ausmacht, dann gehen Sie doch bitte für mich in den Ballsaal, und notieren Sie sich alles, was noch erledigt werden muss. Ich fürchte, dazu habe ich jetzt keine Zeit mehr."

„Selbstverständlich, Eure Hoheit." Wieder verneigte sich Janet beinahe mechanisch vor ihnen, ehe sie den Korridor hinunterging.

„Welch außerordentlich langweilige Person", meinte Alexander, als Janet außer Hörweite war.

„Alex", rief Gabriella ihn automatisch zur Ordnung, obwohl sie derselben Ansicht war.

„Ich weiß, sie hatte makellose Referenzen und ist eine zweifellos tüchtige Kraft. Aber es muss entsetzlich langweilig sein, sie jeden Morgen sehen zu müssen."

Gabriella zuckte leicht mit den Schultern. „Ich fühle mich morgens durch sie nicht gerade motiviert, aber ich muss einen Grund gehabt haben, sie überhaupt einzustellen."

„Damals sagtest du, du wolltest eine alleinstehende Frau, mit der dich nicht viel verbindet. Als Alice, Janets Vorgängerin, dich verließ, warst du tagelang schlecht gelaunt."

„Nun, dann habe ich sicher eine gute Wahl getroffen." Alexander lachte kurz auf, und Gabriella antwortete mit einem erneuten Schulterzucken. „Ich glaube, ich gehe besser, ehe der Anruf kommt." Sie wollte vorher schnell noch einen Blick in ihre Notizen werfen und ihre Erinnerung an Christina Hamilton auffrischen. Doch ehe sie sich umdrehte, reichte sie Alexander noch die Hand. „Sind wir Freunde?“

Alexander ergriff ihre Hand und machte eine pompöse Verbeugung. „Ja, aber ich werde ein Auge auf den Amerikaner halten.“

„Wie du meinst“, antwortete Gabriella gelassen und ging auf ihre Suite zu. Alexander sah ihr nach, bis sie um die Ecke verschwand. Vielleicht sollte er sich auch mit Reeve MacGee unterhalten, schoss es ihm durch den Kopf. Das könnte ihn beruhigen.

Nachdem sie wieder in ihrem Zimmer war, setzte Gabriella sich auf das kleine Sofa und nahm ihre Notizen zur Hand, die sie sich anhand der Gespräche mit Reeve und ihrer Sekretärin gemacht hatte. Sie hatte sie in alphabetische Ordnung gebracht, und diese Aufzeichnungen waren ihre einzige Verbindung zu den Menschen, die sie einst so gut gekannt hatte. Wenn ihr Gedächtnisschwund ein gut gehütetes Geheimnis bleiben sollte, dann durfte sie sich nicht den kleinsten Fehler erlauben.

Christina Hamilton, murmelte sie und suchte nach den zwei Seiten voller Notizen, die alles betrafen, was ihre einst beste Freundin anging. Sie hatten vier Jahre zusammen an der Sorbonne in Paris verbracht. Gabriella schloss die Augen und hatte das Gefühl, Paris vor sich zu sehen, die regennassen Straßen, die herrlichen alten Bauten und den irrsinnigen Verkehr. Aber Christina Hamiltons Bild schob sich bedauerlicherweise nicht dazwischen.

Chris, berichtigte Gabriella sich selbst, das war die Abkürzung für ihren Namen. Chris hatte Kunst studiert und besaß jetzt eine Galerie in Houston. Es gab eine jüngere Schwester namens Eve, die Chris abwechselnd gelobt und verflucht hatte. Sie hatte Liebesaffären.

Gabriella hob die Augenbrauen, als sie die Liste der Männer, mit denen Chris zusammen gewesen war, durchging. Aber bei keinem hatte es zu einer Heirat gelangt. Mit fünfundzwanzig war die Freundin noch immer unverheiratet, eine erfolgreiche, unabhängige Künstlerin und Geschäftsfrau. Gabriella war eine Sekunde lang neidisch auf Chris.

Eine interessante Person, dachte sie. Waren sie vielleicht einmal

Rivalinnen gewesen? Sie hatte alle Fakten, Zahlen und Informationen vor sich, aber die sagten nichts über ihre Gefühle aus.

Sie behielt die Unterlagen in der Hand, als ihr Privattelefon klingelte. Sie nahm den Hörer ab. „Hallo", meldete sie sich.

„Du könntest wenigstens an Ort und Stelle sein, wenn dich eine alte Freundin über den Atlantik her anruft!"

Sie mochte diese Stimme sofort. Sie hatte einen warmen, spröden, fast schläfrigen Klang. Gabriella war traurig, dass sie sich nicht ihrer Empfindungen für Chris bewusst war. „Chris …" Sie zögerte, doch dann sprach sie einfach weiter: „Weißt du nicht, dass auch Hoheiten beschäftigt sind?"

Ein herzliches Lachen klang an ihr Ohr, aber Gabriella war immer noch leicht gespannt. „Du weißt doch, wann immer dir deine Krone zu schwer wird, kannst du hierher nach Houston zur Erholung kommen. Wie geht es dir, Brie?"

„Ich …" Erstaunlicherweise wollte Gabriella ihr alles erzählen, ihr das Herz ausschütten. Diese Stimme ohne Gesicht flößte so viel Vertrauen ein. Doch sie hielt sich zurück. „Danke, es geht mir gut."

„Ich bin Chris, das weißt du doch? Als ich von deiner Entführung erfuhr, Brie, wäre ich …" Sie brach ab, und Gabriella hörte gerade noch einen unterdrückten Fluch. „Ich habe mit deinem Vater gesprochen. Ich wollte zu euch kommen. Aber er meinte, für dich sei das momentan nicht ratsam."

„Wahrscheinlich nicht. Ich brauche Zeit, aber es freut mich zu hören, dass du kommen wolltest."

„Meine Liebe, ich werde dir keine Fragen stellen. Ich bin sicher, es ist für dich das Beste, diese ganze Geschichte zu vergessen."

Gabriella lachte kurz und heftig auf. „Genau diesen Rat scheine ich gut zu befolgen."

Chris wartete einen Augenblick und wusste mit Gabriellas Reaktion nicht viel anzufangen. Aber sie ging nicht näher darauf ein. „Ich will nur wissen, was zum Teufel eigentlich da bei euch in Cordina los ist."

„Was soll los sein?"

„Diese geheime Blitzromanze, die jetzt kurz vor der Verlobung steht! Brie, ich weiß, du bist immer diskret gewesen, aber ich kann einfach nicht glauben, dass du mir kein Wort davon erzählt hast. Du hast Reeve MacGee nicht ein einziges Mal erwähnt!"

„Nun, wahrscheinlich wusste ich nicht, was ich sagen sollte." Das kommt der Wahrheit sogar sehr nahe, dachte Gabriella betroffen. „Alles ging so schnell. Die Verlobung wurde erst festgesetzt, beziehungsweise überhaupt besprochen, als Reeve im letzten Monat hierher kam."

„Wie denkt dein Vater darüber?"

Gabriella lächelte bitter und war dankbar, dass sie jetzt nicht auf ihren Ausdruck Acht geben musste. „Man könnte sagen, er hat sie fast selbst arrangiert."

„Ich kann nicht behaupten, dass ich dagegen bin. Ein amerikanischer Ex-Geheimdienstler ... du hast ja selbst immer gesagt, dass du nicht unbedingt standesgemäß heiraten willst."

Über Gabriellas Gesicht huschte ein Lächeln. „Ganz offensichtlich habe ich das auch so gemeint."

„Brie, ich weiß, dass du sehr beschäftigt bist. Ich habe dich nur angerufen, um mich und Eve für ein paar Tage selbst einzuladen."

„Du weißt, ihr seid immer gern gesehene Gäste", sagte Gabriella automatisch, obwohl ihr alle möglichen Gedanken durch den Kopf schossen. „Du kommst zum Ball. Wirst du etwas länger bleiben?"

„Das habe ich vor. Ich hoffe, du hast nichts dagegen, dass ich Eve mitschleppe. Wir werden am Tage vor dem Ball kommen. Ich kann dir behilflich sein und so auch deinen Verlobten kennenlernen. Übrigens, wie fühlst du dich als Verliebte?"

„Kein ..." Gabriella sah auf den Ring und dachte an das, was sie bei seinem Anblick, seiner Berührung empfand. „Kein unbedingt sehr bequemes Gefühl."

Wieder lachte Chris. „Dachtest du etwa, es wäre anders? Pass auf dich auf, Liebes. Wir sehen uns bald."

„Auf Wiedersehen, Chris."

Nachdem sie aufgelegt hatte, blieb Gabriella einen Moment lang still sitzen. Es war ihr gelungen, Christina Hamilton in Sicherheit zu wiegen. Die Freundin hatte keinen Verdacht geschöpft. Gabriella war fröhlich und locker gewesen. Welch ein Betrug!

Wütend warf sie ihre Notizen zu Boden, sodass sie alle durcheinander warf. Sie starrte die Papiere noch immer an, als es diskret an ihrer Tür klopfte.

Gabriella beschloss, die Zettel liegen zu lassen. „Ja, bitte, herein."

„Entschuldigen Sie bitte, Eure Hoheit." Janet betrat mit dem ihr eigenen geschäftigen Gebaren das Wohnzimmer. „Ich dachte, es würde Sie interessieren, zu wissen, dass im Ballsaal alles in Ordnung ist. Auch die Dekorationen werden jetzt aufgehängt." Obwohl sie die auf die Erde verstreuten Papiere sah, enthielt sie sich jeglichen Kommentares. „Haben Sie Ihren Anruf bekommen?"

„Ja. Ich habe mit Miss Hamilton gesprochen. Sie können meinem Vater gern ausrichten, dass sie keinen Argwohn hegt."

Janet hielt ihre Hände gefaltet. „Ich bitte um Verzeihung, Eure Hoheit?"

„Wollen Sie mir etwa weismachen, dass Sie meinem Vater keinen Bericht erstatten?", meinte Gabriella etwas bissig. Sie erhob sich und fühlte abwechselnd Schuld und Verzweiflung. „Ich bin mir völlig darüber im Klaren, wie sehr Sie mich beobachten, Janet."

„Unsere einzige Sorge ist Ihr Wohlergehen", antwortete Janet tonlos. „Falls ich Sie gekränkt haben sollte …"

„Der Vorwand, unter dem sie gekommen sind, ist beleidigend", zischte Gabriella. „Das Ganze überhaupt."

„Ich weiß, Eure Königliche Hoheit müssen sich fühlen, als …"

„Sie wissen überhaupt nicht, wie ich mich fühle", unterbrach Gabriella die Sekretärin und wirbelte herum. „Wie könnten Sie? Erinnern Sie sich an Ihren Vater, Bruder, an Ihre engsten Freunde?"

„Eure Königliche Hoheit …" Janet trat näher an Gabriella heran. Mit dieser Art Temperamentsausbruch und Laune der Prinzessin musste man vorsichtig umgehen. „Vielleicht versteht keiner von uns allen wirklich Ihre Lage, aber das heißt doch nicht, dass wir uns keine Sorgen machen. Wenn ich Ihnen nur helfen könnte!"

„Nein, nein danke." Viel ruhiger drehte Gabriella sich um. „Es tut mir leid, Janet. Ich hätte Sie nicht anfahren dürfen."

Janets Lächeln war dünn. „Aber Sie mussten sich bei jemandem abreagieren. Ich hoffe … Das heißt, ich dachte, dass Sie sich vielleicht nach dem Gespräch mit einer alten Freundin an etwas erinnern könnten."

„Nichts. Manchmal frage ich mich, ob es mir überhaupt je gelingen wird."

„Aber die Ärzte haben die Hoffnung doch nicht aufgegeben."

„Ärzte. Sie raten mir immer nur zur Geduld!" Mit einem Seufzer wandte sie sich einer Vase zu und zupfte an den Blumen. „Wie kann ich Geduld aufbringen, wenn ich immer nur Erinnerungsfragmente habe, wer ich bin und was mit mir geschehen ist!"

„Aber Sie haben Erinnerungsfetzen?" Wieder trat Janet einen Schritt näher. Zögernd legte sie Gabriella ihre Hand auf den Arm. „Sie können sich an Kleinigkeiten erinnern?"

„Nein, nur Eindrücke. Überhaupt nichts Konkretes." Die Erinnerung an das Messer hatte Substanz, aber sie war zu schrecklich, um ihr zu lange nachzuhängen. Sie brauchte etwas, das ihr Verstand annehmen und sie beruhigen konnte.

„Aber aus Steinchen formt sich letztendlich ein Ganzes, nicht wahr, Janet?"

„Ich bin kein Arzt, aber vielleicht sollten Sie sich mit dem begnügen, was Sie jetzt schon erreicht haben."

„Dass mein Leben vor weniger als einem Monat begonnen hat?" Gabriella schüttelte den Kopf. „Nein, das kann und will ich nicht. Ich will endlich den ersten Stein finden."

Ein Stockwerk höher saß Alexander in seinem geräumigen, in kühlen Farben gehaltenen Büro und betrachtete Reeve. Er hatte dieses Gespräch sorgfältig vorbereitet.

„Ich weiß es zu würdigen, dass Sie mir ein wenig Ihrer kostbaren Zeit opfern, Reeve."

„Ich bin sicher, Sie halten es für wichtig, Alex."

„Gabriella ist wichtig."

Reeve nickte langsam. „Für jeden von uns."

Mit dieser Antwort hatte Alex nicht unbedingt gerechnet, aber er ließ sich nicht aus dem Konzept bringen. „Ich schätze sehr, was Sie für uns tun, Reeve, aber andererseits meine ich, dass mein Vater eine alte Freundschaft zu stark beansprucht. Ihre Rolle wird von Tag zu Tag delikater."

Reeve lehnte sich zurück. Obwohl fast zehn Jahre Altersunterschied zwischen ihnen lagen, hatte Reeve nicht das Gefühl, einem Jüngeren gegenüberzusitzen. Alexander war reifer als die meisten seines Alters. Reeve überlegte, welche Taktik jetzt angebracht war, und entschied sich für den Angriff. „Beunruhigt Sie die Möglichkeit, dass ich Ihr Schwager werden könnte, Alex?"

Der Prinz ließ sich nicht anmerken, ob er verärgert war. „Wir wissen beide, welches Spiel gespielt wird. Meine Sorge gilt Gabriella. Momentan ist sie sehr leicht zu verletzen. Da Sie dem Wunsch meines Vaters zufolge Gabriella jetzt näher stehen als ihre eigene Familie, sind Sie in der Lage, zu beobachten und Ratschläge zu erteilen."

„Und es beunruhigt Sie, dass ich Dinge, die mich nichts angehen, beobachten und unangebrachte Ratschläge geben könnte!"

Alexander breitete die Hände auf dem Schreibtisch aus. „Ich sehe, warum mein Vater Hochachtung vor Ihnen empfindet, Reeve. Und ich glaube zu verstehen, warum Brie Ihnen vertraut."

„Aber Sie vertrauen mir nicht."

„Doch, eigentlich schon!" Er war selbstsicher. Ein Mann in Alexanders Position konnte sich Unsicherheit auch keinesfalls erlauben. Er machte dennoch eine kleine Pause, um gewiss zu sein, die richtigen Worte, den richtigen Ton zu wählen. „Soweit Bries Sicherheit betroffen ist, bin ich davon überzeugt, dass sie in guten Händen ist. Andererseits …" Er sah Reeve direkt in die Augen. Reeve hielt seinem Blick stand. „Sonst würde ich dafür Sorge tragen, dass man Sie entweder sorgfältig im Auge behielte oder sich von Ihnen trennte."

„Das ist nur verständlich!" Reeve nahm sich eine Zigarette und bot auch Alexander eine an. Der lehnte dankend ab. „Meine Stellung als Leibwächter beunruhigt Sie also nicht, aber Sie machen sich Sorgen über eine persönliche Beziehung?"

„Sie wissen sehr wohl, dass ich gegen Ihre Verlobung mit meiner Schwester gewesen bin. Nein, geben wir der Wahrheit die Ehre, ich habe versucht, diesen Schritt zu verhindern."

„Ich weiß, dass Sie und Loubet Ihre Zweifel hatten."

„Ich mag meine Meinung nicht mit der von Loubet verglichen sehen", murrte Alexander. Dann sah er Reeve mit einem breiten, offenen Lächeln an. „Mein Vater ist der Ansicht, dass Loubets Talente und Erfahrungen als Staatsminister eine ganze Reihe seiner überholten Vorstellungen aufwiegen."

„Dann ist da noch die Tatsache, dass Loubet hinkt." Alexander sah ihn verständnislos an. Reeve blies den Rauch seiner Zigarette genüsslich aus und fuhr fort: „Alex, wir kennen die Geschichte unserer beiden Familien. Mein Vater saß mit Loubet und dem Fürsten in dem Wagen, als sie vor fast fünfunddreißig Jahren diesen Unfall hatten. Ihr Vater brach sich den Arm, meiner hatte eine leichte Gehirnerschütterung. Aber Loubet wurde unglücklicherweise viel schlimmer verletzt!"

„Dieser Unfall hat nichts mit Loubets heutiger Position zu tun."

„Nein, das glaube ich auch nicht. Ihr Vater regelt Dinge nicht auf diese Weise. Aber vielleicht ist er deswegen ein wenig duldsamer. Schließlich saß Ihr Vater am Steuer. Ein bestimmtes Maß an Gewissensbissen ist doch nur menschlich. In jedem Fall soll damit nur deutlich gemacht werden, dass unsere Familien in bestimmter Weise verbunden sind. Alte Freundschaften, alte Bindungen. Nur deswegen wurde meine Verlobung mit Ihrer Schwester so leicht akzeptiert."

„Waren Sie denn so einfach damit einverstanden?"

Jetzt zögerte Reeve. „Alex, wollen Sie eine diplomatische Antwort hören oder die Wahrheit?"

„Die Wahrheit."

„Es war keine einfache Entscheidung für mich, einer falschen Verlobung mit Gabriella zuzustimmen. Es fällt mir auch nicht leicht, meine Rolle als ihr Verlobter zu spielen oder meinen Ring an ihrem Finger zu sehen. Es ist aus dem einfachen Grund nicht leicht", setzte Reeve langsam hinzu, „weil ich mich in sie verliebt habe."

Alexander antwortete nicht und gab auch kein Anzeichen der Überraschung von sich. Langsam strich er mit dem Finger über ein silbergerahmtes Bild, aus dem ihm seine Schwester entgegenlächelte. „Und was wollen Sie jetzt tun?"

Reeve runzelte die Stirn. „Ist es nicht Sache Ihres Vaters, das zu fragen?"

„Sie haben es nicht meinem Vater erzählt."

„Nein.“ Langsam und betont drückte Reeve seine Zigarette aus. „Ich habe nicht vor, irgendetwas zu tun. Ich bin mir meiner Verantwortung und meiner Grenzen hinsichtlich Ihrer Schwester sehr wohl bewusst.“

„Gut.“ Geistesabwesend spielte Alexander mit einem Kugelschreiber. Er hatte den Eindruck, Reeve MacGee längst nicht so gut zu kennen, wie er gedacht hatte. „Und welcher Art sind Bries Gefühle?“

„Das ist ganz allein Bries Angelegenheit. Zum jetzigen Zeitpunkt muss man ihr Leben nicht noch mehr komplizieren. Sobald sie sich wieder erinnern kann, wird sie mich nicht mehr benötigen.“

„So einfach ist das?“

„Ich bin Realist. Welche Beziehung sich auch immer zwischen Brie und mir im Augenblick entwickeln mag, sie wird sich in dem Moment ändern, wo sie ihr Gedächtnis wiedergefunden hat.“

„Und doch wollen Sie ihr helfen, das zu erreichen.“

„Sie muss es wiederfinden“, antwortete Reeve schlicht. „Sie leidet.“

Alex sah die Fotografie wieder an. „Ich weiß es.“

„Wirklich? Wissen Sie, wie schuldig sie sich fühlt, weil sie sich der Menschen nicht erinnert, die auf ihre Zuneigung warten? Wissen Sie, welche Ängste sie aussteht, wenn sie wieder einen der Träume hat, die sie an den Rand der Erinnerung bringen und sie dann doch wieder im Ungewissen lassen?“

„Nein.“ Alexander ließ den Kugelschreiber fallen. „Brie vertraut sich mir nicht an. Ich glaube, ich begreife jetzt, warum. Und ich verstehe jetzt auch, warum mein Vater so großes Vertrauen zu Ihnen hat.“ Alexander fühlte sich plötzlich hilflos und unzufrieden. „Sie hat Träume?“

„Sie erinnert sich an Dunkelheit, an Stimmen und an ihre Angst.“ Reeve fiel der Traum mit dem Messer ein, aber er verlor kein Wort darüber. Das sollte Gabriella selbst erzählen.

„Es ist nicht viel mehr als das.“

„Jetzt begreife ich eine Menge mehr.“ Wieder sah Alexander Reeve direkt an. „Sie haben das Recht, meine Fragen abzulehnen, Reeve, aber ich habe das Recht, sie zu stellen.“

„Wir sind in beiden Punkten einer Meinung.“ Reeve stand auf und beendete so das Gespräch. „Erinnern Sie sich stets daran, Alexander, dass ich alles in meinen Kräften Stehende tun werde, um die Sicherheit Ihrer Schwester zu gewährleisten."

Alex erhob sich und trat vor Reeve hin. „Auch darüber sind wir beide einer Ansicht."

Es war schon spät, als Reeve eine heiße, wohltuende Dusche nahm. Er hatte den Abend damit verbracht, Gabriella zu einer Einladung zu begleiten, bei der man sie mit Fragen wegen der Hochzeit bestürmt hatte. Wann sollte sie sein, wo, wer wäre anwesend? Wie viele Gäste, wie schnell, wie bald?

Wenn Gabriellas Lage sich nach dem Ball nicht entscheidend gebessert haben sollte, würde es schwer sein, die Vorbereitungen für die Hochzeit noch länger als Vorwand für mangelnde Pläne zu nehmen.

Jetzt brauchen wir unbedingt ein fiktives Hochzeitsdatum, dachte Reeve, und ließ sich das Wasser über Kopf und Rücken laufen. Wenn sich die Situation nicht bald ändern würde, dann stünden sie prompt vor dem Altar, nur um die Klatschbasen zum Schweigen zu bringen.

Etwas Unsinnigeres könnte gar nicht passieren! Eine Heirat, nur um den Gerüchten Einhalt zu gebieten. Doch konnte diese Situation noch schwieriger werden als die, in der sie sich momentan befanden?

Reeve hatte das ganze Essen an ihrer Seite überstehen müssen, und jeder hatte ihm zu seinem Glück gratuliert. Er hatte direkt neben ihr gesessen und wurde dabei ständig daran erinnert, wie sie beide ganz allein auf dem Boot in der kleinen Kajüte gewesen waren.

Das Schlimme war, dass er sich viel zu genau erinnerte, an alle Einzelheiten. Aus diesem Grund hatte er seither darauf geachtet, dass sich keine Gelegenheit mehr ergab, bei der sie ganz allein und ungestört waren.

Keiner von uns beiden könnte sich das erlauben, dachte Reeve und verließ die Dusche. Damit hatte keiner rechnen können, dass er die Regeln außer Acht lassen und sich in Gabriella verlieben könnte. Er hatte eine noch ungelöste Aufgabe vor sich, und Gabriella musste erst noch ein ganzes Leben wiederentdecken. Wenn beides einmal erreicht war, dann würden die Verbindungen gelöst werden.

Und so soll es auch sein, dachte er. Gabriella gehörte nicht in die

Umgebung eines kleinen Farmhauses in den Bergen, er hingegen nicht in die vornehme Welt eines Palastes. So einfach war das.

Gabriella saß in einem Sessel und blätterte ein Buch durch. Schwaches Licht fiel ihr über die Schultern, und sie wirkte gleichzeitig nervös und doch entschlossen. Es gelang ihr, ihre Unruhe zu überspielen.

Sie sah auf und meinte: „Ich glaube, ich habe Steinbeck immer gern gelesen." Sie legte das Buch zur Seite und stand auf. Ihr einfaches weißes Kleid war langärmelig und umspielte in weichen Falten ihre grazile Figur. Das Haar fiel ihr lose auf die Schultern. Sie wirkte sehr zart und zerbrechlich.

Reeve rührte sich nicht. Er war fasziniert von ihrem Anblick. „Wolltest du dir ein Buch ausleihen?"

„Nein." Gabriella machte einen Schritt auf ihn zu. „Du wolltest nicht zu mir kommen, deshalb beschloss ich, zu dir zu gehen." Sie nahm seine Hände, als könne sie aus dieser Berührung Vertrauen und Sicherheit ziehen. „Du kannst mich nicht fortschicken. Ich werde hierbleiben."

Nein, natürlich konnte er sie nicht wegschicken, auch wenn ihm die Vernunft etwas anderes riet.

„Willst du beweisen, dass du die Stärkere bist?"

„Nur, wenn es nötig sein sollte!" Gabriella nahm eine seiner Hände und legte sie an ihre Wange. „Sag mir, dass du mich nicht willst. Vielleicht werde ich dich dann hassen, aber ich werde mich zumindest nicht mehr lächerlich machen."

Reeve wusste, dass er sie jetzt belügen konnte. Diese Lüge würde sogar gut für Gabriella sein, aber sie kam nicht mehr über seine Lippen. „Ich kann dir nicht sagen, dass ich dich nicht will. Ich bezweifle, dass ich dazu in der Lage wäre, selbst wenn ich es wollte. Wahrscheinlich bin ich es, der sich lächerlich macht."

Lächelnd schlang sie die Arme um seinen Hals. „Halte mich, umarme mich." Sie schloss die Augen und legte ihre Wange an seine Schulter. Hier bei ihm hatte sie sein wollen. „Dieses Warten hat mich fast verrückt gemacht. Die Ungewissheit hat mich heute Abend beinahe die Nerven verlieren lassen, als ich zu dir kam."

„Nun, es schickt sich eigentlich auch nicht für eine Prinzessin, mich mitten in der Nacht in meinem Zimmer zu besuchen."

Lachend warf Gabriella den Kopf in den Nacken. „Nein, natürlich nicht. Lass uns das Beste aus dieser Situation machen."

Fest schloss sie die Arme um seinen Hals und presste ihren Mund auf seine Lippen. Wie sehr hatte sie sich nach diesem Kuss gesehnt! Und sie übertrug ihre ganze Sehnsucht mit diesem Kuss auf Reeve. Wenn sie nur heute Nacht bei ihm bliebe, dann wäre ihr alles andere gleichgültig. Dann würde sie auch am nächsten Morgen wieder die Kraft haben, einen neuen Tag erfolgreich durchzustehen.

„Reeve." Sie sah ihn eindringlich an. „Heute Nacht wollen wir auf jede Art von Lüge und Verstellung verzichten." Wieder hob sie seine Hand hoch und küsste ihn auf die Fingerspitzen. „Ich brauche dich. Ist das nicht genug?"

„Das ist genug. Ich will es dir beweisen." Langsam löste er den Gürtel ihres Kleides.

Durch die offenen Fenster fiel das Dämmerlicht. Der starke Duft der Bougainvillea, die sich an der Mauer hochrankte, drang zu ihnen herein. Gabriella ließ ihr Kleid zu Boden gleiten und zitterte leicht vor Erregung.

„Du bist wundervoll, Brie." Reeve streichelte ihre bloßen Schultern. „Jedes Mal, wenn ich dich sehe, kommt es mir wie das erste Mal vor."

Reeve streichelte ihr das Haar aus dem Gesicht und nahm ihren Kopf in beide Hände. Lange standen sie so voreinander und sahen sich in die Augen, bis Gabriella vor Aufregung ihren eigenen Herzschlag spürte.

Reeve bedeckte ihr Gesicht mit Küssen, zartfühlend, hingebungsvoll. Er liebkoste mit seinen Lippen ihren Hals, ihre Wange, die Stirn und die Augen. Brie war jetzt bei ihm, sie war von selbst zu ihm gekommen. Nun sollte sie seine ganze Zärtlichkeit fühlen.

Er hob sie mit seinen starken Armen hoch. Überrascht öffnete Gabriella die Augen, als er sie zu dem großen Bett hinübertrug.

Dann lagen sie nackt in den weichen Kissen. Er führte ihre Finger an seine Lippen und küsste jeden einzelnen voller Liebe. Gabriella hob die Arme zu ihm hin, und von den Händen abwärts bedeckte Reeve sie mit Liebkosungen. Im Gegensatz zum ersten Mal fanden sie sich jetzt nicht in einem spontanen Rausch der Empfindungen, sondern entdeckten ihre Körper Zentimeter für Zentimeter, forschend und behutsam.

Gabriella hatte gedacht, Reeve habe ihr bereits jeden Reiz vermittelt, auf den ihr Körper fähig war zu reagieren, doch jetzt empfand sie unter seiner Berührung völlig andere, noch intensivere Gefühle.

Sie spürte seine Unruhe, sein großes Verlangen nach ihr. Beim ersten Mal hatte sie seinen Sturm der Gefühle förmlich herbeigesehnt und herausgefordert. In dieser Nacht war jedoch alles anders, viel zärtlicher, langsamer. Sie schmiegten sich aneinander, Wange an Wange, Hand in Hand und genossen ihre stille, einfühlsame Liebe.

Reeve streichelte Gabriella mit Absicht ruhig und ausgiebig. Mit den Lippen berührte er ihren Hals, die sanfte Rundung ihrer Brust, suchte den Weg abwärts zu ihren schmalen Hüften. Sie hatte den zerbrechlichen Körper einer Frau, die ihr Leben in Luxus und Geborgenheit verbrachte.

Reeve wusste jedoch, dass der Verstand, der zu diesem Körper gehörte, nichts als gegeben betrachtete, dass für ihn nichts selbstverständlich war. Liebte Reeve sie dieser Einstellung wegen?

Gabriella seufzte vor Wohlbehagen. Ihre Haut brannte unter seinen Küssen. Sie wurde von Reizen durchflutet, die sie noch nie zuvor empfunden hatte.

Mit der Zungenspitze erforschte er jede Stelle ihres glühenden Körpers, suchte, spielte, liebkoste und verwöhnte ihn. Dann kam der Moment, da das Verlangen unerträglich wurde. Die Sehnsucht, sich mit ihm zu vereinen, war stärker als alles andere. Sie wollte seine Kraft in sich spüren, sich von seiner Leidenschaft forttragen lassen. Sie wollte eins mit ihm werden in einer sich erfüllenden Umarmung.

Ihr Atem ging heftig, das Herz hämmerte ihr bis zum Hals, und plötzlich wurde Gabriella vom Strudel seiner Begierde fortgerissen. Sie ließ es zu, ließ sich davontragen in eine ihr unbekannte Welt beiderseitigen Begehrens und unendlicher Sehnsucht.

9. Kapitel

Gabriella war klar, dass sie die Nacht nicht bei Reeve hätte verbringen dürfen, aber sie wollte bei ihm sein, an seiner Seite einschlafen, selbst wenn es nur für wenige Stunden sein sollte.

Es fiel ihr leicht, in der dunklen, stillen Nacht nicht an die notwendige Diskretion zu denken. Sie nahm sich, wozu Liebende ein Recht haben. Wie herrlich war es doch, neben Reeve zu liegen und im Schlaf seine Hand zu halten. Diese wenigen Stunden waren mögliche Verwicklungen am nächsten Morgen wert.

Reeve wachte als Erster auf und weckte sie noch kurz vor dem Morgengrauen. Gabriella spürte den zarten Kuss auf ihrer Schulter, aber sie seufzte nur wohlig auf und kuschelte sich noch enger an ihn. Ein leiser Schauer überlief sie, als er sanft an ihrem Ohrläppchen zog.

„Brie, die Sonne geht auf."

„Hm. Küss mich!"

Reeve küsste sie so lange, bis er sicher war, dass sie munter war: „Die Diener werden bald aufstehen und ihren Dienst antreten", sagte er.

Gabriella öffnete ihre Augen ein wenig. „Du solltest dann nicht mehr hier sein", riet er.

„Machst du dir schon wieder Sorgen um deinen Ruf?" Sie gähnte und umarmte ihn spontan.

Reeve lächelte und legte genießerisch die Hand auf ihre Brust. Wenn er und Brie zusammen waren, fühlte er sich völlig ausgeglichen und im Einklang mit sich selbst. „Natürlich."

Mit sich zufrieden, wickelte sie eine Strähne seines Haares um ihren Finger. „Ich habe dich wahrscheinlich kompromittiert."

„Du warst es doch, die zu mir in mein Zimmer gekommen ist. Wie hätte ich eine Prinzessin abweisen können?"

Gabriella drückte ihm einen Kuss auf die Stirn. „Sehr klug. Wenn ich …" Nachdenklich fuhr sie sich mit der Zunge über die Lippen.

„Wenn ich dir also befehlen würde, mich jetzt gleich noch einmal zu lieben …"

„Dann würde ich dich schleunigst aus dem Bett befördern." Er verhinderte ihren Protest mit einem Kuss. „Eure Königliche Hoheit."

„Sehr schön", antwortete Gabriella leichthin und rollte sich zur Seite. Sie stand auf, räkelte sich und schüttelte ihr Haar zurecht. „Da du mich so schnell loswerden willst, kannst du das nächste Mal ja zu mir kommen." Sie bückte sich nach ihrem Kleid und streifte es über. „Das heißt, wenn du verhindern möchtest, in einer der dunklen, feuchten Kerkerzellen zu landen."

Reeve sah ihr beim Anziehen zu. „Erpressung?"

„Ich bin gewissenlos." Sie zog den Reißverschluss auf dem Rücken zu und legte den Gürtel um ihre schmale Taille.

„Brie …" Reeve setzte sich auf und fuhr sich mit der Hand durchs Haar. „Alexander und ich hatten gestern ein langes Gespräch."

Gabriella hantierte weiter an dem Gürtel herum. Reeve sollte ihre plötzliche Nervosität nicht bemerken. „So? Über mich, nehme ich an."

„Ja, über dich."

„Und?", fragte sie ein wenig schnippisch.

„Dieser hochmütige Ton zieht bei mir nicht, Brie. Das solltest du jetzt eigentlich wissen."

„Was dann?"

„Ehrlichkeit."

Gabriella sah ihn an und seufzte. Mit dieser Antwort hätte sie rechnen müssen. „Nun gut. Auch ich hatte gestern mit Alex ein Gespräch, vielmehr einen Streit. Ich kann nicht behaupten, dass ich es gern habe, wenn ihr zwei über mich und mein Leben redet."

„Er macht sich Sorgen, ebenso wie ich."

„Ist das eigentlich für alles eine Erklärung?"

„Das ist der Grund für alles."

Gabriella atmete hörbar schwer. „Es tut mir leid, Reeve. Ich will nicht ungerecht sein, auch wenn es vielleicht so aussehen mag. Ja, sogar undankbar. Ich habe nur den Eindruck, dass bei aller Besorgnis um meine Person jeder an mich irgendwelche Forderungen stellt." Während sie sprach, ging sie langsam zum Fenster und wieder zurück, als müsse sie an diesem Morgen erst wieder zu sich finden. „Man verlangt von mir, Loubets Plan zu befolgen, den Gedächtnisschwund so zu überspielen, dass niemand in Panik gerät und die Untersuchung im Stillen fortgeführt werden kann. Man verlangt von uns beiden, diese falsche Verlobung durchzustehen. Ich glaube, es ist das, was mich am meisten belastet."

„Aha."

Sie sah ihn ernst an. „Ich frage mich, ob du das verstehst", murmelte sie. „Auf der einen Seite überhäuft man mich mit Besorgnis und Zuneigung, auf der anderen gibt es unendlich viele Verpflichtungen."

„Möchtest du lieber etwas anderes tun? Sollte es anders gehandhabt werden?"

„Nein!" Gabriella schüttelte den Kopf. „Nein. Zu welchem Ergebnis ist denn Alexander gekommen?"

„Er hat beschlossen, mir zu vertrauen. Und du?"

Sie sah ihn überrascht an, dann erst wurde ihr klar, wie missverständlich ihr Ton gewesen war. „Du weißt, dass ich dir vertraue. Ich wäre nicht hier bei dir, wenn es anders wäre."

Manchmal war es das Beste, einen Gedanken sofort in die Tat umzusetzen, deshalb fragte Reeve: „Kannst du dir heute freinehmen und mit mir kommen?"

„Ja."

„Keine Fragen?"

Gabriella zuckte die Achseln. „Nun schön, wenn du unbedingt willst. Wohin?"

„Zu dem kleinen Stück Land." Er erwartete eine besondere Reaktion, aber Gabriella sah ihn nur an. „Ich halte es für an der Zeit, dass wir jetzt zusammenarbeiten."

Gabriella schloss einen Moment lang die Augen, dann ging sie zum Bett herüber. „Danke."

Reeve fühlte den Widerstreit der Gefühle in sich. Aber das würde bei Gabriella und ihm wohl immer so sein. „Vielleicht bist du mir hinterher gar nicht mehr dankbar."

„Oh doch, das werde ich." Sie neigte sich zu ihm und gab ihm einen freundschaftlichen, ganz leidenschaftslosen Kuss. „Egal, was passiert."

Die Gänge lagen im Dämmerlicht, als Gabriella Reeves Zimmer verließ und zu ihren Räumen schlich. Jetzt fühlte sie sich frisch und hoffnungsvoll. An diesem Tag würde sie keine der auf sie wartenden Pflichten wahrnehmen. Sie wollte versuchen, die Vergangenheit mit der Gegenwart zusammenzubringen. Der Schlüssel dazu war vielleicht wirklich die kleine Farm. Und mit Reeves Hilfe würde sie ihn möglicherweise finden.

Leise öffnete Gabriella die Tür ihres Schlafzimmers. Sie war voller Tatendrang. Munter summte sie vor sich hin, als sie die Vorhänge zur Seite zog, um Licht hereinzulassen.

„Soso."

Erschrocken fuhr sie herum.

„Nanny!"

Die alte Frau setzte sich im Sessel auf und warf Gabriella einen langen fragenden Blick zu. Kein Zeichen von Müdigkeit war ihr anzumerken. Gabriella spürte die Missbilligung und auch die Nachsicht, die von ihr ausging, und das Blut schoss ihr in die Wangen.

„Du hast allen Grund, rot zu werden, wenn du so am frühen Morgen auf Zehenspitzen in dein Zimmer schleichst."

„Bist du die ganze Nacht hier gewesen?"

„Ja, ganz im Gegensatz zu dir." Mit ihren langen, knorrigen Fingern klopfte Nanny gegen die Armlehne des Sessels. Die Veränderung in Gabriellas Gesicht war unübersehbar, aber sie hatte sie schon an dem Tag bemerkt, als Gabriella vom Segeln zurückgekommen war. Selbst eine alte Frau blieb dennoch eine Frau. „Du hast jetzt also einen Liebhaber. Sag mir, bist du glücklich?"

Trotzig reckte Gabriella das Kinn und war selbst überrascht, dass sie so reagierte. „Ja."

Nanny betrachtete sie, das zerzauste Haar, die geröteten Wangen und den Blick, aus dem noch immer die erlebte Leidenschaft sprach.

„So sollte es auch sein", meinte sie dann ruhig. „Du hast dich verliebt."

Gabriella wollte es im ersten Moment leugnen. Die Worte lagen ihr schon auf der Zunge, aber sie wusste, dass es eine Lüge sein würde. Noch eine Lüge mehr. „Ja, ich bin verliebt!"

„Dann rate ich dir, vorsichtig zu sein." Im fahlen Morgenlicht sah

Nannys Gesicht alt und bleich aus, aber ihre Augen zeigten noch immer jugendliches Feuer. „Wenn eine Frau in einen Mann verliebt ist, dann riskiert sie mehr als nur ihren Körper oder ihre Zeit. Verstehst du mich?"

„Ja, ich denke schon." Gabriella lächelte und hockte sich vor Nanny hin. „Warum hast du die ganze Nacht in diesem Stuhl und nicht in deinem Bett zugebracht?"

„Du hast vielleicht einen Liebhaber, aber ich kümmere mich dennoch weiterhin um dich. Ich hatte dir deine warme Milch gebracht, weil du doch nicht gut schläfst."

Gabriella sah die Tasse auf dem Tisch stehen. „Und ich habe dich beunruhigt, weil ich nicht hier war." Sie legte Nannys Hand gegen ihre Wange. „Das tut mir leid, Nanny."

„Ich habe mir gedacht, dass du bei dem Amerikaner sein würdest." Sie schnaubte leicht durch die Nase. „Nur schade, dass sein Blut nicht so blau wie seine Augen ist, allerdings hättest du es schlechter treffen können."

Der Diamant wog schwer an Gabriellas Finger. „Bis jetzt ist es nur ein Traum, nicht wahr?"

„Du träumst viel zu wenig", versetzte Nanny knapp. „Deshalb hatte ich dir die Milch gebracht, nur um dann festzustellen, dass du offensichtlich eine andere Art von Trost brauchst!"

Jetzt musste Gabriella lachen. „Bist du mir böse, wenn ich dir gestehe, dass ich es so besser fand?"

„Ich rate dir nur, deine Neigungen noch eine Weile vor deinem Vater geheim zu halten." In Nannys Stimme schwang ein belustigter Unterton, und Gabriella lächelte sie an. „Vielleicht bist du ja jetzt nicht mehr auf das, was ich dir bringe, angewiesen." Sie griff neben sich und zog eine zerschlissene Stoffpuppe mit einem runden Gesicht hervor, die in einem zerrissenen Kleidchen steckte. „Als du noch ein Kind warst und nachts nicht schlafen konntest, hast du immer danach gegriffen."

„Armes, hässliches, kleines Ding", flüsterte Gabriella und nahm die Puppe entgegen.

„Du hast sie ‚Henrietta Häuslich' genannt."

„Hoffentlich hatte sie nichts dagegen“, meinte Gabriella und strich sanft über das Puppengesicht. Dann versteifte sie sich plötzlich und sagte nichts mehr.

Ein junges Mädchen in einem kleinen Bett. Seidene Bettwäsche mit einem zarten rosafarbenen Blumendekor. Eine helle Tapete mit Vögeln und Rosenranken. Musik, die von weither erklingt, ein romantischer langsamer Walzer. Und eine Frau, die Frau, welche sie auf einem der Ahnenporträts in der Familiengalerie gesehen hatte. Sie lächelt, flüstert ihr zärtliche Worte zu, lachend lehnt sie sich über Bries Bett. Die Smaragde an ihren Ohren schimmern verlockend im schwachen Licht. Eine grüne seidene Ballrobe, die ihrer Figur einen mädchenhaften Reiz verleiht. Ein schwacher Duft nach frischen Apfelblüten …

„Gabriella!“ Nanny legte ihr die Hand auf die Schulter. Die Haut unter dem dünnen Gewand war eiskalt. „Gabriella.“

„Mein Kinderzimmer, welche Farbe hatte es?“

„Es war weiß und hatte eine chinesische Tapete“, antwortete Nanny zögernd.

„Und hatte meine Mutter ein seidenes grünes Ballkleid?“, fragte Gabriella und hielt unbewusst die Puppe fest umklammert. Ihr standen Schweißperlen auf der Stirn, sie merkte es aber nicht. Sie musste sich zwingen, sich zu erinnern, dann würden ihr die Dinge auch wieder einfallen. „Ja, das stimmt. Mit einer sehr engen Taille und einem großen Stufenrock. Es war smaragdgrün.“

„Und sie roch nach frischen Apfelblüten, nicht wahr? Sie war wunderschön.“

„Ja, richtig. Erinnerst du dich?“ Nanny hielt Gabriella fest an der Schulter.

„Ich … Sie kam in mein Zimmer. Ich hörte Musik, einen Walzer. Sie kam, um mir Gute Nacht zu sagen.“

„Das tat sie immer. Erst bei dir, dann bei Alexander, und zum Schluss ging sie zu Bennett. Wenn dein Vater die Zeit hatte, kam er auch herauf. Und bevor sie selbst schlafen gingen, warfen sie beide immer noch einen Blick in die Kinderzimmer. Ich werde jetzt deinen Vater holen.“

„Nein.“ Gabriella presste die Puppe an ihr Herz. Das Bild war verflogen. Sie fühlte sich schwach und erschöpft. „Nein, jetzt noch nicht. An mehr erinnere ich mich nicht. Nur dieses Bild tauchte eben auf, aber mir fehlt noch so vieles andere. Nanny …“ In Gabriellas Augen standen Tränen. „Ich weiß endlich, dass ich meine Mutter geliebt habe, jetzt fühle ich es wirklich. Und nun habe ich das Gefühl, als hätte ich sie ein zweites Mal verloren.“

Sie lehnte den Kopf an Nannys Schulter und ließ den Tränen freien Lauf. Die alte Kinderfrau streichelte ihr beruhigend über das Haar.

„Du willst also wegfahren!“

Gabriella stand in der großen Halle und sah ihren Vater an. Sie hatte sorgfältig ihr Make-up aufgelegt, sodass alle Spuren von Tränen verdeckt waren. Nur ihre Nerven waren noch nicht wieder zur Ruhe gekommen. Zerstreut spielte sie mit dem Riemen ihrer Umhängetasche.

„Ja, ich habe Janet angewiesen, alle meine Termine abzusagen. Es war sowieso nichts Wichtiges dabei.“

„Brie, du musst dich nicht vor mir rechtfertigen, wenn du einmal einen Tag ausspannen möchtest.“

Fürst Armand war sich zwar nicht sicher, wie sie reagieren würde, aber er ergriff trotzdem ihre Hand. „Habe ich zu viel von dir verlangt?“

„Nein, ich glaube nicht.“ Sie schüttelte den Kopf.

„Noch nie war es schwieriger für mich als jetzt, gleichzeitig Regent und Vater zu sein. Wenn du den Wunsch hast, Gabriella, dann verreise ich mit dir ein paar Wochen. Vielleicht eine Kreuzfahrt oder nur ein Ausflug in unser Haus auf Sardinien.“

Gabriella brachte es nicht übers Herz, ihm zu sagen, dass sie das Haus auf Sardinien nicht kannte. So lächelte sie ihn an. „Das ist nicht notwendig. Dr. Franco hat dir bestimmt berichtet, dass ich sehr kräftig bin!“

„Aber Dr. Kijinsky teilte mir mit, dass du noch immer von Traumbildern heimgesucht wirst.“

Gabriella atmete tief durch und versuchte, sich nicht darüber zu ärgern, dass sie dem Arzt schließlich doch alles erzählt hatte. „Manche Dinge brauchen halt länger, um zu heilen.“

Armand versagte es sich, Gabriella darum zu bitten, sich ihm in der gleichen Weise mitzuteilen wie Reeve. Dazu musste sie innerlich bereit sein. Doch die Erinnerung an das Kind, das sich auf seinen Schoß gekuschelt hatte, den Kopf an seiner Schulter, und ihm seine Sorgen mitgeteilt hatte, konnte er nicht verdrängen.

„Du siehst müde aus", stellte er fest. „Die Landluft wird dir guttun. Fährst du auf den kleinen Bauernhof?"

Gabriella hielt seinem Blick stand. Sie war nicht gewillt, sich von ihrem Vorhaben abbringen zu lassen. „Ja!"

Armand bemerkte ihre Entschlossenheit und respektierte sie. Sehr wohl fühlte er sich allerdings nicht dabei. „Wenn du wieder zurück bist, erzählst du mir dann alles, was dir vielleicht eingefallen ist oder welche Empfindungen du dort hattest?"

Inzwischen war sie etwas ruhiger geworden. „Ja, natürlich." Sie machte einen Schritt auf ihn zu und küsste ihn leicht auf die Wange. Sie tat es für ihn und in der Erinnerung an die Frau im grünen Ballkleid, die ihr Gute Nacht gesagt hatte. „Mach dir um mich keine Sorgen. Reeve kommt mit mir."

Armand sah ihr nach, wie sie den endlos langen Gang hinunterging. Er war bemüht, sich nicht zurückgesetzt zu fühlen. Ein Diener öffnete ihr die Tür, und Gabriella trat hinaus in das helle Tageslicht.

Eine ganze Weile sagte Reeve kein Wort. Gemächlich fuhren sie die sich windende Küstenstraße bergauf und bergab. Er fühlte Gabriellas inneren Aufruhr, kannte allerdings die Ursache nicht. Aber er konnte warten.

Sie ließen die Stadt Cordina hinter sich und fuhren am Hafen Lebarre vorbei. Hier und da tauchten an den Seiten Bauernhäuser auf, mit sorgfältig gepflegten Gärten in voller Blütenpracht. Diese Straße war sie in jener Nacht auf ihrer Flucht entlanggerannt. Gabriella bemühte sich, etwas wiederzuerkennen, alles nochmal zu durchleben.

Ihr kam jedoch nichts bekannt vor, auch nichts, was sie beängstigen könnte. Und doch war sie verkrampft. Nervös spielte sie mit dem Riemen ihrer Handtasche und nahm die idyllische, farbenprächtige Umgebung, die felsige, windzerzauste Landschaft kaum wahr.

„Möchtest du anhalten, Gabriella? Oder vielleicht lieber woandershin fahren?"

Rasch drehte sie sich zu ihm hin, sah aber gleich wieder geradeaus. „Nein, natürlich nicht. Cordina ist ein hübscher Flecken Erde, nicht wahr?“ Sie versuchte, ihrer Stimme einen lockeren Klang zu verleihen.

„Warum erzählst du mir nicht, was dich bedrückt?“

„Ich weiß nicht.“ Sie legte ihre Hände in den Schoß. „Ich fühle mich unsicher, so als ob ich mir selbst über die Schulter sähe.“

Reeve hatte sich bereits entschlossen, ihr ohne Umschweife die notwendigen Antworten zu geben. „Vor einem Monat bist du während eines Sturms diese Straße entlanggerannt.“

Gabriella krampfte die Finger zusammen und streckte sie wieder aus. „Rannte ich in Richtung auf die Stadt oder von ihr fort?“

Er warf ihr einen Blick von der Seite zu. Auf diese Gedankenverbindung war er selbst noch nicht gekommen, und er bewunderte ihren scharfen Verstand. „Auf die Stadt zu. Du warst nicht mehr als drei Meilen von Lebarre entfernt, als du bewusstlos wurdest.“

Gabriella nickte. „Dann hatte ich Glück, oder ich wusste noch so viel, um wenigstens den richtigen Weg zu nehmen. Reeve, heute Morgen …“

„Was war da?“ Er horchte auf und hielt das Lenkrad fester.

„Nanny hat in meinem Zimmer auf mich gewartet.“

Sollte ihn das amüsieren oder erschrecken? Reeve konnte sich bei dem Bild, das vor seinem inneren Auge entstand, ein Lächeln nicht verkneifen. „Ja, und?“

„Wir haben uns unterhalten. Manchmal bringt sie mir abends heiße Milch. Daran habe ich gestern Nacht natürlich nicht gedacht.“ Auch Gabriella musste lächeln. „Außerdem brachte sie mir eine Puppe, die ich als Kind hatte.“ Langsam und entschlossen, keine Einzelheiten auszulassen, berichtete sie ihm jetzt, woran sie sich erinnert hatte. „Das war alles“, endete sie schließlich. „Nur dass es diesmal kein Traum und kein flüchtiger Eindruck, sondern wirkliche Erinnerung war.“

„Wem hast du das sonst noch erzählt?“

„Niemandem.“

„Berichte es Dr. Kijinsky, wenn du ihn morgen siehst.“ Das klang fast wie ein Befehl. Gabriella hatte Mühe, sich nicht darüber zu ärgern, sondern Verständnis aufzubringen.

„Ja, natürlich. Hältst du es für einen Anfang?“

Während Gabriella gesprochen hatte, hatte Reeve die Geschwindigkeit vermindert. Jetzt beschleunigte er wieder. „Ich glaube, deine Kräfte kommen zurück. Mit dieser Erinnerung konntest du fertig werden. Vielleicht musste dir erst etwas Schönes einfallen, ehe du dich mit dem Rest auseinandersetzen kannst.“

„Und alles andere wird mir wieder einfallen.“

„Ja. Dein Erinnerungsvermögen kommt wieder“, pflichtete er bei.

Entsprechend den Erklärungen, die man Reeve gegeben hatte, verließ er die Küstenstraße und fuhr landeinwärts. Die Straße war hier nicht mehr so gut. Wieder verlangsamte er die Fahrt.

Es dauerte nicht lange, dann kamen sie in bewaldetes Gebiet. Das Rauschen des Meeres wurde schwächer. Die Landschaft war lieblicher, mit grünen, sanft geschwungenen Hügeln. Hin und wieder hörten sie das Bellen eines Hundes, sahen Kühe auf der Weide oder verscheuchten aufgeregtes Federvieh von der Straße. Reeve war, als wäre er auf dem Weg zu seinem eigenen Farmhaus.

Erneut bog er von der Straße ab und fuhr jetzt nur noch im Schritttempo. Der Weg bestand hier aus Steinen und Geröll. Zur Rechten lag ein grünes, wild bewachsenes Stück Land, auf der anderen Seite wuchsen zahlreiche Bäume.

„Sind wir da?“

„Ja.“ Reeve schaltete den Motor aus.

„Hat man meinen Wagen hier gefunden?“

„Genau.“

Gabriella blieb einen Augenblick lang reglos sitzen. „Warum glaube ich bloß immer, es müsste ganz leicht sein? Jedes Mal denke ich, dass mir beim Anblick eines Gegenstandes alles wieder deutlich werden würde. Aber nie ist es so. Manchmal fühle ich jedoch das Messer in meiner Hand geradezu körperlich.“ Sie sah auf ihre Handfläche. „Ich spüre es wirklich, und dann weiß ich, dass ich in der Lage wäre, einen Menschen zu töten!“

„Unter entsprechenden Umständen geht uns das wohl allen so.“

„Nein.“ Äußerlich ganz ruhig, faltete Gabriella ihre Hände. Mit dieser inneren Qual musste sie alleine fertig werden, so hatte man es ihr anerzogen. „Das glaube ich nicht. Jemanden umzubringen setzt den Willen zur Gewalt voraus. Bei manchen Menschen ist er so stark, dass er alle anderen Instinkte verdrängt."

„Und was wäre mit dir geschehen, wenn du einfach nur die Augen zugemacht und jede Art von Gewalt abgelehnt hättest?" Fest nahm Reeve sie bei der Schulter und drehte sie zu sich herum. „Gesegnet seien die Duldsamen, Brie? Du weißt das doch besser."

Gabriella war nicht in der Lage, unter seinem Blick ihre Gefühle noch weiter zu verbergen. „Ich will in meinem Leben keine Gewalt", sagte sie leidenschaftlich. „Und ich will und werde die Tatsache nicht akzeptieren, dass ich jemanden getötet habe."

„Dann wirst du dich nie aus deiner Lage befreien können!" Reeves Ton war hart. „Du wirst immer in einer Traumwelt leben. Die kühle, unerreichbare, fremde Prinzessin im Schloss." Er lehnte sich in seinen Sitz zurück.

„Du sprichst zu mir von einer Traumwelt?" Jetzt bedrängte Reeve ihr Erinnerungsvermögen, und es spielte nun auch keine Rolle mehr, dass sie ihn einst darum gebeten hatte. Er drängte sie in eine dunkle, drohende Welt. „Du hast doch auch deine Illusionen", begehrte sie auf. „Du bist ein Mensch, der die Gefahr sucht, ihr ins Auge gesehen hat. Und jetzt gibst du vor, dich damit zu begnügen, auf deiner Veranda zu sitzen und zuzusehen, wie dein Getreide wächst."

Sie hatte Reeves wunden Punkt getroffen. Enttäuschung und Ärger stiegen in ihm auf und schwangen in seiner Stimme mit. Er hatte seine Träume, und Gabriella war ein Teil davon geworden. „Ich kenne wenigstens meine eigene Wirklichkeit und setze mich damit auseinander. Ich brauche meine Farm aus Gründen, die du nicht einmal willens bist zu verstehen. Ich brauche sie, weil ich weiß, wozu ich fähig bin, was ich getan habe und noch tun könnte."

„Ohne jedes Bedauern", provozierte Gabriella ihn.

„Ich pfeife darauf. Morgen kann alles anders sein. Ich habe wenigstens die Wahl!" Das jedenfalls redete er sich ein.

„Die hast du." Plötzlich fühlte sie sich müde und sah von ihm fort. „Vielleicht unterscheiden wir beide uns darin. Wie kann ich mein Leben so führen, wie ich es muss, wenn ich weiß, dass ich …"

„Dass du menschlich fühlst“, unterbrach er sie. „Genau wie wir anderen auch.“

„Du vereinfachst die Dinge.“

„Willst du mir einreden, dass dein Titel dich über uns stellt?“

Ihr lag eine scharfe Bemerkung auf der Zunge, aber sie atmete nur tief durch.

„Du hast mich in die Ecke getrieben. Ich bin ein verängstigter Mensch. Aber mit meinen Schatten zu leben, erscheint mir das Schwierigste überhaupt.“

„Willst du dich weiter damit auseinandersetzen?“

„Ja.“ Sie öffnete die Wagentür und stieg aus.

Gabriella sah sich um und wünschte, sie wüsste, wo sie anfangen sollte. „Bist du früher schon hier gewesen?“, wollte sie von Reeve wissen.

„Nein.“

„Gut, dann ist es für uns beide das erste Mal.“ Sie hielt sich die Hand über die Augen. „Es ist sehr still hier. Ich frage mich, ob ich die Absicht hatte, dieses Land einmal anlegen zu lassen.“

„Du hast davon gesprochen.“

„Aber nichts dergleichen unternommen.“ Sie begann, langsam ein wenig herumzuschlendern. Es würde ein hartes Stück Arbeit werden, diese Erde zu bebauen.

„Warum habe ich dieses Land gekauft?“

„Du wolltest einen eigenen Besitz haben, wohin du dich zurückziehen konntest.“

„Einen Zufluchtsort?“

„Nein, Ruhe und Einsamkeit“, korrigierte er sie. „Das ist etwas anderes.“

„Hierher gehört ein Haus“, meinte sie plötzlich ungeduldig und beschrieb mit der Hand einen Kreis. „Hierher gehört Leben. Sieh einmal, wenn man aus dieser Gruppe ein paar Bäume auslichten würde, dann könnte man dort wundervoll ein Haus hinbauen, von dem aus man den ganzen Besitz überblicken könnte. Dazu gehören natürlich auch Ställe und Versorgungsbauten mit entsprechendem Weideland!“

Gabriella war von ihrem Gedanken selbst beeindruckt und ging begeistert weiter. „Direkt hier. Man sollte dieses Stück Land nicht so brachliegen lassen. Hierher gehören Kinder und kläffende, herumtollende Hunde. Ohne sie ist das Leben nur halb so schön."

Selbst Reeve konnte sich das Bild so ausmalen, wie sie es beschrieb. Genauso hatte er sich seine eigene Farm vorgestellt. „Soweit ich weiß, ist es kein ungeliebter Ort!"

„Aber man kümmert sich nicht darum. Ein so hübscher Flecken sollte nicht ungenutzt bleiben."

Neugierig ging Gabriella weiter durch das hohe Gras und stieß auf einmal mit dem Fuß gegen einen Gegenstand, der Reeve vor die Füße rollte. Er bückte sich und hob eine leere rote Thermoskanne auf, deren Verschlusskappe fehlte. Er fasste sie vorsichtig am unteren Ende an.

„In deinen Träumen warst du an einem stillen Ort und hast aus einer roten Thermosflasche Kaffee getrunken!"

Gabriella starrte die Flasche entsetzt an. „Ja", bestätigte sie leise.

„Und dann wurdest du schläfrig." Er roch an der Öffnung, und alle möglichen Überlegungen schossen ihm durch den Kopf. Wie gut war eigentlich das Polizeilabor von Cordina? Warum hatte man das Gelände hier nicht gründlicher untersucht? Wie konnte man ein so wichtiges Beweisstück nicht entdecken? Er musste die Antworten auf diese Fragen so schnell wie möglich finden.

Gabriella war von sich aus hier entlanggegangen, ohne dass er sie dazu angehalten hatte. Dann hatte sie ganz systematisch beschrieben, wo sie ihr Haus mit den Ställen bauen lassen würde. Wenn sie also genau hier schon einmal gesessen hatte …

Reeve kniff die Augen zusammen und suchte die Gegend ab, bis sein Blick auf einen großen, glatten Felsen fiel. Er war nur wenige Schritte entfernt und lag so, dass die Sonne ihn vom späten Vormittag bis in den frühen Nachmittag hinein beschien. Für jemanden, der seinen eigenen Gedanken nachhängen wollte, genau der richtige Platz.

„Woran denkst du?", wollte Gabriella wissen.

Reeve sah wieder zu ihr hin. „Ich überlege gerade, dass du an diesem Felsen dort gesessen und deinen Kaffee getrunken haben könntest. Du bist müde geworden und vielleicht sogar eingeschlafen.

Doch dann hast du versucht, die Müdigkeit wieder abzuschütteln. Du hast mir erzählt, dass du in deinen Träumen versucht hast, wieder munter zu werden. Vielleicht gelang es dir also, aufzustehen und zu deinem Wagen zurückzustolpern."

Reeve drehte sich um und sah dorthin, wo sein eigenes Auto stand. „Doch dann wirkte die Droge, du brachst zusammen, und die Thermosflasche rollte zur Seite."

„Eine Droge ... im Kaffee?"

„Es passt zusammen. Derjenige, der dich entführt hat, war nervös und stand unter Zeitdruck. Er oder sie kümmerten sich nicht um die Thermosflasche. Warum auch? Sie hatten ja dich."

„Dann muss es jemand sein, der meine Gewohnheiten gut kennt, der vor allem wusste, dass ich an jenem Tag hierherfahren würde. Jemand, der ..."

Sie verstummte und starrte auf die Thermosflasche.

„Jemand, der dir nahesteht", beendete Reeve den Satz für sie. Er hob die Flasche hoch. „Sehr nahe sogar!"

Ein leichtes Zittern überkam sie. Wieder verspürte sie den Drang, sich umzudrehen und weit, weit fortzurennen. Sie musste ihre ganze Beherrschung aufbringen, um ruhig stehen zu bleiben. „Was machen wir jetzt?"

„Jetzt werden wir erst einmal herausfinden, wer dir den Kaffee gemacht hat und wer Gelegenheit hatte, dir etwas hineinzutun."

Brie fiel es schwer, zuzustimmen. „Reeve, hätte die Polizei das nicht herausfinden müssen?"

Er sah an ihr vorbei. „Das sollte man eigentlich annehmen, nicht wahr?"

Gabriella sah auf die Ringe an ihren Händen. Der Diamantring war ein Symbol für Treue, die Saphire für die Liebe. „Mein Vater ...", begann sie, aber die Worte erstarben ihr auf den Lippen.

„Jetzt ist es höchste Zeit, dass wir mit ihm sprechen müssen."

Es war gefährlich für sie, sich zu treffen, doch jeder fuhr die lange, schlechte Straße hinunter zum Bauernhaus. Es wäre allerdings noch gefährlicher gewesen, sich jetzt nicht zu sehen.

Das Haus lag auf einem verwilderten Gelände, einsam und verborgen. Nie hatte sich jemand so recht darum gekümmert. Deshalb war es genau der richtige Treffpunkt. Es lag nahe genug an dem unbebauten Stück Land und weit genug von der Stadt entfernt, um nicht sofort entdeckt zu werden. Mit einer Ausnahme waren alle Fenster vernagelt. Sie hatten schon vorgehabt, das Haus abzubrennen und es seinem Schicksal zu überlassen, ebenso wie den Leichnam, den sie unter den Bäumen hinter dem Haus verscharrt hatten.

Die Autos kamen kurz hintereinander an. Beide waren zu vorsichtig und zu sorgfältig, um sich lange zu verspäten. Jeder von ihnen war sehr nervös, als sie aufeinander zugingen. Die Umstände brachten es mit sich, dass der eine sich in der Hand des anderen wusste.

„Sie fängt an, sich wieder zu erinnern."

„Sind Sie sicher?" Ein erstickter Fluch begleitete die Frage.

„Sonst hätte ich mich nicht mit Ihnen in Verbindung gesetzt. Mir ist mein Leben genauso wichtig wie Ihnen das Ihre." So lange einer von ihnen nicht entdeckt wurde, so lange war auch der andere in Sicherheit, das wussten sie. Wenn aber einer auch nur den kleinsten Fehler beging ...

„Wie viel weiß sie?"

„Noch nicht genug, um gefährlich zu sein. Kindheitserinnerungen, ein Erinnerungsfetzen hier und da. Nichts von uns." Eine vorüberfliegende Krähe stieß einen kreischenden Laut aus und ließ sie beide zusammenfahren.

„Doch langsam fallen ihr die Dinge wieder ein. Jetzt sind es nicht mehr nur Albträume. Ich bin davon überzeugt, wenn sie ihre Willenskraft einsetzt, dann wird es nicht mehr lange dauern."

„Wir wussten schon eine Weile, dass sie keinen endgültigen Gedächtnisverlust erlitten hat. Aber wir brauchen noch etwas mehr Zeit."

„Zeit?" Das Auflachen bei dieser Frage war schrill. „Uns bleibt herzlich wenig übrig. Sie erzählt dem Amerikaner alles. Sie sind ineinander verliebt, und er ist ein kluger Bursche. Sehr klug sogar."

„Seien Sie nicht albern." Wie hätte man die Ankunft des Amerikaners auch vorhersehen sollen? Dadurch war eine völlig neue Situation entstanden, die beide beunruhigte. „Wenn dieser Idiot Henri sich nur nicht betrunken hätte! Merde!" Der so sorgfältig ausgedachte Plan war durch ihn ins Wanken geraten, durch Henris Gier nach Alkohol und Sex. Es ließ sie beide kalt, ihn schließlich begraben zu haben.

„Es hat keinen Sinn, jetzt darüber zu debattieren. Wenn wir sie nicht noch einmal in unsere Gewalt bringen können, ist der Austausch unmöglich geworden. Deboque bleibt im Gefängnis, wir kommen nicht an das Geld heran und können uns nicht rächen."

„Also müssen wir sie noch einmal entführen."

„Was geschieht mit dem Amerikaner? Er ist nicht so vertrauensselig wie die Prinzessin."

„Er wird verschwinden müssen, so wie die Prinzessin auch, wenn sie sich zu früh erinnern sollte. Beobachten Sie sie genau. Sie wissen, was Sie tun müssen, wenn dieser Fall eintreten sollte."

Der kleine Revolver war gut verborgen. „Wenn ich sie erschießen muss, dann haben Sie ebenso wie ich Blut an den Händen."

Der Gedanke an einen Mord war nicht beängstigend, sondern lediglich die Sorge vor Entdeckung und einem neuen Fehlschlag. „Das wissen wir beide. Wir müssen nur noch bis zur Ballnacht warten."

„Gut, das ist ein vernünftiger Plan, sie dort direkt aus der Mitte der Anwesenden zu entführen."

„Ja, es kann klappen. Oder haben Sie eine bessere Idee?" Ein unheilvolles Schweigen lastete zwischen den beiden Verschwörern.

„Ich wünschte nur, ich wäre hier bei ihr geblieben und nicht Henri."

„Halten Sie nur Ihre Augen und Ohren offen. Sie haben ihr Vertrauen gewonnen?"

„So wie jeder andere auch."

„Dann nützen Sie es aus. Uns bleiben nur noch knapp zwei Wochen."

10. Kapitel

Gabriella hielt die Hände im Schoß gefaltet und saß sehr aufrecht in ihrem Sessel. Sie wartete ungeduldig darauf, dass ihr Vater endlich zu sprechen begann.

„Sie sind also der Meinung, dass der Kaffee in dieser Thermoskanne ein Betäubungsmittel enthielt?", fragte Armand in sachlichem Ton und sah auf die auf seinem Schreibtisch stehende Thermosflasche.

„Es muss so sein." Reeve stand neben Gabriellas Stuhl und sah Armand an. „Und es passt auch zu dem sich wiederholenden Traum, unter dem Brie leidet."

„Man müsste die Thermosflasche einer Untersuchung unterziehen!"

„Ja, unbedingt." Reeve beobachtete jede Bewegung Armands, jede seiner Reaktionen. Er war sich auch bewusst, dass Armand ihn ebenso wachsam ansah. „Die Frage ist eigentlich, warum man sie dort nicht früher gefunden hat."

Armand sah Reeve in die Augen. „Es hat den Anschein, als hätte die Polizei nicht sorgfältig genug gearbeitet", stellte er kühl und nicht sehr freundlich fest.

„Es scheint, als hätten eine ganze Reihe von Leuten nicht genügend Sorgfalt walten lassen." Mehr als früher hatte Reeve Mühe, sein Temperament zu zügeln. Armand machte einen unterkühlten, berechnenden Eindruck auf ihn, der ihm nicht gefiel. „Wenn in dem Kaffee ein Betäubungsmittel war, so wie ich es annehme, dann sind die Schlussfolgerungen daraus offensichtlich!"

Armand nahm eine seiner langen, dunklen Zigaretten und zündete sie an. „In der Tat."

„Sie nehmen das sehr gelassen hin, Eure Hoheit."

„Ich reagiere so, wie ich es für richtig halte."

„Und auch ich werde tun, was mir nötig erscheint. Ich werde Brie aus Cordina herausbringen, bis diese Angelegenheit geklärt ist. Im Palast ist sie nicht mehr sicher."

Armand biss die Zähne zusammen. „Wenn ich mir um die Sicherheit meiner Tochter keine Sorgen machen würde, dann hätte ich Sie auch nicht hierher gerufen."

„Es reicht!" Gabriella sprang aus ihrem Sessel auf und stellte sich zwischen Reeve und ihren Vater. „Wie könnt ihr beide es wagen, in meiner Gegenwart von mir zu reden, als wäre ich nicht in der Lage, mich um mich selbst zu kümmern? Wie könnt ihr euch unterstehen, über meinen Schutz zu sprechen, als wäre ich selbst dazu nicht fähig?"

„Gabriella!" Armand erhob sich schnell von seinem Stuhl. Diesen Ton hatte er früher zu oft schon gehört. Er war genötigt gewesen, ihn zu unterbinden. „Pass auf, was du sagst."

„Ich denke nicht daran." Wütend stemmte sie beide Hände auf die Schreibtischplatte und blitzte ihren Vater an. Bei einer anderen Gelegenheit hätte er sie wahrscheinlich bewundert, so wie er Bries Mutter bewundert hatte. „Ich habe keinen Grund, nur höflich und zurückhaltend zu bleiben. Ich bin kein vornehmes Ausstellungsstück, sondern eine lebendige Frau. Hier geht es um mein Leben, begreift ihr das? Ich stehe nicht einfach tatenlos herum, während ihr beide euch wie zwei Kinder, die sich um dasselbe Spielzeug streiten, den Schädel einschlagt. Ich will endlich eine Lösung!"

Armand sah sie kühl und herablassend an. „Du verlangst mehr, als ich zu geben bereit bin", antwortete er abweisend.

„Ich will nur das, was mir zusteht."

„Was dein ist, gehört dir nur, weil ich es dir gebe."

Blass, aber gefasst richtete Gabriella sich auf. „Sprichst du als Vater?", fragte sie leise und in schneidendem Ton. „Sie herrschen gut über Cordina, Eure Hoheit. Kann man dasselbe auch hinsichtlich unserer Familie sagen?"

Der Hieb saß, das war Armand anzusehen. Aber sein Gesicht war gleich wieder maskenhaft unbeweglich. „Du musst mir vertrauen, Gabriella."

„Vertrauen?" Ihre Stimme bebte. „Das hier zeigt mir", sagte sie mit einer Geste auf die Thermosflasche hin, „dass ich keinem vertrauen kann. Niemandem.“ Dann drehte sie sich hastig um und verließ den Raum.

„Lassen Sie sie gehen“, befahl Armand, als Reeve schon halb hinter ihr hergeeilt war. „Man kümmert sich um sie. Ich sagte doch, man wird schon auf sie achtgeben“, wiederholte er, da Reeve nicht stehen blieb. „Lassen Sie sie gehen.“

Die Worte hätten Reeve nicht aufzuhalten vermocht, aber der Ton ließ ihn innehalten. Ein schmerzlicher Unterton schwang darin mit, dieselbe innere Qual, die Reeve an jenem Tag bei Armand im Warteraum des Krankenhauses bemerkt hatte. Deshalb blieb er an der Tür stehen und wandte sich um.

„Wussten Sie nicht, dass jeder ihrer Schritte ständig überwacht wird?“, sagte Armand leise. „Sie wird so genau beobachtet, dass ich sogar weiß, wo sie letzte Nacht verbracht hat.“ Müde ließ er sich wieder auf seinen Sessel sinken.

Reeve sah ihn verblüfft an. Es war ihm nicht entgangen, dass die Dienerschaft sich häufig in Gabriellas Nähe aufhielt, aber er hatte nicht vermutet, dass das tatsächlich auf Armands Befehl hin geschah. „Sie lassen ihr nachspionieren?“

„Ich lasse sie überwachen“, verbesserte Armand sehr betont. „Glauben Sie etwa, Reeve, dass ich Bries Sicherheit dem Zufall überlasse? Oder ausschließlich Ihrer Umsicht? Ich brauchte Sie aus allen bekannten Gründen heraus, aber wenn es um das Leben meiner Tochter geht, setze ich jedes mir zur Verfügung stehende Mittel ein.“ Armand fuhr sich flüchtig mit der Hand über sein Gesicht und zeigte so zum ersten Mal seine innere Anspannung. „Bitte, schließen Sie die Tür, und bleiben Sie einen Moment. Es ist an der Zeit, dass ich Sie genauer informiere.“

„Sie wissen, wer sie entführt hat“, sagte Reeve ruhig, aber Zorn schwang noch in seiner Stimme mit. „Sie wussten es die ganze Zeit.“

„Ich kenne einen der Beteiligten und verdächtige eine weitere Person. Doch auch Sie hegen einen Verdacht.“ Sein abweisender, unnachgiebiger Blick haftete auf Reeve. „Es ist mir nicht entgangen, dass auch Sie eine bestimmte Theorie haben und die Sache auf Ihre Weise untersuchen. Ich habe nichts anderes von Ihnen erwartet, hatte allerdings nicht damit gerechnet, dass Sie so schnell Gabriellas Vertrauen erlangen würden."

„Wer hätte ein besseres Recht dazu gehabt?"

„Ich bin ihr Vater, doch in erster Linie bin ich der Regent. Sie kann nur das tun, was ich ihr zubillige." Aus Armands Worten sprachen kalte Arroganz und Machtbewusstsein, die Reeve nun schon nicht mehr fremd waren und für die er sogar so etwas wie Bewunderung empfand.

„Sie benutzen Brie als Mittel zum Zweck."

„Und Sie auch", gab Armand zurück. „Andere desgleichen."

„Warum, zum Teufel, lassen Sie sie so im Ungewissen?", verlangte Reeve zu wissen. „Ist Ihnen nicht bekannt, wie sehr sie sich quält?"

„Glauben Sie ernstlich, dass mir das verborgen geblieben ist?" Armand hob die Stimme, und er sah Reeve zornig an. In seiner Jugend hatte man sein unberechenbares Temperament gefürchtet, und nun schien ihn die jahrelange Kontrolle seines Wesens zu verlassen.

„Sie ist mein Kind, mein ältestes Kind. An meiner Hand lernte sie laufen, ich saß an ihrem Bett, wenn sie krank war, und weinte an ihrer Seite am Grabe ihrer Mutter."

Armand erhob sich steif und ging langsam zum Fenster. Er lehnte sich hinaus und stützte dabei die Hände auf den Sims. „Was ich tue, mache ich, weil ich es so tun muss. Trotzdem liebe ich Brie."

Das glaubte Reeve dem Fürsten unbesehen. „Gabriella sollte das wissen."

„Der Verstand ist eine uns immer noch unbekannte, delikate Sache, Reeve", sagte Armand. „Gabriella ist trotz ihrer Willenskraft und ihrer inneren Stärke noch nicht in der Lage, die verstandesmäßige Blockade, sich nicht zu erinnern, von selbst zu überwinden. Wenn Sie anderer Ansicht wären, warum haben Sie ihr dann nicht mitgeteilt, wen Sie verdächtigen?"

„Sie braucht Zeit", fing Reeve an, doch Armand drehte sich um und unterbrach ihn mit einer Handbewegung.

„Ja, und ich kann ihr nicht mehr als Zeit geben. Dr. Kijinsky hat mir in aller Deutlichkeit dazu geraten. Wenn Gabriellas Verstand nicht von selbst dazu bereit ist, das Geschehene zu verarbeiten und zu akzeptieren, dann könnte, wenn man ihr zu früh alles erzählen würde, der nachfolgende Schock zu einem vollständigen Zusammenbruch führen. Dann könnte es sein, dass ihr Gedächtnisverlust endgültig wird."

„Aber sie erinnert sich doch schon an einige Einzelheiten."

„Ihr Gedächtnis reagiert auf die wenigen Anstöße. Sie sind klug genug, um das zu wissen. Wenn ich ihr jedoch alles, was ich weiß oder vermute, berichten würde, dann wäre es zu viel für sie. Eine immense Gefahr. Als Vater muss ich jetzt Geduld bewahren, und als Cordinas Herrscher stehen mir andere Wege offen, das herauszufinden, was ich wissen muss. Ja, ich weiß, wer sie entführt hat und warum."

Er sah grimmig und entschlossen aus, wie ein Verfolger hinter seiner Beute. „Aber noch ist der Augenblick nicht gekommen. Um sie dingfest zu machen, brauche ich noch etwas mehr Zeit. Das müssten Sie, der mit den Intrigen in Washington vertraut ist, doch eigentlich bestens verstehen. Leugnen Sie es nicht", wehrte Armand Reeves Protest ab. „Ich bin über die Art Ihrer Tätigkeit bestens informiert."

„Ich war nur ein kleines Rad beim Geheimdienst."

„Nicht nur ein kleines Rad", widersprach Armand mit einem Kopfschütteln. „Doch lassen wir es dabei bewenden. Es ist Ihnen klar, dass ich als Regent erst den endgültigen Beweis haben muss, ehe ich Anklage erheben kann. Ich kann es mir nicht erlauben, wie ein verzweifelter, wütender Vater zu erscheinen. Ich bin als Richter der Gerechtigkeit verpflichtet. Es gibt hier einige mir nahestehende Leute, die glauben, dass ich aufgrund meiner Stellung nichts von den Schachzügen, den Bestechungen und der falschen Loyalität weiß, die es hinter den Kulissen meiner Regierung gibt. Ich bin nicht böse, dass diesen Leuten meine Kenntnis von den Vorgängen entgeht. Es gibt genügend Personen, die glauben, dass ich jetzt, wo Gabriella wieder bei mir ist, mich nicht weiter mit den Gründen ihrer Entführung befassen würde. Eine der Bedingungen der Entführer war die Freilassung verschiedener Gefangener. Bis auf einen waren alle anderen nur zur Tarnung genannt. Dieser eine war – Deboque."

Eine Reihe Erinnerungen kamen in Reeve auf. Auf diesen Namen war er oft genug im Zusammenhang mit seiner Geheimdiensttätigkeit gestoßen. Deboque war ein sehr erfolgreicher Geschäftsmann, der mit

Drogen, Waffen und Prostitution in Verbindung gebracht wurde. Er handelte mit allem, mit Raketen, Sprengstoffen sowie militärischer Ausrüstung, und verkaufte es den Meistbietenden.

Aber er war nur so lange erfolgreich gewesen, bis er am Ende einer dreijährigen, mit größter Genauigkeit geführten Untersuchung überführt und verurteilt wurde. Allerdings war man weithin davon überzeugt, dass Deboque auch in den bisher verbüßten zwei Jahren der Haftzeit die Fäden seiner Organisation nicht aus den Fingern gelassen hatte.

„Sie glauben also, dass Deboque dahintersteckt?“

„Deboque ist für Gabriellas Entführung verantwortlich“, stellte Armand lakonisch fest. „Wir müssen nur noch beweisen, wer seine Mittelsmänner waren.“

„Sie kennen sie?“ Reeve sprach jetzt wieder ruhiger. Ihm war klar, nur ein exakter Beweis konnte Deboque überführen und dessen mögliche Machenschaften und politische Intrigen unterbinden. „Ist Deboque denn auch von der Zelle aus in der Lage, seine Macht in Cordina weiter auszuüben?“

„Er ist dieser Ansicht und denkt, der Anfang sei bereits gemacht. Ich glaube, damit …“, Armand unterbrach sich mit einer Handbewegung zur Thermosflasche hin, „… damit kann man ihn mattsetzen und einen seiner Helfershelfer herausfinden. Bei dem anderen wird es schwieriger sein.“ Flüchtig sah er auf den Ring an seiner Hand. Reeve bemerkte den Ausdruck des Bedauerns in seinem Gesicht. „Ich sagte Ihnen schon, dass ich weiß, wo Gabriella die Nacht zugebracht hat?“

„Ja, bei mir.“

Erneut spiegelte Armands Gesicht einen Moment lang seine Gefühle wider, doch er hatte sich schnell wieder unter Kontrolle. „Sie sind der Sohn eines meiner ältesten Freunde und ein Mann, den ich um seiner selbst willen respektiere. Aber es fällt mir doch schwer, meine Ruhe zu bewahren, seit ich weiß, dass sie bei Ihnen war. Ich begreife natürlich, dass Gabriella inzwischen eine Frau ist, aber …“ Armand zögerte weiterzusprechen. „Welcher Art sind Ihre Gefühle für Gabriella? Ich frage jetzt als ihr Vater.“

Reeve stand vor Armand und sah ihm fest in die Augen. „Ich liebe sie.“

Armand fühlte den Stich, den ein Elternteil immer dann empfindet, wenn eines seiner Kinder seine Liebe und Zuneigung einem anderen außer ihm schenkt. „Nun ist es an der Zeit, dass ich Ihnen sage, was wir unternommen haben, Reeve. Außerdem brauche ich Ihren Rat.“ Armand wies mit der Hand auf einen Stuhl, und Reeve setzte sich ihm gegenüber.

Sie unterhielten sich noch zwanzig Minuten lang sehr angeregt, obwohl beide mit ihrem inneren Aufruhr zu kämpfen hatten. Einmal stand Armand auf und goss Cognac in zwei Gläser. Der Plan, den sie besprachen, war gut durchdacht. Reeves Erfahrungen und sein scharfer Verstand waren Armand eine große Hilfe.

Man würde die Verdächtigen sehr genau beobachten. In dem Augenblick, in dem sich Gabriella wieder erinnern sollte, würde der nächste Schritt getan werden. Und wenn alles gut ging, war Gabriella nicht einen Augenblick lang in Gefahr.

Die Dinge entwickeln sich jedoch nicht immer nach Plan.

Zornbebend stürmte Gabriella in ihr Büro und fand Janet dort vor, die mit ihren Papieren beschäftigt war. Sofort drehte sich Janet zu ihr um und verneigte sich, die Dokumente noch immer in der Hand.

„Eure Hoheit, ich habe Sie heute nicht so bald zurückerwartet.“

„Ich will arbeiten.“ Gabriella ging direkt zu ihrem Schreibtisch und sah ihre Unterlagen durch. „Ist das Menü für das private Abendessen fertig, das wir unseren persönlichen Gästen am Abend vor dem Ball geben werden?“

„Die Druckerei hat Ihnen einen Fahnenabzug zur Genehmigung geschickt.“

„Ja, hier ist er.“ Gabriella nahm den schweren cremefarbenen Andruck zur Hand und warf einen Blick auf die exquisite Aufmachung.

„Ich werde es nicht tolerieren.“ Sie warf die Tischkarte auf den Schreibtisch zurück und sprang auf.

„Billigen Sie das Menü nicht?“

„Nicht billigen?“ Mit einem bitteren Lachen steckte Gabriella die Hände in die Taschen ihres Rockes. „Es ist perfekt. Rufen Sie die Druckerei an, und sagen Sie ihnen, dass sie es so lassen können. Die fünfzig Gäste, die mit uns am Vorabend des Balles speisen, werden ein unvergessliches Erlebnis haben. Dafür werde ich schon sorgen. Keiner von ihnen wird das jemals vergessen!" Bebend fuhr sie herum.

Janet war sich nicht mehr sicher, was sie nun darauf antworten sollte, und wartete einfach geduldig mit den Papieren in ihrer Hand. „Ja, Eure Hoheit."

„Sogar mein Vater versagt mir die Höflichkeit."

„Ich bin sicher, Sie missverstehen etwas. Fürst Armand ...", begann Janet.

„Findet es richtig, die Entscheidungen für mich zu treffen", fuhr Gabriella dazwischen. „Er treibt sein Spiel mit mir, das weiß ich. Das jedenfalls weiß ich, obwohl es hundert andere Sachen gibt, an die ich mich nicht erinnere. Aber das wird schon noch kommen, sehr bald sogar." Gabriella ballte die Hände zu Fäusten.

„Sie sind aufgeregt, ich werde Ihnen etwas Kaffee kommen lassen", sagte Janet und legte die Dokumente ordentlich auf die Schreibtischplatte.

„Einen Augenblick." Gabriella machte einen Schritt auf sie zu. „Wer kümmert sich um meinen Kaffee, Janet?"

Der Ton in Gabriellas Frage verwirrte Janet, und sie legte den Hörer wieder auf die Gabel zurück. „Wer? Die Küche natürlich. Ich will eben dort anrufen und ..."

Gabriella schoss es durch den Kopf, dass sie keine Ahnung hatte, wo die Küche eigentlich war. „Bereitet die Küche auch eine Thermosflasche für mich vor, wenn ich danach verlange?" Ihr Puls ging plötzlich schneller, ehe sie die nächste Frage stellte. „Wenn ich aufs Land fahren will, Janet?"

Janet machte eine kleine, zittrige Geste mit den Händen. „Sie haben Ihren Kaffee immer sehr gern stark. Gewöhnlich wird er von der alten russischen Frau gemacht."

„Nanny", flüsterte Brie leise. Das war nicht die Antwort, mit der sie gerechnet hatte.

„Ich habe oft gehört, dass Sie darüber scherzten, der Kaffee würde auch ohne die Flasche nicht die Form verlieren." Janet brachte ein unsicheres Lächeln zuwege. „Sie kocht ihn in ihrem Zimmer und weigert sich, dem Koch ihr Rezept zu verraten."

„Sie bringt mir also die Thermosflasche, bevor ich das Haus verlasse."

„Für gewöhnlich ja, Eure Hoheit. Aus der gleichen Gewohnheit heraus bringt Prinz Bennett eher ihr ein Hemd zum Knopfannähen als seinem Kammerdiener!"

Ein Schwindelgefühl überkam Gabriella, aber sie konnte sich beherrschen.

„Ein sehr altes und vertrauenswürdiges Mitglied unserer Familie also."

„Ja, sie zählt sich nicht einmal zu den Angestellten des Palastes. Fürstin Elizabeth nahm eher sie auf Reisen mit als eine Kammerzofe."

„War Nanny mit meiner Mutter in Paris? War sie bei ihr, als meine Mutter erkrankte?"

„So wurde mir berichtet, Eure Hoheit. Sie war der Fürstin völlig ergeben."

Und geistig verwirrt? überlegte Gabriella. Oder verkalkt? Wie viele Leute hätten Gelegenheit gehabt, etwas in die Thermosflasche hineinzuschütten?

Sie zwang sich zur Ruhe, ehe sie die nächste Frage stellte. „Wissen Sie, ob Nanny mir an dem Tag, an dem ich zum Bauernhof hinausgefahren bin, den Kaffee zubereitet hat? An dem Tag, an dem ich entführt wurde?"

„Warum? Ja." Janet zögerte. „Sie brachte ihn hierher. Sie kümmerten sich noch um die Post, ehe Sie abfuhren. Nanny brachte den Kaffee, sie schimpfte, weil Sie ohne Jacke fahren wollten. Sie haben sie ausgelacht und versprochen, dass sie nicht ohne eine Jacke gehen würden. Und dann haben Sie sie hinausgeschickt. Sie waren in Eile und ließen mich wissen, dass wir den Rest der Korrespondenz später erledigen würden."

„Niemand anders kam in den Raum?", forschte Gabriella. „Wir wurden von dem Moment an, nachdem Nanny den Kaffee gebracht hatte, bis zum Augenblick meiner Abfahrt nicht mehr gestört?"

„Niemand, Eure Hoheit. Ihr Wagen wartete vor dem Hauptportal. Ich habe Sie selbst hinunterbegleitet. Eure Hoheit …" Vorsichtig streckte Janet eine Hand aus. „Ist es gut für Sie, über solche Dinge nachzudenken, sich mit derartigen Einzelheiten zu quälen?"

„Vielleicht nicht.“ Gabriella erwiderte flüchtig Janets Händedruck, ehe sie zum Fenster hinüberging. Der Wunsch, endlich mit einer Frau über alles zu sprechen, wurde ganz stark. Sie brauchte einfach eine Vertrauensperson. „Ich habe heute keine Verwendung mehr für Sie, Janet, vielen Dank.“

„Ja, Eure Hoheit. Soll ich Ihnen, bevor ich gehe, noch den Kaffee bestellen?“

„Nein.“ Beinahe musste Gabriella lachen. „Nein, danke, ich mag jetzt nicht mehr.“

Gabriella konnte nicht mehr im Zimmer, von Wänden umgeben, bleiben. Kaum war Janet gegangen, hatte sie das Bedürfnis nach frischer Luft und Sonne. So verließ sie ihr Büro, ging ohne Ziel durch den Palast. Plötzlich fand sie sich auf der Terrasse wieder, wo sie mit Reeve am ersten Abend gewesen war. Wo er sie zum ersten Mal geküsst hatte und wo erstmals ihre Gefühle geweckt worden waren.

Am Tage wirkt alles ganz anders, dachte sie und ging zur Brüstung. Sie lehnte sich vor und bewunderte den herrlichen Ausblick, als sie Schritte hinter sich vernahm.

„Eure Hoheit.“ Loubet betrat die Terrasse mit einem leichten, kaum wahrnehmbaren Hinken. „Ich hoffe, ich störe Sie nicht.“

Natürlich störte er sie, aber sie war zu wohlerzogen, es ihn merken zu lassen. Gabriella reichte ihm lächelnd die Hand. Während des gemeinsamen Diners hatte sie Loubets junge hübsche Frau kennen und schätzen gelernt. Sie fand es rührend, dass dieser dickliche, praktisch veranlagte Staatsminister so offensichtlich verliebt in sie war.

„Sie sehen gut aus, Monsieur.“

„Merci, Vôtre Altesse.“ Er gab ihr einen galanten Handkuss. „Ich muss sagen, Sie machen einen blühenden Eindruck. Wieder zu Hause zu sein ist offensichtlich die beste Medizin für Sie.“

„Ich dachte gerade, dass es mir tatsächlich inzwischen wie ein Zuhause vorkommt.“ Sie sah wieder auf die Berge hinüber, die Cordina umgaben. „Noch nicht im Herzen, aber wenigstens äußerlich. Sind Sie gekommen, um mit meinem Vater zu sprechen, Monsieur Loubet?“

„Ja, Eure Hoheit, ich habe in wenigen Minuten eine Verabredung mit ihm.“

„Sagen Sie, Sie haben doch viele Jahre lang für meinen Vater gearbeitet. Würden Sie sich als seinen Freund bezeichnen?“

„Ich habe mich immer als solchen betrachtet, Eure Hoheit.“

Er ist immer so diplomatisch, so konservativ, dachte Gabriella mit einem leichten Anflug von Ungeduld. „Hören Sie, Loubet, ohne meinen Gedächtnisverlust müsste ich diese Frage nicht stellen. Schließlich wird dieses Problem auf Ihren Rat hin so heruntergespielt“, erinnerte sie ihn mit einem leichten Stirnrunzeln. „Erzählen Sie mir also, ob mein Vater Freunde hat und ob Sie dazugehören.“

Loubet dachte nach. Er war ein Mann, der stets erst seine Gedanken ordnete, ehe er sie in Worte fasste. „Es gibt wenige große Männer auf der Welt. Einige davon sind gutherzig. Fürst Armand ist einer dieser Menschen. Große Männer schaffen sich Feinde, gute Männer Freunde. Ihr Vater trägt die Last, dass ihm beides widerfährt.“

„Ja.“

Seufzend lehnte sich Gabriella an die Mauer. „Ich glaube zu verstehen, was Sie meinen.“

„Ich stamme nicht aus Cordina.“ Loubet lächelte und schaute seinerseits auf das Panorama.

„Verfassungsgemäß ist der Staatsminister ein Franzose. Ich liebe mein eigenes Land. Ich will Ihnen offen gestehen, dass ich nur der Gefühle wegen, die ich für Ihren Vater empfinde, Ihrem Land diene.“

„Ich wünschte, ich wäre mir meiner eigenen Gefühle so sicher“, sagte Gabriella sehr leise.

„Ihr Vater liebt Sie.“ Er versicherte ihr das mit so großem Zartgefühl, dass sie ihre Augen schloss, um nicht in Tränen auszubrechen.

„Sie sollten keinen Zweifel daran haben, dass Ihr Wohlergehen Ihrem Vater das Wichtigste ist.“

„Sie beschämen mich.“

„Eure Hoheit …“

„Nein, Sie haben recht. Ich habe über vieles nachzudenken.“ Sie ging auf Loubet zu und gab ihm die Hand. „Vielen Dank, Monsieur Loubet.“

Er machte eine förmliche Verbeugung, sodass sie lächeln musste.

Doch dann hatte Gabriella den Franzosen auch schon wieder vergessen und wandte sich erneut dem reizvollen Ausblick auf die Stadt zu.

Weder sie noch Loubet hatten den jungen Mann bemerkt, der am anderen Ende der Terrasse frisch geschnittene Blumen in Vasen arrangierte. Auch die stämmige Magd, die hinter den Glasscheiben Staub wischte, war ihrer Aufmerksamkeit entgangen.

Nachdem er Gabriella überall gesucht hatte, fand Reeve sie schließlich draußen auf der Terrasse. Er war zugleich erleichtert und nervös. Armand hatte ihm versichert, dass Gabriella ständig überwacht würde, und ihm fielen die beiden Leute auf, die sich in einiger Entfernung der Prinzessin zu schaffen machten. Und dennoch hatte der Fürst von Anfang an auch auf seine Unterstützung nicht verzichten wollen.

Nach ihrem Gespräch verstand Reeve jetzt besser, warum Armand einen Fremden in die Sache hineingezogen hatte, jemanden, der Cordina und seiner Herrscherfamilie nicht so verbunden war. Mehr als früher muss ich jetzt objektiv bleiben, dachte er und betrachtete dabei Gabriella. Aber mehr als früher würde ihm das jetzt schwerfallen.

„Brie!"

Langsam drehte sich die Prinzessin um, als hätte sie Reeves Gegenwart gespürt. Ihr Haar war vom Wind zerzaust. Ruhig sah sie ihn an. „Als ich mit dir hier am ersten Abend war, hatte ich noch viele Fragen. Jetzt, Wochen später, fehlen mir noch immer die meisten Antworten." Sie sah auf ihre Ringe, deren Anblick die unterschiedlichsten Gefühle in ihr auslösten. „Du willst mir nicht sagen, was du mit meinem Vater besprochen hast, nachdem ich euch verlassen habe."

Das war keine Frage, sondern eine Feststellung, aber Reeve wusste, dass er ihr eine Antwort schuldig war. „Dein Vater denkt in erster Linie an dich, ehe er an etwas anderes denkt. Vielleicht hilft es dir, das zu wissen."

„Und du?"

„Ich bin deinetwegen hier." Er kam an ihre Seite wie damals im Mondlicht. „Es gibt keinen anderen Grund."

„Meinetwegen?" Gabriella sah ihn fragend an und bemühte sich, Reeve ihre Gedanken nicht erraten zu lassen. „Oder nur der alten Familienbande wegen?"

„Was verlangst du eigentlich?“ Er nahm ihre zarten, schmalen Hände und blickte ihr in die Augen. „Meine Gefühle für dich haben nichts mit der Freundschaft unserer Väter zu tun. Dass ich hier bin, hat einzig und allein mit meinen Gefühlen für dich zu tun.“

„Ich wünschte, dies alles wäre vorüber“, sagte Gabriella und meinte damit ihre unbekannte Vergangenheit ebenso wie die ungewisse Zukunft. „Ich möchte endlich wieder ich selbst sein.“

Zum Teufel mit den ganzen Plänen und aller Neutralität! Reeve fasste sie an den Schultern. „Ich werde dich für eine Weile nach Amerika mitnehmen.“

Verwirrt legte sie ihm eine Hand auf den Arm. „Nach Amerika?“

„Du kannst bei mir in meinem Haus bleiben, bis die ganze Angelegenheit geklärt ist.“

Bis! Das Wort erinnerte sie daran, dass manche Dinge zu Ende gehen würden. Sie ließ ihre Hand sinken. „Diese ganze Geschichte fängt mit mir an. Ich kann nicht einfach fortlaufen.“

„Du musst nicht hierbleiben.“ Plötzlich erkannte Reeve, wie einfach alles sein könnte. Sie wäre nicht mehr hier, und er würde für ihre Sicherheit sorgen. Armand müsste nur seinen Plan ändern.

„Ich muss hierbleiben. Hier habe ich irgendwo mein Leben verloren. Wie kann ich es Tausende von Meilen entfernt wiederfinden?“

„Wenn du dich erinnern willst, kannst du das überall tun. Die Entfernung spielt dabei keine Rolle.“

„Aber für mich spielt es eine Rolle.“ Sie entzog sich ihm und lehnte sich wieder gegen die Mauer. Ihr Stolz, den sie von ihren Ahnen geerbt hatte, kam zurück. „Denkst du, ich sei ein Feigling? Glaubst du wirklich, ich könnte vor den Leuten, die sich meiner bemächtigt haben, die Flucht ergreifen? Steckt vielleicht mein Vater dahinter, damit ich keine weiteren Fragen stellen soll?“

„Du weißt, dass das nicht stimmt.“

„Ich weiß gar nichts“, versetzte sie gereizt. „Das Einzige, was mir klar ist, ist die Tatsache, dass alle Männer in meinem Leben das Bedürfnis verspüren, mich vor etwas zu schützen, wovor ich gar nicht beschützt werden will. Heute Morgen noch hast du zu mir gesagt, dass wir zusammenarbeiten werden.“

„Das habe ich auch so gemeint.“

Sie sah ihn aufmerksam an. „Und jetzt?"

„Jetzt meine ich es noch genauso." Aber Reeve behielt sein Wissen und die ihm übermittelten Erkenntnisse trotzdem für sich.

„Dann sollten wir das auch tun." Gabriella machte einen Schritt vorwärts. Im selben Augenblick ging auch Reeve auf sie zu. Sie umarmten sich und hielten sich eng umschlungen. Doch beide wussten, wie viel zwischen ihnen stand.

„Ich wünschte, wir wären allein", hauchte sie. „So allein, wie wir damals auf dem Boot waren."

„Wir werden morgen segeln gehen."

Sie schüttelte den Kopf, ehe sie ihre Wange wieder eng an ihn schmiegte. „Ich kann nicht. Von jetzt an habe ich vor dem Ball für nichts mehr Zeit. Ich habe viel zu viel zu tun, Reeve."

Wir haben beide viel zu tun, dachte er. „Nach dem Ball also."

„Gut." Gabriella hielt die Augen einen Moment lang geschlossen. „Versprichst du mir etwas? Es mag albern klingen."

Er küsste ihre Schläfe. „Wie albern?"

„Denk nicht immer so praktisch." Lächelnd legte sie ihren Kopf zurück. „Wenn ich meine Erinnerung wiederhabe und dies alles hier vorbei ist, willst du dann einen Tag mit mir auf dem Wasser verbringen?"

„Das hört sich gar nicht albern an."

„Das sagst du jetzt." Sie schlang die Arme um seinen Hals. Sie wollte ihn so festhalten, wenigstens einen Moment lang. „Versprich es mir."

„Versprochen."

Mit einem Seufzer lehnte sie sich an ihn. „Ich nehme dich beim Wort", drohte sie.

Sie küssten sich, und keiner wollte an die Zeit nach diesem letzten Tag auf dem Wasser denken.

11. Kapitel

„Ich habe Professor Sparks also erklärt, dass man schon ein Felsblock sein müsste, um sich völlig auf Homer konzentrieren zu können, wenn im selben Klassenzimmer eine Frau wie Lisa Barrow sitzt."

„War er deiner Ansicht?", fragte Gabriella ihren Bruder Bennett geistesabwesend, während sie zusah, wie der frisch gereinigte Kristalllüster wieder aufgehängt wurde.

„Machst du Witze? Er hat ein Herz aus Stein." Mit einem spitzbübischen Lächeln steckte er die Hände in seine hinteren Hosentaschen. „Aber ich bin mit der göttlichen Miss Barrow verabredet."

Gabriella musste lachen. „Ich hätte dir vorher sagen können, dass du nicht nach Oxford zurückfährst, um dein Studienheft mit Aufzeichnungen vollzuschreiben." Sie warf einen Blick auf ihre lange Liste voller Notizen.

„Aber du hast es mir nicht gesagt. Du hältst einem nie Vorträge." Locker legte er seinen Arm auf ihre Schulter. „Ich habe mir die Gästeliste angesehen. Welch ein Vergnügen zu sehen, dass die aufregende Lady Lawrence draufsteht."

Die Bemerkung weckte ihre Aufmerksamkeit. Gabriella ließ ihre Liste sinken und ermahnte ihn: „Bennett, Lady Allison Lawrence ist fast dreißig Jahre alt und geschieden."

Bennett sah seine Schwester mit einem unschuldigen Lächeln an, aber aus seinen Augen blitzte der Schalk. „Wirklich?"

Gabriella schüttelte den Kopf. Was für ein frühreifer Junge, dachte sie. „Vielleicht sollte ich dir wirklich einen Vortrag halten."

„Ach, überlass das Alex. Der kann das viel besser."

„Das habe ich auch bemerkt", meinte sie.

„Hat er dir sehr zugesetzt?"

Erneut runzelte sie die Stirn, als der nächste Leuchter zur Decke hochgezogen wurde. „Ist das seine normale Art?"

„Er ist halt so." Bennett sprach mit der unerschütterlichen Loyalität eines Bruders für den anderen.

„Prinz Perfekt."

Bennett strahlte. „Wie, du erinnerst dich …"

„Dr. Franco hat es mir erzählt."

„Oh." Seine Umarmung wurde stärker, als sei er enttäuscht und wolle sie trösten. „Als ich gestern Nacht ankam, hatte ich nicht viel Zeit, mich mit dir zu unterhalten. Ich wollte wissen, wie es dir geht."

„Ich wünschte, ich könnte es dir sagen. Körperlich gesehen geht es mir so weit gut. Obwohl ich glaube, dass Dr. Franco sich lieber noch länger um mich kümmern möchte. Alles andere ist noch sehr kompliziert."

Bennett nahm ihre Hand und drehte den Diamantring so, dass seine Facetten im Licht erstrahlten. „Ich vermute, dies ist eine der Komplikationen."

Er spürte förmlich, wie Gabriella sich verkrampfte, ehe sie sich zu einer Antwort durchrang. „Nur eine zeitweilige. Die Dinge werden sich schon bald von selbst regeln."

Sie dachte an ihre Träume und die Thermosflasche. „Bennett, ich wollte dich etwas über Nanny fragen. Glaubst du, dass sie gesund ist?"

„Nanny?" Er sah sie überrascht an. „Ist sie krank gewesen? Niemand hat mir etwas davon erzählt."

„Nein, nicht krank." Gabriella zögerte. Sie fühlte sich zwischen Verdacht und Loyalität zu ihrer Amme hin und her gerissen. Warum erzählte sie Bennett nicht einfach kurz und bündig von dem Verdacht, den sie hinsichtlich der Kinderfrau hegte? „Sie ist jetzt doch schon sehr alt, und mit zunehmenden Jahren werden die Leute oft wunderlich, oder …"

„Senil? Nanny?" Lachend drückte er ihre Hand. „Sie hat einen messerscharfen Verstand. Wenn sie sich zu viel um dich gekümmert hat, dann nur, weil sie meint, ein Recht dazu zu haben."

„Natürlich." Gabriellas Zweifel schwanden nicht, aber sie behielt sie für sich. Sie würde weiter warten und aufpassen, wie sie es sich vorgenommen hatte.

„Brie, da ist ein Gerücht im Umlauf, dass du und Reeve das Liebespaar des Jahrzehnts seid."

„Oh?" Sie sah lediglich kurz auf, aber mit dem Daumen drehte sie den Ring nach innen. „Wir scheinen unser Spiel gut zu spielen."

„Ist es ein Spiel, oder …"

„Ach, nicht auch du noch." Unwillig ließ Gabriella ihren Bruder stehen und ging zur Terrassentür. „Das habe ich schon mit Alexander hinter mich gebracht. Ihr seid alle so neugierig."

„Ist es nicht verständlich, dass ich frage?"

„Würdest du genauso reagieren, wenn es sich um eine echte Verlobung handelte?" Ihr Ton war spröde, fast kalt.

Das allein war Antwort genug auf Bennetts Frage. Aber er wusste überhaupt nicht, ob er erleichtert oder verwirrt sein sollte.

„Ich fühle mich verantwortlich", erklärte er nach einer Pause. „Schließlich war es ja mehr oder weniger meine Idee, und …"

„Deine?" Eigentlich hätte sie sich ärgern sollen, aber er war so jung und so unglaublich lieb, dass sie nur Zuneigung und Liebe für ihn empfand. „Der Teufel sollte dich holen, Bennett. Ich hätte gutes Recht, wütend auf dich zu sein." Aber sie legte kameradschaftlich ihre Arme um seine Schultern.

Er lehnte seinen Kopf an ihre Schläfe. „Ich hatte ja keine Ahnung, dass du dich in ihn verlieben würdest."

Sie hätte es leugnen können. Stattdessen schüttelte sie den Kopf und seufzte leise. „Nein, ich ebenso wenig."

Gabriella ließ ihre Arme sinken. In diesem Augenblick geleitete ein Diener zwei Damen in den Saal. Gabriella hatte Anweisung gegeben, man möge Christina Hamilton und ihre Schwester nach deren Ankunft umgehend zu ihr bringen.

Sie erkannte die große, gut aussehende Frau mit dem brünetten Haar sofort von den Fotografien und Zeitungsausschnitten, die man ihr gegeben hatte. Aber außer einem Anflug von Panik empfand sie nichts bei dem Anblick der alten Freundin.

Was sollte sie jetzt tun? Sollte sie auf sie zugehen oder lächelnd warten? Sollte sie höflich oder herzlich, entgegenkommend oder belustigt sein? Wie war es ihr doch zuwider, absolut nichts zu wissen.

„Sie ist deine engste Freundin“, flüsterte Bennett ihr ins Ohr. „Du hast immer gesagt, du hättest Brüder durch Geburt und eine Schwester durch glückliche Umstände. Und das ist Christina.“

Bennetts Worte genügten, um ihre Panik zu mildern. Die Frauen begrüßten sich, wobei die jüngere ihren Blick nicht von dem Prinzen wenden konnte und die andere ein herzliches Lächeln für Gabriella hatte.

„Oh, Brie!“ Lachend hielt Christina die Freundin bei den Händen. Sie hatte sanfte, vor Lebenslust sprühende Augen. Ihr Mund zeugte von Willensstärke, aber er wirkte bezaubernd, wenn sie lächelte.

„Du siehst wundervoll, einfach hinreißend aus!“ Christina umarmte sie heftig, sodass Gabriella das exotisch duftende teure Parfüm wahrnahm. Glücklicherweise wich jetzt das unangenehme Gefühl von Gabriella. „Ich freue mich, dass ihr hier seid.“ Gabriella und Christina lagen sich in den Armen, Wange an Wange. Das war nicht einmal eine Lüge, fand Gabriella. Sie brauchte eine Freundin, einfach nur eine Freundin, keine Familie, keinen Liebhaber. „Ihr müsst sehr müde sein.“

„Oh, du weißt, fliegen kratzt mich eher auf. Du bist schmaler geworden. Das ist nicht anständig von dir.“

Gabriella lächelte, als sie sich aus Christinas Umarmung löste. „Nur fünf Pfund.“

„Fünf Pfund nur.“ Christina rollte mit den Augen. „Ich muss dir alles über diesen teuren kleinen Badeort erzählen, in dem ich vor ein paar Wochen war. Ich habe fünf Pfund zugenommen. Prinz Bennett.“ Christina hielt ihm ihre Hand in Erwartung eines Kusses hin. „Lieber Himmel, liegt es an der Luft in Cordina, dass alle hier so fantastisch aussehen?“

Bennett enttäuschte die Freundin seiner Schwester nicht. Doch während er ihre Hand küsste, warf er einen Blick zu Eve hinüber. „Die Luft in Houston muss zauberhaft sein.“

Christina war der Blick nicht entgangen. Sie hatte darauf gewartet. Ihre Schwester Eve war immerhin ein Mädchen, das kein Mann einfach übersehen konnte, was Christina beunruhigte. „Prinz Bennett, ich glaube, Sie haben meine Schwester Eve noch nicht kennengelernt.“

Schon hatte Bennett Eves Hand ergriffen. Sein Handkuss dauerte nur Sekunden länger als der, den er Christina gegeben hatte. Aber auch Sekunden können eine Ewigkeit sein. Er bemerkte das lange, füllige dunkle Haar, den verträumten Blick der blauen Augen, den herrlichen Schwung von Eves Lippen. Er verlor sein junges Herz sehr schnell.

„Ich freue mich, Sie kennenzulernen, Eure Hoheit." Eves Stimme war nicht mehr mädchenhaft, sondern wohlklingend und voll. Die Stimme einer Frau.

„Du siehst hinreißend aus, Eve." Gabriella umarmte auch Eve, um so ihren Bruder abzuschütteln. „Ich freue mich, dass du mitgekommen bist."

„Es ist alles so, wie du es beschrieben hast." Eve sah Gabriella strahlend und begeistert an. „Ich konnte gar nicht so schnell nach rechts und links schauen."

„Lassen Sie sich Zeit." Sanft schob Bennett seine Schwester beiseite. „Ich werde Ihnen Cordina zeigen. Chris und Brie haben sich bestimmt eine Menge zu erzählen." Er machte eine angedeutete Verbeugung vor den beiden anderen Damen, nahm Eve an der Hand und verließ mit ihr den Saal.

„Was darf ich Ihnen zuerst zeigen?"

„Na ja, er vertrödelt keine Zeit." Gabriella sah den beiden nach und war sich nicht sicher, ob sie über das Paar zufrieden oder besorgt sein sollte.

„Eve ist einem Flirt auch nicht abgeneigt." Christina tippte mit ihrer Schuhspitze auf den Boden, aber dann wandte sie ihre Aufmerksamkeit Brie zu. Schließlich war sie nicht als Eves Anstandsdame nach Cordina gekommen. „Wie beschäftigt bist du?"

„Nicht so sehr", antwortete Gabriella und ging in Gedanken ihren Tagesablauf durch. „Nur morgen wird es bestimmt drunter und drüber gehen, da werde ich wohl kaum Zeit zum Luftholen haben."

„Dann lass uns jetzt die Gelegenheit nutzen." Christina hakte sie unter. „Können wir wie früher bei dir sitzen und miteinander sprechen? Ich kann es kaum glauben, dass bereits ein ganzes Jahr vergangen ist. Es gibt so viel zu erzählen."

Wenn du nur wüsstest, dachte Gabriella und ging mit Chris zu ihren Räumen.

„Erzähle mir alles über Reeve“, forderte Christina die Freundin auf und nahm einen Schluck Tee aus der zierlichen Porzellantasse.

Abwesend rührte Gabriella mit dem Löffel in ihrer Tasse, obgleich sie vergessen hatte, Zucker hineinzutun. „Ich weiß nicht, was ich dir erzählen sollte.“

„Einfach alles“, antwortete Christina theatralisch. „Ich platze schon vor Neugierde. Wie er aussieht, brauchst du mir allerdings nicht zu beschreiben, denn jedes Mal, wenn ich eine Zeitschrift zur Hand nehme, guckt mir sein Foto entgegen. Ist er ein netter Kerl?“

Gabriella dachte an den Tag, den sie mit Reeve auf dem Boot verbracht hatte, und an die gelegentlichen Ausflüge entlang der Küste. Sie dachte an die Empfänge, die sie gemeinsam besuchten und bei denen er ihr boshafte, aber äußerst zutreffende Dinge ins Ohr flüsterte. Sie musste lächeln. „Ja, er ist ein netter Kerl. Stark, klug und reichlich arrogant.“

„Welch aufregende Mischung“, meinte Christina und beobachtete Gabriella. „Ich freue mich für dich!“

Gabriella versuchte zu lächeln, aber es missglückte ihr etwas. Sie hob ihre Teetasse. „Du wirst ihn ja bald kennenlernen. Dann kannst du dir deine eigene Meinung über ihn bilden.“

„Ich bin nur froh, dass er dir nach deiner …“ Christina verstummte und stellte ihre Tasse ab. Dann ergriff sie anteilnehmend Gabriellas Hand. „Brie, ich wünschte, du würdest davon erzählen. In der Zeitung steht nicht viel. Ich weiß, dass man die verantwortlichen Leute noch nicht gefasst hat, und das passt mir absolut nicht.“

„Die Polizei hat ihre Untersuchungen noch nicht beendet.“

„Aber sie haben doch niemanden dingfest gemacht. Kannst du so lange ruhig bleiben? Ich könnte es nicht.“

„Nein.“ Gabriella konnte nicht mehr länger sitzen bleiben. Sie stand auf und verschränkte ihre Hände. „Nein, das kann ich nicht. Ich habe versucht, mein normales Leben weiterzuführen, aber es ist wie ein Warten ohne Ende und ohne Gewissheit.“

„Oh, Brie! Ich will dich ja nicht drängen, aber wir haben unsere Sorgen immer geteilt.“ Chris sprang auf und umarmte die Freundin. „Ich hatte so viel Angst um dich.“ Tränen traten ihr in die Augen, aber sie wischte sie ungeduldig fort. „Verflixt, ich hatte mir so vorgenommen, nicht zu weinen, aber ich kann es nicht verhindern. Wenn ich nur daran denke, wie ich mich fühlte, wenn ich die Schlagzeilen in den Zeitungen sah …"

Gabriella versuchte, sie zu beruhigen. „Du solltest nicht mehr daran denken. Es ist ja jetzt vorbei."

Christinas Tränen versiegten, aber sie war irgendwie irritiert. Sie fühlte sich verletzt und wusste nicht so recht, warum. Sie griff nach ihrer Handtasche. „Es tut mir leid. Manchmal ist es zu einfach, nicht daran zu denken, wer du bist und nach welchen Gesetzen dein Leben verläuft."

„Nein, bitte geh noch nicht, Chris. Ich brauche unbedingt jemanden, mit dem ich reden kann. Wir sind doch gute Freundinnen, nicht wahr?"

Christina war jetzt vollends verwirrt. „Brie, du weißt doch …"

„Nein, beantworte nur meine Frage."

Christina stellte ihre Tasche auf den Tisch zurück. „Eve ist meine Schwester", entgegnete sie ruhig. „Ich liebe sie. Es gibt nichts auf der Welt, was ich nicht für sie tun würde. Und genauso empfinde ich für dich."

Gabriella senkte den Blick, ehe sie Christina wieder voll ansah. „Bitte, setz dich." Sie wartete, bis Chris Platz genommen hatte, dann ließ sie sich neben ihr nieder, holte tief Atem und erzählte ihrer Freundin alles, was geschehen war.

Im Verlauf von Gabriellas Bericht wurde Chris immer bleicher und sah die Prinzessin entsetzt an. Gelegentlich unterbrach sie Gabriella, um eine Frage zu stellen. Als Gabriella ihre Schilderung beendet hatte, verharrte Christina eine Weile in reglosem Schweigen. Sie wirkte wie ein Vulkan kurz vor der Explosion.

„Hier ist etwas faul", platzte sie dann plötzlich in ihrem weichen Texas-Akzent heraus, sodass Gabriella sie verblüfft anstarrte.

„Wie bitte?"

„Hier ist etwas faul", wiederholte Christina. „In der Politik ist das ein normaler Zustand, und wir Amerikaner sind die Ersten, die das laut sagen, aber an dieser Geschichte ist wirklich etwas faul."

Christinas eindeutige Meinungsäußerung tröstete Gabriella etwas.

„Ich kann nicht nur politische Erwägungen dafür verantwortlich machen. Immerhin habe ich dem ganzen Spiel selbst zugestimmt."

„Was um Himmels willen hättest du denn anderes tun sollen? Damals warst du noch schwach, verängstigt und verwirrt."

„Ja", flüsterte Gabriella. „Ja, das war ich." Sie sah Christina zu, die zu einer Anrichte gegangen war und dort einige Karaffen hochhob.

„Ich brauche jetzt einen Cognac." Mit Schwung goss Chris zwei Gläser voll. „Und du auch."

Gabriella nickte zustimmend. „Ich wusste nicht einmal, dass dort welcher steht."

„Jetzt weißt du es."

Gabriella hob ihr Glas und prostete Christina zu. „Vielen Dank."

„Ich wäre schon vor Wochen hier gewesen, hätte ich mich nicht anderweitig überreden lassen. Ich wünschte, ich könnte deinem wundervollen Reeve MacGee, diesem Loubet und selbst deinem Vater deutlich meine Meinung sagen."

Gabriella hielt lachend ihr Glas hoch. „Ich kann mir vorstellen, dass du das tun würdest." Einen Menschen wie Christina hatte sie in ihrer Nähe gebraucht, um dem Druck standzuhalten, der durch die Abschirmung seitens der Männer ihrer Umgebung auf sie ausgeübt wurde.

„Und ob ich das könnte. Ich wundere mich nur, dass du das nicht gemacht hast."

„Oh doch, das habe ich auch."

„Nun, das klingt wieder mehr nach dir."

„Das Problem ist nur, dass mein Vater tut, was er für mich und sein Volk für das Beste hält. Loubet tut nur Letzteres. Ich kann es keinem der beiden übel nehmen."

„Und Reeve?"

„Reeve?" Gabriella sah Christina über ihr Glas hinweg an. „Ich liebe ihn."

„Oh", sagte Christina gedehnt. Dabei sah sie Gabriella prüfend an. Sie hatte sich bereits entschieden, so lange in Cordina zu bleiben, bis alles zu einem glücklichen Ende gekommen sein würde. Jetzt war sie sich ganz sicher. „Dieser Teil der Geschichte ist wenigstens Wirklichkeit."

„Nein. Nur meine Gefühle sind echt. Der Rest ist, wie ich es dir geschildert habe."

Gabriella vermied es, bei dieser Antwort auf ihren Ring zu sehen.

„Ach, das ist doch kein Problem."

Gabriella war nicht nach Mitleid zumute, aber wenigstens ein bisschen Sympathie hatte sie erwartet. „Wieso nicht?"

„Natürlich nicht. Wenn du ihn haben willst, dann bekommst du ihn auch."

Gabriella sah Christina amüsiert an. „Und wie, bitte?", fragte sie neugierig.

Chris nippte an ihrem Cognac. „Ich werde dich nicht an all die Männer erinnern, die du dir früher aus dem Weg schaffen musstest. Das wäre nicht gut für mein Selbstbewusstsein. Und im Übrigen sind sie es nicht wert." Sie nahm einen weiteren Schluck aus ihrem Glas.

„Wer ist es nicht wert?"

„Die Männer." Chris kreuzte ihre langen Beine übereinander. „Die Männer sind es nicht wert. Halunken, jeder von ihnen!"

Irgendwie kam Gabriella dieses Gespräch bekannt vor, als hätten sie sich schon früher darüber unterhalten. Sie konnte sich das Lachen nicht verkneifen. „Jeder?"

„Jeder, allerdings."

„Chris, ich bin froh, dass du gekommen bist", meinte Gabriella glücklich. Bei diesen Worten legte sie Christina eine Hand auf den Arm.

Chris beugte sich vor und streichelte der Freundin die Wange. „Ich auch. Warum kommst du jetzt nicht mit mir in mein Zimmer und hilfst mir, ein umwerfend aussehendes Kleid für heute Abend auszuwählen?"

Reeve fand Gabriella nicht in ihrem Zimmer, wo er sie suchte. Aber er hörte, wie die Tür ihres Schlafzimmers geöffnet wurde, und blieb stehen.

„Ja, vielen Dank, Bernadette. Lass mir bitte das Badewasser ein. Um meine Frisur kümmere ich mich selbst. Wir essen heute Abend en famille."

„Sehr wohl, Eure Hoheit."

Reeve hörte das Mädchen ins Badezimmer gehen. Kurz darauf rauschte Wasser in die Wanne. Vor seinen Augen tauchte das Bild von

Brie auf, die sich langsam auszog. Eigenartig, dachte er, ich habe sie morgens gesehen, wenn sie sich nach einer gemeinsam verbrachten Nacht anzog, aber niemals, wenn sie sich entkleidete. Wenn er zu ihr ging, dann trug sie stets einen Morgenmantel oder ein Nachthemd, oder sie erwartete ihn bereits im Bett.

Von einem plötzlichen Verlangen getrieben, ging Reeve hinüber in das Schlafzimmer.

Gabriella stand vor dem Spiegel. Sie hatte ihre Kleidung noch nicht abgelegt. Aus einer kleinen Porzellandose auf ihrem Frisiertisch nahm sie gerade Nadeln, mit denen sie sich das Haar hochsteckte.

Sie macht einen nachdenklichen Eindruck, fand er. Gabriella hielt den Kopf leicht gesenkt und betrachtete sich bei ihrer Beschäftigung nicht im Spiegel. Ein kleines zufriedenes Lächeln spielte um ihre Lippen. Ein Lächeln, das er so an ihr nicht allzu oft gesehen hatte.

Die Zofe kam aus dem Badezimmer und nahm einen Morgenrock aus dem Schrank. Hatte sie Reeve gesehen, der im Türrahmen stand? Wenn ja, ließ sie es sich jedenfalls nicht anmerken. Sie legte den Morgenmantel auf das Bett. Gabriella war jetzt mit ihrem Haar fertig.

„Vielen Dank, Bernadette. Ich brauche dich heute Abend nicht mehr. Aber morgen“, fuhr sie mit einem verschmitzten Lächeln fort, „wirst du vor Erschöpfung umfallen.“

Die Kammerzofe verbeugte sich und verließ das Zimmer. Leise schloss sie die Tür. Reeve stand wartend im Durchgang zum Wohnzimmer. Gabriella schloss das kleine Porzellangefäß und strich liebevoll über den emaillierten Deckel. Dann streifte sie mit einem verhaltenen Seufzer ihre Schuhe ab. Sie schloss die Augen und räkelte sich, drehte sich dann um und ging zu einem zierlichen Schränkchen, auf dem ihre Stereoanlage stand.

Leise, beruhigende Musik füllte gleich darauf den Raum. Gabriella ließ ihren Rock hinabgleiten und warf ihn aufs Bett. Dann öffnete sie die Knöpfe ihrer Seidenbluse und streifte sie sich von den Schultern. Noch ehe sie einen Träger ihres durchsichtigen Spitzenbüstenhalters lösen konnte, trat Reeve einen Schritt auf sie zu.

„Gabriella.“

Wahrscheinlich wäre sie vor Schreck umgefallen oder hätte einen

Schrei ausgestoßen, hätte sie diese Stimme nicht erkannt. Langsam drehte sie sich zu Reeve um. Er war nicht weit von ihr entfernt, und sein Verlangen schien den ganzen Raum zu erfüllen. Bewegungslos stand er da und betrachtete sie.

Gabriella fühlte, wie sich Begehren in ihr regte. Seine Blicke streichelten ihren Körper, und sie genoss die Bewunderung, die aus seinen Augen sprach. Ihre Erregung wuchs mit jedem Augenblick. Wortlos hielt sie ihm die Hand hin.

Schweigend ging er zu ihr hinüber, und ohne etwas zu sagen, umarmten sie sich. Jedes Wort war überflüssig. Die Zärtlichkeit ihrer Berührungen, die Liebkosungen ihrer Fingerspitzen waren die Sprache ihrer Liebe.

Gabriella öffnete sein Hemd und streifte es ihm ab. Langsam öffnete Reeve ihren Büstenhalter und ließ ihn zu Boden fallen. Er küsste ihren Hals und streichelte sie mit seiner Zunge. Dabei zog er ihr mit erregenden Bewegungen das Höschen aus.

Spielerisch und betont langsam fuhr Gabriella mit ihren Fingerspitzen seinen Rücken hinunter und umfasste mit leichtem Druck seine Taille. Dann öffnete sie den Verschluss seiner Hose und streifte sie langsam, zögernd, als wolle sie jede Bewegung auskosten, hinunter. Sie streichelte über seine Hüften, sanft und genießerisch. So befreite sie ihn vom letzten Kleidungsstück.

Reeve zog Gabriella an sich und hob sie auf. Ihre Blicke verloren sich ineinander, während er sie zum Bett hinübertrug und vorsichtig darauf legte. Voller Sehnsucht nach der Vereinigung seufzte Gabriella auf und schmiegte sich an ihn, Reeves Leidenschaft wuchs. Mit weichen, kreisenden Bewegungen erkundete er jeden Zentimeter ihres brennenden Körpers.

Gabriella umfasste sein Gesicht mit beiden Händen und zog es zu sich herunter. Sie fanden sich in einem innigen, sich tief ergründenden Kuss. Sie schlang die Arme um seinen Hals, als er langsam, zartfühlend, rücksichtsvoll in sie eindrang.

Sie bewegten sich in absolutem Einklang miteinander, ruhig und zufrieden. Dies war ein Moment der Zärtlichkeit, nicht der hemmungslosen Begierde, in dem sie sich fanden. Wortlos genossen sie die Seligkeit des Augenblicks, das harmonische Miteinander ihrer Liebe.

Dann lagen sie erschöpft aufeinander. Das goldene Licht der untergehenden Sonne fiel durch die Fenster. Reeve legte ihr den Arm unter den Kopf und sah sie zärtlich an.

„Ich habe dich so vermisst."

Überrascht sah Gabriella ihm in die Augen. „Wirklich?"

„Ich habe dich heute kaum gesehen." Er strich ihr über das Haar.

„Ich dachte, du würdest in den Ballsaal kommen."

„Ich bin einige Male dort gewesen, aber du warst so beschäftigt." Ich kam nicht nur, um dich zu sehen, dachte Reeve, sondern auch, um die Sicherheitsmaßnahmen zu überprüfen. Er hatte drei bewaffnete Leute im Saal bei den Handwerkern untergebracht.

„Morgen wird es noch schlimmer sein." Zufrieden kuschelte Gabriella sich an ihn. „Es wird Stunden dauern, allein die Blumenarrangements aufzustellen. Und dann muss ich mich noch um die Getränke, das Orchester und die Speisen kümmern."

Sie verstummte. Reeve zog sie fester an sich. „Bist du nervös?"

„Ein bisschen. Es werden so viele Leute da sein, so viele Menschen, deren Gesichter und Namen ich nicht kenne … Ich frage mich, ob ich das durchstehen werde!"

„Du hast schon mehr geleistet, als man von dir hätte erwarten können. Jetzt entspann dich, und lass den Dingen ihren Lauf. Tu nur das, was du für richtig hältst, Brie."

Sie schwieg eine Weile, dann sagte sie mit Nachdruck: „Das habe ich bereits. Ich habe Christina Hamilton alles erzählt. Ich musste mich einfach mit einer Frau aussprechen."

„Hat es dir geholfen?"

Gabriella schloss kurz die Augen. „Ja. Chris bedeutet mir viel, jedenfalls empfinde ich es so."

„Wie hat sie reagiert?"

„Sie meint, an der Sache sei etwas faul." Gabriella kicherte leise. „Sie meint, man solle dir, Loubet und meinem Vater einmal gründlich die Meinung sagen."

Reeve lachte vor sich hin. „Sie scheint eine vernünftige Person zu sein."

„Das ist sie. Ich kann dir nicht beschreiben, wie sehr es mir geholfen hat, mich mit ihr zu unterhalten. Reeve, sie hat mich nicht so angesehen, als wäre ich krank oder verrückt oder seltsam oder … Ich, ich weiß nicht was."

„Sehen wir dich so an?"

„Manchmal schon." Gabriella strich sich eine Haarsträhne aus dem Gesicht. Sie warf ihm einen Blick zu, der um Verständnis bat. „Chris hat einfach nur zugehört, dann ihre Meinung dazu geäußert und mich schließlich gebeten, ihr beim Aussuchen eines Kleides behilflich zu sein. Alles war so natürlich, so selbstverständlich, so unkompliziert, als gäbe es keine unbeschriebenen Seiten zwischen uns. Wir waren einfach wieder gute Freundinnen. Ich weiß nicht, wie ich dir das erklären soll."

„Du musst nichts erklären. Aber ich werde mit ihr sprechen müssen."

Gabriella verzog den Mund. „Oh, ich glaube, darauf wartet sie förmlich." Sie küsste Reeve zutraulich auf die Nasenspitze. „Vielen Dank."

„Wofür?"

„Dafür, dass du mich mit all den Begründungen verschont hast, weshalb ich Christina nichts hätte erzählen sollen."

„Die Entscheidung darüber lag ganz allein bei dir, Brie."

„Wirklich?" Lachend schüttelte sie den Kopf. „Ich bin skeptisch. Aber mein Badewasser wird kalt", sagte sie und wechselte das Thema. „Du hast mich davon abgehalten."

„Ich habe es gern getan." Lächelnd strich Reeve mit einer Fingerspitze über die Linie ihres Halses hinunter bis zu ihrer Brust, die unter seiner Berührung zu erzittern begann.

„Wenigstens könntest du mir jetzt den Rücken waschen."

„Ein faires Angebot. Leider ist jetzt auch mein eigenes Badewasser kalt geworden."

„Das ist dein Problem." Gabriella drehte sich zur Seite und stand auf. „Ich habe mich schon manchmal gefragt, wie es ist, zu zweit zu baden. Die Wanne ist groß genug." Sie begann, ihre Haarnadeln wieder zu befestigen. Ihre Silhouette hob sich straff und jugendlich vor den letzten Sonnenstrahlen ab. Sie streckte die Hand aus. „Uns bleibt noch mindestens eine Stunde vor dem Abendessen."

12. Kapitel

Die Menschen strömten in den Saal. Eine elegante, vornehme Gesellschaft war in den alten Mauern des ehrwürdigen Palastes zu Gast. Alle wichtigen Leute aus Kunst, Kultur, Wirtschaft und Wissenschaft gaben sich an diesem Abend in Cordina ein Stelldichein.

Die fünf venezianischen Kristallleuchter glänzten im Schein der Kerzen. Der Duft aus Hunderten von Blüten, die in reich dekorierten Vasen und Bouquets gruppiert waren, mischte sich mit den betäubenden Parfüms der juwelengeschmückten Damen. Aufwendigste Ballroben wetteiferten miteinander, und auf den eleganten schwarzen Smokings der Herren prangten die vielfarbigen Orden und Auszeichnungen.

Gabriella machte die Honneurs und bemühte sich, ihre Müdigkeit zu vergessen. Sie hatte zwölf Stunden durchgearbeitet, um sicherzustellen, dass alles einen perfekten Verlauf nehmen würde. Jetzt war sie mit sich und ihrem Erfolg zufrieden.

Fürst Armand stand an ihrer Seite, er trug seine Paradeuniform. Gemeinsam begrüßten sie die Gäste, die ihr dezent einen Handkuss gaben und freundliche Worte mit ihrem Vater wechselten. Ein Meer von Gesichtern, eine endlos lange Namensliste, die Gabriella nur mit Mühe im Kopf behielt.

Wie herrlich sie aussieht, dachte Reeve, der Gabriella aus einiger Entfernung beobachtete. Sie trug ein weißes Kleid aus Musselin mit Satinschleifen, das ihre hohe Taille betonte. In ihrem asymmetrisch ausgeschnittenen Dekolleté funkelte eine Diamantenkette. Auf ihrem Haar thronte ein kleines Diamantendiadem, und an ihren Ohren schimmerten Brillanten und Saphire, die in Tropfenform gearbeitet waren. Und an ihrer Hand trug sie seinen Ring.

Wenn eine so strahlende Schönheit einem Mann ihre Aufmerksamkeit und Liebe schenkte, konnte man dann überhaupt noch einen Blick für eine andere Frau haben?

„Hast du sie gesehen?“, flüsterte Bennett ihm ins Ohr, sodass nicht nur Reeve es hören konnte.

Er hatte nur noch Augen für Gabriella gehabt, aber er kannte Bennett. „Wen?“

„Eve Hamilton. Sieht sie nicht überwältigend aus?“, fragte Bennett, und Bewunderung sprach aus seinen Worten.

Alexander, der neben seinem Bruder stand, suchte die Menge mit den Augen ab, aber er war nicht Bennetts Meinung. Eve trug ein auffallend rotes, mit Falbeln besetztes Kleid. „Sie ist noch ein Kind“, meinte er. Er fand, sie war ein frühreifes, vorlautes Kind.

„Du brauchst eine Brille“, zischte Bennett zurück und gab einer ältlichen Dame einen vollendeten Handkuss.

Die Anzahl der Gäste schien unendlich. Gabriella stand es nur im Wissen durch, dass der ganze Aufwand ihrem GHBK-Hilfsfonds zugutekäme. Als endlich der letzte Gast begrüßt worden war, atmete sie erleichtert auf.

Sie gab dem Orchester einen Wink, und die Musik begann mit einem langsamen Walzer. Sie reichte Reeve ihre Hand. Er würde den Ball jetzt mit ihr zum ersten und letzten Male eröffnen. Reeve geleitete sie zur Tanzfläche, und beide ließen sich vom Schwung und dem Rhythmus der Musik davontragen. Irgendwann würde auch diese Festlichkeit und damit auch ihr Traum beendet sein.

„Du bist wunderschön.“

Sie drehten sich im Licht der Kerzen. „Karl Lagerfeld ist eben ein Genie.“ Reeve tat etwas, was sich eigentlich in der Öffentlichkeit nicht schickte – er gab ihr einen Kuss. „Ich bezog mich nicht auf dein Kleid“, wisperte Reeve ihr ins Ohr.

Gabriella lächelte ihn an und vergaß, wie müde sie eigentlich war.

Fürst Armand tanzte mit der Schwester eines Ex-Königs, Alexander mit einer englischen Prinzessin, und Bennett schwebte mit Eve Hamilton durch den Saal.

Überall herrschte Fröhlichkeit und gute Stimmung, die Gäste amüsierten und unterhielten sich prächtig.

Der Champagner floß reichlich, das Buffet barst über von all den Köstlichkeiten, die Küche und Keller hervorzuzaubern vermocht hatten.

Während Gabriella dann mit Dr. Franco tanzte, sah sie ihn lächelnd an und meinte schelmisch: „Versuchen Sie etwa, mir den Puls zu fühlen?“

„Unsinn“, antwortete der Doktor, obwohl das in seiner Absicht gelegen hatte. „Man muss kein Arzt sein, um zu sehen, wie wohl Sie sich fühlen.“

„Langsam habe ich auch den Eindruck, dass ich bald wieder völlig hergestellt sein werde.“

Der Druck seiner Hand verstärkte sich ein wenig. „Haben Sie weitere Erinnerungen gehabt?“

„Wir sind jetzt nicht in Ihrer Sprechstunde“, entgegnete sie charmant. „Und mit Ihrem Hörrohr werden Sie das auch nicht herausfinden. Ich fühle es ganz einfach.“

„Dann hat sich das Warten ja gelohnt.“

Ein flüchtiger Schatten glitt über Gabriellas Gesicht. „Das hoffe ich auch.“

„Brie sieht sehr entspannt aus“, sagte Christina zu Reeve, mit dem sie gerade tanzte.

„Ihre Anwesenheit hier hilft ihr offensichtlich.“

Chris sah ihn kurz an. Obwohl sie sich bereits einmal unter vier Augen unterhalten hatten, war es Reeve nicht gelungen, Gabriellas Freundin restlos zu besänftigen. „Es wäre entschieden besser gewesen, wenn ich früher hier gewesen wäre.“

Chris gefiel ihm, vielleicht deshalb, weil sie ihm keine Antwort schuldig blieb. „Wollen Sie immer noch ein Hühnchen mit mir rupfen?“

„Ich werde darüber nachdenken.“

„Ich tue nur das, was für Brie das Beste ist.“

Chris sah ihn aufmerksam an. „Sie sind blind, wenn Sie nicht schon längst wissen, was das Beste für sie ist.“

Geschickt bahnte Gabriella sich ihren Weg durch die Menge dorthin, wo sie in einer Ecke Janet Smithers still mit einem Weinglas in der Hand entdeckt hatte.

„Janet.“ Gabriella beachtete Janets Verneigung nicht. „Ich fürchtete schon, Sie hätten beschlossen, nicht zu kommen.“

„Ich habe mich verspätet, Eure Hoheit. Ich hatte noch etwas Arbeit zu erledigen.“

„Heute Abend wird nicht mehr gearbeitet.“ Gabriella sah sich um, ob ein passender Tanzpartner für Janet in der Nähe wäre. „Sie sehen hübsch aus“, setzte sie hinzu. Janets Kleid war schlicht, aber nicht unattraktiv und verlieh der Sekretärin eine gewisse Würde.

„Eure Hoheit!“ Loubet trat zu den beiden und verbeugte sich. „Miss Smithers.“

„Monsieur.“ Gabriella lächelte und fand, er sei genau der richtige Partner für Janet.

„Der Ball ist wie immer ein großer Erfolg“, lobte er.

„Vielen Dank. Ihre Gattin sieht übrigens reizend aus!“

„Ja.“ Aus seinem Lächeln sprach Stolz und Zufriedenheit. „Aber sie hat mich verlassen. Ich hatte gehofft, Eure Hoheit würden sich meiner erbarmen und mir den nächsten Tanz schenken.“

„Natürlich.“ Gabriella nippte an einem Sektglas und entdeckte plötzlich Alexander in ihrer Reichweite. „Leider habe ich ihn schon meinem Bruder versprochen.“ Sie zupfte Alexander am Ärmel, sah ihn beschwörend an und drehte sich dann wieder zu ihrer Sekretärin um. „Ich bin allerdings sicher, Miss Smithers wird es ein Vergnügen sein, mit Ihnen zu tanzen, nicht wahr, Janet?“

Sie hatte die beiden geschickt zusammengebracht und war zufrieden, dass auf diese Weise auch ihre Sekretärin tanzen konnte. Sie reichte Alexander ihren Arm.

„Das war aber nicht sehr taktvoll“, meinte er.

„Aber es hat funktioniert. Ich will nicht, dass sie den ganzen Abend verlassen in einer Ecke herumsteht. Niemand scheint die Absicht zu haben, sie zum Tanz aufzufordern.“

Alexander runzelte die Stirn. „Meinst du etwa mich?“

„Falls notwendig, ja. Die Pflicht zuerst, mein lieber Bruder!“ Sie strahlte ihn an.

Alexander sah seiner Schwester über die Schulter. Loubets leichtes Hinken war beim Tanzen kaum zu bemerken. „Sie sieht nicht sehr erfreut aus, mit Loubet zu tanzen. Vielleicht hat sie doch etwas Geschmack, wer weiß?“

„Alex.“ Gabriella konnte sich das Lachen nicht verkneifen. „Ich habe dir noch gar nicht gesagt, wie gut du aussiehst. Du und Bennett. Wo steckt er eigentlich?“

„Er hat dieses kleine amerikanische Mädchen mit Beschlag belegt", berichtete Alexander etwas missbilligend.

„Kleines Mädchen? Ach, du meinst Eve." Seine Abneigung entging ihr nicht, und sie krauste die Stirn. „So klein ist sie gar nicht mehr. Im Gegenteil, ich glaube, sie hat dasselbe Alter wie Bennett."

„Er sollte es unterlassen, in aller Öffentlichkeit mit ihr zu flirten."

„Soweit ich sehen kann, beruht das auf Gegenseitigkeit."

Unwillig zuckte Alexander mit den Schultern. „Ihre Schwester sollte besser auf sie aufpassen."

„Alex." Gabriella verdrehte die Augen.

„Schon gut, schon gut." Er konnte es jedoch nicht unterlassen, die Menge nach Eve abzusuchen, bis er sie in ihrem roten Kleid entdeckt hatte. Und er behielt sie im Auge.

Gabriella wusste nicht mehr, wie viele Tänze sie getanzt hatte, wie viel Champagner sie getrunken und wie vielen Geschichten und Scherzen sie zugehört hatte. Ihre ganze Nervosität war unnötig gewesen, wie sie jetzt sah. Es war ein berauschender Abend, den sie in vollen Zügen genoss.

Und sie war glücklich, wieder in Reeves Armen zu liegen und mit ihm im Tanz durch den Saal zu schweben.

„Hier sind mir zu viele Leute", flüsterte er ihr ins Ohr. Langsam und sehr zielstrebig bewegten sie sich in Richtung der Terrassentüren. Plötzlich waren sie im Freien und tanzten im Mondlicht.

„Hier ist es herrlich", seufzte sie. Eine leichte Brise wehte und brachte den köstlichen Duft des Gartens zu ihnen herüber. „Hier fühle ich mich wohl."

„Eigentlich sollten Prinzessinnen immer im Mondlicht tanzen."

Gabriella musste lachen und strahlte Reeve an. Plötzlicher Schwindel überkam sie. Sein Gesicht verschwamm vor ihren Augen, alles um sie wurde schwarz. Reeve hielt sie in seinen starken Armen.

„Brie!" Er wollte sie zu einem Stuhl bringen, aber sie hielt ihn zurück.

„Nein, danke, es geht schon wieder. Mir war nur einen Moment lang unwohl. Es lag …" Sie brach ab und starrte in sein Gesicht, als sähe sie es zum ersten Mal. „Wir waren hier", flüsterte sie mit erstickter Stimme. „Du und ich, genau hier, an meinem Geburtstag. Wir tanzten einen Walzer auf der Terrasse, und überall standen Rosen in großen Kübeln an den Wänden. Es war sehr warm, und nach dem Tanz hast du mir einen Kuss gegeben."

Und ich habe mich in dich verliebt, dachte sie, sprach das aber nicht aus, sondern sah ihn nur weiter an. Sie hatte sich mit ihren sechzehn Jahren damals in Reeve verliebt. Jetzt, so viele Jahre später, hatte sich daran nichts geändert, und doch war alles ganz anders.

„Du erinnerst dich." Reeve hielt sie fest, da Gabriella zitterte.

„Ja, ich erinnere mich. Ich erinnere mich an dich", setzte sie mit so leisem Ton hinzu, dass Reeve sich näher zu ihr beugen musste.

Er durfte sie jetzt nicht bedrängen, aber er fragte sanft: „Ist das alles, oder erinnerst du dich noch an etwas anderes? Nur an diesen Abend?"

Sie schüttelte den Kopf und hielt sich an ihm fest. Die Erinnerung schmerzte sie. „Ich kann nicht denken. Reeve, ich muss einen Augenblick allein sein, wenigstens eine kurze Weile."

„Gut."

Reeve warf einen Blick zurück in den Ballsaal, in dem die Menge hin- und herwogte. Dahin konnte er sie nicht zurückbringen. Rasch entschlossen brachte er sie zu einer anderen Tür am Ende der Terrasse. „Ich werde dich jetzt sofort auf dein Zimmer bringen!"

„Nein, mein Büro liegt näher." Sie hängte sich an seinen Arm und hatte Mühe, vorwärts zu gehen. „Ich möchte mich nur einen Moment hinsetzen und nachdenken. Da wird mich niemand stören."

Er brachte sie dorthin, weil es tatsächlich näher war und ihm so ausreichend Zeit blieb, den Arzt zu rufen. Außerdem konnte er Armand davon unterrichten, dass Gabriellas Erinnerungen zurückkamen und dass man den nächsten Schritt unternehmen müsse. Die Verhaftungen müssten in aller Stille erfolgen.

In einer dunklen Ecke machte Reeve eine Gestalt aus, von der er wusste, dass es jemand war, der zu Gabriellas Bewachung dort stand.

Das Büro lag im Dunkeln, doch als er das Licht einschalten wollte, hielt Gabriella ihn zurück.

„Bitte nicht, ich möchte kein Licht haben."

„Ich werde hier bei dir bleiben."

Erneut widersprach sie ihm. „Nein, Reeve, ich möchte lieber allein sein."

Es fiel ihm schwer, sich nicht zurückgesetzt zu fühlen. „Gut, aber ich werde den Doktor rufen, Gabriella!"

„Wenn es sein muss." Um nicht die Beherrschung zu verlieren, ballte sie ihre Hände hinter dem Rücken zu Fäusten. „Aber lass mich zunächst einige Minuten allein." Der Klang ihrer Stimme bedeutete ihm zu gehen.

„Bleib hier, bis ich wieder zurück bin. Ruhe dich aus."

Gabriella wartete, bis Reeve die Tür hinter sich geschlossen hatte. Dann legte sie sich auf das kleine Sofa in der Zimmerecke. Sie war nicht sehr müde, aber sie hatte das Gefühl, sonst das Gleichgewicht zu verlieren.

Sie verspürte eine starke innere Unruhe. Die Erinnerungen bedrängten sie, und zwar alle gleichzeitig.

Sie hatte gehofft, dass es ihr Erleichterung bringen würde, sich wieder zu erinnern. Aber jetzt empfand sie nur Schmerz, Druck und Qual.

Sie sah ihre Mutter vor sich und deren Begräbnis. Sie fühlte grenzenlose Trauer, sah ihren Vater in seiner Verzweiflung und erinnerte sich, wie sie sich aneinander festgehalten hatten.

Ihr fiel ein Weihnachtsfest wieder ein. Bennett hatte ihr ein albernes Paar Schuhe geschenkt, an das unzählige kleine Glöckchen angenäht waren. Sie sah sich beim Fechten mit Alexander und erinnerte sich ihrer Wut, als er sie besiegte.

Das Bild ihres Vaters tauchte vor ihr auf, wie er sie in seinen Armen wiegte, wenn sie sich trostsuchend zu ihm geflüchtet hatte. Ihr starker, stolzer, ehrlicher Vater.

Gabriellas Tränen flossen ungehindert, als sich Erinnerung mit Erinnerung verband. Die Augen fielen ihr zu, und sie sank in einen Zustand zwischen Schlaf und Erschöpfung.

„Hören Sie mir zu." Das Geflüster ließ sie aufschrecken. Gabriella schüttelte den Kopf. Diese Erinnerung wollte sie verdrängen. Aber die Stimmen schwiegen nicht. „Es muss noch heute Nacht sein."

„Und ich sage Ihnen, dass es nicht gut gehen wird."

Das war keine ihrer Erinnerungen, erkannte Gabriella verschwommen, allerdings waren Erinnerungen damit verbunden. Die Stimmen waren in der Dunkelheit deutlich zu vernehmen, sie drangen durch das zur Terrasse offene Fenster.

Gabriella kannte dieses Flüstern. Ihre Tränen versiegten augenblicklich. Sie hatte sie schon einmal im Dunkeln vernommen. Und jetzt wusste sie, wer es war.

War sie so blind und dumm gewesen? Langsam richtete sie sich auf. Sie achtete darauf, kein Geräusch zu machen. Ja, sie erinnerte sich und wusste, wer da sprach. Ihr Gedächtnis arbeitete wieder, und aller Schmerz war gewichen, alle Angst. Sie verspürte nur noch Zorn, und dieses Gefühl war klar und sachlich.

„Wir werden genau nach Plan vorgehen. Sobald wir sie herausgeholt haben, bringen Sie sie zum Bauernhaus zurück. Diesmal werden wir die Betäubung verstärken und sie gefesselt halten. Wir lassen sie ohne Wächter zurück, um jeden unnötigen Fehler zu vermeiden. Pünktlich um ein Uhr lassen wir dem Fürsten eine Nachricht zukommen. Dort im Ballsaal soll er erfahren, dass seine Tochter wieder entführt worden ist. Er wird dann schon wissen, welchen Preis er zu zahlen hat, um sie wiederzubekommen."

„Deboque."

„Und fünf Millionen Francs."

„Sie und Ihre Sucht nach Geld." Die Stimme klang sehr nahe. Sie sprach tief und voller Verachtung. Gabriella schätzte die Entfernung zur Tür ab und wusste, sie musste noch abwarten. „Das Geld ist nicht von Bedeutung."

„Ich werde die Genugtuung haben, zu wissen, dass Armand es zahlen musste. Nach all den Jahren und der verflossenen Zeit wird das meine Wiedergutmachung sein."

„Rache!" Die Verbesserung klang nicht einmal boshaft. „Aber Rache sollte sich nie von Gefühlen leiten lassen. Es wäre klüger, ihn umbringen zu lassen."

„Es war mir eine viel größere Befriedigung, zu sehen, wie er gelitten hat. Erledigen Sie nur Ihren Teil, aber den gut, sonst bleibt Deboque im Gefängnis."

„Ich werde meine Rolle spielen. Wir werden beide bekommen, was wir wollen."

Sie hassen sich, dachte Gabriella. Warum war ihr das nicht früher aufgefallen? Plötzlich war alles so klar. Selbst am heutigen Abend hatte sie sich noch mit den beiden unterhalten und keinen Verdacht geschöpft.

Sie saß ganz still da und hörte ihnen zu. Aber jetzt war nur noch das Geräusch sich entfernender Schritte zu vernehmen. Die Verschwörer hatten sie und ihren Vater übel missbraucht. Sie hatten ihnen Anteilnahme und sogar Zuneigung vorgetäuscht. Damit wäre es jetzt vorbei.

Lautlos bewegte sie sich durch das Zimmer. Sie musste ihren Vater finden und ihm von den beiden berichten. Sie sollten sie nicht noch einmal in ihre Gewalt bringen. Gabriella drückte die Klinke herunter, öffnete die Tür und sah sich plötzlich jemandem gegenüber.

„Oh, Eure Hoheit.“ Ein wenig verblüfft trat Janet zur Seite und verneigte sich. „Ich hatte keine Ahnung, dass Sie hier sein würden. Ich wollte einige Unterlagen …“

„Ich dachte, ich hätte Ihnen deutlich genug gesagt, dass heute Abend nichts mehr erledigt werden sollte.“ Gabriellas Ton war scharf.

„Ja, Eure Hoheit, aber ich …“

„Lassen Sie mich durch.“

Gabriellas Stimme verriet sie, der kalte, befehlende, vor Ärger bebende Tonfall. Janet zögerte nicht eine Sekunde. Aus ihrer einfachen schwarzen Tasche zog sie blitzschnell einen kleinen Revolver. Gabriella hatte keine Gelegenheit mehr, sich zu schützen.

Janet drehte sich sofort um und richtete die Waffe auf den Mann, der mit gezogener Pistole aus dem Schatten auf der Terrasse trat. Sie schoss zuerst, und der Bewacher fiel verwundet zu Boden. Dann stieß sie Gabriella den Lauf in den Magen.

„Wenn ich Sie hier erschießen muss, dann werden Sie einen sehr langsamen und qualvollen Tod sterben.“

„Es sind noch andere Wächter postiert“, sagte Gabriella so ruhig wie möglich. „Überall im Palast.“

„Dann werden Sie meine Bedingungen erfüllen müssen, wenn sie nicht noch mehr Verletzte oder Tote auf dem Gewissen haben wollen.“ Janet hatte nur einen Gedanken, die Prinzessin aus dem Gang wegzubringen, ehe jemand auftauchte. Sie konnte sie unmöglich am Ballsaal vorbeibringen. Also stieß sie Gabriella roh voran.

„Es wird Ihnen nicht gelingen, mich vom Palastgelände wegzubringen“, warnte Gabriella.

„Es spielt keine Rolle, ob uns jemand sieht. Keiner der Wächter würde es wagen, auf uns zu schießen, solange ich Ihnen eine Pistole an den Kopf halte.“

Der ganze Plan war zusammengebrochen, und Janet konnte es ihrem Komplizen nicht einmal mitteilen. Jetzt war es nicht mehr möglich, eine betäubte, bewusstlose Gabriella aus dem Seitenausgang des Palastes fortzuschaffen, während von ihnen bestochene Leute Wache hielten.

Und man konnte sie auch nicht mehr heimlich im Kofferraum des am Seitenausgang wartenden Wagens verstecken.

Es war ein gewagter, aber gut durchdachter Plan gewesen. Und jetzt stand sie, Janet, ganz auf sich allein angewiesen da.

„Was hatten Sie eigentlich vor?“

„Ich sollte Ihnen die Nachricht bringen, dass der Amerikaner Sie in Ihrem Zimmer sprechen wollte. Zu dem Zeitpunkt wollten wir ihn schon beiseite geschafft haben. Kaum wären Sie dort gewesen, hätten wir sie betäubt, und der Rest wäre ganz einfach gewesen.“

„Das ist es jetzt nicht mehr.“

Gabriella bemühte sich, nicht darüber nachzudenken, wie unbeteiligt Janet über den Mord an Reeve gesprochen hatte. Sie versuchte, ihre Gedanken zusammenzuhalten, während Janet sie näher zur Terrassentür und tiefer in die Dunkelheit vorausstieß.

„Das ist herrlich hier.“ Eve hatte beschlossen, nicht mehr unnahbar zu sein, sondern den Abend in vollen Zügen zu genießen. „Es muss himmlisch sein, jeden Tag in einem Palast zu leben.“

„Es ist unser Zuhause.“ Bennett legte den Arm um ihre Schultern und sah mit ihr über die hohe Mauer. „Wissen Sie, ich bin noch nie in Houston gewesen.“

„Da ist es ganz anders als hier.“ Eve holte tief Luft, ehe sie sich wieder zu ihm umwandte. Er sah so gut aus, so nett, ein wundervoller Begleiter für einen lauen Frühlingsabend, und doch …

„Es gefällt mir, hier zu sein", sagte sie langsam. „Aber ich habe nicht den Eindruck, dass Prinz Alexander mich mag."

„Alex?" Bennett zuckte die Achseln. Er wollte keinen Gedanken an seinen Bruder verschwenden, wenn er neben einer so aufregenden jungen Frau im Mondschein stand. „Er ist ein bisschen steif, das ist alles."

„Sie sind das nicht. Ich habe eine Menge interessanter Sachen über Sie gelesen", meinte Eve schmeichelnd.

„Die reine Wahrheit", spaßte Bennett und küsste Eve die Hand. „Aber jetzt habe ich nur noch Augen für Sie, Eve. So ein Ärger", unterbrach er sich, als er Schritte vernahm. „Man kann hier nirgends einen ruhigen Ort finden." Er wollte nicht gestört werden und zog deshalb Eve tiefer in den Schatten, gerade in dem Augenblick, als Janet die Prinzessin durch die Tür stieß.

„Ich werde keinen Schritt mehr tun, ehe ich nicht alles weiß." Gabriella drehte sich um, und ihr weißes Kleid leuchtete im Mondlicht. Bennett sah den auf sie gerichteten Pistolenlauf.

„Oh, mein Gott." Rasch hielt er Eve den Mund zu, um sie zum Schweigen zu bringen. „Hören Sie mir zu", flüsterte er fast unhörbar in Eves Ohr und beobachtete dabei weiter seine Schwester. „Gehen Sie sofort in den Saal zurück und holen Sie meinen Vater, Alex oder Reeve. Oder alle drei, wenn es geht. Machen Sie keinen Lärm, und vor allem beeilen Sie sich."

Er musste das Eve nicht zwei Mal sagen. Sie hatte die Pistole ebenfalls gesehen. Sie nickte, damit Bennett sie loslassen sollte.

Rasch schlüpfte sie aus ihren Schuhen und rannte barfuß und leise an der dunklen Seite des Gebäudes entlang, bis sie zu einer offenen Tür kam, dann war sie außer Sichtweite.

„Wenn ich Sie hier erschießen muss, haben wir beide nur Unannehmlichkeiten", erklärte Janet kalt.

„Ich will wissen, warum." Gabriella lehnte sich gegen die Wand. Sie wusste nicht, wie sie dieser Frau entkommen sollte. Dabei war es ihr schon einmal gelungen.

„Deboque ist mein Freund. Ich will ihn wiederhaben. Um Sie zurückzubekommen, würde Ihr Vater selbst den Teufel zum Tausch anbieten."

Gabriellas Augen wurden schmal. Janet Smithers verbarg ihre Leidenschaft sehr gut. „Wie sind Sie durch die Sicherheitskontrollen gekommen? Jeder, der für meine Familie arbeitet, wird …" Sie hielt inne. Die Antwort war einfach. „Loubet, natürlich."

Zum ersten Mal zeigte Janet ein zufriedenes Lächeln. „Natürlich. Deboque wusste über Loubet Bescheid und über die Leute, die er bestochen hatte, für ihn zu arbeiten. Ein wenig Druck reichte aus, die Drohung, ihn vor Ihrem Vater bloßzustellen, und der tüchtige Staatsminister zeigte sich sehr kooperationsfreudig. Eine große Hilfe war auch Loubets Hass auf Ihren Vater und der Umstand, dass er sich mit der Entführung an ihm rächen konnte."

„Rächen? Für was?"

„Für den Unfall. Sie werden sich jetzt ja erinnern. Ihr Vater saß am Steuer. Er war jung und ein Draufgänger. Er und der Diplomat wurden nur geringfügig verletzt, aber Loubet …"

„Hinkt immer noch", vollendete Brie den Satz.

„Nicht nur das. Loubet hat keine Kinder, und er wird auch mit seiner jungen hübschen Frau keine haben können. Er muss es ihr zwar noch sagen, aber er befürchtet, dass sie ihn dann verlassen könnte. Die Ärzte versichern ihm, das hätte nichts mit dem Unfall zu tun, doch er redet sich etwas anderes ein."

„Er war also an dieser Entführung beteiligt, nur um meinen Vater zu strafen. Das ist grotesk."

„Der Hass treibt einen zu so mancher Handlung. Ich andererseits hasse niemanden, ich will nur meinen Freund zurück." Janet hielt die Pistole so, dass das Mondlicht darauf fiel. „Ich bin nicht verrückt, Eure Hoheit. Wenn es sein muss, dann drücke ich auf Sie ab."

„Wenn Sie das tun, bleibt Deboque, wo er jetzt ist." Gabriella richtete sich auf und fasste Mut. „Sie können mich nicht erschießen, weil ich Ihnen tot nichts nützen würde."

„Da haben Sie recht." Wieder funkelte die auf Gabriella gerichtete Waffe im Mondschein. „Aber wissen Sie eigentlich, wie schmerzhaft eine Kugel sein kann, selbst wenn kein lebenswichtiges Organ getroffen wird?"

„Nein!"

Wütend und entsetzt sprang Bennett spontan aus dem Schatten

heraus. Seine Gegenwart überraschte sowohl Gabriella als auch Janet. Beide Frauen erstarrten, und Bennett griff nach dem Revolver. Er hatte ihn fast erreicht, da schoss Janet. Wie leblos fiel der junge Prinz zu Boden und blieb bewegungslos liegen.

„Oh, mein Gott, Bennett!“ Gabriella schrie auf und kniete sich neben ihn. „Nein, nein, Bennett.“ Sein Blut strömte auf ihr weißes Kleid, als sie ihn vorsichtig anhob und auf ihren Schoß bettete. Hastig griff sie nach seinem Puls.

„Nun schießen Sie schon“, schrie sie Janet an. „Sie können mir nichts Schlimmeres mehr antun. Ich wünsche Sie und Ihren Liebhaber zum Teufel.“

„Da werden die beiden sich auch bald treffen“, sagte in diesem Augenblick Reeve lakonisch hinter ihnen. Plötzlich lag die Terrasse im Scheinwerferlicht. Männer, bewaffnete Polizisten, standen überall.

Janet hielt ihnen die Pistole mit dem Griff entgegen. „Keine unnütze Aufregung“, meinte sie kühl. „Ich bin ein praktisch veranlagter Mensch.“ Reeve nahm sie ihr ab. Auf sein Zeichen hin wurde sie von zwei Polizisten ergriffen und abgeführt.

Der Fürst war an die Seite seiner Kinder geeilt. „Oh, Papa“, flüsterte Gabriella leise und streckte ihm die Hand entgegen. Armand kniete sich ebenfalls neben seinen Sohn. „Er hat versucht, ihr die Waffe zu entreißen.“ Gabriella legte ihren Kopf an Bennetts Wange. „Kommt der Arzt …“

„Er ist schon hier.“

„Aber, aber, Gabriella.“ Hinter ihr erklang Dr. Francos beruhigende Stimme. „Lassen Sie Bennett los, und machen Sie mir Platz.“

„Ich will ihn nicht allein lassen. Nein …“

„Streite dich nicht mit ihm“, bat Bennett mit schwacher Stimme. „Ich habe die schlimmsten Kopfschmerzen der Welt.“

Gabriella war den Tränen nahe, doch ihr Vater umarmte sie und drückte sie sanft an sich. „Nun gut“, antwortete Gabriella, als sie sah, dass Bennett mühsam die Augen öffnete. „Soll er sich um dich kümmern. Ich habe es lange genug getan.“

„Brie …“ Bennetts Hand ruhte einen Moment lang in der ihren. „Gibt es im Krankenhaus wenigstens ein paar hübsche Schwestern?“

„Mindestens ein Dutzend“, brachte sie hervor.

Er seufzte und schloss die Augen wieder. „Ein Glück!“

Gabriella hielt Alexander den Arm hin. Dann lehnte sie sich an Reeves Schulter. Endlich war sie wieder zu Hause.

Er hatte Gabriella versprochen, den letzten Tag mit ihr auf dem Wasser zu verbringen. Das war alles, sagte sich Reeve, während die Liberté im frühen Morgenwind leicht dahinsegelte. Ein letzter Tag noch, ehe dieser Traum zu Ende ging, der auch sein Traum gewesen war.

Fast hätte das Ganze einen tragischen Ausgang genommen, dachte er und war noch im Nachhinein geschockt. Man hatte gleich nach Eves Ankunft im Ballsaal Loubet verhaftet, aber Gabriella war so lange mit Deboques Geliebten allein gewesen.

„Ich kann noch immer nicht glauben, dass alles vorüber ist“, sagte Gabriella leise.

Reeve hatte das gleiche Gefühl. Aber sie dachten jeder an etwas anderes. „Es ist vorbei.“

„Loubet … Beinahe tat es mir leid für ihn. Er war krank.“ Dann dachte Gabriella an seine hübsche junge Frau und den Schock, den die Arme davongetragen hatte. „Bei Janet war es Besessenheit.“

„Sie waren Ungeziefer, keine Menschen“, wandte er ein. „Fast wären sie zu Mördern geworden. Sowohl Bennett als auch der Leibwächter können von Glück reden.“

„Ich weiß.“ In den vergangenen drei Tagen hatte auch sie sich unzählige Male bedankt. „Aber ich habe getötet.“

„Gabriella.“

„Nein, ich kann mich jetzt damit abfinden. Ich weiß, dass ich diese schrecklichen Tage und Nächte in diesem dunklen Raum verdrängen wollte.“

„Du wolltest nichts verdrängen, aber du brauchtest deine Zeit“, korrigierte Reeve sie.

„Jetzt redest du fast wie meine Ärzte.“ Sie klemmte die Ruderpinne fest, sodass sie Kurs auf ihre kleine Bucht nahmen. „Ich habe dir niemals von dem Kaffee erzählt oder davon, dass Janet behauptete, Nanny habe ihn für mich gemacht. Ich habe es dir deswegen nicht berichtet, weil ich es niemals für möglich hielt. Ihre Loyalität war viel zu stark.“

„Das verstand aber Janet nicht!“

„Sie erzählte mir, Nanny habe ihn mir am Tag meiner Reise gebracht, und ich sei direkt danach abgefahren. Sie verschwieg natürlich, dass sie selbst mir die Flasche abgenommen und einen Stoß Briefe zum Unterzeichnen gegeben hatte. So hatte sie ausreichend Zeit, das Mittel hineinzuschütten.“

„Sie rechnete nur nicht damit, dass Nanny deinem Vater ihren Verdacht mitteilen würde, nachdem Loubet und Deboques Cousin Henri dich auf dem kleinen Bauernhofe in ihre Gewalt gebracht hatten.“

„Die gute Nanny. Die ganze Zeit hat sie mich beobachtet, und ich dachte, sie bemuttere mich nur übermäßig.“

„Dein Vater ließ dich sehr gut beobachten, damit Loubet nicht noch eine Gelegenheit fände.“

„Loubets Plan hätte auch funktioniert, wenn Henri nicht so trunksüchtig gewesen wäre und ich nicht meine Suppe auf die Erde geschüttet hätte. Hätte ich die ganze Dosis der Droge geschluckt, dann hätte ich keine Kraft mehr gehabt, mir Henri vom Leibe zu halten und durch die Latten über dem Fenster auszubrechen. Aber es ist jetzt vorüber, und ich bin glücklich.“

„Das ist alles, was zählt.“

„Du weißt, dass Christina und Eve noch etwas länger hierbleiben werden. Wir müssen Eve wirklich sehr dankbar sein. Ich muss sagen, es macht mir Spaß, sie sich so in ihrem eigenen Ruhm baden zu sehen.“

„Sie war bleich wie ein Laken, als sie in den Ballsaal gerannt kam. Aber sie verlor nicht eine Minute. Sie brachte uns direkt zu dir.“

„Ich habe mich noch gar nicht richtig bei dir bedankt.“ Gabriella und Reeve waren in der Bucht angekommen und kappten das Segel.

„Du musst dich nicht bei mir bedanken.“

„Ich möchte es aber. Du hast unendlich viel für mich und meine Familie getan. Das werden wir dir nie vergessen.“

„Dein Dank ist überflüssig“, sagte er kühl.

„Reeve, ich weiß, du bist kein Bürger Cordinas und unterstehst auch nicht unserer Gesetzgebung. Aber ich habe eine Bitte. In zwei Wochen habe ich Geburtstag, und an diesem Tag ist es Sitte in der fürstlichen Familie, dass man dem Geburtstagskind einen Wunsch erfüllt!“

„Welcher Wunsch ist das?“ Reeve nahm sich eine Zigarette und zündete sie an.

So hatte Gabriella ihn gerne: ein wenig verärgert, ein wenig überheblich. Das erleichterte ihr ihre Absicht. „Würdest du mir zustimmen, wenn ich sagte, unsere Verlobung sei sehr populär?“

Er lachte kurz auf. „In der Tat.“

„Ich für meinen Teil muss gestehen, dass mir der Ring, den du mir geschenkt hast, sehr gefällt.“

„Dann betrachte ihn als Geschenk und behalte ihn“, antwortete Reeve obenhin.

„Genau das habe ich vor.“ Sie erwiderte seinen kühlen Blick mit einem Lächeln. „Du weißt, mit meinen Beziehungen hier könnte ich deine Abreise verhindern.“

Reeve drehte sich überrascht zu ihr um. „Worauf willst du hinaus?“

„Ich glaube, es wäre alles viel einfacher, wenn du mich wirklich heiraten würdest. Ich denke, ich werde darauf bestehen.“

„Ist das so?“

„Ja, wenn du mir beipflichtest, bin ich sicher, können wir die Dinge im gegenseitigen Einvernehmen gestalten.“

„Ich bin nicht an irgendwelchen Vorteilen interessiert.“

„Unsinn. Wir könnten sechs Monate in Cordina und das andere halbe Jahr in Amerika leben“, fuhr sie fort. „In jeder Ehe müssen Kompromisse geschlossen werden. Stimmst du mir zu?“

„Vielleicht!“

„Natürlich werde ich eine Menge Verpflichtungen haben. Aber sobald Alexander geheiratet hat, übernimmt seine Gattin die meisten Aktivitäten. Dann wird es kaum mehr als eine ganz normale Arbeit sein.“

Reeve hatte genug von diesen Überlegungen. „Drück dich klarer aus.“

Er machte einen Schritt auf sie zu, aber sie wich zurück.

„Ich weiß nicht, was du meinst.“

„Sag endlich, was du willst und warum.“

„Ich will dich“, antwortete Gabriella und reckte trotzig das Kinn.

„Weil ich dich liebe, und das schon seit meinem sechzehnten Geburtstag, an dem ich dich im Mondschein geküsst habe.“

Reeve spürte den Wunsch, ihre Wange zu streicheln, aber noch hielt er sich zurück. „Du bist nicht mehr sechzehn, und das hier ist auch kein Kindertraum.“

„Nein.“

„Auf dich wartet außerdem kein Palast in Amerika.“

„Aber es gibt dort ein Haus mit einer großen Veranda. Lass mich dich nicht bitten. Wenn du mich nicht willst, dann sage es lieber gleich.“

Jetzt sprach sie als Frau, nicht mehr als Prinzessin. Endlich war sie so, wie Reeve sie sich wünschte.

„Als du sechzehn warst und ich diesen Walzer mit dir tanzte, war es wie im Traum. Ich habe es nie vergessen. Als ich dann hier war und dich wieder küsste, da war es Wirklichkeit. Ich wollte nie etwas anderes als das.“

Reeve ging zu Gabriella und nahm ihre Hände. „Ich habe nie jemand anders gewollt.“

„Ich auch nicht“, sagte sie ernst und sah ihm in die Augen.

„Heirate mich, Brie, und lass uns auf unserer Veranda sitzen. Wenn wir diese stillen Momente für uns beide haben können, dann kann ich auch mit Ihrer Königlichen Hoheit, der Prinzessin Gabriella von Cordina leben!“

Sie zog seine Hände an ihren Mund und küsste sie zärtlich. „Es ist vielleicht kein Märchen, aber lass uns bis an unser Lebensende glücklich miteinander sein.“

– ENDE –

Patricia Forsythe

Liebe kennt keine Grenzen

Roman

Aus dem Amerikanischen von
Iris Pompesius

1. Kapitel

Prinzessin Alexis Charlotte von Inbourg aus dem Hause Chastain hatte die Orientierung verloren. Seit Stunden war sie der Spur des Asphalts durch die White Mountains in Arizona gefolgt, und nun hatte die Straße sich plötzlich in Luft aufgelöst. Alexis beugte sich vor und starrte über die Kühlerhaube in die Dunkelheit. Nichts als Bäume in dieser verlassenen Gegend.

Es war doch richtig gewesen, vom Highway abzubiegen! Auf der kleinen Landstraße konnte sie die Ortschaft Sleepy River einfach nicht verfehlen. Damit hatte sie sich während der Fahrt durch die Einsamkeit immer wieder getröstet.

Dann, vor ein paar Minuten, hatten sich Wolken vor den Mond geschoben. Ohne sein Licht sah man in diesen dichten Kieferwäldern kaum die Hand vor Augen. Und nun fragte die Prinzessin sich, wo die Straße abgeblieben war. Es gab keinen Pfad, kein Hinweisschild, nichts, was ihr hätte helfen können, sich in dieser Wildnis zurechtzufinden.

Sie konnte doch unmöglich nach Morenci zurückfahren! Die letzte Stadt, durch die sie gekommen war, lag viele Meilen hinter ihr. Bis eben hatte sie bestimmt keine Fehler gemacht. Wo immer sie sich befand, Sleepy River musste ganz in der Nähe sein.

Seit den frühen Morgenstunden war sie unterwegs. Jetzt zeigte die Uhr im Armaturenbrett elf an. Die Zeit saß Alexis wahrhaftig im Nacken. Jeder Muskel, jeder Knochen tat ihr weh, obwohl das kleine Auto, das sie von ihrer Freundin Rachel Burrows geliehen hatte, angenehm zu fahren war. Nun reichte es!

Aber sie konnte doch hier mitten im Wald nicht einfach aussteigen! Das Handy nützte ihr nichts, denn der Akku war leer. Und ohne Straße halfen auch die Landkarten nicht weiter. Zum Teufel, fluchte sie und ließ vor Erschöpfung den Kopf auf das Lenkrad sinken. Sie hatte sich regelrecht verirrt. So etwas war ihr noch nie passiert.

Und alles nur, weil sie einmal ihren Traum von Unabhängigkeit verwirklichen wollte. Einmal auf eigenen Füßen stehen! Richtig arbeiten, statt sich um den kleinen Neffen zu kümmern! Sie hatte sich danach gesehnt, sie selbst zu sein und nicht nur die jüngste der drei Töchter von Fürst Michael von Inbourg, denen böse Zungen nachsagten, ihre einzige Beschäftigung bestehe darin, die Steuergelder der Bewohner von Inbourg durch exzessives Shopping zum Fenster hinauszuwerfen.

Ihre Schwestern Anya und Deirdre waren dabei fotografiert worden, wie sie einkauften. Alles war für ein Hilfswerk bestimmt gewesen. Doch der Boulevardpresse war es nicht um Wahrheit gegangen, sondern um schrille Schlagzeilen. Was würden die Reporter erst schreiben, wenn sie herausfänden, dass Prinzessin Alexis in den Bergen von Arizona einen Job angenommen hatte, um aushilfsweise in einer Dorfschule zu unterrichten? Bestimmt würden sie einen Skandal daraus machen.

Es wäre schon schlimm, wenn die Presse erfuhr, dass sie in die Staaten geflogen war, vorgeblich, um sich ein paar Wochen in einem Heilbad zu erholen. Nicht auszudenken, was geschähe, wenn man entdeckte, dass ihre Hofdame Esther Wanfray statt ihrer dort kurte.

Doch jetzt war nicht der richtige Moment, sich darüber den Kopf zu zerbrechen. Sie musste umkehren und herausfinden, wo sie sich verfahren hatte. Deshalb legte sie den Rückwärtsgang ein und setzte vorsichtig zurück.

Ein dumpfer Schlag, dann das Geräusch von splitterndem Holz. Hastig wählte Alexis den ersten Gang und gab Gas. Der Wagen geriet ins Schlingern. Es knirschte und schabte am rechten Kotflügel. Nein, das nicht auch noch! Sie trat auf die Bremse. Was sollte sie jetzt tun? Es blieb ihr wohl nichts anderes übrig als auszusteigen, um nachzuschauen, was passiert war.

Ob irgendwo eine Taschenlampe versteckt war? Sie suchte im Handschuhfach und unter den Sitzen. Ohne Erfolg. Das kann doch wohl nicht wahr sein, fluchte sie. Dann öffnete sie die Tür, sprang ins Freie und stolperte um den Wagen herum. Verzweifelt starrte sie in die Dunkelheit, die außerhalb des Scheinwerferlichts noch finsterer war, und versuchte, den Schaden und seine Ursache zu ermitteln. Vergeblich. Sie brauchte Licht.

Wütend ging sie zurück ins Auto und kramte in ihrer Handtasche, bis sie ein Heftchen mit Streichhölzern fand. Als sie draußen eines entfachte, blies der Wind es sofort aus. Verdammt! Das zweite erlosch, bevor sie zwei Schritte getan hatte.

Alexis durchstöberte erneut den Wagen und fand eine Zeitschrift, die sie für den Flug nach Phoenix gekauft hatte. Rasch riss sie ein paar Seiten heraus und drehte sie zu einer festen Rolle zusammen. Nachdem sie sich zur Heckklappe des Wagens vorgetastet hatte, zündete sie die Fackel an und erkannte das Hindernis, das sie angefahren hatte. Es war ein Holzpfahl, der nun geborsten auf der Erde lag. An seinem Ende ragte verkehrt herum ein Briefkasten in die Höhe. Sie musste sich bücken und den Kopf zur Seite drehen, um den Namen zu entziffern.

„McTaggart", las sie laut. McTaggart? Sie buchstabierte den Namen noch einmal. Vor Erleichterung hätte sie am liebsten geweint. Sie hatte sich also gar nicht verirrt. Sie war dort angekommen, wo sie hinwollte, in Sleepy River. Alles würde gut werden.

Der Schuldirektor hieß McTaggart. Bei ihm sollte sie die Schlüssel für die Schule und ihre Unterkunft abholen. Nun musste sie nur noch sein Haus finden. Sie spähte in die Dunkelheit. Kein Hinweis, dass hier jemand wohnte.

Während sie in alle Himmelsrichtungen Ausschau hielt, entdeckte sie einen unbefestigten Weg. Wenn sie den weiterginge, würde sie vielleicht auf ein Gehöft stoßen.

Rasch griff sie nach ihrer Umhängetasche, schloss die Wagentür und bemerkte kurz darauf das zweite Hindernis, das sie gestreift hatte. Eine mit Wein bewachsene Mauer. Doch mit dem Schaden an dem geliehenen Auto konnte sie sich jetzt nicht aufhalten. Die Fackel brannte rasch herunter.

Plötzlich hörte sie hinter sich das Knirschen von Schritten, dann eine tiefe Männerstimme. „Was, zum Teufel …"

Alexis war so überrascht, dass sie herumwirbelte. Die Fackel sprühte Funken. Ein Stückchen brennendes Papier fiel auf ihre Hand. Sie schrie auf und ließ das Licht fallen.

Das Gras brannte wie Lunte. „Halt!“, schrie der Mann. Im Feuerschein konnte sie nur seinen Schatten erkennen, er kam ihr riesig vor, als er an ihr vorbei eilte, um die Flammen auszutreten. „Was machen Sie hier?“

„Tut mir leid“, murmelte sie, warf ihre Tasche beiseite und stapfte ebenfalls ins Feuer. Aber so eifrig sie auch die Füße bewegte, die Flammen waren schneller. Sie fraßen gierig das trockene Kraut, und innerhalb weniger Sekunden breiteten sie sich bedrohlich aus.

„Laufen Sie zum Haus“, befahl der Mann. „Bei der Vordertür hängt eine Triangel. Schlagen sie Alarm.“

„Mach ich.“ Alexis wollte loshetzen, aber dann stockte sie und breitete verzweifelt die Arme aus. „Wie finde ich das Haus?“

„Finden?“, wiederholte der Mann fassungslos. „Sehen Sie denn nicht das Licht?“

Sie schaute sich um und traute ihren Augen kaum. Denn da stand plötzlich, nur vierzig Meter entfernt, ein zweistöckiges Gebäude, dessen Veranda erleuchtet war. „Wie kommt das dahin?“, stammelte sie.

„Es wurde vor siebzig Jahren gebaut.“

Alexis verlor nun keine Zeit mehr. Sie rannte zum Ranchhaus, hastete die Verandatreppe hinauf und sah sich um. Auf der einen Seite befanden sich schwere Holzmöbel, auf der anderen entdeckte sie die Triangel. Sie hing von einem Deckenbalken herab. Alexis griff nach dem Klöppel und schlug das Eisen. So hatten früher die Farmerfrauen ihre Familien zum Essen gerufen. Aber Alexis schrie: „Feuer! Feuer! Feuer!“

Im dem Haus regte es sich. Sie hörte Rufe, Schritte, und schließlich wurde Licht gemacht. Sie hatte ihre Aufgabe erfüllt. Nun sah sie sich nach etwas um, womit man den Brand bekämpfen konnte. Da fiel ihr Blick auf eine Decke, die zusammengelegt in einem Stuhl lag. Sie schnappte sie sich und jagte zurück zum Feuer.

„Hier!“, rief sie und warf dem Mann die Decke zu. Wortlos nahm er sie und versuchte, damit die Flammen zu ersticken, während Alexis sich mühte, sie mit den Füßen auszutreten. Ein paar Minuten später tauchten weitere Gestalten auf, die einen Schlauch hinter sich herzogen. In wenigen Sekunden war das Feuer gelöscht.

Erst jetzt begann Alexis zu zittern. Sie taumelte zum Wagen, lehnte sich gegen die Kühlerhaube und schlug die Hände vor das Gesicht. Sie brauchte Zeit, um sich zu erholen.

„He, Miss, alles in Ordnung?“, fragte nun einer der Männer. Es war nicht die gleiche Stimme, die sie so erschreckt hatte. Sie schaute auf.

Plötzlich schob sich der Mond durch die Wolken. In seinem fahlen Licht erkannte sie drei Männer. Alle in hastig übergeworfenen Hemden, Jeans und Stiefeln. Der größte von ihnen kam näher.

„Wer sind Sie? Und warum versuchen Sie, meine Ranch niederzubrennen?“, rief er.

„Ich habe das Feuer nicht mit Absicht gelegt“, verteidigte sie sich, nun wieder in kerzengerader Haltung. „Ich bin erschrocken, als Sie sich an mich herangeschlichen haben.“

„Wollen Sie damit sagen, es sei meine Schuld?“

Alexis konnte die Gesichtszüge des Mannes nicht erkennen. Aber der Ärger in seiner Stimme war unüberhörbar. „Ich habe nur gesagt, dass ich mich erschrocken habe“, gab sie zurück und merkte, wie auch sie allmählich die Fassung verlor. „Ich habe versucht, das Haus zu finden und …“

„Mit einem offenen Feuer in der Hand?“

„Ich habe keine Taschenlampe. Also musste ich mir eine Fackel machen. Etwas Besseres ist mir nicht eingefallen. Es war so dunkel. Ich hatte schon den Briefkasten umgefahren und die Mauer gestreift.“

„Sie haben den Briefkasten umgefahren?“ Mit einem unterdrückten Fluch marschierte der Mann hinter das Auto und schaute sich den zerstörten Pfahl und den verdrehten Kasten an. Die beiden anderen folgten ihm. Alle drei standen nun kopfschüttelnd da und sprachen leise miteinander.

Nach einer Weile stapfte der große Mann zurück zu ihr. „Wer sind Sie eigentlich? Wenn ich Feinde habe, die Sie zu mir geschickt haben, dann möchte ich es wenigstens wissen.“

Alexis’ Ärger wuchs. „Mich hat niemand geschickt. Woher soll ich wissen, ob Sie Feinde haben. Ich kenne Sie doch gar nicht. Ich suche Mr. McTaggart, Mr. Jace McTaggart.“

„Na, den haben Sie gefunden“, stieß er zwischen zusammengepressten Lippen hervor.

Sie versuchte in dem fahlen Mondlicht sein Gesicht zu erkennen.

Denn was sie sah, war nicht sehr viel versprechend. Der Mann hielt die Hände in die Hüften gestemmt und hatte den Unterkiefer kämpferisch vorgeschoben. Ihr Mut sank ins Bodenlose. „Sie meinen, Sie sind – Mr. McTaggart? Der Direktor – der Schuldirektor von Sleepy River?"

„Allerdings, der bin ich."

Mehr als ein „Oh" brachte sie nicht heraus. Dann hatte sie also mit der versuchten Brandstiftung nicht nur diesem schrecklichen Tag, sondern auch den kommenden Wochen die Krone aufgesetzt.

Doch war das ein Grund, klein beizugeben? In ihren Adern floss das Blut eines dreihundert Jahre alten Adelsgeschlechts. Ihre Vorfahren hatten fast einen Monat Widerstand gegen Napoleons Armee geleistet. Und ihr Großvater hatte eigenhändig die Kronjuwelen vergraben, damit sie den Nazis nicht in die Hände fielen. Also konnte sie mit diesem Problem hier wohl auch fertig werden.

Mit majestätischer Kopfhaltung, die sie ihrer Großmutter abgeguckt hatte, streckte sie die Hand aus. „Dann sollte ich mich auch vorstellen. Ich bin Alexis Chastain, die neue Lehrerin."

Jace spähte in die Dunkelheit. „Alexis – wie bitte?"

„Chastain", ergänzte sie. „Ich bin hier, um an der Schule von Sleepy River zu unterrichten."

Er beugte sich vor. Doch trotz des Mondscheins blieben ihre Gesichtszüge undeutlich. „Nein", sagte er schließlich. „Ich kenne Sie nicht. Die Lehrerin, die wir engagiert haben, heißt Rachel Burrows, und sie ..."

„Sie wird nicht kommen", sagte die Frau mit fester Stimme. „Ich bin an ihrer Stelle hier."

Das ist alles nicht wahr, sagte sich Jace. Vielleicht träume ich noch und bin vorhin von dem Geräusch eines anhaltenden Autos gar nicht aufgewacht. Es hat nicht gerumst, ich bin nicht in meine Klamotten gesprungen und hinausgelaufen. Ich liege immer noch im Bett, und die Frau mit der brennenden Fackel ist auch nur Einbildung gewesen.

Er zwinkerte und fuhr sich mit der Hand über das Gesicht. Nein, das hier wirkte alles erschreckend real. Er hatte zwar keine Ahnung, was hier vorging, aber er würde es rasch herausfinden. Dies war schließlich seine Ranch. Was hier geschah, hatte er zu verantworten. „Für wen sind Sie gekommen?“

„Rachel Burrows. Sie ist verhindert. Deshalb bin ich jetzt hier.“

Er schüttelte den Kopf. „Hören Sie, so läuft das nicht. Der Schulausschuss führt Bewerbungsgespräche und stellt dann eine Lehrerin ein, die zu dem abgemachten Zeitpunkt anreist, und – was ist los?“

Die Frau mit dem merkwürdigen Namen Alexis Chastain schüttelte nun heftig den Kopf. „Ich habe Ihnen doch gesagt, dass Rachel Burrows nicht kommen kann. Ich werde ihre Aufgabe übernehmen.“

„Unmöglich!“ Allmählich verlor Jace die Geduld. „Das werden Sie nicht!“

„Boss?“, meldete sich nun einer seiner Helfer. „Muss das hier und jetzt entschieden werden? Können wir nicht ins Haus gehen? Es ist gleich Mitternacht, die Frau muss doch erschöpft sein. Vielleicht fällt sie gleich um.“

Jace sah zu den Patchett-Brüdern hinüber. Sie arbeiteten seit einem Jahr für ihn. Er hatte sie gleich nach dem Ende ihrer Schulzeit eingestellt. Rocky hatte gesprochen, und Gil nickte zustimmend. Merkwürdig!

Misstrauisch betrachtete Jace wieder die Frau. Nein, die würde gewiss nicht zusammenbrechen. Ihr Kreuz wirkte gerade wie Eisenbahnschienen, die Hände hatte sie zu Fäusten geballt und in die Taille gestemmt. Sollte sie umfallen, dann nur mit der Absicht, ihm ihr emporgerecktes Kinn geradewegs in die Brust zu bohren. Diese Frau war nicht schwach, sondern streitsüchtig.

„Okay“, sagte er schließlich. „Gil, park das Auto bitte neben der Scheune – Miss Chastain, wenn Sie Gil den Schlüssel geben, wird er sich um Ihren Wagen kümmern.“

Diesmal widersprach die Frau nicht, sondern gab den Schlüssel heraus. Gil startete den Wagen und fuhr los, nicht, ohne noch einmal gegen Mauer und Briefkastenpfosten zu stoßen. Er hob entschuldigend die Hand und verschwand dann auf dem Kiesweg.

„Ich nehme den Schlauch.“ Jace hätte das nicht selbst machen müssen, aber er fühlte sich wohler, wenn seine Hände beschäftigt waren. Was soll ich mit der Frau anstellen, fragt er sich wütend, während er den Schlauch wie ein Schiffstau aufrollte. Warum war diese Rachel Burrows, die er angeheuert hatte, nicht wie abgemacht erschienen? Sie hatte schließlich einen Vertrag unterzeichnet.

Zum Teufel! Er verspürte wenig Lust, sich darum zu kümmern. Er war überhaupt nicht scharf auf die Schulleitung gewesen. Er hatte nicht einmal eigene Kinder und würde wahrscheinlich nie welche bekommen. Aber in einer kleinen Gemeinde wie Sleepy River mussten alle einmal diese Aufgabe übernehmen. Und dieses Jahr war er an der Reihe.

Mürrisch gab er ein Handzeichen. „Bring sie ins Haus!"

Rocky war sofort zur Stelle. „Ich hole gleich Ihr Gepäck, Miss. Sobald Gil den Wagen geparkt hat."

„Das ist nicht nötig." Die Stimme der Frau klang entschlossen. Sie stolperte durch die Dunkelheit, bückte sich und warf ihre Tasche über die Schulter. Dann sagte sie: „Ich komme allein zurecht. Aber es wäre nett, wenn Sie mir den Weg zu dem kleinen Haus zeigten, das ich beziehen soll."

Offenbar glaubte sie, dass sie keiner mehr hinauswerfen konnte, wenn sie einmal eingezogen war. „Das Haus ist noch nicht fertig", brummte Jace.

„Nicht fertig? Wie meinen Sie das?"

Er meinte so etwas wie Panik in ihrer Stimme erkannt zu haben. „Wir haben Sie – wir haben Miss Burrows nicht vor nächster Woche erwartet. Das Haus ist seit einigen Jahren unbewohnt. Es muss sauber gemacht und aufgeräumt werden. Aber ich habe ein Gästezimmer. Dort können Sie bleiben, bis wir alles geordnet haben."

Einen Moment sah es so aus, als ob sie etwas erwidern wollte. Doch dann mischte sich Rocky ein, der offenbar ein Gentleman sein konnte, wenn er wollte. „Machen Sie sich keine Sorgen, Miss. Wir bringen Sie schon unter. Und morgen sieht dann alles ganz anders aus." Er nahm ihren Arm und führte sie zum Haus. Dabei sprach er ruhig auf sie ein wie auf ein bockiges Fohlen.

Jace beschäftigte sich noch eine Weile mit dem Schlauch, um nachzudenken und Zeit zu gewinnen.

Als er schließlich ins Haus kam, wäre er fast über seine eigenen Füße gestolpert bei dem Anblick, der sich ihm bot.

Rocky und Gil waren in eine Art Starre gefallen. Während die Frau sich ungezwungen im Wohnzimmer umschaute, standen die beiden wie vom Donner gerührt mit offenen Mündern und aufgerissenen Augen da und taten, als hätten sie noch nie ein weibliches Wesen gesehen.

Jace wunderte sich nicht darüber. Denn die Frau war eine Schönheit. Nur widerwillig gestand er sich das ein.

Das wellige kastanienbraune Haar fiel ihr bis zur schlanken Taille hinunter. Ihr Gesicht war fein geschnitten, mit mandelförmigen grünen Augen und einem Mund, der ihn an einen saftigen Pfirsich erinnerte. Sie trug grüne lange Hosen und einen dazu passenden Baumwollpulli. Obwohl sie mit Ruß beschmutzt war, wirkte sie anmutig und selbstsicher.

Das Ziehen, das er in der Herzgegend verspürte, beunruhigte Jace. Diese Fremde hatte ihm gerade noch gefehlt. Wer sie auch sein mochte, für ihn würde sie immer ein Ärgernis bleiben.

Ein richtiges Männerzimmer, dachte Alexis, als sie sich umsah. Die Sitzgelegenheiten waren mit abgewetztem Leder bezogen oder verwaschenen mexikanischen Überwürfen bedeckt. Alles wirkte ziemlich düster, nur der bunte Flickenteppich hellte die Atmosphäre etwas auf. Trotzdem wirkte der Raum einladend und gemütlich.

Dann vernahm sie ein Räuspern. Zwei fast identisch aussehende junge Männer um die zwanzig starrten sie an. Offenbar waren Gil und Rocky Zwillinge und hatten eine Abneigung gegen Friseure, denn ihr dichtes schwarzes Haar benötigte dringend einen Schnitt. Aber sonst wirkten sie gar nicht wild, sondern freundlich und sympathisch. Nur der verklärte Ausdruck in ihren dunklen Augen gefiel ihr nicht. Sie kannte diesen anhimmelnden Blick. Automatisch drückte sie das Kreuz durch und schaute kühl und unnahbar. Doch dann erinnerte sie sich daran, dass die beiden sie ja nicht als Prinzessin kannten, und schenkte ihnen ein dankbares und warmherziges Lächeln.

„Wow“, sagten die Brüder wie aus einem Munde.

Sie lachte auf und schaute zu Mr. Jace McTaggart. So finster und grimmig hatte sie noch nie jemand angesehen. Sie konnte nicht anders, sie musste dem Blick seiner forschenden dunkelbraunen Augen ausweichen. Der Mann war ja wie die Kerle in alten Wildwestfilmen.

Durch und durch hart. Woher sollte sie wissen, ob er ein Held oder ein Bösewicht war?

Er maß mindestens eins neunzig, hatte schmale Hüften, breite Schultern und kräftige Hände, die jetzt auf dem Bund seiner Jeans lagen.

Sein ungewöhnliches Gesicht mit der ausgeprägten geraden Nase, dem ernsten Mund und der breiten Stirn wirkte streng. Nur der Mahagonischimmer seiner dunklen, glatt zurückgekämmten Haare milderte diesen Eindruck. Als Alexis sich endlich traute, seinem Blick standzuhalten, durchfuhr sie ein Schreck, gefolgt von einer Hitzewelle.

„Miss Chastain", begann der Mann, „Sie gehören hier nicht her. Aber darüber wollen wir morgen sprechen. Rocky wird nun Ihr Gepäck aus dem Auto holen, und Gil zeigt Ihnen das Gästezimmer. Es hat ein eigenes Bad. Also seien Sie so gut, und nehmen Sie das Angebot an."

Sie hätte gern widersprochen, aber sie war zu müde dazu. „Okay", sagte sie schließlich.

„Rocky! Gil! Dann bewegt euch endlich", ermahnte Mr. McTaggart.

Die Zwillinge rührten sich, als erwachten sie aus einer Trance. Rocky trottete zur Tür und stutzte dort. „He, Jace", rief er und bückte sich nach einem Stoffbündel. „Was ist das?"

„Das hat Miss Chastain mir gebracht, um das Feuer zu ersticken."

Rocky breitete den Lumpen auseinander und hielt ihn ans Licht. Es war eine völlig verdreckte, mit Brandflecken übersäte Patchworkarbeit. „Sag mal, ist das nicht …", stammelte er.

Alexis glaubte, im Erdboden versinken zu müssen, als Jaces vernichtender Blick sie traf und er sagte: „Genau, das ist das Erbstück von meiner Großmutter. Sie hat die Decke selbst genäht. Aus ihrem Hochzeitskleid."

Alexis' Gesicht brannte immer noch vor Scham, als sie wenige Minuten später die Tür des Gästezimmers hinter sich schloss.

Doch wie hätte sie wissen können, dass die Decke ein handgemachtes Erbstück war? Warum ließ dieser McTaggart etwas, was ihm lieb und teuer war, so achtlos auf der Veranda herumliegen? In ihrer

Familie herrschte ein anderer Ordnungssinn, und Erbstücke wurden wertgeschätzt. Dann musste sie innerlich lachen, als sie an die vielen Jahrhunderte alten Gobelins dachte, die in den Privaträumen fein säuberlich an den Wänden hingen. Unvorstellbar, dass jemand sich mit ihnen die Knie wärmte.

Nein, es gab keine Ausrede für das, was sie angerichtet hatte. Sie nahm sich vor, für den Schaden aufzukommen. Aber wie sollte sie das mit der ruinierten Patchworkdecke gutmachen? Die war unersetzbar. Alexis hatte ihre Ankunft in Sleepy River gründlich verpatzt. Es würde nicht leicht werden, den schlechten Eindruck auszubügeln. Aber darüber konnte sie jetzt nicht nachdenken. Sie war viel zu erschöpft.

Müde rieb sie sich die Schläfen und sah sich im Zimmer um. Eine Frau hatte es gewiss nicht eingerichtet. Auf einem altmodischen eisernen Gestell türmte sich eine dicke Matratze. Das Bettzeug war blau-schwarz gemustert. In der Mitte des Raums stand ein wackeliger, gelb angestrichener Tisch mit einer Lampe. Sie gab nur mattes Licht. Der Schirm war knallrot und stammte aus den 50er Jahren. Vor dem Bett lag ein ovaler bunter Flickenteppich.

Die schrillen Farben störten Alexis nicht, sie brauchte nur Sauberkeit. Und sauber war es hier. Also öffnete sie ihren Koffer und holte einen Schlafanzug heraus.

Sie genoss es, ein eigenes Bad zu haben, und machte sich rasch für die Nacht fertig. Bald streckte sie sich wohlig auf dem quietschenden Bett aus. Doch noch während sie die Augen schloss, hatte sie das Bild von Jace McTaggart vor Augen und hörte ihn sagen, dass sie nicht nach Sleepy River gehöre.

Morgen wollte sie ihn eines Besseren belehren. Offenbar gab es zurzeit eine Menge Leute, denen sie es zeigen wollte. Sie konnte diesen Mann mit auf die Liste setzen. Ihr fielen seine angriffslustigen dunklen Augen ein, sein eigenwilliges Kinn und seine entschiedene Redeweise. Ja, er gehörte sogar ganz nach oben auf die Liste.

2. Kapitel

Es klopfte, und eine Männerstimme donnerte: „In zehn Minuten ist das Frühstück fertig." Alexis schrak hoch. Was für ein Krach! Es gab doch nicht etwa eine Palastrevolution? Und wo steckte Esther, ihre Hofdame?

Sie sah sich um und stellte fest, dass sie gar nicht in ihrem eigenen Schlafzimmer in Inbourg lag! Erleichtert atmete sie auf. Dann war sie den familiären Spannungen und Ansprüchen also entronnen, ihre Flucht geglückt und sie in Sleepy River angekommen.

Alexis gähnte und streckte sich. Sie hatte kaum sechs Stunden geschlafen, aber sie fühlte sich frisch und tatkräftig. Vielleicht, weil Morgensonne den Raum durchflutete. Er sah gar nicht mehr so scheußlich aus wie gestern, und auch die Peinlichkeiten ihrer Ankunft gehörten der Vergangenheit an. Ein neuer Tag hatte begonnen. Vor ihr lagen Aufgaben, die sie gleich in Angriff nehmen wollte. Vorher musste sie nur noch ihren Gastgeber, den Schulleiter, davon überzeugen, dass sie die Richtige dafür war.

Barfuß lief sie zum Fenster. Was für ein Ausblick! Offenes Weideland, gesprenkelt mit Vieh, so weit das Auge reichte. Gesäumt von Bergen, deren Hänge hoch gewachsene Kiefern, Espen und Rottannen bedeckten. Und ganz in der Nähe des Hauses ein Obstgarten.

Nur ein schwacher Brandgeruch störte die Idylle und erinnerte Alexis daran, wie tollpatschig sie in der vergangenen Nacht gewesen war. Sie wandte dem Fenster den Rücken zu. Sollte sie noch einmal auf das Desaster zu sprechen kommen? Lieber nicht. Ihr fiel ein Ratschlag ihrer Mutter ein: Kopf hoch! Nicht reden, sondern handeln! Doch Alexis war sich nicht sicher, ob sie bei Mr. McTaggart damit etwas ausrichten konnte.

Von den zehn Minuten, die man ihr gegeben hatte, waren drei bereits vertrödelt. Sie schnappte sich frische Wäsche und eilte ins Bad.

Jace sah sich ungläubig um. Die Zwillinge waren noch nie vorzeitig zum Frühstück aufgetaucht. Da er nun einmal der bessere Koch war, bereitete er jeden Morgen das Essen vor, während die beiden draußen schon allerlei Arbeiten verrichteten. Er musste sie immer rufen, bevor sie unrasiert und staubig bei Tisch erschienen, um Berge von Eiern, gebratenem Speck und Toast zu verschlingen, Kaffee zu trinken und dabei über die anfallenden Pflichten des Tages zu sprechen.

Doch an diesem Morgen war alles anders als sonst. Statt nach dem Aufstehen nach draußen zu gehen, hatten die beiden darum gestritten, wer als Erster das Badezimmer benutzen durfte. Dann hatte Jace zwei Mal das Summen eines elektrischen Rasierapparats vernommen, und nun überraschten ihn die beiden jungen Männer mit gestriegelten Haaren, sauberer Kleidung und blitzblanken Stiefeln. Außerdem dufteten sie so stark nach Aftershave, dass es gereicht hätte, einen ausgewachsenen Stier zu betäuben.

„Fahrt ihr irgendwohin?", fragte Jace.

Die Brüder scharrten verlegen mit den Füßen. „Nö", kam es wie aus einem Munde. Dann setzten sie sich und starrten einträchtig zur Tür. Offenbar warteten sie auf etwas. Sie kamen Jace vor wie zwei junge Raubtiere auf der ersten Beutejagd.

Als die Frau, die sich als Lehrerin ausgab, in die Küche kam, prallte sie zurück, denn zwei männliche Gestalten schossen auf sie zu, um sich vor ihr zu verbeugen. Beunruhigt sah sie über ihre Köpfe hinweg zu ihm hinüber. Er unterdrückte ein Lachen und genoss mit ungerührter Miene, wie die harmlosen Jungen diese anstrengende Person aus der Fassung brachten.

„Guten Morgen, Miss Chastain", sagte Gil mit verklärtem Lächeln, als er sich wieder aufrichtete.

„Haben Sie gut geschlafen, Miss?", fragte Rocky, der dicht neben seinem Bruder stand.

Gil stieß ihm den Ellbogen in die Rippen und machte einen Schritt nach vorne, Rocky knurrte verärgert und trat zwei Schritt näher.

„Danke! Gut!", stammelte sie und machte ein Gesicht, als wäre sie am liebsten auf und davon gelaufen.

Jace erbarmte sich. „He, Jungs! Hört auf, die Lady zu bedrängen.

Lasst sie jetzt in Ruhe frühstücken." Aufmunternd nickte er ihr zu, sich an den Tisch zu setzen.

Alexis schenkte ihm ein zögerndes Lächeln, das ihn neugierig machte. Gestern Nacht war er zu überrascht und verärgert gewesen, etwas anderes wahrzunehmen als ihre Schönheit und ihre unverschämte Hartnäckigkeit. Nun entdeckte er, dass sie auch Courage besaß, denn sie hatte sich von den beiden übergeschnappten Cowboys nicht ins Bockshorn jagen lassen. Außerdem schien sie Herz zu haben, denn sie lächelte Gil und Rocky freundlich an. Jace spürte, wie sein Interesse an ihr wuchs. Und das behagte ihm überhaupt nicht.

Die Jungen zogen sich tatsächlich zurück. Doch als Alexis nach einer Stuhllehne griff, besannen sich die Zwillinge wieder auf gute Manieren und wollten ihr beim Platznehmen behilflich sein. Sie stürzten herbei, und die Frau konnte gerade noch rechtzeitig zur Seite springen, bevor das Gerangel darum begann, wer für sie den Stuhl zurechtrücken durfte. Schließlich einigten sie sich, es gemeinsam zu tun, stellten sich an je eine Seite und schauten die Lehrerin erwartungsvoll an wie junge Hunde. Da entschied Jace, das Zepter in die Hand zu nehmen.

„Setzt euch endlich", befahl er. „Ihr erschreckt unseren Gast." Dann schenkte er Kaffee ein. Schließlich setzte sich auch diese Alexis Chastain.

Mit einer kleinen Verzögerung bemerkten die Zwillinge, dass sie ihr nun das Essen reichen durften. Eilfertig schoben sie Schüsseln und Platten zu ihr hinüber. Sie musste schnell zugreifen, damit Eier, Speck und Brot nicht auf ihrem Schoß landeten.

Jace seufzte. Gut, dass diese Frau heute wieder abfuhr. Sonst würden die Zwillinge auf der Ranch keinen Finger mehr rühren. Aber vielleicht freute er sich ja zu früh. Die richtige Lehrerin, Rachel Burrows, war auch nicht unattraktiv, und die Zwillinge hätten monatelang einen Grund, verrückt zu spielen.

Am besten, er schickte die Fremde gleich nach dem Frühstück fort. Die beiden Jungs sollten heute Rinder brennen. So, wie sie sich vor dieser Frau aufführten, musste man damit rechnen, dass sie sich gegenseitig das Brandeisen auf den Pelz drückten.

Er nippte an seinem Kaffee und betrachtete Alexis' rotbraunes Haar. Es erinnerte ihn an leuchtendes Herbstlaub. Doch ihre grünen Augen versprachen den Frühling.

Als Jace bewusst wurde, welche Richtung seine Gedanken nahmen, verschluckte er sich und bekam einen Hustenanfall. Die Frau warf ihm einen besorgten Blick zu. Doch weder Gil noch Rocky schenkten ihm Beachtung. Er hätte ersticken können, ohne dass ihnen anderes in den Sinn gekommen wäre, als Alexis die Butter zu reichen. Womöglich über seine Leiche hinweg. Er musste diesem Spuk ein Ende machen.

„Miss Chastain, wir haben uns über Ihren Besuch gefreut", begann er halbherzig, „aber da Sie nicht die sind, die wir als Lehrerin eingestellt haben, wollen wir lieber auf Miss Burrows warten und ..."

„Sie wird nicht kommen", unterbrach ihn die fremde Frau und sah ihn mit funkelnden Augen an.

Gil und Roxy drehten nun die Köpfe und starrten Jace so entgeistert an, als hätte er begonnen, mit Sopranstimme zu singen.

Er ließ sich nicht beirren. „Woher wissen Sie das so genau?"

„Das habe ich schon versucht, Ihnen gestern Nacht zu erklären. Sehen Sie, Rachel und ich sind alte Freundinnen. Wir waren zusammen auf dem College. Bevor sie herkommen sollte, besuchte sie mich im Palas... ich meine am Platz, also dort, wo ich wohne. Sie erzählte mir von diesem Job und dass sie von dem Vertrag zurücktreten müsse. Deshalb bin ich eingesprungen und hergekommen."

Jace beugte sich vor. „Sie hat einen Vertrag unterschrieben. Wir verlassen uns darauf, dass er eingehalten wird."

Alexis lächelte nervös. „Es tut Rachel schrecklich leid. Wirklich! Aber es ist etwas sehr Wichtiges dazwischengekommen. Ich habe auch einen Brief für Sie mitgebracht. Wir dachten, mit der Post würde er später eintreffen als ich."

Kaum machte sie Anstalten, den Brief zu holen, sprangen Gil und Rocky auf, um ihr beim Aufstehen zu helfen. Und wieder versuchte der eine den anderen dabei zur Seite zu drängen. Jace riss der Geduldsfaden.

„Würdet ihr bitte zu Ende essen und dann raus an die Arbeit gehen!", fuhr er die Zwillinge an. „Ihr verbreitet eine schreckliche Unruhe." Die beiden schauten verdattert und ließen sich zurück auf die Stühle fallen.

Jace stöhnte und wandte sich wieder an seinen Gast. „Warum sagen Sie mir nicht einfach den Grund, weshalb Miss Burrows nicht kommt? Was hält sie davon ab, ihren Vertrag zu erfüllen?"

Vor dieser Frage hatte Alexis sich schon auf der Herfahrt gefürchtet. Sie war prekär, man musste sie mit Fingerspitzengefühl beantworten. Und dieser Jace McTaggart machte keinen sehr verständnisvollen Eindruck. Gestern wirkte er wütend und grob, heute kühl und geschäftsmäßig. Ja, seine männliche Ausstrahlung und sein verwegenes Aussehen schüchterten sie geradezu ein. Nun bedauerte sie, dass Rachel nicht angerufen und selbst abgesagt hatte. Doch dazu war ihre Freundin nicht mutig genug gewesen. Sie hatte befürchtet, dass man sie überredete, doch noch zu kommen. Doch einen offenen Vertragsbruch wollte sie auch nicht riskieren. Da hatte Alexis ihre Hilfe angeboten. Sie konnte es einfach nicht ertragen, wenn Menschen, die sie liebte, in Nöten steckten. Und Rachel war nun einmal eine enge Freundin, der sie immer vertrauen konnte.

Tief Luft holend, schaute sie dem Mann, der sie mit heiklen Fragen quälte, gerade in die Augen. Es blieb ihr nichts anderes übrig, als die Wahrheit zu sagen. „Sie hat jemanden getroffen."

„Jemanden? Meinen Sie, einen Mann?"

Alexis nahm einen Schluck aus der Kaffeetasse. „Nicht irgendeinen Mann. Einen Seelenverwandten."

„Einen Seelenverwandten", wiederholte McTaggart und sah sie entgeistert an.

Sie räusperte sich. „So hat Rachel sich jedenfalls ausgedrückt. Es war Liebe auf den ersten Blick. Sie konnte sich nicht von ihm trennen." Himmel, irgendwie klang die Erklärung wenig überzeugend, ziemlich unprofessionell und auch ein bisschen einfältig. Alexis seufzte. „Es hat sie ernsthaft erwischt."

Der Schulleiter lehnte sich zurück. „Also, Rachel Burrows ist nicht gekommen, um ihren Lehrvertrag zu erfüllen, weil sie einen Seelenverwandten getroffen hat und nicht von seiner Seite weichen will. Könnte man es so ausdrücken?"

Alexis versuchte zu lächeln. „Na, ja, aus ihrem Mund klang es romantischer."

Er runzelte die Stirn.

„Ich hole den Brief."

„Ersparen Sie sich die Mühe!"

Sie setzte sich wieder.

Da meldeten sich die Zwillinge zu Wort. „Das ist doch alles ganz unwichtig, Jace, solange wir eine fähige Lehrerin für die Kinder haben", sagte Gil."

„Ja", stimmte Rocky zu. „Und Miss Chastain ist sehr fähig."

Jace zog die Brauen hoch, denn das, was Rocky an dieser schönen Frau anscheinend so faszinierte, hatte nichts, aber auch gar nichts mit ihren Fähigkeiten als Lehrerin zu tun. Das empfand sie wohl auch so, denn sie kreuzte verlegen die Arme über der Brust.

„Warum geht ihr nicht an die Arbeit. Ich möchte alleine mit Miss Chastain sprechen", sagte Jace.

Die Brüder schauten ihn an, als verlangte er Unmögliches von ihnen. Doch er ließ sich nicht erweichen, sondern zeigte Richtung Scheune.

Mürrisch standen die beiden auf, stellten ihr Geschirr in die Spüle und trollten sich. „Mach bloß keine Dummheiten", rief Gil über die Schulter zurück.

Als sie endlich ungestört waren, sagte Jace: „Mich ärgert die unprofessionelle Art und Weise, wie das Ganze gehandhabt wird. Irgendwie fühle ich mich von Miss Burrows und von Ihnen genötigt."

„Das kann ich nachempfinden." Was sollte Alexis auch sagen? Etwa, dass sie nur auf diese günstige Gelegenheit gewartet hatte, um von zu Hause fortzulaufen? Nein, das klang zu dramatisch. Und außerdem konnte sie ihm nicht erklären, dass ihr Zuhause ein zweihundert Zimmer großer Palast war, der in einem schönen Landstrich in Europa stand.

„Dann werden Sie auch verstehen, dass Sie nicht bleiben können."

„Nein, das verstehe ich nicht." Sie lehnte sich vor und breitete die Arme aus. Es war eine offene und gleichzeitig bittende Geste. „Glauben Sie mir, ich bin wirklich für diesen Job qualifiziert. Ich habe in

Arizona studiert und während meiner Ausbildung auch unterrichtet. Sie werden mit mir zufrieden sein."

Er schüttelte den Kopf. „So geht das nicht."

„In zwei Wochen beginnt die Schulzeit", sagte sie verzweifelt. „Wie wollen Sie in so kurzer Zeit eine andere finden? Ich bin hier. Ich stehe zur Verfügung. Ich möchte unterrichten. Bitte lassen Sie mich bleiben!"

Dieser offenherzige Appell machte ihn misstrauisch. „Warum wollen Sie den Job so unbedingt."

Sie schwieg, während ihr der Angstschweiß auf die Operlippe trat und sie sich das Hirn zermarterte, was sie antworten sollte.

Jace beugte sich vor und kreuzte die Unterarme auf dem Tisch. „Wenn Sie wirklich so qualifiziert sind, wie Sie sagen, warum wollen Sie dann ausgerechnet hier arbeiten? Dies ist nur ein Vertretungsjob."

In vier Monaten würde sich die Lage in Inbourg vielleicht entspannt haben. Jedenfalls hoffte sie, dass ihr Vater den Plan aus den Augen verlor, seine jüngste Tochter gegen ihren Willen zu verheiraten. Im Moment war sie schrecklich enttäuscht von ihm.

Während der Fürst mit dem Parlament um eine Verfassungsänderung gestritten hatte, war sie folgsam gewesen und hatte ihre eigenen Pläne zurückgestellt, um Anya und Deirdre zu entlasten, die repräsentative Aufgaben übernehmen mussten. Sie hatte sich um die Hauswirtschaft und besonders um ihren Neffen Jean Louis gekümmert. Doch sobald die Verfassungsänderung angenommen war, hatte ihr Vater angefangen, von Heirat zu reden. Sie sei doch die vernünftigste seiner Töchter und wolle wohl kaum eine zum Scheitern verurteilte Ehe eingehen wie Anya oder sich von einem Flirt in den nächsten stürzen wie Deirdre.

Sie wusste, dass ihr Vater sie liebte. Doch er konnte nicht einsehen, dass sie ihr eigenes Leben führen wollte. Dass sie vorhatte, als Lehrerin zu arbeiten, um auf diese Weise etwas Sinnvolles für ihr Land zu leisten. Offenbar traute er ihr einen richtigen Beruf nicht zu.

„Haben Sie meine Frage vergessen?"

Sie riss sich von ihren Gedanken los und sah ihn offen an. „Ich möchte hier arbeiten, weil ich Berufserfahrung brauche." Das war die Wahrheit. „Und ich bin qualifiziert für diesen Job." Sie stand auf.

„Ich gebe Ihnen jetzt Rachels Brief, meine Zeugnisse und meine staatlich anerkannte Lehrbefähigung. Entscheiden Sie sich, wenn sie alles gelesen haben."

Hastig holte sie die Papiere aus dem Gästezimmer und reichte sie ihm. Während er las, versuchte sie, noch etwas zu frühstücken. Doch immer wieder sah sie zu dem Schuldirektor hinüber, der sich mit gerunzelter Stirn in Rachels Absagebrief vertieft hatte. Dann griff er wortlos nach ihren Papieren.

„So, Sie sind also besonders darin geschult, Leseprobleme zu diagnostizieren und zu beheben. Können Sie auch Geschirr abwaschen?"

Er stand auf und begann, den Tisch abzuräumen.

„Natürlich. Was meinen Sie damit?"

„Dass ich mit den anderen Mitgliedern des Schulausschusses sprechen muss."

Ihre Augen begannen vor Freude zu leuchten. „Dann habe ich also eine Chance?"

Er blieb ungerührt. „Ich habe nur gesagt, dass ich mit den anderen sprechen muss."

Das reichte ihr, um die Hoffnung nicht aufzugeben. „Gut, machen Sie das. Ich kümmere mich um den Abwasch."

Alexis sah sich um. Als er schon fast draußen war, rief sie ihm hinterher. „Und wo finde ich die Geschirrspülmaschine?"

Er drehte sich um. Zu ihrem Erstaunen sah er zum ersten Mal vergnügt aus, ja, er lächelte sogar. Ehe sie sich versah, trat er auf sie zu, nahm ihre Hände und hob sie vor ihr Gesicht. „Da ist sie! Genau vor Ihren Augen."

Die unerwartete Berührung traf sie wie ein Blitz. Erschrocken schaute sie ihn an. Warum hatte er das getan?

Plötzlich wurde sein Gesicht wieder ernst. Während er ihr in die Augen sah, schien er sich das Gleiche zu fragen.

Hastig ließ er ihre Hände fallen und drehte sich auf dem Absatz um. „Ich muss jetzt telefonieren", murmelte er.

Wie betäubt blieb Alexis allein in der Küche zurück. Sie spürte noch diese eigenartige Wärme auf ihrer Haut. Und zum ersten Mal kam ihr zu Bewusstsein, dass Jace McTaggart ein Mann war.

Verrückt, dachte sie. Ich bin übergeschnappt. Ich habe nur Angst, dass er mir den Job nicht gibt. Sie riss sich zusammen und machte sich an die Arbeit.

„Jace, du übertreibst", sagte Martha Singleton mit lauter Stimme.

„Findest du?" Jace hielt den Hörer ein bisschen vom Ohr ab, während er mit der Frau sprach, die normalerweise in der Schule von Sleepy River unterrichtete. Nun hatte sie wieder ein Baby bekommen.

„Natürlich. Hast du dir denn nicht überlegt, wie wir zu diesem späten Zeitpunkt eine andere Lehrerin finden sollen? Die, die gekommen ist, besitzt vielleicht alle nötigen Qualifikationen. Überprüf doch erst einmal ihre Zeugnisse. Wenn die in Ordnung sind, dann ist sie die Richtige."

„Schon möglich", sagte er widerwillig.

„Glaub mir, Lehrerinnen, die bereit sind, für diese Bezahlung auf dem Land in einem Klassenraum mehrere Altersstufen gleichzeitig zu unterrichten, sind rar gesät."

Jace rieb sich das Kinn und schwieg.

„Oder meinst du, dass die Kinder sie nicht mögen werden?", versuchte Martha, ihn aus der Reserve zu locken.

„Das kann ich nicht beurteilen."

Sie senkte die Stimme: „Hast du persönlich etwas gegen diese Person?"

Er dachte an das nächtliche Feuer und die ramponierte Decke seiner Großmutter. „Eigentlich nicht."

Im Hintergrund schrie jetzt der Säugling.

„Also, was gibt es dann für Probleme?" Marthas Stimme klang zunehmend ungeduldig.

Er merkte, dass er ihr die Zeit raubte. „Sonst gibt es keine. – Ich glaube, das Baby hat Hunger."

„Ich werde mich gleich um ihn kümmern." Ihre Stimme klang weicher. „Hör zu. Wenn ihre Zeugnisse in Ordnung sind und du immer noch Zweifel hast, dann kann ich ja mal für ein paar Stunden in die Schule kommen und zuschauen, wie sie unterrichtet. Wenn sie gar nichts kann, müssen wir sie ja nicht behalten."

Es war ein halbherzig gemeinter Vorschlag, aber Jace griff ihn dankbar auf.

„Gute Idee, Martha. Wir wollen schließlich keine schlechte Lehrerin.“

Nachdem er den Hörer aufgelegt hatte, sah er gedankenverloren aus dem Fenster.

Merkwürdig, er glaubte nicht einmal, dass Alexis Chastain eine schlechte Lehrerin war. Sie war vielleicht manchmal ein wenig ungeschickt in ihrer Zielstrebigkeit und neigte dazu, gegen Mauern und Briefkästen zu fahren, aber er traute ihr durchaus zu, dass sie den Unterricht meisterte.

Sei ehrlich, du Dummkopf, schalt er sich. Gib zu, dass dir nicht ihre pädagogischen Fähigkeiten Kopfschmerzen bereiten. Dir passt ihre Anwesenheit nicht, die Art, wie sie dich anschaut. Als hätte sie noch nie jemanden wie dich gesehen. Wahrscheinlich kannte sie wirklich keine Männer, wie er einer war. Sie kam ihm vor wie aus einer anderen Welt. Einer feineren als Sleepy River in Arizona.

Alexis störte hier. Er wusste es, seit er sie im Schein der Fackel gesehen hatte. Sie warf ihn aus der Bahn. Und jetzt musste er immerzu daran denken, wie es gewesen war, sie zu berühren.

Doch ihm blieb wohl nichts anderes übrig, als ihre Anwesenheit zähneknirschend zu dulden. Denn, wie Martha richtig bemerkt hatte, so schnell konnte er keine andere Lehrerin auftreiben. Mürrisch griff er zum Telefon, um die anderen Anrufe zu erledigen.

Auch wenn er nur Gutes von ihr hörte, er war sich sicher, dass diese Frau ihm noch eine Menge Scherereien bereiten würde.

3. Kapitel

Während Jace telefonierte, hätte Alexis am liebsten an der Tür gelauscht. Sie ließ sich tatsächlich dazu hinreißen, auf Zehenspitzen in den Flur zu schleichen. Doch die Dielen knarrten. Das verräterische Geräusch trieb sie zurück in die Küche.

Dort wusch sie das Geschirr ab, wischte Tisch und Arbeitsflächen sauber, fegte sogar den Fußboden. Ihre Schwestern hätten ihren Spaß daran gehabt, Bevins, der Palastmanager, wäre entsetzt gewesen, und Esther, ihre Hofdame, hätte wahrscheinlich nach einem Arzt gerufen.

Als sie wieder einmal den Wischlappen ausspülte und zum dritten Mal das Waschbecken scheuern wollte, hörte sie endlich Schritte.

„Gut", sagte Jace McTaggart. „Sie haben den Job."

„Wirklich?" Sie strahlte.

„Sieht ganz danach aus." Er zuckte die Schultern.

„Das ist wunderbar. Ich danke Ihnen", rief sie und schüttelte seine Hand. Leider hatte sie in der Aufregung vergessen, den Wischlappen wegzulegen, sodass das nasse Tuch nun zu ihm wanderte. Er verzog das Gesicht, und sie wurde knallrot.

„Es tut mir schrecklich leid", murmelte sie, befreite ihn von dem Lappen und warf ihn ins Becken. Verlegen standen sie voreinander und wischten sich die feuchten Hände an den Jeans ab.

„Also, Ihre Zeugnisse sind in Ordnung. Das habe ich überprüft", begann er. „Aber einige meiner Gesprächspartner schienen darüber amüsiert zu sein, dass Sie sich um den Job hier bemühen."

Alexis faltete die Hände und versuchte, ihre Nervosität zu verbergen. „Tatsächlich?"

„Besonders einer Ihrer Professoren. Er vermutete Sie nämlich in Europa." Der Schulleiter schaute sie durchdringend an.

Er kam ihr vor wie ein Staatsanwalt, der das Kreuzverhör eröffnete. Ihr war mulmig zu Mute, denn so ganz unschuldig fühlte sie sich nicht. Deshalb fiel es ihr schwer, seinem Blick standzuhalten.

„Waren Sie dort?“, hakte er nach.

„Wo denn?

„In Europa.“

Sie versuchte locker zu wirken. „Ach, ja. Natürlich. Ich war drüben. Familiengeschäfte.“

Wieder schien er sie mit seinem Blick durchleuchten zu wollen. „Welche Geschäfte betreibt Ihre Familie denn?“

Alexis’ Lächeln gefror. Ihre Gedanken wanderten nach Inbourg. In den vergangenen Monaten hatte ihr Vater bis in die Nächte mit Parlamentariern zusammengesessen und gearbeitet, ihre Schwestern hatten bei zig Veranstaltungen versucht, die Bürger des kleinen Landes davon zu überzeugen, dass die Änderungen, die der regierende Fürst anstrebte, gut für sie waren. Und Alexis, die das Rampenlicht scheute, hatte ihre Zeit mit dem kleinen Jean Louis verbracht. Er war der Thronerbe und brauchte eine gute Erziehung. Doch der Sechsjährige war ein unverbesserliches Schlitzohr und ein Charmeur. Er verstand es, alle einzuwickeln, von seiner Kinderfrau bis zu den Männern der Palastwache. Sie verziehen ihm jeden Unsinn. Alexis dachte mit Grausen an seinen Versuch, sich kopfüber aus einem Fenster der oberen Stockwerke hängen zu lassen, um die Welt verkehrt herum zu betrachten.

„Miss Chastain?“, mahnte Jace.

Sie riss sich zusammen. „Öffentlichkeitsarbeit“, sagte sie. „Meine Familie ist in der Verwaltung und in der Öffentlichkeitsarbeit tätig. Ich habe entschieden, mich daraus zurückzuziehen, um mich meinem eigentlichen Beruf zu widmen. Ich will unterrichten.“ Offen war sie dabei allerdings nicht vorgegangen. Sie hatte ihren Vater sogar belogen und erzählt, dass sie nach Arizona fahre, um sich in einem Kurort zu erholen. Dagegen hatte er keine Einwände erhoben.

Jace öffnete den Mund, um noch etwas zu fragen, doch Alexis kam ihm zuvor. „Wenn ich bleiben darf, möchte ich mich so schnell wie möglich an die Arbeit machen. Bitte zeigen Sie mir die Schule. Es gibt sicher eine Menge zu tun.“

Sie hielt den Atem an und fürchtete, er würde sie weiter ausfragen. Doch er nickte. „In Ordnung. Sie können Ihren Wagen nehmen und beim Lehrerhaus parken.“

Sie strahlte. „Lehrerhaus“, sagte sie versonnen. „Das klingt so …“

„Altmodisch?“ Er hob fragend die Brauen. „Unzeitgemäß?“

„Nein, es klingt – bedeutsam“, sagte sie. Als sie sein Erstaunen sah, fühlte sie sich zu einer Erklärung genötigt. „Denken Sie doch mal an die alten Zeiten. Da waren die Lehrer im Westen diejenigen, zu denen die Menschen kamen, wenn sie Rat suchten.“

Jetzt sah er sie wieder so an, als wollte er ihre Gedanken lesen. Das machte sie nervös. Ihre anerzogene Fähigkeit, Gefühlsregungen zu verbergen, drohte in seiner Gegenwart zu versagen.

„Aber Sie glauben doch wohl nicht, im alten Westen zu sein!“

„Bestimmt nicht. Keine Sorge.“ Alexis ärgerte sich über das Missverständnis. Sie war einfach nur glücklich über den Job, froh, eine Weile zurückgezogen in Arizona leben zu können, erleichtert, neugierigen Blicken und ihrer wohlmeinenden, aber erdrückenden Familie entronnen zu sein. Wenn sie ihm das erklärte, würde er misstrauisch werden und an ihren Fähigkeiten zweifeln.

Sie räusperte sich und wich seinem Blick aus. „Ich bin gleich abfahrbereit. Ich hole nur mein Gepäck.“ Dann drehte sie sich auf dem Absatz um.

Einer der Zwillinge hatte ihren Wagen vorgefahren, und sie entdeckte nun den Schaden der gestrigen Nacht. Sofort dachte sie daran, wer alles von ihrem Missgeschick erfahren würde. Zu Hause lauerten immer und überall irgendwelche Paparazzi, und so ein Unfall war für sie ein gefundenes Fressen.

Jace fuhr in seinem dunkelblauen kleinen Lastwagen vor. Sie folgte ihm. Auf der Straße, die zum Highway führte, bog er bald in eine Straße ab, die Alexis in der Nacht übersehen hatte. Sie war so schmal, dass die Zweige der Bäume, die ihren Rand säumten, fast das Auto berührten, und endete plötzlich auf freiem Feld. Hier standen das weiße Schulgebäude und das kleine Lehrerhaus.

Alexis entdeckte auch einen Baseballplatz. Hoffentlich erwartete niemand von ihr, dass sie den Kindern Unterricht im Baseballspiel gab. Davon hatte sie keine Ahnung.

Die Gebäude gefielen ihr, beide schienen in gutem Zustand zu sein. Sie hielt an, sprang aus dem Wagen und lief zur Schule.

Jace kam zu ihr geschlendert. „Wollen Sie nicht zuerst Ihre Unterkunft besichtigen?“

„Das mache ich später.“ Sie drückte die Türklinke herunter. Die Schule war abgesperrt. „Haben Sie einen Schlüssel?“

„Natürlich“, knurrte er. „Ich bin schließlich der Schulleiter.“ Er schloss auf und ließ ihr den Vortritt. Endlich konnte sie ihr zukünftiges Reich inspizieren.

Der Klassenraum war geräumig und hell. In einer Ecke befand sich das Lehrerpult, davor standen in zwei Reihen die Tische der Schüler. An den Wänden waren die Schränke für das Unterrichtsmaterial und Computerarbeitsplätze. „Oh“, jauchzte sie. „Das ist ja alles viel moderner und komfortabler, als ich dachte.“

„Was haben Sie denn erwartet?“, brummte er. „Einen Katheder auf einem Sockel? Einen Holzofen in der Ecke?“ Dann musste er doch lachen. „Ein Plumpsklo auf dem Schulhof?“

Sie drehte sich erstaunt nach ihm um. Jace McTaggart konnte scherzen? Und lachen? Jedenfalls hatte das Geräusch, was er eben von sich gegeben hatte, sehr danach geklungen. Aber sobald sie ihn anlächelte, schien er sich wieder daran zu erinnern, wer sie war. Die Frau, die sein Gras in Brand gesetzt hatte. Sein Gesicht verfinsterte sich.

„Ich freue mich nur über die gute Ausstattung.“ Sie deutete auf die Computer. „Die werden mir vieles erleichtern.“

Er warf ihr einen interessierten Blick zu. „Sie können damit umgehen?“

„Ja!“ Sie öffnete einen Schrank nach dem anderen. Papier und Stifte würden erst einmal ausreichen. „Ich habe Computerkurse belegt.“ Sie entdeckte Regale voller Schulbücher. Die wollte sie später durchstöbern. „Deshalb konnte ich auch Bevins helfen.“ Jetzt hatte sie Tuschkästen und Farben für den Kunstunterricht gefunden. Alles, was sie brauchte, war vorhanden. „Wir haben die Ausgaben am Computer kalkuliert.“ Es würde wunderbar sein, hier zu unterrichten! Sie wollte bald anfangen, den Stundenplan auszuarbeiten. „Und den Weinkeller inventarisiert.“

„Den Weinkeller?“, fragte Jace mit tonloser Stimme.

Sie blinzelte. „Wie bitte?“ Warum schaute er so finster?

„Sie haben eben erzählt, dass Sie mit Bevins den Weinkeller inventarisiert haben."

„Wirklich?" Ihr wurde plötzlich heiß. Verdammt, warum hatte sie einfach drauflosgeplappert.

„Wer ist denn dieser Bevins?"

Sie verschränkte die Hände hinter dem Rücken, um ihre Verlegenheit zu verbergen. „Ach, er arbeitet für einen großen Weinhandel. – Sind Sie hier eigentlich auch schon zur Schule gegangen?"

Offenbar hatte Jace ihr Ablenkungsmanöver durchschaut, denn er runzelte missbilligend die Stirn. Alexis spürte sein Misstrauen und hatte keine Ahnung, wie sie es zerstreuen sollte, ohne sich zu verraten. Ihr fehlte jede Spitzfindigkeit. Auch das war ein Grund, warum sie so ungern im Scheinwerferlicht stand.

„Ja, als Kind ging ich auch in diese Schule. Aber eines Tages wurde sie geschlossen. Man brachte uns mit dem Bus nach Morenci. Eine lange Fahrt für uns Kinder. Und dann hatten wir noch eine Menge häuslicher Pflichten. Mein Vater erließ mir nichts, nur weil ..."

„Nur weil ...?", fragte sie.

Er sah fast bekümmert aus. „Ach, das ist doch egal. Es wird Sie nicht interessieren."

Aha. Da hatte sie also einen wunden Punkt erwischt. Offensichtlich fehlte auch Jace die Fähigkeit, sich geschickt herauszureden.

Sie schaute ihn vielsagend an, mit einem Blick, den alle guten Lehrer beherrschten. „Zeigen Sie mir jetzt das Haus? Ich kann erst anfangen zu arbeiten, wenn ich eingezogen bin."

Er nickte. Offenbar war er erleichtert, dass sie nicht weiter in ihn drang. Sie aber ärgerte sich ein bisschen über ihn. Wer selbst inquisitorische Fragen stellte, sollte bereit sein, anderen zu antworten. Diesen Vorwurf konnte sie ihm leider nicht laut machen. Sie hatte selbst zu viel zu verbergen. Und schließlich waren sie keine Freunde, sondern er war der Schulleiter und sie die Aushilfslehrerin.

Hilfsbereit holte er ihren Koffer aus dem Wagen und stellte ihn auf der kleinen Veranda des Holzhauses ab. Derweil träumte sie davon, hier an warmen Abenden in dem rustikalen Schaukelstuhl zu sitzen und die Stille zu genießen.

Jace schloss auf und öffnete die Tür. Dann überreichte er ihr den

Schlüssel und ließ sie wieder als Erste eintreten. Offenbar bereute er das sofort, denn er räusperte sich. „Tut mir leid. Die Mütter der Schüler wollten das Haus putzen, bevor die Lehrerin kommt. Nun haben wir die Bescherung."

„Kein Problem", sagte sie. „Ich kann alleine sauber machen." Irgendwie gefiel ihr der Raum, obwohl nichts zueinander passte. Wahrscheinlich hatte die ganze Nachbarschaft ziemlich planlos etwas zur Möblierung beigesteuert. Es gab ein durchgesessenes Ledersofa, auf dem sie sicher gut den Nachmittagsschlaf halten konnte, einen großen Tisch mit bunt zusammengewürfelten Stühlen und verschiedene Beistelltischchen mit Lampen.

Sie lächelte und ging in die Küche. Hier konnte man sogar zu zweit essen, und nichts, was man zum Kochen brauchte, fehlte. Das Bad war modernisiert und zweckmäßig. Im Schlafzimmer befanden sich eine große Kommode und ein Bett. Die Matratze sah zwar ziemlich durchgelegen aus, aber ein paar Monate würde sie darauf schlafen können, ohne dass ihr Rücken litt.

Weil sie wortlos durch das Haus ging, fühlte Jace sich bemüßigt, Erklärungen abzugeben. „Hier hat seit Jahren niemand mehr gewohnt", sagte er und öffnete im Wohnzimmer die Fenster. „Die fest angestellte Lehrerin, Martha Singleton, ist mit einem Rancher aus Sleepy River verheiratet." Der dicke Staub überall war ihm peinlich. „Aber einen Palast haben Sie wohl nicht erwartet, oder?", fragte er zerknirscht.

„Nein!" Unwillkürlich dachte sie an die Sorgfalt, mit der Bevins zu Hause alles in Ordnung hielt, an sein Organisationstalent und die Umsicht, mit der er die ständig anfallenden Reparaturen an dem jahrhundertealten Schloss vorantrieb. Wie viele Menschen dort rund um die Uhr im Schichtdienst arbeiteten, um alles in Schuss zu halten! Sie war froh, diesem Ameisenbau für eine Weile entflohen zu sein.

„Wir haben leider nichts anderes zu bieten." Es klang wie eine Entschuldigung. „Ich wohne am dichtesten an der Schule, aber ich kann Sie unmöglich bei mir unterbringen. Gil und Rocky würden keinen Handschlag mehr tun. Sie haben den beiden völlig den Kopf verdreht. Wahrscheinlich brauchen die Jungen eine Woche, um sich von dem Frühstück mit Ihnen zu erholen."

Alexis stutzte. „Ich habe sie zu nichts ermutigt. Das können Sie mir glauben."

„Die Zwillinge brauchen keine Ermutigung." Er hob hilflos die Arme. „Ihre bloße Anwesenheit, vielleicht die Anwesenheit jeder Frau, wirft sie aus der Bahn." Er fuhr sich durchs Haar und lief unruhig auf und ab. „Mir fällt jetzt keine andere Lösung ein. Wenn Sie den Job nehmen, dann müssen Sie vorerst mit dieser Hütte vorlieb nehmen, bis wir etwas Besseres gefunden haben."

Allmählich wurde sie ärgerlich. „Ich habe mich über das Haus doch gar nicht beschwert. Mir steht nicht der Sinn nach einem Palast. Gewiss nicht! Ich fühle mich wohl hier." Um ihre Worte zu bekräftigen, ließ sie sich auf das Sofa fallen. Mit einem Puff entwich der Staub und hüllte sie ein. Sie musste niesen und sprang auf die Füße. Ihre Nase juckte, und die Augen tränten. „Es muss hier …", sie nieste wieder, „… nur mal gründlich sauber gemacht werden. Hatschi!"

Sie putzte sich die Nase. „Ich brauche keine weitere Hilfe. Ich möchte nur, dass Sie mir noch eine Frage beantworten." Wieder bekam sie einen Niesanfall. Dann richtete sie sich kerzengerade auf und schaute Jace herausfordernd an.

„Und die wäre?" Er hatte einen sicheren Abstand zu ihr eingenommen.

„Sie selbst haben keine Kinder, die hier zur Schule gehen. Sie machen auch nicht den Eindruck, als würden sie sich für den Unterricht interessieren. Warum sind Sie eigentlich Schulleiter geworden?"

Jace war so perplex, dass er ohne Umschweife mit der Wahrheit herausrückte. „Ich lebe in einer kleinen Gemeinde. Die Aufgaben, die uns alle betreffen, erledigen wir reihum. Letztes Jahr war ich für die Wasserversorgung zuständig und habe mit der Regionalverwaltung verhandelt, wenn es Probleme mit der Pumpstation gab. Dieses Jahr hat Dave Kramer den Job übernommen, und ich bin verantwortlich für die Schule."

„Gut", sagte Alexis. „Dann will ich Ihnen die Pflicht nicht unnötig schwer machen. Ich werde Sie so wenig wie möglich in Anspruch nehmen." Sie versuchte, so würdevoll zu klingen wie ihre Großmutter, wenn sie eine Audienz für beendet erklärt hatte. „Den Schlüssel haben Sie mir schon gegeben. Andere Hilfe brauche ich nicht."

Irritiert hob er die Brauen. „Wie Sie meinen. Ich überlasse Sie jetzt Ihrer Arbeit. Lebensmittel bekommen Sie im Ort. Oder soll ich einen der Zwillinge schicken?"

„Ich fahre selbst." Sie reckte das Kinn. „Ich muss sowieso Reinigungsmittel besorgen."

Auf dem Weg zur Tür blieb Jace stehen. „Auf Wiedersehen."

Dann fiel die Haustür ins Schloss, der Boden der Veranda ächzte unter seinen Schritten, und er fragte sich, womit er Alexis beleidigt hatte. Gut, vielleicht war die Erklärung, warum er sie nicht bei sich wohnen ließ, ein bisschen drastisch ausgefallen. Aber was hätte er anderes sagen sollen? Dass sie zu viel Leben in die eintönige Männerwirtschaft brachte? Nicht nur, weil sie Briefkästen demolierte und Feuer legte. Er hatte seine beiden Helfer noch nie so aufgeputzt beim Frühstück gesehen. Das war amüsant gewesen, aber jeden Tag wollte er das Theater nicht haben.

Seufzend holte er Zange und Schraubenschlüssel aus dem Laster und machte sich hinter dem Haus zu schaffen. Alexis brauchte schließlich Wasser und Elektrizität. Dann prüfte er, ob das Propan ausreichte, um für Bad und Küche Wasser zu erhitzen. Während der Arbeit dachte er unentwegt an diese Frau und ärgerte sich darüber. Er wollte ihr in Zukunft aus dem Weg gehen. Er hatte sowieso keine Zeit, jedes Mal herzukommen, wenn irgendeine Tür klemmte oder ein Nagel aus der Wand fiel. Auf der Ranch gab es genug zu tun. Wenn sie etwas brauchte, wollte er einen seiner liebestollen Cowboys rüberschicken.

Oder Stella Kramer kümmerte sich darum. Sie gehörte auch zum Schulverein und war Mutter von drei schulpflichtigen Kindern. Wenn jemand Grund hatte, sich gut mit der Lehrerin zu stellen, dann war sie es.

Ab jetzt hatte er hier nichts mehr verloren.

Doch der Entschluss, sich von Alexis fern zu halten, war nur von kurzer Dauer. Denn gerade als er sein Werkzeug im Laster verstauen wollte, hörte er sie schreien. Er rannte zurück ins Haus.

4. Kapitel

Alexis stürzte ihm entgegen. Jace packte sie um die Taille, wirbelte sie herum und setzte sie hinter sich ab. Was hatte sie so erschreckt? Auf den ersten Blick entdeckte er nichts Gefährliches im staubigen Wohnzimmer.

„Es ist in der Küche. Im Schrank. Es sind sehr viele … davon …" Ihr Atem ging stoßweise, und sie krallte sich an seinem Rücken fest.

„Ich schaue nach."

Doch Alexis gab ihn nicht frei. Sie klammerte sich an sein Hemd, als wäre sie von Sinnen. Sobald er einen Schritt nach vorn tat, schleifte er sie hinter sich her.

Langsam drehte er sich um, bis er eine ihrer Schultern zu fassen bekam. „Alexis", sagte er mit beruhigender Stimme. „Der Stoff wird zerreißen." Als sie ängstlich nach seinen Brusttaschen griff, umfasste er sanft ihre Fäuste. „Wenn Sie nicht loslassen, müssen Sie mit in die Küche kommen."

Es dauerte ein paar Sekunden, ehe sie begriff. „Oh, nein! Bloß nicht!" Sie zog rasch ihre Hände zurück. „Entschuldigen Sie!"

An seinem Blick erkannte sie, dass er Mühe hatte, ernst zu bleiben. Jetzt war sie in seinen Augen nicht nur eine Brandstifterin, sondern auch noch ein Angsthase! Sie räusperte sich. „Könnten Sie bitte nachschauen?"

Seine Lippen kräuselten sich.

„Ich bin sicher, dass es sich nicht um gewöhnliche Tiere handelt. Es muss eine seltene Art von Schädlingen sein, die nur in den Bergen von Arizona vorkommen. Vielleicht werfen Sie einen Expertenblick darauf."

Nun lächelte er breit. „Wirklich? Na, denn werde ich mal versuchen, alleine damit fertig zu werden. Wenn nicht, trommele ich die Nachbarschaft zusammen und rufe die Polizei an."

Sie reckte das Kinn. „Danke schön."

Kaum, hatte er sich auf den Weg gemacht, rief sie ihn zurück.

„Bitte seien Sie vorsichtig, Jace. Die Dinger könnten Sie angreifen. Jedenfalls sahen sie tollwütig aus." Sie riss übertrieben die Augen auf und spreizte die Finger. „Große gelbe Augen. Und riesige gelbe Zähne. Verstehen Sie?"

In seinen Mundwinkeln zuckte es. Er nickte. „Okay. Ich werde sie sofort erschießen."

Alexis war dankbar, dass er auf ihre Art einging, die Situation mit Humor zu meistern. Sonst müsste sie sich in Grund und Boden schämen. Lächerlich, wie sie sich aufgeführt hatte! Sie war einfach nur erschrocken. Mit kleinen krabbelnden Viechern, die kreischten und quietschten, wenn man sie aufscheuchte, hatte sie allerdings nie gut umgehen können. Deshalb folgte sie ihm nur zögernd in die Küche.

„In welchem Schrank hausen sie?", fragte er.

„Rechts über dem Ausguss neben dem Fenster."

Er riss die alte Holztür auf und spähte hinein. Darin krabbelte tatsächlich etwas. Er knallte die Tür zu und stemmte die Hand dagegen. „Sie hatten recht", verkündete er feierlich. „Es sind wilde Tiere. Das Leben in den Bergen hat sie zu gefährlichen und grausamen Wesen mutieren lassen."

„Wirklich?" Alexis erstarrte. „Wie nennt man sie?"

Er rollte mit den Augen. Dann grinste er. „Es sind ganz normale Eichhörnchen. Gehen Sie jetzt lieber aus dem Weg."

Er öffnete die Hintertür, dann den Schrank und schlug mit der Faust gegen den Boden des Kastens.

Drei Eichhörnchen sprangen heraus. Quietschend und kreischend tobten sie über die Arbeitsflächen und den Herd, huschten dann über den Boden und flüchteten mit gesträubten Schwänzen endlich ins Freie hinaus auf eine Kiefer, wo sie in gehörigem Sicherheitsabstand weiterschimpften, weil man gewagt hatte, sie zu vertreiben.

Alexis knallte die Tür zu und schloss sie ab. Jace untersuchte derweil den Küchenschrank und zeigte ihr dann ein Loch, durch das man bis nach draußen sehen konnte. „Sie haben sich von außen durch die Wand gebissen", sagte er. „Und dann haben sie es sich hier drinnen gemütlich gemacht. Sehen Sie, da liegt noch der ganze Mist."

„Mist? Wieso Mist?"

„Reste von Tannenzapfen und Nussschalen." Er schloss den Schrank. „Ich habe Werkzeug im Wagen, um das Loch in der Hauswand zu flicken. Den Schrank sollten sie erst wieder benutzen, wenn wir ihn repariert, gesäubert und neu gestrichen haben."

Sie dachte nicht daran. Es schüttelte sie davor.

Jace sah sie forschend an. „Haben Sie sich wieder erholt? Das Leben in den Bergen ist nicht jedermanns Sache. Besonders nicht für Leute, die an Komfort gewöhnt sind."

„Sie meinen, es ist nichts für einen Schwächling wie mich?"

Er hob abwehrend die Hand. „So habe ich das nicht gemeint. Ich wollte nur wissen, ob Sie den Schreck überwunden haben."

„Natürlich." Ihre Stimme klang immer noch dünn. „Normalerweise reagiere ich nicht so heftig. Aber mit Pelztieren in der Küche habe ich einfach nicht gerechnet. Ich hasse solche Überraschungen. Es ist wie …"

„Wenn jemand mitten in der Nacht Feuer im Hof legt und dann ankündigt, zu bleiben?"

Alexis vergaß die Eichhörnchen. Sie nahm Verteidigungshaltung an. Aber als sie den Schalk in seinen Augen erkannte, entspannte sie sich. „Ja, so ähnlich muss es wohl gewesen sein."

Sie lächelte. Zum ersten Mal, seitdem sie sich kannten, herrschte Friede, ja sogar ein gewisses Einverständnis zwischen ihnen.

Jace besann sich als Erster. Was tat er hier eigentlich? Vertiefte sich in grüne Augen, statt an die Arbeit zu denken! Er gab sich einen Ruck. „Ich hole den Werkzeugkasten." Und weg war er.

Alexis fühlte so etwas wie Enttäuschung. Sie sehnte sich nach persönlichen Begegnungen. So kratzbürstig dieser Jace McTaggart auch war, so sehr genoss sie doch den Umgang mit ihm. Er wusste nichts von ihr als Prinzessin, er nahm sie als Alexis. Für ihn war sie keine öffentliche Figur, über die er Klatschgeschichten gelesen hatte. Für ihn war sie ein gewöhnlicher Mensch. Darin sah sie ihre Chance in Sleepy River: sich als Person und als Lehrerin zu bewähren.

Nun aber an die Arbeit!

Als Erstes wollte sie die Küche säubern. Sie fand einen Handfeger und befreite den Schrank von dem Müll der ungebetenen pelzigen

Gäste. Dann ging sie ins Wohnzimmer, um einen Einkaufszettel zu schreiben.

Anders als andere Lehrerinnen musste sie vor der ersten Gehaltsauszahlung nicht auf den Pfennig achten. Sie hatte jederzeit Zugang zu einem üppigen Konto. Aber sie wollte auf gar keinen Fall wohlhabend wirken, sonst würden sich die Leute im Ort bald den Mund über sie zerreißen. Merkwürdig, dass sie selbst so weit von zu Hause entfernt daran denken musste, welchen Eindruck sie auf andere machte. Sie entschied, nur das Allernötigste zu besorgen.

Plötzlich hörte sie Motorenlärm und eilte auf die Veranda. Jace stand mit dem Werkzeugkasten in der Hand und beobachtete einen Konvoi von Autos und Lastwagen, der sich über die Lichtung zur Schule schlängelte.

Die Wagen hielten und spuckten Frauen und Kinder aus. „Jace", rief eine große Rothaarige. „Martha hat angerufen. Die neue Lehrerin soll schon da sein. Eine Schande, dass du sie in dieses schmutzige Haus ziehen lässt. Wir sind hier, um es zu säubern."

„Ich habe Miss Chastain vorgewarnt", sagte er. Dann drehte er sich zu Alexis um, die ihn anlächelte. „Aber sie hat ihren eigenen Kopf."

„Wir sind erst bei dir vorbeigefahren. Was ist mit deinem Briefkasten passiert? Und dem Gras vor dem Haus?" Sie hob Besen und Eimer von der Ladefläche und drückte sie einem kleinen Mädchen in die Hand.

Alexis' Lächeln gefror. Sie schaute Jace an. Jetzt war die beste Gelegenheit, den anderen zu erzählen, was sie bei ihrer Ankunft angerichtet hatte. Für einen kurzen Moment trafen sich ihre Blicke. Würde er sie verraten?

Er zuckte die Schultern. „Nur ein kleiner Unfall. Nichts Schlimmes."

Alexis sah ihn dankbar an. Er zog eine Braue hoch, als wollte er fragen, was sie erwartet habe.

Als sie die Treppen hinunterging, um die Überraschungsgäste zu begrüßen, stellte sich die rothaarige Frau als Carol Saunders vor. Sie war die Mutter von zwei Schulkindern. Das ältere, ein Junge, der Billy hieß, beäugte Alexis ausgesprochen misstrauisch, ja feindselig. Auf ihn würde sie achten müssen.

„Hat Billy eigentlich die Patchworkdecke heil abgeliefert?“, fragte Carol.

Jaces Augen wanderten zwischen Mutter und Sohn hin und her. „Hat er. Ich war überrascht, dass sie so früh zurückkam.“

„Wir haben alle unsere alten textilen Stücke zurückbekommen. In der Heimatkundeausstellung brauchten sie Platz, um Arbeitsgeräte aus dem Bergbau zu zeigen.“ Carol bemerkte jetzt das merkwürdige Verhalten ihres Sohnes. Sie stutzte. „Ist wirklich alles in Ordnung mit der Decke, Jace? Ich habe Billy gebeten, zu dir zu reiten und sie abzugeben. Wenn er irgendetwas damit angestellt hat, dann …“

„Nein, nein. Wir haben sie wohlbehalten auf der Veranda gefunden“, versicherte Jace. Alexis war betroffen. Sein Blick beruhigte sie kein bisschen.

Aber Carol war zufrieden. Sie gab ihrem Sohn einen aufmunternden Klaps und erlaubte ihm, von dannen zu ziehen. „Kommen Sie mit, Miss Chastain. Sie müssen die anderen kennenlernen.“

Eine der Frauen hieß Stella Kramer. Sie stellte ihre drei Töchter vor, die Alexis unterrichten sollte. Von allen beeindruckte sie aber eine ältere Frau, die ein großes Männerhemd, Jeans und Stiefel trug. Sie drückte Alexis ein Glas mit einem goldenen zähflüssigen Inhalt in die Hand. „Der Honig ist für Sie. Ich bin Hattie Fritz, ich halte Bienen. Wo sollen wir anpacken, Miss Chastain?“

Ehe sie antworten konnte, machte sich Jace davon, um die Wand zu reparieren. Das wirkte auf die Frauen wie ein Signal, denn sie stürmten nun allesamt ins Lehrerhaus. Innerhalb kurzer Zeit hatten sie Möbel und Teppiche nach draußen geschleppt. Die Kinder durften den Staub aus den Zimmern fegen und draußen alle Polster und Teppiche ausklopfen. Die Erwachsenen hatten im Haus die Hände voll zu tun, um Fenster, Türen und Fußböden zu schrubben.

Alexis stürzte sich mit in die Arbeit und verlor rasch die Hemmungen vor den Frauen. Offenbar ging es ihren Helferinnen ähnlich, denn nach einer Weile trauten sie sich zu fragen, was mit Rachel Burrows los sei und ob Alexis die gleichen Qualifikationen besitze.

Nachdem Jace den Schaden an der Hauswand behoben hatte, fuhr er wieder ab. Wegen des Trubels konnten sie sich nicht richtig von einander verabschieden. Alexis hätte ihm gerne für seine Gastfreundschaft und Hilfe gedankt und hoffte, das bald unter günstigeren Umständen nachholen zu können. Sie wollte bei ihm auf keinen Fall den Eindruck erwecken, dass sie nachbarschaftliche Hilfe für eine Selbstverständlichkeit hielt.

In Wirklichkeit wusste sie nicht einmal, wie es überhaupt war, Nachbarn zu haben. Zu Hause hatten sie keine. Der Palast stand auf einem riesigen Anwesen. Dort lebten nur noch die Angestellten und deren Familien. Außerhalb der Dienstzeiten wollte und musste man sie nicht in Anspruch nehmen. Gegenseitige Gefälligkeiten kannte sie nur aus ihrer Zeit im College. Sie nahm sich vor, die Hilfsbereitschaft der Menschen in Sleepy River nicht zu strapazieren. Das galt besonders für ihren nächsten Nachbarn: Jace McTaggart.

Es dauerte nicht lange, und das Haus war blitzblank. Sogar die Gardinen hingen frisch gewaschen vor den Fenstern. Alexis bedankte sich überschwänglich und winkte den Frauen und Kindern nach, als sie wieder im Konvoi aufbrachen. Sie war dankbar für die Unterstützung, aber auch erleichtert, die erste Begegnung ohne Peinlichkeiten überstanden zu haben.

Nachdem sie ihren Koffer ausgepackt und den Einkaufszettel zu Ende geschrieben hatte, fuhr sie nach Morenci. Dort kaufte sie das Nötigste ein und eröffnete bei der örtlichen Sparkasse ein Gehaltskonto. Das war nicht schwierig, weil ihre Mutter eine geborene Amerikanerin war, Alexis zwei Staatsbürgerschaften besaß und damit auch die Genehmigung, in den Vereinigten Staaten zu arbeiten. Als alle Formalitäten erledigt waren, fuhr sie zurück. Nun konnte sie sich auf die Unterrichtsvorbereitungen konzentrieren.

Schritte auf der Veranda kündigten Besuch an. Am Duft des Aftershaves, der ins Haus drang, erkannte Alexis sofort, dass es die Patchett-Zwillinge sein mussten.

Sie wohnte jetzt seit drei Tagen hier, und die Brüder waren jeden Abend vorbeigekommen. Dann hatten sie einander fast so viel Aufmerksamkeit geschenkt wie ihr, sich gegenseitig belauert und eifersüchtig darauf geachtet, dass der andere sich keine Vorteile bei ihr verschaffte. Alexis fand die Treffen immer ein wenig anstrengend. Die

Jungen waren nett, aber ganz offensichtlich hatten sie mit ihr etwas anderes im Sinn als sie mit ihnen.

Seufzend erhob sie sich vom Küchentisch, den sie als Schreibtisch benutzte, und ging zur Tür. Ihr wäre nie eingefallen, sie wieder fortzuschicken, weil sie zu tun hatte. Die guten Manieren, die man ihr eingebläut hatte, seit sie auf der Welt war, verboten so etwas.

„Abend, Miss Chastain." Gil zog den Hut. „Gibt es irgendetwas für mich hier zu tun? Brauchen Sie Hilfe?"

Rocky schob sich an die Seite seines Bruders. „Das wollte ich Sie auch gerade fragen." Er trug das dicke schwarze Haar gescheitelt und mühsam glatt gestriegelt. Alexis befürchtete, dass die Strähnen sich jeden Moment wieder aufrichten und zu Berge stehen könnten. „Brauchen Sie etwas? Irgendetwas?"

Ungestörte Ruhe, dachte sie und lächelte freundlich. „Nein, danke. Ich bin restlos zufrieden."

Diesmal bat sie die Brüder jedoch nicht ins Haus, sondern kam zu ihnen auf die Veranda, wo sie inzwischen ein paar Stühle hingestellt hatte. Ein Blick in ihre betrübten Gesichter, und sie wusste, dass sie es nicht über das Herz bringen würde, sie bald wieder zu verabschieden.

Alexis war sich bewusst, dass sie zu weich und nachgiebig war. Deshalb musste sie sich auch vor Interviews hüten. Die Reporter schafften es fast immer, ihr spontane und ehrliche Antworten zu entlocken, auch über Dinge, welche die Öffentlichkeit nichts angingen. Und wenn sie dann noch übertrieben und verdreht wiedergegeben wurden, gab es regelmäßig Ärger in der Familie.

„Warum setzen Sie sich nicht einen Moment?", forderte sie die Jungen auf. Sofort rückten die beiden ihr den Schaukelstuhl zurecht und ließen sich mit dem Rücken gegen das Verandageländer gelehnt auf dem Fußboden nieder. Dann schauten sie erwartungsvoll zu ihr auf.

Das hatte sie nun davon! Im Anstandsunterricht bei Miss Devereaux hatte sie gelernt, über jedes Thema zu plaudern. Aber Gil und Rocky waren so einsilbig, dass sie fast die ganze Unterhaltung alleine bestreiten musste. Allmählich ging ihr der Gesprächsstoff aus. Waren die beiden immer so wortkarg in Gegenwart von Frauen oder fühlten sie sich von ihr eingeschüchtert?

Sie trug abgetragene Jeans und ein weißes Baumwolloberteil, das lange Haar zu einem Zopf geflochten und war nicht einmal geschminkt. Nein, sie sah wahrlich nicht beeindruckend aus. Die Jungen suchten gewiss nur weibliche Gesellschaft. Vielleicht gab es keine Mädchen ihres Alters in Sleepy River.

Also faltete sie die Hände im Schoß und stellte Fragen, um sie zum Sprechen zu bewegen. Meist bekam sie nur zwei Ja oder zwei Nein zu hören. Sie musste es geschickter anstellen. „Erzählen Sie doch mal, was Sie heute alles getan haben! Die Arbeit von Cowboys ist nicht einfach, habe ich mir sagen lassen. Man braucht eine Menge Fähigkeiten."

Was um alles in der Welt machten sie dort? Dies war nun der dritte Abend hintereinander, an dem Rocky und Gil nach dem Essen sang- und klanglos verschwunden waren. Jace hatte gleich so eine Ahnung gehabt, wohin es sie trieb. Diesmal war er ihnen auf Hondo gefolgt. Er zügelte das Pferd am Rande der Lichtung und spähte durch die einbrechende Dämmerung.

Alexis saß aufrecht und ruhig im Schaukelstuhl und sah aus, als hielte sie Hof, während die Zwillinge eher wie zwei Bittsteller wirkten, wie sie da hockten und an ihren Lippen hingen. Verärgert beobachtete Jace die Szene.

Seit der Ankunft dieser Frau waren die Jungen abgelenkt und vor allem damit beschäftigt, darüber nachzudenken, womit sie die Lehrerin beeindrucken könnten. Er musste sie ständig zur Arbeit ermahnen, damit sie das Nötigste schafften. Und danach verschwanden sie.

„Die machen es sich bei ihr gemütlich", murmelte er vor sich hin, während er auf Hondo über das Baseballfeld trabte. Dabei wusste er, dass Alexis zu tun hatte. Er erhielt täglich Anrufe von den Müttern, die ihr beim Hausputz geholfen hatten. Sie schienen alles zu wissen. Womit sich die Lehrerin beschäftigte, wie sie gekleidet war und dass sie selbst dann Ohrstecker mit Diamanten trug, wenn sie in Jeans herumlief. Die Frauen waren schwer beeindruckt von ihr, und auch die Männer, soweit sie Alexis schon kennengelernt hatten.

Er selbst war keine Ausnahme. Leider! In den vergangenen drei Tagen hatte er mehr an sie als an seine Ranch gedacht. Regelrecht zerstreut war er gewesen. Eigentlich ging es ihm nicht viel besser als den armen Zwillingen. Verärgert trieb er Hondo vorwärts.

Jetzt konnte er hören, was Rocky zum Besten gab. Er erzählte von dem Wolf, der im vergangen Frühling Tuchfühlung mit ihnen aufgenommen hatte.

Weiter so, Jungs, dachte Jace. Jagt ihr ordentlich Angst ein.

Die drei waren so vertieft, dass sie ihn nicht ankommen hörten. Als er den Fuß auf die Verandatreppe setzte, sprangen die Zwillinge wie von der Tarantel gestochen auf, stießen gegen den Schaukelstuhl und setzten ihn so heftig in Schwung, dass Alexis aufquietschte vor Schreck.

„Herrje", fuhr Jace seine Helfer an. „Habt ihr denn gar nichts anderes im Sinn, als Miss Chastain zu belästigen?"

„Wir belästigen sie nicht, wir bieten ihr unsere Hilfe an."

„Ich verstehe. Ihr versorgt sie mit Gruselgeschichten."

Alexis erhob sich. „Keine Sorge, Mr. McTaggart. Wir haben uns nett unterhalten."

Er sah sie grimmig an. Vor ein paar Tagen hatte sie ihn noch Jace genannt, als er sie vor den Eichhörnchen retten sollte. Jetzt war sie wieder förmlich. Wahrscheinlich ärgerte sie sich, dass er das gemütliche Beisammensein störte.

„Mag sein, aber die Jungen haben zu tun." Er fixierte Gil. „Hast du vergessen, dass dein Pferd ein Hufeisen verloren hat?"

„Hab ich nicht." Der Junge warf Alexis einen flehenden Blick zu.

„Und? Hast du dein Pferd neu beschlagen?"

„Das wollte ich morgen früh tun, Jace."

„Leider hast du dem Tier nicht einmal den Huf ausgekratzt. Es hat sich einen Stein eingetreten. Du solltest heute wenigstens die Wunde desinfizieren."

Gil wollte protestieren. Doch als Alexis ein mitleidiges Gesicht machte und das arme Tier bedauerte, gab er nach. Offenbar war er davon überzeugt, dass sie ihn für den tollsten aller Männer halten würde, wenn er das Tier sofort versorgte. Gil warf sich in die Brust. „Ich mach das gleich. Ich will die arme Kreatur nicht leiden lassen."

Alexis nickte ihm dankbar zu. „Das ist sehr anständig von Ihnen, Gil."

Der Abschied fiel dem Jungen sichtlich schwer. Schließlich forderte er seinen Bruder auf mitzukommen.

„Wenn ich wieder zu Hause bin, möchte ich euch sprechen", drohte Jace ihnen an. Als sie sich endlich zu ihrem Laster trollten, sahen sie regelrecht eingeschüchtert aus. Doch Jace ließ sich nicht erweichen. Der Vater der beiden war zwar sein ältester Freund, aber er hatte die Söhne nicht eingestellt, um für sie Kindermädchen zu spielen.

Sobald sie weggefahren waren, wandte Jace sich zu Alexis um. Ihr Haar glänzte, und ihre grünen Augen strahlten. Ja, er konnte nachempfinden, warum die Patchett-Zwillinge ihr nicht fernbleiben konnten. Wenn er sie so betrachtete, wurde ihm irgendwie flau im Magen.

Vielleicht war es Hunger. Heute Abend hatte er wieder nur ein paar Dosen geöffnet. Irgendwie war ihm die Lust am Kochen vergangen. Er wollte sich gerade verabschieden, als ein Handy klingelte.

Alexis fuhr zusammen.

„Entschuldigen Sie, ich bin gleich zurück." Sie sprang auf und eilte ins Haus. Doch in der Eile vergaß sie, die Tür hinter sich zu schließen. Wie ein Gentleman wollte er sich außer Hörweite begeben, als sie schon zu sprechen begann. „Bitte nennen Sie mich nicht so, Esther. Hier bin ich nur Alexis Chastain." Jace, neugierig geworden, blieb, wo er war.

„Entschuldigen Sie", sagte Esther. „Manchmal vergesse ich, dass ich ja Ihre Rolle spielen muss."

„Sie dürfen es niemals vergessen! Sie kennen meinen Vater, wenn er wütend wird", warnte Alexis. Aber sie freute sich, die vertraute, immer etwas leidend klingende Stimme ihrer Hofdame zu hören.

„Seine Hoheit hätten jedes Recht, böse auf uns zu sein", klagte Esther. „Wir belügen ihn."

Ein bisschen erstaunt über diese unverblümte Offenheit war Alexis schon. Das war sonst nicht Esthers Art.

„Und wenn die Presse uns auf die Spur kommt, dann ist das Spiel aus."

Alexis erschrak. „Besteht denn Gefahr?"

„Allerdings. Jemand hat dem Personal Geld für Fotos von Prinzessin Alexis geboten. Irgendwer wird der Versuchung früher oder später erliegen, fürchte ich."

Alexis lief es eiskalt den Rücken hinunter. Sie hätte wissen müssen, dass es niemals klappten konnte. Es gab zu viele Risiken und Unwägbarkeiten.

„Wenn es nur um mich ginge, hätte ich nichts dagegen, enttarnt zu werden", jammerte Esther. „Hier muss man um fünf Uhr aufstehen, schon vor dem Frühstück bis zur Erschöpfung Sport treiben, und dann bekommt man etwas zu essen, was schmeckt wie Heu und Stroh."

Alexis lachte auf. „Ich glaube, Sie übertreiben. Der Prospekt hat eine Spitzenküche versprochen."

„Alles Betrug. Kaum ist man da, erzählen sie dir, dass du Übergewicht hast, und setzen dich auf diese scheußliche Diät. Ich muss unbedingt herausfinden, ob es irgendeinen Gast gibt, der in den Genuss der Spitzenküche kommt."

„Viel Glück, Sherlock. Aber im Ernst, ist es wirklich so schlimm?" Ein wenig schlechtes Gewissen machte sich bemerkbar. Sie wollte Esther nicht überfordern.

„Es geht", seufzte die. „Ich habe immerhin drei Pfund abgenommen, was ja nicht schlecht ist. Zehn habe ich mir als Ziel gesetzt. Mir geht es ganz gut. Aber an die viele Bewegung kann ich mich nur schlecht gewöhnen."

„Da bin ich beruhigt. Mir geht es auch gut hier." Alexis wollte anheben, von Sleepy River zu erzählen, als draußen das Pferd schnaubte und sie daran erinnerte, dass Jace noch da war. Unwillkürlich drehte sie sich um und entdeckte die offene Tür. Schnell verabschiedete sie sich und legte auf.

Jace hatte sich inzwischen auf Hondos Rücken geschwungen und sah sie mit undurchdringlicher Miene an.

Sie stammelte eine Entschuldigung, es sei eine Freundin gewesen. Gewöhnlich sei sie nicht so unhöflich, andere warten zu lassen.

„Macht nichts", sagte Jace. „Ich wollte Ihnen nur noch sagen, dass die Patchetts Ihnen nicht mehr die Zeit stehlen werden." Er bewegte sich im Sattel, das Leder knarrte. „Sie waren jeden Tag hier, stimmt's?"

Alexis trat an das Geländer. Sie befanden sich fast auf Augenhöhe. „Niemand besucht mich öfter als die Zwillinge und die Eichhörnchen.

Die Tiere haben offenbar Sehnsucht nach ihrem alten Zuhause. Immer wenn ich die Hintertür öffne, versuchen sie sich hineinzustehlen."

„Die kleinen Teufel sind ziemlich schnell. Wie halten Sie die Tiere draußen?"

Sie lächelte. „Ich kannte mal einen Fußballspieler. Er hat mir einige Tricks beigebracht."

Jace lachte. „Wenden Sie getrost alle an, vor allem, wenn meine Helfer Ihnen zu sehr auf die Pelle rücken." Seine Augen wurden eng. „Sie sind eine beliebte Frau."

„Das kommt, weil ich hier neu bin."

„Ich gebe zu, dass keiner von uns an den Umgang mit Fremden gewöhnt ist. Aber die Reaktion der Zwillinge halte ich doch für übertrieben", sagte er barsch, nahm Hondo an die Zügel und deutete mit dem Kinn Richtung Ranch. „Ich werde sofort mit den Kerlen sprechen. Sie sollen Ihre Ruhe haben."

Er gab dem Pferd die Sporen und galoppierte davon. Alexis blieb sprachlos zurück. Was war plötzlich in ihn gefahren? War ihm etwas eingefallen? Etwas, was er gehört hatte, als sie mit Esther sprach? Sie zerbrach sich den Kopf, womit sie sich verraten haben könnte.

Oh, warum bin ich für solche Betrügereien so gar nicht geschaffen, dachte sie und lehnte den Kopf gegen die Verandatür, bis Hondos Hufschlag verklungen war.

Ein seltsames Sehnen durchzog sie. Sie wünschte sich so sehr, mit Jace offen sprechen zu können. Aber da war immer diese Spannung zwischen ihnen, und nun glaubte er auch noch, sie würde Gil und Rocky von der Arbeit weglocken. Jace war doch sonst ein vernünftiger und besonnener Mann. Wenn er nicht immer diese Hintergedanken hätte, wie schön und hilfreich könnte es sein, mit ihm über das Leben in Sleepy River zu reden. Aber er würde sie gewiss nie besuchen, um mit ihr gemütlich auf der Veranda zu sitzen. Er hatte etwas gegen sie.

5. Kapitel

Alexis fühlte sich unwohl in ihrer Haut. Passte das rostbraune Kostüm für diese Gelegenheit? Sie wollte, dass die Kinder sie respektierten. Nun war sie unsicher. „Lass dir niemals ansehen, wie sehr du dich abmühst“, hatte ihr einmal eine erfahrene Lehrerin mit auf den Weg gegeben. Noch ein anderer Spruch spukte durch ihren Kopf: „Vor dem Erntedankfest darfst du nicht einmal lächeln!“ Diesen Rat konnte Alexis nicht wörtlich nehmen, aber vor übertriebener Freundlichkeit wollte sie sich hüten. Deshalb versuchte sie, ihr Lampenfieber hinter einer Maske von wohlwollendem Ernst zu verbergen.

Vor ihr saßen zwölf Kinder. Die jüngsten machten Kulleraugen und schienen etwas Großartiges von ihr zu erwarten. Die älteren wirkten abwartend. Wenn sie die kleine Chance, die sie ihr einräumten, nicht nutzte, würden sie ihr bald auf der Nase herumtanzen. Und Billy Saunders blickte abschätzend, als spekulierte er darüber, wie weit er bei ihr gehen konnte.

Es war wie ein Sprung ins eiskalte Nass. Tief einatmen und – „Guten Morgen!“

Nach der Begrüßung erzählte sie, was sie von den Kindern erwartete, und machte sie mit den Klassenregeln vertraut. Sie war noch nicht ganz damit fertig, als der kleine Saunders schon den Arm hob und mit den Fingern schnippte.

„Ja, Billy?“

„Und wenn wir mit den Klassenregeln nun nicht einverstanden sind?“, fragte er und drehte sich zu den Klassenkameraden um.

Aha, die erste Runde hat begonnen, dachte Alexis. Sie faltete die Hände vor dem Bauch. „Über einige Regeln können wir verhandeln. Über andere nicht. Gutes Benehmen zum Bespiel ist absolut notwendig. Darüber lasse ich nicht mit mir reden.“

Er lehnte sich lässig zurück und streckte die Beine aus. „Und wie sieht es mit Schularbeiten aus? Ich muss zu Hause mithelfen. Da habe ich keine Zeit für Schularbeiten."

Flüchtig dachte sie daran, was Jace ihr aus seiner Schulzeit erzählt hatte. Dass er nach der langen Heimfahrt auf der Ranch mit anfassen musste. Trotzdem wird er sein Schulpensum erledigt haben, vermutete Alexis. „Hausaufgaben sind notwenig, damit jeder für sich allein übt, was er im Unterricht gelernt hat. Ich schlage vor, dass du deine Schularbeiten zügig, aber gewissenhaft erledigst. Wenn du nicht beides schaffst, die Aufgaben für die Schule und die auf der Ranch, werde ich deine Eltern zu einem Gespräch einladen und mit ihnen gemeinsam das Problem lösen."

Billy schaute verdattert. Die Vorstellung, dass seine Eltern in die Schule zitiert wurden, behagte ihm gar nicht. „Ach, so", murmelte er.

Alexis wusste, dass sie die Konfrontation mit ihm nur hatte aufschieben können. Sie nickte und fuhr fort.

Danach störte der Junge nicht mehr, obwohl sie Billy oft den Rücken zukehren musste, weil die Jüngsten sie viel Zeit und Aufmerksamkeit kosteten. Aber sie rechnete jeden Augenblick damit. Offenbar versteckte er irgendetwas unter dem Tisch. Sie würde das später untersuchen.

Sobald sie den Unterricht beendet hatte, stürmten die Kinder hinaus zu ihren Eltern, die sie mit dem Wagen abholten. Sie sprach mit einigen, winkte zum Abschied.

Der erste Schultag war überstanden! Etwas erschöpft lehnte sie eine Weile am Türpfosten der Schule, massierte sich den steifen Nacken und ging dann zurück ins Klassenzimmer. Mit einem Seufzer der Erleichterung ließ sie sich in den Stuhl hinter dem Lehrerpult fallen und betrachtete gedankenverloren den leeren Raum. Es war tatsächlich so anstrengend, wie alle Lehrer behaupteten. Immer im Brennpunkt! Immer auf der Hut! Immer konzentriert bei der Sache! Immer auf den Beinen, sieben Stunden lang. Das kostete Kraft.

Jace saß hoch zu Ross unter den Kiefern am Rande des Baseballfeldes und klopfte Hondo beruhigend den Hals, ohne dabei die Schule aus den Augen zu lassen.

Er war hergeritten, um ungesehen zu beobachten, wie die Eltern ihre Kinder in Empfang nahmen. Keines der Kinder warf sich weinend in die Arme der Mutter und plärrte, dass Miss Chastain die gemeinste Lehrerin der Welt sei. Im Gegenteil. Es war rührend mit anzusehen, wie die Kleinsten sie zum Abschied umarmten. Auch die Größeren schienen zufrieden zu sein.

Wie Alexis in diesem Kostüm aussah! Umwerfend! Aber so etwas trug kein Mensch hier in den Bergen.

Den ganzen Tag hatte er an sie gedacht und innerlich mitgezittert, dass alles gut ging. Weil er heute über ungeliebter Büroarbeit brüten musste, war er froh über eine Pause gewesen und wollte hier nun nach dem Rechten sehen.

Offenbar hatte die erste Bewährungsprobe Alexis ziemlich mitgenommen. Wie zart und zerbrechlich sie jetzt in der Schultür wirkte!

Verärgert schob er den Hut tiefer ins Gesicht und versuchte, den sich regenden Beschützerinstinkt zu unterdrücken. Sie hatte die Stelle schließlich gewollt. Nun musste sie mit den Konsequenzen fertig werden.

Vielleicht bereute sie schon ihren Entschluss, fern von Familie und Freunden diese Aufgabe übernommen zu haben. Er hatte keine Ahnung, wie schwer oder leicht ihr Leben bisher verlaufen war. Ihre Herkunft blieb ihm ein Rätsel.

In ihren Unterlagen hatte er eine Lebensversicherungspolice gefunden, in der als Nutznießer die Familie Chastain angegeben war und als nächster Angehöriger Michael Chastain mit einer ausländischen Telefonnummer und einem Postfach in Paris. Aber Jace hatte keinen Hinweis darauf gefunden, dass Alexis nicht die amerikanische Staatsbürgerschaft besaß, denn sie brauchte keine Arbeitserlaubnis.

Warum sie wohl nie über ihre Familie sprach? Vielleicht war das Verhältnis angespannt. So wie das zu seinem Vater gewesen war. Bis zum Tod des unbeugsamen Mannes hatte es Kämpfe gegeben.

Jace bewegte sich im Sattel. Er wollte sich über diese Frau nicht den Kopf zerbrechen. Was gingen ihn ihre Familie, ihre Probleme, ihr Wohlbefinden an? Sie war die Lehrerin. Ihm lag daran, dass sie ihre Arbeit gut machte. Das war alles.

Seinen Pflichten als Schulleiter war genüge getan. Es gab keinen Grund, hier noch länger herumzulungern.

Alexis wollte nur ein paar Minuten Atem schöpfen. So eine Zwergschule forderte eine Lehrerin in höchstem Maß. Das Leistungsgefälle und der Altersunterschied der Schüler machte ihr zu schaffen. Die beiden ABC-Schützen konnten weder lesen noch schreiben, der Fünftklässler musste sich ab dem nächsten Jahr auf der Highschool bewähren. Dazwischen lagen drei weitere Klassenstufen. Fast jedes Kind hatte einen anderen Wissensstand. Sie musste jedem gerecht werden, ohne die anderen zu überfordern oder zu langweilen.

Das erste Mal zweifelte Alexis daran, ob ihre Fähigkeiten ausreichten, hier zu unterrichten. Sie wünschte sich einen Gesprächspartner, eine Art Mentor. Natürlich konnte sie sich an Martha Singleton wenden, aber sie wollte niemanden in Sleepy River beunruhigen und schon gar nicht, dass sich ihre Unsicherheit herumsprach. Der Letzte, der davon erfahren durfte, war Jace McTaggart.

Ich werde allein damit fertig werden müssen, entschied sie. Und wenn sie wirklich nicht mehr weiterwusste, konnte sie immer noch einige Lehrer anrufen, die sie in Phoenix kannte.

Jetzt wollte sie nach Hause gehen, um bequeme Kleidung anzuziehen und etwas zu essen. Da raschelte es plötzlich. Was war das nun schon wieder? Sie stand auf und lauschte. Das Geräusch kam von Billys Tisch. Sie schlich hin und bückte sich, um in die Ablage zu schauen. Dort entdeckte sie etwas Geringeltes mit einem dreieckigen Kopf und kleinen Augen, die sie fixierten. Alexis begriff nicht gleich. Dann fasste sie sich an die Kehle und taumelte zurück. Die Schlange ließ sie nicht aus den Augen.

Dieser verrückte Junge musste das Tier während der ersten Pause gefangen und eingeschmuggelt haben. Wollte er sie erschrecken, oder hatte er einfach nur keine Gelegenheit gehabt, es nach Schulschluss in seinem Rucksack verschwinden zu lassen?

Verzweifelt rieb Alexis sich mit dem Handrücken die Lippen. Sie hatte keinerlei Erfahrung mit Schlangen und wünschte, ihr kleiner Neffe wäre hier. Der hätte bestimmt Bescheid gewusst.

Es half nichts, sie musste jetzt handeln. Sie schlich um den Tisch herum, kippte ihn, sodass alles nach hinten rutschte, und hoffte, dass die Schlange nicht herausglitt.

Dann bugsierte sie den Tisch zur Tür. Während sie ihn rumpelnd über den Flur zog, streckte die Schlange den Kopf aus ihrem Versteck. Alexis schrie auf vor Entsetzen. Aber sie ließ den schräg gestellten Tisch nicht fallen, sondern zerrte ihn nach draußen und kippte ihn dort ins Gras.

Alles, was unter dem Tisch lag, rutschte hinaus, auch die Schlange. Sie kroch in Windeseile davon und verschwand im Gebüsch. Alexis atmete auf, aber noch bevor sie sich erholen konnte, hörte sie donnernden Hufschlag. Jace McTaggart ritt im Galopp geradewegs auf sie zu.

„Was, um Himmels willen, machen Sie da?“, fragte er von oben herab. „Demolieren Sie nach jedem Schultag das Mobiliar, oder waren die Kinder heute besonders frech?“

Alexis blinzelte gegen die Sonne zu ihm auf. Er kam ihr ziemlich furchterregend vor. Seine dunklen Augen blitzen verwegen unter der Hutkrempe.

„Nein, natürlich nicht. Die Kinder waren lieb und nett. Sie müssen sich keine …“ Sie hielt inne, runzelte die Stirn und begriff endlich, warum er so rasch zur Stelle war. „Spionieren Sie mir etwa nach?“ Sie stemmte die Fäuste in die Taille. „Ich finde, Sie treiben es mit Ihrer Aufsichtspflicht ein bisschen zu weit.“ Alexis war außer sich. Sie hatte es satt, ständig und überall unter Beobachtung zu stehen.

Mit dieser Attacke hatte Jace nicht gerechnet. „Hören Sie auf, mir etwas zu unterstellen. Was ist passiert?“

Sie presste die Lippen aufeinander. Eigentlich hatte sie keine Lust zu antworten. Doch dann reckte sie das Kinn. „Ich musste irgendwie die Schlange loswerden. Sie lag in der Ablage.“

„Eine Schlange?“ Er schob den Hut nach hinten. „Wie ist sie da hineingekommen?“

„Ich nehme an, ein Kind hat sie dort versteckt“, sagte sie kühl. „Wie Sie sehen“, sie deutete auf den umgekippten Tisch, „war es kein Problem, damit fertig zu werden.“

„Darf ich fragen, wessen Tisch das ist?“

„Nein. Damit kann ich alleine umgehen. Morgen werde ich …“

„Das Kind rauswerfen wie den Tisch?“, fragte Jace und sprang vom Pferd. Er begann, die verstreuten Sachen aufzusammeln.

Alexis versuchte, ihn davon abzuhalten.

Aber Jace betrachtete schon ein Heft, auf dessen Umschlag eine Kobra abgebildet war. „Es war Billy Saunders, stimmt's?"

Alexis riss die Augen auf. „Woher wissen Sie?"

„Der Junge ist ganz vernarrt in Schlangen. Vor ein paar Monaten hat er eine mit in die Kirche genommen und damit Aufruhr verursacht." Er legte Billys Sachen zurück, schnappte sich den Tisch und trug ihn in den Klassenraum. Alexis folgte ihm, um ihm zu zeigen, wo er hingehörte.

„So wie ich Billy kenne, haben Sie zwei Möglichkeiten", sagte Jace.

In Alexis regte sich Stolz und Wut. „Ich weiß selbst, wie ich mit ihm umgehen muss." Sie konnte sich nicht mehr bremsen. „Offen gesagt, es ist nicht Ihre Aufgabe als Schulleiter, mir Ratschläge für den Unterricht zu erteilen."

Er ignorierte den Einwand. „Sehen Sie, seine Mutter duldet keine Schlangen im Haus, also weiß er nicht, wo er sie halten soll. Sie brauchen ein Herpetorium, für das er verantwortlich ist."

Alexis unterdrückte ihren Widerwillen. „Ein Herpetorium? Sie meinen ein Schlangenhaus?"

„Genau! Machen Sie Billy zum König der Schlangen, und Sie werden weniger Probleme mit ihm haben."

Sie zögerte. „Ich werde Ihren Vorschlag überdenken", sagte sie schließlich in einem Ton, den sie von ihrem Vater kannte, wenn er widerwillig den Rat seines besserwisserischen Ersten Sekretärs annahm.

Jace schien amüsiert. „Tun Sie das. – Da wäre noch etwas, was Sie überdenken sollten."

Alexis straffte die Schultern. „Ich höre."

„Bitte schauen Sie mich nicht so an. Man denkt ja, Ihnen wächst gleich eine goldene Krone und Sie verkünden von einem Thron aus königliche Befehle."

Sie erstarrte und wurde leichenblass. „Was? Was meinen Sie?"

Er trat einen Schritt näher. „He, ich wollte Sie nicht kränken", sagte er gutmütig. „Ich finde nur, dass sie manchmal verdammt streng gucken."

Sie war erleichtert. „Das lernen Lehrer als Erstes. Aber Sie wollten mir noch einen anderen Rat geben", sagte sie leichthin.

Er betrachtete sie eine Weile. „Dieses Kostüm“, er zeigte darauf, „sieht ja hübsch aus, aber Jeans täten es auch.“

Sie unterdrückte ein Lächeln. „Heute war der erste Schultag. Ich wollte professionell aussehen.“

„Und kompromisslos“, murmelte er, während er seinen Blick langsam über ihren Körper wandern ließ.

Bisher hatte sie ihr Temperament ganz gut gezügelt, aber nun kochte es in ihr. „Es ist wichtig, sich entsprechend zu kleiden. Es gibt den anderen Vertrauen in unsere beruflichen Fähigkeiten.“ Sie stockte, weil sie merkte, wie altklug und pedantisch das klang. „Wenn Sie geschäftlich mit anderen zusammenkommen, kleiden Sie sich dann nicht besonders sorgfältig?“

Diesmal brach er in lautes Lachen aus. „Nein, saubere Jeans und geputzte Stiefel reichen uns Ranchern vollkommen aus. Über Kleidung zerbricht sich hier niemand den Kopf. Wir sind damit beschäftigt, unsere Höfe zu verwalten, das Vieh zu versorgen, und zurzeit fragen wir uns, wohin wir die Herden treiben sollen, weil sich wieder Wölfe in der Gegend herumtreiben.“

Alexis schämte sich. Sie war so damit beschäftigt gewesen, sich auf die Schule und den Unterricht vorzubereiten, dass sie kaum einen Gedanken an das Leben und die Schwierigkeiten der Rancher verschwendet hatte. Sie wurde sich immer mehr der Kluft bewusst, die sie und Jace trennte, und war traurig darüber. Warum eigentlich? Sie kannte den Mann doch kaum. Verwirrt strich sie sich eine Haarsträhne aus dem Gesicht und zupfte ihr Kostüm zurecht.

„Ich begreife“, sagte sie schließlich. „Danke, dass Sie vorbeigekommen sind, und machen Sie sich keine Gedanken. Ich habe alles im Griff. Ihr Ratschlag mit Billy war gut. Ich denke, ich werde ihn wirklich mit einem Schlangen-Projekt beauftragen. Und, glauben Sie mir, ich weiß, wie man sich angemessen kleidet.“

„Dann ist ja alles in Ordnung“, sagte Jace und wandte sich schon zum Gehen. „Ach, da wäre noch etwas.“

Alexis machte sich auf weitere Kritik an ihrem Benehmen, ihrer Kleidung, ihrem Verhalten gefasst.

Er rieb sich die Stirn. „Neun Tage lang habe ich es geschafft, Gil und Rocky davon abzuhalten, bei Ihnen aufzukreuzen. Ich fürchte, das kann ich nicht länger."

„Oh?"

„Vielleicht wäre es das Beste, wenn Sie einmal zu uns zum Abendessen kämen. Was meinen Sie?"

„Was? Du hast sie zum Essen eingeladen?", fragte Gil ungläubig.

„Wirklich?" Rocky sah so überrascht aus, als hätte er zu Weihnachten einen Sportwagen geschenkt bekommen.

Jace nickte. Allmählich zweifelte er daran, ob es richtig gewesen war, die Zwillinge auf die Ranch zu holen. Er hatte ihren Eltern versprochen, auf sie aufzupassen und sie anständig zu bezahlen, aber die übertriebene Schwärmerei für die neue Lehrerin wurde ihm langsam lästig.

Er hatte Alexis am Montag eingeladen, und heute war Freitag. Fast die ganze Woche war er zwischen Vorfreude und Reue hin und her gerissen gewesen. Weil er sich ersparen wollte, dass auch noch die Jungen vollkommen verrückt spielten, hatte er ihnen erst jetzt von der Einladung erzählt.

Die beiden sahen sich an. „Warum?", wollte Gil wissen. „Wir durften nicht einmal mit dem Gedanken spielen, sie zu besuchen, um ihr unsere Hilfe anzubieten. Du hast uns sogar mit der Peitsche gedroht."

Jace zuckte zusammen und nahm seine Drohung zurück, aber das Besuchsverbot hielt er aufrecht. „Sie bekommt genug Hilfe." In Wirklichkeit hatte er keine Ahnung, ob und wie viel sie davon bekam. Die Frauen der Rancher kümmerten sich nun um die Schule. Natürlich hörte er das eine oder andere. Meist ging es dabei um ihre sagenhafte Kleidung. „Ich habe sie eingeladen, weil wir ihre unmittelbaren Nachbarn sind. Auch wenn sie nur für ein paar Monate hierbleibt, sollten wir sie doch kennenlernen."

Die Patchetts starrten ihn überrascht an.

Jace, der seit seiner Pubertät nicht mehr rot geworden war, spürte, wie ihm die Hitze in die Wangen stieg angesichts dieser einfallslosen Ausrede. Die Zwillinge schluckten sie jedoch. Die Aussicht, ihre Angebetete wiederzusehen, machte sie blind und taub.

Eine Weile gaben sie sich ihrer Freude hin. Dann fiel Rocky etwas ein. „Heißt das etwa, dass wir kochen müssen?“

„Das mache natürlich ich“, brummte Jace.

„Na, so toll kochst du nun auch wieder nicht. Bei dir gibt es nie etwas anderes als Eier, Speck oder Steaks. Eier und Speck kennt sie schon von dir“, sagte Gil.

„Gut, dann mache ich eben Steaks.“ Jace wurde ungeduldig. „Und du, Gil, brätst die Kartoffeln. Jeder sollte Kartoffeln braten können.“

„Finde ich auch.“ Rocky war schon dabei, sich aus der Küche zu schleichen.“

„Halt, mein Lieber“, rief Jace. „Du bekommst auch eine Aufgabe. Du wäschst den Salat und rührst das Dressing an.“

„Kann ich nicht!“

„Dann telefonier mit deiner Mutter und frag sie!“ Jace war wieder bester Laune. „Ihr könnt gleich mit der Arbeit anfangen. Ich gehe jetzt nach oben unter die Dusche und ziehe mich um.“

Für eine Weile blieb es still hinter ihm in der Küche. Dann fiel den beiden offenbar ein, dass sie sich ebenfalls aufputzen wollten. Sie polterten hinter ihm die Treppe hoch. Wahrscheinlich hätten sie ihn überrannt, wenn er nicht ausgewichen wäre. Gut, dass er ein eigenes Bad mit Wasserboiler hatte. Die Zwillinge pflegten für Alexis verschwenderisch lange zu duschen.

In seinem Schlafzimmer zog Jace saubere, aber völlig verknitterte Wäsche aus der Kommode. Die Jungs und er falteten sie nie so zusammen, wie es ihm seine Mutter beigebracht hatte. Sie legten Wert auf Sauberkeit, alles andere war unwichtig.

Dann ging er zum Schrank, um den Vorrat an sauberen Hemden zu durchsuchen. Die meisten waren nur für die Arbeit gedacht. Ein paar anständige weiße waren allerdings auch dabei. Er zog sein Lieblingshemd heraus und hoffte, dass Alexis nicht bemerkte, wie stümperhaft der eine Manschettenknopf angenäht war. Wo hatte er eigentlich die neue Jeans gelassen?

Es stimmte, was er ihr erzählt hatte, dass er mit Jeans und Stiefeln auskam. Er fuhr selten irgendwo anders hin als in die nächstgelegene Stadt, um Vorräte einzukaufen. Lieber noch schickte er Gil und Rocky. Seine Freunde und Nachbarn machten sich manchmal lustig über ihn, weil er seine Ranch so selten verließ. Aber er fand, es war nicht nötig.

Obwohl er hier eine harte Kindheit und Jugend verlebt hatte, weil sein strenger und fordernder Vater bereit gewesen war, alles für den Hof zu opfern, selbst seine Ehe, liebte Jace die Ranch mehr als irgendetwas auf der Welt. Zumindest hatte das die einzige Frau behauptet, mit der er sich je ernsthaft eingelassen hatte. Und es stimmte wohl.

Merkwürdig, woran er alles dachte, während er seine Klamotten zusammensuchte! Endlich fand er auch die neue Hose und warf sie zu den anderen Sachen aufs Bett.

Wenn er ehrlich war, musste er zugeben, dass er keine Ahnung hatte, wie man eine Frau bewirtete. Er lud nie Frauen ein, traf sich auch sonst nie mit einer. Die Frauen in Sleepy River waren alle verheiratet. In die Stadt zu fahren, um nach weiblicher Gesellschaft zu suchen, fiel ihm nicht ein. Er hatte sich seit Langem damit abgefunden, dass er allein bleiben würde.

Warum hatte er Alexis überhaupt eingeladen? Zum Abendessen.

Es gab viele Gründe, aber keinen wirklich überzeugenden. Sie hatte müde ausgesehen. Er wusste, wie es war, hart zu arbeiten und sich über einen gedeckten Tisch zu freuen.

Außerdem imponierte ihm, wie sie mit der Schlange fertig geworden war. Sie schlug sich tapfer durch und ließ sich nicht beirren, auch nicht, als er über ihre Kleidung den Kopf geschüttelt hatte. Verrückt, sich für Schulkinder in ein elegantes Kostüm zu zwängen und auf Hackenschuhen zu balancieren. So etwas machte eine Lehrerin in Sleepy River nicht. Martha trug entweder Jeans oder warme lange Hosen.

Nachdem er geduscht und sich umgezogen hatte, war Jace mit seinen Überlegungen ein Stückchen weiter gekommen: Er zweifelte immer noch, ob es richtig gewesen war, Alexis einzustellen. Nur deshalb hatte er sie eingeladen, um besser beurteilen zu können, ob seine Entscheidung richtig oder falsch gewesen war. Bisher hatte er von den Müttern der Schulkinder zwar nichts Schlechtes über sie gehört, aber das bedeutete noch gar nichts.

Einen größeren Unterschied als zwischen Alexis und den Frauen in Sleepy River gab es nicht. Hier lebten kräftige und abgehärtete Ehefrauen und Mütter, die sogar Vieh brannten. Alexis würde wahrscheinlich grün im Gesicht werden, wenn sie nur dabei zuschauen müsste. Das Brüllen der Kälber und der Gestank von verbranntem Fell würde sie krank machen.

Jace ließ den Rasierer sinken und betrachtete im Spiegel sein eingeschäumtes Gesicht. Es war doch egal, ob sie grün wurde oder nicht. Zur nächsten Brandzeit war sie längst nicht mehr da.

Er schabte den Rest des Rasierschaums fort. Schluss mit den Träumereien!

Alexis stieg langsam die Stufen zur Veranda hoch und musste dabei an ihre erste Nacht in Sleepy River denken. Gut, dass wenigstens das Gras nachwuchs. Wie sie den Schaden an der antiken Decke gut machen sollte, wusste sie immer noch nicht. Das quälte sie manchmal. Vielleicht hatte sie ja noch einen Einfall, bevor ihre Zeit hier zu Ende ging.

Fahrig strich sie ihren Rock glatt. Er war dunkelrot, lang und eng, dazu trug sie eine passend gemusterte kleine Seidenjacke. Eine halbe Stunde hatte sie überlegt, was sie anziehen sollte. Das war ihr schon lange nicht mehr passiert. Nicht einmal, als man sie dem Königspaar von Spanien vorgestellt hatte, war sie so nervös und unsicher gewesen.

Das kommt, weil ich eine Außenseiterin bin, die dazugehören möchte, redete sie sich ein. Die Kinder waren lieb und die Eltern höflich, aber alle betrachteten sie als Paradiesvogel, der sich in die Berge verirrt hatte. Alexis wusste, wie sie das ändern konnte, ohne anbiedernd zu wirken. Jaces Einladung war eine Chance, mehr über die Menschen in Sleepy River zu erfahren. Er war der Einzige, den sie hier wenigstens ein bisschen kannte. Vielleicht fand sich eine Gelegenheit, ihn um Rat zu fragen.

Sie hielt inne, als seine Stimme aus dem Haus drang. „Wenn ihr Grobiane nicht endlich aufhört, um den Spiegel zu raufen, zerbreche ich ihn. Auf euren Köpfen!“

Ihr Herz begann zu klopfen. Aber nicht vor Schreck, sondern aus Freude und Erwartung.

Sie klopfte an. Als sie das Trampeln von Stiefeln hörte, trat sie vorsichtshalber zwei Schritte zurück. Gil, nein Rocky, doch: Gil warf die

Tür auf und versperrte mit dem Arm seinem Bruder den Weg. Er glänzte geradezu vor Sauberkeit und starrte Alexis wie betäubt an.

Bevor sie etwas zu den rangelnden jungen Männern sagen konnte, bahnte sich Jace den Weg frei, nahm sie am Arm und zog sie ins Haus. „Kümmern Sie sich nicht um die Kerle. Willkommen!"

Die Zwillinge lächelten selig. „Darf ich Ihnen den Mantel abnehmen, Miss Chastain?", fragte Gil.

Sofort schlug Rocky ihm auf den Arm. „Das wollte ich doch sagen. Mutter hat mir auch beigebracht, einer Dame den Mantel abzunehmen."

„Diese Dame trägt keinen Mantel", fuhr Jace dazwischen. „Wir haben 21 Grad. Warum zum Teufel sollte sie einen Mantel tragen?"

„Stimmt", gab Rocky zu. „Gil, du bist ein Dummkopf."

Alexis unterdrückte ein Lachen. Na, das würde ein lustiger Abend werden! „Irgendetwas riecht hier wunderbar", sagte sie.

„Bratkartoffeln!" Gil warf sich in die Brust. „Die mache ich. Nach meinem Geheimrezept."

Jace stöhnte auf. „Für Bratkartoffeln braucht man kein Rezept. Man brät sie einfach und ... Ach, was rede ich", brummte er.

Alexis konnte der Versuchung nicht widerstehen, sein Gesicht zu betrachten. Er sah aus wie einer, der drohte, in der Badewanne zu ertrinken. Sie schenkte ihm ein heimliches Lächeln, um ihm zu zeigen, dass sie zu ihm hielt. Er antwortete mit einem Schulterzucken. Es signalisierte Bedauern und Hoffnung, dass der Abend nicht allzu anstrengend werden würde.

„Den Salat habe ich zubereitet", verkündete Rocky. Mit Hilfe der Ellbogen und der Füße drängte er sich vor seinen Bruder und Jace. „Das Dressing natürlich auch. Das Rezept habe ich in einem Kochbuch gefunden."

Alle vier standen jetzt auf kaum einem Quadratmeter zusammen. Alexis fand den Platz nicht ausreichend für sich und drei Cowboys. Sie trat einen Schritt zurück, doch die Jungen folgten ihr.

„Aus einem Buch? Dass ich nicht lache. Seit wann liest du Bücher, du Analphabet?", fuhr Gil seinen Bruder an.

Rocky warf ihr einen verschämten Seitenblick zu. Dann schnauzte er zurück. „He, könntest du aufhören, dich wie ein Rüpel zu benehmen!“

„Ihr seid beide Rüpel. Schluss jetzt!“ Jace nahm Alexis’ Arm, um sie aus der Schusslinie zu ziehen. „Wenn ihr euch nicht gleich beruhigt, packe ich das Essen ein, und wir essen im Lehrerhaus. Ohne euch.“

Doch die Zankhähne hatten taube Ohren. Sie standen jetzt Auge in Auge und funkelten sich an. Rocky hob die Hand, um seinen Bruder zu schubsen. Jace wollte dazwischengehen. Er streckte den Arm aus, und Alexis, die sich gerade vorbeugte, bekam die volle Wucht seines Ellbogens zu spüren.

6. Kapitel

Alexis wurde schwarz vor Augen, sie schwankte.

Jace hielt sie und zog sie an sich. „Das wollte ich nicht, Alexis. Es tut mir so leid."

Sie lehnte die Stirn gegen seine Brust und barg das Gesicht in den Händen. Als der schlimmste Schmerz abgeklungen war, richtete sie sich auf. „Alles in Ordnung."

Nun mischten sich die Zwillinge ein, die vor Schreck ihren Streit vergessen hatten. Sie machten nun Front gegen Jace.

„Du hast sie geschlagen", empörte sich Gil. „Du hast eine Frau geschlagen!"

„Warum?", schrie Rocky. „Das ist gemein!"

Jace beachtete die zeternden Brüder nicht. Er legte den Arm um Alexis, führte sie ins Wohnzimmer und half ihr, sich aufs Sofa zu setzen. Alexis' Auge tränte nun heftig. Er knipste eine Lampe an und drehte Alexis' Gesicht zum Licht, um die Verletzung zu untersuchen. „Oje!", murmelte er.

„Ist es so schlimm?", fragte sie.

„Gut sieht es nicht aus." Er schaute schuldbewusst. „Ich muss einen verdammt harten Ellbogen haben. Das Auge schwillt zu, die Lider beginnen, sich zu verfärben. Haben Sie Schwierigkeiten mit dem Sehen?"

„Gott sei Dank nicht. Machen Sie sich keine Sorgen."

Er fasste unter ihr Kinn und betrachtete sie wieder eingehend. „Ich fürchte, Sie werden die nächste Zeit mit einem blauen Auge herumlaufen müssen."

„Nein", rief sie und versuchte, auf die Füße zu springen. „Unmöglich. Das will ich nicht." Was sollten die Leute denken? Sie sah schon die Schlagzeilen vor sich: *Prinzessin Alexis in wilde Schlägerei verwickelt – mit blauem Auge davongekommen.*

Doch dann beruhigte sie sich. Außer Esther wusste niemand, wo sie sich aufhielt. Kein einziger Reporter würde sie mit dem verletzten

Auge sehen. Nur die Schulkinder und deren Eltern. Das war auch keine angenehme Vorstellung. Wahrscheinlich würden alle den Respekt vor ihr verlieren. Ein Triumph für Billy Saunders!

„In ein paar Tagen ist alles überstanden", versicherte Jace. Sie antwortete mit einem vernichtenden Blick. „Ich hole etwas zum Kühlen", sagte er kleinlaut. Als er sich umwandte, wäre er fast über die Brüder gestolpert. Sie waren ihm auf den Fersen gefolgt.

„Geht mir aus dem Weg! Kümmert euch um das Essen." Sein Ton duldete keinen Widerspruch. Mit einem mitleidigen Blick auf Alexis eilten die Jungen hinaus.

„Jace? Könnten Sie mir einen Spiegel bringen?", bat sie.

Er runzelte die Stirn. „Sie sollten sich das lieber nicht anschauen."

„Bitte! Ich muss wissen, wie entstellt ich bin."

Er zögerte. „Gut. Aber ich habe Sie gewarnt."

Sobald sie allein war, lehnte Alexis sich zurück und schloss die Augen. Aus beiden Augen quollen nun Tränen. Die Arbeitswoche hatte sie furchtbar erschöpft. Sie brauchte Ruhe und Zeit für die nächsten Unterrichtsvorbereitungen. Kein blaues Auge! Sie schniefte und richtete sich wieder auf, um nicht in Selbstmitleid zu zerfließen. Selbstmitleid wurde in ihrer Familie nicht geduldet. Das hatte sie schon als Kind erfahren.

Nach ein paar Minuten kam Jace mit einem Rasierspiegel zurück. Nun konnte sie sich die Bescherung ansehen. Es war so, wie er gesagt hatte. Sie vertiefte sich in den unschönen Anblick, betastete vorsichtig die Schwellung und stöhnte auf. „Das gleiche Malheur wie damals, als ich zwischen die Paparazzi und den Leibwächter geriet. Zwei Wochen konnte ich mich nirgends bli…" Sie brach ab und presste die Lippen aufeinander.

„Paparazzi?", fragte Jace. „Leibwächter?"

O nein, warum vergaß sie in seiner Gegenwart so oft jede Vorsicht? Sie schluckte. Ihr Mund war wie ausgetrocknet. Sie schloss das verletzte Auge und blinzelte. Auch wenn er sie jetzt für verwirrt hielt, im wahrsten Sinne des Wortes angeschlagen, sie brachte kein Wort mehr heraus. Ihr fiel einfach keine Erklärung ein. Hilflos hob sie die Schultern.

Jace hockte sich wieder vor sie, forschte in ihren Gesichtszügen und sah aus, als wollte er sich damit nicht zufrieden geben. Doch angesichts ihres geschundenen Auges besann er sich eines Besseren. „Irgendwann, wenn es Ihnen wieder besser geht, Alexis, werden Sie mir einige Fragen beantworten müssen“, sagte er ernst.

Ihr Herz begann ängstlich zu klopfen. Sie wollte keine Fragen beantworten. Mehr konnte sie nicht über sich und ihre Familie preisgegeben. Und lügen wollte sie nicht. Sie war eine schlechte Lügnerin und litt schon genug unter den Halbwahrheiten, mit denen sie ihren Vater hinhielt.

Trotzdem musste sie jetzt etwas sagen und hoffte, vor Verlegenheit nicht rot zu werden. „Sie wissen alles Wichtige über mich.“

„Geheimniskrämerin“, murmelte Jace und erhob sich, um unruhig im Zimmer auf und ab zu gehen. Alexis suchte nach einem unverfänglichen Thema.

Da platzte Gil herein, in der Hand einen Teller. „Hier, für dich, Jace!“ Er starrte Alexis an. „Herrje, das ist ja ein toller Anblick! Was wollen Sie bloß den Schulkindern erzählen? Dass Jace Sie geschlagen hat? – Unmöglich! Sagen Sie lieber, dass Sie in einer Kneipe waren und in eine Keilerei geraten sind. Die Fäuste flogen nur so um sie herum. Und irgendeine hätte sie erwischt. Ich finde, niemand sollte erfahren, dass es Jace war. Er ist schließlich der Schuldirektor. Alle respektieren ihn. Keiner würde glauben, dass er ein Mann ist, der Frauen …“

„Hör auf!“ Jace riss ihm den Teller aus der Hand.

Nun begriff Gil, dass er zu weit gegangen war. Er trat den Rückzug an. „Natürlich, Boss. Klar doch. Ich verschwinde ja schon.“

„Die Jungen treiben mich noch in den Wahnsinn“, murmelte Jace und ließ sich neben Alexis auf dem Sofa nieder. Er nahm ein rohes Steak vom Teller und hielt es hoch. „Hier, das beste Mittel gegen ein blaues Auge. Auf einer Ranch hat man das zum Glück gleich zur Hand.“

Alexis schüttelte sich. Sie war nicht zimperlich, aber das ging doch zu weit. „Sie machen Scherze, oder?“

„Tut mir leid“, sagte Jace ungerührt. „Etwas Wirkungsvolleres kann ich Ihnen nicht anbieten. Rohe Steaks haben sich bei meinem Vater immer bewährt.“

Sie schluckte. „Hatte er oft blaue Augen?“, fragte sie mit dünner Stimme.

Er hob die Brauen. „Ich verstehe. Sie nehmen sich das Recht, nach meiner Familie fragen. Aber Ihre Familien ist für mich tabu.“

Sein vorwurfsvoller Blick war schwer zu ertragen. Wortlos nahm sie ihm das Steak aus der Hand und legte es sich auf das schmerzende Auge. Die Kälte tat gut. Sie lehnte sich zurück, schloss die Lider und versuchte, sich zu entspannen.

„Ich erwarte kein Wunder, aber gibt es eine Chance, dass ich bis Montagmorgen wieder aussehe wie ein Mensch?“

„Machen Sie sich Sorgen wegen der Schulkinder?“ Er setzte sich tiefer in die Polster und legte den Arm auf die hohe Rückenlehne der Couch.

In einer so lässigen Haltung hatte sie ihn noch nie erlebt. „Ja, ein bisschen schon.“

„Nehmen Sie sich Gils dummes Gerede nicht zu Herzen. Sagen Sie den Kindern, es sei ein Unfall gewesen. Wer das Leben auf einer Ranch kennt, rechnet immer mit Unfällen. Die Kinder werden sich nicht weiter wundern.“

„Wahrscheinlich haben Sie recht.“ Sie war dankbar für diesen nüchternen Hinweis. „Aber ich sehe trotzdem scheußlich aus.“

„Sie machen sich zu viele Gedanken über Äußerlichkeiten“, seine Stimme klang barsch, „und vergessen dabei Ihre inneren Werte.“

Alexis wandte den Kopf und sah ihn mit dem unverletzten Auge an. Plötzlich füllte es sich mit Tränen. „Das ist das Freundlichste, was Sie je zu mir gesagt haben.“

„Wenn Freundlichkeiten Sie gleich zum Weinen bringen, dann ist es vielleicht verzeihlich, dass ich oft grob zu Ihnen bin.“ Er griff in seine Hosentasche und zog ein sauberes Taschentuch hervor. Dann legte er die Hand auf ihr zitterndes Kinn und rieb ihr Gesicht trocken.

„Danke.“ Sie schluchzte noch einmal auf.

Jace hob das Steak hoch und untersuchte das Auge. Seine Berührungen waren unerwartet zart. Offenbar war die Schwellung schon auf dem Rückzug, denn es bereitete ihr weniger Schwierigkeiten, das Lid offen zu halten und ihn anzuschauen. Jetzt fiel ihr der reizvolle Gegensatz zwischen seinen kantigen Gesichtzügen und den sanft geschwungenen Wimpern auf. Es versetzte ihr einen Stich ins Herz. Ein unbekanntes Verlangen ergriff sie. Sie holte tief Luft.

Er hielt inne. „Habe ich Ihnen wehgetan?"

Sie schüttelte stumm den Kopf. Ihre Kehle war wie zugeschnürt. Jace war so überwältigend männlich. Er verwirrte sie und machte ihr Angst, obwohl sie sich zu ihm hingezogen fühlte.

Er hatte nichts, aber auch gar nichts an sich, was ihr Vater als passend für seine Tochter empfunden hätte. Richtige Männer waren für ihn solche, die Alexis ein angemessen bequemes Leben bieten konnten.

Wie unrecht ihr Vater hatte. Der richtige Mann für sie war einer, der ihr Freiheit ließ. Einer, mit dem sie ein ausgefülltes, kein bequemes Leben führen konnte.

Jaces Augen leuchteten auf. Um seinen Mund spielte ein Lächeln. „An was denken Sie gerade, Alexis?"

Sie war so versunken in den veränderten Ausdruck seiner Gesichtszüge, dass sie die ganze Wahrheit sagte. „Ich frage mich, was für ein Mann Sie sind."

Er war überrascht. „Warum interessiert sie das plötzlich?"

Sie lächelte. „Weil ich kürzlich einen Schlag an den Kopf bekommen habe."

Seine Lippen kräuselten sich. „Was glauben Sie, wie ich bin?"

„Sie – wirken entschlossen."

„Das bin ich tatsächlich. Meist jedenfalls." Er nickte.

„Und ehrlich."

„Ich bemühe mich darum. Noch etwas?"

Sie schluckte. „Ich glaube, dass Sie mit ihrem Leben zufrieden sind und nicht von hier fortgehen würden."

Seine Augen verengten sich. „Stimmt. Ich gehöre hierher."

Sie hatte keine Ahnung, woher all die Fragen kamen, die ihr jetzt auf der Zunge lagen. Sie konnte sie nicht zurückhalten. „Ist das der Grund, weshalb Sie nicht geheiratet haben? Was war, bevor Sie Gil und Rocky eingestellt haben? Lebten Sie da ganz allein hier in dem Haus, das groß genug für eine zehnköpfige Familie ist? Hatten Sie nie den Wunsch, daran etwas zu ändern?"

„Alexis …" Er war verblüfft und sprachlos.

„Ich frage das, weil ich weiß, wie es ist, in einem großen Haus zu leben und sich einsam zu fühlen."

„Das tut mir leid." Er berührte ihre Wange und strich mit dem

Daumen über die zarte Haut. „Einsamkeit ist schlimm. Fühlen Sie sich in Sleepy River auch einsam?“

„Dafür habe ich zu viel zu tun, und …“ Sie wagte einen Blick in seine dunklen Augen. „Doch, bin ich“, gab sie zu. „Hier ist es viel ruhiger, als ich es gewohnt bin.“

„Die Besuche von Rocky und Gil brachten nicht genug Abwechslung?“

Sie schüttelte den Kopf.

Jace nahm den Arm von der Rückenlehne und legte ihn um ihre Schulter. Er lächelte, in seinen Augen blitzte der Schalk. „Sind Sie böse auf mich, weil ich Ihnen auch noch dieses bisschen Gesellschaft entzogen habe?“

Sie lachte auf. „Nein, bin ich nicht. Obwohl die beiden meine einzigen Besucher waren.“

„Ich dachte, die Kerle halten Sie nur von der Arbeit ab.“ Er machte ein zerknirschtes Gesicht. „Offenbar gelingt es mir nicht, es Ihnen recht zu machen.“

„Das wollen Sie? Warum?“

Er schlug einen ironischen Ton an. „Vermutlich habe ich ein zu stark ausgeprägtes Verantwortungsbewusstsein.“

Sie forschte in seinem Gesicht nach Hinweisen für sein Alter. Bisher hatte sie ihn auf Mitte bis Ende dreißig geschätzt. Aber nun kam er ihr jünger vor. Hatte langjährige und zu früh übernommene Verantwortung die Fältchen um seine Augen verursacht? Unwillkürlich musste sie an ihren Vater denken, der die Verantwortung für das Wohlergehen seines kleinen Landes trug, auch an ihren Großvater, der die Kronjuwelen eigenhändig vergraben hatte, damit die Nazis nicht einen Unschuldigen dafür zur Rechenschaft ziehen konnten.

Und Jace? Kümmerte er sich nicht auch um die Belange der Gemeinde, um seine Nachbarn und darum, dass Hofnarren wie Gil und Rocky keinen allzu großen Unsinn anstellten?

„Ja“, sagte sie schließlich. „So habe ich das noch nie betrachtet. Wer eine Ranch betreibt, hat ähnliche Verpflichtungen wie ein Fürst, der sein Land regiert.“

Er lachte auf. „Der Vergleich klingt komisch. Ich habe mich an eine Menge staatlicher Vorschriften zu halten, die ich nicht gemacht habe.“

Wie peinlich, dass sie daran nicht gedacht hatte! „Bereiten die Ihnen Kopfzerbrechen?"

Sein Gesicht war wieder ernst geworden. „Nicht mehr als den anderen Ranchern. Manche Auflagen wirken nicht sehr einleuchtend oder sind mit anderen schwer zu vereinbaren."

Sie runzelte die Stirn. „Das sollten sie aber."

Nun brach Jace in herzliches Lachen aus. „Meine Liebe, was Regierungen erlassen, muss nicht notwendigerweise sinnvoll sein." Er besann sich. „Entschuldigen Sie, ich vergaß, dass Ihre Familie in der Verwaltung tätig ist. Das haben Sie jedenfalls erzählt."

Mit seinem Lachen hatte er sie glücklich gemacht, doch nun zog sich ihr das Herz ängstlich zusammen. Sie musste vorsichtiger sein. „Ja, stimmt."

„Mit welchen Aufgaben sind Ihre Verwandten betraut?"

Sie spürte, wie die Hitze ihr in die Wangen stieg. „Darüber darf ich nicht sprechen", erklärte sie ausweichend. Jace war es auch so schon schwer genug gefallen, sie zu akzeptieren. Er war ein gradliniger Mensch. Wenn sie ihn erst nachträglich mit der ganzen Wahrheit konfrontierte, würde er das gewiss übel nehmen.

„Das klingt ja sehr geheimnisvoll." Nachdenklich sah er sie an.

„Nein, gar nicht. Aber ich möchte diskret sein. Meine Familie hat einen Namen zu verlieren."

„Ich kenne keine berühmten Geheimagenten außer James Bond. Aber vielleicht belehren Sie mich."

Alexis brachte nicht einmal ein Lächeln zustande. „Keine Sorge, Geheimagent ist niemand in meiner Familie." Ihre Augen flehten, nicht weiter in sie zu dringen.

Jace hatte verstanden. „Sie möchten nicht über Ihre Familie sprechen."

„Nein." Sie zuckte die Schultern. „Ich weiß auch nicht, warum es für meinen Job hier nötig sein sollte."

Eine Weile sah Jace sie schweigend an. Dann rückte er näher. Seine Augen glühten. „Ist Ihnen noch nie in den Sinn gekommen, dass ich nicht als Schuldirektor frage? Dass ich nicht neugierig auf die Lehrerin bin, sondern auf Sie?", fragte er leise.

Plötzlich konnte Alexis nicht mehr verdrängen, wie dicht er neben ihr saß. Sie spürte die Wärme seines Körpers, den Druck seines kräftigen Armes auf ihrer Schulter. Sie atmete seinen Duft ein. Die Welt um sie herum versank. Wie hypnotisiert schaute sie in seine Augen, dann auf seinen Mund. Es gab nur noch ein Verlangen in ihr: ihn zu küssen.

Offenbar empfand Jace genauso. Er beugte sich vor. Sein Atem streichelte ihre Lippen.

Da flog die Tür auf. „He, Jace“, rief Rocky und trampelte ins Zimmer.

Jace und Alexis stoben auseinander. Er sprang auf die Füße. Sie schnappte nach Luft. Was war über sie gekommen? Beinahe hätte sie ihn geküsst, oder? Fragend schaute sie Jace an. Auch er wirkte durcheinander.

„Boss, du solltest dich jetzt um die Steaks kümmern. Gil meint, dass die Bratkartoffeln sonst verbrennen.“

„Ich komme sofort.“ Jace warf ihr einen Blick zu, den sie nicht deuten konnte. „Vielleicht sollten wir das Auge nun lieber mit Eis kühlen.“

„Ja, am besten bringen Sie mir einen Eimer voll, damit ich den ganzen Kopf hineinstecken kann“, platzte sie heraus.

Er grinste, dann ließ er sie allein.

Seufzend ließ Alexis sich zurück in die Polster sinken. Hatte sie den Verstand verloren? Sie durfte sich nicht in Jace verlieben. Sie konnte nur für eine kurze Zeit hierbleiben. Er war ihr Vorgesetzter. Sie kamen aus verschiedenen Welten. Das Ganze hatte keine Zukunft.

Sie brauchte etwas, woran sie sich klammern konnte, ein Ziel. War sie nicht hergekommen, um Erfahrungen als Lehrerin zu sammeln? Das war das Einzige, was sie interessieren sollte. Alles andere musste sie vergessen.

Vorsichtig betastete sie das geschwollene Auge und haderte mit ihrer Situation. Warum war Jace McTaggart, der Schulleiter, kein hässlicher alter Cowboy? Warum sah er gut aus, wirkte männlich und selbstsicher? Und war zu allem Überfluss auch noch klug?

In der Küche füllte Jace eine Plastiktüte mit zerstoßenem Eis und drückte sie Rocky in die Hand. „Gib das Alexis!“

Der Junge nahm den Beutel feierlich entgegen, als hätte man ihm eine Kostbarkeit anvertraut. Mit einem triumphierenden Blick auf seinem Bruder sagte er: „Wird erledigt, Boss."

Gil protestierte. Er sei für diesen Auftrag viel besser geeignet.

Jace versuchte, sein Temperament zu zügeln. Hatte er nicht eben schon fast den Kopf verloren und Alexis geküsst? Er wusste nicht, ob er wegen der Störung wütend oder dankbar sein sollte. Aber nun begannen die Patchetts an dem Eisbeutel zu zerren, und er konnte sich nicht länger beherrschen.

„Jetzt hört ihr mir zu, ihr Holzköpfe", fuhr er sie an. „Seit Alexis in Sleepy River ist, benehmt ihr euch wie Vollidioten. Meint ihr, euer ewiges Gerangel und Raufen ist angenehm für sie? Es ist peinlich und jagt ihr Angst ein. Und nun hat sie auch noch ein blaues Augen abbekommen."

„Dafür können wir nichts", widersprachen die beiden wie aus einem Munde. „Das warst …"

„Ruhe, jetzt!" Jace hielt inne und fragte sich, warum er sich innerhalb weniger Minuten gleich mehrfach wie ein Narr aufführte. „Ihr hört ab sofort auf zu streiten und lasst Alexis Luft zum Atmen. Verstanden?"

„Oder?", fragte Rocky und machte ein erwartungsvolles Gesicht.

„Oder ihr müsst euch auf einer anderen Ranch Arbeit suchen."

„Du … du würdest uns wirklich feuern?", stammelte Gil, während Rocky vor Entsetzen kein weiteres Wort herausbrachte.

„Ohne mit der Wimper zu zucken." Jace bemühte sich, ein besonders finsteres Gesicht aufzusetzen. Es fiel ihm nicht sonderlich schwer, denn er war gereizt wie eine Klapperschlange.

Die Jungs können ja nichts dafür, dachte er. Sie haben den Kopf verloren. Genauso wie ich.

7. Kapitel

Nach dem Besuch auf Jaces Ranch brauchte Alexis fast vier Stunden, bevor sie zur Ruhe kam. Aber an Schlaf war überhaupt nicht zu denken. Sie saß aufrecht im Bett und starrte in die Dunkelheit.

Ihre Gedanken kreisten immer wieder um Jace. Obwohl es sie quälte, konnte sie doch nicht davon lassen.

Beim Essen hatte Jace sich wie ein perfekter Gastgeber benommen. Höflich, zuvorkommend und freundlich. Ihm war nichts vorzuwerfen. Sie hatte sein Verhalten missverstanden. Denn jedes Mal, wenn sich ihre Blicke kreuzten, war sie errötet.

Um ein Haar hätte sie ihn geküsst!

Sie warf sich zurück in die Kissen und stöhnte auf. Ihr Verstand war wie ausgelöscht gewesen. Es gab nur noch das Bedürfnis, ihm nah zu sein und herausfinden, ob seine Lippen aufregend schmeckten. Sie hatte der Verlockung nicht widerstehen können.

Aber warum beschäftigte sie sein Mund jetzt schon wieder? Sie war doch inzwischen zur Vernunft gekommen und sah ein, dass es nichts Verhängnisvolleres gab, als die Beziehung zu Jace mit Küssen zu belasten. Nicht nur, weil er der Schulleiter war, sondern auch, weil sie in ein paar Monaten wieder abreisen musste. Danach würde sie ihn nie wieder sehen. Sobald ihr Vater oder die Presse den ganzen Schwindel herausgefunden haben würden, konnte sie wohl nie wieder in die Staaten fliegen. Vielleicht würde der Familierat sogar beschließen, dass sie den Palast nicht mehr verlassen durfte.

Lebenslanger Arrest, stöhnte Alexis und rollte sich auf den Bauch. Vielleicht sogar unter der Bewachung eines Ehemannes, den ihr Vater jetzt gerade aussuchte. Wer immer es war, sie wollte ihn nicht.

Wie kam ihr Vater auf die Idee, dass sie einer Vernunftehe zustimmen würde? Sie hatte immer ihre eigenen Vorstellungen und Pläne gehabt. Missverstand er etwa ihre Gutmütigkeit und töchterliche

Liebe? Und was waren das für Männer, die sich der Reihe nach begutachten ließen, ob sie für eine Prinzessin akzeptabel waren?

Jace würde da gewiss nicht mitspielen. Wenn er sie liebte, würde er alle Mitbewerber ignorieren und um ihre Hand anhalten.

Nun ging mit Alexis die Fantasie durch. Wie ein Mädchen träumte sie von dem Prinzen, der sie rettete. Jace würde auf Hondo an der Palastwache vorbeireiten, alle Hindernisse beiseite fegen, sie zu sich aufs Pferd heben, um mit seiner willigen Beute auf und davon zu galoppieren. Ja, das würde er tun, wenn er sie liebte.

Wieso sollte er sie eigentlich lieben? Davon war nie die Rede gewesen. Hatte sie doch den Verstand verloren?

Es musste am Stress mit der Schule und dem blauen Auge liegen. Eine andere Erklärung gab es nicht. Denn sie war wirklich nicht der Typ Frau, der darauf aus war, gerettet zu werden. Sie wollte selbst ihren Weg finden, eigene Entscheidungen treffen, sich bewähren. Deshalb hatte sie auch in Arizona studiert und war jetzt hier in den Bergen, um Berufserfahrung zu sammeln. Sie brauchte keinen Retter. Nicht einmal Jace.

Alexis setzte sich wieder auf, die Ellbogen auf den Knien, das Kinn in die Hände gestützt. Nein, sie brauchte diesen Mann ganz und gar nicht. Obwohl er so stark war, so selbstsicher und Vertrauen erweckend. Wie unglaublich zart er sie berührt hatte, als er ihr Auge verarztete.

Sie presste das Kissen gegen die Brust, um irgendetwas gegen das Herzklopfen zu unternehmen. Auch die quälende Sehnsucht konnte sie nicht ersticken. Ihr stiegen wieder Tränen in die Augen. Noch nie hatte sie wegen eines Mannes diese Folterqualen gelitten. Überhaupt fehlten ihr Erfahrungen mit dem anderen Geschlecht. Nach den gescheiterten Beziehungen ihrer Schwestern wachte ihr Vater streng über seine jüngste Tochter. Das hatte viele junge Männer verschreckt.

Auf Gefühle, wie die für Jace, war sie nicht vorbereitet gewesen. Und jetzt durfte sie ihnen nicht nachgeben, denn wenn er die Wahrheit über sie erführe, würde er sie für eine üble Lügnerin halten.

Stunden später wurde sie durch ihr Handy aus unruhigem Schlaf gerissen.

„Hallo“, sagte sie und betastete ihr geschwollenes Auge, das immer noch schmerzte.

„Alexis?“ Die Stimme ihres Vaters grollte wie Donner an ihrem Ohr. Reflexartig setzte sie sich gerade auf.

„Dad?“ Mehr als ein leises Krächzen bekam sie nicht heraus. Sie räusperte sich und versuchte es ein zweites Mal.

„Was ist los mit dir? Nehmen sie dich zu hart ran?“

Schlaftrunken murmelte sie „Nein, die Kinder betragen sich gut und …“ Plötzlich wurde sie hellwach und unterbrach sich in letzter Sekunde.

„Kinder? Sag mal, wovon redest du eigentlich?“

„Ach“, sagte sie hastig, „Ich habe wohl geträumt. Du hast mich geweckt.“

„Das ist gut“, sagte er. „Du solltest eigentlich ausgeruht und kräftig sein. Warum klingst du so schwach? Bist du etwa krank?“

„Nein, Dad.“ Sie zog die Decke bis unter das Kinn und wünschte sich, sie wäre angekleidet oder hätte wenigstens das Haar gebürstet. Vielleicht wäre sie dann selbstbewusster. „Wie geht es euch? Wie gefällt es Jean Louis in der Schule?“ Ihr Neffe war jetzt ABC-Schütze, und sie bedauerte, dass sie seine ersten Lese- und Schreibversuche versäumte.

„Es geht allen gut. Jean Louis ist der beste Schüler, den die Schule je gesehen hat. Er mag den Lehrer und kommt mit den anderen Kindern gut aus.“ Der Prinz war stolz auf seinen Enkel. Die erfolgreiche Verfassungsänderung hatte ihn ermutigt, auch in der Familie mehr Demokratie einzuführen. Deshalb war Anyas Sohn der Erste in der fürstlichen Familie, der eine staatliche Grundschule in der Nähe des Palastes besuchte. Alexis hatte diese Entscheidung begrüßt, obwohl sie wusste, wie schlecht die Lehrer ausgebildet waren. Das altmodische Schulsystem in Inbourg bedurfte einer gründlichen Reform. Sie hoffte, daran mitarbeiten zu können.

„Deirdre hat wieder mal einen neuen Freund.“ Ihr Vater schnaubte verächtlich. „Irgend so einen Pferdezüchter.“

Vermutlich besaß der Mann mehrere Rennställe. Die Freunde ihrer Schwester waren alle erfolgreich. Aber der Fürst bezeichnete sie als neureiche Nobodys, einfach nur deshalb, weil er sie nicht ausgesucht hatte. Alexis hätte gerne mehr über diesen Pferdezüchter erfahren, aber Prinz Michael unterbrach sie.

„Ich habe dich nicht angerufen, um über die Familie zu reden."

Aha! Sie machte sich auf das Schlimmste gefasst.

„Ich möchte wissen, wie lange du gedenkst, noch auf dieser Schönheitsfarm zu bleiben."

„Es ist keine Schönheitsfarm. Ich bin in einem Kurort, und du warst einverstanden, dass ich mich hier eine Weile erhole." Jetzt klang ihre Stimme wieder fest.

„War ich. Bin ich", grollte er. „Aber ich möchte wissen, wann du zurückkommst."

Sie nahm allen Mut zusammen und atmete tief ein. „In drei Monaten."

„Wie bitte? In drei Monaten?" Er wurde lauter. „Verrate mir bitte, was dich so lange in einem Sanatorium hält?"

Sie krallte sich an der Bettdecke fest. „Ich bin in keinem Sanatorium, Dad. Ich bin in einer Art Hotel und mache eine Kur."

„Mit lauter anderen Faulpelzen um dich herum, die dir den Hof machen."

Alexis war empört. „Wir treiben viel Sport. Die meisten Leute leiden unter Übergewicht. Zum Flirten ist hier keiner aufgelegt."

Ihr Vater brummte etwas.

„Außerdem haben wir abgemacht, dass ich mir Zeit gönne, um einmal allein zu sein."

Prinz Michael war immer noch nicht überzeugt. „Du bist doch schon drei Wochen fort. Das müsste doch reichen."

Sie spielte die letzte Trumpfkarte aus. „Dad, ich habe ein ganzes Jahr nur getan, was du wolltest. Ich bin zu Hause geblieben und habe Jean Louis erzogen. Ich habe dir, Anya und Deirdre den Rücken freigehalten, damit ihr euren öffentlichen Pflichten nachkommen konntet."

„Ja, ja ..."

„Meine Schwestern durften sich nach der Anstrengung auch erholen. Anya war mit Jean Louis auf der Jacht. Deirdre ging nach Irland. Nur ich blieb zu Hause, weil du es so wolltest. Nun werde ich einmal tun, was ich will."

Der Fürst antwortete eine Weile nicht. Dann sagte er mit ruhiger Stimme: „Gut. Du sollst deinen Willen bekommen."

Alexis sah ihn vor sich, wie er unwillig und verständnislos den Kopf schüttelte. „Ehe du dich versiehst, bin ich wieder zurück, Dad."

„Ich hoffe es. Und richte Esther aus, dass sie gut auf dich aufpassen soll. Ich habe keine Lust, aus einer schlechten Zeitung zu erfahren, dass du dir so einen Hackfleisch-König geangelt hast."

Damit war das Gespräch beendet.

Alexis ließ sich zurück in die Kissen fallen. Sie und ein Hackfleisch-König? Ihr stand eher der Sinn nach einem Rancher. Aber sie hatte keine Ahnung, wie sie sich den angeln sollte.

Sie sprang aus dem Bett, um ihr verletztes Auge zu begutachten.

Der Spiegel im Bad warf ihr ein verheerendes Bild zurück. Um das geschundene Auge herum schillerte die Haut in allen Regenbogenfarben. Sie schnitt eine Grimasse. Billy Saunders würde seine Chance nutzen und allen Kindern erzählen, sie sei in eine Schlägerei verwickelt gewesen, und die Geschichte mit haarsträubenden Details ausschmücken. Alexis war jetzt schon gespannt auf sein Lügenmärchen.

Die Wahrheit würde kaum glaubwürdiger klingen. Vielleicht sollte sie überhaupt kein Wort über ihr Aussehen verlieren oder die großen Kinder einen Aufsatz schreiben lassen. Thema: „Wie Miss Chastain zu einem blauen Auge kam." Die kleinen könnten dazu eine entsprechende Zeichnung anfertigen.

Wie sie zum Schuldirektor stand, darüber musste sie erst recht schweigen. Niemand durfte wissen, dass ihr Herz vor Freude klopfte, wenn sie ihn sah. Dass sie sich danach sehnte, ihn zu küssen.

„Eine komplizierte Schlinge, in der du dich verfangen hast."

Jace sah auf und erkannte Luke Braden. Der Rancher war durch das Tal zu ihm herübergeritten, saß auf seiner Schimmelstute und beobachtete, wie Jace versuchte, mit einer Schnur fertig zu werden. Er war dabei gewesen, das Unkraut zwischen den Bäumen im Obstgarten zu mähen, als sie sich in den Klingen der Maschine verheddert hatte.

Jace nahm die ärgerliche Geduldsarbeit auf sich wie eine verdiente Strafe. Er hatte versucht, Alexis zu küssen, obwohl die Zwillinge jederzeit hatten hereinplatzen können. Und er fühlte sich schuldig an ihrer Verletzung.

Am liebsten hätte er laut mit sich geschimpft. Deshalb antwortete er seinem alten Freund mit unnötiger Schärfe. „Wenn du nur gekommen bist, um überflüssige Bemerkungen zu machen, solltest du gleich wieder umkehren."

„Ich lasse mir doch nichts entgehen", sagte Luke und sprang vom Pferd." Grinsend zog er ein Messer aus der Tasche und reichte es Jace. „Nimm das."

Jace klappte es auf und schnitt schweigend die Knoten durch.

„Du bist doch sonst nicht so unachtsam beim Mähen."

„Wer rechnet hier draußen mit einer Schnur?", brummte Jace.

„Vielleicht fragst du deine ungeschickten Helfer, ob sie eine verloren haben. Ich bin sicher, du hörst eine idiotische Ausrede." Luke imitierte die Zwillinge.

Jace musste lachen. Sein Freund hatte wirklich schauspielerisches Talent.

„Ich verstehe nicht, weshalb du die beiden nicht nach Hause schickst", sagte Luke.

„Ihr Vater ist ein alter Freund von mir. Außerdem fühle ich mich dazu verpflichtet. Er hat mir vor ein paar Jahren einmal sehr geholfen."

Luke riss einen Halm ab und kaute darauf. „Du begleichst deine Schuld, indem du Rocky und Gil aufnimmst?"

„Sie sind mir eine große Hilfe", verteidigte sich Jace."

„Aber nur, solange du sie nicht aus den Augen lässt."

Jace konnte nicht widersprechen. Deshalb beschäftigte er sich schweigend weiter mit der Schnur und machte die Mähmaschine startklar.

„Du nimmst alles zu persönlich und zu ernst."

Jace runzelte die Stirn. „Ich habe dir doch meine Gründe erklärt."

Luke schüttelte den Kopf, und Jace wusste genau, was er dachte. Solche Auseinandersetzungen hatten sie schon oft geführt.

„Unsinn. Du behältst Gil und Rocky, um aller Welt zu beweisen, dass du nicht wie dein Vater bist. Hart und kalt. Lieber plagst du dich mit den Burschen ab und nimmst ihre Tollpatschigkeit hin, als …"

„Was war noch einmal der Grund für deinen Besuch?“, unterbrach ihn Jace mit eisiger Stimme.

Luke sah sich neugierig um. „Von Billy habe ich gehört, dass die neue Lehrerin richtig gut aussehen soll.“

„Du nimmst das Urteil eines Zehnjährigen für bare Münze?“ Jace versuchte, die unerwartete Eifersucht zu unterdrücken.

„Billy ist vielleicht ein Dreikäsehoch, aber er hat Augen im Kopf.“ Dann wurde Luke ernst. „Nein, in Wahrheit bin ich hier, weil ich meinen Neffen Brad wohl für eine Weile bei mir aufnehme.“

Jace richtete sich auf. „Rainas kleinen Jungen?“

„Ja, sie hat sich entschlossen, Medizin zu studieren, und glaubt, dass sie sich nicht auch noch um das Kind kümmern kann.“

Die Männer tauschten einen langen einvernehmlichen Blick. Beide teilten die Ansicht, dass Lukes bezaubernde und hochintelligente, aber selbstbezogene Schwester besser nicht Mutter geworden wäre.

Als sie damals Sleepy River für immer den Rücken gekehrt hatte, war Jace anfangs ziemlich unglücklich gewesen. Aber dann hatte er festgestellt, dass sie ihm nicht so viel bedeutete wie die Ranch. Die Wunde war schon verheilt, bevor sie den erstbesten Burschen heiratete, bald darauf Brad bekam und ihren Ehemann mitsamt dem Baby verließ. Und trotzdem hatte die Erfahrung mit Raina ihre Spuren hinterlassen. Jace war Frauen gegenüber vorsichtig geworden.

„Sag mal, wie ist diese Miss Chastain eigentlich“, fragte Luke.

„Na, ja. Sie ist als Lehrerin geeignet, behauptet Martha.“ Jace zuckte mit den Schultern.

„Und?“

„Offenbar macht sie ihre Sache ganz gut. Die Kinder mögen sie.“ Jace ging die Fragerei auf die Nerven.

„Das hat mir alles schon Billy erzählt. Ich wollte wissen, was für eine Frau sie ist.“

Wieder durchfuhr Jace ein Stich von Eifersucht. „Warum? Willst du sie bitten, mit dir auszugehen?“

Luke machte ein pfiffiges Gesicht. „Würde es sich denn lohnen?“

Jace antwortete nicht gleich, sondern machte sich am Anlasser zu schaffen. „Doch“, sagte er schließlich, „sicher.“ Dann beendete er das Gespräch, indem er den Motor anwarf.

Luke stieg umständlich und ungeschickt auf sein Pferd. Zu seiner Verblüffung merkte Jace, dass sein Freund sich kaum halten konnte vor Lachen, ehe er in Richtung Schule davonritt.

Jace stellte sich vor, was gleich geschehen würde. Er sah seinen Freund vor dem Lehrerhaus absitzen, an die Tür klopfen und Alexis gegenüber seinen ganzen Charme herauskehren, um dann mit ihr Anteil nehmend über das blaue Auge zu sprechen.

Ihr blaues Auge!

Der Mäher wurde so heftig gebremst, dass er Spuren im Gras hinterließ. Während der Motor vor sich hintuckerte, starrte Jace ins Leere.

Er hatte sich heute noch nicht nach Alexis' Auge erkundigt. Nicht einmal per Telefon. Dabei hätte er auch hinüberreiten oder den Laster nehmen können. Ja, eins von dreien hätte er tun sollen. Schließlich war er der Verursacher ihrer Verletzung und derjenige, der erste Hilfe geleistet hatte. Er musste herausfinden, wie die Heilung verlief.

Und nun tat Jace etwas, was er Gil und Rocky niemals gestattet hätte. Er ließ seine Gerätschaften einfach stehen, wo sie waren, und rannte zum Haus.

8. Kapitel

Alexis lächelte den freundlichen Mann an, der vorbeigekommen war, um seinen Neffen in der Schule anzumelden. Sie saßen auf ihrer Veranda und tranken Limonade.

„Ach, Jace. Auf den möchte man aufpassen“, sagte Luke augenzwinkernd.

Alexis lehnte sich zurück, hütete ihre Zunge und hielt sich an ihrem Getränk fest. Es war ein heißer Tag. Deshalb trug sie Shorts und ein weites T-Shirt. Auf der Veranda wehte ein Lüftchen, und sie genoss es, hier draußen zu sein. Ihr Pensum für den Unterricht war halbwegs geschafft. Für die Fünftklässler hatte sie sich in die amerikanische Geschichte eingelesen, mit der sie weniger vertraut war als mit der europäischen.

Als Luke Braden aufgekreuzt war, hatte sie sich anfangs unsicher gefühlt, weil ihr Haar nachlässig hochgesteckt war. Aber ihn schien das nicht zu stören. Er hatte ihr interessiert ins Gesicht geschaut, sich auf dem angebotenen Stuhl niedergelassen und bald begonnen, von Jace zu sprechen.

„Warum muss man auf ihn aufpassen?“, fragte sie und versuchte, nicht allzu neugierig zu klingen.

„Er meint, er müsse sich um alles in unserer Gemeinde kümmern. Er fühlt sich zu stark verantwortlich und nimmt seine Aufgaben zu genau. Das gilt besonders für die Ranch. Er bürdet sich einfach zu viel auf, lässt sich gar nicht oder von den falschen Leuten helfen und muss sie dann kontrollieren, damit sie keine Fehler machen.“

„Sie meinen Rocky und Gil?“ Von Jaces überzogenem Verantwortungsbewusstsein hatte sie bereits aus seinem eigenen Munde gehört, aber auf Lukes Sichtweise war sie trotzdem gespannt.

„Stimmt.“ Luke grinste und leerte sein Glas.

Er war Alexis sympathisch, der große schlanke Cowboy. Er wirkte längst nicht so kräftig wie Jace, aber er hatte ebenfalls kastanienbraunes Haar, sonnengebräunte Haut und kleine Fältchen um die Augen. Und er wirkte unbekümmert.

Jedenfalls merkte sie gleich, dass er Jace mochte. Und schon deshalb mochte sie ihn auch.

„Erzählen Sie mir etwas über Ihren Neffen, Luke. Wird er bald zu Ihnen gebracht?“

„Vielleicht schon in dieser Woche.“

Und dann erzählte er Alexis von dem unruhigen Leben des Achtjährigen, den vielen Umzügen, dem häufigen Schulwechsel, von der Mutter des Kleinen, die es nicht lange bei der gleichen Arbeit und dem gleichen Lebensgefährten aushielt und überhaupt wenig beständig war.

„Raina ist – ruhelos“, schloss Luke und wirkte betrübt.

„Für Kinder ist es hart, wenn sie gar kein Mitspracherecht haben bei dem, was mit ihnen geschieht“, sagte Alexis mitfühlend.

„Oder sie nicht mitentscheiden dürfen, wer sie großzieht“, ergänzte Luke. „So war es bei Jace.“

Sie warf ihm einen kurzen Blick zu und konnte der Versuchung nicht widerstehen. „Was war denn mit ihm los?“

Luke sah zufrieden aus, so als hätte sie ihm mit der Frage einen Gefallen getan.

„Als er gerade zehn Jahre alt war, verließ seine Mutter die Gegend. Sie konnte die Einsamkeit hier in den Bergen nicht mehr ertragen und zog in die Stadt. Sie hätte ihren Sohn gerne mitgenommen, aber Jaces Vater ließ es nicht zu. Sie durfte ihn nur an den Wochenenden und in den Ferien zu sich holen. Für die damalige Zeit war das ein ungewöhnliches Abkommen. Aber der Scheidungsrichter war ein Freund von Tom McTaggart, und deshalb konnte der Alte seinen Willen durchsetzen.“

Was Jace wohl gewollt hätte, fragte sich Alexis. Sie stellte ihn sich als Jungen vor, mit Haaren, die ihm ins Gesicht fielen, und dunklen Augen, die neugierig in die Welt blickten.

„Es war hart für Jace“, fuhr Luke fort. „Er pendelte zwischen den Eltern hin und her. Die meiste Zeit verbrachte er jedoch bei seinem Vater. Der war ein tyrannischer Perfektionist. Und rechthaberisch. Ich glaube, deshalb gibt sich Jace so viel Mühe mit Gil und Rocky. Er lobt sie über den grünen Klee, wenn sie mal etwas zustande bringen. Ihren Unsinn schreibt er sich auf das eigene Konto." Luke schüttelte den Kopf. „Merkwürdiger Kerl."

Alexis lagen noch mehr Fragen auf der Zunge. Aber sie kam nicht dazu, sie zu stellen.

„Wenn man vom Teufel spricht, dann erscheint er", sagte Luke plötzlich."

Und wirklich! Jace ritt über den Schulhof auf ihr Haus zu. Vor der Veranda zügelte er Hondo. „Dich habe ich hier nicht mehr vermutet, Luke."

Der lachte. „Pech gehabt."

Jace bekam tatsächlich rote Ohren. Dann beachtete er seinen Freund nicht weiter, sondern wandte sich Alexis zu.

„Ich wollte nach Ihnen schauen. Was macht das Auge?"

Luke hatte wie ein Gentleman ihre Verletzung ignoriert, und sie hatte sie vergessen. Nun hob sie reflexartig die Hand. Die Schwellung war etwas zurückgegangen, und das Auge sah besser aus als noch am Morgen. Aber es war immer noch empfindlich. „Danke, es heilt ganz gut", sagte sie. „Ich werde die Kinder einen Aufsatz darüber schreiben lassen, wie Miss Chastain zu ihrem blauen Auge gekommen ist."

„Billys Geschichte würde ich gerne lesen." Luke lachte. „Die dürfte spannend werden. – So, ich verabschiede mich. Mit meinem Neffen können Sie in ungefähr einer Woche rechnen, Alexis. Vielen Dank für die Limonade. Bis demnächst, Jace."Nachdem Luke fortgeritten war, bot Alexis auch Jace Limonade an. Diese gastfreundliche Geste war ihr Luke gegenüber leichtgefallen. Bei Jace klang sie wie die Bitte zu bleiben.

Langsam stieg er von seinem Pferd und ließ Hondo vor der Veranda grasen. Während er die Treppe hochstieg, nahm er den Hut ab und klopfte sich den Staub von der Kleidung. Dann setzte er sich.

Alexis holte ein sauberes Glas. Über keinen der seltenen Gäste hier hatte sie sich so gefreut wie jetzt über Jace. Seine Anwesenheit machte sie geradezu glücklich.

Als sie eingeschenkt hatte, setzte sie sich zu ihm und streckte die Beine aus. „Es ist schön, Besuch zu haben. Meist bin ich alleine."

Er hob die Brauen.

„Aber einsam fühle ich mich nicht. Ich bin gerne für mich."

„Die Ruhe und Abgeschiedenheit der Berge gefällt nicht jedem", sagte er und sah sich um.

„Aber Ihnen gefällt sie, nicht wahr?"

Er schaute sie unverwandt an. „Ich gehöre hierher."

„Das sind die glücklichsten Menschen, die zeitig erkennen, wohin sie gehören", murmelte sie.

„Zitieren Sie jemanden?"

„Das hat meine Mutter oft gesagt." Ihre Stimme klang traurig. Sie nahm einen Schluck Limonade. „Als ich fünfzehn Jahre alt war, starb sie."

„Das tut mir leid. Meine Mutter lebt noch. Sie wohnt in Tucson. Sie mag die Berge nicht. Wir sehen uns selten."

Sie hätte gerne mehr gehört, aber er fiel in nachdenkliches Schweigen.

„Und wie ist es mit Ihnen", fragte er plötzlich und lehnte sich vor, um sein Glas abzustellen. „Wohin gehören Sie?"

Hierher, lag ihr auf der Zunge. Und irgendwie stimmte es. Zumindest hätte sie gern hierher gehört. Sie liebte die Ruhe und Beschaulichkeit, ihre anspruchsvolle Arbeit. Das entsprach ihr viel eher als das repräsentative Leben in Inbourg. Sie dachte mit Widerwillen an die vielen Empfänge.

Der Gedanke, Sleepy River in wenigen Monaten wieder verlassen zu müssen, deprimierte sie. Dann würden wieder die Auseinandersetzungen mit ihrem Vater beginnen. Er wollte eine standesgemäße Ehe für sie, sie wollte ein modernes Bildungssystem für das Land. Ihr Leben würde kaum anders aussehen als bisher. Bestimmten Pflichten konnte sie niemals entrinnen.

Manchmal haderte sie mit ihrem Schicksal. Einerseits war sie stolz auf ihre Familie, die das Land seit dreihundert Jahren recht passabel regierte, andererseits drückte sie dieses Erbe. Es gab Zeiten, da hätte sie am liebsten alles aufgegeben.

Wie jetzt! Nichts zog sie nach Hause. Sie wollte hierbleiben. Sie hatte sich in Jace verliebt. Sie wusste zwar nicht, wie er zu ihr stand, aber ihr Gefühl war untrüglich. Diese Einsicht traf sie bis ins Mark.

Als sie sich nachschenkte, ließ sie das Glas überlaufen.

Seit Tagen kreisten ihre Gedanken um die geheimnisvolle Kraft, die sie zu ihm zog. Nun war sie ihr erlegen. Das konnte nicht gut gehen. Es war – unangebracht.

Nachdenklich leckte sie die Limonade von der Hand.

„Alexis?“

Sie schaute auf. Er stand vor ihr. Sie hatte nicht einmal bemerkt, dass er aufgestanden war.

„Was ist mit Ihnen?“ Er ging in die Hocke und schaute sie lange besorgt an. Dann nahm er ihre Hände.

„Was stimmt denn nicht? Sie schauen ja, als hätten Sie ein Gespenst gesehen.“

Mit zusammengepressten Lippen schüttelte sie den Kopf. Sie wollte nichts Dummes sagen. Denn der Druck seiner großen starken Hände verwirrte sie vollends.

Sanft zog er sie zu sich und nahm sie in die Arme. Sie ließ es geschehen und genoss das unbekannte Gefühl der Geborgenheit.

„Ich wollte dir nicht zu nahe treten“, sagte er mit rauer Stimme.

„Bist du nicht. Ich …“ Sie schaute in seine warmen braunen Augen, und ihr Herz klopfte wie wild. „Mir ist nur gerade bewusst geworden, wie gerne ich nach Sleepy River gehören würde.“

Sie sah, wie Hoffnung in Jaces Augen aufflackerte, doch dann dämpfte er seine Gefühle. „Du glaubst nicht, dass hier der richtige Platz für dich ist?“

Vergeblich versuchte sie, die aufsteigenden Tränen fortzublinzeln. „Ich habe keine freie Wahl.“

„Wie meinst du das? Dies ist ein freies Land. Du kannst gehen, wohin du willst. Und bleiben, wo immer es dir gefällt.“

„Manche haben nicht diese Freiheit.“ Ihre Lippen zitterten. Es war gefährlich, sich in ihn zu verlieben. Erschreckend! Und doch lustvoll und verführerisch. Wie sollte sie ihm diesen inneren Aufruhr erklären?

„Alexis, ich …“ Ihm blieben die Worte weg, als er die Tränen fortwischte, die ihr nun die Wangen hinunterliefen.

Die unsichere Zärtlichkeit, mit der dieser starke Mann sie zu trösten versuchte, brach Alexis’ letzten Widerstand.

Sie gab ihrem Verlangen nach, schlang die Arme um seinen Nacken und tat das, wonach sie sich schon lange sehnte.

Seine Lippen fühlten sich fest an. Und doch waren sie sanft und nachgiebig. Sie drückten Wärme und Großzügigkeit aus. Und freudige Überraschung.

Dann zog Jace sie fest an sich und küsste sie. Ein wunderbar kraftvolles und erregendes Empfinden durchströmte sie. Ihr Herz schlug so heftig, dass sie meinte, ihre Brust müsste zerspringen.

„Alexis“, murmelte er, während er jetzt ihre Wangen, das Kinn, die Stirn und sehr zart die Lider küsste. „Du machst mich verrückt. Seit der Nacht, als du das Feuer legtest.“

Sie sah den Schalk in seinen Augen und lachte glücklich auf. „Das Gras war ein bisschen trocken.“

Er lächelte und schaute ungläubig. „Woher kommt es, dass ich immerzu an dich denken muss, obwohl ich kaum etwas über dich weiß? Ich frage dich, aber du verrätst mir kaum etwas.“

Ihr Mund wurde trocken, und der Magen zog sich zusammen. „Du bist ein Mann, der Überraschungen nicht sehr schätzt.“

Er erstarrte und schaute sie forschend an. „Das stimmt.“

Plötzlich konnte sie ihre Fassade nicht länger aufrechterhalten. Es war Zeit, endlich die Wahrheit zu sagen. Alexis seufzte. „Jace, hast du jemals von einem Land gehört, das Inbourg heißt?“

Jace schaute sie entgeistert an. „Eine Prinzessin? Du bist eine Prinzessin?“ Es war nicht das erste, auch nicht das zweite Mal, dass er so fragte.

„Dazu verurteilt, eine zu sein.“

„Fürstliches Blut. Thronerbin und so?“

„Nur wenn meiner Schwester Anya und ihrem Sohn Jean Louis oder meiner Schwerster Deirdre etwas Schreckliches zustößt. Ich komme an vierter Stelle.“

Vorher hatte er wie betäubt zugehört. Nun begriff er allmählich, und es regte sich etwas in ihm, was nach Betrug und Verrat schmeckte.

Was hatte er sich denn eingebildet? Dass sie bleiben würde, wenn ihre Arbeitszeit zu Ende war? Etwa um seinetwillen? Das war ja ein Witz!

Bevor er sich endgültig zum Narren machte, musste er sich von ihr zurückziehen. Abstand, Zeit gewinnen, nachdenken. Er erhob sich. Von dem Schreck in ihren Augen durfte er sich nicht beirren lassen.

„Warum hast du mir das nicht gleich erzählt, als du ankamst?“ Sie blieb auf dem Fußboden der Veranda sitzen und wirkte so verletzt, dass es ihm ins Herz schnitt. Er fühlte sich schuldig an ihrem unglücklichen Gesicht. Deshalb reichte er ihr die Hände und zog sie hoch. Doch dann traute er sich nicht, ihr in die Augen zu sehen, wanderte umher und blieb schließlich in sicherer Entfernung mit vor der Brust gekreuzten Armen stehen.

„Ich habe dich doch gar nicht gekannt“, sagte sie. „Außerdem war unser erstes Zusammentreffen nicht gerade günstig.“ Sie wandte sich ab und stützte sich auf das Geländer.

Seitdem er sich aus der Umarmung gelöst hatte, war ihm kalt. Er fühlte sich verlassen. Alexis' Unehrlichkeit lag trennend wie ein Fels zwischen ihnen. Es stimmte zwar, dass er keine Überraschungen mochte. Aber noch mehr verabscheute er Lügen und Täuschungen. Sie erinnerten ihn an seine Eltern. Wie oft hatte er gehörte, dass seine Mutter dies, sein Vater jenes nicht erfahren und wissen durfte.

Er dachte, der Groll darüber wäre verflogen, nun schlug Alexis in die gleiche Kerbe. Es schmerzte fast körperlich. Ähnlich wie damals, als Hondo ihm einen Schlag in die Magengrube verpasst hatte. Es raubte ihm den Atem. Er konnte nicht anders, er musste die Zähne zusammenbeißen, obwohl er wusste, dass sein finsteres Gesicht Alexis ängstigte.

Sie rang nach einer weiteren Erklärung. „Außerdem gibt es eine Menge Leute, die nicht wissen dürfen, dass ich hier bin.“

„Wer?“, fragte er und verspürte plötzlich Eifersucht. „Irgendwelche Jetset-Freunde?“

„Leute von den Boulevardblättern“, rief sie. „Sie hätten nichts lieber als eine Story darüber, wie ich in einer Zwergschule in den Bergen unterrichte.“

Wieder fühlte er sich verraten. „Ich dachte, du magst diese Art von Publicity: Großmütige Prinzessin unterrichtet Kinder eines hinterwäldlerischen Bergvolkes“, spottete er.

Das saß. Ihre Augen blitzten zornig. Dann richtete sie sich zu voller Größe auf und strafte ihn mit einem majestätischen Blick. „Wenn du so über mich denkst, dann weißt du weniger als nichts von mir", sagte sie eisig. Mit so einer Stimme hatten ihre Vorfahren vermutlich Menschen in die Verbannung gejagt.

„Damit könntest du recht haben!" Er griff nach seinem Hut und wandte sich zum Gehen. In ihm brodelte es. Er war verwirrt. Er fühlte sich wie der letzte Dummkopf. Seine eigenen Schritte dröhnten ihm in den Ohren, als er die Treppe hinunterpolterte. Er griff so gedankenlos ruppig nach Hondos Zügel, dass der Wallach wiehernd lospreschte und Jace sich gerade eben noch auf seinen Rücken schwingen konnte. „Danke für die Limonade", rief er, gab dem Pferd die Sporen und preschte nach Hause.

„Feigling", rief Alexis ihm hinterher. Sie war außer sich vor Wut und knallte die Tür hinter sich zu, als sie ins Haus ging. Dort lief sie ziellos auf und ab und schimpfte vor sich hin.

Sie hatte geahnt, dass er über das, was sie ihm erzählen musste, nicht begeistert sein würde. Er konnte Unehrlichkeit nicht ausstehen. Aber dass er sie wie eine Betrügerin behandelte, damit hatte sie nicht gerechnet. Warum hatte er nicht wenigstens ihre Erklärungen angehört?

Allmählich verrauchte die Wut und machte Enttäuschung Platz. Seufzend ließ sie sich auf das alte Sofa fallen. Sie hatte ihn komplett falsch eingeschätzt. Tatsächlich verstand sie ihn viel weniger, als sie geglaubt hatte. Kein Wunder, denn ihr fehlten Erfahrungen mit dem anderen Geschlecht.

Alle Welt hielt sie und ihre Schwestern für leichtlebig, aber in Wirklichkeit hatte ihr Vater sie nach dem Tod ihrer Mutter, Prinzessin Charlotte, abgeschirmt und von allen Vergnügungen ferngehalten. Vielleicht wäre mehr Freiheit besser für sie gewesen. Anya hätte nicht den erstbesten attraktiven Mann geheiratet, Deirdre wäre gefühlsbeständiger, und sie, Alexis, würde nicht so krampfhaft versuchen, ihren eigenen Weg zu gehen.

Sogar während ihrer Zeit auf dem College hatte sie Rücksicht darauf nehmen müssen, was andere über sie dachten. Ihr Studienort war streng geheim gehalten worden, und sie war dazu verdammt gewesen, in Phoenix ein zurückgezogenes Studentenleben zu führen.

Alexis zwang sich, aufzustehen und das Tablett mit der Limonade und den Gläsern hereinzuholen.

Das ganze Abenteuer, als Lehrerin nach Sleepy River zu kommen, war von Anfang an zum Scheitern verurteilt gewesen. Aber jetzt war es an der Zeit, zu Hause endlich reinen Tisch zu machen. Sie musste ihrem Vater deutlich sagen, dass sie niemals einen seiner Wunschkandidaten heiraten würde, und sich offen, aber liebevoll jedes weitere Einmischen in ihr Leben verbitten.

Leicht würde ihr das nicht fallen. Denn sie wusste, dass ihn Pflichtgefühl und Liebe dazu trieben.

So, und nun wollte sie sich hier ihren Pflichten widmen. Es wartete eine Menge Arbeit auf sie. Die erste Woche in der Schule war hart gewesen. Sie hatte Fehler gemacht. Sie musste sich unbedingt verbessern. Sollte Jace doch von ihr denken, was er wollte. Aber Gründe, sie für eine schlechte Lehrerin zu halten, wollte sie ihm nicht geben.

„Miss Chastain, was ist los?“ Die sommersprossige Becky Kramer sah ihre Lehrerin bekümmert an. „Sie haben sich heute gar nicht hübsch gemacht. Letzte Woche hatten Sie immer so wunderschöne Kleider an.“

Na, toll, dachte Alexis reumütig, als sie in Beckys große blaue Augen schaute. Offenbar enttäuschte sie sogar die Jüngsten in Sleepy River. Aber an Jace durfte sie jetzt nicht denken. Heute war Montag, und der Unterricht begann.

Sie legte der Kleinen tröstend die Hand auf die Schulter. „Heute wollen wir rechnen“, sagte sie. „Und was ihr gelernt habt, dürft ihr nachher beim Baseball anwenden. Aber in einem Kleid kann ich nicht spielen.“ In Jeans und T-Shirt allerdings auch nicht, wie die Kinder bald herausfinden würden! Sie hatte zwar den ganzen Sonntagabend mit einem Buch über Baseball verbracht und sich überlegt, wie sie das Spiel für den Rechenunterricht nutzen konnte, aber ihr fehlte jede praktische Übung.

Billy Saunders runzelte die Stirn. „Sie meinen, wir haben während des Spiels Mathematik?“ Er ließ sich in seinen Stuhl fallen. „Das kann ja lustig werden“, murmelte er.

„Wir werden ja sehen“, sagte Alexis. Sie hatte Jaces Rat befolgt und Billy beauftragt, Informationen über Schlangen zusammenzutragen, damit er sie irgendwann artgerecht in einer Umzäunung in der Nähe der Schule halten konnte. Sie war sicher, dass Billy darauf einging. Jedenfalls tat der Vorschlag seine pädagogische Wirkung. Der Junge störte kaum noch den Unterricht, er beteiligte sich sogar erfreulich häufig.

Die Vorfreude auf das erste richtige Baseballspiel, das Alexis erlaubte, war groß in der Klasse. Die Kinder liebten es, obwohl sie zu wenige waren, um in der richtigen Mannschaftsgröße anzutreten. Geduldig folgten sie dem Rechenunterricht und lauschten den Ausführungen, wie man die Statistik dazu benutzte, um die Position eines Spielers festzulegen. Als Alexis dann endlich eine Stunde vor Schulschluss die Ausrüstung herausgab, brach Trubel aus, und die Kinder rannten johlend nach draußen.

Lange dauerte es freilich nicht, bis selbst die Erstklässer begriffen, dass Miss Chastain, trotz ihrer schlauen Reden, von Baseball keine Ahnung hatte.

„Nein, nein. Als Fänger müssen sie den Handschuh anders halten", tadelte sie ein kleiner Junge und zeigte ihr, wie man es richtig machte. Trotzdem griff sie daneben und musste nun hinter dem Schlagball herlaufen.

Wer sich das bloß ausgedacht hatte, jammerte sie, während sie über das Feld sauste und ihre Mannschaft sie lauthals anfeuerte. Doch sie war zu langsam. Noch bevor sie überlegen konnte, wohin sie den Ball werfen sollte, hatte der gegnerische Läufer es lässig geschafft, einmal um das Quadrat herum zum Schlagmal zurückzukehren und einen Punkt für seine Mannschaft zu gewinnen.

Nun musste sie erleben, wie bitter ernst die Neun- und Zehnjährigen den Wettkampf nahmen. Sie waren verärgert und wütend auf Alexis. Am meisten Billy, denn er spielte als Werfer.

„Ich habe das Letzte aus mir herausgeholt", verteidigte sie sich, immer noch völlig außer Atem. Sie stellte sich wieder auf und tröstete sich damit, dass dieses Spiel wenigstens die Oberschenkel straffte.

Den nächsten Ball verpatzte sie wieder und musste erneut um ihr Leben rennen. Trotzdem erntete sie nur Unzufriedenheit.

„Sie sollten einen Zacken mehr zulegen, Miss Chastain", beschwerte sich einer.

„Ich gebe mir alle Mühe. Aber ich bin Schiedsrichter und Fänger. Und dann muss ich in dieser schweren Ausrüstung auch noch laufen. Das ist ein bisschen viel, wenn …“

„Man keine Ahnung von Baseball hat“, hörte sie eine tiefe Stimme sagen und entdeckte Jace. Wie lange stand er schon da und beobachtete das Spiel?

Mit dem Gesichtsschutz kam sie sich nun plötzlich albern vor. Staubig und verschwitzt war sie außerdem. Trotzdem versuchte sie, Haltung zu bewahren. „Wenn ich Ihre Meinung hören will, dann bitte ich Sie darum.“

Ihre schnippische Antwort schien ihn zu amüsieren, denn er lachte. „Ich zeige Ihnen gerne, wie man es besser macht.“

„Nein, danke. Es geht auch ganz gut ohne Ihre Hilfe.“

„Jace!“, jubelte Billy. Auch die anderen Kinder verließen ihre Stellung und rannten zu ihm. „Willst du nicht mitspielen? Du könntest ihr zeigen, wie es geht.“

Jace sah Alexis an. Sie wurde rot. Wenn auch nicht vor körperlicher Anstrengung. „Klar“, sagte er gedehnt und mit spöttischem Blick. „Wenn Miss Chastain einverstanden ist.“

Sie war nicht einverstanden. „Das hier ist eine Schulveranstaltung und kein Spiel für alle.“ Sie war wütend, dass er gerade jetzt aufgekreuzt war, wo sie so schmählich versagte.

„Bitte, Miss Chastain“, flehte ein älterer Junge, und die anderen fielen ein.

„Sie brauchen wirklich seine Hilfe“, sagte die kleine Becky feierlich. „Sie können das nicht gut.“

„Jedes Baby merkt es“, flüsterte Jace.

Sie warf ihm einen vernichtenden Blick zu. „Gut“, sagte sie schließlich. „Mr. McTaggart darf für mich spielen.“

Die Kinder kreischten vor Freude und rannten johlend auf ihre Plätze zurück.

Alexis begann, die Ausrüstung abzulegen, kämpfte aber so ungeschickt mit den Schnallen und Gurten, dass Jace sich schließlich hinkniete, um ihr behilflich zu sein.

„Warum bist du überhaupt gekommen?“, zischte sie. Ihre grünen Augen schienen Funken zu sprühen. „Vorgestern bist du so schnell davongeritten, als sei der Teufel hinter dir her. Und nun …“ Sie sah sich um, doch niemand konnte sie hören.

Während er den Schienbeinschutz abschnallte, berührte er ihre Beine. Sie musste sich zusammennehmen, um es nicht zu genießen.

Jace schaute hoch und lächelte. „Hast du vergessen, dass ich Schulleiter bin? Ich muss doch wissen, was hier vorgeht.“

„Ich mag es nicht, wenn du mir nachspionierst. Es läuft alles bestens.“

„Außer beim Baseball.“

Sie schwieg und blickte in die Bäume, die am Spielfeldrand standen.

„Außerdem“, sagte er, „bin ich hier, weil ich mich bei dir entschuldigen möchte.“

9. Kapitel

Zwei Nächte hatte Alexis gegrübelt und sich gequält. Und jetzt wollte er sich plötzlich entschuldigen? Darauf konnte sie nicht gleich eingehen. Außerdem ärgerte es sie, dass er so tat, als wäre er vor allem hier, um sie vor weiteren Niederlagen im Baseball zu bewahren.

„Wir wissen beide, dass ich vorgestern etwas übertrieben reagiert habe."

„Das hätte ich dir gleich sagen können", fauchte sie. Sie war zu verletzt, um ihm schnell zu verzeihen. „Aber ich weiß immer noch nicht, warum?"

Er fuhr sich mit dem Handrücken über den Mund, senkte den Kopf und machte ein reumütiges Gesicht. Aha, dachte Alexis, so sieht also ein Mann aus, wenn er zerknirscht ist oder zerknirscht wirken möchte. In seinen dunklen Augen flackerte es schalkhaft. Doch Jaces Stimme klang ehrlich. „Ich habe mich wie ein Schwachkopf gefühlt. Damit kann ich nicht gut umgehen."

Seine Offenheit verblüffte sie. Und plötzlich verschwand ihr Ärger. Doch zu schnell wollte sie nicht klein beigeben. Deshalb verschränkte sie die Arme und reckte das Kinn. „Je öfter man übt, desto größer die Chance, dass etwas gelingt."

Er zuckte zusammen. „Jetzt sprichst du als Lehrerin."

Sie schüttelte den Kopf. „Nein, als eine, die sich mehr als einmal in der Öffentlichkeit falsch verhalten hat."

Sein Gesicht wurde finster. „Und dabei bist du auch noch fotografiert worden, oder?"

„Erraten!" Konnte es sein, dass er endlich begann, sie zu verstehen? Vielleicht, denn er schaute sie teilnahmsvoll an. „Nun, wie sieht es aus? Verzeihst du mir?"

Bevor sie antworten konnte, brüllte Billy über das Spielfeld. „He, Jace. Willst du weiterquatschen, oder können wir endlich Baseball spielen?"

Jace winkte ihm zu. „In einer Minute. Miss Chastain muss mir noch etwas mitteilen."

„Das kann doch nicht so wichtig sein." Billy warf die Arme in die Höhe, wirbelte herum und steckte mit den anderen Jungen die Köpfe zusammen. Da standen sie nun, verdrehten die Augen und schimpften.

Jace lachte und schaute Alexis herausfordernd an. „Hab Erbarmen! Bevor du mir nicht vergibst, gehe ich nicht aufs Feld. Deine Schüler werden langsam ungeduldig."

„Erpresser!" Sie lächelte, nahm den Gesichtsschutz ab und reichte ihn Jace. „Deine Entschuldigung ist angenommen, aber nur, wenn du jetzt als Fänger für mich einspringst."

Er zwinkerte einvernehmlich und band die Riemen fest. Die Kinder jauchzten und jubelten. Endlich ging es weiter. Jace war Schiedsrichter, spielte als Fänger, gab den Kindern Ratschläge und kommentierte für Alexis das Spiel. Sie rief den Spielstand aus, lobte Einzel- und Mannschaftsleistungen und vergnügte sich dabei wie selten in ihrem Leben.

Nach Ende des Matchs waren die Kinder sich einig, dass die Schule diesmal richtig Spaß gemacht habe. Alexis und Jace sahen sich an und lachten.

Endlich waren alle Schüler abgeholt. Alexis räumte den Klassenraum auf, und Jace half ihr dabei. Als er vor Ginny Garcias Tisch stand, ein Püppchen mit Pferdeschwanzfrisur in den großen Händen hielt und es betrachtete, musste sie lächeln. Er fing ihren Blick auf und legte das Spielzeug zur Seite.

„Heißt das, wir haben Waffenstillstand?"

Sie nickte. „Sieht ganz danach aus."

„Hast du jemals einen Waffenstillstand ausgehandelt?", fragte er scherzhaft. „War dein Land eigentlich in kriegerische Auseinandersetzungen verwickelt gewesen?"

„Gegen die Nazis haben wir tapfer gestritten", sagte Alexis stolz. „Wir verloren zwar den Kampf, aber immerhin nicht ohne Gegenwehr. Unser Land musste selten Kriege führen. Während der Napoleonischen Kriege kämpfte eine Truppe mit dem Korsen gegen die Engländer. Genau siebenundzwanzig Mann zogen aus. Zurück kamen einunddreißig. Unterwegs hatten sie Verstärkung bekommen."

„Die wollten wohl nicht ihren Kopf für Napoleon hinhalten, oder?"

„Das war es nicht. Sie konnten die Feldküche nicht ausstehen." Ihre Augen lachten. „Wir Inbourger haben bestimmte Standards, die wir nicht gerne unterschreiten."

Er amüsierte sich. „Dann hast du wenig Erfahrungen mit feindlichen Auseinandersetzungen?"

„Stimmt", gab sie zu und beobachtete, wie er langsam auf sie zukam. Er sah sie durchdringend und verlangend an. Alexis' Herz begann vor Aufregung wie wild zu schlagen.

„Du hast auch als Lehrerin nicht viel Erfahrung? Dies ist dein erster Job?"

„Ja!" Nervös strich sie das Haar aus der Stirn. „Jace, worauf willst du hinaus?" Doch sie glaubte, es schon zu wissen, und seine Augen bestätigten ihren Verdacht.

„Ich finde, du hast selbst noch eine Menge zu lernen."

„Was denn?"

„Hast du schon einmal einen Cowboy geküsst?"

„Ja, dich." Sie lachte.

„Ich wette, du hast noch nie einen in einem Klassenzimmer geküsst."

„Nein. Und ich möchte gar nicht erst damit anfangen." Sie stemmte die Hände in die Hüften. „Willst du mir sagen, dass etwas mit meiner Art zu küssen nicht stimmt?"

Er lächelte herausfordernd. „Ganz und gar nicht. Du machst das sehr gut für eine Anfängerin."

„Anfängerin?", rief Alexis empört. „Merk dir, dass ich meinen ersten Kuss von Ronald Crookshanks bekommen habe. Das war im Schlossgarten, und es war ein sehr heißer Kuss."

„Tatsächlich?" Noch ein Schritt, und er war zum Greifen nah. Er senkte den Kopf. „Wie heiß?"

„So, dass unsere Lippen zusammenklebten." Sie lächelte. „Ronald ist der Neffe von Bevins, dem Palastmanager. Wir waren damals fünf Jahre alt und hatten Zimtbonbons genascht." Sie seufzte. „Diesen Kuss werde ich nie vergessen."

Jace nahm sie bei den Schultern und zog sie an sich. „Ich möchte, dass du diesen Kuss auch nicht vergisst."

Sein Mund näherte sich ihren Lippen. Mit einem glücklichen Seufzer stellte sie sich auf die Zehenspitzen und schlang die Arme um seinen Hals. Der Kuss war erst sanft und süß, dann wurde er immer leidenschaftlicher. Sein Mund verführte und eroberte sie. Sie vergaß alles um sich herum, gab sich ganz dem Genuss hin. Als sie sich aufstöhnen hörte, fragte sie sich, ob sie sich dafür schämen müsse. Doch auch Jace rang nach Atem. Da wusste sie, dass diese Zärtlichkeit ihn genauso erregte wie sie.

Schließlich lehnte er die Stirn gegen ihre. „Du bist mir zu Kopf gestiegen." Seine Stimme klang rau und dunkel. „Seit dem Moment, als ich dich zum ersten Mal ansah. Du warst mit Ruß beschmiert."

Alexis legte ihm den Finger auf die Lippen. „Bitte erinnere mich nicht daran. Ich habe mich inzwischen gebessert. Und die Decke werde ich irgendwie ersetzen. Ich verspreche es."

„Lass es gut sein", sagte er.

„Aber ich schulde dir …"

„Gar nichts." Er küsste sie auf die Nasenspitze. „Anfangs war ich ziemlich verärgert. Aber dann beschäftigten mich andere Dinge." Er strich zart über ihr verfärbtes Lid. „Was machen die Aufsätze?"

„Dafür haben die Kinder bis morgen Zeit. Die Älteren müssen zwei Absätze schreiben. Die Kleinen malen ein Bild. Ich denke, einige werden ganz hübsch ausfallen."

Er nickte gedankenverloren. „Vorgestern, als du mir erzählt hast, wer du bist, habe ich mich so dumm benommen, weil …" Er machte eine Pause und suchte nach Worten, „weil ich mich dem Boden gleichgemacht fühlte." Er schaute ihr in die Augen. „Es hat mich überrascht, wie sehr es mich traf."

Gerührt legte sie die Hand um seine Wange und spürte, wie seine Gesichtsmuskeln sich anspannten. Er drehte den Kopf und küsste die Innenfläche ihrer Hand. Dann warf er ihr einen kurzen verlegenen Blick zu. „Bist du auch hungrig?", fragte er unvermittelt.

Sie lächelte. „Soll ich uns eine Kleinigkeit zurechtmachen?"

„Kommt nicht in Frage. Ich schulde dir ein anständiges Essen."

„Aber es ist erst drei Uhr nachmittags."

„Wir fahren in die Stadt. Bis wir dort angekommen sind, ist es Abendbrotzeit."

Ihre Augen leuchteten auf. „Das klingt ja wie eine Einladung."

„Ist es auch." Jace fuhr sich über die Stirn. „Ich weiß nur noch nicht, wie ich es Gil und Rocky beibringen soll. Die beiden sind in dich verliebt. Aber das weißt du ja."

Sie wusste vor allem, dass sie in Jace verliebt war. Und sie wünschte sich, dass er sie auch liebte. So klar hatte sie das noch nicht empfunden.

Jace interpretierte ihr Schweigen falsch. „Du musst es doch gemerkt haben, wie verliebt sie in dich sind."

„Keine Sorge, das ist nichts Ernsthaftes", sagte sie nun. „Es kommt nur daher, weil ich die einzige alleinstehende Frau weit und breit bin."

„Außer Hattie Fritz." Er lachte. „Sie ist fast achtzig und hat schon immer mehr für Bienen als für Männer geschwärmt." Er hob die Brauen. „Nun, hast du Lust, mit einem eigenbrötlerischen Cowboy auszugehen, der nur selten die Berge verlässt?"

Es gab viele vernünftige Gründe, abzulehnen. Sie unterrichtete an der Schule, für die er verantwortlich war. Sie würde Sleepy River bald wieder verlassen müssen, er würde dableiben. Sie hatte Verpflichtungen in Inbourg. Er fühlte sich hier gebunden.

All dies zählte jedoch nichts gegen den Wunsch, bei ihm zu sein. Denn sie war verliebt. Sie lächelte. „Ja, ich habe Lust mitzukommen. Obwohl ich mich eigentlich noch auf den morgigen Schultag vorbereiten müsste."

Obwohl sie sicher gewesen waren, dass niemand ihren gemeinsamen Aufbruch bemerkt hatte, blieb der Ausflug in die Stadt nicht lange ihr Geheimnis.

Als Alexis am nächsten Morgen die Schüler hereinließ und jeden einzeln begrüßte, zeigte Becky Kramer ihrer Lehrerin als Erstes eine neue Zahnlücke. Dann schaute sie Alexis neugierig an und fragte mit ernster Miene: „Wann heiraten Sie Jace?"

Die anderen Kinder begannen zu kichern, und die Jungen stießen sich gegenseitig die Ellbogen in die Rippen. Alle waren gespannt auf Alexis' Antwort. Aber die ließ auf sich warten.

„Sie werden ihn doch heiraten, Miss Chastain?“, fragte ein Junge.

„Wenn Sie es tun, lässt er sie bestimmt auf Hondo reiten“, rief eine Zweitklässlerin, die Pferde über alles liebte.

Himmel, dachte Alexis, diese Kinder können genauso neugierig sein wie Reporter. Unerwartet kam ausgerechnet von Billy die Rettung. Er drängte sich vor und sagte: „Sie waren nur einmal zusammen aus. Erst wenn sie das öfter machen, fragt der Mann die Frau.“ Seine weltkluge Art überzeugte die anderen. Sie lachten noch ein bisschen und gingen dann hinein. Billy warf Alexis einen verschwörerischen Blick zu, bevor er den anderen folgte.

Alexis konnte es kaum fassen. Billy war ihr tatsächlich zur Seite gesprungen und hatte die Sache auf seine Weise geklärt. Nach dem Baseballspiel hatte sie kurz mit ihm gesprochen und ihn gebeten, möglichst bald das Schlangenhaus in Angriff zu nehmen. Er war fast geplatzt vor Stolz. Und nun unterstützte er sie sogar. Sie durfte nicht vergessen, Jace für seinen Ratschlag zu danken.

Glücklich und gut gelaunt begann sie den Unterricht. Immer, wenn es ruhig in der Klasse wurde und die Schüler sich still beschäftigten, wanderten ihre Gedanken zu Jace und dem vergangenen Abend.

Es war wundervoll gewesen, ohne die früheren Spannungen und Verlegenheiten mit ihm zu sprechen und zu lachen. Ganz ohne Sorge, dass ein Fotograf hereinplatzen könnte, hatte sie es genossen, in dem kleinen Restaurant am Rande des Highways zu sitzen, Tortillachips in scharfe Soßen zu stippen und dabei Jace zuzuhören. Was sie jetzt alles über ihn wusste!

Als die Kinder abgeholt wurden, spürte sie wieder, wie beliebt Jace bei seinen Nachbarn war. Stella Kramer und Carol Saunders zwinkerten ihr vielsagend zu und gaben ihr zu verstehen, dass sie sich mit ihr freuten.

Sie konnte es kaum erwarten, Jace am Abend wiederzusehen. Also eilte sie ins Haus, um sich zügig auf den morgigen Unterricht vorzubereiten. Doch auf ihrem Handy fand sie eine Nachricht von Esther, die um Rückruf bat.

Ihre Hofdame platzte gleich mit Vorwürfen heraus. „Wo stecken Sie bloß? Ich habe versucht, Sie nach dem Dauerlauf durch die Wüste zu erreichen, dann nach dem kümmerlichen Frühstück und auch wieder nach dem mageren Mittagessen. Sie könnten wirklich mal ans Telefon gehen!"

„Aber Esther, Sie wissen doch, dass ich bis zum Nachmittag unterrichte." Alexis machte es sich auf dem Sofa bequem und lachte. „Was ist gibt es denn Wichtiges?"

„Ich habe einige dieser schrecklichen Reporter außerhalb des Kurhotels entdeckt. Sie sprachen mit den Angestellten", klagte die Hofdame.

Alexis spürte einen Druck im Magen. „Sind Sie sicher, dass es Reporter waren? Könnten es nicht Touristen gewesen sein, die nach dem Weg fragten?"

„Meine Liebe, das Hotel liegt am Ende eines Privatweges. Da kommt niemand einfach vorbei und fragt nach der Richtung. Außerdem habe ich einen wiedererkannt. Es war der Kerl, den Bevins im letzten Jahr beim Empfang für den spanischen Botschafter hinausgeworfen hat. Erinnern Sie sich? Er trug eine winzige Kamera bei sich und machte heimlich Aufnahmen von den Gästen. Er hat eine Glatze und sieht aus wie ein Frettchen."

Sofort sah Alexis das Gesicht von Dag Skold vor sich. Er war ein besonders bösartiger und heimtückischer Klatschreporter. „Den haben Sie wirklich gesehen?"

Ester seufzte. „Bestimmt. Als wir vom Dauerlauf zurückkamen, zeigte einer der Angestellten auf mich. Die andere Hand steckte er in die Hosentasche, wahrscheinlich um das Bestechungsgeld darin verschwinden zu lassen. Er muss neu sein und weiß noch nicht, dass so etwas ein Entlassungsgrund ist."

Alexis wurde ungeduldig, weil Esther vom Thema abwich.

„Na, ja. Jedenfalls bin ich hinter einen Kaktus gesprungen", klagte Esther. „Aber ich fürchte, er war zu klein, um mich ganz zu verdecken."

„Sagen Sie bloß, man hat sie so fotografiert?" Trotz ihrer Besorgnis erfasste Alexis die Komik der Situation.

„Ich fürchte, ja. Und weil ich nicht ewig hinter diesem stacheligen Baum stehen wollte, habe ich mir irgendwann den Hut tief ins Gesicht gezogen und bin die Mauer entlanggerannt." Plötzlich klang ihre Stimme zornig. „Wissen Sie eigentlich, dass die ganze Grundstücksgrenze entlang hohe Mauern gezogen sind? Man fühlt sich geradezu eingesperrt."

Bevor Esther sich in dieses Problem vertiefte, wollte Alexis wissen, ob das Ablenkungsmanöver erfolgreich gewesen war.

„Woher soll ich das wissen? Von Weitem gibt es gewisse Ähnlichkeiten zwischen uns. Aber ich wiege dreißig Pfund mehr als sie – gut, im Moment sind es nur zwanzig."

Beide Frauen schwiegen und dachten über mögliche Konsequenzen nach.

Esther fasste sich als Erste. „Ich fürchte, wir können den Schwindel nicht länger aufrechterhalten."

„Sagen Sie so etwas nicht", rief Alexis. „In dieser Woche lief der Unterricht schon viel besser. Am Freitagabend haben wir Schulfest. Die Eltern sind eingeladen. Wir wollen grillen, und ..." Ihre Stimme versagte.

Sie wollte noch nicht nach Hause fahren. Sie fühlte sich wohl hier. Die Arbeit machte ihr Freude. Sie war endlich dabei, Kontakt zu den Menschen zu finden. Und am allerwenigsten konnte sie jetzt Jace verlassen. Sie hatte sich ernsthaft verliebt.

So stand es also um sie! Sie starrte die leere Wand gegenüber dem Sofa an. Esther redete und redete, aber es gelang Alexis nicht zuzuhören.

Sah so die Liebe aus? Sie drängte alles andere, was auch wichtig war, in den Hintergrund. Sie war erregend und beunruhigend zugleich. Machte glücklich und brachte neuen Kummer. Und wie stand es um Jace? Litt dieser starke und selbstsicherere Mann etwa auch unter diesen widersprüchlichen Gefühlen?

„... sollen wir tun?", fragte Esther. „Wenn die Fotos veröffentlicht werden, bekommt Ihr Vater sie bestimmt zu Gesicht. Und dann schmoren wir in der Hölle."

„Möglich, wenn wir nicht in Deckung gehen", murmelte Alexis.

Esther sog scharf den Atem ein. „Natürlich. Das ist die Lösung! Warum ist mir das nicht früher eingefallen?" Ihre Stimme klang aufgeregt. „Ich werde krank. Ich brauche völlige Bettruhe. Man muss mir das Essen aufs Zimmer bringen. Gutes Essen, damit ich wieder zu Kräften komme."

Damit war für sie die Angelegenheit geregelt, und geradezu beschwingt beendete sie das Telefongespräch.

Doch Alexis machte sich weiter Sorgen. Lange konnten sie diese schlechte Komödie nicht mehr spielen. Und was dann? Musste sie abbrechen, was gerade begonnen hatte? Allein der Gedanke daran versetzte sie in Angst und Schrecken.

Grübelnd ging sie ins Schlafzimmer, um sich umzuziehen. Jace würde in einer Stunde kommen, und sie wollte ihn mit einem der wenigen Gerichte überraschen, die sie gut zubereiten konnte: in Kräutern gebackenes Huhn mit Kartoffeln.

Nach einigem Überlegen entschied sie, Jace nicht mit dem zu beunruhigen, was Esther widerfahren war. Wenn ihre Hofdame sich nirgends mehr blicken ließ, würden die Reporter ihre Beobachtungsposten bald aufgeben. Und hier in Sleepy River würden sie gewiss nicht auftauchen. Mit neuer Hoffnung machte Alexis sich an die Hausarbeit.

Doch ihre Erleichterung hielt nicht sehr lange. Fünf Minuten vor Jace erwarteter Ankunft klingelte wieder das Handy. Diesmal rief ihr Vater an.

„Alexis, du hast dich nun lange genug erholt", erklärte der Fürst unumwunden. „Du brauchst nicht noch schöner zu werden, um als Ehefrau anziehend zu wirken. Du bringst ja nicht nur dein Aussehen, sondern auch deinen Titel und gute Verbindungen mit in die Ehe. Ich habe jetzt einige Männer ausfindig gemacht, die deiner würdig sind. Nun musst du wählen."

Alexis fuhr zusammen. Ihr Vater mochte ein guter Landesfürst sein, aber Taktgefühl besaß er nicht. „Danke vielmals, Dad", sagte sie trocken. „Weißt du sicher, wodurch eine Prinzessin sich begehrenswert fühlt?"

„Nun, ja", brummte er. „Du verstehst schon, wie ich es meine."

„Dad, warum traust du mir nicht zu, dass ich alleine einen Mann finde? Wenn ich überhaupt heiraten will."

„Das kann ich dir genau sagen", brauste er auf. „Ich habe ein paar Jahre deine Schwestern beobachtet. In anderen Familien geht es übrigens auch nicht viel besser zu. Der Marquis von Sunderland hat gerade noch rechtzeitig herausgefunden, dass der Mann, den seine Tochter unbedingt heiraten wollte, völlig verschuldet ist. Und sich eine Geliebte hält."

„So einem werde ich gewiss nicht in die Hände fallen. Und ich bin sehr wohl in der Lage, selbst den richtigen Mann zu finden."

„Das ist wohl der eigentliche Grund, warum du dich in Arizona versteckst, oder?" Er hob die Stimme. „Du willst dich meinem Einfluss entziehen. Ich soll mich nicht einmischen. Du redest wie deine Schwestern."

„Und? Hörst du auf sie?"

„Ihr seid meine Töchter", donnerte er los. „Ich muss auf euch aufpassen!"

„Aber du erstickst uns mit deiner Fürsorge." Das hatte Alexis ihm schon oft gesagt, aber bisher hatte es nicht gefruchtet.

Der Fürst überhörte auch diesmal ihren Einwand. „Es ist Zeit für dich, nach Hause zu kommen. Du hast hier Pflichten."

Alexis schaute aus dem Fenster, weil sie Motorgeräusche hörte. Plötzlich überfiel sie Panik. Sie wollte ihren Vater wirklich nicht verletzen, aber sie konnte unmöglich jetzt schon zurück nach Inbourg fliegen. Zum ersten Mal in ihrem Leben fühlte sie sich frei, zum ersten Mal wurde sie wirklich gebraucht.

Sie beobachtete, wie Jace aus dem Laster stieg, die Tür zuwarf und auf ihr Haus zukam. Mit langen federnden Schritten. Als er seinen Hut abnahm, schimmerte sein braunes Haar rötlich in der Abendsonne.

Und sie wurde begehrt. Jedenfalls vermittelte ihr Jace einen Geschmack davon. Das war wunderbar, geradezu berauschend. Er liebte sie vielleicht nicht so wie sie ihn, aber er mochte sie und wollte mit ihr zusammen sein. Und das war schon so gewesen, bevor er gewusst hatte, wer sie war. Ihn interessierten weder Titel noch gute Beziehungen oder Reichtum. Bei ihm zu bleiben und bei den Menschen, die sie nur als Alexis Chastain kannten, bedeutete ihr mehr als die Pflichten in Inbourg. Und trotzdem fühlte sie sich zerrissen. Es betrübte sie, ihrem Vater Kummer zu bereiten. Sie liebte ihn trotz seiner beherrschenden Art. Und sie hatte nie an seiner Liebe zu ihr, ihren Schwestern und Jean Louis gezweifelt.

„Dad“, sagte sie leise, aber bestimmt, „ich habe auch noch andere Verpflichtungen. Mir gegenüber und – anderen Menschen.“

Sie hörte, wie Jace an die Tür klopfte.

„Größere als gegenüber Inbourg?“ Der Fürst war außer sich. „Das kannst du mir nicht weismachen!“

„Ich muss jetzt auflegen, Dad. Ich habe Besuch bekommen.“

„Wie bitte?“, rief er. „Etwa von einem Mann? Ich will sofort wissen, was da vor sich geht in diesem Erholungsheim. Hol Esther ans Telefon. Die soll schließlich auf dich aufpassen.“

„Bis bald, Dad“, sagte Alexis mit sanfter Stimme. „Ich habe dich lieb. In ein paar Tagen rufe ich dich an.“ Dann unterbrach sie die Verbindung und schaltete das Handy ganz aus.

Sie riss die Tür auf. Und da stand Jace. Endlich! „Hallo“, sagte sie.

Er trat ein und bemerkte sofort, wie verstört sie war. Er schlang die Arme um sie, und Alexis lehnte den Kopf an seine Brust. Sofort fühlte sie sich besser.

„Was ist geschehen, Alexis?“

Sie lauschte dem Nachhall der tiefen Stimme und atmete seinen Duft ein.

„Die Welt stürzt auf mich ein.“ Sie machte sich los und schaute in sein besorgtes Gesicht. „Kennst du das Gefühl?“, fragte sie.

„Ja.“ Er strich ihr eine Haarsträhne hinter das Ohr. „Aber es bedrängt mich vielleicht nicht so stark wie dich. Denn meine Welt besteht nur aus der Ranch und Sleepy River.“

Er sagte nicht, dass ihre Welt viel größer war. Vielleicht wollte er jetzt ebenso wenig wie sie die Unterschiede zwischen ihnen zur Sprache bringen. Alexis zwang sich zu einem Lächeln. „Bist du hungrig?“

Jace betrachtete sie eine Weile nachdenklich und zögerte mit der Antwort. Dann küsste er sie auf den Mund. „Ich bin völlig ausgehungert.“

Seufzend schlang sie die Arme um seinen Nacken und überließ sich seinen Liebkosungen.

Bis zum Freitagabend hatte sie ihre Befürchtungen fast vergessen. Die Kinder waren wegen des Schulfestes, zu dem auch die Eltern kommen sollten, außer Rand und Band gewesen. Alexis musste ihr ganzes pädagogisches Geschick aufwenden, um sie im Zaum zu halten. Ihr hatte die Zeit dazu gefehlt, sich über ihren Vater oder neugierige Reporter den Kopf zu zerbrechen. Doch sie war erleichtert gewesen, von Esther zu hören, dass ihr Versteckspiel zu funktionieren schien. Offenbar hatten die Reporter das Interesse verloren und waren abgereist.

Nun sah sich Alexis zufrieden im Schulhof um. Die Kinder, alle Eltern und auch die Mitglieder des Schulausschusses waren der Einladung gefolgt. Das allein schon empfand Alexis als wunderbare Anerkennung. Sogar Luke Braden war gekommen, obwohl sein Neffe noch gar nicht in ihre Klasse ging.

Alle waren beschäftigt und schienen sich zu amüsieren. Die Kinder spielten mit einigen Erwachsenen Baseball. Andere Eltern holten Salatschüsseln aus den Autos und stellten sie auf die langen Tische, die sie mit Jace auf dem Rasen vor der Schule aufgestellt hatte. Gil und Rocky grillten.

Alexis war erleichtert darüber, mit welcher Gelassenheit die Zwillinge ihre Beziehung zu Jace hinnahmen. Gegen den Boss zu verlieren, war offenbar ehrenhaft und tröstlicher, als vom eigenen Bruder ausgestochen zu werden.

Als es zu dunkel zum Baseballspielen wurde, drängten die Mannschaften erhitzt und staubig an die Tische, um zu essen und zu trinken. Auch der Hund von Billy Saunders, der auf dem Baseballfeld herumgejagt war, hechelte nach Wasser.

Sie nickte dem Jungen anerkennend zu, als er eine Plastikschale füllte und dem Tier zu trinken gab. Und nun erzählte Billy allen, die es hören oder nicht hören wollten, dass er im Auftrag von Miss Chastain ein Schlangenhaus für die Schule bauen müsse. Er sei zum Experten für Reptilien ernannt worden. Das Ganze sei auch mit Martha Singleton abgesprochen.

Billys Mutter trat zu Alexis und lächelte sie dankbar an. „Sie glauben nicht, wie froh ich bin. Ich kann Schlangen nicht ausstehen. Ich bin froh, dass Billy dieser Leidenschaft in der Schule nachgehen darf."

Gerade als Alexis etwas erwidern wollte, begann Billys Hund zu knurren. Dann jagte er los. Am Rand des Basefallfeldes kläffte er ohrenbetäubend. Dann hörte man ihn aufjaulen und einen menschlichen Schrei. Sofort rannten alle Männer ihm nach.

„Ob er jemanden gebissen hat?“, fragte Alexis.

„Das kann ich mir nicht vorstellen“, meinte Billys Mutter. „Er ist harmlos. Nur Fremde mag er nicht.“

„Fremde gibt es hier doch …“ Alexis erstarrte. Sie spürte das lauernde Unheil. Ihr Magen rebellierte.

Jace hatte als Erster den Waldrand erreicht. Äste und Zweige knackten, als die anderen ihm ins Unterholz folgten. Sekunden später tauchte Jace wieder auf. Er hielt am Kragen einen Mann gepackt, der laut schimpfend versuchte, nach ihm zu schlagen, um sich zu befreien. Doch Jace zog ihn mit sich in den erleuchteten Schulhof. Und Alexis erkannte zu ihrem Entsetzen den kahlen Schädel und das Frettchengesicht von Dag Skold.

10. Kapitel

„Wenn Sie mich nicht sofort loslassen, Cowboy, verklage ich Sie", brüllte der Eindringling.

„Geben Sie endlich Ruhe", sagte Jace. Mit einer Hand hielt er den tobenden Mann fest, in der anderen trug er die Kamera, die er ihm abgenommen hatte. Noch kannte er die Identität des Eindringlings nicht, doch er ahnte, warum der sich hier herumtrieb. Alexis wusste es wohl auch, denn ihr Gesicht war aschfahl.

Als der Mann sich loswinden wollte, packte ihn Luke Braden am anderen Arm, sodass er wohl oder übel stillhalten musste.

„Wer ist der Kerl?", fragte Stella Kramer. Als sie die Kamera mit dem langen Objektiv entdeckte, schaute sie sich nach ihrer Tochter um, dann nach ihrem Mann und sprach ihren Verdacht aus. „Ist das ein Perverser?"

„Könnte man so sagen", brummte Jace.

„He", schrie der Mann. „Ich kenne meine Rechte. Von Pressefreiheit müsst selbst ihr in den Wäldern etwas gehört haben."

„Doch, haben wir", sagte Jace. „Aber wir kennen auch unser Recht auf Privatsphäre. Wer das nicht respektiert, bekommt Ärger mit uns, stimmt's Luke?"

Der verstärkte seinen eisernen Griff.

„Hüten Sie sich!", kreischte der Mann.

Die Leute drängten nun dichter heran. „Jace, was soll das Ganze?", fragte nun einer.

Bevor er antworten konnte, begann der Störenfried, sich zu verteidigen. „Das frage ich mich auch. Ich bin doch nur hier, um die Prinzessin zu fotografieren. Die Zeitungen zahlen einen Batzen Geld für Fotos von ihr in dieser Einöde." Er lachte hämisch, als er Alexis zwischen den anderen entdeckte. „Sie unterrichten hier an der Schule. Nicht wahr, Hoheit? Sehr merkwürdig."

Alexis sah nun regelrecht krank aus.

„Prinzessin?“, schrie Stella. „Dieser Kerl ist verrückt!“

„Hoheit?“ Hattie Fritz hatte sich durch die Menge gedrängt und baute sich vor dem Störenfried auf. „Glauben Sie ernsthaft, dass unter uns jemand ist, der zu einem Herscherhaus gehört?“

Jace suchte Alexis’ Blick. Er wollte sie nehmen und fortbringen, sie beschützen, ihr die Unbeschwertheit der vergangenen Tage zurückgeben. Doch er durfte diesen Menschen nicht loslassen und musste mit ansehen, wie sie in der Falle saß und litt. Für sie und auch für ihn war nun alles verloren.

Sie schaute ihn an, streckte den Rücken, hob das Kinn und biss die Zähne zusammen. Stolz und kämpferisch stand sie nun da. Verdammt, dachte Jace, wie gerne würde ich den Kerl davonjagen, um ihr das Kommende zu ersparen.

„Ich gehöre dazu.“ Alexis Stimme klang ruhig und gelassen. „Ich bin Alexis Charlotte von Chastain. Mein Vater ist der Fürst von Inbourg.“

Danach war es totenstill. Als die Einwohner von Sleepy River begannen, Blicke zu tauschen, fuhr sie fort zu sprechen.

„Dieser Mann heißt Dag Skold. Er ist einer der vielen Paparazzi, die meinen Schwestern und mir auflauern, überall ihre Nase hineinstecken und sich zum Ärgernis machen, um uns zu fotografieren.“

„Die Öffentlichkeit hat ein Recht darauf zu erfahren, was Sie tun, Hoheit“, konterte der Mann. Als Jace und Luke ihren Griff verstärkten, winselte er auf und verstummte.

„Nein, darauf hat die Öffentlichkeit kein Recht. Dies hier ist ein privates Grundstück. Sie sind nicht befugt, es zu betreten.“ Jace nickte Luke zu.

Der packte nun den Mann mit beiden Händen. „Ich begleite Sie jetzt zu Ihrem Wagen und sorge dafür, dass sie auf der Stelle die Gegend verlassen“, sagte er, während er Dag Skold abführte. „Und kommen Sie nicht auf die Idee umzukehren. Ich folge Ihnen mit meinem Wagen. Wenn Sie Ärger machen, telefoniere ich nach der Polizei. Wir Hinterwäldler haben nämlich auch schon Handys.“

„Ich will meine Kamera zurückhaben“, jammerte der Paparazzo.

„Selbstverständlich“, sagte Jace höflich, nahm den Film heraus und vernichtete ihn, indem er den ganzen Streifen aus der Rolle zog. „Bitte schön, Mr. Skold.“

Während er weggebracht wurde, brüllte und drohte der Mann. „Denkt ihr, ich bleibe der Einzige, der weiß, wer die Lehrerin ist? Glaubt ihr, die anderen kommen nicht auf die Idee, bei den staatlichen Stellen zu recherchieren, wo die Prinzessin unterrichtet? Das wird eine rührende Geschichte, wie sie das einfache Volk … Au!“ Luke hatte einen Rodeo-Griff angesetzt, mit dem man störrische Kälber zur Ruhe bringt. Dann waren die beiden in der Dunkelheit verschwunden.

Und nun sah Jace, wie seine Freunde und Nachbarn, auch die Kinder, Alexis anstarrten. Sie hielt sich an seinem Blick fest und sah verzweifelt aus. Er stellte sich an ihre Seite und legte den Arm um ihre Schulter. Allmählich hörte sie auf zu zittern.

„Jace, hast du das gewusst?“, fragte Carol Saunders.

„Ja!“, gab er zu und schaute auf Alexis’ Kopf hinunter, den sie vertrauensvoll gegen seine Schulter gelehnt hatte. Er zog sie dichter an sich, und sie legte den Arm um seine Hüften. „Aber ich konnte nicht ahnen, dass man sie bis hier verfolgen würde.“

„Es tut mir leid.“ Alexis’ Stimme bebte. Sie schaute alle der Reihe nach an. „Ich habe alles getan, um sie abzuschütteln. Aber das ist nicht einfach, wenn man im Zentrum der öffentlichen Aufmerksamkeit steht. Als ich als Studentin in Phoenix unterrichtete, lungerten die Paparazzi vor dem Schulhof herum und erschreckten die Kinder.“

„An das Wohl unserer Kinder haben Sie offenbar nicht gedacht, als Sie herkamen“, beklagte sich eine Mutter.

Alexis hob beschwichtigend die Hände. „Natürlich. Deshalb habe ich auch versucht, meine wahre Identität zu verbergen. Offiziell mache ich eine Kur. Esther, meine …“ Ihre Stimme versagte. Sie räusperte sich. „Es tut mir leid, dass mein Plan nicht funktioniert hat. Jedenfalls hat Dag Skold mich gefunden. Ich bitte alle um Entschuldigung.“

Wieder herrschte Schweigen. Dann erhob sich Gemurmel. Jace drückte Alexis’ Schulter. Natürlich konnte er sofort eingreifen, die Eltern damit beruhigen, dass niemand etwas zu befürchten hatte. Er war der Vorsitzende des Schulausschusses. Er konnte mit den beiden anderen Ausschussmitgliedern sprechen und sie an den unterschriebenen Arbeitsvertrag erinnern, sie davon überzeugen, dass sie in rechtliche Schwierigkeiten geraten würden, wenn sie Alexis entließen. Doch er hielt es für klüger abzuwarten.

Er schaute seine Freunde an. Dann Alexis, die völlig verstört wirkte. Und ihm schnitt der Gedanke ins Herz, sie gehen lassen zu müssen.

Wie würden sich die Menschen entscheiden? Alexis konnte ihnen nicht verübeln, wenn die Eltern von Sleepy River sie bitten würden abzureisen. Schließlich war sie außer zu Jace nicht aufrichtig gewesen. Woher sollten sie wissen, dass sie nicht in böser Absicht gehandelt hatte?

„Miss Chastain?" Becky Kramer zupfte sie am Ärmel. Die Kleine hatte etwas auf dem Herzen. „Sind Sie eine richtige Prinzessin?", fragte sie leise.

„Ja, das bin ich." Alexis strich dem Kind über die weichen roten Locken.

„Oh!" Becky machte große Augen. „Haben Sie auch eine Krone?"

„Natürlich habe ich eine."

„Wie sieht sie denn aus?", wollte das Mädchen wissen.

„Sie ist aus Gold und mit Diamanten und Rubinen besetzt."

Nun war Alexis von allen Mädchen der Schule umringt. Sie kicherten, stießen sich an und tuschelten.

„Dürfen wir sie einmal anschauen, die Krone?", fragte eines von ihnen.

„Dürfen wir sie aufsetzen?"

„O ja, bitte Miss Chastain", rief Becky und trat vor Aufregung von einem Fuß auf den anderen.

Die Prinzessin lachte. „Schade, das geht leider nicht. Ich habe die Krone nicht mitgenommen. Sie liegt zu Hause im Palast meines Vaters. Gut verschlossen und bewacht in einem Verlies."

„In einem Verlies? In einem richtigen Schloss?" Die kleinen Schülerinnen schluckten und schauten sie ehrfürchtig an.

Alexis wusste, dass sie in ihr nicht mehr die Lehrerin erkannten, sondern sie als exotische Fremde ansahen. Das schmerzte. Aber wenn die Eltern sich dafür entschieden, sie zu entlassen, würde es auch keinen Unterschied mehr machen.

Der Einzige, auf den sie noch baute, war Jace. Seine körperliche Nähe, sein fester Griff, seine verständnisvollen Blicke trösteten sie und hielten sie aufrecht. Dafür war sie dankbar.

„Passiert Ihnen so etwas häufiger?“ Carol Saunders riss Alexis aus ihren Gedanken.

„Mehr als genug“, gab sie zu. „Es reicht, um meine Familie zur Vorsicht zu zwingen. Wir überlegen uns genau, was wir tun, wohin wir gehen und – mit wem wir uns einlassen.“

„Wie schütteln Sie diese Leute ab?“, fragte ein Vater.

Alexis zuckte mit den Schultern. „Man muss sich irgendwelche Tricks einfallen lassen. Manchmal funktionieren sie. Manchmal auch nicht.“

„Aber wir sind eine eng verbundene Gemeinschaft“, mischte Hattie Fritz sich nun ein. Sie hatte sich für die Schulfeier eine geblümte Bluse über den Overall gezogen und wirkte ausgesprochen festlich. Nun schaute sie grimmig unter dem Herrenhut hervor. „Wenn hier wieder so ein merkwürdiger Typ aufkreuzt, kann uns das nicht entgehen!“

„Genau“, rief Billy. „Champ hat sofort gemerkt, dass mit dem Mann etwas nicht stimmt.“ Er beugte sich zu seinem Hund hinunter und kraulte ihm anerkennend die Ohren. „Ich wette, Champ hätte ihn auch alleine verjagt, wenn Jace ihn sich nicht geschnappt hätte.“

„Klar, der Hund ersetzt eine ganze Truppe von Bodyguards“, sagte Jace trocken.

Hattie nahm Alexis’ Hand. „Sie spielen doch nicht etwa mit dem Gedanken, uns zu verlassen?“ Dann drehte sie sich zu ihren Nachbarn um. „Oder wollt ihr Alexis Chastain etwa darum bitten, dass sie geht? Denkt daran, dass wir eine Lehrerin brauchen! Martha kann die Kinder noch nicht wieder übernehmen.“

Unter den Erwachsenen erhob sich lautes Gemurmel. Doch die Kinder lagen ihren Eltern jetzt in den Ohren und bettelten darum, dass Miss Chastain bleiben durfte.

Alexis löste sich aus Jaces Umarmung, hob die Hand und bat um Gehör. „Ich möchte niemanden gefährden oder in Unannehmlichkeiten stürzen.“

„Aber diese Leute sind doch gar nicht hinter uns her, sondern haben es auf Sie abgesehen“, wandte einer ein.

„Trotzdem, es wird mich und die Kinder ablenken, wenn Reporter hier herumlungern. Vielleicht kommt auch Dag Skold zurück. Es ist nicht einfach, ihn loszuwerden. Glauben Sie mir."

Wieder wurde Gemurmel laut.

„Warum lassen wir nicht den Schulausschuss entscheiden", sagte Stella schließlich. „Auch wenn Jace wahrscheinlich nicht unparteiisch ist." Sie zwinkerte ihm wohlwollend zu.

„Das bin ich gewiss nicht", sagte Jace gedehnt.

Alexis stieg das Blut in die Wangen. Gut, dass es zu dunkel war, um von den anderen bemerkt zu werden.

„Trotzdem eine gute Idee", meinte Jace. „Ich finde, der Schulausschuss sollte sich zur Beratung zurückziehen." Bevor Jace mit den anderen im Klassenraum tagte, drückte er Alexis ermutigend die Hand.

Jeder ging nun wieder seiner Beschäftigung nach, und die Eltern schickten ihre Kinder zum Spielen, damit Alexis Ruhe hatte.

Sie gesellte sich zu Rocky und Gil, die wieder grillten. Während des Zwischenfalls hatten sie sich aus allem herausgehalten. Und nun staunten sie Alexis an wie das achte Weltwunder.

„Kommt ihr gut voran?", fragte sie.

Gil schluckte ein paar Mal, bevor er sprechen konnte. „Wir sind überrascht über Ihre Entscheidung für Jace. Ist er nicht zu alt für Sie?"

„Wieso zu alt?" Alexis war irritiert. „Er ist erst einunddreißig."

„Kann sein. Aber wir fragen uns trotzdem, warum Sie ihn genommen haben. Sie sind doch eine Prinzessin!"

„Ja", bestätigte Rocky. „Kann es sein, dass Prinzessinnen vielleicht eine Vorliebe für Cowboys haben? Wenn ja, haben wir vielleicht eine Chance bei Ihren Schwestern."

Alexis lachte herzlich. „Die sind zu alt für euch. Anya ist fast so alt wie Jace."

„Wir haben nichts gegen ältere Frauen."

„Wir mögen sie."

„Deswegen mochten wir Sie auch sofort leiden."

„Wegen der Erfahrung und so." Rocky schlug sich die Hand vor den Mund. „Entschuldigung, das hätte ich nicht sagen dürfen."

„Stimmt", sagte Jace und zog Alexis am Arm fort. Ohne Umschweife erklärte er: „Wir möchten, dass du bleibst."

Eine Woge des Glücks durchströmte sie. „Das ist wunderbar. Seid ihr euch ganz sicher? Ich möchte nicht, dass …"

„Die Entscheidung fiel einstimmig. Wir wären doch verrückt, wenn wir diesen Kerlen erlaubten, unser Leben zu stören. Wir werden sie schon loswerden, wenn sie es wagen herzukommen."

Alexis lachte erleichtert auf und hob schon die Arme, um ihn zu küssen. Doch dann erinnerte sie sich, wo sie war, und ließ es bleiben.

Jace zupfte sie am Ohrläppchen. „Später", sagte er. Dann legte er den Arm um ihre Schulter und führte sie in den Kreis seiner Freunde und Nachbarn zurück.

Das Glückgefühl trug Alexis über die nächsten Tage. Doch am Dienstag geschah etwas, was ihr den Boden unter den Füßen wegriss.

Es war Pause, und die Kinder spielten Seilhüpfen. Alexis löste ein größeres Mädchen beim Schlagen ab. Es wollte mit seiner Freundin auf die Toilette gehen. Nach ein paar Sekunden kamen die beiden kreischend zurück gerannt. „Miss Chastain. Da ist ein Mann!"

Sie beauftragte zwei ältere Jungen, sofort vom Telefon aus, das im Klassenraum stand, Jace anzurufen. Den anderen Kindern befahl sie, zusammenzubleiben und auf dem Schulhof zu warten. Dann rannte sie los. Unterwegs schnappte sie sich für alle Fälle einen Baseballschläger. Als sie die Tür zum Waschraum aufstieß, wurde sie von einem Blitzlichtgewitter empfangen. Sie schrie.

„Aufhören! Raus hier! Sie befinden sich auf privatem Grund und Boden!" Doch das Blitzen nahm kein Ende. Sie schirmte die geblendeten Augen ab und entdeckte einen massigen Menschen, der mehrere Kameras um den Hals trug und nicht daran dachte, die Hand vom Auslöser zu nehmen.

„Raus, oder …"

Er grinste frech. „Womit wollen Sie mir drohen, Hoheit? Hier gibt es keine Bodyguards. Nicht einmal einen Polizisten."

Sie hob den Baseballschläger. Für den Eindringling ein willkommenes Motiv. Er fotografierte ungeniert weiter. Erst als sie mit dem Knüppel gegen eine Kabinentür schlug, begriff er, dass sie es ernst meinte.

„He, warten Sie", rief er und stolperte rückwärts, weil sie schon die nächste Tür bearbeitete. „Sie wollen mich doch nicht etwa mit diesem Ding da schlagen?“

Alexis war so wütend, dass sie nichts mehr für unmöglich hielt. Doch dann hörte sie Hufe. Hondo schnaubte, und zwei Sekunden später platzte Jace in den Waschraum. Er packte den Mann beim Kragen und am Hosenbund und marschierte mit ihm hinaus, geradewegs an den Kindern vorbei.

Kurz darauf hörten sie einen Motor aufheulen. Dann war nur noch eine Staubwolke zu sehen.

Als Jace zurückkam, hielt er triumphierend den herausgerissenen Film in die Höhe. Doch sein Gesicht blieb versteinert.

„Ich glaube nicht, dass er zurückkommt.“ Dann mit einem Blick auf die ruinierten Aufnahmen: „Das mache ich inzwischen richtig gut, was Kinder?“

Alexis’ Augen füllten sich mit Tränen. „Jace, das ist eigentlich nicht deine Aufgabe. Du sollst nicht Bodyguard spielen müssen. Nach diesem Typen wird der nächste kommen und danach wieder einer.“ Sie schluchzte auf. „So darf das nicht weitergehen.“

Er warf ihr einen kurzen Blick zu, dann wandte er sich wieder an die Schüler. „Eure Pause ist nun vorbei. Die Großen nehmen die Kleinen an die Hand, und alle gehen in den Klassenraum. Dort wartet ihr, bis ich mit Miss Chastain gesprochen habe.“

Artig marschierten die Kinder los.

Sobald sie alleine waren, sah er sie streng an. „Worüber redest du eigentlich?“

Sie breitete die Hände aus und schluchzte. „Dieser Mensch hat zwei meiner Schülerinnen erschreckt. Er ist durch das Fenster in den Waschraum eingedrungen.“ Mit schriller Stimme fuhr sie fort: „Diese Leute haben keine Skrupel. Sie … sie sind die Kampfmaschinen der Nachrichtenindustrie. Sie geben nicht auf. Ich weiß es.“

Er nahm sie bei den Schultern und schüttelte sie, damit sie zur Besinnung kam. „Hör auf, Alexis! Du bist hysterisch!“

Sie hörte auf. Doch ihr Atem flog, und über ihre Wangen liefen Tränen. „Ich dachte, es würde funktionieren, Jace. Aber ich gefährde nur andere Menschen.“

„Unsinn.“

„Du musstest deine Arbeit unterbrechen."

„Na, und? Macht doch nichts."

„Wie oft soll sich das wiederholen?" Es fröstelte sie. Sie ahnte, was sie zu tun hatte. Der Gedanke war unerträglich, doch es gab keine andere Möglichkeit. Sie musste den Kindern weitere Zwischenfälle ersparen. Die Tränen tropften auf ihre Hände. „Ich muss gehen." Ihre Lippen zitterten. „Ich dachte, dass dies hier der richtige Platz für mich ist, dass ich hier sicher bin. Aber ich habe mich geirrt."

In Jaces Augen blitzte Ärger auf, dann so etwas wie Panik. „Du willst einfach gehen? Was ist mit deinem Arbeitsvertrag? Du hast hier Verpflichtungen." Er zögerte und sah sie forschend an. „Und: Was wird mit uns?"

Sie lachte etwas zu laut auf. „Ich kann meinen Verpflichtungen nicht nachkommen. Tut mir leid. Ich setze die Kinder keiner Gefahr aus. Ich …" Sie hielt inne, weil ihr eine Idee durch den Kopf schoss. Es gab einen Ausweg. „Wir – du könntest mit mir nach Inbourg kommen."

„Was?" Jace schien nicht zu begreifen.

Sie umklammerte seinen Arm. „Komm mit mir. Wie könnten zusammenleben. Im Palast. Dort sind wir sicher. Bis in den Palast sind sie noch nie vorgedrungen und …"

„Das geht nicht. Jedenfalls nicht in der nächsten Zeit. Die Heuernte steht bevor. Die Herde muss nächste Woche bewegt werden. Da kann ich nicht einfach Urlaub machen."

„Ich spreche nicht von Ferien. Ich spreche von – immer." Atemlos wartete sie auf Antwort. Doch als sie Trauer und Bedauern in seinen Augen sah, sank jede Hoffnung.

„Ich kann nicht." Er nahm ihre Hände. Plötzlich sah er krank aus vor Kummer.

Alexis entzog sich ihm und schüttelte den Kopf. Jace war ein handfester und realistischer Mann. Man konnte sich auf ihn verlassen. Auch deshalb liebte sie ihn. Bisher war sie sich unsicher gewesen, ob er ihre Liebe erwiderte. Nun wusste sie es, nachdem sie vor ihm sozusagen in die Knie gegangen war und ihm den Ring angeboten hatte.

„Natürlich kannst du nicht mitkommen." Sie versuchte, nicht verzweifelt zu klingen. „Du würdest es nicht aushalten, immer von Bodyguards umringt zu sein und zwischen festen Wänden leben zu müssen. Der Palast ist wunderschön, aber in vielerlei Hinsicht kaum besser als ein Gefängnis. Man kann nicht einfach ein Fenster öffnen, ohne dass die Alarmanlage anspringt."

„Ich gehöre hierher", sagte Jace.

„Und ich nicht." Ihre Stimme blieb ruhig. „Das wussten wir immer schon. Wir haben uns etwas vorgemacht."

Er streckte die Hand nach ihr aus. Es war eine bittende, hilflose Geste.

Alexis wandte sich ab. „Ich muss zu den Kindern gehen. Bitte ruf Martha an und versuche, mit ihr eine Lösung für die Schule zu finden. Sag ihr …" Sie schluchzte erneut auf. „Sag ihr, dass es mir sehr leid tut."

„Warte, Alexis", rief Jace, aber sie lief schon zur Schule, um den Kindern zu sagen, dass sie fortgehen musste.

Noch ehe sie den Klassenraum erreicht hatte, hörte sie Hondos Hufschlag. Traurig hielt sie inne und lauschte, wie Jace aus ihrem Leben verschwand.

11. Kapitel

„Es ist schön, dass du endlich wieder nach Hause gekommen bist.“

Prinz Michael stand zur Begrüßung an der Landebahn. Weil Inbourg über keinen internationalen Flughafen verfügte, hatten Alexis und Esther über Paris fliegen und dort in eine kleinere Maschine umsteigen müssen. Nun gingen die drei über das Rollfeld zum Parkplatz, der für die fürstliche Familie reserviert war.

Trotz der überstürzten Abreise aus Sleepy River und der anstrengenden Reise war Alexis froh, zurück zu sein. Sie liebte Inbourg, seine Einwohner und besonders den Landesfürsten.

Wie groß und majestätisch ihr Vater wirkte! Er war schlank, kräftig, und seit die neue Verfassungsänderung verabschiedet war, schien er verjüngt. Alexis hakte sich bei ihm unter. Er nahm ihre Hand und tätschelte sie.

„Ich bin froh, wieder hier zu sein, und kann es kaum erwarten, die anderen zu sehen. Gibt es Neuigkeiten?“

Ihr Vater erzählte von Deirdres Rückkehr mit dem neuen Freund, von Jean Louis und der Schule. Aber Alexis gelang es kaum, ihm zu folgen. In Gedanken war sie wieder in Sleepy River.

Jace war noch einmal gekommen, um ihr Lebewohl zu sagen. Er hatte ihr Gepäck im Wagen verstaut und die Schlüssel für Schule und Lehrerhaus entgegengenommen. Es war eine schmerzhafte Situation für sie beide gewesen.

Dann war sie die endlos vielen Meilen zurück nach Phoenix gefahren, um Esther abzuholen. Nachdem sie Rachels Wagen in eine Reparaturwerkstatt gebracht hatten, waren sie mit dem Taxi zum Flughafen gefahren. In jeder Minute hatte sie dabei an Jace gedacht.

Sie liebte ihn und sehnte sich danach, mit ihm zusammenzuleben. Aber wie hatte sie ihn darum bitten können mitzukommen? Im tiefsten Inneren wusste sie doch, dass er auf seine Ranch gehörte. Die offene Ablehnung hätte sie sich ersparen können.

„… siehst gut aus.“ Das nett gemeinte Kompliment ihres Vaters brachte sie zurück in die Gegenwart. „Warum du ausgerechnet nach Arizona gegangen bist, ist mir schleierhaft. Ich dachte, nach deinem Studium hättest du genug davon. – Egal, du bist zurück, und nur das zählt. Morgen Abend geben wir einen Empfang für ein internationales Wirtschaftsunternehmen, das sich in Inbourg ansiedeln will. Unser niedriger Steuersatz wirkt verlockend. Der Chef des Konzerns möchte dich gerne kennenlernen.“

Alexis wusste sofort, was ihr Vater im Schilde führte. Sie tauschte mit Esther einen Blick.

„Dad“, sagte sie. „Ich will gerne zu diesem Empfang gehen und auch mit diesem Mann sprechen. Aber ich werde weder ihn noch irgendeinen anderen heiraten.“

Er blieb stehen und sah sie entgeistert an. „Wie bitte?“

Sie holte tief Luft. „Ich bin nicht in Arizona gewesen, um mich zu erholen, Dad. Das hat Esther für mich getan. Deshalb sieht sie auch so fantastisch erholt und schlank aus. Ich habe in einer kleinen Schule in den Bergen unterrichtet. Es war wunderbar. Das Unterrichten hat mir große Freude gemacht, auch das ruhige Leben dort hat mir gefallen. Doch die Paparazzi haben mich ausspioniert. Sie kreuzten dort auf und störten den Unterricht. Deshalb konnte ich nicht länger bleiben. Lehren ist meine Berufung, Dad. Darin bin ich gut, und damit möchte ich mich weiter beschäftigen. Ich habe vor, die Schulen in Inbourg zu verbessern. Ich hoffe dabei auf deine Unterstützung. Aber wenn ich die nicht bekomme, lasse ich mich trotzdem nicht von meinem Ziel abbringen.

Übrigens“, schloss sie und lächelte ihren Vater an, „wenn du mich brauchst und ich Zeit habe, übernehme ich weiterhin repräsentative Pflichten. Aber niemals werde ich irgendeinen deiner Heiratskandidaten erhören.“

„Nicht?“, spottete er. „Hör mal zu, kleines Fräulein. Erzähl mir nicht solchen Unsinn. Du kannst nicht einfach von zu Hause weglaufen. Du gehörst zur Fürstenfamilie.“

„Und darauf bin ich stolz“, unterbrach ihn Alexis. „Aber ich habe nicht vier Jahre lang Erziehungswissenschaften studiert, damit meine Examensurkunde verstaubt, während ich mich in der Welt herumtreibe, um einen Ehemann zu finden.“ Sie machte wieder einen tiefen Atemzug. „Hör mir zu, Dad. Ich habe jemanden in Arizona kennengelernt und mich verliebt. Wir mussten uns trennen. Sein Leben ist dort, meines ist hier. Aber ich liebe ihn, und ich will keinen anderen Mann."

Der Fürst sah seine Tochter zweifelnd an, doch sie drückte lächelnd seinen Arm und ging geradewegs auf die bereitstehende Stretchlimousine zu.

„Guten Tag, Landis", begrüßte sie den Chauffeur, der ihr die Tür aufhielt. „Wie geht es Ihrer Frau und den Kindern?"

Schweigend folgte Prinz Michael ihr in den Wagen. Nach ihm stieg Esther ein. Sie gab Alexis mit einem Daumenzeichen zu verstehen, dass sie auf ihrer Seite war.

Auf der Fahrt zum Palast nahm der Prinz seine Tochter ins Verhör, und Alexis antwortete bereitwillig. Sie beschrieb Sleepy River in all seinen Facetten, das ruhige Leben dort, die Schule und die Kinder. Aber über Jace gab sie nichts mehr preis. Es schmerzte zu sehr.

Offenbar gewann ihr Vater allmählich den Eindruck, dass sie es ernst meinte mit ihren Plänen. Möglicherweise waren sie sogar nützlich für das Schulsystem des Landes. Aber ob sie sich auch durchsetzen ließen?

„Nun ja", meinte Alexis, „ich muss eben Überzeugungsarbeit leisten."

Im Palast begrüßten sie ihre Schwestern und Jean Louis. Es gab viel zu erzählen. Von den Erlebnissen in Arizona und dem, was in Inbourg derweil geschehen war. Anya übernahm zunehmend die Pflichten ihres Vaters. Deirdre kümmerte sich mehr um den Wohltätigkeitsverein, den die Schwestern gegründet hatten, und war glücklich mit ihrem Freund. Jean Louis stellte mit seinen Klassenkameraden eine Menge Unsinn an.

Da Alexis an ihrem Entschluss, eigenständig zu arbeiten, festhielt, ließ die Familie sie schließlich ihrer Wege gehen. Keiner erwartete mehr, dass sie sich um ihren Neffen kümmerte, solange sie es nicht selbst wollte.

Schon am zweiten Tag nach ihrer Ankunft begann sie, Konzepte für die Schulen im Fürstentum zu entwerfen. Sie stießen, wie ihr Vater vorausgesagt hatte, nicht auf Gegenliebe, sondern wurden als undurchführbar vom Tisch gewischt. Daraufhin ging Alexis in die Schule ihres Neffen und bat die Schulleitung um Unterstützung. Man überließ ihr Aufzeichnungen über den Unterricht von Referendaren. Sie wollte eine Statistik erstellen, die ihre Kritik an der schlechten Lehrerausbildung erhärtete.

Der Fürst war von ihrer Entschlusskraft so beeindruckt, dass er für ihr Projekt Gelder bewilligen ließ, um Berater zu bezahlen, die ihr assistieren sollten. Innerhalb von zwei Wochen leitete sie eine Gruppe von Experten mit Doktortitel. Ein bisschen merkwürdig war das schon, denn Alexis hatte keine Doktorarbeit vorzuweisen und kaum mehr als drei Wochen Lehrerfahrung.

Viele Stunden täglich verbrachte sie in Sitzungen und Konferenzen. Es war ihr lieb, wenig Zeit zu haben. Jeder Gedanke an Jace quälte sie.

Noch immer hatte sie nichts von ihm gehört, obwohl sie angerufen und mit Gil gesprochen hatte. Jace wusste also, dass sie gut zu Hause angekommen war. Dass er sich nicht meldete, schmerzte fast noch mehr als seine Abwesenheit.

Vergiss ihn, sagte sie sich, und hüte dich in Zukunft vor der Liebe. Ja, Liebe konnte auch wehtun. Besonders, wenn der Geliebte ein Dickschädel wie Jace war.

Mit diesen trüben Gedanken stieg sie die Stufen zur ersten Etage des Schlosses hinauf, die die Privatgemächer der Familie beherbergte. Sie war auf dem Weg zu ihrem Neffen und vermutete, dass Louis und seine Freunde sich im Kinderzimmer aufhielten.

Hastig lief sie an der Bildergalerie ihrer Vorfahren vorbei, die den gesamten Flur säumten. Die Ahnen schienen jeden ihrer Schritte mit Strenge zu verfolgen. Wehmütig erinnerte sie sich daran, wie hart und unerbittlich Jace ihr anfangs erschienen war und wie zärtlich und mitfühlend er doch sein konnte.

Alexis presste die Hand gegen den Magen, der plötzlich schmerzte. Wie sehr sie Jace vermisste! Manchmal so sehr, dass es ihr den Atem raubte. Sie blieb stehen. Um sich abzulenken, betrachtete sie einen der vielen Wandteppiche. Er war für sie schon immer der schönste gewesen. Nun erinnerte sie die dargestellte Berglandschaft mit dem kleinen Haus zwischen den Wiesen an Jaces Ranch.

Sie berührte den Gobelin und wusste plötzlich, wie sie die ruinierte Decke seiner Großmutter ersetzen konnte. Sie wollte ihren Vater um den Wandteppich bitten, um ihn Jace zu schenken.

Da entdeckte sie eine Gestalt am Ende des Flures. Im ersten Moment glaubte sie, Jace erkannt zu haben. Sie blinzelte und ermahnte sich, aus der Traumwelt zu erwachen. Aber die Gestalt kam näher, mit langen federnden Schritten. Diesen Gang kannte sie. Er gehörte Jace.

Aber er konnte es nicht sein, denn dieser Mann trug weder Jeans noch Stiefel, sondern einen Anzug mit schneeweißem Hemd und einer dunkelroten Krawatte. Er sah aus wie ein Geschäftsmann, und nicht wie ein Rancher.

„Jace?“ Vor ihren Augen begann sich alles zu drehen. Hilflos lehnte sie sich gegen die Wand.

Sofort war er bei ihr und legte den Arm um ihre Taille. „He“, sagte er. „Soll das etwa eine Begrüßung sein?“

„Du bist es wirklich“, flüsterte sie. „Wie kommst du hier herein?“

„Ein netter Mensch namens Bevins ordnete der Palastwache an, mich vorbeizulassen. Er sagte, dass Esther ihm alles über mich erzählt habe. Sie ist deine Hofdame, nicht wahr?“

Alexis konnte immer noch nicht sprechen. Sie nickte, dann berührte sie vorsichtig seinen Ärmel. Er war es tatsächlich! „Was machst du hier?“

Er zuckte mit den Schultern. „In Sleepy River sind alle böse auf mich. Ich fürchte, sie lassen mich dort nicht mehr wohnen.“ Er zwinkerte ihr zu.

„Was?“ Sie legte die Hand um seine Wange und streichelte sie.

„Keiner konnte verstehen, dass ich dich gehen ließ. Besonders die Kinder nicht. Ich durfte beim Baseball nicht einmal mehr den Schiedsrichter spielen. Und Hatti Fritz wollte ihre Bienen auf mich hetzen, wenn ich dir nicht folgen würde.“

Alexis glaubte ihren Ohren nicht zu trauen. „Du bist hier, damit du wieder Schiedsrichter sein darfst und weil du Angst vor Bienen hast? Na, hör mal!“

Er lachte. „Ich bin hier, weil ich deinen Heiratsantrag annehme.“

„Heiratsantrag?“, wiederholte Alexis fassungslos.

„Ja, hast du etwas anderes gemeint, als du mich batest, mit dir zu kommen?“

„Ich weiß nicht.“ Sie räusperte sich verlegen. „Ich wollte, dass du bei mir bist. Ich wollte mich nicht von dir trennen.“

„Das hört sich doch ganz nach Hochzeit an“, sagte Jace im Brustton der Überzeugung. „Sag bloß, der Antrag gilt nicht mehr.“

„Wie soll denn das gut gehen? Wir haben doch immer noch die gleichen Probleme.“

Er nahm ihre Hand. „Ich habe eins vergessen, dir zu sagen. Ich liebe dich."

„Oh." Das Blut wich aus ihren Wangen. „Du hast mich nicht angerufen. Ich dachte, es sei dir gleichgültig, dass ich fortgegangen bin."

„Ich war verärgert. Ich wollte, dass du bleibst, bis wir alles geklärt haben."

„Ich sah keine Lösung." Sie lachte unglücklich. „Ich sehe immer noch keine."

„Darüber sprechen wir gleich. Willst du mir vorher nicht sagen, dass du mich liebst?"

„Ja", sagte sie leise.

Glücklich zog Jace sie in seine Arme und küsste sie.

Alexis schmiegte sich an ihn. „Ich liebe dich", flüsterte sie. „Aber haben wir denn überhaupt eine Zukunft?"

Er führte sie zu einem Stuhl, der in einem Erker stand und von dem aus man einen Blick auf den Schlossgarten hatte. Dort setzte er sich und zog sie auf seinen Schoß. Seufzend schlang Alexis den Arm um seinen Nacken.

„Ich habe viel nachgedacht in der letzten Zeit", sagte er. „Nichts macht einen Mann so nachdenklich wie die Verbannung aus der Gemeinschaft." Seine Stimme klang tonlos.

„Auch Rocky und Gil?"

„Die besonders. Die haben erst wieder mit mir gesprochen, als ich ihnen erzählte, dass ich zu dir fahre."

Sie küsste ihn auf die Wange.

„Das war eine gute Entscheidung! Und worüber hast du in all den einsamen Stunden nachgedacht?"

„Über dich natürlich. Und darüber, warum wir nicht zusammen sein können."

Sie runzelte die Stirn. „Das gefällt mir nicht."

„Warte! Ich habe den Heiratsantrag doch angenommen, oder?" Er dachte eine Weile nach. „Ich bin zu dem Schluss gekommen, dass ich mein Leben nicht aus der Hand geben kann. Ich bin einfach nicht der Typ dafür. Aber mir ist dieser Spruch deiner Mutter nicht aus dem Sinn gegangen, dass jeder, der weiß, wohin er gehört, ein glücklicher Mensch ist. Bis jetzt meinte ich, dass die Ranch der einzige Platz auf der Welt für mich ist. Vielleicht, weil ich so lange zwischen meinen Eltern hin und her geschubst wurde. Aber ich gehöre auch an deine Seite."

„Dann sitzt du in der gleichen Falle wie ich."

„Nicht ganz", sagte er. „Denn anders als ich, hattest du nie eine Chance, dein eigenes Leben zu führen, bis du nach Arizona kamst, um zu unterrichten. Und selbst dann noch musstest du zu Täuschungsmanövern greifen."

Sie zuckte zusammen. „Das war nicht gerade eine Glanzleistung."

„Du musstest es tun, um dich zu bewähren. Alexis, ich möchte, dass du ab jetzt so lebst, wie du möchtest. Dazu gehören die Verpflichtungen der Familie und dem Land gegenüber."

„Stimmt", sagte Alexis traurig. „Und deshalb sehe ich keinen Ausweg."

„Aber ich. Wir könnten alles miteinander teilen. Wenn du in Inbourg sein musst, komme ich mit dir. Wenn ich auf der Ranch sein muss, kommst du mit mir. Ich möchte dich heiraten und bei dir bleiben. Wir gehören zusammen."

„Aber die Paparazzi werden uns überallhin verfolgen."

„Das bezweifle ich. Die Ehefrau eines Ranchers gibt für ihre Blätter nicht sehr viel Stoff her." Seine Augen schauten ernst und bittend. „Ich liebe dich. Wir werden es schaffen."

Alexis traten Tränen in die Augen. „Ja, wir beide schaffen es", wisperte sie glücklich. „Weißt du eigentlich, was auf jemanden zukommt, der eine Prinzessin von Inbourg heiraten will?"

Er zog die Brauen hoch. „Ich werde doch wohl nicht Prinz Jace genannt?" Er schüttelte sich.

„Nein. Aber du musst um die Zustimmung meines Vaters bitten, auf die Genehmigung der Nationalversammlung warten und den Rat des Kirchenoberhauptes einholen."

„Ist das alles?" Er schob die Hand in ihr langes kastanienbraunes Haar und bog ihren Kopf nach hinten. Seine Lippen näherten sich ihrem Mund. „Wie lange dauert so eine Prozedur?"

„Ein paar Monate." Sie seufzte. „Du solltest also bald damit anfangen."

„In ein paar Minuten", sagte Jace und küsste sie.

– ENDE –

Laura Wright

Küss mich, mein Retter

Roman

Aus dem Amerikanischen von
Gabriele Ramm

Prolog

Schottland

Mai

Das Meer erinnerte ihn an die verführerische Rundung einer weiblichen Hüfte, als es sich zu einer Welle auftürmte und rosig in der untergehenden Sonne schimmerte. Aber Kronprinz Alexander William Charles Octavos Thorne stand der Sinn nicht mehr nach Frauen, seien es echte oder imaginäre.

Er atmete tief die salzige Meerluft ein, lehnte sich gegen einen zerklüfteten Felsen und sah der Welle zu, die sich am Strand brach und auf ihn zurollte.

Auch als das eisige Wasser seine Füße umspülte, blieb er regungslos stehen.

Das Meer nahm, verletzte und vernichtete. Das Bedürfnis, etwas zu zerstören, war Alex nicht fremd. Fünf lange Jahre hatte er Ähnliches erdulden müssen – zu viele Male, um sie noch zählen zu können. Und die Nachricht, die er heute erhalten hatte …

Vor drei Stunden hatte er erfahren, dass seine Frau gegangen war. Sie hatte nicht nur die Stadt verlassen, sondern auch ihn, und zwar wegen eines anderen Mannes. Alex verspürte nicht nur Erleichterung, sondern auch Wut – auf eine Frau, die ihn seit dem Moment gehasst hatte, als sie geheiratet hatten. Auf eine Frau, die sich ihm gegenüber eiskalt verhalten hatte, gleichgültig, wie sehr er sich um sie bemüht hatte. Auf eine Frau, die keine Kinder gewollt hatte, keine Wärme, keine Freundschaft.

Alex zog sich das Hemd aus und genoss die kühle Luft, die über seinen Oberkörper strich.

Er hatte eine Frau geheiratet, die er kaum kannte. Trotzdem hatte er zu seinem Versprechen gestanden, war ihr treu geblieben und hatte jedes Mal geschwiegen, wenn sie seinen Vater und den Hof anlog. Sie hatte allen vorgemacht, dass sie versuchten, ein Kind zu zeugen. Und er hatte sogar während der letzten zwei Jahre nach außen hin so getan, als lebten sie wie jedes andere normale Ehepaar zusammen.

Aber ab heute, da sie ihn wegen eines anderen Mannes verlassen hatte, galten seine Treue und Loyalität einzig dem Königreich Llandaron. Er musste jetzt an sein Heimatland denken. Es galt in erster Linie, größeren Imageschaden vom Hof und dem gesamten Land fernzuhalten.

Vorerst musste er also so tun, als bestünde seine Ehe noch.

Nächste Woche würde er nach Japan zu einem Treffen mit dem Kaiser reisen, sich für die Abwesenheit seiner Frau entschuldigen und sich um die geschäftlichen Angelegenheiten kümmern. Und gleichzeitig würde er einen alten Schulkameraden, dem er trauen konnte und der zufällig Scheidungsanwalt in London war, um einen Gefallen bitten. Irgendwann würde er nach Llandaron zurückkehren und seiner Familie und seinem Vater erzählen, dass er versagt hatte.

Alex biss die Zähne so heftig zusammen, dass es schmerzte. Er hasste Fehlschläge. Noch mehr ärgerte es ihn allerdings, einen Misserfolg zugeben zu müssen.

Passend zu seiner düsteren Stimmung setzte langsam die Dämmerung ein. Der Wind frischte auf und ließ die Wellen mit neuer Kraft gegen das Ufer schlagen.

Von diesem Tag an, schwor Alex sich, wird keine Frau jemals wieder Macht über mich haben.

Und von diesem Tag an schwand seine Aussicht, an die Macht zu gelangen.

Zeit seines Lebens war er von einer Gewissheit ausgegangen: dass er eines Tages sein Land regieren würde. Dieser feste Glaube war durch die Ereignisse erschüttert worden. So wie es momentan aussah, musste er vielleicht zugunsten seines Bruders Maxim auf den Thron verzichten. Denn eine Königin und ein Erbfolger waren lebenswichtig für das Königreich von Llandaron. Und Maxim war nicht nur verheiratet, sondern würde bald auch als stolzer Vater sein erstes Kind auf dem Arm halten.

Die Vorstellung versetzte Alex einen Stich. Er öffnete den Mund und schrie ungehemmt den Schmerz der letzten fünf Jahre heraus.

Plötzlich verstummte er und blickte wie gebannt hinaus aufs Meer. Weiter draußen schlingerte in einiger Entfernung ein Segelschiff durch die raue See.

Für den Bruchteil einer Sekunde, bevor das Schiff hinter den emporragenden Klippen verschwand, entdeckte Alex eine Frau an Deck. Sie sah wie eine der Meerjungfrauen aus seinen Kindheitsträumen aus – eine Frau mit wunderschönen Kurven und flammend rotem Haar.

Während der Wind ihr das lange Haar zerzauste, schaute sie zu ihm herüber. Alex kam es so vor, als sähe sie ihm direkt ins Gesicht – ein seltsames Gefühl, denn auf diese Entfernung konnte sie seine Augen bestimmt nicht ausmachen. Im Blick dieser Fremden schienen sich die Elemente Feuer, Wasser und Luft auf unglaubliche Weise zu vereinen. Der Eindruck war überwältigend und versetzte Alex in eine nie gekannte Erregung.

Eine riesige Welle schlug nur wenige Zentimeter von ihm entfernt auf den Strand. Salzwasser spritzte ihm in Mund und Augen. Hastig wischte Alex sich übers Gesicht, um wieder sehen zu können.

Sowohl das Schiff als auch die Meerjungfrau waren verschwunden.

Alex unterdrückte das ungeheure Verlangen, das er in diesem Augenblick verspürte. Es war nicht das erste Mal, dass er eine Frau begehrte, auch wenn er noch niemals eine so unwiderstehliche Sehnsucht empfunden hatte. Trotzdem würde er dagegen ankämpfen, denn niemals wieder würde er einer Frau Einfluss auf seine Gedanken und Gefühle zugestehen.

In Windeseile zog Alex sich aus und tauchte entschlossen in das kalte Wasser ein. Genau wie er seinen Geist bezwungen hatte, würde er auch seinem Körper zeigen, wer das Sagen hatte.

1. Kapitel

Llandaron

Vier Monate später

Dichter, gefährlicher Nebel hüllte die Segeljacht wie ein Umhang ein, während das Meerwasser langsam, aber stetig in den Schiffskörper eindrang.

Fluchend stopfte Sophia Dunhill nasse Kissen in das Loch im Rumpf und ärgerte sich über die eigene Unaufmerksamkeit. Hätte sie aufgepasst, wäre das Boot nicht leckgeschlagen.

Wie hatte sie nur so dumm und zerstreut sein können?

Vielleicht weil der Anblick des wunderschönen Heimatlandes ihres Großvaters sie so in den Bann gezogen hatte, dass sie sämtliche Gedanken an Navigation vergessen hatte.

Sie hatte an Deck gesessen, sich von der warmen Nachmittagssonne wärmen lassen und hinüber auf das kleine Inselreich unweit der Küste von Cornwall geschaut: Llandaron mit seinen sanften Hügeln, mit den saftig-grünen Wäldern, die mit Heidelandschaft abwechselten, sowie der malerischen Steilküste. Es war wunderschön anzuschauen und hatte Sophia vom ersten Moment an fasziniert.

Das Wetter war absolut perfekt gewesen. Blauer Himmel und eine ruhige See. Schlagartig hatte sich das jedoch geändert. Wie aus dem Nichts war Nebel aufgezogen, so schnell und so dicht, dass Sophia kaum Zeit geblieben war – weder zum Nachdenken noch zum Handeln. Und schon wenige Sekunden später kollidierte die „Daydream“ mit den Felsen. Sophia saß fest.

Wie war das möglich? Sie segelte seit über zehn Jahren, und trotzdem hatte sie diesen Wetterumschwung nicht vorhergesehen!

Sie geriet in Panik, als sie zurück an Deck hastete und wieder im Nebel gefangen war. Es durfte nicht sein, dass sie dieses Schiff wegen ihrer Dummheit verlor. Die Jacht war alles, was ihr von ihrem Großvater geblieben war. Sie war sein Vermächtnis, sein Traum – etwas, was sie gemeinsam geschaffen und miteinander geteilt hatten. Die Daydream durfte einfach nicht untergehen! Sophia fehlte nur noch ein winziges Stück ihrer Reise, der Reise ihres Großvaters. Erst wenn sie mit der Daydream in dem kleinen Fischerdorf Baratin, dem Geburtsort ihres Großvaters, vor Anker gegangen war, konnte sie nach Hause zurückkehren – nach San Diego, in ihre leere Wohnung. Erst dann würde sie sich Gedanken über ihre Schreibblockade machen, die sie plagte, seit ihr Großvater gestorben war.

Baratin war nicht weit entfernt, es lag auf der anderen Seite von Llandaron. Und Sophia war fest entschlossen, es bis dorthin zu schaffen.

Hastig zog sie ein Ersatzsegel über das Deck und presste es in das große Loch. Aber das Wasser strömte mit zu viel Kraft herein. Das Ganze würde nicht lange halten, vor allem nicht, wenn das Schiff weiter so gegen die Felsen gedrückt wurde.

In ihrer Panik ging Sophia plötzlich ein Gedanke durch den Kopf, doch sie verwarf ihn sofort.

Alle Mann von Bord!

Aber nein, ein Segler verließ sein Schiff genauso wenig, wie eine Mutter ihr Kind verließ.

In diesem Moment schoss Meerwasser durch eine Deckplanke und spritzte so hoch wie eine Fontäne. Die Jacht kippte zur Seite. Sophia hörte ein Ächzen. Fast klang es, als hätte das Boot Schmerzen.

Sophia wurde schwer ums Herz, aber ihr blieb keine Wahl. Sie musste die Daydream verlassen.

Ohne länger zu überlegen, schnappte sie sich ihre Aufzeichnungen und die Notfalltasche, die immer gepackt bereitstand. Indem sie sich festhielt, wo sie konnte, stolperte Sophia zum Bug des Schiffes. War sie feige, weil sie den einfachen Weg wählte? Kurz dachte sie an die Beerdigung ihrer Eltern und an die Entscheidung, die sie damals getroffen hatte.

Sophia hatte sich gegen den ausdrücklichen, testamentarisch festgelegten Willen ihrer Eltern dazu entschieden, bei ihrem Großvater zu leben statt bei ihrer strengen Tante Helen. Nachdem sie bei zwei sehr dominanten Menschen groß geworden war, hatte Sophia sich verzweifelt nach Freiheit gesehnt. Also hatte sie ihrem Instinkt vertraut und war zu ihrem Großvater gegangen. Wie sich herausstellte, war es eine der besten Entscheidungen ihres Lebens gewesen.

Auch jetzt konnte Sophia sich nur auf ihren Instinkt verlassen, und der riet ihr, über Bord zu springen.

Sophia warf einen letzten Blick auf ihre Aufzeichnungen, um sich zu vergewissern, dass sie in die richtige Richtung schwimmen würde.

Mit geschlossenen Augen und angehaltenem Atem lauschte sie auf das Geräusch der Wellen, so wie ihr Großvater es ihr beigebracht hatte. Schließlich zog sie die Gurte ihrer Rettungsweste noch einmal fest, atmete tief durch und sprang ins Wasser.

Er hatte gehofft, der Welt für eine Weile entfliehen zu können.

Auf der Terrasse seines Strandhauses lehnte Alex Thorne sich auf seinem Stuhl zurück, trank einen Schluck Bier und genoss den Nebel, der ihn umgab. Auch wenn der mysteriöse Nebel auf Llandaron sich immer spätestens nach einer Stunde verflüchtigte, bedeutete er eine willkommene Auszeit für Alex. Eine Zeit, in der niemand Fragen stellte, keine Antworten von ihm erwartet wurden … also eine wahre Wonne.

Nachdem er vor fünf Tagen aus London zurückgekehrt war, hatte Alex sich mit vielen Fragen konfrontiert gesehen, die es zu beantworten galt. Wie immer hatte er versucht, sie so kurz und bündig und so pragmatisch wie möglich abzuhandeln.

Seine Familie brauchte nichts über die Details seiner gescheiterten Ehe zu erfahren. Die Fakten genügten: Er war geschieden und nach Hause zurückgekehrt, um seine Pflichten seinem Land gegenüber zu erfüllen und sich der Entscheidung seiner Bürger zu stellen.

Angesichts der Tatsache, dass er kein sonderlich gefühlsbetonter Mensch war, war Alex davon ausgegangen, dass es ihm nicht schwerfallen würde, die Neuigkeiten zu verkünden. Doch er hatte sich getäuscht. Die Scham machte es ihm schwer, über sein Scheitern zu sprechen.

Sein Bruder Maxim und seine Schwester Catherine hatten versucht, ihm beizustehen und ihn zu trösten. Sein Vater dagegen hatte mit angespannter Miene dem Bericht seines ältesten Sohnes gelauscht und nur gelegentlich geseufzt oder genickt.

Alex konnte seinem Vater diese Reaktion nicht verübeln. Er verstand sie sogar. Auch er machte sich Sorgen um Llandaron und darum, wie die Bürger des Inselreichs die Neuigkeit aufnehmen würden, wenn sie am Samstag auf dem jährlichen Llandaron-Picknick davon erfahren würden. Alex hatte nicht vergessen, dass die Menschen hier Jahr für Jahr geduldig, aber leider vergeblich auf die Nachricht gehofft hatten, dass der Thronfolger und seine Frau ein Kind erwarteten.

Würden die Bürger ihm sein neuerliches Scheitern vergeben? Oder würden sie verlangen, dass er zugunsten von Maxim auf den Thron verzichtete?

Alex trank noch einen Schluck Bier und blickte hinaus auf das vom Nebel eingehüllte Meer, das für ihn immer eine Art Zufluchtsort darstellte, wann immer er Trost suchte. Es gab keinen Zweifel daran, dass er sein Land und dessen Bewohner mehr liebte als sein eigenes Leben. Und er war bereit, das zu tun, was sie wünschten. Egal, was es war …

Plötzlich zuckte Alex zusammen. Mit gerunzelter Stirn neigte er den Kopf und lauschte. Seine eigenen Sorgen traten in den Hintergrund.

Ein Geräusch. Ein Rufen, das vom Wasser her ertönte – nur schwach, aber verzweifelt –, drang zu ihm. Es war ein Ton, der ihm das Blut in den Adern gefrieren ließ.

Ohne zu zögern, sprang Alex von der Terrasse auf den kühlen Sand und rannte zum Ufer. Der Nebel war so dicht, dass man die Hand vor Augen kaum sehen konnte, doch das hielt Alex nicht auf. Er hätte den Strand auch blind entlanglaufen können, so gut kannte er ihn.

Da! Der Schrei ertönte wieder, jetzt noch ein wenig lauter. Es war der Hilferuf einer Frau.

Ohne zu zögern, stürzte sich Alex kopfüber in die Fluten. Wie der Teufel schwamm er in die Richtung, aus der das Rufen, das durch das Rauschen der Wellen gedämpft wurde, ertönte. Immer wieder hob er den Kopf, sah nach rechts und links, während er versuchte, durch den dichten Nebel etwas zu erkennen.

Schließlich entdeckte er sie. Rotes Haar, aufgerissene Augen, blasses Gesicht. Eine Frau, die verzweifelt mit den Armen ruderte, denn ihre Schwimmweste hatte sich an einem Felsen verfangen.

Ihre Hilferufe klangen inzwischen heiser und zusehends schwächer. Ganz offensichtlich war sie erschöpft. Alex' unregelmäßiger Herzschlag dröhnte in seinen Ohren, als er direkt auf sie zuschwamm. Er vergeudete keine Zeit mit Reden, sondern riss die Weste vom Felsen los, schlang der Frau einen Arm um die Taille und hielt sie über Wasser.

Aber weil er mit dem zusätzlichen Gewicht im Arm hastig Wasser trat, verfing sich sein Bein in einem Gewirr von Seetang. Wie ein hungriger Krake umschlang es seinen Knöchel und zog ihn immer tiefer unter die Wasseroberfläche.

Er fluchte, schluckte Wasser und merkte, dass ihm die Frau entglitt und er keine Luft mehr bekam. Voller Panik und mit rasendem Puls versuchte er vergeblich, wieder an die Wasseroberfläche zu gelangen. Bilder vom Tod tauchten vor seinem inneren Auge auf – Bilder seines eigenen Todes.

Dann spürte er plötzlich aufwirbelndes Wasser an seinen Beinen und sah, wie die rothaarige Frau seinen Knöchel aus dem glitschigen grünen Zeug befreite.

Plötzlich schwebte er nach oben, fast so wie ein Luftballon in den blauen Himmel. Endlich kam wieder Luft in seine Lungen. Hustend und keuchend rang er nach Atem und bemühte sich verzweifelt, oberhalb der Wellen zu bleiben.

Dann, gerade als er dachte, seine Kräfte würden ihn endgültig verlassen, wurde ihm ein Arm um den Brustkorb geschlungen, und er merkte, dass er gezogen wurde.

Die hohen Wellen um ihn herum hoben und senkten sich, während die Frau und er sich langsam zum Ufer vorkämpften.

Obwohl Alex' Lungen schmerzten, normalisierte sich seine Atmung, und auch sein Puls schlug wieder regelmäßig, als sie sich dem Ufer näherten.

Als er schließlich wieder Boden unter den Füßen hatte, konnte er zwar wieder gehen, doch er kam nicht sehr weit. Sobald er trockenen Sand unter den Zehen spürte, ließ er sich fallen, streckte sich aus und schloss die Augen. Er hörte, dass die Frau sich neben ihm niederließ.

„Ich hoffe, es geht Ihnen gut, Lanzelot“, sagte sie außer Atem.

Es dauerte ungefähr dreißig Sekunden, bevor Alex etwas auf ihre mit amerikanischem Akzent geäußerte Bemerkung antworten konnte. „Lanzelot?“

„Der Ritter? Der, der die Jungfer in Not gerettet hat?“

„Ach ja, richtig“, murmelte Alex und rieb sich über das nasse Gesicht. „Derjenige, der der Jungfer in Not zu Hilfe geeilt ist und dessen Fuß im Steigbügel hängen blieb.“

„Seetang, Steigbügel … es kommt aufs Gleiche heraus.“ Die Frau legte ihm eine Hand auf die Schulter. „Es geht Ihnen wieder gut, oder?“

„Ich werde es überleben.“ Alex zwang sich, die Augen zu öffnen. „Okay, wenn ich Lanzelot bin, dann sind Sie …“

Die Worte erstarben auf seinen Lippen. Umgeben von milchigweißem Nebel, sah er das Gesicht einer Frau von solch unbeschreiblicher Schönheit, dass er fast glauben musste, doch auf den Grund des Meeres gesunken und im Paradies gelandet zu sein. Ihre Augen leuchteten in den Farben des Meeres – türkis mit winzigen blauen Sprenkeln –, und ihr wunderhübsches Gesicht wurde von einer wilden Mähne roter Locken umrahmt.

Sein Körper reagierte instinktiv auf diesen Anblick. Es war dieselbe Frau. Er spürte es in seinem Inneren – das gleiche Verlangen, die gleiche Verbundenheit. Wie war das möglich? Die Meerjungfrau, die er vor vier Monaten in Schottland gesehen hatte, war hier direkt vor seinem Haus gestrandet.

„Ich glaube, dann bin ich eine Idiotin“, entgegnete sie trocken. „Genau genommen sind wir beide Idioten.“

„Weshalb?“

„Ich, weil sich meine Schwimmweste im Felsen verfangen hat.“ Nachdenklich leckte sie sich mit der Zunge über ihre Unterlippe. „Sie, weil sich Ihr Bein im Seetang verfangen hat.“

Wenn er eine Hand um ihren Nacken schlang, sie an sich zog – würde sie die Lippen für ihn öffnen, würde sie ihn mit derselben Gier küssen, die er in seinem Inneren fühlte? „Das hört sich für mich nicht nach idiotischem Verhalten an.“

„Nicht? Wonach denn dann?“

„Nach göttlicher Fügung. Vielleicht wollten wir beide gefangen werden."

Du meine Güte, dachte Alex, offensichtlich ist auch mein Verstand vernebelt. Es war ihm schleierhaft, was ihn zu einer so verrückten Bemerkung veranlasst hatte. Jetzt war es jedoch zu spät, sie rückgängig zu machen.

Die Frau musterte ihn eindringlich, so als könnte sie direkt in ihn hineinsehen. „Ich habe nicht die Absicht, mich einfangen zu lassen. Ich bin auf der Suche nach Freiheit."

„Im Augenblick scheint das beides auf dasselbe hinauszulaufen." Das hatte er mehr zu sich selbst gesagt.

Sie schaute ihn verwirrt an. „Ja, das stimmt. Wie kommt das?"

Sie gab ihm keine Gelegenheit zu antworten. Gut – er hätte auch keine Antwort parat gehabt. Diese Stimmung und dieser Moment waren unwirklich. Einen Moment lang sah die Frau ihn mit verlangendem Blick an. Im nächsten schmiegte sie sich an ihn und küsste ihn auf den Mund. Nur einmal – eine sanfte, winzige Berührung, wie der Flügelschlag eines Schmetterlings.

Alex war wie betört von ihrem verführerischen Körper, ihren vollen Brüsten, die sich an seinen Oberkörper pressten, ihren köstlichen Lippen, die nur wenige Millimeter von seinen entfernt waren.

Verborgen im Nebel passierte hier etwas unglaublich Erotisches, etwas, wie er es noch nie erlebt hatte. Mit ihren Augen, mit ihrem Blick hielt sie ihn gefangen. Er kam sich vor wie in Trance, einer rätselhaften, sinnlichen Trance. Und er wollte sich darin verlieren.

Eng aneinandergeschmiegt, eingehüllt in den Nebel, der sie vor der Welt schützte. Das reinste Paradies.

Die Freiheit, sich einfangen zu lassen.

Sein Puls schlug heftig. Das alles musste ein Traum sein. Oder vielleicht ist es auch ein Albtraum, überlegte er, während eine ungeheure Hitze sich in ihm ausbreitete. Ein Albtraum, in dem er all seine Selbstbeherrschung verlor, auf die er sonst so stolz war. Ein Albtraum, der ihn sämtliche Vernunft vergessen ließ.

Um die unangenehmen Gesanken zu verscheuchen, drehte sich Alex blitzschnell mit der Fremden im Arm herum, sodass sie unter ihm lag. Zögernd lächelte sie ihn an und hob ihm den Kopf ein wenig entgegen. War er etwa verrückt geworden? Andererseits: Spielte das jetzt überhaupt eine Rolle?

Das ungeheure Verlangen, das ihn plötzlich durchströmte, war ihm völlig fremd. Vielleicht hatte es schon immer in ihm geschlummert und war erst jetzt geweckt worden, hier an seinem Strand, von seiner Meerjungfrau …

Mit einem tiefen Stöhnen senkte er den Kopf und strich mit den Lippen über ihren Mund. Und wie er es sich erhofft hatte, erwiderte sie den Kuss.

Ihre Lippen waren so heiß, ihr Geschmack so süß. Die rothaarige Schönheit zog ihn leidenschaftlich näher an sich.

Alex konnte nicht mehr klar denken – wollte gar nicht mehr denken. „Was tun wir hier?“, flüsterte er heiser.

Spielerisch, aber sehr erotisch, knabberte sie an seiner Unterlippe, bevor sie erwiderte: „Ich weiß es nicht. Aber es fühlt sich so unglaublich gut an.“

„Viel zu gut.“

Wieder setzte sein Verstand aus, als sie ihn erneut, diesmal heftiger, küsste. Als er den Kuss erwiderte, wand seine Nixe sich unter ihm, hob die Hüften und presste sie gegen ihn.

Plötzlich meldete sich sein Bedürfnis nach Kontrolle. Alex zog sich zurück, nur wenige Zentimeter, und sah ihr in die Augen. Sofort verlor er sich in den meeresgrünen Tiefen und war versucht, die eigenen Augen zu schließen und sich zu nehmen, was er jetzt brauchte. Und als ihr dann auch noch ein erstickter Seufzer entschlüpfte, presste er wieder die Lippen auf ihren Mund.

Neben ihnen schlugen die Wellen gegen den Strand.

Um sie herum wurde der Nebel immer dichter.

Mit ungezügelter Leidenschaft riss sie Alex das T-Shirt über den Kopf und öffnete mit zitternden, ungeduldig tastenden Fingern seine Jeans. Und noch ehe er einen klaren Gedanken fassen konnte, rollte sie sich mit ihm herum, setzte sich rittlings auf ihn und schaute ihn mit funkelnden Augen an.

Alex’ Puls schlug rasend schnell, als er die Träger ihres Badeanzugs über ihre Schultern schob und ihre vollen Brüste mit den Händen umschloss. Er entlockte ihr ein kehliges Stöhnen, als er die aufgerichteten

Spitzen liebkoste, und spürte, dass sie wohlig erschauerte. Er wusste, dass sie kurz davor war, ihren Höhepunkt zu erreichen.

Sanft beschrieb er mit den Daumen kleine Kreise um ihre Brustspitzen, während sie rhythmisch die Hüften bewegte. Alex bewegte sich mit ihr, schneller, immer schneller, dem Gipfel entgegen, während die rosigen Knospen unter seinen Liebkosungen immer fester wurden.

Plötzlich schrie sie auf; ein heiserer, fast schmerzerfüllter Ton, der tief aus ihrem Inneren emporstieg.

Alex, der inzwischen beinahe schmerzhaft erregt war, rollte sie wieder auf den Rücken. Noch ehe die nächste Welle hinter ihnen gegen das Ufer schlug, hatte er der Frau den Badeanzug ausgezogen und ihre Schenkel gespreizt. Keuchend und mit hungrigem Blick schlang sie ihre langen, herrlichen Beine um ihn und hob einladend die Hüften.

Alex sah sie wie gebannt an. „Willst du das wirklich?"

„Ja", flüsterte sie rau.

Ohne ein weiteres Wort, ohne einen weiteren Gedanken, richtete sich Alex auf und drang in sie ein. Er stöhnte auf, als er spürte, wie sie ihn heiß und feucht umschloss. „Du fühlst dich himmlisch an."

Ein Laut der Lust entschlüpfte ihr, und sie lachte leise. „Ich bin aber kein Engel." Als wollte sie es beweisen, hob und senkte sie die Hüften in wilden, begehrlichen Bewegungen.

Alex verlor völlig den Verstand. Aber er wusste, dass dieser wunderbare Zustand der Erregung nicht lange andauern würde, und das machte ihn wütend. Er wollte sich für immer in diesem Gefühl verlieren, in dieser Frau, in dieser Halluzination.

Schweiß stand auf Alex' Stirn, als er sich mit seiner Nixe vereinigte. Seine kraftvollen Stöße drückten sie tiefer und tiefer in den Sand.

Die Hände der Nixe waren überall gleichzeitig: auf seinem Rücken, seinem Po, dann auf seinen Schultern. Schließlich keuchte sie auf, erstarrte und öffnete die Beine, die ihn eben noch umklammert gehalten hatten, ganz weit.

Alex konnte spüren, wie sie den Gipfel erklomm, konnte spüren, wie Wellen der Lust sie überliefen und ihn gleichfalls an den Rand der Beherrschung brachten.

Und während die rothaarige Meerjungfrau sich ekstatisch unter ihm wand, gab Alex dem Verlangen nach und folgte ihr in unbekannte Höhen.

Als die Hitze, die Sophias Körper ergriffen hatte, langsam wieder nachließ, verzog sich auch der Nebel. Einen Moment lang betete sie stumm darum, dass sie sich zusammen mit dem weißen Schleier auflösen könnte – nur weg. Fort aus der Wirklichkeit, weit fort von der Verlegenheit, die sie zu überwältigen drohte.

Der Mann neben ihr bewegte sich, und seine erhitzte Haut berührte ihre.

Sofort reagierte ihr Körper. Sophia unterdrückte ein Stöhnen. Nein, sie war kein Engel. Während sie den Kopf in die Halsbeuge ihres fremden Liebhabers schmiegte, überlegte sie, wie um alles in der Welt das hier hatte geschehen können. Zugegeben, sie nahm sich gern, was sie wollte – aber mit einem völlig fremden Mann zu schlafen, das wäre ihr bisher im Traum nicht eingefallen.

Und trotzdem sehnte sie sich nach mehr.

Sie wünschte, sie könnte einfach neben diesem so unglaublich gut aussehenden Mann liegen bleiben. Wünschte, dass Einsamkeit und Unsicherheit vergingen und dass es in ihrem Leben mehr solcher wunderbaren Momente gäbe.

Momente, in denen sie sich wie eine Frau fühlte, die begehrt und geliebt wurde.

Mit ihren fast sechsundzwanzig Jahren und lediglich einer eher unbefriedigenden Liebesaffäre auf ihrem Konto hatte sie häufig von Augenblicken wie diesem geträumt. Nur hatte sie nie damit gerechnet, dass so etwas jemals Wirklichkeit werden könnte. Und jetzt, da es wirklich passierte, fiel es ihr schwer, wieder in die Wirklichkeit zurückzukehren.

Sophia wurde aus ihren Gedanken gerissen, als der Mann neben ihr sich von ihr löste und sich aufsetzte. Er hatte die Lippen zusammengepresst, und der Blick, mit dem er Sophia bedachte, verriet Entsetzen. Auf einmal kam sie sich sehr entblößt vor. Trotz der Bestürzung, die sich in seiner Miene widerspiegelte, konnte sie erkennen, dass er äußerst markante Gesichtszüge hatte.

Allerdings war Sophia sich nicht sicher, ob er sich selbst oder sie verurteilte.

Während sich ihre Wangen vor Verlegenheit röteten, schnappte sie sich ihren Badeanzug und zog ihn hastig an. Um einen lockeren Ton bemüht, meinte sie: „Ich nehme an, du wirst mir nicht glauben, wenn ich sage, dass ich so etwas noch nie getan habe?"

Mit ausdrucksloser Miene erwiderte er: „Ich muss mich entschuldigen."

Seine Stimme klang heiser, und er hatte einen Akzent, den sie nicht einordnen konnte und der ihr durch und durch ging. „Es besteht kein Grund, sich zu entschul…"

„Natürlich." Fluchend fuhr er sich mit der Hand durch sein dichtes schwarzes Haar. „Du bist dort draußen fast ertrunken und …"

„Du auch."

„Und ich …"

„Und wir", korrigierte sie ihn.

Er hielt inne und schaute sie an. „Wer bist du?"

Ein Dummkopf, hätte sie am liebsten geantwortet. Eine schamlose Frau ohne Verstand. Eine Frau, die sich so verzweifelt nach Leben sehnt, dass sie sämtliche Vernunft in den Wind geschlagen hat … einen Moment lang. „Vielleicht ist es besser, wenn wir unsere Namen für uns behalten."

Er schüttelte hochmütig den Kopf. „Das ist unmöglich."

„Warum? Wir müssen doch nichts übereinander wissen." Lass mir nur fünf Minuten Zeit zum Verschwinden, dachte sie.

„Ich fürchte, das geht nicht."

„Warum nicht?"

Er stand auf, stieg in seine Jeans, während Sophia seine breiten Schultern und die geschmeidigen Muskeln bewunderte. Wow, der Mann hätte eine Bronzestatue sein können, so fantastisch sah er aus. Gewelltes schwarzes Haar, das ihm in den Nacken reichte, scharf geschnittene Gesichtszüge, die seine herrische Art perfekt zur Geltung brachten. Und dann waren da noch diese amethystfarbenen Augen, die nicht nur verlangend funkelten, sondern gefährlich und stolz wie die eines Löwen blitzten.

„Sagen wir einfach, ich bin altmodisch", erwiderte er schließlich.

„Nun, ich nicht", konterte sie. Es war eine Lüge, aber bei emotionalem Stress kam immer ihre schlimmste Seite zutage. Sie würde sich diesem Mann nicht anvertrauen. Nicht, nachdem er sehr deutlich gemacht hatte, dass er das, was eben passiert war, als einen großen Fehler ansah. Sie würde ihm weder verraten, wie sie hieß, noch, woher sie kam. Und auch dass sie die Heimatinsel ihres Großvaters umsegelte, während sie versuchte, Ideen für ihr nächstes Kinderbuch zu sammeln, würde ihr Geheimnis bleiben.

Am liebsten wäre sie einfach nur fortgelaufen.

„Es ist besser, du sagst mir deinen Namen. Ich möchte es dir nicht erst befehlen müssen", begann er und verschränkte die Arme vor seiner muskulösen Brust. „Aber notfalls würde ich es tun."

Sophia runzelte die Stirn, weil sie glaubte, sich verhört zu haben. „Wie bitte?"

„Ich fürchte, ich muss dir befehlen, mir deinen Namen zu nennen."

„Du musst es mir *befehlen*?"

„Genau."

Sie lachte spöttisch. „Das ist ja lächerlich. Was denkst du, wer du bist? Der König von Llandaron, oder wie?"

Er schüttelte den Kopf. „Noch nicht."

Sie wurde allmählich nervös, doch sie ignorierte das Gefühl und lachte stattdessen noch einmal kurz. „Okay, dann bin ich die Königin der Meere."

„Das ist nicht der rechte Zeitpunkt für Scherze, Miss ..."

„Da stimme ich dir zu." Sie stand auf und straffte die Schultern. Das wurde langsam lächerlich. Sie hatte impulsiv gehandelt und einen furchtbaren Fehler begangen. Aber es war vorbei. Jetzt musste sie von hier verschwinden. Sofort. Bevor diese Charade noch weiterging. Bevor sie sich noch mehr blamierte. „Noch weitere Befehle, bevor ich mich aufmache, um eine Werft zu suchen, Sir?"

Bei seinem strengen Blick verlor sie langsam den Mut. „Nur einen."

Sie schluckte, spürte erneut die Hitze in sich aufsteigen und ärgerte sich darüber. „Und der wäre?"

„Ich war leichtsinnig. Dafür entschuldige ich mich."

„Bitte keine weiteren Entschul..."

„Sie könnten ein Kind von mir in sich tragen, Miss …“ Offensichtlich wollte er sich Respekt verschaffen, indem er wieder zum Sie überging. „Den Thronerben von Llandaron.“ Er hob eine Augenbraue. „Und ich fürchte, Sie werden hier in meinem Königreich bleiben müssen, bis ich mir Gewissheit darüber verschafft habe.“

2. Kapitel

Alex sah, wie das hübsche Gesicht der Frau ganz blass wurde, und hätte sich selbst ohrfeigen können. Er war der Grund für ihr Unbehagen. In seinem Bemühen, sachlich an die ganze Sache heranzugehen, war er zu rücksichtslos vorgegangen. Kein Wunder, dass sie so schockiert aussah.

Als wäre sie auf der Flucht vor einer Feuersbrunst, sprang die Frau auf, blickte über die Schulter, bevor sie ihre zornig funkelnden grünen Augen wieder auf ihn richtete. „Hör zu, wer auch immer du bist. Das geht jetzt wirklich zu weit."

Äußerlich vollkommen ruhig sagte Alex: „Du glaubst mir nicht?"

Sie schnaubte nicht gerade damenhaft, während sie ihn von Kopf bis Fuß maß. „Nein, natürlich nicht."

„Es gibt viele Möglichkeiten, meine Identität zu beweisen."

„Sicher", meinte sie mit sarkastischem Unterton. „Aber ich habe für heute genug von irgendwelchen Spielchen."

„Ich auch."

„Gut." Ein wenig hochmütig sah sie ihn an, während ihr das lange rote Haar ins Gesicht wehte. „Mein Segelschiff ist gegen einen Felsen geprallt und droht unterzugehen, wenn ich es nicht schnellstmöglich an Land gezogen …"

„Du brauchst dir um das Boot keine Sorgen zu machen. Ich werde veranlassen, dass man es zum Hafen schleppt."

„Das ist nicht nötig."

„Ich denke, unter den gegebenen Umständen …"

„Danke, ich kann mich selbst darum kümmern. Wenn du mich jetzt bitte entschuldigen würdest." Sie wandte sich um und wollte gehen.

Aber das konnte Alex nicht zulassen. Die Sache war noch nicht geklärt und noch lange nicht vorbei. Er griff nach ihrer Hand.

Als sie zu ihm herumwirbelte, war ihr Blick mehr als feindselig. „Du hast vielleicht Nerven, Kumpel."

Alex' Mundwinkel zuckten. Noch nie hatte jemand so mit ihm gesprochen. Okay, sie glaubte nicht, dass er der Kronprinz des Landes war, aber trotzdem faszinierte ihn ihr Mut.

„Was willst du machen, während du darauf wartest, dass dein Boot repariert wird?", fragte er.

Sie entzog ihm ihre Hand. „Das habe ich mir noch nicht überlegt."

Alex sah hinaus aufs Meer, wo ihr Boot von den Wellen hin und her geschaukelt wurde. Es war schwierig, auf diese Distanz den Schaden abzuschätzen, aber es war offensichtlich, dass umfangreiche Reparaturen notwendig waren. „Es sieht ganz danach aus, als würden die Reparaturen wohl einige Wochen dauern."

„Das werden wir sehen. Ich kenne mich ziemlich gut mit Booten aus, vielleicht kann ich bei der Reparatur mitmachen."

„Ich glaube nicht, dass Mr. Verrick das erlauben wird, aber natürlich kannst du es versuchen."

„Danke für den Ratschlag. Kann ich jetzt gehen?"

„Eins noch. Wo willst du wohnen, während das Boot repariert wird?"

„Ich weiß es nicht", antwortete sie ungeduldig. „In der Stadt vermutlich."

Mit einer Vehemenz, die ihn selbst erstaunte, schüttelte Alex den Kopf. Auf keinen Fall würde er diese Frau in ein Hotel ziehen lassen. Auch wenn es unklug war, aber er wollte sie in seiner Nähe behalten, damit er ein Auge auf sie haben und sie beschützen konnte. Und natürlich damit er sicherstellen konnte, dass sie Llandaron nicht heimlich verließ.

Nicht, solange die Möglichkeit bestand, dass sie sein Kind in sich trug.

„Du wirst hier in meinem Strandhaus bleiben."

Sie zog die Brauen zusammen. „Was glaubst du eigentlich, wer du bist?"

„Ich habe dir erzählt, wer ich bin."

„Ja, sicher. Der zukünftige König. Natürlich." Sie machte eine ausschweifende Handbewegung. „Ich sehe gar keine Leibwächter."

„Auf meinem Privatgrundstück dulde ich keine Sicherheitskräfte."

„Das ist aber doch ziemlich gefährlich für einen zukünftigen König, oder nicht?", meinte sie sarkastisch.

„Vielleicht. Aber da ich ein Leben lang sozusagen unter Bewachung gestanden habe, wollte ich es so."

Unerschrocken begegnete sie seinem herrischen Blick. „Pass auf, was geschehen ist, war ein Fehler, okay? Können wir es nicht einfach dabei belassen? Wir haben nicht nachgedacht. Kein Wunder bei all diesem Nebel ... und außerdem haben wir beide in Lebensgefahr geschwebt. Da kann man schon ..."

„Eine Dummheit begehen?"

Sie nickte. „Genau."

„Nun, das ändert aber nichts an der Tatsache, dass du schwanger sein könntest."

Sie schnappte entgeistert nach Luft und schaute auf ihren Bauch. Es folgte ein langes Schweigen, bevor sie schließlich wieder aufblickte. Sie sah schockiert aus. Dann, wie ein Wind, der die Richtung wechselt, wandelte sich ihr schockierter Ausdruck in eine Mischung aus Sorge und Erstaunen.

Ruhig, fast wie zu sich selbst, meinte sie: „Hast du daran gedacht, dass ich vielleicht die Pille nehme?"

„Ich glaube nicht, dass du es tust."

„Und wie kommst du darauf? Bin ich so unattraktiv, dass ich keinen festen Freund haben könnte?"

Unattraktiv? Alex musste fast lachen. Das Wort klang wie der reinste Irrsinn, als es aus diesem vollen, sinnlichen Mund kam, den er am liebsten wieder geküsst hätte. Die Worte „fester Freund" dagegen hinterließen einen unangenehmen Nachgeschmack.

Er biss die Zähne aufeinander. Daran, dass sie mit einem anderen Mann zusammen sein könnte, wollte er gar nicht denken. Genauso wenig wie daran, dass sie vielleicht die Pille nahm, weil sie sexuell aktiv war. Bei beiden Vorstellungen verkrampfte sich sein Magen. Aber solche Gefühle waren gefährlich.

„Ich wollte dich nicht beleidigen", erklärte er. „Ich habe nur angenommen ... Na ja, du warst während der letzten vier Monate auf See. Allein. Und ..."

Sie unterbrach ihn mit unsicherer Stimme. „Woher zum Teufel weißt du, dass ich seit mindestens vier Monaten auf See bin?"

„Ich habe dich gesehen." Das Bild, wie sie auf ihrem Boot gestanden hatte, die Haare im Wind wehend, mit all diesen fantastischen Kurven, erschien vor seinen Augen, als hätte er es erst gestern gesehen – und gleichzeitig packte ihn wieder dieses unkontrollierbare Verlangen.

„Wann?", wollte sie wissen. „Wann hast du mich gesehen?"

„Im Mai. In Schottland. Ich war am Strand. Du hast auf dem Bug deines Schiffes gestanden."

Während der salzige Meerwind über sie hinwegstrich, wurden Sophias Augen ganz dunkel, und ihre Wangen begannen zu glühen. „Das warst du?"

Alex nickte, und sein Puls beschleunigte sich, als ihm bewusst wurde, dass sie ihn damals auch gesehen hatte.

Sophia spürte die Schamesröte, die ihr Gesicht glühen ließ, und ärgerte sich darüber. Normalerweise war sie durch nichts so leicht in Verlegenheit zu bringen. In der Regel packte sie Konflikte an und versuchte sie zu klären, damit sie die Sache abhaken konnte. Aber in Gegenwart dieses atemberaubenden Mannes war sie nicht sie selbst. Und die Tatsache, dass sie noch einen Monat später von diesem Mann, der mit nacktem Oberkörper an der schottischen Küste gestanden hatte, geträumt hatte, brachte sie ziemlich in Verlegenheit, zumal es ziemlich erotische Fantasien waren, die er in ihr geweckt hatte.

„Wer bist du? Und jetzt sag bitte die Wahrheit", bat sie und strich sich eine Locke hinters Ohr.

„Kronprinz Alexander William Charles Octavos Thorne." Das Lächeln, das er ihr schenkte, ließ ihr die Knie weich werden. „Ehrlich."

„Du lügst."

Er schüttelte den Kopf. „Ich lüge nie."

Mit angehaltenem Atem betrachtete Sophia ihn im Licht der untergehenden Sonne. Ihr Großvater hatte immer behauptet, sie sei eine gute Menschenkennerin. Aber dieser Mann war schwerer zu durchschauen als die meisten anderen. Es kam ihr so vor, als hätte er eine Mauer um sich herum errichtet.

Aber sein offener Blick und seine ernste Miene verrieten ihr, dass er die Wahrheit sagte.

Stöhnend wandte sie sich zum Meer. Das war unmöglich. Absolut unmöglich. So etwas passierte nur im Märchen. Ein Prinz, du meine Güte. War sie tatsächlich so verrückt gewesen, sich einem Prinzen an den Hals zu werfen … mit einem Prinzen zu schlafen?

Mit einer Hand strich sie über ihren Bauch.

Ein Kind … ein vertrauter Schmerz überkam sie. Sie war ein Einzelkind gewesen, das schon im Alter von fünf Jahren wie eine Erwachsene behandelt worden war – mit all den Verpflichtungen, die dazugehörten. Schon seit damals träumte sie von einer Familie mit vielen Kindern. Sie wollte ihnen das Lesen beibringen, das Segeln, das Schwimmen, und vor allem sollten ihre Kinder die Möglichkeit haben, albern und sorglos – eben einfach Kind – zu sein.

Aber ein Kind auf diese Art und Weise zu bekommen …

Und noch dazu von einer königlichen Hoheit …

Einen Moment lang klammerte sich Sophia an die Hoffnung, dass sie vielleicht an Deck eingeschlafen war. Dass sie zu viel Sonne abbekommen hatte. Vielleicht spielte ihr Verstand ihr einen Streich, und das alles war nur ein verrückter Traum. Der Zusammenstoß mit den Felsen, der Nebel, der Mann …

Hoffnungsvoll kniff sie sich in den Arm. Ein heftiger Schmerz verriet ihr, dass sie sehr wohl wach war.

„Und wie lautet dein Name?“, fragte er.

Sophia schaute auf und murmelte: „Sophia Dunhill aus San Diego in Kalifornien.“

Lächelnd nahm der Prinz ihre Hand. „Komm mit in mein Haus, Sophia. Dort kannst du dich abtrocknen, und wir sorgen dafür, dass dein Boot gerettet wird.“

„Du lieber Himmel, nicht schon wieder eine Amerikanerin“, rief der König.

Sich gegen den Kaminsims in der Bibliothek des Palastes lehnend, verschränkte Alex die Arme vor der Brust und beobachtete, wie sein Bruder Maxim und seine seit Kurzem schwangere Schwester Cathy sich zu ihren amerikanischen Ehepartnern umdrehten und in Lachen ausbrachen.

Vor zehn Minuten hatte Alex seine mutige und attraktive kleine

Meerjungfrau ihrem Bad überlassen. Sie hatte hoch und heilig geschworen, dass sie „zumindest für heute Nacht" dableiben würde. Er wusste nicht, ob er ihr glauben sollte oder nicht, aber was er wusste, war, dass er dringend ein wenig Abstand zu ihr gebraucht hatte. Sonst hätte er sie nämlich wieder in die Arme gezogen und noch einmal geliebt.

Allein der Gedanke, dass sie jetzt nackt in seiner Badewanne lag, verborgen unter nach Vanille duftenden Schaumkronen ...

Er ballte die Hände zu Fäusten. Verflixt, was war nur aus seiner Selbstbeherrschung geworden?

„Anders als bei meinen Geschwistern", begann Alex stirnrunzelnd, „geht es in diesem Fall nicht um Romantik, Vater."

Der König tätschelte seiner Wolfshündin Glinda den Kopf, lehnte sich in seinem Sessel zurück und trank einen Schluck Brandy. „Ich hoffe nicht. Es wäre sehr unklug, zu diesem Zeitpunkt eine Affäre zu beginnen, noch dazu mit ..."

„Mit einer Amerikanerin, Königliche Hoheit?", meinte Frannie, Maxims Frau, lachend.

Alex sah, dass der König versuchte, seine schwangere und amerikanische Schwiegertochter mit einem vernichtenden Blick einzuschüchtern, allerdings nur ein schiefes Grinsen zustande brachte. Und als Frannie, eine hübsche und äußerst fähige Tierärztin, sein Lächeln erwiderte und ihm das Knie tätschelte, errötete der alte Herr doch tatsächlich.

Der Anblick seines Vaters, der sich von einem strengen Diktator in einen errötenden Teddybären verwandelte, versetzte Alex in Erstaunen. Diese Seite hatte er an seinem Vater noch nie kennengelernt. Man brauchte kein Psychologe zu sein, um zu ahnen, dass sie, „eine von diesen Amerikanern", für die Veränderung verantwortlich war.

Maxim wandte sich lächelnd an Alex. „Sie ist also wirklich einfach so bei dir am Strand aufgetaucht?"

Alex nickte kurz. Er wollte keine Einzelheiten berichten. Von den besonderen Umständen, unter denen seine Begegnung mit Sophia stattgefunden hatte, brauchte niemand etwas zu erfahren. Das würde ihn selbst jedoch nicht daran hindern, sich die Episode wieder und wieder ins Gedächtnis zu rufen. „Ihr Schiff hat erheblichen Schaden genommen und muss repariert werden."

„Und du hast dich angeboten, sie solange bei dir wohnen zu lassen?“, fragte Dan, Cathys Mann, und lächelte dabei genauso breit wie Maxim. Dan, der neue Chef der Palastwache, war nicht nur ein ehemaliger U.S. Marshal, sondern für Alex’ Geschmack im Moment auch viel zu neugierig.

„Richtig. Sie wurde an meinen Strand gespült. Daher fühle ich mich verantwortlich“, murmelte Alex.

Dan und Maxim tauschten einen vielsagenden Blick aus.

„Hast du nicht früher als Kind immer von einer Meerjungfrau geträumt?“, fragte Cathy und trank einen Schluck von ihrem Saft.

„Stimmt, das hat er“, warf Maxim ein.

Frannie schmiegte sich lächelnd an ihren Mann, der einen sehr schläfrigen kleinen Wolfshundewelpen auf dem Schoß hatte. „Wie romantisch.“

Dan drehte sich zu seiner Frau um. „Und worum ging es in diesen Träumen, Angel?“

Alex seufzte. „Seit wann gibt es eigentlich diese Familienzusammenkünfte vor dem Essen?“

Die anderen ignorierten seine Frage, und Cathy erklärte: „Alex war schon als Kind ein verschlossener Mensch. Es kam selten vor, dass er uns etwas … Persönliches erzählt hat. Aber als er diese Träume hatte, und zwar ein Jahr lang immer wieder denselben, konnte selbst er das nicht für sich behalten. Ich war noch ziemlich jung, aber ich entsinne mich noch ganz genau, wie mein großer, verschlossener Bruder aussah, wenn er uns von seinem Traum erzählte.“

„In Ordnung, das reicht“, sagte Alex warnend.

Maxim lachte. „Ich glaube, sie ist noch lange nicht am Ende.“

Cathy lächelte ebenfalls und fuhr fort: „Er saß dann auf dem Stalldach, sah hinaus aufs Meer und hat uns von ihr erzählt. Sie hatte langes rotes Haar, grüne Augen und helle Haut, und sie kam mit ausgestreckten Armen aus dem Meer auf ihn zu.“

„Vergiss ihre Zauberkräfte nicht“, warf Maxim ein.

Alex stöhnte, ging hinüber zur Bar und schenkte sich ein Glas Whiskey ein. Wie konnte es angehen, dass solch ein alberner Kindheitstraum ihn bis heute verfolgte? Und was war aus den ruhigen und sehr gemächlichen Familienessen geworden, die er bisher immer sehr geschätzt hatte? Da hatte man nicht vorher zusammengesessen und über solche Themen geredet.

Unbeirrt sprach Cathy weiter. „Er sagte, dass er das Gefühl habe, fliegen zu können, wenn sie ihn anschaute, so als wäre er frei, so als könnte er alles tun, alles sein."

Alex fluchte, während seine Fingerknöchel, die das Glas umklammerten, weiß wurden.

Dan lachte leise. „Was hältst du davon, Maxim? Klingt ziemlich poetisch und ein wenig kitschig, oder?"

Maxim zuckte mit den Schultern. „Ich weiß nicht genau. Aber es klingt, als wäre er in sie verliebt gewesen."

Alex funkelte seine Geschwister böse an. „Ihr wisst, dass es auch genügend beschämende Geschichten über euch gibt, die ich euren Ehegatten erzählen könnte, oder?"

Frannie lachte belustigt auf. „Oho. Welche denn?"

Maxim küsste seine Frau auf die Wange. „Er blufft nur, Darling."

„Fordere mich nicht heraus, kleiner Bruder", konterte Alex.

„Wie wäre es, wenn wir mehr davon nach dem Essen hören?", schlug Frannie vor. „Wenn wir alle satt und nicht mehr so gereizt sind?" Sie drehte sich zu Alex herum. „Aber verrate uns wenigstens noch, wie diese Sophia aussieht."

Alex schüttelte den Kopf. Seine Schwägerin war schnell, sehr schnell. Im Nu hatte sie die Unterhaltung wieder auf ihn gelenkt. Auf ihn und das Rätsel, das sie alle gern gelöst hätten. Eigentlich müsste er fuchsteufelswild sein. Aber kein Mann konnte dieser Frau lange böse sein, das stand fest. Sie war klug und schön, und aufgrund ihrer Schwangerschaft war sie noch bezaubernder geworden.

Er hielt kurz inne, als er an Sophia dachte. Würde sie ebenso strahlen, wenn sie sein Kind in sich trug?

„Hat sie zufällig rote Haare?", fragte Frannie leise.

Alex machte eine wegwerfende Handbewegung und erwiderte barsch: „Rotes Haar, grüne Augen und helle Haut. Wie es um ihre Zauberkräfte bestellt ist, weiß ich nicht."

Die anderen schwiegen geschockt, sodass nur noch das Prasseln des Feuers und das leise Klirren der Eiswürfel in den Gläsern zu hören waren. Alex wandte sich ab, aber er konnte förmlich spüren, dass die anderen einander anstarrten, so als könnten sie nicht fassen, was sie gerade gehört hatten.

„Warum ist sie heute Abend nicht zum Essen mitgekommen?“, fragte der König schließlich.

„Sie wollte ein wenig allein sein“, erklärte Alex mit angespannter Stimme. „Und nach … dem Ärger, den sie mit ihrem Boot hatte, hielt ich es für besser, sie nicht zu drängen.“

Der König trank sein Glas leer und verkündete: „Ich möchte diese junge Frau kennenlernen.“

Cathy nickte. „Ich denke, das würden wir alle gerne.“

„Wie wäre es mit einem Picknick morgen Mittag auf dem Hügel?“, schlug Frannie vor. „Mit Tante Fara und Ranen. Glinda und die Welpen können wir auch mitnehmen.“

Mit einem unguten Gefühl im Magen beobachtete Alex, wie seine Familie Pläne schmiedete, um seinen neuen Hausgast kennenzulernen. Heute entglitt irgendwie alles seiner Kontrolle. Erst die Sache mit Sophia am Strand; sein unstillbares Verlangen nach ihr. Und jetzt die Beharrlichkeit seiner Familie. Er kam sich vor, als wäre er nur ein Zuschauer, ein Beobachter seines eigenen Lebens. So als hätte irgendeine Naturgewalt das Kommando übernommen.

Aber bevor Alex auch nur versuchen konnte, sein Leben wieder unter Kontrolle zu bringen, stand sein Vater auf und verkündete: „Sehr schön, das ist also geklärt. Ein Picknick auf dem Hügel. Und jetzt lasst uns essen gehen.“

Als Sophia aus der Badewanne stieg, war sie noch immer weit entfernt davon, entspannt zu sein. Schließlich stand sie im opulent ausgestatteten Badezimmer des Kronprinzen von Llandaron!

Noch immer verspürte sie Unsicherheit vermischt mit Hoffnung, ganz zu schweigen von dem sexuellen Verlangen, das so stark war, wie sie es noch nie erlebt hatte.

Ihr Psychiater in San Diego hätte seine wahre Freude an ihrem Verhalten heute. Normalerweise handelten die Sitzungen bei ihm von ihrer schmerzhaften Vergangenheit: ihrer einsamen Kindheit, dem Tod ihrer Eltern, der Zuneigung zu ihrem geliebten Großvater und ihrer Scheu, sich mit jemandem einzulassen, weil sie Angst hatte, auch diesen Menschen zu verlieren.

Aber dies hier …

Die Situation, in der sie sich jetzt befand, war nicht zu analysieren.

Sophia trat vor den goldumrahmten Spiegel am Waschbecken, ließ das Handtuch fallen und betrachtete sich. Leuchtende Augen, rosige, vom Küssen leicht geschwollene Lippen und gerötete Wangen. Sie sah aus wie eine Frau, die Lust, Erregung und Befriedigung erfahren hatte. Wie eine Frau, die endlich wieder lebte.

Ein Lächeln erschien auf Sophias Gesicht. Sie und Alex hatten sich während eines sehr riskanten Zeitpunktes in ihrem Zyklus geliebt. Aber gab es solche Wunder überhaupt? Konnte aus diesem Moment, der nicht nur unglaublich wunderbar, sondern auch unglaublich bizarr gewesen war, neues Leben entstehen? Und wenn ja, was würde sie dann tun?

Sie hob ihr Kinn und blickte wieder in den Spiegel. Sie würde das tun, was sie immer tat – sich dem Leben stellen, ihren Ängsten begegnen und jeden Augenblick auskosten, ohne Bedauern zu verspüren.

„Sophia?"

Sie erschrak, als sie die männliche Stimme hörte, bückte sich hastig und hob das Handtuch wieder auf. Alex war schon vom Essen zurück. Viel zu früh. Vermutlich wollte er sicherstellen, dass sie nicht davongelaufen war.

Ein kleiner Schauer lief ihr über den Rücken. Sie blickte zur Tür, die einen Spaltweit offen stand. Alex war dort draußen, und seine Nähe machte sie nicht nur nervös, sondern ließ sie mitten in der Bewegung innehalten. „Ich hatte dich noch nicht so schnell erwartet. Könntest du bitte die Tür schließen? Ich komme gleich."

Sie hörte ihn leise lachen. „Erzähl mir nicht, dass du plötzlich schüchtern geworden bist."

„Nicht plötzlich", murmelte sie.

„Ach ja? Und vorhin …"

„Vorhin war ich kurzzeitig irregeleitet durch …"

„Lust?", schlug er vor.

„Wohl eher durch den Nebel und ein fast tödliches Erlebnis. Also, wirst du jetzt die Tür schließen, oder was?"

„Noch nicht. Ich bin eigentlich eher an dem ‚oder was' interessiert."

Seufzend ging Sophia zur Tür und schaute Alex an. „Du bist unmöglich."

„Und du bist …"

„Ich bin auch unmöglich. Also, was kann ich für dich tun?"

Er musterte sie mit einem stürmischen Blick. „Solch eine Frage solltest du einem Mann nicht stellen, wenn du nur so spärlich bekleidet bist."

Sophia zog das Handtuch fester um sich. „Willst du damit sagen, ich kann mich nicht darauf verlassen, dass du dich wie ein Gentleman verhältst?"

„Genau das."

Hitze breitete sich in ihr aus, aber sie bemühte sich um einen kühlen Tonfall. „Lass mich eins klarstellen, Alex. Die Sache am Strand war ein Irrtum, der nicht wieder vorkommen wird."

Er nickte. „Gut."

„Gut?"

„Ich bitte nie um etwas, Sophia."

„Gut. Und ich katzbuckle nicht vor königlichen Hoheiten."

Seine Mundwinkel zuckten amüsiert. „Gut, dass wir das geklärt haben." Er deutete hinter sich. „Und jetzt zieh dich an und komm. Ich habe dir etwas zu essen mitgebracht."

Sie schaute an ihm vorbei und sah mehrere dampfende Silberschalen auf dem Glasesstisch stehen. „Das war sehr nett von dir, Alex, aber ich bin nicht sehr hungrig."

„Du wirst etwas essen, Sophia", erwiderte er leicht gereizt.

„Vielleicht hast du mich eben nicht richtig verstanden, aber ich lasse mir nichts befehlen und …"

„Hier geht es nicht um dich." Ein Muskel zuckte in seinem Kiefer, und er kniff die Augen zusammen. „Du wirst mein Kind nicht verhungern lassen."

Sophia zuckte zusammen, während die Gedanken in ihrem Kopf umherwirbelten. Alex' Worte, sein Befehl, hinterließen eine viel tiefere Wirkung, als sie sich je hätte vorstellen können. Allein der Gedanke, einem Kind – ihrem Kind –, das jetzt in ihr heranwuchs, wehzutun, trieb ihr die Tränen in die Augen.

Sie blinzelte dagegen an und holte tief Luft, um sich zu beruhigen. „Ich bin sofort da."

Alex nickte, und ein Hauch von Wärme legte sich über seinen dunklen, sehr gefährlich wirkenden Blick, war im nächsten Moment jedoch schon wieder verschwunden. Schließlich trat er zurück und schloss die Badezimmertür.

3. Kapitel

Mit zwei Bechern Kaffee in der Hand, der eine schwarz wie Teer, der andere milchhell und entkoffeiniert, folgte Alex Sophia hinaus auf die Terrasse des Strandhauses. „Worüber denkst du so angestrengt nach?"

„Über meine Zukunft."

„Und was siehst du?"

Sie zuckte mit den Schultern. „Ich weiß es nicht. Es ist alles ziemlich ungewiss, nicht wahr?"

„Das stimmt wohl", erwiderte er und stellte die Becher mit dem dampfenden Kaffee auf den Tisch aus Teakholz.

Um sie herum war es stockdunkel, bis auf die Milliarden von Sternen, die über ihnen am Himmel funkelten. Der kühle Meereswind strich über den Strand und wirbelte hier und da Sand auf.

Alex bot Sophia einen der rustikalen Holzstühle an, doch sie schüttelte den Kopf und ging die Treppe hinunter. Seufzend setzte sie sich auf die letzte Stufe und vergrub die Zehen im Sand.

„Ich bin es nicht gewohnt, auf dieser Seite des Strandes zu sein", meinte sie. „Aber es ist wunderschön."

Alex beobachtete, wie sie hinaus auf das Meer blickte, und verkniff sich zu sagen, was *er* auf dieser Seite des Strandes wunderschön fand.

Stattdessen folgte er ihr die Treppe hinunter. „Warum bist du seit Monaten auf dem Segelboot unterwegs, Sophia?"

„Das würdest du sicher nicht verstehen."

„Warum nicht?"

Sie blickte über die Schulter und bedachte ihn mit einem kleinen Lächeln. „Du kommst mir so, na ja … so pragmatisch veranlagt vor."

„Du scheinst einen völlig falschen Eindruck von mir gewonnen zu haben", erwiderte er lächelnd und ließ sich neben ihr nieder.

„Ach ja? Ihr seid unbesonnen, wild und verrückt, nicht wahr, Hoheit?"

„Manchmal, ja." Er schaute zu der Stelle am Strand, wo sie sich vor nicht allzu langer Zeit geliebt hatten. „Erzähl mir von deiner Reise", bat er sie, während er versuchte, das Verlangen zu ignorieren, das ihn schon wieder ergriffen hatte.

Sophias Stimme nahm einen weichen Klang an. „Nun, meine Eltern starben, als ich noch sehr jung war, und ich dachte, ich hätte, abgesehen von einer furchtbaren, arroganten Tante, keine Familie mehr. Ich hatte schreckliche Angst vor ihr. Sie ähnelte meinen Eltern sehr. Zu fürsorglich, zu besorgt und trotzdem völlig unnahbar." Sie stieß einen Seufzer aus. „Aber dann erfuhr ich, dass ich noch einen Großvater hatte."

Sie zog die Knie an und lächelte. „Er kam und nahm mich mit. Er hat mich zu sich genommen, mich auf seinem Hausboot großgezogen und mir beigebracht, mich Herausforderungen zu stellen, statt Angst zu haben. Wir haben fast jeden Tag auf dem Wasser verbracht. Der Mann war einfach wundervoll. Er hat mich behandelt, als wäre ich etwas ganz Besonderes, und er hat mich geliebt. Jeden Tag seines Lebens hat er mich zum Lächeln gebracht."

Alex hatte noch nie jemanden auf diese Art über Gefühle reden gehört. Offen und ehrlich, ohne irgendwelche Heucheleien. Er war sich nicht sicher, was er davon halten sollte. „Wann ist dein Großvater gestorben?"

„Im letzten Jahr."

„Das tut mir leid, Sophia."

„Mir auch. Wir hatten die Daydream fast fertig. Es war sein Lebenstraum, noch einmal diese Inseln hier zu umsegeln."

Alex lächelte verständnisvoll. „Und jetzt machst du die Reise für ihn?"

„Ja", sagte sie leise. „Llandaron ist die letzte Etappe meiner Tour. Aber …"

„Du hast es nicht ganz geschafft herumzukommen?"

Sie nickte.

Diplomatie und Takt waren Dinge, die Alex gelernt hatte, aber jemanden zu trösten, darauf verstand er sich nicht so gut. Sanft strich er Sophia eine der roten Locken aus dem Gesicht und meinte: „Du wirst es noch schaffen."

Sophia drehte sich zu ihm herum. „Das muss ich, Alex. Llandaron war für meinen Großvater sehr wichtig. Vor allem Baratin. Er wurde dort geboren und hat dort bis zu seinem dreizehnten Lebensjahr gelebt."

Alex schaute sie erstaunt an. „Du hast hier Familie?"

Sie schüttelte den Kopf. „Ich glaube nicht. Jetzt jedenfalls wohl nicht mehr. Mein Großvater hat nie von einer Familie gesprochen."

„Dunhill. Das kommt mir nicht bekannt vor."

„Nein, kann es auch nicht. Das war der Name meines Vaters. Mein Großvater war der Vater meiner Mutter. Seine Tante und er verließen Llandaron, als seine Mutter starb."

„Und wie hieß dein Großvater?"

„Turk. Robert Turk."

Vor Schock war Alex sprachlos. Robbie Turk. Seit Jahren hatte er den Namen nicht mehr gehört; für einen der Bewohner von Llandaron kam es fast Blasphemie gleich, ihn laut auszusprechen. Aber das war jetzt nicht mehr wichtig. Die Enkelin von Robbie Turk war nach Hause zurückgekehrt, und die Familie des Mannes hatte ein Recht, das zu erfahren.

Alex hatte auf einmal das Gefühl, Sophia beschützen zu müssen. Er legte ihr einen Arm um die Taille und meinte: „Komm mit nach oben, und trink deinen Kaffee. Es ist schon spät."

Mit großen Augen blickte Sophia auf die Szene vor sich. In Amerika bestand ein Picknick meist aus Brathähnchen, Kartoffelsalat, Erdbeeren und sämtlichen Ameisen im Umkreis von fünfhundert Metern.

Was sich hier auf den bilderbuchschönen Klippen oberhalb von Llandaron abspielte, war kein Picknick, so wie sie es kannte. Es war ein Traum, eine märchenhafte Angelegenheit, die einer Szene aus einem Kostümfilm glich. Auch wenn die königliche Familie weder weiße Spitze noch Sonnenschirme trug. Stattdessen waren sie alle lässig gekleidet. In Kaki und Blau, ein wenig Lavendel, das zu der Heide passte, die wild auf den Klippen wuchs. Nein, was das Bild so perfekt und einzigartig machte, waren der fantastisch gedeckte Tisch, die elegante Bedienung und die atemberaubende Landschaft.

Wie von einem Wachposten aus konnte man von hier oben über das Meer blicken. Und nur diejenigen, die sich die Mühe machten, die Steilküste emporzusteigen, wurden mit der gras- und heidebewachsenen Landschaft und dem herrlichen Ausblick belohnt. Bäume spendeten der Familie reichlich Schatten, und der lange Teakholztisch war reich gefüllt mit Früchten, Fleisch, Austern, Wein, Käse, frischem Brot und anderen Köstlichkeiten.

„Keine Angst." Alex nahm Sophias Hand und drückte sie. „Sie beißen nicht."

„Mir geht es gut, Alex", erwiderte sie mit einem Selbstvertrauen, das sie nicht wirklich empfand.

„Dein Zittern hat also nichts zu bedeuten, richtig?"

„Richtig."

Wenn sie ehrlich war, musste sie zugeben, dass sie diese Menschen in gewisser Weise schon beeindrucken wollte. Das war völlig untypisch für sie. Normalerweise scherte sie sich nicht darum, was andere von ihr hielten – etwas, was sie von ihrem Großvater übernommen hatte – seien es nun Könige oder nicht. Aber diese Menschen, zu denen Alex sie jetzt führte, waren seine engsten Verwandten, und sie wollte von ihnen gemocht werden. Denn wenn sie wirklich Alex' Kind in sich trug, dann würden diese Menschen auch die Familie ihres Kindes sein. Und es gab nichts, was sie sich mehr für ihr Kind wünschte als eine liebevolle Familie.

„Ich möchte dich als Erstes meinem Vater vorstellen."

„Dem König?", flüsterte Sophia.

„Ja." Amüsiert sah er sie an. „Ich dachte, du hättest keine Angst …"

„Habe ich auch nicht. Ich dachte nur, dass wir vielleicht mit jemand Einfacherem anfangen. Zum Beispiel mit einem Herzog, einer Gräfin oder so."

Alex lachte und drückte noch einmal ihre Hand. „Komm mit."

Der König von Llandaron saß auf einem großen weißen Stuhl, die Miene ernst und Furcht einflößend. Er hatte breite Schultern und sah aus, als hätte er in seinem Leben schon viele Kämpfe ausgefochten. Allerdings waren die tiefen Furchen in seinem Gesicht wohl weniger wirklichen Kämpfen zuzuschreiben als eher jahrelangen Verhandlungen und zähem Ringen um Abkommen und Verträge. Was auch immer der Grund für sein imposantes Aussehen war, Sophia, die sich bisher immer für mutig gehalten hatte, merkte, als sie vor ihn trat, dass ihr doch tatsächlich die Knie zitterten.

„Majestät", begann Alex. „Das ist Sophia Dunhill. Sophia, mein Vater, König Oliver Thorne."

Sophia neigte den Kopf, so wie sie es in Filmen gesehen hatte, und hoffte, es war in diesem Fall angemessen. „Es freut mich, Sie kennenzulernen, Hoheit."

Der König musterte sie ausgiebig, von ihren nagelneuen Turnschuhen, die sie sich heute Morgen gekauft hatte, über ihre Jeans und die weiße Bluse, die sie ebenfalls gerade erst erstanden hatte, bis hin zu ihrem ungeschminkten Gesicht und dem offenen Haar.

„Interessanter Fang, Alexander", meinte der König. „Sie sieht wirklich aus wie deine Meerjungfrau, oder?"

Völlig aus der Fassung gebracht, wirbelte Sophia zu ihrem Begleiter herum. „Deine was?"

Der König lachte laut auf.

Alex dagegen kniff die Lippen zusammen. „Nichts", murmelte er und nahm Sophias Hand. „Vielen Dank, Vater."

„Gern geschehen, mein Sohn."

„Komm, lass uns einen Platz im Schatten suchen, ja?", meinte Alex und zog sie mit sich.

Sophia gelang es noch, den Kopf in Richtung des Königs zu neigen und hastig: „Es war nett, Sie kennenzulernen, Majestät", zu sagen.

Der König rief ihnen fröhlich hinterher: „Ganz meinerseits, meine Liebe."

„Wirst du mir das vielleicht erklären?", fragte Sophia Alex, als er sie zum Tisch mit dem Buffet führte.

„Nach dem Essen."

„In Ordnung. Ich werde dich daran erinnern."

„Das fürchte ich auch."

Sophia lachte. „Warte, bevor wir essen, möchte ich gern den Rest deiner Familie kennenlernen."

Er rümpfte die Nase. „Nach dieser absolut idiotischen Bemerkung meines Vaters gibt es nichts, was ich weniger gern täte." Trotzdem führte er sie hinüber zu der Gruppe von Männern und Frauen, die Sophia herzlich begrüßten. Alex warf den anderen warnende Blicke zu und ermahnte sie, keinerlei Diskussion über Meerjungfrauen und Kindheitsträume zu beginnen.

Als die anderen nicht unbedingt überzeugend, aber übereinstimmend nickten, nahm sich Sophia vor, Alex später auf jeden Fall noch einmal auf dieses anscheinend sehr interessante Thema anzusprechen.

Aber das Verhör würde bis nach dem Essen warten müssen, denn Alex, sein gut aussehender Bruder Maxim und sein Schwager Dan waren sofort in eine Diskussion über Fußball vertieft und beklagten den Mangel an guten Spielern in dieser Saison. Sophia unterhielt sich indessen mit Alex' Schwester Cathy und seiner hübschen Schwägerin Frannie.

Es war merkwürdig, aber Sophia verspürte sofort freundschaftliche Gefühle für die beiden Frauen. Frannie kam ebenfalls aus Kalifornien, sie war bodenständig und herzlich. Und Cathy entsprach überhaupt nicht dem Bild der hochnäsigen Prinzessin, das Sophia im Kopf hatte. Sie war unglaublich liebenswürdig, warmherzig und besaß eine starke Persönlichkeit. Dies könnten die Freundinnen werden, die Sophia nie gehabt und sich immer gewünscht hatte. Sie riefen in ihr das Bedürfnis hervor, sich ihnen anzuvertrauen und zu erzählen, was zwischen ihr und Alex geschehen war.

Aber da sie von Natur aus eher zurückhaltend war, behielt sie ihr Abenteuer von gestern für sich.

„Sie sind also hergekommen, um sich um die Wolfshündin des Königs zu kümmern?", fragte Sophia Frannie.

Die hübsche Blondine zeigte zum Stuhl des Königs. „Ja, Glinda hat einen Wurf prächtiger Welpen bekommen." Sie streichelte den Kopf eines jungen Hundes, der zu ihren Füßen saß. „Es ist kaum zu glauben, aber mein Lucky hier war ein Winzling."

„Sie haben einen der Welpen bekommen? Wie wunderbar."

Frannie lächelte glücklich. „Ich habe nicht nur einen Welpen, sondern auch einen Prinzen und ein Baby bekommen."

Cathy lachte. „Und dazu noch eine Schwägerin und einen manchmal unausstehlichen Schwager."

„Sag das nicht", warnte Frannie schmunzelnd und tätschelte ihren runden Bauch. „Das Baby kann dich hören."

„O Himmel, ja, meins auch."

Die Frauen lachten und rieben sich über die Bäuche. Aus irgendeinem unerklärlichen Grund machte Sophia es ihnen nach.

Frannie sah die Bewegung und runzelte die Stirn. „Alles in Ordnung?"

Errötend nahm Sophia schnell die Hand von ihrem flachen Bauch und lächelte. „Ja, sicher. Ich bin nur … hungrig." Sie stand auf. „Kann ich jemandem etwas mitbringen?"

„Vielleicht ein paar Cracker und ein bisschen Käse", meinte Frannie, und Cathy nickte zustimmend.

Sophia ging hinüber zum Buffet und schalt sich einen Dummkopf. Es war verrückt und sinnlos, tiefere Gefühle zu entwickeln – für die Menschen, das Land, für Alex und für ein Kind, von dem sie noch nicht einmal wusste, ob es wirklich gezeugt worden war.

Vielleicht sollte sie nach dem Picknick hinüber zur Werft gehen, um zu hören, was die Daydream machte, und um wieder einen klaren Kopf zu bekommen.

„Sophia", hörte sie Alex hinter sich rufen.

Als sie sich umdrehte, kam Alex mit einem älteren Paar und einem weiteren Welpen auf sie zu. Eine merkwürdige Unruhe überkam Sophia, als sie den alten Mann mit dem faltigen Gesicht neben Alex anschaute. Seine Augen – unvergessliche Augen – schienen geradewegs bis in ihr Herz schauen zu können.

„Hier sind zwei Menschen, die ich dir noch nicht vorgestellt habe, Sophia." Alex lächelte. „Sie sind gerade erst gekommen. Ich glaube, du wirst begeistert sein, sie kennenzulernen."

Die schlanke, äußerst vornehm und gut aussehende ältere Frau nahm ihre Hand und bedachte Sophia mit einem freundlichen, liebenswürdigen Blick. „Ich bin Fara."

„Meine Tante", ergänzte Alex.

Sophia lächelte und fühlte sich auf einmal sehr unsicher, ohne zu wissen, warum. „Wie nett, Sie kennenzulernen, Hoheit."

„Ganz meinerseits, Sophia."

Alex' Tante war sehr charmant und freundlich, aber Sophias Aufmerksamkeit richtete sich jetzt ganz auf den Mann mit dem wettergegerbten Gesicht, der stirnrunzelnd neben Alex' Tante stand.

Wenn dies ein Traum gewesen wäre, hätte Sophia die Arme nach ihm ausgestreckt, denn er kam ihr unglaublich vertraut vor.

„Und wer sind Sie, junge Frau?", brummte der Mann schließlich mit dem für die Insel typischen Akzent.

„Mein Name ist Sophia Dunhill." Neugierig fragte sie: „Und wer sind Sie, Sir?"

Er hielt ihr seine knorrige Hand entgegen. „Ranen. Ranen Turk."

Sophia blieb der Mund offen stehen, und einen Moment lang setzte ihr Herzschlag aus. Völlig fassungslos stand sie da und begann dann unkontrolliert zu zittern. „Was haben Sie gesagt?"

„Nur meinen Namen, Kindchen."

„Turk?"

„Ja."

„Sophia?", fragte Alex besorgt.

Fara legte ihr eine Hand auf die Schulter. „Geht es Ihnen gut, meine Liebe?"

Aber Sophia hörte die beiden kaum. Sie glaubte, sich verhört zu haben. Es konnte einfach nicht sein. „Kannten Sie einen Robert Turk aus Baratin?"

Das Gesicht des Mannes nahm einen äußerst grimmigen Ausdruck an, als er antwortete: „Den Namen will ich nie wieder hören."

„Kannten Sie ihn?", beharrte Sophia.

Ranen schnaubte missbilligend. „Mein jüngerer Bruder. Er hat die Familie verlassen. Ein elender Taugenichts ist das."

„Ranen, bitte", fuhr Alex dazwischen und zog Sophia näher an sich.

Sie lehnte sich an ihn. „Ich verstehe das nicht."

„Woher kennen Sie Robert?", fragte Fara, hin und her gerissen zwischen ihrer Sorge um Ranen und ihrem Interesse an Sophia.

Sophia konnte den Blick nicht von Ranen wenden. „Er ist ... er war mein Großvater."

Ranen riss die Augen auf, sagte jedoch nichts. Fast dreißig Sekunden lang konnte man nur das Rauschen des Meeres und die Unterhaltungen der anderen Picknickgäste hören.

Sophia suchte verzweifelt nach den richtigen Worten, nach der richtigen Frage.

Aber ihr lief die Zeit davon. Denn im nächsten Moment machte Ranen auf dem Absatz kehrt und stolzierte davon.

Das Faxgerät vor ihm piepte.

Alex zog das Schreiben heraus und legte es dann, ohne es eines

Blickes zu würdigen, auf seinen Schreibtisch, lehnte den Kopf zurück und seufzte. Er konnte sich nicht auf die Arbeit konzentrieren. Vor vier Stunden waren er und Sophia vom Picknick nach Haus zurückgekehrt. Nach dem Zusammentreffen von Ranen und Sophia war es schwierig gewesen, eine Unterhaltung aufrechtzuerhalten. Sophia hatte blass und verwirrt ausgesehen und war sofort in ihr Zimmer verschwunden, als sie das Strandhaus betreten hatten.

Er hatte sie trösten wollen, hatte ihr erklären wollen, warum er sie heute mit Ranens Existenz überrascht hatte, aber er war es nicht gewohnt, sich zu entschuldigen. Schon gar nicht, wenn es um persönliche Angelegenheiten ging.

Und doch konnte er nicht länger einfach nur hier sitzen und nichts tun.

Kurz entschlossen ging Alex nach unten. Im Haus war es ruhig, man hörte nur das gedämpfte Rauschen des Meeres. Vor ungefähr einer halben Stunde war Sophia mit einem Handtuch in der Hand aus ihrem Schlafzimmer gekommen und hatte gesagt, dass sie schwimmen gehen würde. Der Nebel hatte sich wieder gelichtet, und sie versprach ihm, in der Nähe des Ufers zu bleiben.

Das beruhigte Alex zwar nicht gerade, aber er wusste, dass sie die Bewegung brauchte. Er wusste auch, dass sie das Meer brauchte, um sich zu entspannen. Ihm selbst ging es häufig genug ähnlich.

Alex atmete die salzige Meeresluft ein, als er aus der Haustür trat. Die untergehende Sonne hatte den Himmel in ein Farbenmeer getaucht. Doch er schenkte dem Naturschauspiel nur einen flüchtigen Blick. Er wollte unbedingt zu Sophia, musste zu ihr.

Wie versprochen, war sie nahe am Strand geblieben und schwamm mit langen eleganten Zügen durch die leichten Wellen. Alex beobachtete, wie sie untertauchte und wieder hochkam, sah das faszinierende Profil und die weichen, nassen Schultern. Sie bot einen umwerfenden Anblick, und er konnte nicht verhehlen, dass sie genau seinem Kindheitstraum entsprach.

Erneut verspürte er das dringende Bedürfnis, zu ihr zu gehen. Ohne länger zu zögern, joggte er zum Strand und zog Hemd und Shorts aus. Er versuchte sich einzureden, dass ein kurzes Bad ihn wieder zur Vernunft bringen würde. Vielleicht würde ihn das kalte Wasser kurieren.

Aber als er schließlich direkt vor Sophia war, nur wenige Zentimeter entfernt von ihr im hüfthohen Wasser stand, sah er ein, dass er sich selbst etwas vorgemacht hatte.

Er wollte ganz einfach in ihrer Nähe sein. Genau wie in seinem Traum mit der rothaarigen Meerjungfrau, fühlte er sich in Sophias Nähe lebendig und frei.

„Sehr mutig von Euch, Hoheit“, sagte Sophia und wischte sich das Wasser aus dem Gesicht.

„Wieso?“

„An den Tatort ... besser gesagt an den Ort des Beinaheunglücks zurückzukehren.“

„Nun, du hast mich ja schon einmal gerettet. Ich gehe davon aus, dass du es wieder tun würdest, wenn nötig.“

„Ich weiß nicht. Wenn man bedenkt, in was für ein Chaos mich das beim ersten Mal schon gestürzt hat.“

Eine Welle riss sie beide fast um. „Du würdest mich ertrinken lassen, nur um dich vor ...“

„Schmerzen zu schützen?“, beendete sie lächelnd den Satz für ihn.

„Ich dachte eher an die Freuden.“

Sie schüttelte den Kopf. „Vergiss es, Alex. Das wird nicht wieder geschehen.“

Wenn das nur stimmen würde, dachte Alex. Wenn sie nur so viel Selbstbeherrschung aufbringen könnten. Er war davon überzeugt, dass es keinem von ihnen beiden gelang. Lässig meinte er nur: „Was immer du meinst, Sophia.“

Anscheinend war er jedoch nicht sehr überzeugend gewesen, denn sie meinte: „Du sagst das so, als wärst du dir ganz sicher, dass ich schließlich doch nachgeben werde.“

„Nachgeben?“

„Ja, als würdest du erwarten, dass ich dich irgendwann – wenn ich es nicht mehr aushalten kann – packen und an mich ziehen werde.“

Sophias Worte hatten eine äußerst erregende Wirkung auf ihn. „Das ist nicht das, was ich erwarte, Sophia, sondern vielmehr das, worauf ich hoffe.“

Er sah, wie sie die Lippen öffnete, sah ihre Zunge über die Unterlippe gleiten und war schon fast verloren.

„Ich bin neugierig“, fuhr er fort, während sein Puls immer schneller schlug. „Was würde passieren, nachdem du mich an dich gerissen hast?“

„Ich weiß nicht“, murmelte sie heiser. „Vermutlich würde ich dich küssen.“

„Leidenschaftlich oder zärtlich?“

Ihre Augen glitzerten in der untergehenden Sonne genauso dunkelgrün wie das Meer. „Vielleicht erst zärtlich, dann leidenschaftlich.“

„Und danach?“

„Ich weiß nicht.“

„Doch, ich bin sicher, dass du es weißt.“ Er kam noch näher auf sie zu, ohne sie jedoch zu berühren. „Würdest du deine Beine um meine Hüften schlingen?“

„Wahrscheinlich.“

Alex konnte sich kaum noch beherrschen. Er war kurz davor, sich auf sie zu stürzen. Seine Hände waren unter der Wasseroberfläche zu Fäusten geballt, und seine Erregung war beinahe schmerzhaft. Aber er bemühte sich weiterhin um Kontrolle. Wenn etwas passieren sollte, dann musste es von Sophia ausgehen.

„Hört sich ja nett an, Sophia, aber …“

„Aber?“, hakte sie pikiert nach. „Aber was?“

„Das wäre ein mutiger Schritt.“

„Und du hältst mich nicht für mutig?“

Er lächelte herausfordernd und trat noch näher an sie heran. „Nein.“

Sie zog die Brauen zusammen, während der Wind ihr das Haar ins Gesicht wehte. „Wie bitte?“

„Ich will damit nur sagen, dass ich nicht glaube, dass du mutig genug bist, dir das zu nehmen, was du möchtest, wenn du den Schutz des Nebels nicht hast und auch sonst keine Entschuldigungen …“

„Du glaubst, ich traue mich nicht?“

Alex bekam keine Möglichkeit mehr zu antworten. Er wurde fast umgestoßen, als Sophia ihre langen, wohlgeformten Beine um seine Hüften schlang und ihre vollen, feuchten Lippen auf seine presste.

Und er nahm willig das, was sie ihm zu geben bereit war.

Mit den Händen fuhr er an ihren Schenkeln entlang, bis er ihren festen runden Po fand. Er hielt sie fest umschlungen, während die

Dämmerung sie einhüllte und die Meereswellen sie umspülten. Sophia gab ein leises Stöhnen von sich, während ihre Zungen einen wilden Tanz begannen und Alex seine Füße in den Sand grub, um den Halt nicht zu verlieren.

Besitzergreifend presste er Sophia an sich. Sie gehörte ihm. Zumindest in diesem Moment gehörte sie zu ihm.

Hungrig schmiegten sie sich aneinander, während sie sich wie zwei lang getrennte Liebende küssten, die sich nach dem Geschmack und dem Duft des anderen sehnten. Schließlich war es Sophia, die den Bann brach, die Lippen von Alex löste und den Kopf hob.

„Habe ich dich überzeugt, Hoheit?", fragte sie atemlos.

Widerstrebend ließ Alex sie los. „Du bist sehr mutig, Sophia", gestand er ihr lächelnd zu.

Sie nickte, noch immer außer Atem. „Ich gehe jetzt. Kommst du auch?"

„Gleich."

Sie wandte sich ab und ging zum Ufer, wo sie stehen blieb und sich noch einmal umdrehte. „Kommst du allein hier zurecht?"

„Ich bin bisher immer allein zurechtgekommen und werde es auch in Zukunft."

Er sah, dass sie leicht zusammenzuckte, bevor sie antwortete: „Okay, dann gute Nacht."

Alex sah Sophia hinterher, wie sie mit schwingenden Hüften über den Strand ging. Als sie sicher im Haus verschwunden war, drehte er sich um und tauchte unter einer Welle durch. Ihr kleines erotisches Spielchen hatte ihn aufgewühlt und heftig erregt.

Aber er wurde nicht nur von unerfülltem Verlangen geplagt. Damit konnte er umgehen, hatte es schließlich während seiner gesamten Ehe getan – da er fest an das Treuegelöbnis einer Ehe glaubte.

Nein, es war etwas sehr viel Gefährlicheres.

Zum ersten Mal seit sechs Jahren fühlte er sich wieder lebendig – offen für Lust, für Verlangen, Schmerz und Wünsche.

Und das hatte er alles Sophia Dunhill zu verdanken. Sie hütete den Schlüssel zu seiner Freiheit …

4. Kapitel

Eliza Eichhorn hob eine Nuss vom Waldboden auf und lächelte …

Mit dem Rücken an einen kleinen Felsen gelehnt, seufzte Sophia leise und strich den schlecht formulierten Satz weg und begann erneut.

Als Eliza Eichhorn an diesem Morgen erwachte, wusste sie, dass heute der Tag war, an dem sie ihre Familie wiederfinden würde …

Ein kleines Lächeln umspielte Sophias Lippen. Besser. Nicht umwerfend, aber besser als der letzte Versuch.

Während sie mit ihrem angespitzten Bleistift spielte, überlegte sie, ob es die Ruhe und die Schönheit von Llandaron waren, die ihre Schreibblockade endlich lösten. Oder lag es vielleicht doch eher an der Anziehungskraft, die sie zwischen sich und einem gewissen großen und sehr gut aussehenden Prinzen verspürte? Oder vielleicht an seinen berauschenden Küssen?

Als sie wie ein verliebter Teenager errötete, schloss Sophia frustriert ihr Notizbuch und lehnte den Kopf gegen den Felsen. Es war eine Woche her, dass sie über Bord gegangen und hier an Land gekommen war. Eine Woche, seit sie und Alex sich geliebt hatten. Und in dieser Woche hatte sie an kaum etwas anderes als Alex gedacht – an seine eindringlichen Blicke, an die leidenschaftlichen Küsse und natürlich an die erstaunliche Möglichkeit, dass sie zusammen ein Kind bekommen könnten.

Das Leben wäre viel einfacher, wenn diese Anziehungskraft sich auf das rein Körperliche beschränkte. Aber so war es nicht. Die Art und Weise, in der er sie herausforderte, sie dazu brachte, über Dinge nachzudenken, denen sie vorher keine Aufmerksamkeit geschenkt hatte – all das rief in ihr den Wunsch hervor, Alex nicht nur als Liebhaber, sondern auch als Partner für sich zu gewinnen. Es war eine Tatsache, die sie nicht länger leugnen konnte.

Und das passierte ausgerechnet ihr! Dabei hatte sie sich immer nach Freiheit gesehnt, hatte nie jemanden gebraucht.

Jedenfalls hatte sie das bisher immer geglaubt.

Sophia blickte hinaus aufs Meer, beobachtete die hohen Wellen, die sich auftürmten und dann am Strand brachen. Angesichts der gewaltigen Kräfte der Natur fühlte sie sich ganz klein.

„Na, du bist mir wohl aus dem Weg gegangen, was?"

Sophia wirbelte erschrocken herum. Über ihr auf dem Felsvorsprung stand Ranen. Zu seinen Füßen saß der Wolfshundewelpe mit den großen braunen Augen, den sie schon auf dem Picknick gesehen hatte, und hechelte.

„Himmel", meinte sie und lachte erleichtert. „Sie haben mich aber erschreckt."

„Tut mir leid." Mit einer Leichtigkeit, die sie ihm nicht zugetraut hätte, sprang Ranen vom Felsen herunter. Der Welpe folgte ihm. „Genau genommen tut mir so einiges leid. Aber du wirst mich nicht alles aufzählen lassen, oder, Mädchen?"

Bei seinen Worten wurde ihr ganz warm ums Herz, auch wenn es nur eine vage Entschuldigung war. „Natürlich nicht." Sie verstand seinen Stolz, so wie sie den ihres Großvaters verstanden hatte.

„Und? Hast du denn während der vergangenen Woche schon etwas anderes als das Strandhaus des Prinzen gesehen?", fragte er eilig, als wollte er von dem unangenehmen Thema ablenken.

„Ich war heute Morgen erst in der Werft."

„Wie lange dauert es noch, bis dein Schiff wieder seetüchtig ist?"

„Zwei Wochen."

Er nickte kurz und heftig – und sehr vertraut. Er ähnelte ihrem Großvater so sehr, dass es fast schmerzte, ihn anzuschauen. Gleichzeitig war es aber auch sehr tröstlich. Dieser Mann war das einzige Familienmitglied, das ihr noch geblieben war, doch er war zu verärgert, zu stur, um zu erkennen, dass sie ihn brauchte, dass vielleicht auch er sie brauchte.

Als wollte er sie trösten, kam der Welpe mit den großen braunen Augen zu ihr und legte sich an ihre Seite. Irgendwie beruhigte sie der kleine Hund.

„Sie heißt Aggie", sagte Ranen und lehnte sich gegen den Felsen.

„Sie ist süß."

„Folgt mir überallhin. Eine richtige kleine Nervensäge."

Sophia lachte, während sie das borstige Fell des Welpen streichelte. „Mein Großvater hat das auch immer über unsere Katze Smoke gesagt. Aber wenn die Katze nicht mindestens drei Stunden am Abend schnurrend auf seinem Schoß saß, dann war Gramps richtig schlecht gelaunt."

Es war keine Überraschung, dass Ranen darauf nicht antwortete. Stattdessen deutete er auf ihr Notizbuch. „Woran arbeitest du denn da?"

„Eine neue Geschichte. Hoffe ich jedenfalls." Sie zuckte mit den Schultern und erklärte: „Ich bin Schriftstellerin. Ich schreibe Kinderbücher. Und im Augenblick versuche ich gerade, eine Schreibblockade zu überwinden."

„Hört sich nicht gut an."

„Nein, es ist ziemlich unangenehm, weil die Blockade schon so lange anhält. Eigentlich seit …"

Sie hielt inne und schaute verlegen in den Sand.

„Seit wann?", hakte Ranen nach.

„Seit mein Großvater gestorben ist."

Verärgerung spiegelte sich auf dem Gesicht des älteren Mannes. Er räusperte sich. „Also ist der alte Taugenichts tot?"

Sophia nickte und musste schlucken, weil der Verlust sie noch immer schmerzte. „Ja, letztes Jahr ist er gestorben."

Mit angespannter Miene ließ Ranen sich neben ihr im Sand nieder. Schweigend blickte er hinaus auf das Meer. Sophia hätte ihn so gern über das Leben ihres Großvaters in Baratin ausgefragt. Sie wollte wissen, warum es zu diesem Streit zwischen ihnen gekommen war und warum sie während all der Jahre nie mehr miteinander geredet hatten.

Unvermittelt meinte Ranen: „Meine Großmutter war auch Schriftstellerin."

„Wirklich?", fragte Sophia überrascht.

„Ja, sie hat Gedichte geschrieben."

„Die würde ich sehr gern lesen."

Er zuckte mit den Schultern. „Vielleicht gebe ich dir mal ein paar. Wenn ich sie wiederfinde, versteht sich."

„Oh, das wäre wunderbar, Ranen."

„Unsinn", brummte er. „Vielleicht kann ich dich heute mit nach

Haus nehmen. Aber als Erstes werden Aggie und ich zum Llandaron-Picknick gehen. Es ist ein großes Ereignis, das einmal jährlich stattfindet. Die ganze Stadt wird dort sein. Und da du ja jetzt auch hier bist, wirst du mit uns kommen."

Allein der Gedanke, zu solch einer offiziellen Veranstaltung zu gehen, verunsicherte Sophia. Sie kannte ihren Platz, ihre Stellung hier nicht – wenn sie überhaupt einen Platz hier hatte. Und sie war nicht gewillt und nicht in der Lage, Fragen über Alex und sich zu beantworten, sollten welche auftauchen. „Ich würde ja gern, Ranen. Wirklich. Aber ich muss so viel arbeiten …"

„Das ist keine Einladung, Mädchen, sondern ein Befehl vom König." Er stand auf und klopfte sich den Sand von seiner ziemlich staubigen Hose. „Kronprinz Alexander wird sprechen, und er braucht all unsere Unterstützung."

„Unterstützung? Weshalb?"

Ranen zog die buschigen Augenbrauen zusammen. „Hat er es dir nicht erzählt?"

Sophia schüttelte den Kopf.

„Vor vier Monaten wurden der Prinz und seine Frau geschieden. Jetzt muss er das seinen Bürgern erklären und hoffen, dass sie ihn auch ohne Ehefrau, ohne Erben akzeptieren."

In Sophias Innerem machte sich ein merkwürdiges Gefühl breit – genau dort, wo vielleicht ein Kind, ein möglicher Erbe, heranwuchs. „Warum sollten sie ihn nicht akzeptieren?"

„So ist es seit ewigen Zeiten, Kleines. Kein Mann kann ohne eine Frau König werden. Kein Mann kann ohne Thronfolger König bleiben."

Jetzt bekam sie doch ein wenig Angst. Kein Wunder, dass Alex so heftig reagiert hatte bei dem Gedanken, dass sie eventuell schwanger sein könnte. „Und Alex möchte gern König werden."

Ranen schaute sie ernst an. „Mehr als alles andere."

Und wenn sie sein Kind in sich trug …

Sophia schloss einen Moment lang die Augen und versuchte, ihren rasenden Puls zu beruhigen. Aber es war vergeblich. Wenn sie schwanger war, dann würde ihr Kind nach Llandaron gehören.

Und dann würde auch sie hierhergehören.

Alex hatte Angst.

In all seinen fünfunddreißig Lebensjahren hatte er sich noch nie davor gefürchtet, zu seinen Bürgern zu sprechen. Aber heute stand so viel auf dem Spiel. Seine Zukunft, auf die er seit seiner Geburt gebaut hatte, könnte heute wie ein Kartenhaus in sich zusammenbrechen. Jedenfalls dann, wenn seine Untertanen ihn abwiesen und er stattdessen seinem Bruder den Vortritt lassen musste. Und wenn er ehrlich war, musste er zugeben, dass sie recht daran täten. Jeder König, der bisher auf dem Thron von Llandaron gesessen hatte, war stets demselben Motto verpflichtet gewesen: Das Land, die Ordnung und der Frieden wurden durch Traditionen und Gesetze gesichert.

Und Alexander Thorne fühlte sich diesem Motto verpflichtet und würde sich den Wünschen seiner Bürger beugen.

Die Steintreppe hinauf auf das Podium kam ihm unglaublich lang und steil vor. Und unter dem wolkenlosen blauen Himmel wandte Alex sich an die Menschen von Llandaron. Reihe um Reihe saßen sie vor ihm und schauten interessiert und wartend zu ihm auf. Zweifellos erwarteten sie eine Begrüßung und den königlichen Befehl, das Picknick und den Tag zu genießen, und keine Rede des Thronfolgers, der sie über das Scheitern seiner Ehe unterrichtete.

Für den Bruchteil einer Sekunde fürchtete Alex, seine Stimme und seinen Willen verloren zu haben. Aber als er eine rote Mähne in der Menge entdeckte und Sophia lächelnd zu ihm aufblicken sah, verschwand seine innere Anspannung.

Eine Reaktion, die er niemals erwartet hätte.

Er hatte sogar ausdrücklich den Befehl erteilt, ihr nichts von dieser Veranstaltung zu erzählen. Er hatte nicht gewollt, dass sie dabei war, wenn er von seiner fehlgeschlagenen Ehe berichtete. Er hatte nicht gewollt, dass sie Zeugin wurde, wenn seine Bürger ihn zum Abdanken nötigten.

Aber entgegen seiner Erwartung verspürte er in ihrer Gegenwart einen enormen Stolz. Ob es nun klug war oder nicht … ihre Meinung war ihm sehr wichtig geworden.

Aber all das war jetzt unerheblich.

Mit neuem Mut und Selbstbewusstsein nickte er den Bürgern Llandarons zu und begann …

Sophia lehnte sich auf den kühlen Ledersitzen der Limousine zurück. Noch nie war sie in solch einem luxuriösen Wagen gefahren, und sie musste zugeben, dass es ihr gefiel. Durch die getönten Scheiben sah sie den idyllischen Ort gemächlich an sich vorbeiziehen.

Neben ihr saß Kronprinz Alexander und schwieg. Zweifellos dachte er noch einmal über seine Rede von eben nach.

„Ich bin immer bereit gewesen, mein Leben für mein Land zu opfern", hatte er gesagt. „Heute lege ich mein Herz, meine Seele und meine Zukunft in Ihre Hände."

Ein kleiner Schauer lief Sophia über den Rücken. Ein Mann leidenschaftlicher Worte und selbstloser Natur konnte eine Frau – zumindest eine Frau wie sie – schwach werden lassen.

Sophia warf Alex einen verstohlenen Seitenblick zu. Ein kantiges Kinn, eine aristokratische Nase und gefährlich funkelnde blauviolette Augen unter dichten schwarzen Brauen. Aber nicht nur sein Äußeres, auch sein Charakter faszinierte sie.

Sie atmete langsam aus, während sie versuchte, ihren rasenden Puls zu beruhigen. Noch nie zuvor in ihrem Leben hatte sie sich so sehr danach gesehnt, sich an einen Mann zu schmiegen und ihn bis zur Besinnungslosigkeit zu küssen. Sie sehnte sich danach, noch einmal solch eine glühende Hitze wie neulich zu spüren, wollte, dass er ihren leidenschaftlichen Kuss erwiderte und die Finger in ihrem Haar vergrub.

Es ließ sich nicht länger leugnen. Sie steckte in ernsthaften Schwierigkeiten. Kronprinz Alexander Thorne hatte heute nicht nur die Herzen seiner Bürger gewonnen, nein, er hatte auch Sophias gleich mit erobert.

„Ist alles in Ordnung?"

Mit seiner Frage riss Alex Sophia aus ihren Gedanken. Sie wandte sich zu ihm um und nickte. „Ja. Und wie geht es dir? Nach solch einem Tag bist du bestimmt ziemlich euphorisch und aufgedreht."

Er lächelte auf die für ihn typische Art, ein leichtes Heben der Mundwinkel, das immer ein wenig spöttisch wirkte. „Ja, das stimmt. Es lief ziemlich gut, oder?"

„Das kann man wohl sagen."

„Ich bin froh, dass du gekommen bist, Sophia."

„Ich auch. Du warst wirklich toll."

Er schüttelte den Kopf und lehnte sich zurück. „Ich musste sozusagen komplett die Hosen runterlassen."

„Na ja, aber ich habe noch keinen Mann gesehen, der nackt so gut aussah."

Sie schnappte erschrocken nach Luft, als ihr bewusst wurde, was sie da gerade gesagt hatte. Ihr Versuch, sich unbeteiligt zu geben, war wohl ziemlich fehlgeschlagen.

Ihre Befürchtung wurde bestätigt, als Alex ihr ein sinnliches Lächeln schenkte und mit heiserer Stimme antwortete: „Danke, Sophia."

„Bilde dir nur nichts ein, Hoheit", ermahnte sie ihn. „Du weißt, was ich meinte."

Er seufzte. „Ja, aber ich wünschte, ich wüsste es nicht."

Unwillkürlich musste sie lachen. „Wir beide bringen uns ständig in Schwierigkeiten, ist dir das schon mal aufgefallen? Verbal und auch sonst."

„Auch sonst", klagte er. „O ja, das ‚auch sonst' gefällt mir ganz besonders."

Kichernd versetzte sie ihm einen spielerischen Schlag auf den Arm. „Weißt du, was, Hoheit, da du dich heute ohnehin schon – wie du es ausgedrückt hast – entblößt hast, könntest du mir doch jetzt auch endlich alles erzählen."

„Was meinst du damit?"

„Vielleicht könntest du mich endlich darüber aufklären, was es mit dieser Meerjungfrauengeschichte auf sich hat, die dein Vater erwähnte."

Sein Lächeln schwand. „Lieber nicht."

„Du hast es versprochen."

„Ja, das war wohl in einem schwachen Moment." Er seufzte ungeduldig. „In Ordnung, dann erzähle ich es eben. Als ich ein Junge war, hatte ich einen Traum, besser gesagt einen ständig wiederkehrenden Traum … über das Meer und eine gewisse …"

„Eine gewisse was?", hakte sie neugierig nach.

„Meerjungfrau, die aus dem Wasser kam", stieß er hervor.

Ein kleines Lächeln umspielte Sophias Lippen. „Der König sagte, ich sehe aus wie diese Meerjungfrau. Stimmt das?"

Zwischen zusammengepressten Zähnen brummte er: „Ja."
„Wegen meiner Haare?"
„Unter anderem."
„Was denn noch?", fragte sie und sah ihn unschuldig aus großen Augen an.
Alex lachte halbherzig. „Du bist schrecklich."
„Und du bist viel zu weit weg."
Seine linke Augenbraue schoss nach oben. „Wie bitte?"
Stöhnend meinte sie: „Also, verbal sind wir heute schon in Schwierigkeiten geraten und ..."
Sie bekam keine Gelegenheit mehr, ihren Satz zu beenden, da Alex sie zu sich zog. Während sie in seine dunkelblauen, vor Leidenschaft glänzenden Augen sah, überlegte Sophia, wie es wäre, wenn sie genau das täte, wovon sie geträumt hatte: wenn sie sich auf Alex' Schoß setzen, die Arme um seinen Hals schlingen und ihn wild und hemmungslos küssen würde. Aber wo würde das hinführen? Was wäre, wenn sie gar nicht schwanger war und die Insel verlassen musste? Und wenn sie doch schwanger war, die Anziehungskraft zwischen ihr und Alex jedoch lediglich körperlicher Natur? Schließlich war Alex gerade geschieden worden, und es war ganz eindeutig, dass er kein Interesse an einer längerfristigen Beziehung hatte. War sie bereit, ihr Herz für eine Affäre zu riskieren?
Alex strich mit dem Daumen über ihre Unterlippe. „Wenn du mich küssen möchtest, Sophia, dann brauchst du nur dein Kinn zu heben, deine Augen zu schließen, und ich wäre glücklich, deinen Wunsch zu erfüllen."
„Wie kommst du darauf, dass ich dich küssen will? Du bist eindeutig zu eingebildet, weißt du das?"
Alex beugte sich zu ihr und küsste sie zärtlich auf den Mund. Als er sich wieder von ihr löste, flüsterte er, nur einen Hauch von ihren Lippen entfernt: „Ich begehre dich. Und das bilde ich mir nicht ein. Das kannst du selbst spüren."
Sein Kuss und seine Worte sandten eine Hitzewelle durch ihren Körper. Wie war das möglich? Bereits ein einziger Blick, eine winzige Berührung von ihm konnten sie überzeugen. Sie wusste, dass sie ihn verlangend anschaute, ihn geradezu anflehte, sie gleich hier zu neh-

men, damit sie gar nicht erst darüber nachdenken oder einwilligen musste.

„Alex …"

„Ja, Kleines?"

Sophia schmolz dahin, als er ihr mit rauer, sinnlicher Stimme antwortete, und blickte durch die geöffnete Trennscheibe nach vorn zum Fahrer. „Sind wir bald zu Hause?"

„In zehn Minuten ungefähr."

„Noch zehn Minuten?"

Er lachte leise und langte dann hinüber zur Ablage, wo eine Schüssel mit eisgekühlten Erdbeeren stand. „Hier, lass uns ein paar Erdbeeren essen. Damit unsere Münder beschäftigt sind."

Als er ihr eine der Früchte vor die Lippen hielt, wurde ihr erneut ganz heiß. Verflixt, sie wollte keine Erdbeeren. Sie wollte Küsse. Erst seine Küsse, und dann …

Warum machte sie es nicht so wie am ersten Tag hier auf der Insel? Am Strand hatte sie sich doch auch einfach das genommen, was sie gewollt hatte.

Alex strich beharrlich die Erdbeere über ihre Lippen. Sie spürte seinen Blick auf sich, als sie den Mund öffnete und ihm gestattete, die Frucht zwischen ihre Zähne zu schieben.

Als sie zubiss, spritzte der Fruchtsaft über ihr Kinn.

„Das hattest du bestimmt geplant."

„Hältst du mich für so mächtig, Sophia?", fragte er und ließ seinen Blick nach unten gleiten. „Dass ich eine Erdbeere dazu bringen kann zu platzen? Dass ich süßem rosa Saft befehlen kann, über dein Kinn und auf deine Bluse zu tropfen?"

„Ja." Sie schaute auf die Spur, die der Saft langsam auf ihrem Hals, ihrem Dekolleté und schließlich im Tal zwischen ihren Brüsten hinterließ. „Meine Bluse …"

„Lass mich das machen."

„Hast du ein Taschentuch oder einen Lappen?"

„Nein." Alex streckte die Hand aus und drückte auf einen Knopf. Langsam und lautlos schloss sich die getönte Trennscheibe. „Aber ich habe eine Idee."

Sophia hielt den Atem an, als er mit den Fingerspitzen über den

Ausschnitt ihrer Bluse glitt. Aber bevor Alex den ersten Knopf öffnete, schaute er auf. „Hast du etwas dagegen?"

Sie weigerte sich zu denken, wollte nicht zur Vernunft kommen oder überlegen. Also schüttelte sie den Kopf. Alex lächelte zufrieden und hatte in Windeseile drei Blusenknöpfe geöffnet. Sophias Herz klopfte immer schneller, als die kühle Luft über ihre erhitzte Haut strich.

„Sophia …" Alex senkte den Kopf und hauchte einen Kuss auf den Ansatz ihrer linken Brust. „Du schmeckst so süß, Sophia."

„Das liegt an dem Erdbeersaft", erwiderte sie atemlos.

„Nein, das bist du."

Mit geschickten Handgriffen schob er den Spitzenstoff ihres BHs zur Seite und strich mit den Lippen über ihre Brust, bis er zu der aufgerichteten, schmerzhaft empfindlichen Knospe gelangte. Sophia bog ihren Rücken durch und flehte Alex stumm an, sie zu kosten, zu necken. Und das tat er. Er nahm sich, was er wollte – genau so, wie sie es sich vor einem Moment noch selbst untersagt hatte. Er nahm für sie beide, und sie war dankbar dafür.

In ihr loderte Lust auf – unbezähmbar wie ein wildes Tier, das einer Falle entkommen will. Koste es, was es wolle. Es gab nun kein Zurück mehr.

Oder man verliert den Verstand, dachte Sophia, während Alex ihre Brust mit der Hand umschloss und die Spitze wohlig aufstöhnend zwischen die Lippen nahm.

Immer drängender wurden seine Zärtlichkeiten, während er mit der anderen Hand tiefer glitt, über ihren Bauch und dann noch weiter zu dem Dreieck zwischen ihren Schenkeln. Sophia drängte sich seiner Handfläche entgegen, und Alex verstärkte den Druck.

Plötzlich jedoch blieb die Limousine stehen.

„Wir haben angehalten", flüsterte Sophia schwer atmend.

„Ja." Alex' Antwort glich einem Grollen.

„Das heißt dann wohl, dass wir auch aufhören sollten."

Fluchend hob Alex den Kopf und schaute Sophia an. „Ich möchte dich spüren, Sophia, alles an dir."

„Aber das hast du doch schon."

„Nein." Zärtlich umschloss er ihr Gesicht. „Nicht so, wie ich es mir vorstelle. Am Strand ging alles so schnell. Ich möchte dich langsam und zärtlich lieben und ..."

Sie schüttelte den Kopf. „Bitte, sprich nicht weiter." Langsam, das bedeutete, nachdenken zu müssen. Langsam, das bedeutete, sich über die Zukunft Gedanken machen zu müssen, auf mehr zu hoffen, als ihr zustand. *Das* wollte sie nicht.

Alex richtete sich auf und ließ sich auf dem Sitz zurückfallen. „In Ordnung, ich sage nichts weiter. Im Augenblick. Für heute."

Auf der rechten Seite wurde die Tür der Limousine geöffnet. Aber bevor Alex ausstieg, warf er Sophia noch einen sinnlichen und gleichzeitig ernsten Blick zu. „Aber ich kann das hier – was auch immer es ist – nicht mehr lange unter Kontrolle halten."

Auf unsicheren Beinen folgte Sophia ihm aus dem Wagen und ins Haus. Sie konnte seine Küsse noch immer auf ihrer schmerzhaft empfindlichen Haut spüren, hörte noch immer seine Worte.

Ich kann das nicht mehr lange unter Kontrolle halten.

Sie auch nicht. Der Himmel möge ihr beistehen, sie auch nicht.

5. Kapitel

„Dies ist ein Initiationsritus“, verkündete Frannie, während sie und Cathy Sophia durch die grüne Eingangstür von Gershins Toffee Shop geleiteten und dabei so taten, als würden sie gerade eine große Kathedrale betreten und nicht einen …

„Ein Laden voller Süßigkeiten?“, fragte Sophia erstaunt und schaute sich all die bunt verpackten Naschereien an.

„Es sind nicht nur einfach Süßigkeiten“, schalt Frannie sie. „Es ist vielmehr ein kleines Stück vom Himmel.“

„Aha, ein Stück vom Himmel also?“, sagte Sophia skeptisch.

Cathy und Frannie tauschten einen mitleidigen Blick aus. „Sie ist in der Beziehung wohl bisher zu kurz gekommen“, meinte Cathy.

Frannie nickte zustimmend. „Sobald sie es probiert hat, wird sie es verstehen.“

Während sie ihren neuen Freundinnen einen schmalen Gang entlang folgte, in dem sich Leckereien in den Regalen stapelten, musste Sophia lachen. „Wollt ihr zwei mir erzählen, dass es sich hier um irgendeine Art von magischem Toffee handelt?“

Cathy schnaubte, schnappte sich einen Riegel Karamelltoffee aus einem der Regale und drückte ihn Sophia in die Hand. „Gleich wirst du anders darüber denken.“

Sophia lachte erneut, nahm den Riegel und wickelte ihn aus. Sie hatte so viel Spaß mit diesen beiden Frauen, und das war eine völlig neue Erfahrung für sie.

Als Schriftstellerin arbeitete sie zu Hause und war nicht häufig unter Menschen, sodass sie nur wenige echte Freunde besaß. Selbst als Kind hatte sie auf dem Hausboot ihres Großvaters ein ziemlich zurückgezogenes Leben geführt. Ein Leben, das ihr jedoch ausgesprochen gut gefallen hatte. Denn dort hatte sie sich willkommen und geliebt gefühlt wie nirgendwo sonst. Und das hatte sich nicht geändert, als sie zur Schule gekommen war. Im Unterricht hatte sie getan, was von ihr erwartet wurde, mittags mit einigen der ruhigeren Mädchen gegessen, aber wenn zum Schulschluss die Glocke geläutet hatte, dann war sie sofort geflüchtet – dorthin, wo sie sich zu Hause fühlte.

Nach dem Tod ihres Großvaters hatte sie nicht damit gerechnet, noch einmal dieses Gefühl der Akzeptanz und Zugehörigkeit zu erfahren. Aber in Frannies und Cathys Gesellschaft fühlte sie sich nicht nur akzeptiert, sondern hatte auch das Gefühl, dass die beiden ihr echte Sympathie entgegenbrachten. Als Frannie und Cathy daher vor einer Stunde zum Strandhaus gekommen waren und gefragt hatten, ob sie mit in die Stadt kommen wolle, hatte Sophia gern zugesagt.

Jeglicher Gedanke war wie weggeblasen, als sie in das Stück Schokoladentoffee biss, das Cathy ihr gegeben hatte. „Himmlisch", war das Einzige, was sie über die Lippen brachte, bevor sie mit geschlossenen Augen den Schmelz auf der Zunge zergehen ließ. „Das ist …"

„Ich weiß!", unterbrach Cathy sie mit einem breiten Lächeln, während sie selbst ebenfalls eine der Köstlichkeiten auswickelte.

„Es ist … es ist …" Sophia hatte Mühe, Worte zu finden, die diesen umwerfenden Geschmack von cremigem Karamell und Schokolade beschreiben konnten.

Frannie legte ihr eine Hand auf die Schulter. „Wir haben dich gewarnt."

Sophia schüttelte den Kopf. „Ehrlich, ich habe noch nie etwas so Wunderbares gegessen. Wie ist das möglich? Liegt es an …"

„Versuch gar nicht erst, es herauszufinden", meinte Frannie.

Cathy nickte. „Nein, lass es. Es ist wie mit Männern."

Frannies Lachen schallte durch den Laden. „Wie mit Männern? Ich kann es kaum erwarten, deine These zu diesem Thema zu hören."

„Nun, es ist ganz einfach. Versuch gar nicht erst, einen Mann zu verstehen", erklärte Cathy und wickelte bereits das zweite Stück Toffee aus. „Entspann dich, lehn dich zurück, und genieße den Augenblick."

„Oh, das ist gut." Frannie steckte sich ihren Schokoriegel in den Mund. „Das ist sogar sehr gut."

Aber Sophia hatte Probleme mit dem Vergleich. Vor ihrem inneren Auge tauchten Bilder von ihr und Alex auf, die einem Feuerwerk glichen. Sie dachte an seine berauschenden Küsse und seine Zärtlichkeiten, an seine blauen Augen, die bis in ihre Seele zu blicken schienen, und an Worte des Begehrens und wahrer Erfüllung, die ihr ins Ohr geflüstert wurden.

Wie sollte sie solch einen Moment einfach nur genießen können? Alex war wie die verführerischen Süßigkeiten um sie herum. Sie würde immer mehr wollen. Es war so leicht, süchtig danach zu werden.

Frannie stieß Cathy einen Ellenbogen in die Seite. „Ich glaube, wir haben etwas Falsches gesagt."

„Oder das Richtige", erwiderte Cathy. „Lass mal sehen … Männer, Toffee, den Augenblick genießen, eine verträumt aussehende Frau mit geröteten Wangen …"

Frannie schmunzelte leicht. „Ich verstehe, was du sagen willst."

Verwirrt schaute Sophia von einer lächelnden Freundin zur anderen. „Ich verstehe gar nichts."

„Bist du dabei, dich in meinen Bruder zu verlieben?", fragte Cathy geradeheraus.

Sophia verschluckte sich fast, bevor sie entsetzt nachhakte: „Was?"

„Ich weiß, er ist anstrengend …"

„Das sagt Max auch immer", warf Frannie ein.

Cathy fuhr fort: „Aber er ist auch hochintelligent, großzügig, nett …"

„Ihr beide seid …"

„Amüsant, fürsorglich und …"

„Unglaublich sexy?", meinte Sophia trocken.

Frannie und Cathy hielten inne und sahen Sophia an. Dann brachen die beiden in Lachen aus. Die Hände in die Hüften gestemmt, versuchte Sophia böse auszusehen, doch es funktionierte nicht. Unwillkürlich stimmte sie in das Lachen ein.

Cathy hakte Sophia unter, schnappte sich noch eine Tüte mit gemischten Toffeeriegeln und ging in Richtung Kasse. „Sie ist eine von uns, so viel steht fest."

Sophia deutete auf die große Tüte mit den Süßigkeiten. „Die teilst du aber mit uns, oder?"

„Ja. Ganz eindeutig eine von uns", erklärte Frannie fröhlich, nahm sich noch eine Handvoll Schokoladentoffee und folgte ihnen.

Die Schlagzeile in der Londoner Zeitung wirkte auf Alex wie eine Anklage.

Geschiedene Frau des Kronprinzen von Llandaron heiratet Präsidenten der Garrison Bank. Im Mai nächsten Jahres erwartet das Paar sein erstes Kind.

Die Worte hinterließen nicht nur einen bitteren Nachgeschmack, sondern ließen auch Alex' Puls schneller schlagen. Warum war er so wütend über einen Zeitungsartikel, der von einer Frau berichtete, die er nie geliebt hatte, von einem Baby, das er nie bekommen sollte?

Wenn er ehrlich war, musste er sich eingestehen, dass es weder seine Exfrau noch das Kind war, was ihn so wütend machte – es lag an ihm selbst, seiner eigenen Unfähigkeit und an den Fragen, die nie nachließen: War er in der Lage, eine Frau glücklich zu machen? Und wenn ja, war er überhaupt bereit, sich dieser Aufgabe zu stellen?

Unwillkürlich wanderten seine Gedanken zu Sophia, seiner Meerjungfrau.

Ja, mit ihr konnte er es sich vorstellen, wünschte es sich sogar. Aber lag es daran, dass sie vielleicht sein Kind in sich trug? Oder steckte mehr dahinter?

Wünschte er sich so sehnlichst einen Erben, dass er bereit war, noch einmal Herz und Verstand zu riskieren?

Alex lehnte sich auf seinem Stuhl zurück, während er beängstigend schnell die Antwort auf diese Fragen wusste: Niemals.

Es war sechs Uhr am nächsten Samstagmorgen, als Sophia erkannte, dass ihr Leben sich von Grund auf ändern würde.

Vor einer halben Stunde war sie mit einem unangenehmen Gefühl im Magen aufgewacht. Benommen war sie aus dem Bett geschlüpft und ins Bad getaumelt, wo sie sich sofort übergeben hatte.

Anfangs, als sie sich gegen die kühlen Fliesen gelehnt hatte, war sie noch davon überzeugt gewesen, dass sie am Abend zuvor etwas gegessen hatte, wovon ihr so schlecht geworden war. Normalerweise hatte sie aber keinen empfindlichen Magen. Und Steak, Kartoffelpüree und ein Becher Kakao waren nichts wirklich Gefährliches.

Dann war ihr auf einmal ein Gedanke durch den Kopf geschossen.

Ein merkwürdig beruhigender und gleichzeitig aufregender Gedanke.

Himmel, überlegte sie jetzt, während sie sich gegen die Badewanne lehnte, war sie tatsächlich …

„Sophia?" Alex' Stimme schreckte sie auf, und sie hielt den Atem an, als es im nächsten Moment an der Tür klopfte. „Ist alles in Ordnung?"

„Ja, danke", rief sie hastig.

Anscheinend zu hastig, denn Alex klang leicht besorgt, als er fragte: „Darf ich hereinkommen?"

Ihr Puls beschleunigte sich, und während sie zur Tür schaute, schüttelte sie idiotischerweise den Kopf. Sie war noch nicht bereit dafür, Alex gegenüberzutreten. Nicht, solange sie nicht ganz sicher war.

„Alles in Ordnung, Alex", erklärte sie bestimmt. „Wirklich. Geh wieder ins Bett."

Offensichtlich wollte er sie nicht hören. Die Tür wurde einen Spalt weit geöffnet. Alex streckte den Kopf herein und sah Sophia mit besorgtem Blick an. „Was ist los?"

„Nichts", meinte sie, bevor sie den Wasserhahn anstellte und nach ihrer Zahnbürste griff.

Als sie in sein besorgtes Gesicht sah, war plötzlich alles anders. So verrückt es auch sein mochte, aber sie wollte ihm erzählen, dass sie vermutlich sein Kind in sich trug. Sie wollte, dass er sie in die Arme nahm, sie küsste und sie freudestrahlend ansah.

Aber was war, wenn er nur eine Miene gedämpfter Freude zur Schau tragen und an der Tür stehen bleiben würde – wenn es keine Umarmungen, keine Berührungen geben würde?

Sophia war sich sicher, dass er sein Kind lieben würde, aber wohl niemals die Mutter.

„Du bist blass wie eine Wand", stellte Alex fest und kam näher.

„Ich bin okay", wiederholte sie. „Mir geht es schon wieder viel besser."

Anscheinend klang sie nicht überzeugend, denn erneut ignorierte er ihre Worte und nahm stattdessen einen Waschlappen und hielt ihn unter den Wasserstrahl.

„Was tust du da?", fragte Sophia.

„Sei einfach still und setz dich.“
„Alex, das ist wirklich nicht nötig …“
„Warum lässt du mich das nicht entscheiden? Vertrau mir, okay?“
Das liebevolle Lächeln, das er ihr schenkte, ließ sie ihre Befürchtungen über die Zukunft vergessen. In diesem Moment vertraute sie ihm wirklich.
Sie erwiderte sein Lächeln. „Okay, Alex.“
Er nahm ihr die Zahnbürste aus der Hand und legte sie auf die Ablage. Dann drängte er Sophia sanft, aber bestimmt, sich auf den Badewannenrand zu setzen, und begann, ihr das Gesicht abzuwischen.
Der kühle Waschlappen fühlte sich angenehm auf Sophias erhitzter Haut an, und sie schloss die Augen. „Das tut gut.“
„Was habe ich dir gesagt? Ich will nur, dass es dir gut geht.“
„Versprochen?“
Sophia spürte, dass Alex mit dem Waschlappen über ihren Mund fuhr, bevor er antwortete: „Ich werde mein Bestes tun, Kleines.“
„Das weiß ich.“
Eine Weile herrschte Schweigen, während Alex fortfuhr, sich um sie zu kümmern. Mit frischem, kühlem Wasser strich er über ihre Stirn, die Wangen und den Hals. Sophia genoss seine Fürsorge und entspannte sich. Fast wäre sie sogar eingenickt, als Alex wissen wollte: „Hast du gestern Abend mit Frannie und Cathy wieder Pizza gegessen?“
„Nein. Steak und Kartoffelpüree.“
„Vielleicht war darin ein Gewürz, das dir nicht bekommen ist.“
„Vermutlich.“
„Oder vielleicht wirst du krank.“
„Krank?“, murmelte sie.
„Es könnte die Grippe sein.“
„Ich glaube nicht, Hoheit.“
Einen Moment lang schwieg er, bevor er sagte: „Sophia?“
„Mhm?“
„Mach die Augen auf.“
Sophia war benommen und müde, doch sie tat, worum Alex sie gebeten hatte. Aber sobald sie seinen veränderten Gesichtsausdruck wahrnahm, wünschte sie, sie hätte es nicht getan.

Seine Augen funkelten, seine Lippen waren zusammengepresst, und seine Worte klangen wie ein Grollen: „Ich bitte dich nur, mir die Wahrheit zu sagen.“

Ihr Magen verkrampfte sich erneut. „Ich verstehe nicht, was du meinst.“

„Doch, das tust du.“ Er stand auf und ließ den Waschlappen in das Waschbecken fallen.

„Alex …“

„Die Wahrheit, Sophia.“ Sein Blick nahm einen fast verzweifelten Ausdruck an. „Bitte.“

„Ich kenne die Wahrheit nicht.“

„Was soll das heißen?“

Das geht alles viel zu schnell, dachte Sophia. Sie war noch nicht darauf vorbereitet, jetzt mit Alex darüber zu sprechen. Ihr Kopf war voller sinnloser Fragen. Warum war Alex nicht im Bett geblieben? Warum war ihr nicht erst schlecht geworden, nachdem er gegangen war?

„Sophia?“

„Es könnte an den Gewürzen im Essen gelegen haben, es könnte Stress sein, es könnte auch die Grippe sein.“

„Verdammt, Sophia …“

Ihr Herz schlug so heftig, dass sie sicher war, Alex musste es hören. „Und es könnte ein Baby sein.“

„Gütiger Himmel.“

„Ich bin seit zwei Tagen überfällig.“

6. Kapitel

Einige Stunden später stand Alex vor der Badezimmertür und unterdrückte den Wunsch, auf und ab zu gehen. Er war immer stolz darauf gewesen, ein kühler, ruhiger und äußerst rationaler Mensch zu sein. Aber im Augenblick war er davon so weit entfernt, dass er sich selbst kaum wiedererkannte. Allerdings war es auch kein Wunder, denn hinter dieser Badezimmertür wurde gerade seine Zukunft entschieden.

Oder vielleicht war sie auch schon vor über vier Monaten entschieden worden, als er Sophia an Deck ihres Segelschiffes gesehen hatte.

Alex fuhr sich mit der Hand durchs Haar. Ja, natürlich, er wünschte sich schon seit vielen Jahren ein Kind.

Aber was würde es bedeuten, wenn Sophia tatsächlich ein Kind von ihm bekäme? Wie sah ihre Zukunft aus? Unabhängig von der Situation und auch unabhängig von dem Verlangen, das er für Sophia empfand, hatte er nicht die Absicht, sich noch einmal von einer Frau abhängig zu machen. Dieser Teil seiner Zukunft war zumindest schon entschieden.

Kurz entschlossen hob er die Hand, um an die Badezimmertür zu klopfen, ließ sie aber im letzten Moment wieder sinken.

Dieses angespannte Warten und diese Ungewissheit waren die reinste Tortur.

War es zu früh für einen Drink? Er schaute auf seine Uhr. Elf Uhr vormittags war eindeutig zu früh.

„Alex?"

Er hob abrupt den Kopf, als die Tür geöffnet wurde. Sophia kam mit blassem Gesicht und zusammengepressten Lippen aus dem Bad. Er musterte sie aufmerksam, in der Hoffnung, aus ihrem Gesichtsausdruck etwas schließen zu können. Doch sie hatte eine undurchdringliche Miene aufgesetzt.

Immerhin rang sie sich ein zittriges Lächeln ab und murmelte ein verlegenes „Hallo".

Keiner von ihnen war auf das vorbereitet, was sie jetzt besprechen mussten. Im hell erleuchteten Flur seines Strandhauses stand er der Frau gegenüber, die vielleicht sein Kind in sich trug. Und das Einzige, was Alex zustande brachte, war ein Nicken.

Sophia holte tief Luft. „Ich habe den Test gemacht."

„Sophia, du bringst mich um", stieß Alex frustriert aus. „Sag endlich, was los ist."

„Du brauchst dir keine Sorgen zu machen."

„Was zum Teufel soll das heißen?"

„Ich werde dir nicht weiter zur Last fallen … und auch sonst niemand."

„Last?", rief er aus und seufzte frustriert. „Ich habe nie gesagt, dass ein Kind eine Last …"

Nervös fuhr Sophia sich mit der Hand durchs Haar und unterbrach ihn. „Das brauchtest du auch nicht explizit zu sagen, Alex. Ich weiß, was du mit deiner Exfrau durchgemacht hast."

„Was hat das damit zu tun?"

„Du hast eine schwierige Ehe hinter dir. Fünf Jahre sind eine lange Zeit …" Sie berührte mitfühlend seinen Arm. „Du hast sehr deutlich gemacht, wie sehr du deine Freiheit genießt."

„Für ein Kind gebe ich meine Freiheit gern auf, Sophia."

Sie ließ ihre Hand wieder sinken und meinte kühl: „Aber nicht für eine Frau, oder?"

Dazu hatte Alex nichts zu sagen. Er war nicht daran interessiert, eine Therapiestunde zu bekommen oder seine Vergangenheit aufzuarbeiten. Die war endgültig vorbei. Was er wollte, war eine Antwort. Und normalerweise bekam er, was er wollte.

„Der Test war also negativ?", fragte er voller Anspannung. „Willst du das damit sagen?"

Einen Moment lang sah sie ihn nur aufmerksam an. Dann sagte sie leise: „Ja."

Alex hatte erwartet, bei dieser Nachricht zumindest einen Hauch von Erleichterung zu verspüren. Schließlich hatten Sophia und er nur einmal miteinander geschlafen. Aber tief in seinem Herzen empfand er ehrliches Bedauern und tiefe Enttäuschung.

„Also werde ich bald abreisen", fuhr Sophia fort. „Sobald mein

Schiff repariert ist, werde ich nach Baratin segeln und mich dann auf den Heimweg begeben."

Bei ihren Worten überkam ihn eine ungeahnte Traurigkeit, doch Alex würde Sophia nichts von diesen Empfindungen verraten. Es war das Beste für sie und auch für ihn, wenn sie die Insel wieder verließ und auf dem Kurs blieb, den sie für sich festgelegt hatte.

Auch wenn ihn das selbst verrückt machte.

Er nickte ihr zu und wandte sich dann um, um zu gehen. „Ich muss zurück ins Büro."

An den Stamm eines großen Kirschbaums gelehnt, saß Sophia an diesem herrlichen Nachmittag im Palastgarten und sah fassungslos auf das weiße Plastikstäbchen mit den beiden blauen Streifen, das sie aus ihrer Handtasche gezogen hatte.

Sie hatte gelogen.

Ein Kind – Alex' Kind – wuchs in ihr heran, und sie hatte ihm erzählt, der Schwangerschaftstest sei negativ gewesen.

Sie schämte sich zutiefst. Noch nie hatte sie etwas so Furchtbares, Grausames und Egoistisches getan. Und all das nur, weil sie Angst gehabt hatte.

Am letzten Samstag, als Alex zu den Bürgern von Llandaron gesprochen hatte, hatte sie mehr über seine gescheiterte Ehe erfahren. Er war unglücklich mit einer Frau verheiratet gewesen, die sehr wenig gegeben, dafür umso mehr genommen hatte. All das hatte Sophia dazu veranlasst, Alex nicht erneut in eine solch unangenehme und komplizierte Situation zu bringen.

Vielleicht wollte er ja das Kind, aber auf keinen Fall wollte er die Mutter. Diese Tatsache hatte eine bisher unbekannte Furcht in Sophia ausgelöst. Alexander Thorne war ein Prinz und ein sehr mächtiger Mann. Wenn er wollte, dann konnte er ihr das Kind ohne Weiteres wegnehmen. Als Begründung bräuchte er nur das Wohl seines Landes anzuführen.

Trotzdem war es untypisch für sie, in einer so wichtigen Angelegenheit zu lügen. Normalerweise lief sie vor Problemen nicht davon.

Gedankenverloren riss Sophia einen Grashalm ab. Tat sie das Richtige? Für sich, für ihr Kind?

Auf einmal stupste sie jemand von hinten gegen die Schulter, und sie schreckte auf. Als sie sich umdrehte, sah sie nur noch eine rosa Zunge, die ihr prompt über das Gesicht leckte.

Die Spannung in ihr löste sich, und sie lachte laut auf. „Na, wie bist du denn hierhergekommen, du kleiner Schlingel?"

Der niedliche Welpe neigte den Kopf zur Seite und bellte kurz.

„Aha. Du bist weggelaufen, was, Aggie?"

Als Antwort leckte ihr der junge Hund noch einmal über das Gesicht.

Lächelnd tätschelte Sophia dem Hund den Kopf. „Na, bei mir bist du jedenfalls immer willkommen."

Aggie drehte sich zweimal um sich selbst, legte sich hin und schmiegte sich an Sophias Seite.

„Sieht aus, als hätte sie dich ins Herz geschlossen, Mädchen."

Sophia lächelte. Sie kannte die Stimme. Ranen und Alex' sympathische Tante Fara kamen über den Rasen auf sie zu. Die ältere Frau sah aus, als wäre sie gerade den Seiten eines Hochglanzmagazins entsprungen, ihre schicke Kurzhaarfrisur und der perfekt sitzende weiße Hosenanzug ließen sie wie immer äußerst elegant wirken.

„Ranen hat schon den ganzen Tag versucht, diesen jungen Hund dazu zu bringen, sich ein wenig hinzulegen", informierte Fara sie und lächelte strahlend.

Sophia hob die Hände, um sich zu verteidigen. „Ich habe ihn nicht bestochen, ganz ehrlich. In meinen Taschen ist auch kein Schinken versteckt."

Ranen schnaubte. „Ha, wer soll das denn glauben."

Fara deutete auf die Decke, die auf dem Gras ausgebreitet lag. „Dürfen wir uns ein wenig zu dir setzen? Dieser Baum spendet so herrlichen Schatten."

„Natürlich."

Fara seufzte, während sie sich umblickte. „Weißt du, als Alex noch ein Junge war, ist er immer von seinem Zimmerfenster aus auf den Kirschbaum geklettert und hat dort oben stundenlang gesessen."

„Tatsächlich?"

„Ja. Er war ein kleiner Träumer."

„Das kann ich mir gar nicht vorstellen."

Fara lächelte und neigte den Kopf. „Natürlich verhielt er sich wie ein sehr ernstes Kind, wenn wir in der Nähe waren. Sein Titel und sein Status verlangten es so. Aber wenn er allein war, dann konnte er sich entspannen."

Ranen nickte zustimmend. „Ja, der Junge hatte Träume. Er wünschte sich eine Frau, die er lieben konnte, und einen Haufen Kinder, denen er beibringen konnte, das Meer nicht nur zu erkunden und zu verstehen, sondern genauso zu lieben, wie er es tut." Der ältere Mann bedachte Sophia mit einem wissenden Blick. „Aber er wusste, was richtig war und was er zu tun hatte."

„Du meinst, er wusste, dass er eine Frau heiraten musste, auch wenn er sie nicht richtig kannte?", fragte Sophia mit einer Stimme, die sogar in ihren eigenen Ohren müde und hoffnungslos klang. „Dass es seine Pflicht war, einen Erben zu zeugen? Damit er sein Land regieren kann?"

Ranen nickte. „Das erfordert sehr viel Disziplin."

„Also hat er all seine Träume aufgegeben."

„Vielleicht nicht ganz aufgegeben." Fara lächelte traurig. „Vielleicht hat er sie nur verdrängt. Bis …"

„Bis?", hakte Sophia nach.

„Bis jemand auftauchte und ihm half, sich wieder an diese Träume zu erinnern."

Sophia errötete leicht und schaute verlegen auf die Decke und auf den Welpen, um nicht in Faras Augen blicken zu müssen. Alex' Tante sah einfach zu viel. Was würde passieren, wenn sie noch tiefer blickte und Sophias Geheimnis erriet? Wenn sie dahinterkam, was sie getan … was sie nicht getan hatte.

Bis jemand auftauchte und ihm half, sich wieder an diese Träume zu erinnern …

Ja, sie wollte, dass Alex diesen Teil von sich wiederfand. Diese erstaunlich sorglose Seite an ihm, die er so selten zeigte. Aber hatte das Schicksal ihr wirklich diese Aufgabe zugedacht? War es das Schicksal ihres Kindes?

Sollte sie einem Mann helfen, der keine Hilfe wollte?

Fara berührte fast zärtlich Sophia Hand. „Weißt du, man sollte eine Chance ergreifen, wenn sie sich einem bietet, meine Liebe."

„Ich weiß“, stimmte Sophia zu. „Es ist nur …“

„Vielleicht solltest du deinem eigenen Rat auch endlich folgen, Hoheit“, unterbrach Ranen sie barsch und schaute Fara an.

Fara erwiderte verwirrt seinen Blick. „Was meinst du denn damit?“

Ranen stand abrupt auf. „Das weißt du ganz genau.“

„Nein, das weiß ich nicht.“

Mit schmerzverzogenem Gesicht wandte Ranen sich ab und ging fort, wobei er etwas vor sich hinbrummte, das Sophia nicht verstehen konnte.

„Es tut mir leid, meine Liebe“, sagte Fara mit erstickter Stimme.

Besorgt fragte Sophia: „Alles in Ordnung?“

„Er ist … er möchte mich …“ Sie schüttelte den Kopf. „Gerade habe ich gesagt, man soll eine Chance ergreifen, wenn sie sich einem bietet. Ich bin mir aber nicht sicher, ob es bei zweiten Chancen genauso ist.“

Mehr sagte Fara nicht, und Sophia drängte sie auch nicht. Die beiden saßen schweigend, mit schwerem Herzen nebeneinander und hingen ihren Gedanken nach. Offenbar hatte nicht nur Sophia eine schwierige Entscheidung zu treffen. Als die Sonne langsam hinter dem Horizont verschwand und die königlichen Gärten in goldenes Licht tauchte, umschloss Sophia die Hand von Prinzessin Fara und hoffte, nicht nur ein wenig Trost geben, sondern auch empfangen zu können.

Es war schon fast halb neun am Abend, als Alex das Strandhaus betrat. Er fühlte sich müde und frustriert. Die Arbeit war ihm heute nur mühsam von der Hand gegangen, denn seine Gedanken waren einzig und allein auf eins gerichtet gewesen. Sophia. Er konnte sich einfach nicht an den Gedanken gewöhnen, dass sie bald abreisen würde, und es machte ihn verrückt, dass sie solch eine Macht über ihn besaß. Er konnte einfach dieses unstillbare Verlangen, sie zu sehen, zu hören, zu berühren, nicht verdrängen, sosehr er sich auch bemühte.

„Hallo! Bist du hungrig?“

Der Eifer, den er in Sophias Stimme hörte, und das herzliche Willkommen versetzten Alex einen Stich. „Du scheinst Gedanken lesen zu können.“

Zaghaft lächelte sie ihn an. „Natürlich, pass also künftig lieber auf, was du so denkst."

„Du machst mir Angst. Was siehst du denn noch alles?"

„Hm." Sie neigte den Kopf und schaute zur Decke, als wollte sie sich auf seine Gedanken konzentrieren. Alex nutzte die Gelegenheit, Sophia ausgiebig zu mustern.

Barfuß, gekleidet in ein marineblaues Kleid aus feinem Wollstoff, die Haare zu einem Pferdeschwanz zusammengebunden, das makellose Gesicht dezent geschminkt, sah sie unglaublich gut aus – elegant und doch lässig –, wobei jede ihrer verführerischen Kurven perfekt zur Geltung gebracht wurde.

„Oh", rief sie plötzlich. „Ich habe gerade noch einen weiteren Gedanken aufgespürt."

„Verflixt. Vermutlich etwas Wildes, oder?" Er tat so, als wäre er auf frischer Tat ertappt worden.

„Und ziemlich verrucht", erwiderte sie gespielt tadelnd.

„Tja, das ist leider deine Schuld."

Sie sah ihn verwirrt an.

Alex musste lachen. „Wilde und verruchte Gedanken hab ich immer, wenn ich mit dir zusammen bin."

„Oh." Ihre Wangen röteten sich.

„Damit wir uns nicht missverstehen, Sophia", sagte er und kam zu ihr, bis er nur noch wenige Zentimeter von ihr entfernt war. „Das war ein Kompliment."

„Und ich wette, dass du das zu allen Frauen sagst. Oder besser gesagt, zu all den Prinzessinnen und Herzoginnen, mit denen du ausgehst."

„Ich gehe nicht aus. Und ich erzähle Frauen auch nur äußerst selten von meinen Gedanken – seien sie sexueller oder sonst welcher Art."

Seine Offenheit schien sie zu schockieren, was nicht verwunderlich war. Er war ja selbst überrascht. Er offenbarte seine Gedanken keiner Frau. Warum hatte er sich also Sophia anvertraut? Sie war keine Prinzessin, keine Herzogin, nur eine Bürgerliche mit grünen Augen und roten Haaren aus San Diego in Kalifornien, die ihm von dem Moment an die Selbstbeherrschung geraubt hatte, als er sie das erste Mal gesehen hatte.

„Warum setzen wir uns nicht?“, schlug Sophia vor und trat hastig einen Schritt zurück. Sie deutete zum Tisch. Er war hübsch gedeckt, und in der Mitte stand eine dampfende Schüssel. „Der Eintopf wird kalt.“

„Eintopf. Du meine Güte, ich habe seit dreißig Jahren keinen Eintopf mehr gegessen.“

„Magst du keinen Eintopf?“, fragte Sophia und klang enttäuscht.

„Doch, ich liebe Eintopf.“ Er zog sein Jackett aus und setzte sich an den Tisch. „Ich hatte nur schon so lange nicht mehr die Gelegenheit, so etwas zu essen. Hausmannskost wird auf den gesellschaftlichen Ereignissen und in den protzigen Restaurants, in denen ich meist gezwungen bin zu essen, selten serviert.“

„Natürlich.“

„Ein schwerwiegender Fehler, wie ich schon immer fand.“

Sie schenkte ihm ein kleines, dankbares Lächeln und setzte sich dann ebenfalls an den Tisch.

„Typisch Politiker“, neckte sie ihn, während sie eine ordentliche Portion Eintopf auf seinen Teller füllte. „Du bist ein großartiger Diplomat, Alex. Du willst ja nur, dass ich mich gut fühle und kein schlechtes Gewissen bekomme, weil ich einem Prinzen ein Gericht für arme Leute serviere.“

Alex konnte nicht anders. Er legte Sophia einen Finger unters Kinn und hob es an, bis sie ihn anschaute. „Wenn ich wollte, dass du dich gut fühlst …“ Er beugte sich vor und küsste sie zärtlich auf die Lippen. „… dann wüsste ich eine Reihe von viel besseren Wegen, um das zu erreichen.“

„Ja?“, fragte sie atemlos und ließ den Blick zu seinem Mund wandern. „Welche denn zum Beispiel?“

Er lächelte sinnlich und beugte sich wieder zu ihr. Zärtlich strich er ihr mit der Zunge über die Unterlippe. Ein leises Stöhnen entschlüpfte Sophia, und sie senkte die Lider.

Schmerzhaftes Verlangen durchströmte Alex. Er wollte mehr, und ganz offensichtlich wollte auch Sophia mehr, aber er würde sie nicht am Esstisch verführen – schon gar nicht, nachdem sie sich so viel Mühe gemacht hatte, ihm Essen zu kochen.

Nein, er würde bis später warten.

„Du schmeckst himmlisch, Sophia“, sagte er und lehnte sich zurück. Er nahm seinen Löffel und begann zu essen. „Und das hier schmeckt auch himmlisch“, murmelte er und führte den nächsten Bissen zum Mund. „Danke.“

Sophia beobachtete ihn beim Essen, ihr selbst war jedoch der Appetit vergangen. Ob das an dem Kuss oder an der Lüge lag, die sie Alex am Morgen erzählt hatte, wusste sie nicht. Was sie ganz sicher wusste, war, dass sie aufhören musste wegzulaufen.

Als sie heute Nachmittag mit Fara zusammengesessen hatte, hatte sie noch einmal über all das nachgedacht, was sie getan und gesagt hatte – beziehungsweise, was sie Alex *nicht* gesagt hatte. Am Morgen hatte sie einfach Angst vor der Wahrheit gehabt und war feige gewesen. Aber sie war kein Feigling. Ihr Kind hatte es verdient, in einer richtigen Familie aufzuwachsen. Und Alex verdiente eine Chance, Vater zu sein.

Er liebte sie nicht, das war ihr bewusst, aber er würde sie sicher nicht von ihrem Kind fernhalten. Zumindest betete sie, dass er es nicht tun würde.

Sophia wartete, bis Alex mit dem Essen fertig war und ein Glas Wein getrunken hatte, dann holte sie tief Luft und wagte den Sprung ins kalte Wasser. „Es gibt da etwas, was ich dir sagen muss, Alex.“

Er schenkte Wein nach. „Nanu, das klingt auf einmal so ernst.“

„Ist es auch.“

„Lass mich raten: Dein Schiff muss noch einen Monat länger auf der Werft bleiben, bevor es repariert ist?“

Fast hätte sie ihm eine schnippische Bemerkung an den Kopf geworfen. Warum musste er auch immer so arrogant sein? Aber dann schaute sie ihm in die Augen, die so begierig, so leidenschaftlich funkelten, und erkannte, dass hinter seiner Frage nicht Verärgerung, sondern Hoffnung steckte. Er wollte sie genauso sehr wie sie ihn. Keiner von ihnen war schon bereit, das, was da zwischen ihnen war, zu beenden.

Nichts wünschte Sophia sich sehnlicher, als Alex' Hand zu nehmen, mit ihm ins Schlafzimmer zu gehen und ihn die ganze Nacht lang zu lieben. Ihr Körper verzehrte sich nach ihm, und sie war es leid, das zu leugnen. Aber bevor sie wieder mit ihm schlafen konnte, musste sie ihm die Wahrheit sagen.

„Was ist los, Sophia? Was ist passiert?"

Sie konnte es nicht länger hinauszögern, sie musste es ihm endlich sagen. „Heute Morgen, als ich dir gesagt habe, dass der Schwangerschaftstest negativ war …"

Als sie verstummte, sah Alex sie misstrauisch an.

„Weiter", sagte er mit einer arroganten Befehlsstimme, so als würde er mit einem Untergebenen sprechen, der ein Geständnis abzulegen hatte.

Es kostete Sophia enorme Überwindung, die Worte auszusprechen: „Ich habe dich angelogen."

„Was?", entgegnete er barsch.

„Es stimmte nicht … das, was ich gesagt habe. Es …"

„Heißt das, du … du bist …"

„Ja. Ich bin schwanger, Alex."

Er sprang so abrupt auf, dass sein Wasserglas umkippte und klirrend auf den Boden fiel. Sophia sah auf die Scherben und das Wasser, das in die Ritzen des Holzfußbodens eindrang. Sie hatte das Gefühl, als hätte sie mit ihrem Geständnis gerade auch etwas in Alex zerbrochen und als wäre auch ihre ohnehin fragile Beziehung in die Brüche gegangen.

„Wie konntest du so etwas tun?", wollte er wissen und musterte sie vorwurfsvoll.

Stammelnd versuchte sie zu erklären: „Meine … meine einzige Entschuldigung – wenn das jetzt noch wichtig ist – war, dass ich schreckliche Angst hatte."

„Wovor?"

„Der Zukunft. Meiner Zukunft, der Zukunft des Kindes."

„Angst vor deiner Zukunft?"

„Ja. Ich möchte bei meinem Kind bleiben …"

Misstrauisch betrachtete er sie. „Wenn es wirklich ein Kind gibt. Du hast mich schon einmal angelogen, Sophia. Wie kann ich sicher sein, dass du jetzt die Wahrheit sagst?"

Schweigend griff Sophia in ihre Handtasche, zog das Teststäbchen heraus und reichte es Alex.

Grimmig schnappte er es und betrachtete es dann so eingehend, als suche er nach dem Kleingedruckten. Nach einer Weile seufzte er schwer. „Das ändert alles, das ist dir bewusst, oder?"

„Ich weiß, dass dieses Kind dein Kind ist. Und ich verstehe, was das bedeutet."

Statt wütend, betrachtete Alex sie jetzt sorgenvoll. „Tust du das wirklich, Sophia?"

„Vielleicht nicht in vollem Umfang, aber mir ist klar, dass wir hier in Llandaron leben müssen …"

„Nicht nur in Llandaron."

„Was meinst du damit?"

„Das Kind muss bei mir wohnen."

„Alex, nun lass uns nicht voreilig …"

„Genauso wie du."

„Alex …"

„Sophia", erklärte er mit einer Miene, die keinen Zweifel an der Ernsthaftigkeit seiner Worte aufkommen ließ. „Du musst mich heiraten."

7. Kapitel

Die Matratze fühlte sich in dieser Nacht steinhart an, unnachgiebig und gnadenlos.

Sophia schlug die Decke zurück und ließ die kühle Nachtluft, die durchs Fenster hereinströmte, über ihre Haut streichen. Normalerweise wirkten das Rauschen, der Duft und das Streicheln der Meeresbrise Wunder, wenn sie nervös und verwirrt war.

Aber heute nicht.

Sie schaute auf ihren Wecker. Mitternacht.

Gerade einmal vier Stunden war es her, dass sie Alex ihr Geheimnis anvertraut hatte. Und nachdem der anfängliche Ärger und der Schock bei ihm überstanden gewesen waren, hatte sie ihm fassungslos zugehört, als er ihr erklärt hatte, dass sie heiraten mussten.

So daran gewöhnt, dass seine Befehle befolgt wurden, hatte Alex seinen Vorschlag weder diskutieren wollen noch mit einer Ablehnung gerechnet. Er hatte ihn verkündet und war dann einfach zur Haustür hinausgegangen, zum Strand marschiert und dort stundenlang geblieben. Sophia hatte bereits im Bett gelegen, als er wieder hereingekommen war.

Verheiratet mit dem Kronprinzen von Llandaron, überlegte sie. Verheiratet mit Alex. Ein zögerndes Lächeln erschien auf ihren Lippen. Ja, sie wollte diesen Mann. Ja, sie wollte ihr Kind gemeinsam mit dem Vater großziehen. Aber die unsichere Zukunft, die sie erwartete, machte ihr Angst. Genauso wie die Gefühle eines gewissen Prinzen, über die sie sich nicht im Klaren war. Was wollte er? Was wollte er wirklich?

Ganz offensichtlich handelte er so, wie es die Etikette am Hof vorschrieb. Vielleicht gab es auf Llandaron ein Gesetz oder so, das besagte, dass man die Mutter des Thronfolgers heiraten musste. Aber sie selbst kam nicht aus dieser Welt, in der Ehen zwischen königlichen

Hoheiten arrangiert wurden, zwischen Männern und Frauen aus anderen Königshäusern, mit denen man vielleicht ein-, zweimal gesprochen hatte. In ihrer Welt heiratete man den Menschen, in den man verliebt war, oder man heiratete überhaupt nicht.

Sophia setzte sich auf und schwang die Beine aus dem Bett. Vielleicht wollte Alex nicht mit ihr über die Zukunft reden, die er zu diktieren gedachte. Aber sie würde nicht einfach klein beigeben, ohne die Sache mit ihm zu besprechen. Sie wollte das Ganze verstehen, es ging ja schließlich um ihre Zukunft.

In ihrem dünnen weißen Tanktop und einer kurzen blauen Pyjamahose ging sie den Flur entlang zu Alex' Zimmer. Erst vor seiner Tür drohte sie der Mut zu verlassen, und sie hielt einen Moment lang inne.

Schließlich klopfte sie leise an die Tür.

Sie hörte Alex seufzen und dann heiser sagen: „Das ist keine gute Idee, Sophia."

„Wir müssen reden, Alex."

„Geh wieder schlafen."

„Ich kann nicht schlafen. Du ganz offensichtlich auch nicht." Ohne weiter auf seine Zustimmung zu warten, öffnete sie die Tür und trat ein.

Ein folgenschwerer Fehler.

Im schwarzen Marmorkamin neben dem großen Doppelbett prasselte ein Feuer, dessen sanfter Schein den Mann im Bett perfekt zur Geltung brachte. Und Sophia wurden die Knie weich, als sie Alex erblickte.

Mit muskulösem Oberkörper und kräftigen, leicht gebräunten Armen lag er gegen das kunstvoll geschnitzte Kopfteil des Bettes gelehnt da und musterte Sophia. Nur eine dunkelblaue dünne Decke war bis zu seinen Hüften hochgezogen. Sein schwarzes Haar war zerzaust, sein Kinn übersät von dunklen Bartstoppeln, und seine Augen leuchteten sinnlich wie zwei Amethyste.

Verlangend sah Sophia ihn an und wünschte, sie könnte zu ihm gehen, wünschte, er würde die Arme öffnen und ihr befehlen, ins Bett zu kommen.

„Ich habe dir doch gesagt, dass es unklug ist, hereinzukommen", stellte Alex fest und lächelte spöttisch.

„Warum? Weil du nackt im Bett liegst?"

„Etwas in der Art, ja."

„Das macht mich nicht verlegen, Alex." Es macht mich heiß, dachte sie, aber nicht verlegen.

„Gut zu wissen."

„Schließlich haben wir uns schon … nackt gesehen."

Er runzelte die Stirn und verschränkte die Hände hinter dem Kopf. „Wie wäre es, wenn du dich auch einfach ausziehst?"

„Wie bitte?", fragte sie fassungslos.

„Es wäre doch gerecht, oder findest du nicht?"

„Bist du nicht viel zu wütend, um mich zu begehren?"

Er ließ seinen Blick unverhohlen über sie gleiten. „Ich glaube, das ist gar nicht möglich. So wütend kann ich gar nicht werden."

Sophias Herz machte einen kleinen Hüpfer – oder vielleicht war es gar nicht ihr Herz, und dieses Gefühl kam von weiter unten – viel weiter unten.

Diese ganze Szenerie, das lodernde Feuer, das Rauschen der Ozeanwellen, Alex mit seinen breiten Schultern und dem funkelnden Blick, der sie vollkommen zu durchschauen schien … all das war so verstörend. Sophia sehnte sich nach Alex, nach seinen Berührungen. Jeder Millimeter ihres Körpers lechzte nach seinem. Aber sie würde diesem Verlangen nicht nachgeben können, selbst wenn er bereit wäre, ihr das zu geben, wonach sie sich sehnte. Erst musste sie mit ihm über das sprechen, was er vorhin gesagt hatte. Über diesen verrückten Befehl, ihn zu heiraten.

„Alex, wir müssen reden."

Er deutete zur Bettkante. „Setz dich."

„Ich kann genauso gut stehen."

Aber genauso wenig wie ein Kind Süßigkeiten widerstehen kann, konnte Sophia Alex widerstehen. Also ging sie hinüber und setzte sich auf die Bettkante und versuchte sich nicht anmerken zu lassen, dass ihr Atem immer schneller ging.

„Und", begann Alex, der noch immer gegen das Kopfteil lehnte, die Hände hinter dem Kopf verschränkt hielt und trotz seines nackten – und herrlichen – Oberkörpers königlich und gebieterisch aussah. „Was treibt dich mitten in der Nacht in mein Zimmer?“

„Das Thema Ehe.“

„Was ist damit?“

„Lass uns bitte ernsthaft darüber sprechen.“

„Ich versichere dir, Sophia, ich meine es sehr ernst.“

Impulsiv stellte sie die Frage, die ihr vorhin durch den Kopf geschossen war. „Gibt es irgendein Gesetz, das vorschreibt, dass du die Mutter deines Kindes heiraten musst?“

„Nein, so ein Gesetz gibt es nicht.“

„Dann müssen wir doch nicht heiraten, um beide unser Kind erziehen zu können, oder?“

„Zugegeben, es gibt keine gesetzliche Grundlage für meine Entscheidung, aber wir haben es hier nun einmal mit einer Monarchie zu tun. Es gibt ungeschriebene Gesetze, an die ich mich halten muss.“ Er verschränkte seine Arme vor der Brust. „Hier geht es nicht um eine vorübergehende Sache, Sophia. Mein Kind wird eines Tages Thronerbe von Llandaron sein. Er oder sie muss in einer Familie aufwachsen, nicht in einem Singlehaushalt.“

„Bist du wirklich bereit, das alles noch einmal durchzumachen? Willst du eine Frau, die du nicht liebst, heiraten, nur zum Wohle des Landes?“ Mit angehaltenem Atem wartete sie auf seine Antwort. Und die kam schnell und war schmerzhaft.

„Nicht zum Wohle des Landes, sondern zum Wohle meines Kindes“, korrigierte er sie.

„Ein würdiges Opfer für dein Kind. Dessen Mutter zu heiraten.“ Sophia verachtete sich selbst für ihren verbitterten Ton und war gleichzeitig beschämt darüber. Aber, verflixt, sie verstand Alex’ Beweggründe. Auch sie würde für ihr Baby alles tun.

„Sophia?“

„Ja?“

„Bitte mach nicht den Fehler zu glauben, ich würde nichts für dich empfinden.“

Sie hob abwehrend eine Hand. „Alex, du brauchst nicht …“

„Es stimmt, dass ich dich nicht lieben kann“, unterbrach er sie. „Diese Fähigkeit ist mir leider nicht vergönnt, dieses Geschenk. Es ist wohl ein genetischer Defekt." Er zuckte mit den Schultern. „Aber zwischen uns ist etwas. Nenn es, wie du willst – Hitze, Verlangen, Begierde …"

„Alles körperlich."

Er schüttelte den Kopf. „Nicht unbedingt. Verlangen und Begierde können weit über das rein Körperliche hinausgehen."

Also war sie ihm nicht völlig gleichgültig. Er mochte sie und brauchte sie auch in irgendeiner Form. Aber unbestreitbar war, dass Alex sie nicht heiraten würde, wenn sie nicht schwanger wäre.

Seufzend stützte sie den Kopf in die Hände. „Wie konnte ich nur zulassen, dass all das hier geschieht?"

„Es ist müßig, darüber nachzudenken, Sophia, es ist nun einmal passiert. Und wir müssen das Beste für unser Kind tun, oder?"

„Natürlich. Es ist nur …"

„Gut. Dann ist das geklärt. Unser Kind wird in eine Familie hineingeboren werden."

Sophia schaute auf und blickte nachdenklich und ein wenig beklommen ins Feuer. Eine Familie. Seit fast einem Jahre lebte sie jetzt allein. Ihr Großvater war das einzige Familienmitglied gewesen, das ihr je etwas bedeutet hatte. Sie war einsam. Und die Aussicht, den ganzen Thorne-Clan als Familie zu bekommen, war wunderbar. Und was noch wichtiger war, ihr Baby verdiente es, eine Familie zu bekommen.

„Sophia, was denkst du?"

Sie wandte sich wieder zu Alex um, der dort so fantastisch aussehend, so königlich und … so unerreichbar auf seinem Bett thronte. „Dass ich für mein Kind alles aufgeben würde. Sogar mein …"

„Was? Dein eigenes Glück? Deine eigenen Wünsche?"

„Ja."

„Einen Wunsch könnte ich dir sofort erfüllen, wenn du mich ließest", meinte er vielsagend.

Sie konnte es einfach nicht fassen. Dieser Mann war einfach umwerfend, und sich in seine Arme fallen zu lassen klang so verlockend, so himmlisch. Aber genügte ihr das? Würde sie es später bereuen, wenn sie dann neben ihm lag und daran dachte, was er ihr niemals würde geben können?

Entschlossen stand Sophia auf. „Ich denke, wir haben alles besprochen."

Alex neigte den Kopf. „Ah, du willst bis zur Hochzeitsnacht warten. Vielleicht ist das sogar noch besser."

„Gute Nacht, Alex", erwiderte Sophia nur.

Er schmunzelte. „Ich wünsche dir schöne Träume, Sophia."

Und obwohl ihr Puls immer schneller schlug und sie nichts lieber getan hätte, als sich in seine Arme zu werfen, verließ Sophia ihren zukünftigen Ehemann und zog die Tür fest hinter sich zu.

„Mir gefällt das cremefarbene Chiffonkleid."

„Das hellgrüne Seidenkleid steht ihr aber noch besser", widersprach Cathy und hielt das betreffende Kleid hoch.

Frannie sah sie entgeistert an. „Grüne Seide? Sie kann doch auf ihrer Hochzeit kein Grün tragen."

„Warum nicht?"

„Hört auf", warf Sophia ein, die auf der Kante von Cathys handgeschnitztem Bett saß. „Versucht doch bitte daran zu denken, dass diese ganze Sache eine Farce ist und keine Romanze."

Beide Frauen hielten inne, wandten sich von dem großen Spiegel ab und bedachten Sophia mit einem sehr komischen Stirnrunzeln.

Sophia konnte nicht anders, sie musste lachen, auch wenn ihr gar nicht danach zumute war. „Ich will doch damit nur sagen, dass wir realistisch bleiben sollten."

„Ich bin realistisch." Frannie sah sie aufmerksam an. „Du bist doch dabei, dich in Alex zu verlieben, Sophia, und ich finde, das ist ziemlich romantisch."

Cathy nickte und presste das grüne Seidenkleid an ihre Brust. „Und er ist ganz offensichtlich dabei, sich in dich zu verlie…"

„Sag es nicht", warnte Sophia sie. „Denk nicht einmal daran. Er heiratet mich wegen des Kindes."

Sophia hatte vorgehabt, ihre Schwangerschaft geheim zu halten, zumindest noch für eine Weile, bis Alex es seinem Vater erzählt hatte. Aber sie konnte einfach keine Geheimnisse vor Frannie und Cathy haben. Die beiden waren so fantastisch, dass Sophia gar nicht anders konnte, als sich ihnen anzuvertrauen. Auch wenn es vielleicht nicht ganz richtig war, aber sie hatte ihnen mitteilen wollen, dass sie jetzt eine von ihnen war. Als die beiden sie also heute Morgen zum Einkaufen abgeholt hatten, war sie mit der Wahrheit herausgeplatzt und hatte ihnen alles über das Baby und die Hochzeit erzählt.

Cathy und Frannie waren hellauf begeistert gewesen und hatten versprochen, sie in allem zu unterstützen. So wie jetzt, dachte Sophia mit einem melancholischen Lächeln.

Frannie legte das Chiffonkleid über einen Stuhl und setzte sich zu Sophia aufs Bett. „Vielleicht ist das Baby der Auslöser für eure Hochzeit, aber …"

Sophia schüttelte den Kopf. „Alex hat mir ganz deutlich gesagt, dass er unfähig ist, jemanden zu lieben."

„Das hat er doch nur gesagt, weil er Angst hat", versicherte Cathy ihr und legte das grüne Kleid zur Seite, bevor sie sich ebenfalls aufs Bett setzte. „Du musst das verstehen. Würde Alex sich seine wahren Gefühle für dich eingestehen, könnte er wieder verletzt werden. Davor hat er Angst."

„Was meinst du damit?", fragte Sophia.

Cathy berührte ihre Schulter. „Er hat seine Exfrau nicht geliebt, aber er hat sie respektiert und versucht, ihre Beziehung aufrechtzuerhalten."

„Und schau dir an, was geschehen ist", ergänzte Frannie. „Sie hat ihn verlassen, ihn gedemütigt und ihm das Gefühl gegeben, die Kontrolle verloren zu haben. Jetzt traut er weder sich noch sonst jemandem mehr. Hättest du in solch einem Fall nicht auch Angst, noch einmal auf dein Herz zu hören, dich alldem noch einmal auszusetzen?"

„Natürlich, aber …"

„Lass ihm Zeit", drängte Cathy sie und stand wieder auf. „Gib dieser Ehe eine Chance. Vielleicht war es die beste Entscheidung deines Lebens."

Ein Fünkchen Hoffnung keimte in Sophia auf. Alex hatte viel durchgemacht und war jetzt verständlicherweise vorsichtig. Für sie stellte sich jedoch die Frage, ob er jemals wieder diese Selbstbeherrschung, die er sich selbst auferlegt hatte, fallen lassen und sich in sie verlieben würde.

Im Augenblick musste sie sich auf die Gegenwart konzentrieren. Darauf, eine Familie für ihr Kind zu schaffen. Und wenn sie Glück hatte, würde sie das finden, was Cathy und Frannie gefunden hatten.

Mit einem Lächeln wandte sie sich an ihre künftigen Schwägerinnen – ihre neue Familie – und erklärte: „Ich denke, wir sollten das grüne Seidenkleid nehmen."

Nun stand er zum zweiten Mal hier. Gekleidet in fürstliche Roben, mit ernster Miene stand Alex vor demselben Priester, der schon beim letzten Mal die Trauungszeremonie vorgenommen hatte – an jenem unglücksbringenden Tag.

Alex holte tief Luft und versuchte, Ruhe zu bewahren.

Dieses Mal war es jedoch anders. Das musste er zugeben. Statt der tausend Freunde und Verwandten, die vor fünf Jahren bei der Trauung zugegen gewesen waren, hatten sich heute lediglich hundertfünfzig Gäste in der alten Palastkirche versammelt.

Diesmal machte sich Alex auch keine falschen Vorstellungen von dieser Ehe, gab sich keinen Hoffnungen auf eine unmögliche Zukunft hin. Aber das Kind, auf das er beim letzten Mal so sehnsüchtig gehofft hatte, war jetzt bereits unterwegs.

Und er hatte sie.

Diese Vision, die neben ihm stand.

Während der Priester mit seiner Predigt fortfuhr, genoss Alex den Anblick. Hinter einem Schleier aus hellgrünem Tüll lächelte Sophia ihn zaghaft an.

Noch nie zuvor hatte Alex eine so atemberaubend schöne Frau gesehen. Sie trug ein bodenlanges Kleid aus hellgrüner Seide, das jede ihrer herrlichen Kurven umschmeichelte und trotzdem dem Tag angemessen dezent geschnitten war. Ihr langes rotes Haar fiel in weichen Locken bis auf ihre Schultern, und ihre helle Haut schien geradezu zu strahlen. Aber was seinen Körper am meisten in Aufregung versetzte, waren ihre Lippen: voll und rosig und ein klein wenig feucht.

Er unterdrückte einen resignierten Seufzer. Er hatte heute, bei dieser Zeremonie, überhaupt nichts fühlen wollen. Aber dieser gute Vorsatz hatte sich in dem Moment verflüchtigt, als er seine Braut in der Kirche auf sich hatte zukommen sehen. Die Gefühle, die auf ihn eingestürmt waren, hatten ihm die Knie weich werden lassen. Nicht nur, dass er sich zu Sophia hingezogen gefühlt hatte, nein, zu allem Überfluss hatte er auch noch einen unheimlichen Beschützerinstinkt entwickelt.

„Nimmst du diese Frau …" Die Worte des Priesters unterbrachen Alex' Gedanken.

Wollte er diese Frau nehmen? O ja, dachte Alex und erinnerte sich an den Liebesakt am Strand. Beschämt senkte er den Blick und fragte sich, ob der Priester seine Gedanken gelesen hatte. Ja, er wollte diese Frau nehmen. Verdammt, er wollte …

Der Priester neigte den Kopf und flüsterte: „Eure Hoheit?"

Alex verdrängte die unzüchtigen Gedanken und antwortete dem alten Mann: „Ja, ich will."

„Und Sophia Rebecca Dunhill", fuhr der Priester fort. „Nimmst du diesen Mann als deinen Ehemann? Willst du ihn lieben, ihn ehren und ihm gehorchen …"

Als der Priester „gehorchen" sagte, runzelte Sophia die Stirn und sah Alex fragend an.

Alex' Mundwinkel zuckten amüsiert. Er fragte sich, ob sie wohl zu allem Ja sagen würde, außer zu der Sache mit dem Gehorchen. Sie war so mutig, so leidenschaftlich, und sie würde ihm immer Kontra geben. Aber genau das mochte er so an ihr.

Sophia schaute ihn direkt an, und ihre Augen sagten sehr deutlich, dass sie nicht vorhatte, jemals irgendjemandem zu gehorchen, aber sie schenkte ihm ein warmes Lächeln und sprach die entscheidenden Worte: „Ja, ich will."

„Dann erkläre ich euch hiermit, im Namen Gottes, zu Mann und Frau. Sie dürfen Ihre Braut jetzt küssen, Hoheit."

Ein merkwürdiges Gefühl überkam Alex. Seine Braut … seine Frau. Er war ein wenig ängstlich, doch gleichzeitig verspürte er eine unerwartete, aber willkommene Freude.

Andächtig hob Alex den Schleier seiner Braut. „Eure Hoheit", flüsterte er, bevor er den Kopf senkte und Sophia zärtlich küsste.

Sie schmeckte nach süßer Minze, und er sehnte sich nach so viel mehr. Trotzdem küsste er sie nur kurz, denn schließlich befanden sie sich in der Kirche, und die Augen seiner Freunde und Verwandten waren auf sie gerichtet. Dann nahm er Sophias Hand, und zusammen gingen sie den Gang entlang nach draußen in den riesigen Hof mit dem angrenzenden Garten, in dem der nachmittägliche Hochzeitsempfang stattfinden sollte.

Weiße Rosen und lila Glöckchenheide leuchteten überall. Die Blumen standen in Vasen auf den Tischen und in großen Eichenfässern, die den altertümlichen Hof eingrenzten. Bedienstete gingen umher und boten den Hochzeitsgästen Champagner und Kaviar auf Toast an. Die Gäste standen in Gruppen zusammen, aßen und tranken und, daran bestand für Alex kein Zweifel, verglichen diese Hochzeit mit seiner letzten.

Als der König, gekleidet in prunkvolle Roben, schließlich herauskam, verbeugten sich die anwesenden Gäste tief. Er winkte jedoch gut gelaunt ab und befahl ihnen, die Feier zu genießen, während er über den Hof schritt. Mit leuchtenden Augen kam er auf Alex und seine Frau zu.

Alex schüttelte angesichts des strahlenden Lächelns seines Vaters verwundert den Kopf. Merkwürdigerweise hatte der König überhaupt nicht böse auf die Nachricht der bevorstehenden Hochzeit und das kommende Enkelkind reagiert. Stattdessen hatte er sofort angeboten, die Hochzeitsfeierlichkeiten auszurichten.

„Sophia“, sagte der König fast schwärmerisch und nahm ihre beiden Hände in seine. „Du bist jetzt eine meiner Töchter. Ich hoffe, dass dir das genauso viel Freude bereitet wie mir.“

„Das tut es, Majestät“, erwiderte Sophia ernst. Dann lächelte sie ein wenig traurig und fügte hinzu: „Ich habe meinen eigenen Vater verloren, als ich noch ein Kind war. Und dann im letzten Jahr …“

„Ach ja, Ranens Bruder.“

Sie nickte.

„Keine Angst, meine Liebe. Jetzt hast du uns beide. Zwei griesgrämige Alte, die sich um dein Wohlergehen sorgen.“

„Danke. Ich fühle mich sehr geehrt, Hoheit.“

„Na, wenn das so ist, dann müssen wir tanzen.“ Der König schaute zu Alex. „Wenn dein Ehemann keine Einwände hat.“

Ehemann. Das Wort versetzte Alex einen Stich. „Ich habe keinerlei Einwände.“

Er sah den beiden hinterher, als sein Vater Sophia zur Tanzfläche geleitete und mit ihr einen langsamen Walzer zu tanzen begann. Ranen führte Fara zur Tanzfläche, bevor andere Gäste ihnen folgten.

„Noch einmal, herzlichen Glückwunsch, Brüderchen." Maxim gesellte sich zu Alex. „Aber solltest du nicht dort drüben sein und tanzen?"

„Du weißt doch, dass ich kein großer Tänzer bin."

„Stimmt." Maxim seufzte, während er zur Tanzfläche blickte. „Sophia ist wirklich eine Schönheit."

Alex nickte. „Das ist sie, ja."

Auch Dan kam zu ihnen und klopfte Alex freundschaftlich auf die Schulter. „Frau und Kind. Jetzt bist du einer von uns."

„Es scheint so."

„Ah, die Freuden der Schwangerschaft", meinte Maxim munter. „Morgendliche Übelkeit ..."

„Stimmungsschwankungen", ergänzte Dan lachend.

„Mitternächtliches Verlangen nach Schokolade."

Dan schüttelte den Kopf. „Bei Cathy ist es nicht Schokolade. Sie hat ständig Heißhunger auf Brathähnchen."

„Hört sich ziemlich anstrengend an", meinte Alex, während er Sophia mit einem spanischen Herzog tanzen sah.

Dan lachte. „Lass dich von unserem typisch männlichen Gejammer nicht täuschen, Alex. Wir finden jede einzelne Minute der ganzen Sache einfach großartig, oder, Max?"

„Stimmt. Nichts ist schöner, als mitzuerleben, wie die Frau, die du liebst, mit deinem Kind schwanger ist."

Die Worte seines Bruders waren wie ein Stachel, der sich in Alex' Herz bohrte. „Ja ...", brummte Alex kühl.

„Was soll das lange Gesicht, Alex?", schalt Dan ihn gutmütig. „Du hast heute den Jackpot gewonnen."

Wenn dieser spanische Mistkerl Sophia noch enger an sich zieht, dachte Alex missmutig, dann hätte ich große Lust, ihm beide Beine zu brechen. Es stimmte, er war noch nie ein großer Tänzer gewesen. Na und? Das gab diesem Spanier nicht das Recht, sich gegenüber seiner Frau solche Freiheiten herauszunehmen. Vielleicht war Prinz Alexander Thorne nicht fähig, jemanden zu lieben, aber das hielt ihn nicht davon ab, eifersüchtig zu reagieren.

Sophia gehörte jetzt zu ihm, in guten wie in schlechten Tagen – für immer.

Aber als sie zu Alex schaute und ihn mit einem flehenden Blick bat, selbst mit ihr zu tanzen, wandte er sich ab. Eifersucht war eine Schwäche, die er sich nicht leisten konnte. Weder jetzt noch sonst irgendwann, wenn er in dieser Ehe stark und bei Verstand bleiben wollte. Er konnte es sich nicht leisten, dass Sophia merkte, dass er zu Gefühlen wie Eifersucht fähig war. Er hatte sich geschworen, dass nie wieder eine Frau Macht über ihn ausüben würde. Und die Sache mit Sophia war ohnehin schon viel zu weit gegangen.

Alex wandte sich an seinen Bruder und tat etwas, was er selbst niemals für möglich gehalten hätte. „Ich muss hier weg", verkündete er.

„Was?", rief Maxim entsetzt.

„Ich gehe hinüber zum Strandhaus."

„Alex, was zum Teufel ist in dich gefahren? Du kannst doch nicht einfach deine Braut hier allein …"

Alex unterbrach ihn mit grimmiger Miene. „Bitte sag mir nicht, was ich zu tun oder zu lassen habe, kleiner Bruder."

Natürlich hatte Maxim recht. Es war nicht in Ordnung, dass er den Empfang vorzeitig verließ. So etwas entsprach nicht seinem üblichen Pflichtbewusstsein. Aber es war ihm egal. In seinem Kopf vermischten sich Bilder aus seiner ersten Ehe mit dem, was er jetzt sah, und das machte ihn verrückt. Er musste unbedingt Abstand gewinnen.

„Alex", begann Dan mit ruhiger, entspannter Stimme, als hoffte er, auf diese Weise den Bräutigam wieder zur Vernunft bringen zu können. „Warum genehmigen wir drei uns nicht einen Drink und entspannen uns?"

„Danke, aber ich werde heute Abend allein trinken."

Er drehte sich um, aber Maxim hielt ihn am Arm fest. „Ist es dir egal, wie das auf die Gäste wirken wird?"

„Ich werde dem König erklären, dass mich dringende Geschäfte gezwungen haben zu gehen."

„Aber was sollen wir Sophia sagen?"

Alex machte sich frei und murmelte grimmig: „Was du willst", bevor er eilig davonschritt.

8. Kapitel

Heller Mondschein tauchte den Strand in fahles Licht. Obwohl sie sich verzweifelt danach sehnte, zu ihm zu gelangen, ging Sophia mit langsamen Schritten auf Alex zu, der wie eine lebendige Statue am Strand stand und hinaus aufs Meer blickte.

Die Arme vor der Brust verschränkt, die Beine gespreizt, den Kiefer angespannt, würdigte Alex sie keines Blickes, als sie zu ihm trat.

„Dachte ich es mir doch, dass du hier zu finden bist", sagte sie beiläufig.

„Warum bist du dann überhaupt noch nachsehen gekommen?"

Seine schroffe Frage konnte sie nicht einschüchtern. Schließlich war sie kein Mensch, der sich zurückzog, wenn andere wütend oder aufbrausend wurden. Außerdem war dieser Mann jetzt ihr Ehemann, mit all seinen Fehlern und mit all seinen Ängsten.

„Alex, du weißt, warum ich hier bin." Ihr schwirrte der Kopf vom vielen Nachdenken über das, was sie für wahr und richtig hielt. Sie hätte Alex gern gesagt, dass sie sich um ihn sorgte und wusste, dass er Zweifel hegte, ob der Schritt, den sie mit dieser Heirat gewagt hatten, das Richtige gewesen war. Aber sie erkannte instinktiv, dass er noch nicht bereit war, das zu hören.

Also meinte sie fröhlich: „Ich musste einfach von dort weg. Dein Vater weiß, wie man eine Party feiert. Die Band hat sich tatsächlich geweigert, noch weitere Walzer zu spielen, ehe der Bandleader nicht einen Rap vorgeführt hat."

„Tatsächlich?", erwiderte er nur kühl.

„Nein." Sie verdrehte die Augen und seufzte. Offensichtlich half auch ein kleiner Witz ihr hier nicht weiter. „In Wahrheit war ich ziemlich sauer, dass du mich dort mit deiner ganzen Familie und hundert deiner engsten Freunde einfach hast sitzen lassen, und eigentlich hatte ich vor, dich mir vorzuknöpfen."

Langsam drehte Alex sich zu ihr herum und sah Sophia an. „Vorknöpfen, so, so. Mir steht der Sinn mehr nach aufknöpfen“, ergänzte er vieldeutig.

Ein kleiner, wohliger Schauer lief ihr über den Rücken, als sie diese Glut in seinem Blick wahrnahm. „Oh.“

„Also, möchtest du es hier tun, oder sollen wir hineingehen?“

Sie schüttelte den Kopf, obwohl die Aussicht, hinein- und ins Bett zu gehen, äußerst verlockend klang. „Nein, noch nicht. Wir müssen das erst klären. Ich möchte wissen, warum du unseren Hochzeitsempfang verlassen hast.“

„Ich hatte etwas Dringendes zu erledigen.“

„Ach ja, ein geschäftlicher Notfall.“ Sie verzog das Gesicht. „Ich bitte dich!“

„Hat Maxim dir das gesagt?“

„Er konnte mir dabei kaum in die Augen schauen.“

„Vielleicht hätte ich ihm diese Aufgabe nicht aufbürden sollen.“

„Vielleicht nicht.“ Sophia lächelte gequält und versuchte wütend auf Alex zu sein, doch es gelang ihr nicht. „Weißt du, was, Hoheit, du bist eindeutig zu aufgeblasen.“

Etwas, was Ähnlichkeit mit einem kleinen Grinsen hatte, umspielte seine Mundwinkel. „Ja, ich weiß.“

Sophia seufzte noch einmal. Sie war nicht sicher, welchen Weg sie einschlagen sollte; wie sie am besten zu Alex durchdringen könnte. Aber sie musste es versuchen. „Alex, wenn das Ganze hier funktionieren soll, meinst du nicht, dass wir dann wenigstens versuchen sollten, Freunde zu sein?“

„Ich will dich nicht als Freundin.“

„Bitte sei doch vernünft…“

„Ich sagte, ich will dich nicht als *Freundin*.“

„Was denn dann?“, rief sie frustriert.

„Verdammt, Sophia!“

„Was ist?“

Er stöhnte, und in seinen Augen blitzte Ungeduld auf. „Diese Unterhaltung macht mich verrückt. Weshalb bist du hier? Was willst du von mir?“

„Ich möchte nur, dass du mit mir redest.“

„Worüber?“

Achselzuckend erwiderte sie: „Ich bin eine gute Zuhörerin, und vielleicht hilft es dir, wenn du über deine Vergangenheit und über deine Gefühle redest."

Die nächsten Worte presste Alex zwischen zusammengepressten Zähnen hervor: „Ich will nicht über die Vergangenheit sprechen."

„Nein? Willst du an dieser Sache mit deiner Exfrau wie an einem Schutzschild festhalten, oder was?"

Sein Lachen klang gequält und verbittert. „Ich dachte, du wärst Schriftstellerin, nicht Psychologin."

Noch nie hatte Sophia mit jemandem gestritten, der über so viel Willenskraft verfügte. Ihr Großvater war auch ein sturer Mann gewesen, aber nicht so wie Alex. Er war offen für Gefühle und für Schmerz gewesen, auch wenn er, genau wie Alex, nie über seine Vergangenheit gesprochen hatte.

Offensichtlich war Kronprinz Alexander es nicht gewohnt nachzugeben. Und jetzt war Sophia es leid, gegen ihn anzukämpfen.

„In Ordnung, Alex", sagte sie und drehte sich um, um zum Haus zurückzugehen. „Du hast gewonnen. Ich werde dich nicht anflehen."

Sie kam keine zwei Schritte weit. Alex streckte blitzschnell die Hand aus, umklammerte ihr Handgelenk und drehte sie zu sich herum. „Verflixt, Sophia. Verstehst du denn nicht? Ich bin derjenige, der hier flehen möchte."

„Du?"

„Du klingst geschockt."

„Bin ich auch. Geschockt und erstaunt. Ich kann mir nicht vorstellen, dass du so …"

„So was?" Abrupt zog er sie an sich. „Dass ich so normal bin? So verzweifelt? Bescheiden?"

„Nein, so ehrlich."

Regungslos stand er da, so als hätte sie ihn geschlagen. Dann, nach kurzem Zögern, senkte er den Kopf und verharrte nur wenige Zentimeter vor ihren Lippen. „Ich bin ehrlich. Ich habe nie geleugnet, dass ich dich begehre."

Sophia stockte der Atem. Ihr gesamter Körper reagierte auf Alex' Nähe, auf seinen maskulinen Duft, seine zu Herzen gehende Offenbarung. „Das alles geht inzwischen weit über das Körperliche hinaus, meinst du nicht?“

Sie konnte ihm die Anspannung deutlich anmerken, als er heiser flüsterte: „Das darf nicht sein.“

„Meinst du, für mich ist es leicht, Alex?“

Er antwortete nicht, sondern strich sanft mit den Lippen über Sophias Mund, bis sie ihn öffnete.

Sie suchte verzweifelt nach Worten, während sie Alex’ hungrigen Kuss erwiderte. „Ich habe alles verloren, was ich in meinem Leben je geliebt habe“, sagte sie schließlich ein wenig außer Atem. „Glaubst du, ich will Gefühle für jemanden entwickeln? Jemandem vertrauen? Mich jemandem öffnen und dadurch verletzlich werden?“

„Ich würde dir niemals weh…“

„So etwas kannst du gar nicht versprechen.“

Er streichelte ihren Rücken und strich ihr dann über die Haare. „Sophia, du hast deine Familie auf tragische, aber natürliche Weise verloren, nicht, weil sie nicht bei dir bleiben wollten …“

„Aber trotzdem steht mein Stolz auf dem Spiel“, erklärte sie rau. „Diese Ehe macht auch mir Angst, und sie ist für uns beide riskant. Aber wir haben geheiratet, Alex. Ich habe mein Gelübde abgelegt, und ich weiß eins: Ich werde dir nicht davonlaufen – niemals.“

„Und das ist etwas, was *du* nicht versprechen kannst.“

„Kann ich doch“, beharrte sie und presste ihre Hüften gegen seine, wo sie deutlich spüren konnte, wie sehr er sie begehrte. „Ich kann es, weil ich dich so sehr will.“

„Sophia …“

„Zumindest habe ich den Mut, mir das zu nehmen, was ich will.“

„Verdammt!“

Mehr sagte er nicht. Stattdessen hob er sie einfach auf die Arme und trug sie zurück zum Strandhaus.

Als sie sich das letzte Mal geliebt hatten, war es ein schnelles, wildes und sogar ein wenig gefährliches Zusammenkommen gewesen.

Aber dieses Mal, das versprach Sophia sich, während Alex sie ins Schlafzimmer trug, dieses Mal würden sie sich Zeit lassen. Es würde hinterher keine Reue, keine Vorwürfe geben. Sie würden die Hochzeitsnacht genießen, denn schließlich sehnten sie sich beide so sehr danach.

Statt sie direkt zum Bett zu tragen, überraschte Alex sie damit, dass er sie mitten im Zimmer auf die Füße stellte und sie bewundernd ansah.

„Du hast heute so schön ausgesehen“, sagte er mit heiserer Stimme. „Als du den Gang in der Kirche entlangkamst, hast du mich fast um den Verstand gebracht.“

Sie lächelte sinnlich. „Das tut mir leid.“

„Das glaube ich dir nicht.“

Sie schüttelte den Kopf. „Du hast recht. Es tut mir gar nicht leid.“

Als Alex sich hinter sie stellte, wollte sie sich zu ihm umdrehen. Mit einem einzigen Wort hielt er sie auf.

„Bitte.“

Es war so selten, dass Alex um etwas bat, dass sie mitten in der Bewegung innehielt. Was hatte er vor?

„Dies ist unsere Hochzeitsnacht, Sophia“, flüsterte Alex nahe an ihrem Ohr, während er begann, ihr Kleid aufzuknöpfen. Sie konnte seine kühlen Finger auf der Haut spüren. „Dies ist unsere Hochzeitsnacht, und ich habe kein Geschenk für dich.“

„Du brauchst mir nichts zu schenken“, versicherte sie ihm atemlos vor Erregung.

„Doch, denn du verdienst den Himmel auf Erden dafür, dass du einen Mann wie mich geheiratet hast.“

Sophia schmerzte es, dass Alex litt. Er besaß alles, was ein Mann sich wünschen konnte: Reichtum, Macht, die Bewunderung Tausender. Aber sein Selbstwertgefühl und sein Stolz hatten unter einer furchtbaren Ehe stark gelitten.

Er wünschte sich mehr von dieser Beziehung, mehr von Sophia, als er sich selbst eingestand – dessen war sie sich ganz sicher. Aber sie wusste auch, dass sie geduldig, liebevoll, zärtlich und offen sein musste, um ihn dazu zu bringen, die Wahrheit zu erkennen. Vielleicht würde er dann nehmen, was sie bereit war, ihm zu geben.

Im nächsten Moment glitt ihr Seidenkleid zu Boden, und als die kühle Luft ihre Haut streichelte, presste Sophia ihren Rücken gegen seinen Oberkörper und wartete darauf, dass Alex sie in die Arme nahm. Aber er fuhr fort, sie zu entkleiden. Mit geschickten Bewegungen öffnete er ihren BH, schob die Träger von ihren Schultern und ließ auch dieses Kleidungsstück auf den Holzboden fallen.

Sophia rang nach Atem, als seine Hände tiefer wanderten, bis er das Bündchen des winzigen Spitzenslips berührte, den Frannie für sie ausgesucht hatte. Langsam schob er ihn hinunter, bis sie schließlich völlig nackt vor ihm stand.

„Es tut mir leid, dass ich kein Geschenk für dich habe", murmelte er erneut und legte seine Hände auf ihren Bauch.

Sophia legte ihre Hände auf seine, dort, wo ihr gemeinsames Kind in ihr wuchs. „Dies ist das beste Geschenk, das du mir machen konntest."

„Sophia, Kleines", stieß er heiser hervor, während er ihren Hals und ihre Schultern mit heißen Küssen übersäte und gleichzeitig mit der Hand noch tiefer wanderte, immer tiefer.

Sophia stöhnte auf, als Alex mit seinen Fingern über die seidigen Locken zwischen ihren Schenkeln strich.

„Spreiz deine Beine für mich", flüsterte er ihr ins Ohr.

Genauso dringend wie die Luft zum Atmen brauchte Alex das Gefühl, die Kontrolle über die Situation zu behalten.

Und Sophia war willig, sich diesem Bedürfnis zu fügen.

Sie drängte sich noch einmal gegen ihn und spürte seine Erregung mehr als deutlich. Mit einem zufriedenen Seufzen tat sie, worum er sie gebeten hatte, und öffnete die Beine für ihn.

Ein wohliger Schauer durchströmte sie, als Alex eine Hand auf ihre Brust legte und sie zärtlich drückte, während er mit der anderen Hand vorsichtig in sie eindrang, erst mit einem Finger, dann mit einem zweiten. Sie war mehr als bereit für ihn und hörte, dass er selbst nahe an ihrem Ohr erregt nach Luft schnappte, als er es bemerkte.

„Öffne dich für mich, Sophia", raunte er.

Noch nie war sie so berührt worden, noch nie hatte sie sich jemandem so rückhaltlos ausgeliefert. Aber sie war dabei, sich Hals über Kopf in diesen Mann zu verlieben. Er war ihr Ehemann, ihr Liebhaber, und wenn sie je darauf hoffen wollte, dass er sich ihr gegenüber ebenfalls öffnete, dann musste sie hier und jetzt den Grundstein dafür legen.

„So hart“, flüsterte er ihr ins Ohr, während er eine ihrer Brustknospen zwischen den Fingerspitzen rollte. „So feucht“, fuhr er fort, während er mit dem Daumen den empfindlichsten Punkt ihres Körpers liebkoste.

Sophia hatte das Gefühl, als könnte sie kaum noch aufrecht stehen. Eine unglaubliche Hitze breitete sich in ihrem Unterleib aus, ein elektrisierendes, pulsierendes Gefühl, das fast schmerzhaft war.

Aber sie genoss diesen Schmerz, wollte mehr davon und drängte sich Alex' Fingern entgegen. Leise stöhnte sie auf, während das Meeresrauschen zu ihnen durchs Fenster hereindrang. Sie wusste, sie konnte den Höhepunkt nicht mehr lange hinauszögern.

Plötzlich erzitterte sie und spürte die Wellen der Lust, die durch ihren Körper brandeten. Ihr Atem kam stoßweise, als sie sich genüsslich den köstlichen Empfindungen hingab. Und als das Beben nachließ, fühlte sie sich erschöpft – und wollte trotzdem immer noch mehr.

Sie wollte Alex.

Sie wirbelte herum, umschlang seinen Nacken und zog ihn zu sich herab. Ihr Kuss war leidenschaftlich und fordernd, und sie konnte seine Erregung deutlich an ihrem Bauch fühlen. Es war so erotisch, nackt vor ihm zu liegen, während er noch vollständig angezogen war. Aber das Verlangen, Alex zu spüren, war jetzt zu stark, um es noch länger ignorieren zu können.

Hastig zerrte Sophia an seinem Jackett, an den Knöpfen seiner Hose, aber sie war zu zittrig, zu nervös. Mehr als alles andere wollte sie ihn küssen.

Alex schien ihre stumme Bitte gehört zu haben, denn er umarmte sie, presste seinen Mund auf ihren und küsste sie voller Leidenschaft, während er sie zum Bett drängte und mit ihr darauf niederfiel.

Das Seidenlaken fühlte sich angenehm kühl auf ihrer erhitzten Haut an, und Sophia rekelte sich genüsslich, während sie gebannt zusah, wie Alex sein Jackett auszog. Unter ihrem prüfenden Blick verdunkelten sich seine Augen, und Sophia lächelte verführerisch.

Alex streckte sich neben ihr aus und gab ihr einen zärtlichen Kuss, bevor er mit den Lippen über ihren Hals bis hinunter zu ihren Brüsten glitt.

Wie war es möglich, dass Alex so liebevoll und zärtlich zu ihr war, aber sie trotzdem nicht in sein Herz sehen ließ?

Die Fragen verschwanden so schnell, wie sie aufgetaucht waren, denn jetzt zog Alex mit der Zunge langsame, erregende Kreise um ihre Brust. Die Empfindung ließ Sophia alles andere vergessen. Sie ließ den Kopf zurückfallen und schloss die Augen, als Alex sich ganz langsam seinen Weg zu einer Knospe bahnte. Und als er die Lippen schließlich darum schloss, schrie Sophia lustvoll auf.

Auffordernd hob sie die Hüften an. Sie wollte ihn endlich wieder in sich spüren.

„Sag mir, dass du mich willst, Sophia."

„Ich will dich so sehr", stöhnte sie.

„Sag mir, dass es für unser Kind okay ist. Wir tun ihm doch nicht weh, oder?"

„Nein, es ist alles in Ordnung."

Schnell stand Alex auf, entledigte sich rasch seiner restlichen Kleidung und drückte vorsichtig Sophias Beine auseinander. Während er sich über sie schob, streichelte er mit langsamen Bewegungen die Innenseiten ihrer Schenkel. Sophia vibrierte geradezu vor Erregung und Verlangen. Unwillkürlich stand ihr das erste Mal wieder vor Augen, als sie und Alex miteinander verschmolzen waren. Sie dachte an die Hitze, an die köstlichen Empfindungen, an die …

Doch dann hatte nichts mehr Platz in ihrem Kopf als die unendlich quälenden, unendlich süßen Empfindungen, als Alex mit einer einzigen geschmeidigen Bewegung in sie eindrang.

Sie schlang die Beine um seine Hüften und passte sich seinem Rhythmus an, als er sich erst langsam, dann immer schneller, immer leidenschaftlicher zu bewegen begann.

Das Zentrum ihrer Lust pulsierte vor Begehren. Immer wieder drängte Sophia Alex ihre Hüften entgegen und grub unwillkürlich die Nägel in seinen Rücken, als die Leidenschaft sie unerträglich, unaufhaltsam dem Höhepunkt entgegentrug.

Heiser stöhnte Alex auf, dann presste er seinen Mund auf ihren und küsste sie stürmisch, während er den Gipfel erklomm.

Nur eine Sekunde später folgte Sophia ihm.

Sonnenlicht durchflutete das Zimmer, und eine milde Meeresbrise ließ die blauen Vorhänge vor dem Fenster flattern.

Mit geschlossenen Augen reckte und streckte Alex sich. Schon seit Langem hatte er sich nicht mehr so gut und so entspannt gefühlt. Eigentlich konnte er sich nicht erinnern, sich jemals so gut gefühlt zu haben. In der vergangenen Nacht war Sophia hemmungslos und voller Verlangen gewesen. Sie hatte sich ihm ohne Vorbehalte, ohne Scham hingegeben. Und das war nicht ohne Wirkung auf ihn geblieben.

Sophia. Seine Braut. Seine Frau.

Alex wartete darauf, dass ihn bei diesen Worten Panik ergriff. Aber das geschah nicht. Stattdessen verspürte er eine ungeahnte Zufriedenheit. Sehr merkwürdig und auch ein wenig beunruhigend.

Eine einzige, wenn auch unglaubliche Liebesnacht konnte ihn doch nicht von seinem Schwur abgebracht haben, oder? Nein, er hatte noch immer alles unter Kontrolle. Ich kann beides haben, versicherte er sich schnell. Er konnte die Wärme seiner Frau genießen, ohne dass er sich von ihr in die Defensive drängen lassen musste. Keine Frau würde je wieder Macht über ihn ausüben.

Er wusste, er hatte Sophia in der letzten Nacht um eine neue Erfahrung reicher gemacht, und er wollte ihr mehr geben – alles, was sie sich wünschte. Und wann immer sie es wünschte.

Aber als er die Augen öffnete und die Arme ausstreckte, um ihr diese Freuden zu bereiten, tasteten seine Finger ins Leere.

Eine böse Vorahnung beschlich ihn. Und als er aufsprang und ins Wohnzimmer hinüberging, gelang es ihm nicht, diese Befürchtung abzuschütteln.

Je länger er nach Sophia suchte, desto mehr geriet er in Panik. Sie war nirgends zu sehen. Weder im Bad noch in der Küche oder draußen am Strand.

Die Uhr über dem Herd zeigte acht Uhr an. Wo war sie so früh am Samstagmorgen hingegangen? An ihrem ersten Morgen als verheiratete Frau?

Die Antwort auf all diese Fragen, die sich ihm geradezu aufdrängte, konnte und wollte er nicht akzeptieren. Hatte Sophia gestern Abend gelogen, als sie gesagt hatte, sie würde immer bei ihm bleiben? Alex spürte, dass Wut in ihm hochstieg. Wut und Schmerz. Glaubte sie etwa nicht mehr, dass es die richtige Entscheidung gewesen war, ihn zu heiraten und ihr Kind in einer königlichen Familie – mit ihm zusammen – großzuziehen?

Verbittert fragte Alex sich, ob sie ihn genauso verlassen hatte wie …

„Guten Morgen, Hoheit."

Alex fuhr herum, als er die melodische Stimme hörte, und sah seine hübsche Ehefrau lächelnd in der Tür stehen.

„Wo bist du gewesen?", fragte er in einem Tonfall, der selbst in seinen Ohren unangemessen barsch klang.

„Na, da ist wohl jemand mit dem falschen Fuß aus dem königlichen Bett aufgestanden, was?" Sophia hielt einen Einkaufskorb hoch. „Ich habe uns nur schnell etwas zum Frühstück geholt. Wir hatten nichts mehr im Kühlschrank."

Damit gab sich Alex nicht zufrieden. Unruhig begann er, auf und ab zu gehen. „Du solltest nicht allein hinausgehen. Du bist jetzt Kronprinzessin von Llandaron."

„Entspann dich. Ich bin in die Stadt gegangen, habe ein paar Sachen eingekauft und bin auf direktem Weg zurückgekommen. Nichts passiert."

„Nichts passiert?", stieß er hervor. „Du hättest gekidnappt werden können oder noch Schlimmeres. Du musst lernen, dich deiner …"

„Was? Mich meiner Stellung gemäß zu verhalten?"

„Ja!"

„Alex, ich werde so tun, als hätte ich nicht gehört, was du da gerade gesagt hast." Sie ging hinüber zur Arbeitsfläche, stellte den Korb ab und packte ihn aus. „Ich vermute, es geht gar nicht darum, dass ich hätte entführt werden können. Aber ich vermute auch, dass du mir nicht sagen wirst, worum es hier wirklich geht, oder?"

Sie war so verflixt geduldig, so vernünftig, und sie konnte ihn viel zu leicht durchschauen. Er fuhr fort, unruhig auf und ab zu gehen, und brummte: „Da gibt es nichts weiter zu sagen."

„Okay. Aber vergiss bitte nicht, dass diese Prinzessinnensache für mich noch völlig neu und ungewohnt ist. Von jetzt an werde ich einen Leibwächter mitnehmen, wenn ich allein in die Stadt will." Sie warf ihm einen Blick über die Schulter zu. „In Ordnung?"

Er brummte ein gequältes „Ja“ und fragte dann knapp: „Und was hast du in der Stadt besorgt?“

Sophia verdrehte die Augen und lächelte: „Ein paar Kleinigkeiten, Blaubeermuffins, Honigbutter … solche Sachen eben.“

Alex blieb abrupt stehen und spürte, wie sein Herz einen kleinen Sprung machte. „Woher zum Teufel hast du gewusst …“

„Dass das dein Lieblingsfrühstück ist?“

Es war unglaublich, was sie getan hatte. Unglaublich einfühlsam und süß. Und es ließ ihn noch nachdenklicher werden. Herauszufinden, was er am liebsten zum Frühstück aß, das war etwas, was eine Frau für ihren … Mann tat.

Wir *sind* Mann und Frau, rief er sich schnell ins Gedächtnis.

Aber solch eine Geste erwartete man von einer Frau, die ihren Mann von Herzen liebte.

Alex marschierte zu Sophia und schaute ihr tief in die Augen. Liebte sie ihn? Er wusste, dass er ihr etwas bedeutete, dass sie ihn anziehend fand, aber Liebe …

„Warum hast du das getan?“, fragte er und musterte sie eindringlich.

Sie runzelte die Stirn. „Was meinst du damit, warum? Weil ich dachte, dass du dich darüber freust.“

Er durfte nicht zulassen, dass sie ihn liebte.

„Ich weiß die Geste zu schätzen, Sophia.“ Seine Stimme klang angespannt. „Aber du …“

Mit einem Seufzer ließ sie sich auf einen der Hocker fallen. Offenbar verließ sie langsam die Geduld. „Aber ich habe die unsichtbare und sich ständig verändernde Linie überschritten, die du zwischen dir und dem Rest der Welt gezogen hast, richtig?“

„Ich möchte nur nicht, dass es zu Missverständnissen kommt.“

„Missverständnisse worüber?“

„Unabhängig davon, was wir dort tun“, sagte er und deutete zum Schlafzimmer. „Du darfst niemals vergessen, wer ich bin.“

„Der künftige Herrscher von Llandaron?“, erwiderte sie bissig.

„Ein Mann, der dich niemals lieben wird, Sophia.“

9. Kapitel

„Solltest du nicht in den Flitterwochen sein, Mädchen?"

„Sollte man denken", erwiderte Sophia und machte es sich in einem von Ranens alten Sesseln bequem, während Aggie, der Welpe, zusammengerollt auf ihrem Schoß lag und schlief. „Ich wusste nicht, wohin ich sonst gehen sollte."

Ranen berührte mitfühlend ihre Hand, zuckte dann aber schnell wieder zurück. „Du bist hier immer willkommen, Kleines, das weißt du."

Sie wusste es nicht, war aber dankbar für seine Worte. Schließlich war Ranen die einzige Familie, die ihr geblieben war. Sie brauchte seine Kraft, und sein kleines gemütliches Haus bot ihr im Moment einen tröstenden Zufluchtsort.

„Möchtest du mir erzählen, was geschehen ist?", fragte er, bevor er seine mit einer aromatischen Tabakmischung gestopfte Pfeife anzündete.

Sophia zuckte mit den Schultern und wollte ihre Unzufriedenheit verbergen, platzte dann aber doch damit heraus. „Es geht um Alex."

„Du kannst mir deine Sorgen anvertrauen, Mädchen."

„Du weißt, dass ich diese Ehe sehr ernst nehme."

„Und du glaubst, dass der Prinz das nicht tut?"

„Ich glaube, dass er die Verbindung ernst nimmt, aber die Ehe …" Sie seufzte. „Ich habe mich verliebt, Ranen."

„Das habe ich mir schon gedacht."

„Aber er wird sich niemals erlauben, sich in mich zu verlieben."

„Quatsch. Da täuschst du dich, Kleines."

Neue Hoffnung und Wünsche keimten bei Ranens Worten in Sophia auf, aber sie schüttelte den Kopf. „Ich glaube nicht. Er hat mir sehr deutlich zu verstehen gegeben, dass das niemals geschehen wird."

Im selben Augenblick gähnte Aggie, streckte sich, hob die Vorderpfote und ließ sie direkt auf Sophias Hand fallen. Diese süße und fast tröstliche Geste entlockte Sophia ein Lächeln.

„Er kämpft gegen dich an, weil er schon dabei ist, sich in dich zu verlieben“, meinte Ranen und zeigte dabei mit der Pfeife auf Sophia, wie um seine Aussage zu bekräftigen.

Ihr Herz begann schneller zu schlagen, als sie an die wunderschöne Nacht dachte, die sie mit Alex verbracht hatte. Er war so liebevoll, so wunderbar gewesen. Hatte sie so voller Verehrung berührt und so zärtlich angeschaut. In jenen unglaublichen Stunden hatte er sich wirklich wie ein liebender Ehemann verhalten.

Und obwohl die Zeremonie und vor allem der Empfang aufgrund von Alex' Verhalten alles andere als vollkommen gewesen waren, hatte er ihr dennoch eine perfekte Hochzeitsnacht geschenkt.

Eine perfekte Hochzeitsnacht, dachte sie traurig, für ein absolut unperfektes Ehepaar.

„Wenn das wahr wäre“, meinte sie leise, „wenn er wirklich gegen seine Gefühle für mich kämpft, weil er dabei ist, sich in mich zu verlieben, was meinst du dann, wer wird am Ende gewinnen? Der Prinz von Llandaron, der seine Gefühle unter Kontrolle hat, oder die Liebe?“

Die Frage schien Ranen zu erschrecken, und er lehnte sich gegen den Kamin, in dem heute kein Feuer brannte, und räusperte sich. „Kann ich nicht sagen. Wirklich nicht. Es sind beides würdige Gegner.“

Als wenn sie das nicht wüsste. Bei Alex kämpften ständig Herz und Verstand gegeneinander. Manchmal fürchtete Sophia, dass sie sich gegenseitig zerstören könnten, ohne dass es einen Sieger gab.

Die Situation erinnerte sie an die Zwistigkeiten ihrer Eltern. Sie waren sich ständig uneins gewesen, wobei keiner von ihnen gewonnen, sondern alle nur verloren hatten.

„Was ist, Kleines? Du siehst ein wenig beunruhigt aus.“

Sophia versuchte ruhig zu bleiben, aber in ihre Stimme schlich sich leichte Verzweiflung. „Ich möchte nur, dass mein Kind in eine liebende Familie hineingeboren wird, nicht in eine wie …“

„Deine?“

Sie nickte. „Meine Eltern haben kaum miteinander geredet. Sie waren nicht einmal Freunde, Ranen.“

„Mach dir darüber keine Gedanken mehr, Kleines. Llandaron ist ein ganz besonderer Ort. Hier gibt es noch Magie, und es geschehen Wunder."

„Ein kleines Wunder könnte ich gut gebrauchen."

„Na, Wunder geschehen immer dann, wenn man sie am dringendsten braucht."

„Und warum hast du dann noch keins erlebt?" Die Frage platzte aus ihr heraus, ohne dass sie darüber nachgedacht hatte.

„Ich?", fragte der Bruder ihres Großvaters erstaunt.

Obwohl Sophia bemerkte, dass Ranen eine undurchdringliche Miene aufsetzte, ließ sie sich nicht einschüchtern. Er war jetzt ihre Familie; sie mochte ihn sehr, und sie wollte, dass er glücklich war. „Für mich sieht es so aus, als wäre diese spezielle Magie von Llandaron schon seit Längerem auf der Jagd nach dir, aber du läufst vor ihr davon."

Ranen betrachtete sie nur mit einem missbilligenden Blick und schwieg.

„Vor diesem Blick habe ich keine Angst, Ranen. Dein Bruder hat auch immer so geguckt. Immer wenn ich etwas falsch gemacht hatte, hat er mich so angeschaut. Also, du musst dir schon was Besseres ausdenken."

„Ich glaube, du hast zu viel von diesem Toffee-Zeug gegessen, auf das Frannie und Catherine auch so scharf sind", brummte er frustriert. „Mir scheint, es verklebt das Gehirn."

„Das hier hat nichts mit Toffee zu tun, mein lieber Großonkel. Es hat etwas mit Liebe zu tun."

„Liebe?"

„Du liebst Fara."

Ranen klappte der Mund auf, und seine Pfeife fiel zu Boden.

„Und Fara liebt dich."

„Was redest du da für einen Unsinn ..."

„Ich weiß, dass sie es tut."

„Quatsch", warf er ungeduldig ein.

Sophia beugte sich vor. „Du musst etwas unternehmen, bevor es zu spät ist."

„Ich weiß, was ich zu tun und zu lassen habe. Und ich brauche niemanden, der hierherkommt und mir ..."

Sophias trotziger Blick ließ ihn innehalten, und er hörte sich an, was sie zu sagen hatte. „Bedauern ist etwas, was niemandem etwas nützt und nur unglücklich macht, Ranen."

Er schüttelte den Kopf. „Die Nichte, die ihrem Großonkel ungebetene Ratschläge erteilt. Das ist … das ist …"

„Das ist das, wofür eine Familie da ist, Ranen. Denn eine Familie ist ein Segen."

Einen Moment lang starrte Ranen sie einfach nur an, und Sophia fragte sich, ob er sie wohl gleich hinauswerfen würde. Aber dann geschah etwas Erstaunliches. Vielleicht lag es an der Magie, die Llandaron verströmte, auf jeden Fall erhellte sich Ranens Gesicht, und er begann breit zu lächeln. „Du bist mir schon etwas Besonderes, Mädchen. Etwas ganz Besonderes."

Das Kompliment rührte und beglückte sie, und es füllte den Raum in ihrem Herzen, der schon so lange leer war, weil sie keine Familie mehr gehabt hatte. Und es machte ihr Mut. Mut, durchzuhalten und die Dinge ins Lot zu bringen, zusammen mit dem Mann, den sie liebte.

Sie würde alles versuchen, alles für dieses Kind, das sie liebte …

Alex hatte sie gefunden.

Endlich.

Er hatte im Strandhaus gesucht, auf der Werft, dann in Ranens Haus, um Sophia zu finden, aber alles vergeblich. Dann war er in die Stadt gefahren, um im Pub ein Bier zu trinken, und da hatte er sie entdeckt. Auf dem Fußweg vor Gershins Toffeeshop. Eine der älteren Palastwachen saß neben ihr, und fünfzig oder mehr Kinder aus dem Ort umringten sie.

Alex wollte zu ihr gehen, doch als er sich der Menge genähert hatte, hatte er es sich im letzten Moment anders überlegt. Sie redete und lachte mit den Jungen und Mädchen, fragte sie nach ihren Lieblingstieren aus und was sie an den Tieren toll finden würden. Sollten die Tiere fliegen können? Tanzen? Rülpsen …? Als sie das sagte, hatte Alex so laut lachen müssen, dass er fast die Aufmerksamkeit der Gruppe auf sich gelenkt hatte und deshalb schnell in den Schatten eines Hauses zurückgetreten war.

Eins war sicher, die Kinder vergötterten sie und wollten in ihrer Nähe sein. Sie konnte toll mit ihnen umgehen.

Sie würde eine wunderbare Mutter für ihr Kind sein.

Alex verspürte einen Stich im Herzen. Automatisch fragte er sich, wie er selbst wohl als Vater sein würde, wenn es so weit war.

In diesem Augenblick entdeckte Sophia ihn. Alex zuckte zusammen, als er ihre Unsicherheit bei seinem Anblick bemerkte. Vermutlich fragte sie sich, warum er hier war, ob es ein gutes oder schlechtes Zeichen war. Aber offensichtlich machte seine Gegenwart sie nervös und ließ sie all die wunderbare, kindliche Freude vergessen, was Alex mit großem Bedauern registrierte.

Er konnte es ihr nicht verübeln, dass sie so auf ihn reagierte. Nach dem Zauber der letzten Nacht und der rüpelhaften Art, wie er sie heute Morgen behandelt hatte, könnte er sogar verstehen, wenn sie nicht mehr mit ihm reden würde. Aber das war nicht Sophias Art. Sie war eine mutige Frau. Sie würde ihn vor seinen Bürgern weder ignorieren noch beschämen, indem sie ihn auf unangemessene Weise behandelte.

Nachdem sie noch kurz weiter mit den Kindern geplaudert und ihnen noch ein gewinnendes Lächeln geschenkt hatte, kam sie zu Alex herüber. Ihr Leibwächter folgte ihr, hielt sich jedoch in respektvollem Abstand.

„Guten Tag, Hoheit."

Er ergriff ihre Hand und küsste sie. „Ich wünsche dir auch einen schönen Tag, Prinzessin."

Sophia zuckte fast unmerklich zusammen und zog ihre Hand zurück.

„Du hast ausgesehen, als hättest du dich großartig amüsiert", sagte er, um ein unverbindliches Thema bemüht.

„Die Kinder waren wirklich sehr süß und sehr geduldig. Sie haben mir geholfen, Ideen für mein Buch zu finden."

„Hast du Probleme, dich zu konzentrieren?"

„Ja."

Alex schaute sich unauffällig um, um zu prüfen, ob sie jemand beobachtete, bevor er mit leiser Stimme meinte: „Ich auch, Sophia."

Sophia sah ihn verständnisvoll an. „Was schlägst du vor, sollen wir deshalb unternehmen? Uns voneinander fernhalten?"

Alex konnte ihre Verärgerung, ihre Frustration spüren und fühlte sich beschämt, weil er der Grund dafür war. „Das wird wahrscheinlich nicht besonders helfen, oder?"

„Nein, wahrscheinlich nicht."

Um sie herum begannen die Menschen stehen zu bleiben und sie anzustarren. Unter normalen Umständen machten die Bürger, wenn die königliche Familie auf einen Drink, zum Essen oder Einkaufen in der Stadt war, einen großen Bogen um sie. Aber da der Kronprinz die neue Prinzessin gerade erst gestern geheiratet hatte, war die Neugier natürlich sehr groß.

Alex reichte Sophia die Hand. „Sollen wir ein Stück gehen?"

Nachdem sie einen Blick auf die immer größer werdende Menge geworfen hatte, nickte Sophia. „In Ordnung."

Während die Palastwache ihnen in gebührendem Abstand folgte, führte Alex Sophia durch die kleinen Straßen, bis sie schließlich in die Short Street kamen, ein kleines, relativ abgeschiedenes Gässchen. Alex blieb stehen und deutete zu einer weißen Bank. Nachdem Sophia Platz genommen hatte, setzte er sich neben sie.

„Wie wäre es, wenn wir versuchen würden, nicht nachzudenken", begann Alex, „und auch nicht mehr zu streiten?"

Überrascht sah sie ihn an. „Meinst du das ernst?"

„Ja."

„Und was ist mit vorschnellen Schuldzuweisungen, Alex?"

Er staunte über ihre offene Frage, mit der sie auf seine Reaktion am Morgen anspielte und daher nicht ganz unrecht hatte. Lächelnd versprach er: „Ich werde mich mit vorschnellen Urteilen zurückhalten, Sophia."

Zögernd erwiderte sie sein Lächeln. „Also denken und streiten wir nicht, sondern …"

„Lernen uns besser kennen."

„Und genießen."

„Ja."

„In Ordnung."

Er nahm erneut ihre Hand und registrierte erfreut, dass Sophia sie diesmal nicht zurückzog. „Kommst du mit mir?"

„Wohin?“

„Das ist eine Überraschung.“

Sophia traute ihren Augen nicht.

Vor ihr auf dem Bildschirm konnte sie ein winziges erdnussförmiges Etwas erkennen. Anfangs hatte sie es kaum ausmachen können. Aber dann, als der Arzt mit dem Ultraschallgerät über ihren Bauch gefahren war, war dieses Etwas dunkler und heller geworden und hatte automatisch ihren Blick auf sich gezogen.

Sophias Kehle war wie zugeschnürt, als sie schließlich fragte: „Das ist mein Kind?“

Der Arzt der königlichen Familie saß neben dem Ultraschallmonitor und nickte. „Es ist noch relativ früh, aber ja. Das ist Ihr Kind, Hoheit.“

Tränen traten Sophia in die Augen. In ihr wuchs ein neues Leben. Ein Leben, das sie und Alex zusammen geschaffen hatten. Es war einfach überwältigend, genau wie die Liebe, die sie für Alex empfand.

„Und der Thronerbe von Llandaron“, ergänzte der Arzt ehrerbietig.

Sie lächelte den Arzt nervös an. Ja, ihr Kind würde der Thronerbe werden. Er oder sie würde Prinz oder Prinzessin von Llandaron werden.

Wie sich mein Leben innerhalb von wenigen Wochen doch verändert hat, dachte sie, während Alex näher zu ihr rückte, den Blick fasziniert auf den Monitor gerichtet und ihre Hand haltend. Vor fünf Monaten war sie allein gewesen, hatte keine Familie gehabt, nur wenige Freunde, und die Geschichten in ihrem Kopf waren auch versiegt gewesen. Und jetzt hatte sie nicht nur einen Ehemann, eine Familie, einen Onkel, ein Land, ein Ziel und den Kopf voller Geschichten, sondern – und das war das Wichtigste – würde bald ein Kind bekommen.

Mit gerunzelter Stirn deutete Alex auf den Bildschirm. „Was ist das, Dr. Tandow?“

„Das Herz des Babys, Hoheit.“

Alex drückte Sophias Hand fester. „Es schlägt ungewöhnlich schnell. Ist das …“

„Das ist völlig normal, Hoheit“, beruhigte der Arzt ihn.

„Es ist wunderbar. Ich kann es noch gar nicht glauben", seufzte Sophia.

„Ja, Hoheit."

Hoheit. Du lieber Himmel, ob sie sich wohl jemals an diesen Titel gewöhnen würde? Irgendwie passte er überhaupt nicht zu ihr. Es war eine merkwürdige Anrede für die kleine wilde Sophia Dunhill aus San Diego, die auf dem Hausboot ihres Großvaters gesessen und sich mit Limonadensaft bekleckert hatte.

„Ich lasse Sie jetzt für einen Moment allein." Der Arzt stand auf und neigte den Kopf. „Hoheit."

Als der Mann das Zimmer verlassen und die Tür hinter sich geschlossen hatte, drehte Sophia sich um und schaute ihren Prinzen an. Er sah so unheimlich gut aus mit seinem schwarzen Hemd und der schwarzen Hose. Sein dunkles Haar war ein wenig zerzaust, auf seinem Kinn zeichneten sich schon wieder die ersten Bartstoppeln ab, und seine gebräunte Haut betonte diese sinnlichen amethystfarbenen Augen.

Und er gehörte ihr.

Sanft strich Alex mit dem Daumen über ihre Wange. „War das eine gelungene Überraschung?"

„Die beste. Danke."

„Betrachte es als eine Art Entschuldigung."

„Wofür?" Sie wusste, wofür er sich entschuldigte, aber sie wollte, dass er es laut aussprach. Sie fand, das hatte sie verdient. Wenn sie den Plan, den sie vorhin gefasst hatten, in die Tat umsetzen wollten, also keine vorschnellen Urteile mehr abgeben und nicht mehr nachdenken wollten, dann mussten sie reinen Tisch machen.

Er verzog das Gesicht und lächelte dann. „Für mein dummes Verhalten heute Morgen."

Sein Lächeln wirkte so ansteckend, dass Sophia es einfach erwidern musste. „Ah ja, dafür."

„Nimmst du meine Entschuldigung an?"

„Hm", begann sie und fuhr neckend fort: „Ich finde, da ist noch irgendeine Strafe fällig, meinst du nicht auch?"

Er beugte sich zu ihr und gab ihr einen sanften Kuss, der ihren gesamten Körper in Aufruhr versetzte.

„An was für eine Art von Bestrafung hast du gedacht, Prinzessin?", fragte er mit rauer Stimme.

„Du bist schon auf der richtigen Spur", antwortete Sophia atemlos.

„Du willst mehr?"

„Aber sicher."

„Küsse oder …?" Mit der Hand glitt er unter ihre Bluse … immer höher, bis er mit den Fingerspitzen ihre von einem Spitzen-BH bedeckten Brüste berührte. „Streicheleinheiten?"

Sie schluckte. „Streicheleinheiten sind gut."

Es war der erotischste und gleichzeitig romantischste Augenblick ihres Lebens. So verrückt es auch sein mochte. Niemals hätte Sophia gedacht, dass es romantisch sein könnte, auf einem Untersuchungstisch zu liegen und ihren Ehemann zu küssen, während der Arzt draußen wartete und jeden Moment hereinkommen konnte.

Aber es war romantisch.

Erotisch und unverschämt romantisch.

Nachdem sie sich noch einmal geküsst hatten, flüsterte sie: „Vielleicht könnten wir das Zimmer von Dr. Tandow mieten … für eine Stunde oder so."

Alex lächelte, während er mit dem Daumen über ihre aufgerichtete Brustknospe strich. „Obwohl der Gedanke, hierzubleiben, äußerst verlockend ist, habe ich andere Pläne für uns."

„Pläne? Aber …"

„Das hier war lediglich ein … Appetitanreger, Sophia. Also, wollen wir gehen?" Er half ihr, sich aufzusetzen. „Lass uns zum Strandhaus zurückfahren und uns umziehen. Ich führe dich heute Abend zum Essen und ins Kino aus."

„Eine Verabredung?"

„Genau."

„Essen, Kino … und was dann?"

Er beugte sich vor und flüsterte ihr ins Ohr: „Dann könnte ich dich vielleicht noch ein wenig mehr für mein unmögliches Verhalten entschädigen."

„Klingt gut."

Er lachte. „Du machst mich …"

„Was?", hakte sie nach und stand auf. „Verrückt?"

„Nein. Glücklich."

Das kam so unerwartet, dass Alex geschockt aussah, angesichts dessen, was ihm da entschlüpft war. Aber für Sophia war es Musik in den Ohren. Schnell nahm sie seine Hand und zog ihn mit sich. „Komm, Hoheit, lass uns nach Hause gehen."

10. Kapitel

Alex und Sophia lagen eng umschlungen auf einer Decke neben dem prasselnden Feuer, und weil er das Gefühl ihrer Haut an seiner eigenen so sehr genoss, zog Alex Sophia noch näher an sich. Es war wirklich erstaunlich, wie wunderbar ihre Kurven sich seinem Körper anpassten.

Erschöpft und zufrieden nach einem wilden Liebesspiel und doch schon wieder erregt, küsste Alex sie sanft auf den Mund und flüsterte: „Sag es mir."

„Du lachst bestimmt."

Heiser flüsterte er ihr ins Ohr: „Hältst du mich für einen Mann, den man leicht zum Lachen bringt?"

„Stimmt, das ist ein Argument."

Was ist nur aus meiner sonst viel gerühmten Selbstbeherrschung geworden? fragte sich Alex. Warum nur bekam er nie genug von ihr? Es war zum Verrücktwerden. Er war Alexander Thorne, der Mann, der unter allen Umständen die Kontrolle über alles behielt. Nur bei Sophia gelang ihm das nicht.

„Was auch immer es ist, Sophia", sagte Alex und strich mit den Lippen zärtlich über ihre Stirn. „Ich werde es dir besorgen."

„In Ordnung." Sie seufzte. „Brotpudding mit Sahne."

„Hm." Alex blickte nach draußen, wo noch keine Anzeichen von Dämmerung zu sehen waren. „Ich fürchte, damit kann ich dir erst am Morgen dienen."

„Sind im Ort nach drei Uhr nachts keine Pubs mehr offen?"

„Leider nicht. Ich könnte natürlich jemanden im Palast aufwecken."

„Nein, auf keinen Fall. Ich möchte niemandem unnötige Umstände bereiten." Sie legte den Kopf an seine Schulter und küsste seinen Hals. „Es kann bis morgen früh warten."

Sie hatte solch eine wundervolle, selbstlose und ehrliche Art. Und das machte Alex schwach.

„Gibt es noch etwas, wonach es dich gelüstet?“, fragte er.

Sie stützte sich auf einen Ellenbogen, legte das Kinn in die Handfläche und schaute Alex nachdenklich und auffordernd zugleich an. „Was hast du denn zu bieten?“

Alex strich mit dem Daumen über ihre volle Unterlippe und bezwang für den Moment den Drang, sie zu küssen. Obwohl Sophia ihn verführerisch anschaute.

Himmel, musste sie ihn immer so ansehen? So, als wollte sie in seine Seele hineinblicken? Warum konnte diese ganze Sache nicht einfach so problemlos und erfüllend verlaufen, wie er es am Nachmittag vorgeschlagen hatte?

Alex gab sich die Antwort selbst. Weil Sophia keine Frau war, die mit „einfach“ zufrieden war.

Und er war ein Mann, der bisher niemals Erfüllung gefunden hatte – bis er Sophia begegnet war.

„Du machst es ja spannend, Hoheit“, raunte sie und unterbrach damit seine Gedanken.

Und wieder einmal verlor Alex die Kontrolle.

Mit einer geschmeidigen Bewegung zog er Sophia auf sich, sodass sie die langen, schlanken Beine rechts und links von ihm ausstreckte. „Ich biete mich selbst an“, sagte er, während er ihre Wärme an seiner Erregung spürte. „Aber ich erwarte natürlich, dass meine Gelüste auch befriedigt werden.“

„Natürlich.“

„Und mich gelüstet es nach etwas Süßem.“

Sie lächelte ihn keck an. „Was genau schwebt dir denn da vor?“

Alex stöhnte auf, während er ihre Hüften umfasste und sie zu sich zog, sodass ihr Po über seinen Bauch, seinen Oberkörper strich. Immer näher kam sie seinem wartenden Mund.

Sophia fühlte sich einerseits hilflos, gleichzeitig aber auch stark. Die heutige Nacht hatte eine grundlegende Veränderung bewirkt. So wie Alex sie berührt, mit ihr geredet und sie geliebt hatte, war er mit Leib und Seele – und mit dem Herzen – dabei gewesen, ob er es wollte oder nicht.

Doch sie war kein Dummkopf. Sie hatte kein Wort darüber verloren. Und das würde sie auch nicht. Sie würde sich einfach entspannen und genießen.

Als Alex sie jetzt berührte, wo sie es ersehnte, konnte sie es zwar genießen – aber an Entspannung war nicht zu denken.

Sie seufzte beglückt auf, denn eine wunderbare Erregung hatte von ihrem Körper Besitz ergriffen. Wie wird es sich anfühlen? überlegte sie aufgeregt. Was würde das für ein Gefühl sein, wenn sein Mund, seine Zunge jenen empfindlichen Punkt berührten? Kein Mann war ihr je so nahe gekommen. Kein Mann hatte je solche intimen Zärtlichkeiten mit ihr ausgetauscht.

Die Tatsache, dass ihr Ehemann, der Mann, den sie liebte, der erste sein würde, empfand Sophia als berauschend.

Dann waren alle Gedanken wie ausgelöscht, als Alex mit seiner heißen, feuchten Zunge über sie glitt. Sophia erbebte vor Verlangen. Hitze, elektrisierend, pulsierend, durchströmte ihre Adern, während sie sich nach mehr sehnte …

Und Alex erfüllte ihren Wunsch. Mit leichten, schnellen Bewegungen seiner Zunge glitt er über den kleinen Punkt, der das Zentrum ihrer Lust bildete.

„Alex …“, flüsterte sie atemlos. Er sollte verstehen, dass sie ihm gehörte, dass er Gefühle und Gelüste in ihr weckte, die sie nie für möglich gehalten hatte.

„Ich weiß, Liebling, ich weiß.“

Seine Liebkosungen, sein heißer Atem brachten Sophia dazu, laut aufzustöhnen. Alex umfasste ihren Po und streichelte ihn zärtlich, während Sophia sich ihm entgegendrängte und die köstlichen Wellen der Lust, die durch sie hindurchströmten, genoss.

Aber sie wartete nicht darauf, dass dieses wunderbare Gefühl abebbte. Stattdessen löste sie sich von Alex’ Mund, ließ sich nach unten gleiten, hob die Hüften und senkte sich auf ihn.

„Sophia …“, keuchte Alex.

Sie rang nach Atem, als sie spürte, wie er in ihr versank. Jedes Mal aufs Neue hatte sie das Gefühl, endlich zu Hause angekommen zu sein. Jede einzelne Berührung verriet ihr, dass sie den Mann fürs Leben gefunden hatte.

Wenn Alex das nur ebenfalls erkennen würde!

Die Traurigkeit, die sie bei diesem Gedanken überfiel, löste sich in Luft auf, als Alex ihre Hüften umklammerte und tiefer in sie eindrang.

Von ihrem Platz am Strand aus sahen sie zu, wie die Dämmerung einsetzte und die Sonne wie ein riesiger Pfirsich aus dem Meer auftauchte. Sophia kuschelte sich unter der Decke näher an Alex, während die sanfte Morgenbrise ihr das Haar ins Gesicht wehte.

Wird etwa doch noch alles gut? überlegte Sophia und schaute hinaus auf die ruhige See.

Es war nicht zu leugnen, dass sie glücklich war. Glücklich, hier auf dieser märchenhaften Insel sein zu können und die Familie kennengelernt zu haben, die dieses Inselreich regierte. Sie war so dankbar für die Zeit und die Fürsorge, die ihre neuen Schwägerinnen ihr zuteilwerden ließen, für das herzliche Willkommen, das ihr Schwiegervater ihr bereitet hatte, und für die Chance, ihren Onkel kennenzulernen.

Aber am dankbarsten war sie dafür, Teil einer Familie, Teil von Alex' Familie zu sein.

„Wie warst du als Kind, Sophia?"

Die Frage riss Sophia aus ihren Gedanken.

Es war eine halbe Stunde her, seit Alex vorgeschlagen hatte, an den Strand zu gehen. Nachdem sie sich noch ein drittes Mal geliebt hatten, waren sie beide erschöpft und glücklich gewesen, doch keiner von ihnen hatte schlafen wollen.

Also waren sie nackt, aber eingehüllt in eine große Decke zum Strand gekommen und hatten schweigend im Sand gesessen und einfach nur die Gegenwart des anderen genossen.

„Als Kind", überlegte sie laut. „Ich würde sagen, ich war neugierig, und ich habe immer versucht, das, was ich begonnen hatte, auch zu Ende zu führen. Außerdem war ich kreativ."

„Das klingt nach dir. Aber …"

„Aber?"

„Ich glaube, du hast noch etwas vergessen."

Sie drehte sich zu ihm herum und runzelte fragend die Stirn. „Ach ja?"

„Ich würde schätzen, dass du auch eine ziemlich sture Göre gewesen bist."

„Und wie kommst du darauf?"

Er lachte leise. „Bittest du mich ernsthaft darum, Beispiele aufzuzählen, Sophia?"

„Okay, okay", gab sie hastig zu. „Kann sein, dass ich ein wenig stur war …"

„Ein wenig?"

„Na gut. Ich *war* stur. Stur wie ein Maulesel. Bist du jetzt glücklich?"

Seine Mundwinkel zuckten amüsiert. „Überglücklich."

Sophia lachte und schüttelte den Kopf. Sie genoss es, auf diese Weise mit Alex zu scherzen, so entspannt und locker. Dann waren sie Freunde und gleichzeitig Liebende.

„Weißt du, was?", sagte sie und schmiegte sich unter der Decke noch enger an ihn. „Außerdem war ich eine Träumerin."

Zärtlich drückte Alex sie hinunter in den Sand und schloss sie in die Arme, während die Decke sie vor den Elementen schützte. „Und wovon hast du geträumt, Sophia?"

„Von der Zukunft." Davon, jemanden zu finden, den ich wirklich lieben kann, jemanden wie dich, hätte sie gern gesagt, verkniff sich die Worte aber.

„Und wie hast du dir deine Zukunft vorgestellt?"

„Na ja, als ich fünf war, habe ich davon geträumt, die weltgrößte Barbie-Sammlung zu besitzen." Sie lachte leise. „Später habe ich dann daran gedacht, Ärztin oder Therapeutin zu werden. Aber als ich angefangen habe, Geschichten zu schreiben, wusste ich, dass ich meine Berufung gefunden hatte."

Alex schwieg einen Moment, bevor er fortfuhr: „Du kannst dich glücklich schätzen, dass du dir deinen Traum erfüllen konntest."

Sophia war bewusst, dass sie sich auf gefährlichem Terrain befand und dass sie vorsichtig sein musste. „Wie warst du denn als Kind? Obwohl ich das eigentlich gar nicht zu fragen brauche."

„Sei nicht so selbstgefällig. Ich könnte dich überraschen."

Sie lachte. „Da bin ich aber gespannt."

„Ich war intelligent."

„Natürlich."

„Gut aussehend."

„Selbstverständlich."

„Und vermutlich ernsthafter, als mir guttat."

Sophia schnappte gespielt nach Luft. „Nein!"

„Du ziehst den Kronprinz von Llandaron auf?", fragte Alex drohend.

Sie hob die Hüften und spürte Alex' Erregung, während sie flüsterte: „Welche Strafe bekomme ich dafür? Zehn Jahre Kerker?"

„Ich glaube, du brauchst zwanzig Jahre, um dich zu bessern", brummte er in gespieltem Ernst. „Aber ich werde mir das mit dem Kerker noch einmal überlegen."

„Schwebt dir etwas anderes vor?"

„Folter. Sinnliche Folter, die darauf ausgelegt ist, dass du immer wieder ungezogen sein willst."

Von ihrem erotischen Wortgeplänkel wurde Sophia ganz heiß. Ihr Körper stand in Flammen, und zwischen ihren Schenkeln pulsierte das Verlangen. Atemlos flüsterte sie: „Damit kann ich leben."

Entgegen ihrer Erwartung blieb Alex still. Er küsste sie auch nicht, wie sie es erwartet und ersehnt hatte. Stattdessen wurde er auf einmal ernst und nachdenklich.

„Sophia?"

„Ja?"

„Ich möchte, dass unser Kind träumt."

Diese Bemerkung rührte sie zutiefst. Tränen schossen ihr in die Augen, doch sie unterdrückte sie. Tränen waren nicht das, was Alex jetzt brauchte.

„Er", erwiderte sie lächelnd, „oder sie *wird* träumen."

„Dafür werden wir sorgen."

„Ja."

Alex senkte den Kopf und küsste sie langsam und zärtlich. „Ja."

Sophia schlang die Arme um seinen Hals und schaute Alex in die Augen. Wenn er sich ihr öffnete, dann konnte sie in seinen Augen wie in einem Buch lesen. Dann bekam sie einen Einblick in sein Herz, nahm teil an seinem Schmerz und bekam eine Ahnung von *seinen* Träumen …

Plötzlich, aus dem Nichts heraus, schoss ihr etwas durch den Kopf, und sie schnappte überrascht nach Luft. „Ich habe die perfekte Idee für mein Buch."

„Was?"

„Für meine neue Geschichte. Ich kämpfe schon lange damit und konnte nie den richtigen Ansatz finden. Aber jetzt weiß ich, was die richtige Geschichte ist, Alex."

Er küsste sie erneut, erst auf die Lippen, dann auf die Wange, bevor er ihr ins Ohr flüsterte: „Ich liebe es, wenn du so glücklich bist."

Und ich liebe dich, dachte Sophia und schloss die Augen, während Alex kleine Küsse auf ihrer Haut verteilte und sie gleichzeitig streichelte.

„Du warst der Auslöser für die Idee, Hoheit", flüsterte sie atemlos.

Er küsste das kleine Grübchen am Hals, wo ihr Puls heftig schlug, und wanderte dann weiter abwärts über ihr Schlüsselbein bis hinunter zu ihren Brüsten. „Ich habe dich inspiriert?"

„Mehr, als du dir vorstellen kannst", sagte sie heiser, als ihr Ehemann mit den Lippen ihre geschwollene Knospe umschloss.

„Ich bin stolz auf dich, großer Bruder."

„Weil ich deinen Rat in Bezug auf die beste Babykleidung einhole?", wollte Alex von Cathy wissen, als sie Llandarons exklusivsten Babyausstatter betraten.

Natürlich war es Tradition für den Thronerben von Llandaron, im königlichen Stubenwagen zu schlafen, dessen Bettwäsche eigens für den kleinen Prinzen oder die kleine Prinzessin von den Nonnen des Klosters St. Augustine gefertigt wurde, die eine Stunde entfernt an der Ostküste lebten. Und natürlich würde Alex dieses Geschenk auch dankend annehmen. Trotzdem war er entschlossen, selbst auch einige Sachen für sein Kind zu kaufen. Eine Wiege, Decken, ein paar Spielsachen. Vielleicht auch Bücher, um seinem Kind vorlesen zu können. Fasziniert hatte er erfahren, dass Babys schon im fünften Monat die Stimmen außerhalb des Bauches wahrnehmen konnten, und er wollte sicherstellen, dass sein Kind die Stimme seines Vaters so früh wie möglich kennenlernte.

„Ich bin stolz darauf, dass du solch ein Interesse für dein Kind an den Tag legst", sagte Cathy und riss ihn aus seinen Gedanken. Sie hakte sich bei ihm ein und führte ihn durch den Laden. „Ich hätte nie gedacht, dass ich den Tag erleben würde, an dem du einen Babyladen betrittst."

„Mach nicht so eine Riesengeschichte daraus, Catherine", meinte er irritiert. „Sophia ist so sehr mit Schreiben beschäftigt, dass ich sie mit ein paar Dingen überraschen wollte."

„Quatsch, würde Ranen sagen." Cathy lachte, während sie mit ihm zu den handgefertigten Wiegen ging. „Du möchtest ihr eine Freude bereiten und sie glücklich machen."

„Catherine …", begann er warnend.

„Warum schämst du dich dafür?"

„Ich schäme mich nicht …"

„Freut mich zu hören. Denn, großer Bruder, du entwickelst dich zu einem wunderbaren Ehemann, ob du es willst oder nicht."

Cathys Worte ließen Alex zusammenzucken, denn in der Vergangenheit hatte er mit dem Wort Ehemann nur bittere Gefühle verbunden. Aber in letzter Zeit, genauer gesagt, seit er mit einer gewissen bildhübschen Rothaarigen verheiratet war, hatte das Wort eine ganz neue Bedeutung gewonnen.

Er drehte sich zu Cathy herum, die ihn prüfend musterte, und fragte ausweichend: „Welche, glaubst du, gefällt Sophia eher, die weiße oder die hellgrüne Wiege?"

„Was denkst *du*, gefällt ihr besser?"

„Hör auf, Spielchen mit mir zu treiben, Catherine. Ich habe nicht so viel Zeit, die ich hier verplempern kann."

„Stimmt", sagte sie und strich über eine niedliche rosa Babydecke. „Müsstest du jetzt nicht eigentlich auch arbeiten? Ich habe noch nie erlebt, dass du dir während eines normalen Arbeitstages freigenommen hast."

Er warf ihr einen bösen Blick zu. „So langsam fange ich an zu bedauern, dass ich dich gebeten habe mitzukommen."

Sie berührte seinen Arm und lächelte nachsichtig. „Es tut mir leid. Ich wollte dich nicht aufziehen. Es ist nur …"

„Was?"

„Ist dir eigentlich bewusst, dass dein Traum wahr geworden ist, Alex?“

„Ich weiß nicht, was du meinst.“

„Na, deine hübsche Meerjungfrau, die aus dem Wasser auftaucht. Die Nixe mit dem flammend roten Haar und den funkelnden grünen Augen, die dich mit einem Blick dazu bringt, ein anderer Mensch zu sein, und dir das Gefühl gibt, fliegen zu können.“

Als ein Verkäufer diskret an ihnen vorbeiging, senkte Alex die Stimme zu einem rauen Flüstern. „Ich sage das nur noch einmal, so ist es zwischen mir und Sophia nicht.“

„Nein?“

„Nein.“

„Wie ist es denn dann?“

„Wir sind verheiratet und werden ein Kind bekommen.“

„Mehr nicht?“

An diesem Punkt hätte Alex am liebsten seine Faust durch die blau-rosa karierte Wand gerammt. Es war ja nicht so, dass er nicht auch schon selbst all die Ähnlichkeiten zwischen seinem kindischen Traum und der heutigen Realität bemerkt hatte. Himmel, natürlich war ihm das schon aufgefallen, er war ja nicht blind. Aber was spielte es für eine Rolle? Dann hatte er eben die Frau seiner Träume gefunden und geheiratet …

Doch halt. Woher war das denn auf einmal gekommen? Wieso hatte er sich solch einen Gedanken überhaupt erlaubt? *Die Frau seiner Träume …* Männer wie er gaben sich nicht solchem Unsinn hin.

„Was hältst du von diesem Bücherregal?“, fragte er schnell und hoffte, dass Catherine dann das Thema ruhen lassen würde. „Soll ich das gesamte Set bestellen?“

Aber so leicht ließ seine Schwester sich nicht ablenken. Sie machte einen Schritt auf ihn zu und sah ihn eindringlich an, während sie flüsterte: „Sie ist nicht Patrice.“

„Was?“

„Sophia ist nicht Patrice. Und du bist nicht mehr der Mann, der fünf Jahre lang unglücklich verheiratet war.“

Er funkelte sie wütend an und runzelte die Stirn. „Das weiß ich, Catherine.“

„Ich glaube nicht, Alex. Du belastest dich immer noch Tag und Nacht mit dieser Beziehung. Ich glaube, dass du Angst hast, dich ganz auf Sophia einzulassen und ihr dein Herz zu schenken, weil du fürchtest, nicht mehr erhobenen Hauptes aus der Sache herauszukommen, sollte es nicht funktionieren."

Alex wurde immer wütender. „Ich werde nicht weiter mit dir darüber diskutieren", stieß er zwischen zusammengebissenen Zähnen hervor.

Doch Catherine ignorierte seine Warnung einfach. „Du hast es bisher überhaupt nicht diskutiert."

„Ich weiß nicht, ob mir diese neue, moderne und unverblümt ihre Meinung äußernde Catherine gefällt."

„Tja, mein Lieber, gewöhn dich lieber daran." Ihre Mundwinkel zuckten amüsiert, als sie versuchte, ihn aus seiner schlechten Stimmung herauszuholen. „Denn du hast nicht nur mich, sondern auch deine Schwägerin und vor allem auch deine Frau beschrieben, die von uns allen sogar die unverblümteste ist."

Plötzlich hatte er Sophia vor Augen, wie sie herrlich nackt neben ihm lag, eingewickelt in eine Decke, das Haar offen und zerzaust, während ihre Augen vor Erregung leuchteten, als er mit ihr über ihre Sturheit gescherzt hatte.

Allein der Gedanke verursachte eine schmerzhafte Sehnsucht nach ihr.

„Sie ist ein stures Mädchen, oder?", murmelte er mehr zu sich selbst.

Aber natürlich hatte Catherine ihn gehört und musste lachen. „Mein armer Alex. Da hast du doch tatsächlich dein Herz verloren."

„Das Einzige, was ich verloren habe, ist mein Verstand, sonst hätte ich dich nicht angerufen und gefragt, ob du mit mir hierherkommst. Also willst du mir jetzt helfen oder nicht?"

„Sophia gefällt bestimmt die hellgrüne Wiege am besten." Cathy stellte sich auf die Zehenspitzen und küsste Alex auf die Wange. „Aber irgendetwas sagt mir, dass du das bereits wusstest."

Alex verdrehte die Augen und rief dann den Verkäufer.

11. Kapitel

Der Tee in der Tasse, die neben Sophia stand, war unangetastet und wurde langsam kalt. Aber für Sophia war es ein willkommener Anblick. Es war das erste Mal seit dem Tod ihres Großvaters, dass die bereitgestellten Erfrischungen nicht vollständig verschlungen waren, bevor sie den ersten Satz geschrieben hatte.

... Della Denkins verteilte in dieser Nacht nur drei Träume. Aber jedes Kind, das sie mit einem Traum bedachte, erwachte voller Hoffnung, voller Freude und mit einem leichten Herzen.

Sophia schaute vom Küchentisch auf und strahlte über das ganze Gesicht. Vor ihr lagen die letzten zehn Seiten der Geschichte mit dem beglückenden Vermerk „Ende" am Schluss. Sie hatte es geschafft. Fast ein Jahr lang hatte sie unter einer Schreibblockade gelitten, und nun war es ihr gelungen, innerhalb einer Woche eine neue Geschichte zu schreiben.

Eine Geschichte, auf die sie stolz war. Eine Geschichte, die sie ihrem Mann und ihrem Kind widmen würde. Denn dieses Mal ging es nicht um ein sprechendes Tier oder um einen Jungen, der einen neuen Freund sucht.

Nein, diese Geschichte handelte von Träumen.

Ein schmerzhaftes Hungergefühl beförderte Sophia zurück in die Realität. In letzter Zeit war sie ziemlich häufig hungrig. Das erste Anzeichen war ein leichtes Schwindelgefühl, und dann setzte ein ungeheurer Appetit ein. Beides ließ sich nicht ignorieren.

Oh, die Freuden der Schwangerschaft, dachte Sophia lächelnd, während sie aufstand und zum Kühlschrank ging. Sie würde zwei extragroße Sandwiches machen. Alex mochte so gern Erdnussbutter ...

Am Morgen hatte er gemeint, dass er vielleicht zum Mittag nach Hause kommen würde, wenn er bis dahin seine Besprechung mit dem Kanzler beendet hatte.

Sophia griff nach der Erdnussbutter und nahm das Brot heraus. Er würde da sein. So wie jeden Tag in dieser Woche. Und so wie jeden Tag würden sie zusammen ein Sandwich essen und sich gegenseitig erzählen, was sie am Vormittag getan hatten.

Sophia hatte das Gefühl, eine wunderbare Romanze zu erleben. Tagsüber redeten Alex und sie miteinander, lachten zusammen und überlegten, was sie für ihr Kind wollten. Nachts liebten sie sich in Alex' großem Bett, und danach schmiegten sie sich aneinander und fielen in einen tiefen Schlaf.

Es war eine Ehe. Eine ganz normale, wunderbare Ehe. Und während Sophia Alex Zeit ließ, seine Gefühle zu ergründen, gab er ihr und ihnen eine Chance.

Glücklich holte Sophia zwei Scheiben Brot aus der Packung und öffnete das Erdnussbutterglas.

Mitten in der Bewegung hielt sie jedoch inne.

Erschrocken schrie sie auf, und das glückliche Lächeln von eben erstarb auf ihren Lippen. Das Glas und das Brot glitten ihr aus der Hand, während sie sich vor Schmerzen krümmte. Entsetzt legte sie die Hände auf ihren Unterleib, der sich krampfartig zusammenzog.

Eine schreckliche Angst drohte Sophia zu ersticken. Aber sie kämpfte gegen das Gefühl an und versuchte, sich zu beruhigen; versuchte, tief ein- und auszuatmen, während sie gleichzeitig betete, der Schmerz möge nachlassen.

Doch die Schmerzen wurden immer schlimmer.

Bei jedem krampfartigen Zusammenziehen ihrer Muskeln hatte Sophia das Gefühl, als würde sie auseinandergerissen.

Mit tränenverschleierten Augen bewegte sie sich ganz langsam vorwärts zum Tisch und griff nach dem Telefon. Sie musste jemanden anrufen, sie brauchte Hilfe.

Bitte, flehte sie, lass mich mein Baby nicht verlieren.

Wieder durchzuckte sie der Schmerz, und sie ließ den Arm sinken und schrie auf.

„Sophia?“

Der Schmerz war so heftig, dass Sophia die Türglocke kaum hörte und auch die weibliche Stimme nicht wahrnahm.

„Sophia? Bist du zu Hause? Ich bin's, Frannie.“

Mit letzter Kraft rief Sophia nach der Person, die sie am meisten brauchte. „Alex …“

Lächelnd betrat Alex das Strandhaus. Er konnte nicht anders, obwohl er normalerweise ein ernster Mensch war. Seit dem Moment, als er Sophia auf dem Bug ihres Schiffes hatte stehen sehen, mit ihrer wilden roten Mähne, die in der Sonne geglänzt hatte, konnte er es jedes Mal nicht abwarten, sie wiederzusehen.

Vielleicht würde eines Tages die Intensität dieses Verlangens nachlassen. Er konnte es sich zwar nicht vorstellen, aber vielleicht würde es ja weniger werden, und er könnte wieder Prinz Alexander sein – ernst, zielstrebig und nicht so verflixt romantisch.

Er stellte seine Aktentasche ab und atmete tief aus. Wenn er ehrlich war, dann wollte er gar nicht mehr dieser Mann sein. Er mochte diesen Mann nicht. Hatte ihn nie gemocht. Ernst, zielstrebig und unromantisch hatte er während der letzten Jahre sein müssen, um überhaupt zu überleben.

Aber Sophia Dunhill Thorne hatte all das verändert.

Sie hatte *ihn* verändert.

„Liebling, ich bin zu Hause“, rief er und lächelte erwartungsvoll, als er sich im Wohnzimmer nach Sophia umsah.

Als er gestern zur Tür hereinspaziert war, hatte Sophia am Esstisch gesessen, völlig gelassen und völlig nackt. Mit einem verlockenden Lächeln auf den Lippen hatte sie zugesehen, wie er sein Sandwich aß, bevor sie ihm seinen … Nachtisch präsentierte.

Es war die reinste Folter gewesen; aber das Warten hatte sich gelohnt.

Heute hatte er ihr Nachtisch mitgebracht. Ihr neuestes Lieblingsgericht: Brotpudding mit Sahne. Er hatte vor, sie damit zu füttern, weil er zusehen wollte, wie diese süße Verführung zwischen ihren köstlichen Lippen verschwand.

Dafür musste er sie nur erst einmal finden.

Mit immer breiterem Lächeln marschierte Alex von Zimmer zu Zimmer und suchte seine Frau. Jedes Mal, wenn er einen Raum betrat, stellte er sich vor, dass sie nackt auf dem Bett in einem der Schlafzimmer lag oder in der Badewanne, eingehüllt in weiße Schaumkronen.

Aber sie war nirgends zu finden. Auch das letzte Zimmer war zu seiner großen Enttäuschung leer.

Leicht verärgert eilte Alex zurück in die Küche und schaute sich nach einem Zettel mit einer Nachricht um. Vielleicht war Sophia zum Einkaufen gegangen oder hatte ein Picknick am Strand vorbereitet.

Ein Gefühl der Angst überkam ihn. Ein Gefühl, das er während der vergangenen Wochen hatte verdrängen können. Er verachtete sich selbst dafür, dass er es jetzt wieder an die Oberfläche dringen ließ. Aber es war – gegen seinen Willen – einfach da.

Hatte er etwas übersehen? Anzeichen dafür, dass Sophia unglücklich war? Mit ihrer Ehe? Hier in Llandaron? Schließlich hatte sie sich anfangs gegen diese Verbindung gesträubt. Und obwohl sie in der vergangenen Woche ziemlich viel zu tun gehabt hatte, war sie auffällig guter Laune gewesen.

Aber das hatte doch sicherlich nur an dem Buch gelegen, das sie schrieb.

Alex fuhr sich mit den Händen durchs Haar. Natürlich war sie nur so beschäftigt gewesen, weil sie so viel schrieb. Verdammt, er wurde langsam verrückt. Sie war vermutlich nur losgegangen, um etwas Besonderes zum Mittag einzukaufen, oder vielleicht hatte sie ihr Manuskript schon früher als erwartet fertiggestellt und war zur Post gegangen …

Alex hielt inne, als er den blinkenden Anrufbeantworter bemerkte. Mit einem Kopfschütteln wegen seiner eigenen Dummheit eilte er hinüber und drückte auf den Knopf, in der Erwartung, die Stimme seiner Frau zu hören.

Aber die Nachricht war nicht von Sophia.

„Hoheit, es ist jetzt elf Uhr.“ Die Stimme war eindeutig männlich und gehörte einem älteren Menschen. „Die Reparaturen an Ihrem Schiff sind abgeschlossen. Kip hat es auf Hochglanz poliert und wie von Ihnen gewünscht zum Anleger gebracht. Um den Proviant brauchen Sie sich auch keine Sorgen zu machen. Ich habe persönlich dafür gesorgt, dass alles an Bord gebracht wurde. Es ist also alles bereit für Ihre Reise.“

Der Anrufbeantworter piepte. Das war die einzige Nachricht.

Alex' Magen verkrampfte sich. Fassungslos blickte er auf den Anrufbeantworter.

Es ist alles bereit für Ihre Reise.

Wie die Ozeanwellen in einem Sturm kam seine Vergangenheit zurückgerauscht und brach über ihm zusammen. Unerwünschte Bilder tauchten vor seinen Augen auf, und seine Muskeln verspannten sich genauso wie vor einigen Monaten, als er in sein Stadthaus in Schottland gekommen war und festgestellt hatte, dass Patrice gegangen war, ohne eine Nachricht zu hinterlassen.

Genau wie heute.

Eine eiserne Faust schloss sich um Alex' Herz. Hatte er tatsächlich seinen Schwur vergessen? War ihm die Kontrolle wirklich so vollständig entglitten? Hatte er tatsächlich angefangen zu glauben, dass er Sophia etwas bedeutete, dass sie ihn wollte … ihn liebte?

Offensichtlich habe ich das getan, dachte er und schäumte fast vor Wut und vor Scham angesichts seiner Dummheit.

Aber er würde seine Selbstachtung zurückgewinnen – koste es, was es wolle. Sophia würde sein Kind bekommen. Sein Kind! Den Thronerben von Llandaron. Das Kind würde hier bei ihm bleiben.

Alex hämmerte mit der Faust auf die Arbeitsplatte, während er laut fluchte.

Wenn Sophia verschwinden wollte, gut. Aber sie würde nicht sein Kind mitnehmen.

„Alex?"

Alex wirbelte herum und sah Maxim mit ernster Miene in der Tür stehen.

Verärgert kniff Alex die Lippen zusammen. Aha, sein Bruder sollte wohl die schlechten Nachrichten überbringen. Er schnaubte wütend. Patrice hatte zumindest den Anstand besessen, einen Priester zu schicken statt eines Familienmitgliedes, als sie davongelaufen war.

„Was willst du, Maxim?"

„Ich habe schon eine Ewigkeit geklopft", erwiderte Maxim und kam zögernd näher.

„Warum bist du nicht einfach hereingekommen?", sagte Alex ungeduldig.

„Bin ich jetzt ja. Hör zu, Alex, ich muss dir etwas sagen. Ich wollte erst anrufen, aber ich wollte auch keine Nachricht auf dem Anrufbeantworter hinterlassen und … warte mal, was zum Teufel …“ Maxim kniff die Augen zusammen und sah seinen Bruder besorgt an. „Du siehst aus, als wolltest du jemanden umbringen.“

Oder Maxim eins auf die Nase geben, wenn sein kleiner Bruder nicht endlich aufhörte, Small Talk zu machen. „Weißt du, wo Sophia ist?“, fuhr Alex ihn an.

Sein Bruder wich seinem Blick aus.

„Verdammt, Maxim, sag es!“

„Frannie wollte sie vorhin besuchen, aber als sie ankam …“

Alex fluchte erneut. „Ich wusste es.“

„Was wusstest du?“

„Sie ist weg.“

„Wovon redest du?“

„Sie hat die Insel verlassen. Das wolltest du mir doch bestimmt berichten, oder?“

„Alex, vielleicht solltest du dich setzen.“

„Ich will mich nicht setzen“, fuhr Alex ihn an und marschierte drohend auf Maxim zu. „Sag mir endlich, was los ist.“

Stirnrunzelnd neigte Maxim den Kopf. „Alex, Sophia ist ins Krankenhaus gebracht worden.“

12. Kapitel

Ranen, der auf einem Stuhl neben dem Bett saß, beugte sich besorgt vor. „Wie geht es dir, Kleines?"

„Viel besser. Der Schmerz hat nachgelassen." Sophia schüttelte den Kopf. „Wer hätte gedacht, dass das Dehnen der Mutterbänder so schmerzhaft sein kann?" Sie setzte sich auf und lächelte ihren Großonkel an. „Weißt du, dass du das jetzt schon zum zehnten Mal innerhalb einer Stunde gefragt hast, Ranen?"

„Entschuldige, wenn ich mir Sorgen um meine Verwandte mache", brummte Ranen gutmütig.

„Verwandte? Erkennst du mich jetzt endlich an?"

„Quatsch. Das habe ich schon immer getan, Kleines."

„Ranen …"

„Okay, bei unserem ersten Treffen vielleicht nicht, das mag wohl stimmen. Aber jetzt habe ich doch alles richtig gemacht, oder?"

Sophia blickte zu der Vase mit der Heide, die neben ihrem Krankenhausbett stand. „Ja, das hast du."

„Man muss die Dinge nehmen, wie sie sind, und weiterleben, das ist jetzt mein Motto."

„Freut mich zu hören."

„Ich und mein dummer Bruder waren so verflixt stur, wir haben das nicht erkannt, und das bedauere ich. Aber jetzt ist genug damit, verstehst du?"

Eine Welle der Traurigkeit durchflutete Sophia. „Ich möchte es gern verstehen, Ranen. Was ist zwischen euch beiden passiert?"

Impulsiv sprang Ranen auf. „Robbie hat bis zu seinem dreizehnten Lebensjahr in Baratin gewohnt. Zusammen mit unserer Mutter und mir. Es waren keine glücklichen Zeiten, das kann ich dir sagen. Unser Vater war zwei Jahre zuvor gestorben, und wir hingen an unserer Mutter wie ein neugeborenes Fohlen an der Stute." Ranen ging zum Fenster und blickte hinaus. „Aber sie hat uns kaum beachtet. Nach dem Tod meines Vaters war sie nie wieder dieselbe. Meist lebte sie in ihrer eigenen Welt. Robbie und ich versuchten alles Mögliche, um ihre Aufmerksamkeit zu erringen, aber nichts half. Bis …"

Sophia wollte ihn nicht drängen, aber sie hatte das Gefühl, dass Ranen das vielleicht brauchte, so als hätte er diese Geschichte und auch seine Wut schon viel zu lange in seinem Herzen verschlossen.

„Was geschah dann, Ranen?", fragte sie leise.

„Es ist keine schöne Geschichte, Sophia."

„Bitte."

Ranen seufzte und fuhr fort: „Robbie hatte eine Idee. ‚Wir tun so, als wären wir verschwunden', sagte er. ‚Dann wird sie sich Sorgen machen und uns suchen kommen.'" Ranens Stimme klang heiser und müde. „Sie machte sich auch wirklich auf die Suche nach uns. Wir haben immer gerne am Strand gespielt, und das wusste sie. Es war ein nasser Morgen. Sie rutschte auf einem Felsen am Strand aus und fiel auf den Kopf."

„O Ranen …"

„Meine Tante, die in Amerika lebte, kam und wollte uns mitnehmen. Aber ich weigerte mich mitzugehen. Ich wollte Llandaron nicht verlassen, und ich flehte auch Robbie an, nicht zu gehen. Aber er sagte, er könne nicht bleiben … nach dem, was geschehen war."

„Und all die Jahre über hast du …"

„Ich habe ihm die Schuld für den Tod unserer Mutter gegeben." Seine Stimme brach. „Und ich hasste ihn dafür, dass er mich verlassen hat."

Sophia schluckte und kämpfte gegen die Tränen an. „Es tut mir so furchtbar leid, Ranen." Jetzt verstand sie noch besser als zuvor, warum ihr Großvater so zurückgezogen gelebt hatte, warum er so leidenschaftlich daran geglaubt hatte, jeden Moment seines Lebens auskosten zu müssen, und warum er Llandaron hatte umsegeln wollen, ohne an Land zu gehen.

Als ihr Großonkel sie wieder ansah, war die Wut aus seinen Augen verschwunden. Jetzt lag in seinem Blick nur noch Traurigkeit. „Danke, Kleines. Es ist jetzt vorbei. Ich habe meinen Frieden mit Robbie geschlossen und mit meinen eigenen idiotischen Erinnerungen an die

Vergangenheit. Wir beide haben damals das getan, was wir für richtig hielten."

„Du bist ein weiser Mann, Ranen. Ich wünschte, auch andere wären imstande, die Vergangenheit ruhen zu lassen."

„Du meinst den Kronprinzen?"

Sophia wusste nicht genau, warum sie es tat, vielleicht weil sie den familiären Trost brauchte, oder vielleicht weil Ranen der Mensch war, der jetzt ihren Schmerz am besten verstehen konnte, aber sie streckte die Hand nach ihm aus.

Mit gesenktem Blick kam er zu ihr und nahm ihre Hand. „Du liebst diesen Mann wirklich, nicht wahr?"

„Ja. Mehr als alles andere. Ich wünschte nur ..."

„Was, Kleines?"

Sie zuckte mit den Schultern. „Es spielt keine Rolle."

„Dass er sich endlich gestattet, dich zu lieben?"

Ein kleines Lächeln erschien auf ihren Lippen. „Ja."

„Er wird schon noch zur Vernunft kommen, Kleines. Ein Baum fällt auch nicht beim ersten Schlag."

Sie sah überrascht auf, weil seine Worte eine Erinnerung an die Vergangenheit auslösten, eine Vergangenheit voller Liebe und Verständnis. „Grandpa hat das auch immer gesagt."

Ranen beugte sich vor und küsste sie auf die Stirn, wobei seine Bartstoppeln ihre Haut kitzelten. „Was meinst du denn, woher er das hatte?"

„Hallo, Sophia."

Prinzessin Fara kam mit der ihr angeborenen Grazie ins Krankenzimmer.

Sophia lächelte voller Wärme. „Hallo, Fara."

Die ältere Frau kam um das Bett herum und stellte sich neben Ranen, ohne dabei jedoch Sophia aus den Augen zu lassen. „Du siehst schon nicht mehr so bleich aus, meine Liebe."

„Der Arzt sagt, dass ich wohl morgen wieder nach Hause kann."

„Er will dich über Nacht unter Beobachtung halten? Sehr gut. Die Entscheidung finde ich vernünftig."

„Quatsch", brummte Ranen gutmütig. „Sie ist kerngesund, oder, Kleines?"

„Kerngesund“, versicherte Sophia den beiden lächelnd.

Fara lachte leise und wandte sich dann an den Mann neben sich. „Wir sollten ihr jetzt ein wenig Ruhe gönnen, Liebling.“

Liebling?

Was in alles in der Welt ging auf einmal zwischen den beiden vor?

Sophia war so verblüfft über dieses unverblümte Kosewort, dass es ihr nicht gelang, all ihre Fragen in Worte zu fassen. Aber als sie sah, dass Fara eine Hand auf Ranens Arm legte und er tatsächlich seine Hand auf ihre presste, konnte sie nicht mehr an sich halten. „Was hat das denn alles zu bedeuten, ihr beiden? Habe ich etwas verpasst?“

Ranen runzelte lediglich die Stirn, während Fara ihr zuzwinkerte.

„Ruh dich erst einmal aus. Fragen beantworten wir später“, meinte die Prinzessin und drängte ihren Liebsten aus dem Zimmer. Über die Schulter rief sie Sophia noch zu: „Wir schicken Alexander sofort zu dir, sobald er hier ist, meine Liebe.“

Mit einer Mischung aus Freude und Melancholie sah Sophia ihnen nach. Es gab kaum etwas, was sie mehr freute als die Tatsache, dass ihr Großonkel und ihre neue Tante sich ihre Gefühle füreinander endlich eingestanden hatten.

Das Glück der beiden machte ihr allerdings auch bewusst, was ihr selbst fehlte. Würde es für Alex und sie genauso laufen? Würden sie sich ihre Gefühle versagen, bis sie alt und grau waren?

Oder würden die Träume von Liebe und von einer glücklichen, gemeinsamen Zukunft, die sie beide in ihren Herzen trugen, irgendwann erfüllt werden?

Angst, wie er sie noch nie erlebt hatte, hielt Alex gefangen, als er aus dem Fahrstuhl gestürmt kam und den Gang im vierten Stock des Krankenhauses entlangeilte. Er schnappte sich den ersten Menschen, der ihm über den Weg lief.

„Ranen, wie geht es Sophia?“

„Beruhige dich, Alex. Es ist alles gut.“

„Gut? Was zum Teufel bedeutet das? Wo ist der Arzt?“

„Bei einem anderen Patienten.“ Ranen klopfte seinem Patenkind auf den Rücken. „Ehrlich, Junge, es geht ihr wirklich gut. Sie hatte nur ziemlich heftige Schmerzen, weil die Mutterbänder gedehnt wurden, mehr nicht. Das Kleine dehnt die Gebärmutter, meinte der Arzt. Es ist offenbar völlig normal."

„Oh, dem Himmel sei Dank." Alex entspannte sich ein wenig, und er atmete zum ersten Mal, seit er sich auf den Weg ins Krankenhaus gemacht hatte, wieder befreit aus.

Die Fahrt hierher war eine einzige Katastrophe gewesen. Als wollte der Teufel ihn in den Wahnsinn treiben. Es hatte unglaublicher Verkehr geherrscht, gleichzeitig hatte er keinen Empfang auf seinem Handy gehabt. Und die ganze Zeit über hatten ihn schreckliche Verlustängste geplagt.

„Ich muss sie sehen." Mit grimmiger Miene ging Alex auf Sophias Zimmer zu. Es gab so viel zu sagen, so vieles, wofür er sich entschuldigen musste, und das konnte nicht länger warten.

Ranen folgte ihm. „Bevor du hineingehst, würde ich gern mit dir sprechen."

Ohne ihn anzusehen, murmelte Alex: „Ich habe keine Zeit. Ich möchte zu ihr."

„Du wirst dir die Zeit nehmen, Alexander." Ranen hielt Alex am Arm fest.

Alex wirbelte herum, und seine Augen funkelten zornig. „Was zum Teufel ist los, Ranen? Gibt es noch etwas, was du mir nicht erzählt hast?"

„Nein, nein. Sophia und dem Kind geht es gut. Wie ich schon sagte, es war nur ein wenig Aufregung."

„Was soll dann das Ganze hier? Ich sollte zu ihr gehen, statt diese Unterhaltung mit dir zu führen ..."

„Setz dich und versuch, den Mund zu halten. Schaffst du das?", fuhr der ältere Mann ihn an.

Alex stand einen Moment lang geschockt da. Niemand sprach so mit ihm. Abgesehen von seinem Vater vielleicht. Andererseits war Ranen für ihn immer wie ein zweiter Vater gewesen.

Seinen Trotz ignorierend, tat Alex, worum Ranen ihn gebeten hatte, und setzte sich auf eine Bank, die im Gang stand. Erwartungsvoll sah er seinen Patenonkel an.

Ranen setzte sich nicht neben ihn, sondern stellte einen Fuß auf die

Bank und beugte sich zu Alex vor. „Wenn du das Mädchen nicht liebst, dann solltest du sie gehen lassen."

„Wovon zum Teufel redest du …"

„Das weißt du sehr wohl."

„Ich werde weder sie noch mein Kind je gehen lassen." Alex' Stimme klang fest und endgültig.

„Du klingst wie ein Mann, aus dem der Stolz spricht, Alexander."

„Und du klingst wie ein Mann, der Großvater spielt."

„Ich spiele die Rolle nicht. Sophia ist fast meine Enkelin."

„Ach ja?"

„Ja."

„Seit wann das denn?"

Ranen stieß sich von der Bank ab und richtete sich auf. Weil das Krankenhauspersonal um sie herumlief, sprach er jedoch weiterhin mit gesenkter Stimme. „Das ist unerheblich. Sie ist meine Blutsverwandte, und ich werde sie schützen."

„Wovor?", wollte Alex wütend wissen. „Vor mir?"

„Wenn es sein muss."

Alex schnaubte.

Ranen legte seinem Patenkind eine Hand auf die Schulter, und zum ersten Mal seit Langem wurde seine Stimme wieder weich. „Möchtest du, dass sie das durchmacht, was du durchgemacht hast? Soll sie mit einem Ehemann leben, der sie nicht liebt?"

Die Worte versetzten Alex einen Stich und trafen ihn härter, als er für möglich gehalten hatte. Was wollte er wirklich für Sophia? Darüber hatte er bisher nicht nachgedacht. Er wusste, was er *von* ihr wollte, aber *für* sie …

Verflixt, er wollte nicht darüber nachdenken. Denn wenn er es tat, würde er auch in sich selbst hineinschauen müssen und sich fragen, was er sich wünschte.

Er fühlte sich unsicher und verärgert. Mit gerunzelter Stirn schaute er Ranen an. „Ich werde mir von einem Mann, der Jahrzehnte damit zugebracht hat, seine eigenen Gefühle zu unterdrücken, keine Ratschläge in Liebesdingen geben lassen."

„Das ist vorbei, Sohn. Deine Tante Fara weiß von meinen Gefühlen. Ich habe meine Angst endlich überwunden und mich ihr anvertraut."

Alex sprang auf. Er hatte genug von der Unterhaltung, genug von den Ratschlägen, genug davon, vom Glück anderer Menschen zu hören. „Schön für dich", brummte er brüsk und sah Ranen mit kühlem Blick an. „Würdest du mich jetzt bitte gehen lassen?"

„Sturer Dummkopf", murmelte Ranen und schüttelte den Kopf. Aber er trat zur Seite und ließ Alex gehen.

Sophia blickte aus dem Fenster, als Alex ins Zimmer kam. Als sie ihn bemerkte, wandte sie hastig den Kopf und schaute ihn an. Im ersten Moment dachte sie, er wäre wütend, doch als er näher kam, erkannte sie, dass es Angst war, die ihn so grimmig wirken ließ.

„Sophia." Seine Stimme war Balsam für ihre Seele.

„Ich bin so froh, dass du da bist, Alex."

Er setzte sich auf die Bettkante und wollte nach Sophias Hand greifen, überlegte es sich im letzten Moment jedoch anders. „Es tut mir leid, dass ich nicht da war, als es dir so schlecht ging."

„Es ist okay. Ich bin okay." Warum will er mich nicht berühren? überlegte sie. Warum war er so angespannt und distanziert? Lag es an der Angst, das Baby zu verlieren? Natürlich, das musste es sein. Das Kind bedeutete ihm alles. „Keine Sorge, dem Baby geht es gut."

„Ich weiß, und ich bin unglaublich erleichtert darüber."

„Warum machst du denn dann so ein langes Gesicht?"

Aufmerksam sah er sie an. „Liebling, ich habe mir Sorgen um *dich* gemacht."

„Um mich?"

Resigniert schüttelte er den Kopf. „Ich dachte, ich bekomme einen Herzinfarkt auf dem Weg hierher."

„Das wäre nicht so gut gewesen", meinte sie und lächelte zaghaft. „Wenn wir beide im Krankenhaus gelegen hätten."

„Ich meine es ernst, Sophia. Du hast mich zu Tode erschreckt."

Ihr stockte der Atem. „Weißt du, wieso, Alex?"

„Natürlich weiß ich, wieso", meinte er ungeduldig. „Ich habe dir doch gerade gesagt, was ich mir für Sorgen gemacht habe ..."

„Nein." Sie schenkte ihm ein geduldiges Lächeln. „*Warum* du dir solche Sorgen gemacht hast?"

„Sophia, du bedeutest mir etwas, verflixt!"

„Und?"

„Nun, du bist der erste Mensch, mit dem ich seit langer Zeit reden kann."

„Was noch?" Sophia bemühte sich, ruhig zu bleiben, aber es war unglaublich schwierig. Ihr Liebster saß neben ihr und öffnete sich ihr endlich, gab seine Gefühle preis, und sie wollte ihn nicht unterbrechen.

„Du bist wunderbar, intelligent, amüsant."

„Danke."

Er nickte und griff geistesabwesend nach ihrer Hand. „Ich genieße deine Gesellschaft. Ich kann mir meine Tage ohne dich nicht mehr vorstellen."

Sie drückte seine Hand und lächelte schelmisch. „Oder deine Nächte?"

„Das versteht sich von selbst."

„O Alex." Sophia konnte das Lachen, das in ihr aufstieg, nicht länger unterdrücken.

„Was ist?"

„Begreifst du nicht, was das bedeutet?"

Alex sah sie völlig perplex an.

„Du liebst mich."

Noch immer wirkte Alex wie versteinert. Er sah aus, als müsse er diese Neuigkeit erst einmal verdauen. Ein langer, steiniger Weg lag hinter ihnen, ein Weg, der jetzt endlich zu Offenheit und Ehrlichkeit geführt hatte.

Seit Wochen hatte Sophia geduldig abgewartet, hatte ihre Gefühle und ihre Hoffnungen für sich behalten, immer darauf hoffend, dass Alex sich zu seinen eigenen Gefühlen bekannte.

Jetzt endlich war es so weit.

„Schau nicht so geschockt", sagte sie und zog ihn näher, bis sein Gesicht nur noch wenige Zentimeter von ihrem entfernt war. „Du liebst mich, Prinz Alexander, und ich liebe dich."

„Sophia …"

„Wir waren füreinander bestimmt, Alex. Denk doch nur an unsere Geschichte. Dein Traum, mein Segeltrip in Schottland, dann danach unser Treffen an deinem Strand. Es ist Schicksal."

„Ich glaube nicht an …"

Sie unterbrach ihn, indem sie ihn zärtlich auf den Mund küsste. „Hab keine Angst. Wir werden das zusammen durchstehen. Ich werde nirgendwohin gehen, werde dich nicht verlassen." Erneut küsste sie ihn und flüsterte dann: „Ich werde dir nicht wehtun oder dich beschämen. Hab keine Angst, mich zu lieben, Alex."

Abrupt ließ er den Kopf zurückfallen und stöhnte kurz auf. „Ich habe keine Angst, dich zu lieben."

„Was?"

„Darum geht es nicht. Ich habe keine Angst, dich zu lieben, Darling. Jetzt nicht mehr. Ich habe den Wunsch, immer die Kontrolle über alles zu behalten, aufgegeben, weil ich dich so sehr liebe, Sophia. Ich habe dich vom ersten Moment an, als ich dich auf deinem Segelboot sah, geliebt." Er küsste sie voller Verlangen. „Ich war einfach zu stur und zu ängstlich, um es mir selbst gegenüber einzugestehen."

„Aber was hast du denn dann für ein Problem?"

„Verdammt, Sophia", brummte er und nahm sie in die Arme, während er sie mit einem funkelnden Blick ansah. „Ich habe Angst, dass du aufhören könntest, mich zu lieben."

Sophia sah ihn an. Seine Worte waren wie ein Schock für sie. „Alex, das ist nicht möglich."

„Alles ist möglich."

„Das nicht", versicherte sie ihm. „Dir gehört mein Herz, für immer und ewig, dessen kannst du gewiss sein."

„Im Grunde weiß ich es. Aber Angst ist etwas Furchtbares. Und als ich die Nachricht auf dem Anrufbeantworter gehört habe … die Nachricht von der Werft, da habe ich natürlich gedacht …"

„Du meinst wegen der Reise?"

„Ja."

Sophia lachte erleichtert auf. „Ich habe die Reise für uns beide geplant, Alex. Ich wollte dich dabeihaben, wenn ich die letzte Etappe von Grandpas Tour segle." Sie zwinkerte ihm zärtlich zu. „Ich dachte, es könnten unsere zweiten Flitterwochen werden."

„Oder die ersten", gab er zerknirscht zu.

„Ja."

„Ich bin solch ein Idiot."

„Hey, pass auf, was du sagst", warnte sie ihn. „Idiot oder nicht, du sprichst immerhin von dem Mann, den ich liebe."

Alex hob ihre Hand an die Lippen und küsste ihre Handfläche. „Heiratest du mich noch einmal?"

Ihre Augen leuchteten auf, und sie nickte. „Ja."

„Nur du und ich und unser Kind ... am Strand, dort, wo wir uns das erste Mal getroffen haben ... vor den Wellen, der Sonne und Gott."

Als Sophia in die Augen ihres Mannes blickte, sah sie ihre Zukunft vor sich, hell und strahlend. Sie sah noch mehr Kinder, die vom Großvater und Großonkel auf den Knien geschaukelt wurden. Sie sah Ferien und Hochzeitstage. Sie sah wunderbare Arbeit und neue Bücher. Und sie sah eine Familie, mit einem Mann, der seine Frau liebte und lernte, es ihr jeden Tag ein bisschen mehr zu zeigen.

„Eine Hochzeit am Strand klingt perfekt", sagte Sophia und lächelte. „Und dann werden wir dem Sonnenuntergang entgegensegeln, so wie es sich für ein richtiges Happy End gehört."

Alex ließ ihre Hand los, beugte sich vor und umfasste ihr Gesicht mit beiden Händen. „Ich liebe dich."

„Und ich liebe dich."

Alex setzte sich neben sie auf das Bett, bevor er sie wieder in die Arme schloss. „Hör niemals auf, mir das zu sagen."

„Niemals." Sophia schmiegte sich enger an ihren Mann und legte den Kopf auf seine Schulter. „Niemals, mein Liebling."

Epilog

Baratin
Frühjahr

Sophia stand auf dem Bug der vor Anker liegenden Daydream, des wunderbaren Schiffes, das ihr Großvater entworfen und gebaut hatte. Die Hände auf ihren runden Bauch gelegt, sah sie zu, wie ihr geliebter Großonkel auf die Frau seiner Träume wartete, die gleich über das Deck auf ihn zukommen würde.

Allen, die hergekommen waren, um dem Ereignis beizuwohnen, kam es wirklich vor wie ein märchenhaftes Happy End, das lange auf sich hatte warten lassen. Aber für Sophia bedeutete es noch weit mehr. Ranen hatte nicht nur mit Fara sein Glück gefunden, sondern auch Frieden mit seinem verstorbenen Bruder geschlossen, indem er dessen Schiff als Ort für seine Trauung gewählt hatte.

Für Sophia war ihre Familie jetzt komplett.

Alex, der neben ihr stand, zog sie noch enger an sich und flüsterte ihr ins Ohr: „Erinnert dich das an etwas, Liebling?"

Sophia lächelte. Es war erst wenige Monate her, dass sie und Alex ihr Ehegelübde noch einmal am Strand erneuert hatten, so wie Alex es sich gewünscht hatte. Sie hatten mit den Konventionen gebrochen und ihr eigenes Gelübde geschrieben und sich gegenseitig einen goldenen Ring angesteckt, in dem das Datum des Tages eingraviert war. Und am folgenden Tag hatten sie sich auf der Daydream auf den Weg nach Baratin gemacht, um das Versprechen einzulösen, das Sophia ihrem Großvater gegeben hatte. Ihr einziger Begleiter auf dieser Reise war Ranens Hochzeitsgeschenk gewesen, Aggie, der kleine Wolfshundwelpe.

Sophia wurde aus ihren Erinnerungen gerissen, als der Hochzeitsmarsch von zwei Geigern – alten Freunden von Ranen – gespielt wurde. Wie alle anderen, die an Deck standen, hielt sie ergriffen den Atem an, als eine Frau von umwerfender Schönheit den blumengeschmückten Pier entlangschritt. Gekleidet in ein maßgeschneidertes weißes Hochzeitskleid nahm Fara sich endlich das, was sie wollte, was sie verdiente, und noch nie hatte sie glücklicher ausgesehen.

„Sie ist so verliebt", flüsterte Frannie, während sie ihren kleinen Jungen in den Armen wiegte und zuhörte, wie Ranen und Fara ihr Ehegelübde vor dem stolzen und strahlenden König, der die Trauung vollzog, ablegten.

„Jetzt ist sie eine von uns", meinte Sophia leise.

Cathy nickte und küsste ihr schlafendes Baby auf die Stirn. „Sieht so aus, als hätten wir alle unseren Prinzen gefunden, oder?"

Frannie, Cathy und Sophia schauten die Männer neben sich an und lächelten.

Und als Ranen seine Braut in die Arme schloss, um sie zu küssen, nahm jede der Frauen ihren Prinzen und folgte seinem Beispiel.

Und wie aus dem Nichts zog der Nebel auf …

– ENDE –